JN186018

死せる魂

ニコライ・ゴーゴリ　東海晃久◆訳　河出書房新社

死せる魂・目次

第一巻

第二巻

死せる魂

第一巻

第一章

　県庁所在地ＮＮ市のとある旅館の正門に乗り込んできたのはかなり見栄えの良いバネ付きブリーチカ（軽馬車）で、こういうのに乗るのは独身男子、つまり、退役陸軍中佐だの、二等大尉だの、百人ばかりの農奴を抱える地主だの――要は皆、中（ちゅう）どころの旦那と呼ばれる連中である。そのブリーチカに坐れる旦那、男前とはいえぬとも醜男にもあらず、太りすぎでもなければ痩せぎすでもなし。年寄りとまでは言えず、かといって、これまた若すぎるというのでもなし。その仁の御成りに町が騒然となったわけでもさらさらなければ、それに乗じて取り立てて何かが起こったわけでもなし、ただ、ロシアのムジーク（農夫）が二人、旅館向かいの飲み屋の軒先に佇み、何やら気になったことを口にはしたが、それとてむしろ馬車にまつわるもので、そこに乗る仁についてではなかった。「どうだい、――一方のムジークがその片割れに言うのだった、――ありゃまた何ちゅう輪っぱかねぇ！　オメェどう思う、あんな輪っぱでモスクワまで行けっかね、ヘタすりゃそれとも無理かね？」――「行けるさ」、――とその片割れは答えた。「じゃ、カザンならどうだ、行けねぇんじゃねぇか？」――「カザンは無理だな」、――と答えたのはその片割れ。これでこの話は立ち消えとなった。それにあと、馬車が旅館に乗りつけたところ、出会い頭の若者が穿いていた白綿縞入りのパンタロンというのがこれまた実に細くてつんつるてんで、その身にまとった燕尾服など今の流行りを当て込んだもので、その下からはシャツの胸当てちらりと覗き、それを留めるのはブロンズのピストルあしらうトゥーラのピン。その若者、後ろを振り向きざまに馬車を一瞥、風に持って行かれそうになった前鍔帽を手で抑えるや、そのままわが道を行くのであった。

　馬車が中庭に乗り込んだところ、かの御仁を迎えたのは旅籠の給仕、あるいはロシアの旅籠で呼ぶところの床番（ゆかばん）であったが、その様子たるや快活な上にひどくばたばたしているものだから、どんな顔なのかも確（しか）とは見て取れぬほどであった。そそくさと外へ駆け出た彼の腕にはナプキンが垂れ、そのひょろ長の丈に羽織るこれまた長い半木綿のフロックコートなど後身頃が襟足ぎりぎりまであるのだが、頭を反り返して髪振り上げるや、てきぱきと旦那を招じ上げ、全面木造の張出し廊下を伝って行く先の、神より授かれし人心地(ひとごこち)つかす安堵の間へとお通し差し上げる。安堵の間といってもありきたりなもので、何しろ、その旅館からしてありきたりなわけだ、要は、これぞ県庁所在の田舎町で見かける旅館といった風情であり、一泊二ルーブルで客人たちの寛げる部屋には干したプルーンさながらのゴキブリどもが隅という隅から顔を覗かせるかと思えば、隣部屋へと通ずる、箪笥で塞いだ開かずの扉の奥に腰落ち着けるお隣さんというのが寡黙で大人しい仁かと思えば、その好奇心たるや並々ならぬもので、泊まりの客のありとあらゆる詳細を根掘り葉掘り知りたがる。旅館の外観となる正面はその内観に相応しいもの。それは実に細長く、二階建ての構え。階下は漆喰が塗られておらず、そのまま赤黒い煉瓦が質(たち)の悪い天候の移り変わりに晒されて一段と黒ずんではいたが、元々それ自体が汚れた感じのものだった。上階に塗られていたのは、どこに行こうが相変わずの黄色のペンキ。下の売店にあったのは馬の頸輪、紐、それにバランカ(輪型乾パン)。この売店の中でも隅っこというか、窓の中ほどといった方がよかろうが、そこにはズビーチェニ(湯蜜)の売り子が赤銅(しゃくどう)のサモワールと並んでちょこんと収まり、その面などサモワール同様赤いものだから、一方のサモワールに膠みたいな黒鬚が付いてなければ、遠目には窓際にサモワールが二台置いてあるのかと思ってしまう。

　泊まりの旦那が自分の部屋をあれこれ物色しているあいだ、運び込まれたのは彼の身の回り品。いの一番に運び込まれたのは白い革製の旅行鞄で、これは若干使い古されていたのでこの鞄にとっては見るからに初旅ではないご様子。その鞄を運び込んできたのは背が低くトゥループ(なめし羊皮外套)に身を固めた馭者のセリファンと召使いのペトルーシカで、召使いの方は三十路の奴さん、大きめでお古のフロックコートに身を包んでいるところからしてどうやらこれは旦那のお下がりらしいが、この奴さんときたら藪睨みで、やたらと大作りの唇と鼻の持ち主であった。旅行鞄に続いて運ばれてきたのはカレリア産白樺の小物入れを敷き詰めた赤木の小行李、ブーツの木型、それに、青紙に包んだ鶏の丸焼き。これらすべてが余すところなく運び込まれるや、馭者セリファンは廏舎へ馬の世話焼きに行き、召使いのペトルーシカはちっちゃな控えの間となるやたらに暗い犬小屋みたいなところで身支度を始めるも、そこには自分の外套、あと、それと一緒に何やら奴さん独特の臭いらしきものをすでに持ち込んでおり、あとから運び込んだ召使い用の衣裳袋にもこの臭いは染みついている。この小屋で奴さん、壁際に幅狭の三脚の寝台を凭せかけ、その上から藁布団よろしく潰れてぺしゃんこになったブリン(薄お焼き)まがいのものを引っかけたのだが、ひょっとしてこのブリンみたいに脂ぎっているのは、うまいこと言って旅館の主人からせしめてきたものかもしれぬ。

　しばし使用人たちがあと片づけに立ち働くあいだ旦那が向かった先は大広間。この大広間の如何なるものかはどの逗留客も重々承知するところ。油性のペンキによる彩色などはどことも同じで、上はパイプの煙に黒ずみ、下は色んな逗留客の背中に擦れてテカっているが、これにはさらに地元商人も加勢する次第、何しろ、この商人というのは商い日になるとここに三々五々と押しかけてはいつものアレとお決まりの茶を啜っていくからである。煤に燻(いぶ)された天井も煤を被ったシャンデリアもありきたりで、そこにぶら下がる無数の硝子細工が跳ね上がってはガッシャンガシャリと音立てる時など、決まって床番がツルツルの油布の上を走りながら威勢よく盆を振り回しているのだが、その盆には海辺の鳥たちさながらに無数の茶碗がちょこんと鎮座している。壁一面に掛かる絵もありきたりで、油絵具で描かれている、――要するに、何もかもどこに行こうが同じ塩梅なのである。ただ、違いがあるとすれば、ある一幅の絵に描かれたニンフの胸が頗るデカく、それこそ読者とて一度もお目にかかったことのなかろう代物であることだ。かかる自然の戯れは、尤(もっと)も、様々な歴史画に見られるもので、それがいつの時代にどこから誰の手によってわが国ロシアへもたらされたかなどいざ知らずとも、時としてそれは、芸術を愛でるわが国の貴顕ですら絵を持参した特使の勧めでイタリアから買い漁るような代物である。かの旦那は被っていた庇帽を脱ぐと、その首からぐるぐる解(ほど)

いたのが毛織りの虹色のネッカチーフで、妻帯者たちのそれは嫁が手ずから編んだ上に巻き方も懇切丁寧に伝授されるものだが、独身となると誰が編んだかいざ知らず、神のみぞ知るといった代物だから、私など一度としてその手のネッカチーフなど身に着けた試しがない。旦那はネッカチーフを解くと、昼食にするよう命じた。そこで出されてきたのは宿屋ならではのお決まりの品々で、その内訳は以下の通り。シー（キャベツスープ）と予め数週間逗留する客のことを考えて取り置かれる層をなしたパイ、脳味噌の空豆添え、ソーセージのキャベツ添え、プリャールカ（去勢雄鶏）の丸焼き、塩漬け胡瓜、あと、いつでも出せるよう用意してある相変わらず何層にも重なったパイ。こういった温めたものや冷めたままのものが出されているあいだ、旦那は給仕というか床番にあれこれ与太話をしてくれと無理から頼んだのである――この店の以前の主人は誰だの、今は誰だの、払いはいいのか、その主人ってのはとんでもない碌でなしじゃないのか等々。これには床番、いつも通りに「そりゃあもう、旦那、とんでもない山師でしてね」と答えるのだった。蒙啓かれたヨーロッパにも、蒙啓かれたロシアにも、今や給仕と言葉を交わすばかりか、時に冗談の一つも言わぬと居酒屋で食事はとれぬという実に大勢のご立派な人士がいらっしゃるわけである。尤も、この泊まり客の出す問いかけはどれもこれも中身が空っぽだったわけでもなく、それは実に詳細を極め、市長は誰だの、裁判院長は誰だ、検事は誰がやっている、といった具合――要するに、大物役人の誰ひとりとて訊き漏らすことはなかったのである。だが、さらに輪をかけて事細やかに、関心のなさそうな素振りではあったにせよ、何から何まで根掘り葉掘り訊いたのが大地主のことであった。誰が何人《魂》[1]を抱えているだの、町からどのくらいのところに住んでいるだの、挙句はどんな人柄だ、どれくらい町には足繁く通っているのかと。この地の状況については何ひとつ聞き逃すまいといった様子で、伝染性の熱病とか、何かの致命的な瘧（おこり）とか、疱瘡とか、その類いの流行り病が県内ではなかったかとあれこれ訊ねるわけだが、その大変な念の入れようと事細かさからしてとても単なる好奇心とは思えぬものが窺えた。その立ち居振る舞いには堂々としたところがあり、鼻を擤（か）むその音の大きさともなれば尋常ならざるものであった。どうすればああなるのかは見当もつかぬが、とにかく旦那の鼻の音声（おんじょう）たるやラッパさながら。この一見すれば極々罪のない美質というものが、何とまあ、この仁に対する大いなる敬意を旅籠の給仕から勝ち得たということもあって、給仕はかの音声を耳にするたびに髪振り乱しては恭（うやうや）しくも背筋を反らし、高みよりその頭（かぶり）を屈めて、何かご入用でしょうか？とお伺いを立てるのであった。昼食後、旦那は珈琲を一杯召し上がってからソファーに腰掛け、背の後ろにクッションを差し込んだのだが、ロシアの旅籠ではその中へ伸縮性のある毛の代わり、何かその、煉瓦や砂利そっくりの硬いものを詰め込んである。ここにきて旦那は欠伸を始めると、通してくれと命じた部屋で少し横になったが、眠りに就くには二時間を要した。休憩をとった仁は紙の切れ端に旅籠の給仕からの頼みで、官等と氏名を然るべきところへ、とはすなわち、警察へ届け出るべく書き込んでやった。その紙切れに階段を下りながら床番がつっかえつっかえ読んだのは「六等文官　パーヴェル・イヴァーノヴィチ・チーチコフ　地主　私用ニテ逗留」という文面。床番が未だにつかえもってメモの中身を確認しているあいだ、パーヴェル・イヴァーノヴィチ・チーチコフは市街の見学へと向かったのだが、これには如何にもご満悦といった様子であった、というのも、この町、他のどの県庁所在の田舎町にも一切引けなど取らぬとばかりに、ばしんと目を撃つ黄色のペンキが石造りの家を彩り、控え目にくすんだ灰色ペンキが木の家を彩っていたからである。その家々というのは一階、二階、さらには一階半、これ永遠のメザニン（中二階）付きにして実に美麗なり、と言ったのは県お抱えの建築家諸氏のご見解。ところどころにこういった家が野原の如き広小路と果てることなき木の柵のあいだにぽつりぽつりと現れるかと思えばところどころ束になってかたまっているのだが、そういう場所は見るからに人の往来も多く、活気も感じられた。目に飛び込んでくる、雨でほとんど色褪せた看板には8の字パンや靴があったり、青いズボンの絵柄にアルシャワ出身とかいう仕立て師のサインが入っている。鍔帽や官帽を置く店などには〈外国人ヴァシーリィ・フョードロフ〉という名が出ているかと思えば、あるところにはビリヤード台と競技者二名が燕尾服姿で描かれているのだが、これなど本邦の劇場などで最終幕の舞台に出てくる客人たちの出で立ち。この競技者たちはキューで狙いを定め、腕を若干後ろに突き出し、両脚はたった今空中でアントルシャ（足打ち）をしたばかりの内股。これらすべての下に記されていた文言は〈こちらがその店で御座い〉といったもの。あるところにはただ道端に机が並べられ、胡桃、石鹼、それに石鹼そっくりのプリャーニク（甘焼菓子）が置かれている。また、喰いもの屋には肥えた魚にフォークの突き刺さった絵柄。だが、中でも一等目につくことの多かったのが、すっかり色のくすんだ双頭の国鷲で、これなどは今やあっさりとした〈飲み屋〉という札に掛け替えられている。舗道はどこも芳しくなかった。旦那は町の庭園も覗いてみたが、中身はひょろっとした木があるばかりで、根の張り悪く、添え木は下に見え、形状は三角、緑の油性ペンキで実にきれいに彩色されていた。尤も、この木、蘆の高さにも満たぬとはいえ、この件については新聞各紙に出たイリュミネーションの記事の中で「首長の心遣いによりわが市に色を添えた庭園の木々は日蔭大いにあり、枝振り宜しく、茹だる日にはこれ清涼の気を与えてくれる」と記され、さらにそこには「市民は溢れんばかりの感謝の気持ちに打ち顫え、その感涙をもって市長閣下への謝意を示した」とある。旦那は詰所の警官にあれこれと、念のためだがどの道を行けば聖堂なり、役所なり、県知事の居場所なりに一番近いかと訊ねてから、町中（まちなか）を流れる川の見物へと向かうその道すがら、柱に釘で打ちつけられた興行チラシを部屋に戻ってからしっかり目を通すために破り取ると、じろりと目をやったその先には木張りの歩道行く見目麗しい御婦人とその尻尾につく軍服姿で小包手にする男の子がいるのだが、旦那はこの一角の塩梅をしかと記憶せんと言わんばかりにまたもや周辺一帯に目を配るや、宿とする自分の部屋へと直行し、旅籠の給仕に軽く支えられて階段を上がった。お茶で腹一杯になった旦那は机を前に腰を下ろし、蠟燭を持ってくるよう命ずると、ポケットからチラシを取り出し、それを蠟燭に近づけてから少しばかり右目を細めて読み始めた。尤も、チラシには珍しげなものは大してなかった。公演中であるコツェブー氏作のドラマではローラ役をポプリョーヴィン氏、コーラ役をジャーブロヴァ嬢が演ずるとあったが、その他の面々ともなると尚更珍しさに欠けた。ただし、旦那がその面々の全員に目を通し、平土間の値段まで行き着いたところでこのチラシが県庁の印刷所で刷られたものだと分かり、チラシをぱっと裏返してみた。裏に何ぞ書かれてはいないか確認するためであったが、何もないと分かると目を擦り、几帳面に折り畳んでから、目についたものなら何でも入れてしまうのがお決まりだった手持ちの小箱に仕舞い込んでしまった。その日を締めくくったのはどうやら仔牛の冷肉一皿に酸味のきいたクワス[2]一瓶、それに、吸い上げポンプを出力最大にした深い眠りであったようだが、かかる言い回しは広大なるロシア国家の一部で行われているものである。

　翌日は丸々、表敬訪問に当てられることとなった。かの来訪者の赴いた先は市の高官全員。有難くも迎え入れてくれた県知事は、なんと蓋を開ければ、チーチコフ同様太ってもいなければ痩せぎすでもなく、首にはアンナ[3]を掛けており、しかも、自分が星[4]を勧められたことまで話して聞かせてくれたのである。尤も、実に快男児であるばかりか、時に手ずからチュール（薄絹）を編むというではないか。このあと向かった先は副知事、それに検事、裁判院長、市警察署長、徴税請負人、官営工場の支配人……残念ながら、今生にある強者たちのすべてを挙げ連ねるのは些か大変というもので、ただ、これだけ述べておけば十分であろう、つまり、この来訪者が訪問に当たって示したその尽力たるや並々ならぬもので、医師会の査察官や市御用達の建築家のところにまで表敬訪問したのである。さらにその後も長時間ブリーチカに乗りながら、あと誰を訪問すればよいものかと思案したものの、もはやこの市で役人は見当たらなかった。これら権力者たちとの会話で彼の見せた各人士に対する胡麻擂りは実に堂に入ったものであった。県知事を相手にしてはほんのついでとばかりに、お宅の県に参りますとまるで天国に来たようですな、道路はどこを見ても天鵞絨（ビロード）のようで、賢き高官を任命されるところの政府は大いなる賞賛に値するところ、などと仄めかした。市警察署長を相手にして述べたその大仰な世辞とは市内の交番に関するもので、副知事と裁判院長というまだ当時は五等文官でしかなかった仁との会話では二度までも〈閣下殿（いた）〉と口を滑らせたものだから彼らにはそれが甚く気に入ったのだった。その結果、県知事はこの来客に今からでも何卒わが家の晩餐にお招きしたいと申し出、他の役人連も各人各様、ある者は昼食、ある者はボストン遊び、またある者は茶話へと招待したのである。

自らについてはこの来訪者、どうやら多言することを憚っていたようである。よしんば語ったとて、それは何とも当たり障りなく、見るからに慎ましやかなもので、またそういった時の語り口たるや、些か本にあるような言い回しを取ったのである。すなわち、何某は今生の価値なき虫けらにして、多分にお気遣い頂くには及ばぬ存在、この生涯に数多経験し、勤め先では公平無私を求めたがゆえに辛酸を嘗め、大勢おった敵からは命を狙われておりまして、だが今や、安らぎを得たい一心に永生の地をいよいよ求めておる次第、さらに、この町へと参じた以上は当地一等の官吏に表敬を示すこと避けては通れぬ務めであります、と言うのである。まさに以上のことが町で知り得たこの新顔についてのすべてなのだが、その新顔、実に早々と約束怠ることなく県知事の晩餐会に姿を見せることと相成った。この晩餐会への身支度に要したのは二時間あまり、ここにきても来訪者の身装に対するその余念のなさたるやそんじょそこらでお目にかかれるものではなかった。昼食後の午睡を少しばかり取った彼は洗面の準備をするよう言いつけると、実に丹念に石鹼でごしごし、内側から舌を突き上げた両頰を擦りに擦った。そのあと、旅籠の給仕の肩から手拭いを取り、それでもって満遍なくそのふくよかな顔全体を拭うに当たっては耳の裏から始めるも、拭い終わるまでには二度ばかり給仕の鼻面めがけ荒々しくも鼻息を吹きかけた次第。それから鏡の前に立って胸当てを着け、鼻から顔を覗かせておった毛を一本、二本と引っこ抜くと、忽ちにしてその出で立ちは苔桃色した燕尾服のキララあしらい。かくして身支度一切済ませると、彼を乗せて駆けだした自家用軽馬車の次々進みゆく果てなき広小路はところどころにちらつく窓から零れ出た疎らな光に照らされていた。尤も、県知事宅は煌々と照らされ、舞踏会でも開くのかと言わんばかりで、外灯ぶら下げたバネ付き四頭幌馬車もあれば、車寄せ前には二名の憲兵が立ち、騎乗馭者の掛け声が遠くから聞こえてくる——要は、すべて必要な物が揃っている。ホールに入るやチーチコフはしばし目を細めねばならなかった、というのも、蠟燭、ランプ、それにご婦人連のドレスから迸り散る輝きが恐るべきものだったからだ。すべてが光に溢れていた。黒の燕尾服がちらつき、あちらこちらで疎らになったり密になったりするのだが、それはまるで茹だるような七月の夏に蠅が白く輝く角砂糖の上を歩き回っているかのようで、そんな時、年老いた鍵守女は開け放した窓の前で角砂糖をキラキラした欠片に細かく砕いていて、子供たちがその周りに集まり、じっと興味津々に女の荒れた手が小槌を持ち上げる動きを見守っていると、蠅の空中大隊がそよ風に煽られ持ち上げられて、満ち足りた主人よろしく悠々と部屋へ飛び込んでいっては、老婆の目が悪いのと逆光を利用して、馳走の欠片が粉々になったところやびっしり集まったところに群がっていく。実り豊かな夏と、またそうでなくとも至るところにご馳走の皿を並べる者によって満腹になっていた蠅たちであるから、こうして飛び込んできたのもお相伴に与るためではなく、ただ顔を覗かせ、砂糖の山の上を行ったり来たり、後脚ないしは前脚を擦り合わせるか、翅の下を掻いてみたり、前のあんよをつんと伸ばして頭をひと掻き、向きを変えてはまた飛び去って、またぞろうんざりするほどの大隊引き連れ飛来するためなのだ。チーチコフがぐるりを見渡す暇もなく知事に腕を摑まれ紹介されたのは知事夫人であった。遠方より来たるこの客人、ここに来ても面目失うようなことはなかった。彼はある世辞を述べたのだが、中年どころで、官等もさほど高からず、またさほど低からぬ人物にとってはこれまた実に申し分ないものであった。時に、踊り手に決まった組が参会者たち全員を壁の方へと押しのけると、彼は腕を後手にし、踊り手たちの方に二分ばかりそれはそれはじっくりと見入っていた。大勢のご婦人方は立派なお召しで、モードにも適っているのだが、そうでない方々は県庁所在の田舎町に辿り着いた素性の知れぬ服に身を包んでいた。この地の男子はどの地とも同じで二種類あった。その一方というのは痩せぎすで、のべつご婦人の周りをうろつく連中。その中でも一部の者などはおよそペテルブルクの男子と見分けもつかぬほどで、実に丁寧かつお洒落に梳かした揉み上げを蓄えているか、ただ見た目宜しく、実につるんと剃り上げた卵顔であるところも同じ、何食わぬ顔でご婦人のそばに腰を下ろすところも同じ、フランス語も同じく話せば、ご婦人を笑わせるというのもペテルブルクと変わりなかった。もう一方の男子というのは、太っているか、チーチコフのような連中、つまり、太りすぎというわけではないが、かといって痩せぎすでもない連中のことである。こちらはもう一方とは逆に、ご婦人には流し目だけで後ずさり、知事の召使いがホイスト用の緑テーブルを準備してはいないかとキョロキョロ見渡すばかりであった。連中の顔は肉付きも良く真ん丸で、そこには疣まであったりするし、ある者などはあばた面、頭の髪も鶏冠(とさか)を立てたり巻き毛にしたり、フランス人が言うところの〈勝手にしやがれ〉風にすることもない——連中の髪は短く刈られているか、撫でつけられているかで、顔の輪郭は通常よりも丸みを帯びている上にがっしりしていた。これが市の名士たる官吏たちであった。嗚呼！　太った者の方がこの世にあっては痩せぎすよりもうまく身を立てるということであろうか。痩せぎすはどちらかといえば特別な職務を果たすか、ただの数合わせで、あちこち忙しなく動き回るばかりなのだ。連中の存在はどこかあまりに軽々として、空気のように浮ついていて、全くもって頼り甲斐がない。それに引き換え、太った連中は決して末席に着くこともなく、いつもそれは上席で、しかも席に納まれば揺るぎなく、ずっしり構えているものだから、むしろその席が軋みを上げて折れ曲がらんばかりだが、連中が尻餅つくことなど終ぞない。外面の煌びやかさは連中の好むところでなく、羽織る燕尾服も痩せぎすほどの着心地宜しい仕立てではないが、その代わりに小箱に収まるのは神の恩寵。痩せぎすは三年もすれば質草に入らぬ魂(たま)は一つたりとも残らぬが、太った者には平気の平左で、まあご笑覧あれ——市外のどこかには妻名義で購入した家が建ち、その後、別の市外にまたもや一軒、さらには近郊にちっちゃな村、またさらには諸々の収益もたらす郷が現れる。遂にはこの太った仁、神と主君への奉公を終え、遍き尊敬勝ち得るや、職を辞して隠居に入り、鞍替えの末に相成るのは地主、誉れ高きロシアの領主にして客好きのお人であり、そうして暮らすその暮らしぶりは快適なもの。だが、この仁の後に、再び痩せぎすの跡取りがロシアの習い通り、一気呵成とばかりに父の身上を食い尽くすのだ。隠し立てなどしようもないが、およそこういった考えにチーチコフが囚われていたのは参会者たちをしげしげと観察していた時のことで、その結果、結局太った連中の側に加わることとなったわけだが、そこで遭遇したのはほぼすべて馴染みのある次のような顔ぶれであった。検事、その実に黒々としたゲジゲジ眉毛と若干目配せしているような左目がそれこそまるで〈行こうか、兄弟、別の部屋にでも、そっちに行ってから君に話しておきたいことがあるんでね〉とでも言わんばかり、――尤も、この仁は真面目で寡黙。郵便局長、背丈がちっちゃいとはいえ皮肉屋にして哲人。裁判院長、実に分別弁えた寛大な仁、――以上が揃いも揃って彼を歓迎するところなどまるで旧知の間柄とでも言わんばかりで、これにはお辞儀するチーチコフも些か気後れしたとはいえ満更でもなかった。この場で彼が知り合ったのは実に気さくで慇懃な地主マニーロフ、そして、一見すると少々ぎこちないところのあるソバケーヴィチで、彼などは初っ端からチーチコフの足を踏んづけては「失敬」と言う始末。そこで彼の手に押しつけられたのはホイスト用のカードで、これを受け取るに当たっては同じく丁重なお辞儀で返した。彼らは緑のテーブルに着くや、もはや晩餐まで腰を上げることはなかった。どの会話もふっつり立ち消えたのは、常からの習い通り、身を入れた仕事にようやく取りかからんとする時のこと。郵便局長は大層口達者ではあったが、カードを手にするや忽ちその顔に思念の相を浮かべ、下唇を突き出して上唇を覆うやずっとそのままの恰好で遊戯を続けるのだった。絵札やエースを出す際にテーブルをばちんとひと打ちしては、もしやそいつがクイーンとあらば、「行け、この老いぼれ梵妻が！」、もしやそいつがキングとあらば、「行け、このタンボフのムジークめ！」と言い添えるのだった。一方、裁判院長の言い添えた言葉とは、「なら儂がその男の髭面に一発お見舞いだ！　なら儂がその女の髭面にお見舞いだ！」　時折、カードがテーブルに叩きつけられる際に飛び出した表現などは「あぁ！一か八かだ、出す手がないな、このダイヤならどうだ！」といったもの。あるいは単に「ハートだ！　心はすっかり虫食いよ！　スペードゥスめ！」という喚声、あるいは「スペンダロス！　スペダイモニオン！　スペドリ！」とか、あるいは単に「スペ！」というものさえ——こういった名に換えて彼らはカードのスートを互いに呼び習わしていたのである。勝負がひと段落着いての舌戦は、例によって例の如く、随分騒々しいものであった。来訪者たるわれらが客人もまた舌戦を交えたが、その水際立ったところが何とも稀に見るものであったから、全員でもって彼の議論する様子を、しかもその好感の持てる議論を観戦するのであった。一度として彼が「やってくれましたな」などと口にすることはなく、「そちらが先にお出しになられたわけですな」とか、「光栄ながら、そちらの2は逝かせて頂きましたよ」といったことを言うのであった。またさらに仲違いする者たちを元の鞘に収めさせるべく彼が毎回お相手たち全員に差し出したのは琺瑯飾りの銀の煙草入れで、その底には香り付けに入れた菫がちらりと二つ見えた。この訪問者の注意を特に引いたのは前述した地主マニーロフとソバケーヴィチ。彼が早速二人について訊き出したのはその場で裁判院長と郵便局長を少しばかり脇へ呼んだ時のことである。このご両人へのいくつかの質問から分かったのは、この客人には好奇心ばかりか、肚に一物あるということであった。何しろ、いの一番に出された質問というのが、それぞれの地主の抱える農奴の魂数はどれくらいなのか、各領地は今どういう状態なのかといったことで、地主の名前と父称を訊ねたのはそのあとだったからだ。わずかばかりのあいだに彼は首尾よく地主たちを魅了してしまった。地主マニーロフはまだまだ年配というには程遠く、砂糖のように甘ったるい目の持ち主である彼は笑うたびにその目を細めていたが、この客人のことですっかり有頂天になっていた。彼は実に長いこと客人の手を握り締め、是非ともウチの田舎にお越し頂く光栄に浴したいところ、田舎までは、これは彼の言であるが、市の関所からわずか十五露里しかございませんので、と懇ろに乞うのであった。これにはチーチコフも大変丁重に頭を下げて、心のこもった握手をしながら、是が非でも実現させて頂くこと吝かでないばかりか、神聖この上なき務めであると存じます、と答えた。ソバケーヴィチもまた幾分簡潔に「ウチにも是非」と言って踵を鳴らしたのだが、その足に履くブーツがこれまた巨人大の寸法で、これにぴったり合うほどの足を探し出すことは、とりわけ今のように、ルーシの国でも豪傑の姿が消え始めた時代にあってはおよそ叶わぬことである。

翌日チーチコフが午餐と晩餐に招かれ向かった先は市警察署長宅で、そこでは午餐後の三時よりホイストを開始し、夜の二時まで遊び興じたのだった。ちなみに、そこでは地主のノズドリョーフという三十がらみの威勢のいい小粋な仁と面識を得ることとなったが、このお方、言葉を三つ四つ交わすや「あんた」と呼び出したのである。市警察署長と検事に対してもノズドリョーフはやはり「あんた」と呼んでは友人らしく接していた。ところが、大一番の勝負でテーブルに着くと、市警察署長と検事は彼の持ち札を並々ならぬ様子で注視しては、彼の出すカードのほぼすべてを目で追うのであった。その明くる日にチーチコフが晩餐を過ごしたのは裁判院長宅で、客人たちを迎え入れる院長は若干脂垢(あぶらじみ)の付いたハラート(ガウン)でのお出ましだったが、この来客者の中にはどこぞのご婦人方も二名いらした。そのあと出向いた先は副知事宅での晩餐、徴税請負人宅での大午餐会で、検事宅での小午餐会は小とはいえど、大と呼ぶに値するものであった。昼礼拝のあとで町長(まちおさ)の供した軽食はこれまた午餐に匹敵するものであった。要するに、一時間たりとも彼は宿に留まることなく、旅館へ戻るのはもっぱら睡眠をとるためだけだった。この訪問者の万事につけ如才なく立ち回るところは海千山千の社交家たることを示していた。如何なる話題であろうとも彼には常にその先を続ける抽斗(ひきだし)があった。話が馬飼となれば彼も馬飼の話をし、優れた犬種の話になればこれまた実に身になる意見を開陳し、県税務院による審理が議論となれば裁判での裏の手も知らぬわけでなく、ビリヤード遊びに話が及べばその玉突きでも狙いは外さず、慈善家の話ともなればその弁舌は実に爽やか、目には涙を浮かべもし、火酒(ウオツカ)の製法が話題となれば火酒の効用も知悉しており、税関の監視官と官吏の話となればその論じるところはまるで自ら官吏で監視官でもあるといった口ぶりであった。だが、一際目を引いたのは、彼がこれらすべてを威風といったものでうまく包み込み、身の処し方を心得ていたことである。その声、大きからず小さからず、まったくもって然るべきものであった。要するに、どこをどうひっくり返そうが、実に出来た御仁ということである。どの官吏もこの新顔の来訪にはご満悦であった。県知事は彼についで義理堅いお方だと持論を掲げ、検事は彼を敏腕家、憲兵大佐は彼を学のあるお方、裁判院長は彼を世故に長けた尊うべき人物、市警察署長は尊うべき上品なお方、市警察署長夫人は彼を上品で実に愛想のいいお方、とそれぞれ口にした。滅多に人のことを良く言わぬソバケーヴィチでさえも、随分遅くに町から帰宅し、すっかり服も脱ぎ、ベッドの中のがりがりの妻のそばに横になるや、彼女にこう言ったのである、「なぁ、かあちゃん、今日は知事んとこの晩餐、それにあと市警察署長んところの午餐にも行ってきてね、パーヴェル・イヴァーノヴィチ・チーチコフって六等官に初めて会ったんだが、これがまあ実に感じのいい人物なんだよ！」これに対する細君の答えは「ふん！」のひと言——さらに、彼を足で小突いたのだった。

かようにして、客人にしてみれば実に鼻高々なる評判が町では立ったわけであるが、これが続いたのも、この客人のある卦体（けったい）な本性と企て、あるいは、読者諸氏がやがて知ることとなる地方で言うところのパサージュ（怪事件）により、町のほぼ全体が困惑の淵へと追い込まれるまでのことであった。

第二章

すでに一週間以上というもの、かの旅の旦那は町に暮らしながら晩餐午餐と方々へ出かけていたのだが、かかる時の過ごし方というのは、世に言うところ、実に心地の良いものであった。遂に意を決した彼は訪問先を郊外に移し、マニーロフとソバケーヴィチという言質を与えた地主の元へ赴くことと相成った。あるいは、こう彼を駆り立てるのには他の一層重大な事由なり、より深刻な心に期する事情があったのかもしれぬが……。しかし、その全容、読者諸氏は順を追いつつ、やがて然るべき時にお分かりになるものであるし、ただそれもここに供する実に長い物語を読了する辛抱強さがあればの話で、これは後に大団円へと近づくにつれ、ますます大きな広がりを見せ、その決着を見ることとなる。馭者のセリファンへの言いつけは早朝から馬を例のブリーチカに繋ぐこと、ペトルーシカへの言いつけは宿に残って部屋と旅行鞄の守りをすることであった。読者にとってはわれらが主人公に仕えるこの二人の農奴とお近づきになられるのも無駄ではあるまい。無論、この二人はさほど目立った人物でもなければ、脇役あるいは脇役のさらに脇とすら呼ばれるもので、この叙事詩の主な成り行きやバネといったものが彼らに据えられているわけでもなく、ほんのところどころにしか触れられず、軽く引っかかってくる程度なのだが、――されど、作者はかような面でも枝葉末節にとことんこだわることを好み、当の本人はロシア人であるとはいえ、ドイツ人のように几帳面でありたいわけである。これなどは、尤も、さほど時間も紙面もかからぬもの、何しろすでに読者もご承知であること、つまり、ペトルーシカが旦那のお下がりの少々だぼついた茶色のフロックコートに身を包み、このお役目に就く者たちの常で、大作りの鼻と唇の持ち主であること以上に付け加えるべきものは多くないからである。彼の人柄はお喋りというより寡黙さが勝ち、啓蒙されんとする、つまりは、読書への見上げた心持ちがあり、読書の中身に窮することはなかった。というのも、彼にとっては恋する主人公の放浪譚であろうが、単なる初等読本、あるいは祈禱書であろうが、全く何でもござれだったわけで、何を読むにも等しき関心を示していたものだから、仮に化学の本を摑ませたとてそれを拒みはしなかったであろう。彼が好んでいたのは読む中身でなく、むしろ読書それ自体、あるいはこう言った方がよければ、読書というそのプロセスで、まさに文字からひたすら延々と何かの言葉が出てきて、それが時として得体の知れぬものを意味することとなるのだ。かかる読書が往々にして行われたのは横になりながらの控えの間や寝台、それに、かかる状況により押し潰れてレピョーシカ（平焼きパン）みたくぺしゃんこになった藁布団の上でのこと。読書熱を除けば彼にはさらに二つの習癖があり、これなどはまた違った彼の二つの性格的特徴をなしていた。つまり、服を脱がずにそのままフロックコートで寝ること、そして、常々何やら彼特有の空気というか、彼独特の臭気を漂わせていたことで、これには幾分棲家（すみか）の臭いがしたものだから、どこか例えばこれまで誰も住んだことのない部屋に彼が自分の寝台を据え付け、そこに外套と身の回り品を引っ張り込むだけで、その部屋は十年近く人が住んでいたような感じとなる。チーチコフという人物には実に小うるさいところがあり、場合によっては潔癖すぎるところさえあったものだから、明け方の新鮮な鼻に空気を吸い込むや、顔を顰めて頭（かぶり）を振るなり、「おい、兄弟、何なんだこりゃ一体、汗でもかいてんのか？　風呂にでも行ったらどうだ」と叱りつけるのであった。これにペトルーシカは何も答えず、そのまま何かの作業に勤しむか、ブラシ片手に旦那の燕尾服のぶら下がる方へ赴くか、ただただ何かの片づけものをするのだった。果たして黙ったままの彼にはどんな思うことがあったのだろうか、――ひょっとすると、彼はこう独りごちていたのかもしれない、つまり、〈あんたもしかしてい加減にしたらどうだい、おんなじことを四十ぺんも繰り返して飽きないもんかね〉――神のみぞ知るとはこのことで、奉公人たる農奴が旦那から説諭を受けている合間にその胸中に何があるかなど計り知れぬものである。以上が最初に当たってペトルーシカについて語り得ることである。馭者のセリファンはこれがまた全く毛色の違う人物で……。しかし、作者としては、あまり長々と読者諸氏をして下々の人間たちにかかずらわせるのは、経験上、読者が下々との関わり合いを好まぬと承知しているがゆえ、実に心苦しい。かかる好みなどはもはやロシア人的だと言ってよい、とにかく自分より一つでも階級が上の人士とお近づきになりたくて仕方なくて、伯爵だの公爵に偶さか出逢ってお辞儀している方がどんな親しい交友関係よりも有難いのだ。作者などはそれゆえ、この主人公がただの六等官だということを憂慮さえしているのだ。廷臣などもあるいは彼と面識を得ることもあろう、されど、将軍の階級にまですでに昇り詰めておられるお方、かかるお方はいかがなものであろうか、もしや、己の足元に這いつくばる者すべてに人が誇らしげに向けるあの蔑みの一つでも投げつけるのではなかろうか、あるいはこれより質悪く、作者にとっては死んだも同然の等閑でもって通り過ぎていくかもしれぬ。しかし、このいずれもが如何に慚なきことであろうと、それでもやはり主人公の元へと戻らねばなるまい。というわけで、必要な言いつけを昨晩からした上で、朝も早くに目を覚まし、顔を洗って、足から頭まで濡れた海綿で拭い終えたのであるが、これは日曜にしかせぬことで、――またこの日は図らずも日曜、――髭を剃るや、その滑らかさとテカりだけ見ればこれぞ紛れもない本繻子といった頬に仕上がり、苔桃色でキララと光る燕尾服をまとい、その上から大熊の毛皮外套を羽織ると、彼は階段をよっこらどっこいと旅籠の給仕に手を支えられて降り、ブリーチカに乗り込んだ。轟き上げて出発したブリーチカは旅館の門をくぐって通りへと出た。通りがかりの神父さんは帽子を取り、どろどろのシャツを着た数人の子供たちは手を差し伸べながら「旦那、みなしごにお恵みを！」と言い寄ってくる。馭者がその中の一人に大の乗りたがり屋がいるのに気づき、そいつに鞭を一発お見舞いすると、ブリーチカは石の上を飛び跳ねだした。有難くも遠くに見える縞々の踏切り板は、舗道があらゆる他の苦痛同様間もなく終わりを迎えることを告げていたが、さらに数回かなり強めに頭を車体にぶつけたあとでチーチコフはようやく柔らかな土を進みだした。町が背後へと遠ざかったかと思う間もなく、早速描き出されたのはわれらが習わし通り、道の両側に立つ味も素っ気もない下らぬもの。すなわちそれは、凸凹道、唐檜の林、小さな若松の疎らな茂み、老松の焼けた幹、御柳擬き(ぎょりゅうもどき)やそれに似た有象無象。見えてきたのはぴんと一本縄に伸びた村落で、その佇まいなど古い薪を組んだも同然で、それを覆う灰色の屋根の下辺りに刻まれた木彫装飾はぶらんと垂れ下がる飾り縫いの手拭いの形。ムジークが数人、いつもながらにぼんやりしながら門前の床几に羊外套羽織って腰掛けていた。女どもはふっくらした顔付きに紐で縛った胸元で上の窓から眺めているかと思えば、下の窓からは仔牛が覗いているか、間抜けな面を豚が突き出していた。要するに、見慣れた光景というわけである。十五露里の里標を越えたところで彼は、ここに確かマニーロフの話だと彼の村があるはずであることを思い出したのだが、十六露里の標識も過ぎたというのに村は一向に見えぬままで、もし二人のムジークに出会っていなければ、無事に道を探し当てることは先ずなかったであろう。ザマニーロフカ村は遠いのか、という問いにムジークたちは帽子を脱ぐと、そのうちの一人の賢そうな、鬚を楔形に蓄えた方がこう答えたのである。

――マニーロフカのことかい、ザマニーロフカじゃなしに?

――そうだ、マニーロフカのことだ。

――マニーロフカかい! それならあと一露里行きゃ見えてくっさ、そのあれだ、このままずっと右よ。

――右だな?――こう訊き返したのは馭者である。

――右よ、――とムジークは言った。――そっちの道に行きゃマニーロフカに着くさ、けど、ザマニーロフカなんてのはどこにもありゃしねぇや。そういう名で呼ばれてんのは、そのあれだ、マニーロフカの渾名でよ、ザマニーロフカなんつうのはここじゃどこ行ったってねぇよ。あっちの山に上がったら家が見えるさ、石で作ったな、二階建てだ、主(あるじ)の家よ、そのあれだ、ご主人さんが住んでっからな。そいつがあんたのお目当てのマニーロフカさ、けど、ザマニーロフカなんつうもんはここにはありゃしねぇ、あったためしもねぇよ。

マニーロフカ探しへ出発となった。二露里過ぎたところで出会ったのは村道へ入る門だったが、すでに二露里、三露里、四露里ほどだろうか、さらに進んでいっても二階建ての石の家は一向に見えてこない。そこでチーチコフは思い出したのである、ご同輩が十五露里離れた自分の村に招待するとなると、そこへ行くには三十露里は優にあるということを。マニーロフカ村はその所在からして大して人を惹きつけるようなところではなかった。主の家がぽつんと佇んでいたのは吹きっ曝しの場所、つまりは高みの、あらゆる風が思いつくままに吹きつける何もないところで、家が建つその山の斜面は短く刈った芝に覆われていた。その上にぽつんぽつんと英国風に配された二、三の花壇に紫丁香花(ライラック)と黄色の金合歓(アカシア)の茂みがあるかと思えば、五六本ばかりの白樺が小さく叢(むらが)っては細かな葉を付けたその疎らな梢をところどころに掲げていた。そのうちの二本の下に見えたのは四阿で、薄っぺらな緑の円蓋に木製の青い円柱、それに〈寂念堂〉という札が掛かっていた。少し下がったところにある池は草に覆われていたが、尤もこんなことはロシア人地主の英国式庭園においては珍しくも何ともない。この高みの裾に、ところによっては斜面もそうだが、四方八方に黒ずんで見えていたのが何の変哲もない丸太小屋で、これをわれらが主人公、どういうわけかにわかに数えてみたところ、その数二百以上に上ったのだが、小屋のあいだに生える木や草はどこにもなく、至るところ目につくのは丸太ばかり。この情景に息吹き込んだのが二人の百姓女で、まるで絵に描いたように裾を捲り上げ、腰のぐるりにたくし込み、膝まで浸かった池の中を進むと、二本の棒で引っ張るボロの地曳きには二匹の絡まるザリガニが見え、掛った鯉はきらきらしてるが、女たちはどうやら喧嘩の最中のようで、何かで互いに罵り合っていた。少し離れたところに黒く見えたのはどこか退屈そうな青みがかった松林。まさに天気までもが実にこのいい頃合いにおもねりを見せていた、とはつまり、その日は晴天でもなければ曇天でもなく、何というか淡い灰色模様といった趣きで、この手の色にお目にかかれるのは駐屯地の兵士が着る古びた軍服ぐらいなものなのだが、尤もそれは衛戍(えいじゅ)軍の、ただし素面とは言い難い、日曜日になると出現する連中のもの。この光景の仕上げに欠かせぬ雄鶏もいたにはいたが、気まぐれ天気のこの預言鳥、言わずと知れた恋沙汰でその脳天を他の雄鶏たちの嘴(はし)でかち割られてもなお、鳴らす喉声けたたましく、しかも古筵(ふるむしろ)さながらに丸っぽ毟り取られた翼をばたつかせていた。屋敷中庭へ近づいていくと、チーチコフが玄関口に認めたのは当家の主人で、緑のシャロンのフロック[7]まとい、手を庇にして額に当てて、近づく馬車を確と見定めようとしていた。ブリーチカが玄関口に近づくにつれ、その目はますます陽気さを増し、その笑みはますます大きくなっていった。

――パーヴェル・イヴァーノヴィチ！――と彼がようやく声を上げたのはチーチコフがブリーチカから降り立とうとした時であった。――やっと私どものことを思い出して頂いたようですな！

同輩ご両人は実に熱烈な口づけを交わすと、マニーロフは客人を部屋へお通しすることにした。ご両人がこのあと玄関の広間、控えの間、それに食堂へと通過していく時間は幾分短めではあるが、それでも何とかこの合間を利用してこの家の主人についてひと言述べられるかどうか試してみよう。ただ、ここで作者は白状しておかねばならぬが、この手の試みというのは実に難儀なものなのだ。大振りの特徴をあれこれ描いている方が断然楽というもので、そうともなればただ絵具を力一杯画布（キャンバス）に投げつければ、黒い燃えるような瞳、垂れた眉、一本皺の横切る額、肩に掛けた黒マントか火のように赤いマント、といった感じの肖像が忽ち出来上がるのだが、ここにおられる旦那方はいずれもこの世に五万とおられる方々である上に、見た目が互いにとても似ていらっしゃる一方で、能く能く目を凝らせばそれこそ摑みどころなき癖が沢山あることに気づくわけで、この旦那方を肖像画にするのは恐ろしいほどの難題なのである。こういう場合はよほど目を凝らさぬ限り、微細にしておよそ目に見えぬ輪郭を悉く目の前に浮き上がらせることなど到底出来ぬ相談で、そもそもからして尋問の術においてすでに磨かれてきた眼差しをさらに一層深めねばなるまい。

ただ神さまお一人がマニーロフの性分の如何なるものかをご存じなのではあるまいか。世人には次のような名で知られる人種がある。つまり、どこにでもいる連中でどっちつかず、また、海のものとも山のものとも知れぬものとは俚諺（りげん）にある通り。ひょっとして、そういった連中にマニーロフも加えて然るべきかもしれぬ。一見すれば、彼も立派どころの御仁であった。面立ちには愛嬌もしっかりと備わっているが、ただその愛嬌には余計な甘みが加味されていて、身のこなしや言葉の端々には、お手柔らかにお願いしたい、懇意にしては頂けませぬか、と顔色窺うところがあった。彼の笑みには人を唆(そそのか)すところがあり、しかも金髪碧眼ときた。彼との会話の最初の一分、〈何て好感の持てる善人なんだ！〉と言わずにはおられぬ。次の一分も言うことなしだが、さらに一分も経てば、〈何なんだこいつは一体！〉と言って御免被ることとなるも、よしんば御免被らずにいたりしてみろ、死ぬほどの退屈を感ずることとなる。彼からは生きた言葉など何ひとつ望むべくもなく、自分を熱くする話題に触れればおよそ誰もが口にする横柄な言葉使いも見込めない。誰しもそれぞれ熱くなるものがある。ボルゾイ犬に目がない者もおれば、自分は大の音楽好きで、あらゆる深みをそこに感じ取れる驚くべき感性があると思い込んでいる者もいるし、また昼飯を掻き込む達人もいれば、頭一つでもいいから自分のおおせつかったものより上のお役目を引き受けたがる者もいるし、望みはずっと控えめながらも、どうすれば侍従武官とそぞろ歩きし、それを同輩や知人、果ては見知らぬ他人に見せつけられるのかと夢想する者もいたり、ある者に至っては手先に天賦の才があり、超自然的な欲求を感じ取って、親を敵に回してダイヤのエースか2の札の角を折り曲げるかと思えば、これとは別の手合いなど、ついついどこぞに秩序をば打ち立てんとばかりに駅逓長なり駅逓馭者に躙(にじ)り寄ってしまう――要するに、十人十色なのだが、しかしマニーロフには何もなかったのである。家での彼は口数も実に少なく、ほとんどの場合はあれやこれやと考えごとをしているのだが、では何を考えているのかとなるとこれまた神さまくらいしかご存じない。家政に従事していたとはいえず、一度として畑に出たこともなく、家政はいわば勝手に為されているといった次第。番頭[8]が「旦那さま、これこれをおやりになっては宜しいかと存じますが」と言えば、――「ああ、悪くないね」と答えていつもパイプを吹かすのだが、これを吹かす癖がついたのはまだ軍にいた頃で、そこでは実に控えめ、実にデリケート、実に教養ある将校として通っていたのだ。「ああ、ほんに悪くないね」――と彼は繰り返した。彼のところにムジークがやって来て、手で頭の後ろを掻いてから、「旦那、しばらく出稼ぎに行っても構いませんか、納税分を稼がにゃならんので」と言うと――「行っといで」――とパイプを吹かしながら言うが、このムジークが酔っぱらいに出かけるとは思いもよらないのだった。時折、玄関口から中庭と池を眺めながら口にすることといえば、この家から地下道を敷いたらどうだとか、池に石橋を渡してその両端に床几を出し、そこで商人を坐らせて農民に必要な色んな小物を売らせるなんていいんじゃないか、というものだった。こんな時の彼の目はいつになくとろんとし、顔はこれぞとばかりの満足げな表情を浮かべるのだが、尤も、こういったプロジェクトはどれもこれも口先だけで終わってしまう。彼の書斎にいつも置いてあったある本の十四ページには栞が挟み込まれていたが、これを彼が始終読んでいたのは二年前のこと。彼の家では何かいつも足らなかった。客間に置かれたきれいな家具には小洒落た絹の生地が張られ、確かにかなりの値打ちものではあったが、肘掛け椅子が二脚分足らず、その肘掛け椅子の上に張られているのは蒲の筵だったりする。尤も、主人は数年ものあいだ事あるごとに客人に向かって、「ここにある肘掛け椅子にはお坐りになられませんように、まだ出来上がっておりませんので」と注意するのだった。別の部屋に行けば家具自体全くない有り様で、ただ結婚式を挙げたての頃、「かわいい子ちゃん、明日はちょっとばかり精出して、この部屋にしばらくのあいだでいいから家具を入れにゃならんね」とは言っていたのだ。夕方になって机の上に出される実に小洒落た燭台は黒めのブロンズ製で、三女神グラティア、螺鈿の洒落た火除けが付いているが、その燭台の隣に置かれるのが何とも普通の銅で出来た片端のあしなえで、ひん曲がってはそっぽを向いて、すっかり油まみれなのだが、これには主人も夫人も召使いもお構いなし。彼の嫁はその……尤も、このご両人、お互いのことでは満足し切りであった。すでに夫婦生活が始まって八年以上も経つというのに、未だそれぞれ相手のところに林檎の一切れなり、お菓子なり、胡桃を運んできては、愛情たっぷりの甘ったるい猫撫で声で「あーんしてごらん、お前さん、そのちっちゃいお口、これを一口入れてあげるから」と言うのだった。無論、当然のことだが、そのちっちゃなお口のこういう時の開け方は実に上品なものであった。誕生日に用意されたサプライズといえば、ビーズをあしらった爪楊枝入れ。また実に頻繁に、ソファーに坐っている時などそうなのだが、突然全く理由も何もわからぬままに、片や吹かしていたパイプを置き、片やその時手芸でもしていれば作業を中断すると、双方のあいだでそれはそれは物憂げでかったるい接吻が始まるものだから、その息継ぎでなら短い藁の煙草一本くらいは簡単に吸い切れるのではなかろうか。要するに、ご両人とも世に言うところの幸せだったわけである。勿論、家には長い接吻やサプライズ以外にも用事は沢山あるではないかと指摘することも出来るし、あれこれ色々と訊ねてみることも出来よう。例えば、どうしてまた台所での調理は馬鹿みたいに要領を得ないのか？どうしてまた貯蔵庫はあれほどがらんとしているのか？　どうしてまた鍵守女はコソ泥なのか？　どうしてまた召使いたちは節操もなく呑んだくれなのか？　どうしてまた使用人は憚りもなく居眠りした上に、残り時間ぐうたらしているのか？　ただ、どれもこういったことは下々に関わることだが、マニーロヴァ夫人は良い躾をされたお方なのである。良い躾といえば、お分かりのように、寄宿学校で受けるものである。その寄宿学校では、ご存じの通り、以下の主要三教科が人間的美徳の基礎をなす。フランス語は家庭生活の幸福に欠かせぬもの、ピアノは夫に寛ぎの時を与えるもの、そして最後に、とりわけ家事に関わる財布やその他のサプライズを編めること。尤も、色々とメソッドの改善改良はあるもので、今のご時世ならば尚更だが、そういったことはむしろ寄宿学校の運営者の見識や腕前次第である。別の寄宿学校ではまず第一にピアノ、その次にフランス語、そしてそのあとやっと家事という順番になる。しかし、時には先ず第一に家事、つまりサプライズを編むことが来て、その次にフランス語、そして最後にピアノという場合もある。様々なメソッドがあるわけだ。もう一つこういう指摘をしておいても差し障りなかろう、つまりマニーロヴァ夫人はその……いや、正直申し上げれば、ご婦人方について語るのが私には実におっかないもので、それにもうそろそろわれらが主人公たちの元へ戻る時間でもある、何しろもう数分にわたって客間の扉の前に立って互いにお先へどうぞと譲り合ったままなので。

——さあどうぞ、私のことならお気になさらず、後から参りますので、——と言ったのはチーチコフであった。

——いやいや、パーヴェル・イヴァーノヴィチ、そうは参りませんよ、貴方はお客様ですからね、——とマニーロフは手で扉の方を差しながら言うのだった。

——お気遣いなさらずに、どうか、お気遣いなさらずに。さあさ、お入りになって、——と言ったのはチーチコフ。

——そういうわけには参りませんな、これほど気持ちの良い、教養のある客人を後に残して入るなど滅相もないこと。

——どうして教養があると？……ささ、お入りになって。

——まあそう言わずにお入り下さいって。

——そりゃまたどうしてです？

——どうしてもですよ！——と感じのいい笑みを浮かべながらマニーロフは言った。

結局、この両人は扉を横向きになって入り、少しばかり押し合いとなった。

——ウチの家内をご紹介させて頂きます、——とマニーロフが言った。——なあお前！パーヴェル・イヴァーノヴィチだよ！

チーチコフが実際に目にしたのは全く気にも留めていなかったご婦人の姿で、扉口でマニーロフと挟まれながらのお辞儀となった。彼女はなかなかの別嬪さんで、着ているものも似合っていた。しっくりとした着心地で羽織っていたのは絹地のぱっとせぬ色の部屋着で、その手の細い小さな指先が急いで何かを机の上に投げ出すと、四隅に刺繍をあしらったバチストのスカーフをきゅっと握りしめた。彼女が坐っていたソファーから立ち上がると、チーチコフは喜んで彼女の手がある方へと近寄って行った。マニーロヴァ夫人は幾分舌足らずの不明瞭な発音で、貴方の来訪は自分たちにとって実に喜ばしいこと、ウチの夫など貴方のことを思い出さぬ日は一日たりとなかったのですよ、と語った。

——そうなんですよ、——と言ったのはマニーロフで、——それこそ彼女はずうっと私に訊ねてばっかりでしてね、「どうしてあなたのお友達は来ないの？」——「待っててごらん、今にいらっしゃるから」ってな感じでしてね。で、こうして遂にウチへ訪問して頂く光栄に与った次第で。それはもう、ほんと、大変満足しておりますよ……五月のよき日……心の祝祭ですなぁ……。

チーチコフは心の祝祭とまで言われたものだから些かバツの悪さまで感じてしまい、自分には大袈裟に言われるほどの名もなければ、身分すら大したことはない、と控えめに答えた。

——何でもお持ちですとも、——とマニーロフは相変わらず感じのいい笑顔で言葉を遮った、——何でもお持ちですよ、それ以上ですとも。

——ウチの町はいかがご覧になられました？——と言ったのはマニーロヴァ夫人であった。——あちらでは良いひと時をお過ごしになられまして？

——実にいい町です、素晴らしい町ですよ、——チーチコフは答えた、——それに実に気持ちいいひと時を過ごしました、お集まりの皆さんがこれまた実に社交的でしたので。

——では、ウチの知事はいかがでした？——とマニーロヴァ夫人は訊ねた。

——それはそれは尊敬すべき、それはそれは素敵な方じゃありませんか？——とマニーロフが付け加えた。

——おっしゃる通りですね、——とチーチコフは言い、——それはそれは尊敬すべき方ですとも。それにどうでしょう、職務への適応といい、その理解のされ方といい！　ああいう方がもっと増えることを願うばかりですね。

——どうすればあんな風にですよ、あれです、何でも受け入れて、その態度に繊細さを保っていられるものなんでしょうね、——マニーロフは笑みを浮かべながらこう付け加えたが、満足感でほとんど細目になってしまったところなど、まるで耳の後ろを指で軽く擽られた猫のようだった。

——実に社交的で気持ちのいい方ですよ、——チーチコフは続けた、——それに何という名手でしょうね！　私なんてまさかあんな方だとは思ってもみませんでしたよ。実に見事に様々な絵柄をお編みになられるんですからね！　ご自分でお作りになった財布を拝見しましたが、ご婦人でもあれほど見事に編まれる方はそう多くはいらっしゃらない。

——副知事もあれでしょう、良い方じゃありませんか？――こう言ったマニーロフはまたもや目を少しばかり細めた。

――それはもう実に立派な方ですね、――とチーチコフは答えた。

――では、失礼ですが、市警察署長はいかがでしたか？　実に好感の持てる方じゃありませんか？

――稀に見るほど感じのいい方で、しかも実に頭が切れて、色々と読まれている方ですね！　署長宅では検事と裁判院長とご一緒して、鶏の遅鳴きの刻までホイストに興じましてね。それはもう誠に立派なお方ですね。

――では、市警察署長の奥さんについてはいかがです？――と言い添えたのはマニーロフ夫人であった。――大変素敵な方じゃございませんこと？

――おお、あの方はそれこそ私が存じ上げる大変立派な女性の一人ですね、――とチーチコフは答えた。

　このあと、裁判院長、郵便局長のことも漏らすことなく、次々このように町の高官ほぼ全員を取り上げていくと、そのすべてがこれ以上ない実に立派な人士だということになってしまった。

――お二人はいつも村で時間をお過ごしなのでしょうか？――やっとここで自分からチーチコフは質問してみた。

――村でいることが多いですね、――とマニーロフが答えた。――尤も、時には町に行くこともありますが、もっぱらそれも教養のある方々とお会いするのが目当てでしてね。錆びてしまうでしょう、ずっと閉じ籠ってばかりいましたら。

――確かに、確かに、――とチーチコフは言った。

――勿論、――とマニーロフは続けて、――もしお隣に良い方がいらして、例えば、そういった方と一緒に、ある種その、思いやりについてとか、礼儀作法について語り合えたりですよ、それこそ発奮剤になるような何か学問でも探求出来るのでありましたら、いわばその、天にも舞い上がる気分になれるんですがね……。――ここで彼はまだ何か言いたそうにしていたが、自分の話が幾分うだうだしいことに気づくと、わずかに宙を一箇所ほじるような手付きをしてからこう続けたのだった。――そういうことならば、勿論、村でひっそり暮らしていても実に気分の良いことだって沢山あるんでしょうがね。しかし、まるでそういう方がいらっしゃらないんですな……。ですから、時々『祖国の子』[10]を読むことになるんですよ。

チーチコフはこれに全くの賛意を示すと、ひっそり暮らしながら自然の眺めを満喫し、時に何か本を読むこと以上に気分のいいことは何ひとつない、と言い添えたのだが……。

――でもあれですよ、――とマニーロフは付け加えて、――そうは言ってもやはり、語り合える友がおりませんとね……。

――おお、それはおっしゃる通り、全くもっておっしゃる通りですとも！――こう言ってチーチコフは言葉を遮ると、――この世の宝なんて何になります！「金など持つな、語り合うべきよき人を持て」とある賢人も言っておりますからね。

――やはりご存じなんですな、パーヴェル・イヴァーノヴィチ！――こう口にした時のマニーロフの表情はただ甘いばかりか、とろんと甘ったるいほどで、それはまるで抜け目のない町医者が患者を喜ばせようと容赦なく甘みを加えた調合剤のようであった。――そういう時には何かその、ある種の精神的な充足感を味わえるんですな……。そう、例えば今みたいに、偶然が私に与えてくれた幸福なんていうのは、いわば見本のようなものでしてね、貴方とお話出来て、心地の良い貴方のお話を堪能出来るわけですから……。

――とんでもない、これのどこが心地のいい会話だとおっしゃいます？……つまらん人間ですよ、それ以外には何もございません、――とチーチコフは答えた。

――おっ！　パーヴェル・イヴァーノヴィチ、腹蔵なく申し上げても宜しいですか、私なら喜んで自分の全財産の半分を投げ打ちますとも、貴方のお持ちである美点の一部を手に入れられるのでしたらね！……

――とんでもない、こちらこそ大いにその……。

果たして、この互いに繰り出されるご同輩による感情の吐露、もしや部屋に入ってきた召使いが食事の準備を知らせなかったならばどこまで続いていたことであろうか。

――恐縮ですが、どうか何卒、――とマニーロフは言った。――お許し頂けますかね、ウチの午餐が寄木の桟敷とか首都で出てくるようなものでなくても、ウチのは簡単そのもの、ロシアの習慣通りのシーですが、真心込めたものです。恐縮ですが、何卒。

ここでご同輩はまたしばらくのあいだ、誰が先に食堂へ入るかで押し問答となり、結局チーチコフは横向きになって食堂へ入った。

食堂にすでに立っていた二人の男の子はマニーロフの息子たち、すでに子供は食卓に着かせる年齢ではあったものの、まだ背の高い椅子が必要だった。その二人のそばに立っていた家庭教師が慇懃に笑みを浮かべて一礼した。夫人は自分のスープカップの前に腰を下ろし、客人は主人と夫人のあいだの席を勧められ、召使いは子供たちの首にナプキンを掛けて結わえた。

——何とまあ可愛らしいお子さんたちで、——とチーチコフは子供の方を見て言った、——何歳になられますか?

——上のは今度八つになるところで、下のは昨日六つになったところですのよ、——とマニーロヴァ夫人は言った。

——テミストクリュス[11]!——とマニーロフが声をかけた先には長男がおり、召使いにナプキンで締めつけられた顎を楽にしようと必死だった。

チーチコフは若干眉を吊り上げたが、それは耳にした名前が一部ギリシャ風であるというのにどうしたわけかマニーロフがその語尾に〈ユス〉と付けていたからで、しかしすぐさまチーチコフは顔を普段の状態に戻すよう努めた。

——テミストクリュスや、教えておくれ、フランス第一の都市はどこかな?

ここで教師はテミストクリュスを固唾を飲んで見守り、今にもその視界に飛び込まんばかりの様子であったが、やっとこさ気を落ち着けて頭を振ったのはテミストクリュスが〈パリ〉と言った時のことだった。

——じゃあ、わが国第一の都市はどこだい?——と再びマニーロフは訊ねた。

教師は再び固唾を飲んだ。

——ペテルブルク、——とテミストクリュスは答えた。

——他にはどうだい?

——モスクワ、——とテミストクリュスは答えた。

——お利口さんだね、坊ちゃん！——この答えにこう添えたのはチーチコフであった。——いやしかし、どうです……——こう続けるに当たって即座に彼は若干驚いたような様子でマニーロフに呼びかけた、——この歳ですでにこれほどの知識をお持ちとは！　このお子さんはいずれ大器になるとしか言いようがございませんな。

——いやぁ、この子はまだこれだけじゃありませんよ、——マニーロフは答えた、——こいつは並々ならぬ頓知の持ち主でしてね。その下の子のアルケイデス[12]、そっちの方はさほど機敏ではありませんがね、でもこっちの方は今ではなんだかんだとちっちゃい甲虫や虫に出会うと、そりゃもういきなり目をキョロキョロさせましてね、後を追い回したり、忽ち見入ったりしてますよ。私はこいつを外交の方面へ行かせようと思っておりましてね。テミストクリュスや、——再びマニーロフはこう呼んでから続けて、——お前は公使になりたいかい？

——なりたい、——こう答えるテミストクリュスは、パンをもぐもぐしながら頭を左へ右へとぐらつかせていた。

この時、後ろに控えていた召使いが公使殿の鼻を拭ったのだが、実にそれは機転が利いていて、さもなければスープの中にかなり大量の場違いな雫（しずく）がぽたぽた落ちるところだった。食卓では平穏な生活の喜びをめぐる会話となったが、それも度々夫人の持ち出す市の劇場や俳優の話題で途切れてしまった。教師は会話する連中の様子を実に注意深く目で追っては、皆が軽い笑みを浮かべる態勢に入ったと思いきや、直ちに口を開けて大張り切りで笑うのだった。恐らく、彼は義理堅い仁であり、こうすることで夫人に対し日頃の気遣いのお礼でもしたかったのであろう。尤も一度など、彼は物凄い形相となり、食卓をがつんと叩き、鋭い視線を向かいの子供たちに向けたことがあった。これはその場に適したものであった、というのも、テミストクリュスがアルケイデスの耳に噛みついたからで、アルケイデスは目を細めて口を開け、見るも無惨にわんわん泣きだす構えに入っていたが、このままだとあっさり料理のお預けを食らうと察知し、その口を元の状態に戻して涙ながらに羊の骨をしゃぶりだすや、お蔭で両頬は脂でテカテカになるのだった。夫人は頻繁にチーチコフに対して「何も召し上がられませんのね、全然お取りになってませんもの」と声をかけた。これにチーチコフは毎度、「謹んで感謝申し上げます、お腹は一杯ですし、気持ちのいい会話はあらゆる食事に勝るというものですよ」と答えるのだった。

　すでに彼らは食卓を立っていた。マニーロフの得た満足感は並々ならぬもので、片手を客人の背中に添えながらそのまま客間へお通しするつもりでいたところ、突如客人からかなり神妙な面持ちで、ある非常に大事なお話をさせて頂きたい、と明かされたのである。

――そういうことでしたら、私の書斎においで頂けますか、――こう言ってマニーロフが通した小さめの部屋は窓が青ざめた森に面していた。――こちらが私のいつもいる一隅でしてね、――とマニーロフは言った。

――いい感じのお部屋じゃありませんか、――チーチコフはこう言って部屋を一瞥した。

　部屋は確かに感じの悪いものではなかった。壁はどこか青っぽいというか灰色っぽいペンキに塗られ、椅子は四脚、肘掛け椅子は一脚あり、机にはすでにわれわれが触れたところの栞を挟んだ本やびっしり書き込んだ紙が数枚あったが、中でも一番量の多かったのは煙草。その形は多種多様で、袋詰めや煙草入れに入っていたり、挙句はただたんまりと机の上にぶち撒かれているものもあった。二つある窓際のどちらにもパイプから打ち出した灰が山を作り、念入りに並べられたそれはとても美しい列をなしていた。これが時折主人の暇潰しになっていたことは明らかであった。

――どうぞこちらの肘掛け椅子におかけください、――とマニーロフは言った。――こちらの方がゆったり出来ますので。

――いえいえ、私はスツールに坐りますので。

――そういうわけには参りませんな、――とマニーロフは笑みを浮かべながら言った。――こちらの肘掛け椅子はお客様用に購入したものですので、是非ともお坐り頂きませんと。

　チーチコフは腰を下ろした。

――宜しければパイプでもいかがです。

――いや、私はパイプはやらないものでして、――とチーチコフは愛想よく、しかも残念そうな素振りで答えた。

――そりゃまたどうして？――とマニーロフもまた愛想よく、しかも残念そうに訊き返した。

――慣れなかったんでしょうかねぇ、恐らく。よく言うじゃありませんか、パイプをやると喉が渇くとか。

――お言葉を返すようですが、それは思い込みではありませんかねぇ。私など、パイプを吹かすのは煙草を嗅ぐよりも断然体にいいと思っておるくらいでしてね。われわれの連隊にある中尉がおりまして、実に素晴らしくて教養のある人物なのですが、食事の時ばかりか、こう申し上げてよければ、他のどんな場所でも口からパイプを外しませんでしたな。今やその中尉もすでに四十すぎになっておりますが、神に感謝ですな、今以てこれ以上ないくらい元気潑溂としておられますよ。

チーチコフは、確かにそういうこともあるだろうし、この自然界には該博な知識をもってしても説明不能なことが色々ありますから、と言葉を挟んだ。

――ただその前に、一つお願い事があるのですが……――と彼の口にしたその声にはどこかその、不可解というか、およそ不可解にも思える響きがあり、そのあとでなぜか後ろを振り向いたのである。マニーロフもまたなぜか後ろを振り向いた。――どれほど前に人口調査名簿はお出しになりました？

――もうかなり前、というか、思い出せませんな。

――それ以来、どれくらいお宅では農民が亡くなっておりますか？

――分かりかねますが、そういうことなら恐らく番頭に訊いてみる必要がありますな。おい、そこの者！　番頭を呼んでくるんだ、今日はウチに来ているはずだから。

その番頭の登場となった。それは四十がらみの男で、鬚は剃り、フロックコートを羽織っていて、見たところはとても平穏な生活を送っているようであった、というのも、その顔が何ともぷっくり真ん丸で、黄色っぽい肌の色とちっちゃな目からは彼が綿毛や羽毛の何たるかをそれはもう知りすぎていることが窺われたからだ。一見してすぐ分かったのだが、彼もまたあらゆる番頭が築き上げてきたように自らの地位を築き上げてきたのである。以前は単に読み書きの得意な小姓だったのが、その後奥様の寵愛を受けるアガーシカとかいう女中と夫婦（めおと）となり、自らも家人となって、さらに番頭となったのだ。番頭となってからの行いは、無論、あらゆる番頭と同様で、村の裕福な連中との付き合いを重ねて縁故を結ぶ傍ら、貧乏な連中には賦役を回し、朝の八時に目を覚ましてはサモワールの支度を待ってから茶を啜るのであった。

――聞いてくれるか、お前さん！　ウチの農民は調査票を出してから何人亡くなったかね？

――何人かですって？　沢山亡くなってますよ、あれからは、――こう番頭は言いながら、盾のようにした手を口に軽く添えて噦（しゃっくり）を一つした。

――ええ、正直申し上げて、私もそう思っておったんですよ、――とマニーロフは言葉を継いで、――そうですとも、非常に沢山亡くなってますよ！――そこで彼はチーチコフの方を向くと、さらにこう付け加えた、――確かに、非常に沢山ね。

――その、どのくらいでしょうか、例えば、数で言えば？――とチーチコフが訊ねた。

――そうだ、数にしてどれくらいかね？――マニーロフが言葉を継いだ。

――数といいましてもねぇ。何人亡くなったかは分かりません、誰も数えてはおりませんので。

――ええ、確かにそうですな、――マニーロフはこう言ってチーチコフに顔を向けた、――私もそうだと思っておりましたよ、大勢の死者が出てるだろうと。何人亡くなったのかはさっぱり分かりませんが。

――君、すまんが、その人数を数えてくれないか、――とチーチコフは言って、――あと、一人残らず詳細な目録も作ってもらいたい。

――そう、一人残らずな、――とマニーロフは言った。

番頭は〈かしこまりました！〉と言うと、その場から下がった。

――でも、どうしてまたそんなものが必要なんです？――番頭が下がってからマニーロフは訊ねた。

この問いにはどうやら客人も困惑してしまったようで、その表情にはどこかしら緊張した面持ちが見え、そのせいで彼は顔を赤らめてしまった、――それは今ひとつ言葉にならぬものを表現しようとする時の緊張だった。それに実際のところ、マニーロフが遂に耳にしたのは、これまで一度として人の耳が聞いたこともない実に奇妙で浮世離れなことだったのである。

――どういうわけかとお訊ねですか？　そのわけというのはこういうことなんです、つまり、出来れば買い上げたいと思っている農民がおりまして……

――こう言ったチーチコフは言葉に詰まって最後まで言えなかった。

――一つお伺いして宜しいですかな、――とマニーロフは言った、――どのように農民を購入されたいのでしょう、土地付きですか、それとも単なる連れ出しでしょうか、つまりその、土地なしで？

――いいえ、私の申し上げているのはその農民というわけではありませんで、――とチーチコフは言った、――死んだのを手に入れたいと……。

――はあ？　いや、これは失礼致しました……私の耳に少しばかりそのぉ、奇妙極まりない言葉が聞こえたものですから……。

――私、死んだ農民を入手しようと考えておりまして、尤も、その死んだのは調査票では生きているものとして記載されているはずでして、――とチーチコフは言った。

マニーロフは忽ち雁首もろともキセルを床に落とすと、口あんぐりのまま数分ほど開いた口が塞がらなかった。親睦深める生活の心地よさを語り合ってきたご同輩たちがぴくりともせぬまま互いの目を見入るその姿はまるで、昔よく鏡の両脇に向き合って掛けられていた肖像画さながらであった。遂にマニーロフは雁首をキセルと一緒に拾い上げると、上目遣いになりながら相手の顔を窺い、その口元はほくそ笑んでいやしないか、冗談を飛ばしたのではないかと見定めようとしたが、しかしそんな様子は一切なくて、むしろ反対にその表情にはいつもより威厳があるようにさえ思えて、そのあとふと、客人はなぜかいきなり気でも狂ったのではないかという気がしたものだから、おっかなびっくり彼の方を見つめてみたが、その目には全く濁ったところもなければ、荒々しい不安を催す狂人の目にあるような血走った光もなく、万事然るべく、正常であった。こんな時自分はどう対応すべきか、何をすべきなのかといくら考えてみても、マニーロフが思いついたことといえば、口から残りの煙を細い息にしてぷーっと吹き出すことぐらいしかなかった。

――ところで、お教え願いたいのですが、私にそのような、実際には生きてはいませんが、法的な形において生きている者たちを転売、譲渡して頂けますでしょうか、あるいは、如何にすれば宜しいとご判断なされますか？

しかし、マニーロフは余りの困惑と混乱のせいで、ただ彼を見つめるしかなかった。

――お見受けしたところ、ご返答にお困りでしょうか？……――とチーチコフは言い添えた。

――私が？……いえいえ、そうじゃありませんよ、――とマニーロフは言って、――ただ、分からんのですよ……失敬……私などはその、無論、貴方のその身のこなしからも窺えるような一級の教育は受けられませんでしたし、うまく言葉にする術もないのですが……。あるいはひょっとして、そのですね……この、貴方が今おっしゃったことには……別の何か隠されているものとかが……あるいは、今おっしゃったことは言葉の綾か何かなんでしょうか？

――いいえ、――とチーチコフはあとを続けて、――そうではありませんで、私としてはありのままに理解しているわけです、つまり、魂（たま）というのはその、実際すでに死んだものということでして。

マニーロフは全くもって茫然自失の状態であった。何とかしなければ、質問をしなければ、と感じてはいたものの、如何せんどんな質問をすればいいのかがさっぱり分からない。彼が結局最後にやったのは、もう一度煙を吹かすことだったのだが、ただ今回は口からではなく、鼻の穴から出てきた。

――さて、もし差し障りがないようでしたら、これで心置きなく不動産登記証明の手続きに移れると思うのですが、――とチーチコフは言った。

――いやいや、死んだ魂の登記をですか？

――いや、そうじゃなくて！――とチーチコフは言った。――われわれはですね、連中が生きていると書くわけですよ、調査票に実際にある通りにです。私もこれまで何があろうと民法に背かぬことで通してきましたし、ただそうしたことで職場では散々な目に遭いましたが、しかしやはりここはお許し願いたいですな、義務は私にとっては神聖なるもの、法でありますゆえ、法を前にしての私に言葉などありません。

この最後の言葉はマニーロフも気に入ったのだが、事の核心が一向に理解出来ず、返答する代わりに彼はキセルをそれはそれは強く舐めだしたものだから、挙句はファゴットのようにボーボーと鳴らしだす始末。その様子はまるでキセルにこの前代未聞の事態についての見解を訊き出そうとでもするかのようだったが、キセルはただボーボーと鳴るばかり。

――ひょっとして、何か怪しいと思われていることでもおありで？

――いやぁ！　とんでもない、これっぽっちも。私は何もその、貴方に関して批判的な了見があると申すわけではないんです。ただ、恐れながら申し上げるとですね、この事業といいましょうか、大袈裟な言葉を使えば、つまりその、商業取引というんでしょうか、この取引はロシアの現行並びに将来の民法にそぐわないものにはならないんでしょうか？

　こう言ってマニーロフは少しばかり首を動かし、チーチコフの顔を実に意味ありげな様子で見たのだが、その時のマニーロフが自らの顔のあらゆる輪郭とぐっと閉じた唇に見せた深い表情たるや、ひょっとすれば人間の顔にこれまで現れたことのないものだったかもしれない、仮にあったとしても、精々それはどこかの頭の良すぎる大臣の顔くらいなもので、しかもそれだって難題に頭を悩ませている時のことであろうか。

　しかし、チーチコフは、このような事業ないしは商業取引がロシアの現行並びに将来の民法にそぐわぬものとなることは断じてありません、とあっさり答えると、少し経ってからさらに、国庫にとっては法の定める税収となるのですから利益にすらなるんですよ、と付け加えた。

――そう思われますか？……。

――将来的には良いことだと思っております。

――良いということでしたら、話は別ですな。そういうことならば異論はありません、――マニーロフはこう言うとすっかり落ち着きを取り戻した。

――では、残りは値段の取り決めだけですね。

――値段の取り決めですって？――再びマニーロフはこう言うと固まってしまった。――まさか、ある意味では存在しなくなった魂の代金を私が受け取れるなんてお思いじゃありませんよね？　もしそのような、それこそ卦体（けったい）な気を起こされたのでしたら、むしろこちらからその魂を貴方に無償でお譲りした上で、登記証明はこちらがお引き受け致しますよ。

　ここにご笑覧与る事件に関して歴史家がもし、マニーロフの発した言葉の後に生じた歓喜の波に客人が圧倒されていたことを言い損じようものなら、その歴史家は大いに咎めを受けることとなろう。客人にどれほどの威厳と分別があったにせよ、この時は山羊さながらに今にもぴょんぴょん跳び上がらんばかりで、かかることは周知の通り、これ以上ない強烈な歓喜の迸りが生じぬ限り起こりはせぬもの。彼は肘掛け椅子の中であまりに激しく身を捻ったものだから、クッションに張った生地がびりっと破れ、マニーロフ自身はそんな彼に当惑気味の視線を向けたのだった。有り難さに背を押された彼からにわかに感謝の言葉を並べ立てられたものだから、聞かされている方はどうしたものか分からず、顔一面真っ赤となって、滅相もないと言わんばかりに首を振り、仕舞いには、こんなこと全くもってお安い御用です、だとか、自分も正直なところ、どうにかしてでも親愛の情、魂の磁力というものの存在を証明してみたいわけでして、死んだ魂なんてのはある意味、全くもってケチなものです、とまで口にする始末だった。

――それが実にまたケチではないんですな、――とチーチコフは彼の手を握りしめながら言った。そこで吐き出されたのは実に深い溜息だった。どうやらチーチコフ、心情を吐露しようという心持ちになっていたようで、情感と表情たっぷりに次のような言葉を発したのである、――この一見ケチにも見えようもので天涯孤独のこの身はどれほどの尽力を賜ったことでしょう！　それに実際の話、これまで私が知らずに済んだ憂き目などあったでしょうか？　まるで荒れ狂う波間に浮かぶ艀（はしけ）のようなものです……。ありとあらゆる迫害や追及を経験し、とことん辛酸を舐めてきましたが、私が何をしたというのでしょう？　それは公平無私を遵守し、己の良心に正直で、身寄りのない寡婦や不憫な孤児に手を差し伸べたがためですよ！……――すぐさま彼は零れ出た涙をハンカチで拭い取りまでしたのである。

　マニーロフは完全に心を揺さぶられていた。二人のご同輩は互いの手をずっと握りしめたまま、そのじっと互いに見つめ合う目には涙を潤ませていた。マニーロフはわれらが主人公の手をどうしても放したくなくて、そのまま熱っぽく握り続けていたものだから、握られている方はその手の苦境にどう手を差し伸べてやれば良いか分からずにいた。遂に彼はその手をそっと引き抜くと、早速登記証明を行うのも悪くないでしょうし、自分から町へ出向くのもいいでしょう、と言った。その後、帽子を手にすると、別れの挨拶を始めたのである。

――まさか？　もうお出かけになられたいわけですか？――はたと気を取り戻し、びっくりしたと言わんばかりにマニーロフは言った。

この時、書斎にマニーロヴァ夫人が入ってきた。

――リーザンカ、――こう言うマニーロフは些か残念そうな面持ちで、――パーヴェル・イヴァーノヴィチが私たちを置いて行かれるんだよ！

――それは私たちがパーヴェル・イヴァーノヴィチをうんざりさせたからですわ、――とマニーロヴァ夫人は言った。

――奥様！　ここには、――とチーチコフは言うのだった、――この中には、まさしくこの中にです、――すぐさま彼は手を胸に当てて、――如何にも、この中にはこれからもお二人とともに過ごしたひと時の喜びがずっとあり続けますとも！　それに正味な話、お二人と一緒に同じ屋敷とはいかなくとも、せめて近隣に住むことが出来ますれば、私にとってこれほどの至福はございません。

――どうです、パーヴェル・イヴァーノヴィチ、――この考えが大変気に入ったマニーロフはこう言った、――もしそれこそご一緒に同じ屋根の下で生活をともにしたり、どこかの楡の木蔭で哲学談義をして思索を深めることが出来たとすれば、それは実に素晴らしいことでしょうな！……。

――おお！　そりゃもう天国のような暮らしでしょう！――とチーチコフは溜息を漏らして言った。――お暇（いとま）させて頂きます、奥様！――こう続けながら彼はマニーロヴァ夫人の手元に近寄った。――お暇させて頂きますよ、畏敬するご同輩殿！　お願いしたこと、どうかお忘れなきよう！

――ええ、それならご心配なく！――とマニーロフは答えた。――お別れすると言いましても、長くて二日ですがね。

一同は食堂へと出た。

――元気でいるんだよ、可愛い坊ちゃんたちも！

——アルケイデスとテミストクリュスを見て彼はこう言ったのだが、二人が遊んでいる木製っぽい軽騎兵（フサール）にはすでに腕も鼻もなかった。[13] ——さようならだよ、坊ちゃんたち。済まなかったね、君たちにお土産を持ってこなくて、何しろね、正直言うと、君たちがこの世で生を享けているのかすら知らなかったものだからね、でも今度来る時には必ず持ってくるからね。ボクにはサーベルを持ってこよう、サーベル欲しいだろ？

——欲しい、——こう返事したのはテミストクリュスだった。

——じゃあ、こっちのボクには太鼓だね、ボクには太鼓がいいよね？——アルケイデスの方に身を屈めて彼は言葉を続けた。

——ターコ、——アルケイデスは小声でこう返事して頷いた。

——分かった、ボクには太鼓を持ってこような。すごく恰好いい太鼓だぞ、ほらこんな感じで何だって出来るんだから、トゥルルル……ル……トラ・タ・タ、タ・タ・タ……。じゃあね、ちびさん！元気でな！——こう言って彼はその子の頭に口づけするとマニーロフと夫人の方に軽く笑いながら向き直ったのだが、それは普段親たちに対して子供の欲求が無垢なものであることを知らせる時に上げる笑いだった。

——本当の話、このまま留まられてはどうですか、パーヴェル・イヴァーノヴィチ！——すでに一同が表階段に出てきたところでマニーロフは言った。——ご覧下さいよ、すごい雨雲じゃないですか。

——ちょっとした雨雲ですよ、——とチーチコフは答えた。

——あと、ソバケーヴィチのところへ向かう道はご存じなんですか？

——そこは貴方にお訊ねしたいところですね。

——何でしたら、今からお宅の馭者にお話し致しますよ。——すぐさまマニーロフはこれまで通り物腰低く馭者に事情を説明したのだが、その馭者に向かっては一度など〈貴方〉と口にしたほどであった。

馭者は、曲がり角を二つ通り過ぎて三つめの角で曲がるのだと聞かされると、「任せて下さい、大旦那」と答えた、——そして、チーチコフの見送りにはお辞儀や爪先立ちになった主人たちのハンカチのはためきが長々と続いた。

　マニーロフは玄関口にじっと佇みながら、遠ざかり行くブリーチカを目で見送っていたが、全くその影が見えなくなってからもパイプを吹かしながらその場に立ち続けた。やっと部屋に入って椅子に腰を下ろすと、物思いに浸りながら、客人にささやかながらも満足してもらえたことを心から喜んでいた。その後、彼の思いはいつの間にか他のことへと移り、挙句はどことも知れぬ方向へと流れていった。彼が思いを馳せていたのは仲睦まじい生活が持つ安らぎ、親友と一緒にどこかの川岸で暮らし、後にその川は架橋され、さらには高い望楼（ベルヴェデール）のある大きな屋敷が建ち、そこからはモスクワさえも一望出来て、夕刻にもなればその屋外でお茶を飲みながらあれこれ楽しい話題に花を咲かせるのである。その後、彼はチーチコフとともにある集まりへと四輪の箱馬車で向かえば、そこにいる一同を当たりの良さで遍く魅了し、その彼ら二人の友誼を耳になさった皇帝閣下からは二人に将軍の称号が授けられたりして、もうその先は彼自身にも何のことやらわけが分からなくなってしまった。チーチコフからの奇妙な依頼のために、突如彼の夢想はすべて立ち消えてしまったのである。この依頼をめぐる思いがとりわけどうしたわけか、頭の中で煮え切らぬままだったのだ。どうひっくり返してみたところで彼にはどうも説明がつかず、じっと坐ったままパイプを吹かした状態が昼食の間際まで続いたのであった。

第三章

一方のチーチコフがご満悦の気分で坐っていたブリーチカは、里標道路を走りだしてからだいぶ経っていた。前章から彼一番の好みや嗜好の何たるかはすでに明らかで、またそのゆえ、彼が早々それに全身全霊打ち込んだとしても不思議ではない。推し量り、皮算用、熟慮が次々彼の顔面をさすらっていくのだが、どうやらそれは大変愉快なものだったようで、一分ごとににんまりとした笑みがその跡を残していったからである。そんなことで彼は忙しかったものだから、マニーロフ家の人たちから受けた扱いに気を良くした馭者が右側に繋いだ斑（ぶち）の副え馬相手に実に理に適った説教をしていることなど一切目に入らなかった。この斑の馬というのはひどく狡猾な奴で、引っ張っているというのはただの見せかけ、一方の主たる赤茶の馬とどこかの委員から買い受けたので〝委員〟と呼ばれていた栗毛の副え馬の仕事ぶりは一所懸命だったものだから、この二頭の目からははっきりとこの説教に満足しているのが分かった。「ズルするもんならしてみやがれ！　今にこっちが出し抜いてやっからな！――セリファンはこう言いながら腰を上げ、鞭を一発その怠け馬にお見舞いした。――てめえの仕事を知るがいい、このドイツの老い耄れ道化め！　赤茶は見上げた馬だぜ、自分のお役目果たしてっからな、あいつになら喜んで余分に馬草もくれてやりゃ、それに委員もいい馬さ……ほら行け！　なに耳をばたつかせてんだ？　おい、この馬鹿、ちゃんと聞きやがれ、人が喋ってんだぞ！　このトンチキ、てめえのために言ってんだ。こら、どこ行きやがる！」ここでもう一発鞭をお見舞いすると、彼は「この外道がぁ！　疫病神のボナパルトめぇ！」と言い添えたのであった。そして全員に向かって「おーい、いい子さんたちよぉ！」と大きく声をかけ、三頭すべてに一発ずつ、今度はお仕置きではなしに、彼らに満足しているんだと分からせようと鞭を入れた。すっかり満足すると、馭者は再び斑に向かってこう話しかけた、「お前さんは自分のやってることを隠し通せるとでも思ってんだろうがな。そうはいかねぇぞ、正しく生きなきゃなんねぇぜ、人様から敬われたいんだったらよ。ほれ、あの地主んところ、俺たちの寄ったとこよ、あそこにいるのはいい連中だ。いいお人なら俺だって喜んで話もするさ、いいお人とならいつだって友人、水入らずの仲って奴さ、お茶を飲んだり、つまみを食ったり——いいお人なら喜んでな。いいお人ってのは誰だって敬うもんよ。ウチの旦那を見てみろ、みんな尊敬してんだろ、あれは旦那がだな、おい聞いてるか、お国の勤めを果たされたからなんだ、旦那はロクトカンなんだぜ……」

こう論じていたセリファン、仕舞いには抽象の遥か彼方にまで行ってしまうのであった。もしチーチコフが聞き耳を立てておれば、色々と彼個人に関する詳細を知ることにもなったのであろうが、彼の頭は自分のことで余りに一杯だったものだから、強烈な雷鳴に初めて我に返って周りを見回すと、空は一面雨雲に覆われ、埃まみれの馬車道には雨粒がぱらついていた。仕舞いには、雷がさらに今度は先ほどよりも大きく近くで鳴り響くと、雨が一気にバケツをひっくり返したように降りだしたのである。最初、横殴りだった雨は馬車の車体の片方に打ちつけていたのが、今度はもう片方に、さらには攻撃態勢を変えて真っ逆さまに落ちてくると、太鼓を打ち鳴らすように車体の上部を叩き、その飛沫が挙句には彼の顔に引っかかり始めた。これには仕方なく彼も道端の景色を眺めるための丸い小窓が二つ付いた革カーテンを引いて、セリファンにもっと急ぐよう命じざるを得なかった。セリファンはこれまた熱弁を揮っていたところを遮られたわけだが、確かにぐずぐずしてはいられぬと悟り、直ちに馭者台の下から鼠色のボロ切れのようなものを引っ張り出し、それを両手にはめて手綱を掴むと、お説に気持ちが和んでいたお蔭で少しばかり足踏み状態だった三頭を怒鳴りつけた。だが、セリファンは曲がり角を二つ過ぎたのか三つ過ぎたのかをどうしても思い出せなかった。来た道を少しばかり頭に浮かべて思い出しながら彼が悟ったのは、沢山あった曲がり角を全部通り過ぎてしまったということだった。ロシアの人間というのはここ一番という時にどうすれば良いかその先を考えずとも見つけられるものだから、最初の辻を右に曲がったところで「おいお前さんたち、朋友よ、立派な奴らよ！」と言って怒鳴りつけると、取った道がどこへ続くかもあまり考えぬまま猪突猛進したのである。

雨はしかし、どうやらこの先もずっと長引く模様だった。道端に積もっていた砂埃は忽ちにして泥濘に固まり、馬たちは一分毎にブリーチカを引っ張るのが辛くなっていった。チーチコフはすでに、随分長い間ソバケーヴィチの村が見えないものだから、ひどく気を揉みはじめていた。彼の計算ではもうとっくに到着していてもおかしくなかったからだ。彼は両側を覗き見たが、外は目ん玉刳り抜かれたほどのひどい真っ暗闇だった。

——セリファン！——ブリーチカから首を出した彼は遂にこう言った。

——何でしょう、旦那？——セリファンは答えた。

——見てくれ、村は見えんか？

——いやぁ、旦那、どこにも見えませんや！——このあとセリファンは鞭を振り回しながら歌ともつかぬ歌を延々歌ったのだが、それは何ともまあ長ったらしいもので、いつまで経っても切りがなかった。そこには何もかも盛り込まれていた。つまりは、馬たちをロシアの端から端までもてなす景気づけや焚きつけのあらゆる叫び声、形容辞などはありとあらゆる類いのものを手当たり次第、最初に口を衝いて出てきたものなら何でもござれ。こんな具合にして挙げ句の果ては、馬たちのことを秘書とまで呼びだす始末だった。

一方、チーチコフはブリーチカが四方八方に揺れて、思い切り突き上げられていることに気づき始め、そのため彼は自分たちが道を逸れて、ひょっとすると耕した畑の上を引っ張られているのではないかという感覚を受けた。セリファンの方もどうやらそれには勘づいていたようだが、ひと言も口にしなかった。

——おい、このペテン師、どの道を走ってやがんだ？——とチーチコフは言った。

——仕方ありませんや、旦那、刻が刻ですんでね、鞭だって見えやしませんや、こんな真っ暗じゃ！——こう言って彼がブリーチカをひどく傾けてしまったものだから、チーチコフは両手で体勢を支えざるを得なかった。この時初めて彼は気づいたのである、セリファンが一杯を引っかけているということに。

——抑えろ、抑えるんだ、ひっくり返しちまうぞ！——と彼は彼に怒鳴った。

——とんでもない、旦那、あっしがひっくり返すわけありませんよ、——とセリファンは言った。——ひっくり返すってのはいけませんな、そんなことなら承知してますとも、あっしはひっくり返すなんてこと致しませんよ。——こう言って彼は少しばかりブリーチカを旋回させ始め、旋回に旋回を重ねると、仕舞いには中身をほっぽり出して完全に横向きになってしまった。チーチコフは両手も両足もばっしゃんと泥濘に突っ込んでしまった。セリファンもさすがに馬たちを止めた、尤も、馬たちの方からも勝手に止まっていたのではなかろうか、何しろひどく憔悴し切っていたようだから。この想定外の出来事に彼はすっかり度肝を抜かれてしまった。馭者台を降りると、彼はブリーチカの前に立って仁王立ちになったが、その時の旦那はと言うと、泥の中でバタバタもがきながら這い出るのに必死で、少しばかり思案して言い放ったのが「ほれ見ろ、ひっくり返ったじゃないか！」というひと言だった。

——お前、靴屋みたいに酔っ払ってるじゃないか！——とチーチコフは言った。

——とんでもない、旦那、あっしが酔っ払ってるわけありませんよ！　酔っ払うのが宜しくないことは存じ上げとりますよ。仲間と話をしたわけですな、何しろいいお方とでしたら話も出来るってものでしてね、それには悪いことなんてありませんよ、つまみも一緒にやりましてね。つまみは癪に触るようなものじゃござんせんや、いいお方とならつまみもいけます。

——この前呑んだくれた時にお前に俺はなんて言った？　ああ？　忘れたか？——とチーチコフは言った。

——とんでもない、旦那さま、あっしが忘れるわけありませんよ。自分のお役目は重々存じ上げとります。酔っ払うのが宜しくないことは存じ上げとりますよ。いいお方とでしたら話も出来るってものでしてね、何せ……。

——なら、こっぴどく鞭でお仕置きしてやるまでだ、そしたらお前も分かるってもんだろ、いいお方とはどう話をすればいいかってな！

――旦那様のお望み通りになるまでですよ、――どうされても文句はないセリファンはこう答えて、――お仕置きするならお仕置きで、あっしは少しも構いやしません。お役目とありゃお仕置きせずにおれますか、それがご主人さまのお望みですからね。こいつは鞭で懲らしめなきゃなりませんや、たわけもんが調子に乗ったんですからね、けじめをつけなきゃなりません。これがお役目とありゃお仕置きせずにおれますか？

　こういう理屈を聞いて旦那はどう答えればいいかさっぱり分からなかった。だがこの時はどうやら、運命が直々にこの彼に憐れみを垂れてくれたようだ。遠くから犬の吠える声が聞こえたのである。すっかり喜んだチーチコフは馬を出すように命じた。ロシアの馭する者というのは目の代わりになかなか勘が良く、そのため、目を細めていても時に全神経を集中すれば、いつでもどこかへ辿り着いてしまうものなのだ。セリファンは盲滅法に馬たちをとにかく真っ直ぐ村の方へと向けたものだから、ブリーチカは轅（ながえ）が柵にぶち当たってもうこれ以上先には進めなくなったところでやっと停車した。チーチコフが篠突く雨の厚い帳越しに認めたのは何か屋根に似たようなものだけだった。彼はセリファンを遣って門を探しに向かわせたのだが、もしルーシの地において守衛代わりの獰猛な犬がいなかったとすれば長時間の探索になっていたことは先ず間違いなく、彼の訪問を知らせる犬たちの声というのがこれまた余りに大きかったものだから、彼は指で耳を塞いだほどだった。灯りの揺らめきが小窓の一つに見え、ぼんやりとした筋をなして柵のところまでくると、われらが旅人たちに門の在り処を指し示した。セリファンはこんこんと叩いてみたところ、間もなく木戸を開けてぬっと顔を覗かせたのはアルミャーク（厚手外套）を羽織った人影で、旦那と召使いが耳にしたのは掠れた婆さんの声だった。

――叩いてんのは誰だい？　何の騒ぎだい？

――旅の者でね、おかみさん、一晩泊まらせてくれないか、――とチーチコフは言った。

――こりゃあんた、まあ何と足の速いのが、――と老婆は言い、――何て時間に来たのかね！　ここは旅人宿じゃないんだよ、地主の女将が住んでんだからね。

――どうしようもないんだよ、おかみさん。ほら、何しろ道に迷ってしまったんでね。こんな時間、野宿なんて出来んだろう。

――そうさ、刻だって暗けりゃ、良くない時間だし、――とセリファンが付け加えた。

――黙ってろ、馬鹿もん、――とチーチコフは言った。

――そういう貴方はどなたさんで？――と老婆は言った。

――貴族だ、おかみさん。

〈貴族〉という言葉に老婆はどうやら少しばかり考えさせられたようだった。

――ちょっとお待ち下さいな、奥様に話してきますんで、――老婆はこう言ってから、二分も経たないうちに灯りを手にして戻って来た。

門が開かれた。灯りが他の窓にも揺らめいた。ブリーチカは中庭に入ると、暗さでよく見えていなかった小さな家の前で止まった。わずかに家の半分だけが窓から差す光に照らし出されていて、さらに家の前に見えた水溜りにもその同じ光が直接差していた。雨は大きな音を立てて木の屋根に打ちつけては、せせらぐ流れとなって下に置いてある樽へと落ちていた。その間、犬たちはありとあらゆる大声で吠え立てていた。ある犬は首を上に反らすと大層長い息で、しかも大層懸命に声を張り上げるものだから、まるでそうすることで神のみぞ知るおまんまにありつけるとでも言わんばかりで、別の犬は鐘つき男のやっつけ仕事みたいにぞんざいで、その合間に響くのはまるで郵便の呼び鈴のような落ち着かぬデスカント（甲高い声）で、きっとまだ年端のいかない仔犬なのだろう、そしてこのすべてを最終的にまとめ上げたのはバスで、ひょっとすると逞しい犬の品格を備えた爺さんなのかもしれない、何しろ、その掠れたところなどはコンサートが最高潮に達した時のコントラバスの掠れ声みたいだったからだ。テノールはどうしても高音を出したいばかりに爪先立ちとなり、何から何まで首を仰け反らせて上へ向かおうとするものだが、彼だけは一人、鬚を剃っていない顎をネクタイの中にぐっと押し込み、腰を下ろしてほとんど地べたに着くほど屈み込んだ体勢から音を出すので、硝子戸が揺れてがたがた音を立てるのだ。かかる音楽家たちからなる犬の咆哮を一つ聞くだけでもこの村が立派なものであることが分かったが、ずぶ濡れで凍え切っていたわれらが主人公には寝床のことしか頭になかった。ブリーチカが完全に停止するのを待たずして彼は玄関口に飛び乗ると、少しよろめいて危うく転倒しそうになった。玄関口に再び出てきたのはどこかの女性で、今度は前よりも若かったが、見た目はそっくりだった。彼女は彼を部屋へと通した。チーチコフはちらっと二度視線を投げた。その部屋は古くなった縞模様の壁紙が貼られ、何かの鳥を描いた絵が何枚か掛けられており、窓と窓のあいだには古風な小鏡がくるっと巻きのかかった葉っぱの形をした黒っぽい額の中にいくつも収まり、どの鏡の裏にも手紙や古いカード一式や長靴下が挟み込まれていて、壁時計は花の絵が文字盤に描かれていたが……これ以上何ひとつ注視することが出来なかった。彼は瞼がまるで誰かに蜂蜜で塗られたようにくっ付く感覚を覚えていたのだ。少し経ってから入ってきた女主人は中年女性で、ナイトキャップのようなものを被り、急いで引っかけた上っ張り姿で、首にはフランネルを掛けていたが、彼女は不作や損失に泣かされて心なしか首を傾げているようなおかみさんの一人で、そう言いながらも粗布の袋に小金を貯め込んでは箪笥の抽斗にしまい込んでいたりしている。ある袋には一ルーブル銀貨ばかりを入れ、別の袋には半ルーブル銭、さらに別のには四半ルーブル銭を入れているのだが、一見すると箪笥には何も入っておらず、あるものといえば下着や夜用のブラウスや毛糸玉や縫い目を解いたサロープ（婦人外套）くらいで、これなどは後々ドレスに様変わりするわけだが、そうなるのは古いドレスがお祝い用のレピョーシカ（平焼きパン）とプリャージェネツ（肉と玉葱の揚げパン）を焼く際に焦げてしまったり、勝手に破けてしまった場合のこと。だが、ドレスは焦げたりすることもなければ、勝手に破れたりなどしないし、物を大切にする婆さんだから、サロープはこの先も縫い目を解いたままの状態でずっと取り置かれ、その後遺言により再従姉妹（はとこ）の姪に他のがらくた共々渡ることと相成る。

チーチコフは突然の訪問でお騒がせして申し訳ないと詫びを言った。

――平気よ、平気、――と女主人は言った。――何てまたこんな時間に神さまはお届け下さったのかね！　道は真っ暗な上にひどい嵐だから旅のあとは本当は何か口にした方がいいんだがね、何しろ夜の刻さ、支度も出来やしない。

　この女主人の言葉がシュウシュウいう奇妙な音に遮られたものだから客人は今にもびくっとするところ、それはまるで部屋中にうじゃうじゃ蛇でもいるかのような音だったのだが、上を見上げた彼はほっとしたのだった、というのも、壁時計が鐘を鳴らしたがっているのが分かったからだ。シュウシュウいう音のあとに続いたのは掠れた音で、そして遂にすべての力を振り絞って時計が鳴らした二時の時報というのがこれまた誰かが棒切れで割れた陶器をがんがん叩いているような音で、そのあと振り子は再び右へ左へとかちかち音を立てだしたのであった。

　チーチコフは女主人に感謝するに当たり、自分には必要な物はないし、何の気遣いも要らない、寝床以外に欲しいものは何もない、と言ったが、ただ自分が立ち寄った場所がどこで、ここからソバケーヴィチという地主のところまでは遠いのかどうかと訊ねたところ、これに老婆が答えたのは、そんな名前は聞いたことがないし、そんな地主などいやしない、というものだった。

　——ならせめて、マニーロフというのはご存じですかね？——とチーチコフは言った。

　——そのマニーロフってのは誰です？

　——地主ですよ、おかみさん。

　——いいや、聞いたことないね、そんな地主はいませんよ。

　——なら、どんなのならおりますかね？

　——ボブローフ、スヴィニイーン、カナパーチエフ、ハルパーキン、トレパーキン、プレシャコーフ。

　——裕福な人たちですか、それとも違いますか？

　——いや、親仁（おやじ）さん、物凄く裕福だってのはいませんよ。二十魂とか三十魂というのはいても、百を数えるようなそういったのはいませんな。

　チーチコフは自分が立ち寄ったところが真っ当な鄙（ひな）であることに気づいた。

　——少なくとも町までは遠いんですか？

　——六十露里くらいになりますかね。不憫ですな、何も食べて頂けるもんがないとはね！　いかがです、親仁さん、お茶でも一杯？

　——感謝しますよ、おかみさん。何も要らないよ、寝床以外は。

——そりゃそうだわね、こんな旅のあとだもの、しっかり休まにゃならんわね。ほらここでゆっくりなさって、親仁さん、このソファーでね。これ、フェチーニヤや、羽毛の敷布に枕、あとシーツを持ってきとくれ。何という天気をまた神さまは遣わされたのかね。こんな雷でしょ、私の部屋なんて一晩中蠟燭が聖像画の前で燃えてたね。あらまあ、親仁さんや、そりゃまたどうしたんだい、まるで去勢豚みたいに背中と脇が泥だらけじゃないかい！　どこでまたお汚れ遊ばしたんだい？

——まだ汚れただけで良かった方でしてね、脇腹が折れなくて神さまには感謝をしなくちゃなりません。

——成聖者よ、まあ何という受難だこと！　何かで背中をさすらなくてもいいのかね？

——大丈夫、大丈夫ですよ。どうかご心配なく、お宅の女中さんに私の服を乾かして汚れを取るよう言って頂くだけで結構ですから。

——聞こえたかい、フェチーニヤ！——こう女主人が声をかけた女は玄関口に蠟燭を持って出てきていて、すでにもう羽毛の敷布も引っ張ってきており、その両脇を両手で叩いて膨らませると羽毛の洪水で部屋全体は一杯になってしまった。——このお方らのカフタン(長上衣)を肌着と一緒に持っていって、先ず火の前で乾かすんだ、今は亡き旦那にやってたみたいにな、そのあとで汚れを払ってしっかりとはたき出すんだよ。

——かしこまりました、奥様！——こう言ったフェチーナは羽毛敷布の上にシーツを掛け、枕を置いた。

——さて、これで寝床の出来上がりだよ、——と女主人は言った。——お暇しますよ、親仁さん、お休みなさい。他に何も入り用のものはないかね？　もしかして、親仁さん、夜寝る前には誰かに踵を掻いてもらわないと駄目だってことはないのかね？　ウチの亡くなったのはそれがないと全然寝つかなくってね。

だが、客人はこの踵掻きもお断りした。女主人が出て行くや彼は早速服を脱ぎ、フェチーニヤに自分の外した皮帯の上も下もすべて渡すと、そのフェチーニヤが今度はお休み遊ばせと言ってその濡れた鎧を持ち去っていった。独りになった彼は如何にも満足気に自分の寝床に目をやったところ、それは天井にまで届かんほどの高さになっていた。フェチーニャはどうも羽毛の敷布を膨らます達人であったようである。椅子を台にして彼が寝床に上がってみると、それは彼の下でぐんと沈んでほとんど床にまで下がってしまい、羽毛は彼によってぱんぱんになった状態から解き放たれて部屋の隅々にまで飛び散っていった。蠟燭を消すと、彼は更紗の布団をかぶってその下でくるまり、一瞬のうちに眠りに落ちた。次の日、目が覚めた時にはすでに朝も遅くなっていた。太陽が窓越しに直接彼の目に射し込んでいて、昨晩壁や天井で静かに休んでいた蠅たちも全員彼のところに寄って来ていた。彼の唇に坐るものがいるかと思えば、耳に坐っているものいたし、またあるものは目の真上に気持ちよく腰を下ろそうと懸命で、不注意にも鼻の穴に近いところに腰掛けた蠅などは眠気まなこの彼によって鼻の中に引き込まれ、そのお蔭で彼は大きなくしゃみをさせられることになった、――この状況こそが彼の目覚めた原因であった。部屋を見回してみた彼は、絵に描かれているのがすべて鳥というわけではないことにやっと気づいた。鳥たちのあいだにはクトゥーゾフの肖像が掛かっていたり、油絵の具で描かれた老人が赤いカフの付いた制服を着ているのだが、その縫製の仕方はパーヴェル・ペトローヴィチの治世のものだった。時計が再びシュウシュウシュウと息を吐いて十時の刻を打つと、扉の向こうから女の顔が覗くやまたすぐに隠れてしまった、というのも、チーチコフはぐっすり眠りに就きたい一心に、身に着けていたものをすっかり脱いでいたからである。覗いた顔は彼には見覚えがあるかのように思えた。あれは一体誰なんだろうと考えているうちに、やっとそれが女主人であることを思い出した。彼はシャツを羽織ると、すでにすっかり乾いてきれいになった服が彼のそばに置かれていた。服を着て鏡に近づいた彼は、もう一度大っきなくしゃみをしたものだから、その時窓に近づいていた七面鳥が――その窓というのは地面からとても近くにあったのである――彼に向かって何かを急にすごい早口で変梃な自分の言葉で、きっと〈お大事に〉とでも喋ったのだろう、これにはチーチコフ、馬鹿言え、と返したのだった。窓に近づいた彼は目の前にあった眺めを品定めし始めた。窓から見えたのはおよそ鶏小屋とでも呼ぶべきもので、少なくとも彼の前にあったその手狭な家屋全体は家禽やありとあらゆる家畜で溢れ返っていた。七面鳥や鶏は数え切れぬほどおり、そのあいだをリズミカルな足取りで歩き回りながら雄鶏が鶏冠を振ったり、まるで何かに耳を欹てているかのようにして首を傾けているかと思えば、豚とその家族がすぐ近くにおり、そばにあるゴミの山を漁るついでとばかりにひよこを食ってしまうと、それに気づかぬまま続けて西瓜の皮を自分なりの作法で食すのであった。この小さい屋敷というか鶏小屋の周りには板張りの柵が囲み、その向こう側に広がる畑にはキャベツ、玉葱、馬鈴薯、ビートその他野菜がなっていた。畑のそこかしこに林檎やその他の果物のなる木があり、鵲と雀から守る網が掛けられているのだが、中でも雀たちは斜めに傾いだ群雲となってあちらこちらへと動き回っていた。まさにそういった理由から立てられていたのが長い竿を突き出して仁王立ちになった案山子数体で、そのうちの一体には女主人のナイトキャップが被せてあった。畑のさらに向こう側に続いていたのは百姓小屋で、あちこちに点々としているので規則正しく街路には収まっていないが、チーチコフの目についたところからは住民が裕福であることが分かった、というのも、その家々の維持管理が然るべく行き届いていたからである。古くなった屋根の板葺きはどこもかしこも新しいものに取り替えられていたし、門も傾いているものなどどこにもなくて、こちらの方に向いている百姓の納屋で目についた予備の荷車などはほとんどが新品で、しかもそこには二台もあった。「あのおかみさんの村は小さくないぞ」、——と彼は言うと、すぐにでも女主人と話をして相手のことをもっとよく知ろうと思った。彼は女主人が首を突っ込もうとして止めた扉の隙間を覗き込み、彼女がお茶のテーブルの前に坐っているのを見ると、彼女の元へ快活で愛嬌のある素振りで入っていった。

——こんにちは、親仁さん。よくお休みになれましたかね?——女主人は立ち上がりながらこう言った。彼女の服装は昨日よりも良くなっていた。黒っぽいドレスで、ナイトキャップはもう被っていなかったが、首にはそれでもやはり何か結んであった。

——お蔭さまでよく眠れました、——チーチコフはこう言いながら肘掛け椅子に腰を下ろした。——

そちらはいかがです、おかみさん？

——それが駄目でね、親仁さん。

——それはまたどうしてです？

——眠れなくってね。ずっと腰が痛くて、足の骨の出っ張った上辺りも、とにかくずきずきしてね。

——治ります、治りますって、おかみさん。そんなもの大したことありませんよ。

——治ってくれたらいいんだがね。あたしなんか豚の背脂を塗ったり、松脂油だって塗ってたんだけどね。ところで何と一緒にお茶を出しましょうかね？　酒瓶に果実酒がありますよ。

——悪くないですね、おかみさん、その果実酒を頂きましょうかな。

　読者はすでにお気づきかと思うが、チーチコフは愛嬌たっぷりの素振りにもかかわらず、それでもマニーロフよりはずっと気楽な話ぶりで、少しも鯱張(しゃちこば)るところがなかった。申し上げておかねばならぬが、われらがルーシにおいては何か他の別のことであれば外国人に太刀打ち出来ぬが、連中を遥かに凌いでいたのが人と付き合う才なのである。われわれの付き合いにある微妙な含みや機微をすべて数え上げることなど出来まい。フランス人やドイツ人にはその中にある癖や違いのすべてについてはいつまで経っても分からんだろうし理解出来ぬであろうから、同じ声、同じ口調でもって百万長者とも煙草屋とも話すのだろうが、ただ当然のこととして、そのお相手を前にしながらも肚の中では良からぬことを考える。わが国にあっては然にあらず。わが国にいる賢人ともなると、二百の魂(たま)を有する地主との話し方は三百の魂の地主の時とは全く違うし、魂数三百の地主との話し方はこれまた魂数五百の地主の時とは違うし、魂数五百の地主とは魂数八百の地主の時のようにはいかない——つまり、その数が百万になろうとも、常に微妙な色合いというものが見えるのである。こうしよう、例えば、官庁があるとする、ここにではなくどこか遥か彼方にある国だとして、またその官庁には例えば、その官庁の長がある。この彼が部下たちのあいだで坐っているところを一度ご覧頂きたい、——ただただおっかなくて、言葉も出ない！　矜持に高貴、表情となって表れてこぬものなど彼の顔にあるだろうか？　ただ筆をとって描いてみれば、プロメテウス、これぞまさしくプロメテウスよ！

鷲となって目を光らせ、立ち居振る舞いはこれ悠然として淀みなし。この同じ鷲、部屋から出て自分の上司の書斎に近づくや、鷓鴣(しゃこ)みたいにせかせかと書類を脇に抱えて急ぎ足になるところなど何ともやり切れぬではないか。社交界や夜会では、もしそれが官等の高からぬ仁の開いたものならば、プロメテウスはやはりプロメテウスのままであろうが、ほんのちょっとでも彼より上だとプロメテウスはオウィディウスすら思いもつかぬ変容を遂げるのだ。蝿は蝿よりちっちゃくなって、砂粒ほどにまで潰れているではないか！「いやあれはイヴァン・ペトローヴィチじゃないよ、――と彼を見て言うのだ。――イヴァン・ペトローヴィチはもっと背も高いけど、あいつはチビでガリガリじゃないか、あの方は声も大きくて低音だし、決して笑ったりなんかしないが、あいつなんて訳が分からねぇ、鳥みたいにピーピーいって、始終笑ってるじゃないか」近づいてよく見てみるや――まさにあのイヴァン・ペトローヴィチではないか！「えへへ」――とこっちは独り思うわけで……。だがやはり、登場人物たちの元へ参ることにしよう。チーチコフは、すでに見てきたように、一切鯱張らないことにしたわけで、そのため両手に茶碗を持ち、そこに果実酒を注ぎ込むとこんな話を始めたのである。

――お宅は、おかみさん、いい村ですな。ここには数にしてどれくらいの魂がおります？

――村の魂はね、親仁さん、八十くらいですかね、――と女主人は言って、――ただ災難でね、時節が悪いもんだから、去年なんて神さまにすがりつきたいほどの不作でね。

――そうは言っても、ムジークたちなんか見るとがっしりしてるし、小屋だってしっかりしてますよ。苗字をお伺いしても宜しいですか。すっかりぼっとしてまして……夜にこちらへ伺ったものですから。

――コローボチカ、十等官夫人です。

――実に恐縮です。で、お名前と父称は何と？

――ナスターシヤ・ペトローヴナです。

――ナスターシヤ・ペトローヴナさんですか？　ナスターシヤ・ペトローヴナとはこれまたいいお名前だ。私の叔母で、母の妹もナスターシヤ・ペトローヴナといいましてね。

――で、そちらのお名前は何と？――と女地主は訊ねた。――そちらは委員か何かとお見受けしますが？

――違うんですよ、おかみさん、――こう答えながらチーチコフは軽く笑みを浮かべて、――そう思われるかもしれませんが、委員ではありませんでしてね、野暮用で走り回っておりまして。

――ああ、じゃあ買い付けのお方で！　何て残念なこと、実は蜂蜜を商人たちにそれは安値で売ってしまってね、あんたならほれ、親仁さん、ウチのをちゃんと買ってもらえたのにねぇ。

――でも、蜂蜜はあっても買いませんがね。

――他に何を？　まさか麻かい？　ただ編むといっても、ウチに今ある麻は量が少なくってね、たったの半プード[14]しかないよ。

――違うんです、おかみさん、それとは別の品物でしてね。お伺いしたいんですが、お宅で農民が死ぬようなことはありましたか？

――おお、親仁さん、十八人もだよぉ！――溜め息ひとつして老婆はこう言った。――それはもう立派な連中が亡くなっちまってね、皆働き者だよ。あとから人が増えたのも確かだけど、それだって何さ、どれもこれもまだ雑魚ばかりだしね、かと思えば委員がウチに来てね、ひと魂ずつ税を納めてもらわなきゃ困る、って言うのよ。死んだ人間たちをだよ、なのに払えって、生きてる人間同様にってね。先週なんてウチの鍛冶屋んところが焼けちまってね、それはもう腕のいい鍛冶屋で、金物細工の匠の技を知っていたのに。

――お宅で火事があったって本当ですか、おかみさん？

――神さまがあんだけの災難から守ってくれなけりゃ、火事はもっとひどいことになっていたし、自分から焼けちまってね、親仁さん。鍛冶屋の内側で火が点いちまってね、ひどい飲みすぎで、ただちっちゃな青の焰が中から出て来てさ、あとはもう燻りに燻って、炭みたいに真っ黒になったんだけど、ほんとに腕のいい鍛冶屋だったんだから！　今じゃ外に出るとなっても乗り物がなくてね。馬に蹄鉄を打つ者がいないんだから。

――何ごとも神の思し召しですよ、おかみさん！

――こう言ってチーチコフは溜め息ひとつすると、

――神の摂理に逆らうようなことは何ひとつ言えま

せんよ……連中を私に譲って頂けませんか、ナスターシヤ・ペトローヴナ？

――誰をです、親仁さん？

――そりゃその連中全員ですよ、亡くなった。

――でも、どうやってそんな連中を譲るっていうんです？

――でも、どうやってって簡単ですよ。何でしたら、どうぞ、売って下さい。連中の代金をあなたにお支払いしますから。

――でも、どうやってそんなことを？　あたしには、ほんと、何のことやらさっぱり分からなくってね。まさかそのあんたさんは、連中を地中から掘り起こしたいってわけですか？

チーチコフは、老婆が厄介なことにまで手を伸ばしたこと、また彼女に何が問題なのかを言って聞かせねばならぬと見て取った。言葉少なに彼は彼女に対して、移送あるいは売買はあくまでも書面上で行われることで、魂も生きている者として登録されると説明した。

――でも、それであんたさんに何の足しになるんです？――老婆は彼に目を見張って言った。

――そこはもう私の問題でしてね。

――でも、彼らは死んでるじゃありませんか。

――でも、誰が言ったりします、彼らが死んでるなんて？　何がそれこそお宅にとって損失かといえば、連中が死んでることでしょう。連中のためにあなたはお金を払われてる、でも私はあなたをその気苦労と支払いから解放して、しかもその上に十五ルーブルを差し上げようというわけですよ。どうです、これで分かってもらえましたか？

――正直、どうなのかしらねぇ、――と女主人は間を置いて言った。――だって、死人なんて売ったことこれまで一度もないもんだから。

――勿論ですとも！　それこそびっくりですよ、もし誰かに売ったことがおありだなんていったら。それともこうお思いですか、死人にはやはり実際、何か得がおありとでも？

――いいえ、そんなことは思ったりしませんとも。死人にどんな得があるっていうんです、何の得もありゃしませんよ。ただ引っかかるのは、あの連中がもう死んでるってことだけでね。

〈しかし、このババア、血の回りの悪いことといったら！〉――とチーチコフは独り思った。

――いいですか、おかみさん。まあとにかく能く能く考えてみて下さい。あなたは散財されているわけですよ、あいつらの分の税を支払ってんですよ、生きた者として……。

――ああ、親仁さん、それはだから言わんで下さいな！――言葉を引き継いで女地主は言った。――さらに二週間前なんて百五十以上も納めたんだから。委員の袖の下にね。

――ね、そういうことでしょ、おかみさん。だからここで頭に入れてもらいたいのはこれだけなんです、委員にあなたはもうこれ以上袖の下なんて渡さなくていい、なぜなら今度は私がその分を支払うからですよ、この私がね、あなたじゃないんです、私がすべての義務を引き受けるんです。登記証明だってこちら持ちでするんですよ、お分かりですか？

老婆は考え込んだ。彼女にはこの取引が確かに割に合ったものに見えはしたものの、ただなにぶんあまりの新手で前代未聞のこと、またその分、自分がこの買取人に担がれるのではないかとひどく心配になってきていたし、どこの馬の骨とも分からぬ、しかも夜中にやって来た男なのだから。

――さあどうです、おかみさん、これで決まりということですかな？――とチーチコフは言った。

――ほんに、親仁さん、これまで一度も死んだ者を売った試しがないものだからね。生きてる者なら譲ったこともあるけどね、あれは二年前に長司祭に娘を二人、一人百ルーブルだっだけど、とても感謝されてね、随分立派な働き者になったとかでね。自分らでナプキンを織るらしいのよ。

――だから、生きてる者の話じゃないんですよ、連中のことは放っておきましょう。私のお訊ねしているのは死んだ者なんですよ。

――ほんに、最初の頃は損失を出さないかと思って怖くてね。ひょっとして、親仁さん、あたしのこと騙そうとしてるんじゃないのかね、連中はその……ほんとはもっと高い値だったりするんじゃないのかね。

――いいですか、おかみさん……もう何を言ってるんです！　連中にどんな価値があるっていうんです？　考えてもみて下さい、今じゃ土に還ってるんですよ。お分かりですか？　ただの亡骸なんですから。何だって構いません、とことん役に立たなくなった物、例えば、ただのボロ切れでもいいですが、このボロ切れには値段が付きますよ。それなら少なくとも製紙工場で買い受けてくれますからね、でも、こいつは何の足しにもなりません。何ならおっしゃって下さい、何の足しになります？

——そりゃもう、確かに、おっしゃる通りだわね。そりゃ全く何の足しにもなりませんがね、ただ引っかかるのは、なにぶん連中が死んでるってことでね。

〈ったく、この婆さん、何て石頭なんだ！——とチーチコフはそろそろ痺れを切らしながら独り思った。——出来るもんなら説き伏せてみろってか！　汗びっしょりだぜ、このクソババアめ！〉そこで彼はポケットからハンカチを取り出すと、実際額に吹き出していた汗を拭い始めた。尤も、チーチコフの腹立ちには的外れなところがあった。何しろ、他の尊敬すべき、それがたとえ国のお偉方だったとしても、実際は間違いなくコローボチカのようになるからだ。何をどうお相手の頭に叩き込んだところで、こういう仁を打ち負かす手はないわけで、火を見るよりも明らかな論拠をどれだけ出したところで、ゴム毬が壁に跳ね返るようなものなのだ。汗を拭き終えると、チーチコフは彼女にこれまでとは別の方向から水を向けられないか試してみることにした。

——おかみさんはそのぉ、——と彼は言って、——私の言葉を理解したくないんですか、それともとにかく何かを言うためだけにこんな風にわざとお喋りしているわけですかね……。あなたにはお金を出すんですよ、十五ルーブル紙幣で。お分かりですか？　お金なんですよ。こんなもの道端じゃ見つかりっこない。ね、そうでしょう、蜂蜜はいくらでお売りになったんです？

——一プードで十二ルーブル。

——少しばかり魔が差しましたか、おかみさん。十二では売らなかったんでしょ。

——ほんと、売りましたもの。

——ほら、どうです？　だけどそれは蜂蜜ですよね。あなたが集めたものだ、ひょっとしたら一年近くも気を揉みながら、丹精込めて、手間をかけたものでしょう、あちこち行っては蜜蜂を処分したり、穴蔵の連中に冬のあいだずっと餌をやったりね、でも、死んだ魂となればこの世のこととは切り離されている。これにはこっちから努力は何ひとつしてこなかったわけですよ、神さまの思し召しがあってこそこの世を離れて、お宅の家計に損失をもたらすことになった。蜂蜜の場合は働いて努力したことで十二ルーブルを受け取られたわけですが、こっちだと何も要らない、タダですよ、しかも十二どころか十五ですよ、しかも銀貨じゃない、全部青の紙幣なんですから。――この力強い説得のあとチーチコフは、老婆がこれでやっと降参するものだともはやほとんど疑っていなかった。

――ほんに、――と女地主は答えて、――あたしみたいな素人の寡婦（やもめ）がやることですもの！　ちとばかり時間を見ましょうか、もしかして商人たちがどっと押し寄せてくるかもしれないし、そん時にでも値段を決めれば。

――恥ずかしい、恥ずかしいですな、おかみさん！　恥ずかしい限りですよ！　一体何をおっしゃってるんです、考えてもみなさいよ！　誰がそんなもの買うと思います？　大体何にそんなもの使えるっていうんです？

――ひょっとしたら、家業で何かって時の入り用になるかもしれないし……――と老婆は言い返したが、最後まで言い終えぬままに口を開き、ほとんど怯えた目つきで、どんな言葉が返ってくるのか知りたそうな様子で彼を見ていた。

――死んだ連中の家業とはね！　一体どうするつもりなんだか！　雀でも夜な夜な畑で怖がらせるってわけですか？

――十字架のご加護がありますように！　何て恐ろしいことあんたさんは言いなさる！――老婆は十字を切りながらこう言った。

――他にはどこへ立てようと思ってたんです？　まあそうは言ってもですね、骨にしろ墓にしろ、丸々お宅に残るんですがね、移送は紙の上だけのことですから。ささ、どうですか？　どうします？　せめて答えてもらえますかね。

老婆はまたもや考え込んでしまった。

――何を考えることなんてあるんです、ナスターシヤ・ペトローヴナ？

――ほんに、どうしたらいいのか頭の整理がつかなくってね、どうせならあんたさんには麻を売るよ。

――麻なんてどうするんです？　勘弁して下さい

よ、私がお願いしてるのは全然そんなものじゃないのに、麻を摑ませようっていうんですからね！　麻は麻として、また別の機会にでも来てね、麻ももらいますから。一体どうなってるんです、ナスターシヤ・ペトローヴナ？

——だってそうでしょう、こんな奇妙な売り物、まるで聞いたこともないもんだもの！

ここでチーチコフは完全に我慢の限界を超えてしまうと、苛立ちの余りに椅子を床にどんと打ちつけ、彼女なんか悪魔に食われちまえばいいと呪詛した。

悪魔という言葉に女地主はことのほか縮み上がってしまった。

——ああ、それだけは口に出さんでおくれ、そっとしといておくれ！——顔を真っ青にして彼女は大声を上げた。——ほんの二日前にも一晩中おっかないものが夢に出てきてね。寝る前にお祈りしてからカード占いをしようと思ったんだけど、どうやら罰当たりだったのか、神さまがあいつを送って寄越されてね。そりゃもうぞっとするようなのが夢に出てきてね、角なんか牛の角より長いんだから。

——何十と出てこなかったのが驚きだ。キリスト教的人間愛から望まれたまでさ。どれどれ、不憫な寡婦がひどく悲しんで、困ってるのか……なら、お前さんの村ともども消えてくたばっちまえってね！……。

——こりゃまた、何て口汚いことを言うんだろうね！——と老婆はぞっとして彼を見ながら言うのだった。

——だって、あなたとはまともに話も出来ないじゃないですか！　正味な話、まるで何かその、ひどい言い方じゃないとは思いますがね、干し草に寝転がってる野良犬みたいじゃないですか。自分じゃ干し草なんて食べないのに、他の連中には食べさせないっていうね。こっちはお宅の農作物をあれこれ買い上げたいと思っていたんですよ、国への納入請負もやっているので……——ここで彼が言ったのは嘘で、つい口が滑った上に後先を考えずの発言ではあったが、予想外の効果があった。国への納入請負というのがナスターシヤ・ペトローヴナには効果覿面（てきめん）、少なくとも彼女の口にしたのはもはや懇願するような声だった。

——何をそんなにカッカするようなことがあるん

だい？　あんたさんがそんなに怒りっぽいなんて分かってたなら、あたしだって盾突くこともなかったのに。

　――腹の立つことだってあるでしょ！　二束三文の話だっていうのに、私はそんなことで腹を立てなきゃならないんですから！

　――じゃあ、分かったよ、十五ルーブル分の紙幣で売るよ！　けどいいかい、親仁さん、納入請負の話だけどね、もしライ麦とか蕎麦とか烏麦とかの粉や、屠殺した家畜を買い上げるって時は、どうかお願いだ、懇ろにしておくれよ。

　――そりゃもう、おかみさん、懇ろにさせてもらいますよ、――彼はこう言いながら、三本の条を作って顔を流れていた汗を手で拭った。彼は彼女に、登記証明とそのあとの手続きをすべて代理委託出来る弁護士か知り合いは市内にいないかと訊ねた。

　――勿論、長司祭であるキリール神父の息子さんが裁判院にお勤めでね、――とコローボチカは言った。

　チーチコフはその人物に宛てた委任状を書いてもらうよう彼女に頼んだが、余計な手間を省こうということで自分から筆を執った。

〈ありがたいんだがね、――一方のコローボチカはふと思ったのだった、――この人が国への納入でウチの粉と家畜を買い上げてくれたら。うまく丸めこまなきゃ。昨晩作ったパン生地がまだ残ってたから、フェチーニヤに言ってブリンを焼かせて、酵母なしの卵入りピローグを作らせるのもいいね、ウチのは絶品だし、時間もそれほどかかりゃしないし〉女主人が部屋を出てピローグ作りの考えを実行に移して、また恐らくはこの考えをさらに他のパン焼きや調理で充実させようとしている一方で、チーチコフは部屋を出て昨晩過ごした客間に移ると、必要な書類を自分の小箱から取り出そうとしていた。客間の中は随分前にすっかり整理整頓されており、優雅な羽根布団はどこかへ運び出され、ソファーの前の机にはクロスが掛けられていた。彼はその上に小箱を置くと少しばかり休憩した、というのも、川に入ったように全身汗まみれだったからだ。彼の着ていたものは何もかも、シャツから長靴下に至るまで、すっかりびしょびしょだったのである。「ったく、手を焼かせやがるババアだよ！」――と彼は言うと、少し休んでから小箱の鍵を開けた。作者の確信するところ、読者諸氏の中にはこの小箱の見取り図と内側の配置まで知りたいという好奇心旺盛な方がいらっしゃることであろう。ならば、その欲求を満たさぬ手などありましょうか！　ではその内側の配置をご笑覧頂くことに。丁度真ん中にございますのは石鹼箱、その石鹼箱の奥には六つか七つほどの細い仕切りに収まった剃刀、さらに四角い角っちょには砂壺とインク壺が収まり、そのあいだをくり抜いた舟型には鵞ペン、封蠟、また長めのものがすべて収まり、さらに色々とある間仕切りには蓋があったりなかったり、ここには短めのもの、名刺や葬式の札、劇場チケットやその他諸々がびっしりと詰まっていて、念のためにと取り置かれたもの。間仕切りの付いた上の棚全体は取り外しが可能で、その下にある空間には書類用の紙束が入っていて、さらに続くちっさな隠し棚にはお金が収まり、小箱の横の見えないところからひょこっと飛び出てくる。これはいつだってご主人様の手で飛び出した瞬間にすぐ引っ込められてしまうので、そこにいくらお金があるのかはっきりとしたことは言えない。チーチコフはここに来て仕事に着手すると、鵞ペンを削って書き物を始めたのである。この時、女主人が入ってきた。

――いい箱をお持ちだね、親仁さん、――こう言って彼女は彼のそばに腰を下ろした。――やっぱり、モスクワで買ったものかね？

――モスクワでね、――チーチコフはこう答えながら書き続けた。

――そうだろうと思ってたよ。あちらじゃ何だっていい仕事をするからね。二年前にあたしの妹があちらから持って帰った子供用のあったかい長靴があってね。そりゃもうしっかりした品で、未だに履いてるわよ。魂消たねぇ、たんと印紙をお持ちなんだね！――こう言いながら彼女は彼の小箱の中を覗き込んだ。実際のところ、そこに入っていた印紙の数は少なくなかった。――一枚くらい頂きたいもんだわねぇ！　ウチは足りないものばっかりで、裁判所に申請を出すってことになっても書く用紙がないんだから。

チーチコフは彼女に、この紙はその手のものじゃない、これは登記証明を行うためのもので、申請用じゃないと説明した。尤も、彼女の気休めにと思って、一ルーブル分の用紙か何かを彼女にやった。書状を書き終えると、彼女に署名させ、ムジークの小さな名簿を出すよう頼んだ。すると、女主人はメモも名簿も一切取っていないが、全員を暗記していることが分かり、彼はすぐさまその名前を口述させたのである。百姓の中には彼を幾分驚かせる苗字もあったが、さらに驚きだったのはその渾名で、そのため、そういうのを聞くたんびに筆を止めて、またそのあと書き始めるといった次第。とりわけ驚きだったのは桶なんか放っておけのピョートル・サヴェーリエフで、そんなわけだから彼は「しかし、やたらと長いな！」と言わずにはおれなかった。これと別の名前には〈乳牛レンガ〉というのがくっ付いていたり、他のには単に〈輪っぱのイヴァン〉とか。書き終わろうかといった頃にちとばかり空気を鼻に吸い込んだところ、彼は何かバターで焼いた熱いものの芳ばしい香りを感じた。

――つまらぬもんですが、どうぞ召し上がれ、――と女主人は言った。

チーチコフは振り返ると、机の上にはすでにキノコやピロシキ、スコロドゥームカ(パンとベーコンエッグ)、シャーニシカ(丸型焼きパン)、プリャーグル(厚お焼き)、ブリン(薄お焼き)、レピョーシカ(平焼きパン)、それにありとあらゆるパンが並んでいて、そこには玉葱だの、芥子だの、凝乳だの、公魚(わかさぎ)だのが入っていて、何でもござれだった。

――酵母なしで作った卵ピローグですよ！――と女主人は言った。

チーチコフはこの酵母なしの卵ピローグに取りかかると忽ち半分ばかりを平らげ、その出来栄えを褒めた。また実際、そのピローグ自体旨かったし、老婆とのひと悶着と取引のあとでは尚更旨く感じられた。

――ブリンはいかが？――と女主人は言った。

これに応えてチーチコフはブリンを三枚一気に丸めると、それを温めたバターに浸して口に運んでから唇と手をナプキンで拭った。この動作を三回ほど繰り返したあと、彼は女主人にブリーチカの準備を言いつけるよう頼んだ。ナスターシヤ・ペトローヴナはすぐさまフェチーニヤを遣いに出すと、そのついでにもっとアツアツのブリンを持ってくるよう言いつけた。

――お宅のブリンは、おかみさん、大変結構なお味ですね、――チーチコフは運ばれてきたアッアッのブリンを取りながら言った。

――ウチは焼くのが上手いんですがね、――と女主人は言って、――ただ残念なことに、収穫は悪いし、粉も見た目がいまいちでしょう……。何をまた、親仁さん、そんなに急いでらっしゃるのかね？――彼女がこう言ったのはチーチコフが鍔帽を手にするのを目にしたからだった、――だって、ブリーチカにはまだ馬も繋いでないでしょうに。

――今に繋ぎますよ、おかみさん、繋ぎますって。ウチの連中は繋ぐのが速いんでね。

――まあそういうことなら、お願いしましたよ、国への納入の件はどうかお忘れなく。

――忘れません、忘れませんよ、――とチーチコフは玄関の広間に出ながら言った。

――豚の脂は買いませんかね？――と女主人は彼のあとに続きながら言った。

――買わないわけありませんよ。買いますとも、ただ今度ということで。

――ウチなら降誕祭週間の頃になったら豚の脂もありますから。

――買いますよ、買います、何だって買いますとも、豚の脂も買いますから。

――ひょっとして、鳥の羽根も入り用になるでしょう。ウチなら聖フィリポの斎戒までに鳥の羽根もありますから。

――分かりました、分かりましたよ、――とチーチコフは言った。

――ほら、ご覧なさいな、親仁さん、あんたさんのブリーチカはまだ準備出来てないでしょ、――二人が玄関先に出たところで女主人は言った。

――今に出来ますよ、出来ますって。一つだけ教えて頂けますか、大きい道に出るにはどうすればいいか。

――そりゃまたどうしましょうかね？――と女主人は言った。――教えるなんて無理な相談でね、曲がり道が多いもんだから、何だったら娘っ子を道案内にやってもいいんだけどね。あんたさんのなら馭者台に場所もあるでしょう、横に坐らせるようなところが。

――そりゃありますとも。

――じゃあ、あんたさんに娘っ子を預けるわ、あの子なら道も知ってるんでね、でもいいかい！　その子を連れてっちゃ駄目だよ、何たって一度商人たちに連れて行かれたことがあるんでね。

　チーチコフが連れて行ったりしないと約束すると、コローボチカはすっかり安心し、自分の屋敷にあったものを隈なく調べ始め、貯蔵庫から蜂蜜の入った木の壺を運び出そうとしている女中や門に姿を現したムジークに視線を向けているうちに、少しずつだがすっかりまた家事の生活へと戻っていったのである。しかし、どうしてこんなに長くコローボチカにかかずらっている必要などあるのか？　コローボチカにしろ、マニーロヴァにしろ、家事であろうとなかろうと、そんなことは素通りしておけばいいではないか！　そうでもしないと、この世というのは驚くべきものだから、楽しいこともそれを前にぐずぐずしていれば、一瞬にして悲しむべきことに変貌してしまって、そうなりゃ訳の分からぬことがふと頭をよぎったりしてしまうのだ。ひょっとして、こんな風に考えることだってあるかもしれん。つまり、もううんざりだ、人間的完成という無限の梯子におけるコローボチカの位置は本当にそんなに低いものなのだろうか？と。彼女とその姉妹との隔たりは本当にそれほど大きいのか、姉妹の方は手に届かぬほど高い壁が囲む貴族の屋敷にいて、そこには鋳鉄の芳しき階段、輝ける真鍮、マホガニー、そしてカーペットがあり、読みさしの本を前にして機知に富んだ如才ない社交客の訪問を待ちながら欠伸をしたりして、またそこで待ち受ける社交の場とは知性のひけらかしで、口にすることといえば丸呑みにして覚えた他人様の考えだし、考えといってもモードの法則によって丸一週間町じゅうを支配しているようなもので、そういった考えというのは自宅でのことや、家政に疎いお蔭でこんがらがって無茶苦茶になった自分の領地で起こったことではなく、如何なる政治クーデターがフランスで準備されているとか、流行りのカトリシズムがどんな方針を今度取ったのかといったものなのだ。でも素通りするさ、素通りしてしまえ！　何の因果でそんな話をしなきゃならん？　大体、何の因果があるからって、深く考えることもない愉快で屈託のないひと時に、不意にそれまでとは違った奇妙な流れなんかが通り抜けていったりするんだ。だって、まだ笑いは顔から完全に消え失せてもいないのに、もう別の笑いが同じ連中のあいだから起こって、もはや別の光にその顔は輝いてるんだから……。

――ほらブリーチカが来た、ほらブリーチカだ！

――チーチコフはやっと自分のブリーチカが近づいてくるのを目にして声を上げた。――何をこの馬鹿はこんなにもたもたしてたんだ？　どうやら、二日酔いがまだ完全には抜けてないみたいだな。

セリファンはこれには何も答えなかった。

――お暇しますよ、おかみさん！　どうしました、お宅の女の子はどこです？

――ほれ、ペラゲーヤ！――と女主人が言ったのは玄関口のそばに立っていた十一歳くらいの女の子、自家製の粗い染め布で作った服に裸足という恰好で、遠くからだと長靴を履いてるように見えたが、そう見えたのは両足に新鮮な泥をべっとり付けていたからだった。――旦那に道を教えて差し上げるんだ。

セリファンは女の子が馭者台に上がるのを手伝うと、その子は片足を踏み台に載せて最初それを泥で汚してしまったが、そのあとは台に上がって彼のそばに収まった。彼女のあとからチーチコフも片足を踏み台に置くと、その重さでブリーチカは右側に傾いたが、やっと席に着くとこう言ったのである。

――はぁ！　これで良しと！　ご機嫌よう、おかみさん！

馬たちが動きだした。

セリファンは道中ずっと厳めしく、しかも自分の仕事に対して大変な念の入れようだったが、こうなるのは大抵何か後ろめたいことがある時や酔っ払っている時だった。馬たちは驚くほどきれいに手入れされていた。そのうちの一頭に掛けてあった首輪はこれまでいつ見てもほとんどぼろぼろで革の下からは毛の塊が顔を覗かせていたのに、それも見事に修繕されていた。道中ずっと彼は黙ったまま、ただ鞭を振るうだけで、馬たちには何ひとつお説を垂れることもなかったが、斑の馬は無論何かお説教でも聞きたかったのであろう、何しろ、この時手綱はずっとお喋り好きの馭者の手の中でぶらりぶらりと遊んでいて、鞭はただ形ばかりに背中の上を行ったり来たりしていたからだ。だが、むっつり口から今回聞こえてきたのは同じいっぺん調子の「さあほれ、さあ、烏！　欠伸だ、欠伸でもしやがれ！」という不快な叫びだけで、これ以上は何もなかった。赤茶と委員にしても、一度も〈いい奴ら〉とか〈立派な奴ら〉と言われないことに不満だった。斑は不快極まりない鞭が自分の体の広く張った部分に当たるのを感じた。〈おいおい、すっかり腫れちまったじゃねぇか！――と斑は独り言ると、少しばかり耳をぴくぴくさせた。――こいつは叩きどころが分かってるぜ！　直接背中に鞭を打たず、効き目のある場所を選んでやがんだな。耳に引っかけるか、腹の下に打ち込みやがる〉

――右か？――とそっけなくセリファンは隣に坐る女の子に訊ねながら、爽やか緑の鮮やかな野原のあいだを通る雨で黒くなった道を鞭で指し示した。

――違うよ、違う、だからあたしが教えるって、――と女の子は返事した。

――どっちだよ？――セリファンは少し近づいたところでこう言った。

――そう、そっち、――と女の子は手で指しながら答えた。

――何なんだまったく！――こう言ったのはセリファン。――それって右じゃねぇか。右も左も分かんねぇのかよ！

その日は好天だったが、土はひどい泥んこで、ブリーチカの車輪は土を拾ってあっという間にフェルトみたいな泥に覆われて、客車を引くにも大変な重さとなり、しかも地面は泥濘んでいて、いつになくべとべとな状態になっていた。あれやこれやと原因が折り重なったことで、昼過ぎ前に村から出られずにいた。女の子がいなければ村を出ることすら難しかったのではなかろうか、何しろ、道が四方八方に枝分かれして伸びているところなどまるで捕まえてきたザリガニを袋から放り出したようで、セリファンがあちこち駆けずり回らねばならなかったとしても、もはや彼のせいではなかった。間もなくして女の子は遠くに黒く見える建物を指差し、こう言ったのである。

――あそこが里標道！

――あの建物か！――とセリファンは訊ねた。

――居酒屋よ、――と女の子は言った。

――じゃあ、ここからは俺たちで行けるや、――とセリファンは言った、――ウチに帰んな。

彼は馬を止めて彼女が降りるのを手伝うと、歯に物が挟まったような調子で「しっかし、お前の足、真っ黒だな！」と言い放った。

　チーチコフは彼女に銅銭を渡してやるとその子は家に向かって帰っていったが、その様子は馭者台に乗れただけでも満足といった感じだった。

第四章

　居酒屋に近づくと、チーチコフは二つの理由から馬を止めるよう命じた。一つは馬を休ませるため、もう一つは自分も少しばかり飯を食って腹ごしらえをするためだった。作者からすれば正直、この手の連中の食欲と胃袋というのが実に羨ましい限りなのだ。作者にしてみれば全くもって何の意味もないのが大物の御仁というもので、ペテルブルクやモスクワに暮らしては、明日はこんなものを食べようとか、明後日の昼食は何にしようかとあれこれ思いをめぐらせながらもその昼食は錠剤程度しか口に運ばず、オイスター（牡蠣）や海蜘蛛といった卦体なものをごくりとやっておきながら、カールスバートだのカフカースだのへと出かけるわけだ。いやはや、こういった連中のことなど作者が羨ましく思ったことは一度もない。だが、中どころの御仁となるとどうだ、ある駅ではハムを頼み、次の駅では仔豚、また次の駅では蝶鮫の切り身か燻製ソーセージと玉葱の盛り合わせか何かを出してくれと宣(のたま)って、またそのあと何事もなかったかのようにお好きな時間にテーブルに着き、小蝶鮫のウハー(魚スープ)と川明太と白子を歯のあいだでしーしーほがほがと言わせては、そのあとからラステガイかクレビャーカ[15]を大鯰の尻尾と一緒に平らげるものだから、端から見ているとひどく食欲をそそられてしまう、――こういった御仁こそ、まさに羨ましい限りの天恵を授かっておられるのだ！　大物の御仁であれば一人ならず、農奴の半分と領地の半分をそれが質草であろうとなかろうと異国風やロシア風に改装したものと一緒にまるごとすぐさま差し出して、中どころの御仁のような胃袋を持とうとするであろうが、ただ如何せん、どれほど金を注ぎ込もうが、況してやそれが領地であろうとも、改装のそれ有る無しにかかわらず、中どころの御仁ほどの胃袋を手に入れることは出来ぬ相談なのだ。

　木造の黒ずんだ居酒屋がチーチコフを迎え入れたのは手狭な客好きの軒下で、これを支える虫食いだらけの柱は教会にある古風な燭台にそっくり。居酒屋は何かその、ロシアの百姓小屋を少しばかり大きくした感じのものだった。窓の周囲と軒下に新鮮な木で設えた彫刻飾りの蛇腹は黒っぽい壁に一際浮き立って見え、鎧戸には花の入った水差しが描かれていた。

　幅の狭い木の階段を上がって玄関の広間に出たところ、彼が遭遇したのは軋みを立てて開いた扉と斑(まだら)色の更紗を着る太った婆さんで、「こちらへどうぞ！」と言ってきた。部屋で目に入ったのはどれも古い顔馴染みばかりで、道沿いに少なからず建つ小さな木造の居酒屋ならば誰しも目にするものなのだが、中でも特に霜を被ったサモワール、滑らかに削った松の壁、ティーポットとティーカップの載った部屋の隅の三角棚、聖像画の前にある青や赤のリボンを掛けた金色の卵型陶器、仔猫を産んだばかりの猫、目は二つでなく四つ、顔の代わりにぺしゃんこなパンみたいなものを映し出す鏡、そして最後に、聖像画のそばに束にして突き刺してある香草と丁子はすっかり干からびていて、香りを嗅ぎたくてもくしゃみが出るだけで一切匂いがしない。

　――仔豚はあるかね？――チーチコフは立っていた婆さんに向かってこう訊ねた。

――ございますよ。

――山葵（わさび）大根とスメタナ（サワークリーム）付きかい？

――山葵大根とスメタナ付きでございます。

――そいつを持ってきてくれ！

老婆は奥へ探しに戻ると、こちらへ運んできたのは皿、糊のつけすぎで樹皮みたいに逆立ったナプキン、さらには黄ばんだ骨製の柄が付いたペンナイフのように細いナイフ、二叉のフォーク、そしてどう置いても真っ直ぐテーブルに立たない塩入れだった。

われらが主人公は常の習い通りすぐさま老婆との会話に入ると、自分でこの居酒屋を経営しているのかそれとも主人がいるのか、どれくらい居酒屋からは上がりがあるのか、息子たちは同居しているのか、長男は独身かそれとも既婚か、どんな嫁をもらったのか、持参金は多かったのか、それともそうじゃなかったのか、嫁の父は満足してるのか、怒っていないのか、結婚式の引き出物は少なくなかったかなどと、要するに、何ひとつ訊き漏らすことがなかった。当然のことながら、この周辺にどんな地主がいるのか知りたいと訊ねたところ、ブロヒーン、ポチタエフ、ムィリノーイ、大佐チェプラーコフ、ソバケーヴィチといったそれはもう多彩な地主のいることが分かった。「あぁ！　ソバケーヴィチを知ってるのかい？」――と彼が訊いてみたところ、即座に老婆から返ってきたのは、ソバケーヴィチばかりかマニーロフも知っているし、しかもマニーロフの方がソバケーヴィチよりもデリケートだということで、何しろ彼はすぐに、鶏肉を茹でてくれ、仔牛の肉も頼むぞ、と言ってきて、もし羊の肝があるなら羊の肝も出してくれ、などと頼んでとにかく何でも食べてみようとするが、ソバケーヴィチの頼むのは何か一品だけで、まあそれも全部平らげるにしても、同じ値段でおかわりをねだるのだという。

こんな風に会話をしながら、もはや最後の一切れとなった仔豚を食べていたところ、近づいてくる馬車の車輪の音が聞こえてきたのである。窓の外を覗いた彼が目にしたのは居酒屋の前に停車した軽やかなブリーチカで、繋がれていたのは三頭の潑剌たる馬。ブリーチカから降り立ったのはどこぞの殿方二名。一人は金髪の長身で、もう一人は若干背の低い黒髪。金髪は暗青色のヴェンゲルカ（フサール軍服）[16]をまとい、黒髪は縞々のアルハルーク[17]というあっさりとした恰好。

遠くからさらにやって来た荷馬車は空っぽで、それを引く何とも毛の長い四頭立てには切れてぼろぼろの首輪と紐で作った引き具が掛けられていた。金髪はすぐさま階段で上に向かうと、その間浅黒髪はそのまま残ってブリーチカの中を何か手探りしながらその場にいた召使いと会話をしつつ、自分たちの後ろから来ていた荷馬車に向かって手を振るのだった。その声はチーチコフには少しばかり聞き覚えがあるように思えた。彼がその浅黒髪を観察しているうちに、金髪はすでに外から弄(まさぐ)り当てた扉を開いていた。それは背の高い男で、顔は痩せぎすというか、いわゆる消尽し切ったという感じで、赤茶の口髭を蓄えていた。その焼けた顔から推測されたのは、火薬の煙でないとすれば、少なくとも煙草の煙の何たるかをその男は知悉しているというもの。彼はチーチコフに向かって慇懃にお辞儀すると、これにチーチコフも同じように返した。このあと数分ほどのあいだご両人は恐らく会話に花が咲いて互いの面識を深めることとなっていたのではなかろうか、何しろすでにそのきっかけを得て両人ともほぼ同時に、路上の砂埃は昨日の雨ですっかり収まってこれで馬車に乗るのも涼しくて爽快ですな、と満足の意を表明したからなのだが、丁度そんな時、黒髪のお仲間が中に入ってくるや被っていた鍔帽をテーブルに脱ぎ捨てると、競(きお)い肌と言わんばかりに片手でその黒いふさふさの髪を掻き上げたのである。それは中背で実に体格の良い、頬などはふっくらとして血色よく、雪白の歯と漆黒の揉み上げを持つ快男児であった。血気盛りの壮健で、その快活さはまるで顔から迸り出るかのようであった。

――おや、おや、おや！――と彼はチーチコフを目にしてにわかに声を上げると、両腕を広げたのである。――こりゃまた何とも奇遇だね！

チーチコフがそれと認めたのはノズドリョーフ、検事宅で午餐をともにし、あっという間に打ち解けた末、早々に〈あんた〉呼ばわりしてきたまさにあの当人であった、尤も、こちらからそんなきっかけなど何ひとつ与えはしなかったのだが。

――どこ行ってたんだい？――とノズドリョーフは言うと返事も待たずにこう続けたのである。――俺はさ、兄弟、定期市の帰りでね。祝ってくれよ、すっかり擦っちまって蛻(もぬ)けの殻よ！　マジな話、生まれてこの方こんなに擦ったことなんてねぇんだぜ。雇い馬で帰ってきたくらいよ！　まあ嘘だと思って窓を見てみな！――ここで彼は自分からチーチコフの頭をぐいっと押し下げたものだから、チーチコフの方は危うく頭を窓枠にぶつけるところだった。

――なっ、ひどいゴミだろ！　やっとこさここまで引っ張ってきたんだぜ、あのクソったれが、俺は早々あの男のブリーチカに乗り換えたんだがね。――こう言いながらノズドリョーフは自分のお仲間を指差した。――あんたらはまだ知り合いじゃないのかい？　俺の義弟のミジューエフだ！　俺たち、朝の間(ま)はずっとあんたの話をしてたんだよ。「まぁ、見てろ」って俺が言うわけさ、「今にチーチコフに会えるから」ってね。しかし、兄弟よ、どんな風に俺が螻蛄(おけら)になっちまったか知ってたらなぁ！　信じられっかね、四頭の跑馬(トロッター)を擦っただけじゃねぇぜ、全部なくなっちまってさ。鎖も時計も持ってねぇだろ……――チーチコフが視線を向けたところ、確かに鎖も時計も持っていなかった。彼にはしかも、片方の揉み上げがもう片方より短くなって、しかも薄くなっているように見えた。――でもあん時さ、ポッケにほんの二十ルーブルでもあったらさ、――とノズドリョーフは続けて、――二十以上ってのは無理だがね、そしたら全部取り戻せたんだが、つまりその、取り戻すのに使う分は別としてもさ、誠実第一の人間としては今頃財布に三万は入ってたんだがね。

――だけど、あの時もそう言ったじゃないか、――と金髪は答えて、――で、五十ルーブル渡したら、すぐに素寒貧になったじゃないか。

――素寒貧じゃねぇよ！　神に誓う、素寒貧じゃねぇ！　俺がへましてなかったら、マジな話、素寒貧なんかにゃならなかったさ。倍賭け(パロリ)のあとであのクソったれの七にハッタリなんかかまさなきゃ、胴元の金を全部巻き上げてやったのに。

――でも巻き上げられなかったじゃないか、――と金髪は言った。

――巻き上げなかったのはさ、あのハッタリが外れたからさ。お前は何かい、お宅の少佐の賭けがうまいとでも言うのかい？

――うまいからうまくないかは知らんが、お前さんから根こそぎ持っていったじゃないか。

——それが何だってんだよ！——とノズドリョーフは言って、——そんじゃ、俺があいつを根こそぎにしてやるまでよ。いや、あいつが当たりの儲けをそのまま一回賭けてみりゃいいさ、そん時に見てやるさ、見てやるともそん時にな、あいつがどんな賭けをすんのかな！　その代わり、チーチコフの兄(あに)さんよ、最初の数日はそりゃもうどんちゃん騒ぎでね！　マジで、あの定期市は最高だったぜ。商人(あきんど)の奴ら自分でも言ってたけど、今までこんだけ人が集まったことなんてないってね。俺が村から持ってったものなんて全部、一番の高値で売れてよ。いや、兄弟、すごいどんちゃん騒ぎだったねぇ！　今んなって思い出してもさ……チクショー！　そのぉ、あんたがいなかったのが残念だ。あれなんだ、市内から三露里離れたところに竜騎兵連隊が駐屯してってさ。信じられるかい、将校がさ、あそこにゃ全部で四十人もいて町じゅう将校だらけよ、そりゃもうどうおっ始めたかってね、兄弟、酒盛りをさ……ポツェルーエフ騎兵二等大尉[18]ってのがいて……そりゃいい奴なんだよ！　ボルドーなんかあっさりどぶるど(濁酒)ーとか呼ぶわけさ。「持ってきてくれ、兄弟、どぶるどー！」とかってね。クフシンニコフ中尉ってのもいたな……。ああ、兄弟、ほんとにいい奴でねぇ！　そりゃもうあらゆる形でもってどんちゃんやったって言ってもいいな。俺たち、ずっと一緒にいたわけよ。ポノマリョーフが出してくれた酒っつったらなかったね！　知っといた方がいいぜ、あいつはペテン野郎でね、その店で買えるもんなんて何ひとつねぇんだ。酒にはなんだかんだひでえもんを混ぜてやがってよ。白檀だの、焼いたコルクとかをな、しかも接骨木(にわとこ)まであのクズ野郎擦って混ぜてやがんだよ、ただその代わりさ、奥の間からね、あいつんとこじゃ特別室とかって呼んでんだが、酒瓶みたいなもんを引っ張り出してきたら、それこそ最高天にでも昇った気分よ。俺たちのシャンパンってのがね、そいつを前にすりゃ県内で作ってるものなんてどうよ？　ただのクワスさ。まぁ想像してみなよ、クリコ[19]じゃねぇんだ、何かな、そのぉ、クリコ・マトラドゥーラってとこかな、つまり上級のクリコってことさ。それに、あともう一本手に入れたフランスものの名がボンボンっていってさ。香りかい？　薔薇とか、何でもお好み次第ってとこよ。もうそりゃどんちゃんやったもんさ！　俺たちのあとからどこかの公爵がやって来てね、店にシャンパンを買いに来させたんだな、町にゃ一本たりともなかったからね、全部将校たちが飲んじまったんだよ。信じてられるかい、俺なんか一人でさ、昼食の流れで十七本もシャンパン空けちまったさ。

――またまた、お前さんに十七本も飲めんだろぉ、――と金髪が口を挟んだ。

――誠実第一の男として言ってんだ、飲んだってな、――とノズドリョーフは返した。

――好きなことを独りで言ってる分には勝手さ、でも十本だってお前さんにゃ飲めんよ。

――何なら賭けるか、俺が飲めるって？

――何で賭けの話になるんだよ？

――さあ、町で買った銃を賭けてみろよ。

――やなこったい。

――だから賭けろってば、やってみろ！

――やりたくもないね。

――ああ、お前さんじゃどのみち銃も取られて素っ裸になるのがオチさ。いやぁ、チーチコフの兄さん、俺が言いたいのはさ、あんたがいなくて惜しかったってことよ。あんたならきっとさ、クフシンニコフ中尉から離れられなかったんじゃないかね。そりゃもうほんと奴さんとは馬が合ったからね！　それこそ俺たちの町の検事とか県庁のしみったれみたいに一銭如きに汲々してる奴らとは訳が違う。あの奴さんはね、兄弟、ガーリビク(半分こ)[20]もやりゃ、バンクもやるし、何だってお望み次第よ。しっかし、チーチコフ、俺たちんとこに来るのがそんなに大儀だったのかい？　ほんと、あんたはそういうところが不嗜(ぶたしな)みだよ、ブタでも飼ってんのかってね！　口づけしとくれ、心の友よ、死ぬほどあんたが好きなんだ！　ミジューエフ、どうだい、これぞ運命のめぐり合わせってもんさ。けど、奴さんが俺にめぐり合ったのかね、それとも俺が奴さんにかね？　奴さんの方はどこか訳の分からんところからやって来て、俺もここに住んでるわけだろ……。あと、あん時の四輪馬車の数ってったら、兄弟、そりゃもうen gros(どっさり)よ。運命の輪(フォルトゥウンカ)[21]っかをくるっと回したのよ。そしたらポマードを二缶、陶器のカップ、それにギターを手に入れて、そのあとでまたもう一回やったら、イカサマじゃねぇかって、さらに六ルーブル以上も使っちまってさ。しかしまあ、知ってりゃ分かるがね、クフシンニコフってのはとんでもねぇ女っ誑（たら）しでさ！　奴さんとつるんで舞踏会っていう舞踏会はほとんど行ったんだけどね。ある女なんてそりゃもうえらく着飾っててさ、ひらひらとルーシュ（飾り紐）だ、トルーシュ（透かし編み）だって、なんだかんだくっ付いてるわけよ……一人でつくづく思うんだ、〈コンチクショー！〉ってね。けど、クフシンニコフはどうだい、悪党もいいとこよ、その女のそばに坐ってさ、フランス語でもって口八丁に艶（つや）のあることおべんちゃらに並べるわけよ……。信じられるかい、ただの女じゃお眼鏡に適わねぇってね。これを奴さんはさ、艶（あで）な苺を楽しむ、って呼んでんのさ。魚とバルィーク（チョウザメの背中干し）のそりゃ絶品がいくらか運ばれてきてね。俺も一つばかり持って帰ってきたんだがね、良かったよ、金のあるうちに機転を利かして買っといてさ。あんた今からどこ行くんだい？

――私はあるお人のところへ、――とチーチコフは言った。

――何だいそりゃ、あるお人ってさ、そんなの放っときゃいい！　ウチに行こう！

――いや、駄目なんです、用事があるもので。

――ほれ、用事ときなすった！　よく思いついたもんだ！　あんたはそれこそ、イーノガレハ・イウノヴィチ[22]だな！

――ほんとに、用事なんですよ、しかも大事な。

――賭けたっていいぜ、あんた嘘ついてんだろ！　じゃあこれだけは教えてくれ、誰んところ行くんだい？

――そのぉ、ソバケーヴィチのところですよ。

ここでノズドリョーフは元気溌剌の仁ぐらいしか見せぬほど呵々大笑したのだが、こういう仁が一本残らず砂糖さながらの真っ白な歯を見せて、頬っぺたを顫わせひくひくさせていると、扉を二つ挟んだ三つ目の部屋で寝ている隣人がむっくと起き上がるや、ぐっと目を見開いてこう口にするのである、〈ちいっ、酒に呑まれやがって！〉

――何が可笑しいんです？――とチーチコフはこんな風に笑われて幾分不愉快になりながら言った。

だが、ノズドリョーフはなおも喉一杯に笑い続けながらこう言い添えたのである。

――いや、こりゃ失敬、マジで、腹が捩れちまうぜ！

——可笑しなことなんて何ひとつありませんよ。私は彼に約束しましたんでね、——とチーチコフは言った。

——何てったって人生がつまんなくなっちまうぜ、あいつんとこなんかに行った日にゃな、あんなのただのしみったれさ！　あんたの性格は分かってんだよ、ひどく面食らっちまうぜ、もしあっちでバンクだの、ボンボンとかの気のいい瓶なんか当てにしてるんだったらね。いいかい、兄弟。ソバケーヴィチなんかうっちゃらかしてさ、俺んちに行こうぜ！　そりゃもうすごいバルィークをご馳走すっからさ！　ポノマリョーフってイカサマ野郎がさ、ぺこぺこしてこう言うんだよ、「旦那さんのためだけですから」ってさ、「定期市のどこを探し回ってもこれだけのものは見つかりませんから」ってな。ペテン師つってもひどいもんよ。俺はあいつの目を見てこう言ってやったんだ、「お前と徴税請負人ってのは一等の詐欺師だろうが！」ってね。笑ってやがんのさ、あのイカサマ野郎、鬚を撫でながらよ。俺とクフシンニコフは毎日あいつの店で朝飯を食ってたんだ。おっ、兄弟、言い忘れてたことがあった。今となりゃ俺を放っておくことはないって分かってるさ、けど十万じゃ譲れねぇからな、先に言っとくぜ。おーい、ポルフィーリィ！——と窓に近寄って大声で呼びつけたのは彼の使用人で、片手にナイフ、もう片方にはパンの耳とブリーチカから何かを取り出そうとしていた際に運よくついでに千切ることの出来たバルィークの切り身を手にしていた。——おい、ポルフィーリィ、——とノズドリョーフは叫び、——仔犬を持ってきてくれ！　いい仔犬だぜぇ！——とチーチコフの方を向きながら続けた。——掻っ払ってきたもんでさ、飼い主が自分の命に代えても譲ろうとしなかったんでね。俺はそいつに淡い栗毛の牝馬をやるって約束してやったんだよ、覚えてるかい、フヴォスティリョーフんところで交換したやつさ……。

——尤も、チーチコフは生まれてこの方その淡い栗毛の牝馬に会ったこともなければ、フヴォスティリョーフにも会ったことはなかった。

——旦那！　酒の肴は何も要りませんかね？——とこの時、彼に近づいてきた老婆が訊いてきた。

——要らんよ。いやぁ、兄弟、それにしてもよくどんちゃんやったもんさ！　やっぱりウォッカを一杯もらおうか、婆さんとこには何がある？

――アニスのがございますよ、――と老婆は答えた。

――じゃ、そのアニスのをくれ、――とノズドリョーフは言った。

――なら、俺にも一杯おくれ！――と言ったのは金髪だった。

――劇場にひとり女優がいてさ、そいつがまた憎めん女でね、歌を歌わせたらそれこそカナリアよ！　クフシンニコフが俺のそばに坐ってさ、――「ほれ、兄弟よ、艶な苺を楽しむってのもありだぜ！」なんて奴が言うわけさ。見世物小屋ばっかりが多分、五十ほどあったんじゃねぇかな。フェナルディ[23]が四時間くるくると大回転して回ってね。――ここで彼は老婆の手からグラスを受け取ると、これに老婆は深々とお辞儀をした。――さ、そいつをこっちに寄越すんだ！――仔犬を持って入ってきたポルフィーリィを見た彼は大声で呼んだ。ポルフィーリィの服装は旦那と同じく、アルハルークの綿を入れて合わせ縫いをしたようなものだったが、若干脂垢(あぶらじみ)にまみれていた。

――そいつを持ってこい、この床に置くんだ！

ポルフィーリィが床に置いた仔犬は四本とも脚を伸ばして広げた恰好で、地面をくんくん嗅いでいた。

――これが仔犬よ！――とノズドリョーフは背中を摑んで持ち上げながら言った。仔犬はかなり哀れな鳴き声を上げた。

――お前はしかし、俺の言ったことをやんなかっただろ、――とノズドリョーフはポルフィーリィに向かって、仔犬の腹を入念に調べながら言ったのである、――それに毛梳きも忘れてたろ？

――いいえ、毛梳きはしましたよ。

――じゃあ、なんで蚤がいる？

――それは分かりません。もしかしたら、ブリーチカのがくっ付いたのかもしれません。

――嘘こけ嘘を、毛梳きなんて頭にもなかったんだろ、どうせ、この馬鹿、自分のを一杯くっ付けやがったんだ。ほら見てみなよ、チーチコフ、見ろってば、なんて耳だい、ほれ、手で触ってみろって。

――別にいいですよ、見て分かりますから、いい犬種だってことは！――とチーチコフは答えた。

――いいや、まあいっぺん手でほら、耳を触ってみろって！

チーチコフは彼の言う通り、耳を触ってこう言った。

――ええ、いい犬になりますよ。

――またこの鼻、どうだい、すんごく冷たいだろ？　手で触れてみろって。

彼の気分を損ねたくなかったのでチーチコフは鼻も触ってこう言った。

――よく鼻が利くようですね。

――生粋のモルダーシよ[24]、――とノズドリョーフは続けて、――正直言うとさ、ずっとこのモルダーシが手に入らねぇかって狙ってたんだ。ほら、ポルフィーリィ、こいつを持ってけ！

ポルフィーリィは仔犬を腹の上に抱えると、ブリーチカへと持ち去っていった。

――いいかい、チーチコフ、あんたは何があったって今から俺んちに来なきゃ駄目だぜ、五露里ぽっちだ、一気に着いちまう、で、そのあとだっていいだろう、ソバケーヴィチのところに行くのは。

〈さあどうする、――チーチコフは肚の中で思った、――このままノズドリョーフのところに寄っておくか。こいつのどこが他の連中より劣ってるっていうんだ、似たようなもんさ、しかも賭けに負けてるんだしな。何しろこの男、出来る奴みたいだし、ってことは、タダで何か引き出せるかもしれん〉

――ならいいでしょう、参りましょうか、――ただお引き留めは勘弁ですよ、時間が大切なもんでね。

――やっぱり心の友だよ、そうこなきゃ！　こりゃいいや、ちょっと待ちな、俺に口づけさせてくれ。――こうしてノズドリョーフとチーチコフは口づけをしたのである。――素晴らしいもんだ、三人で出発よ！

――いやいや、お前さん、頼むから俺は帰してくれよ、――と言ったのは金髪、――俺は家に帰らなきゃ。

――大丈夫、大丈夫、兄弟、帰さねぇよ。

――ほんと、嫁がへそ曲げちまうんだよ、ここからはお前さん、ほらあの連中のブリーチカに乗り換えれるだろ。

――駄目だ、駄目だ、駄目だ！　変な気起こしたって無駄だぜ。

金髪はその人柄に一見、意固地なところのある連中の一人だった。こういう連中というのは口も開かぬうちから口論する構えを見せては、自分の考えと明らかに反することには断固肯（がえ）んじず、馬鹿を利口とは断固呼ばず、とりわけ他人のおだてには乗るまいとするものの、結局のところはいつだってその人柄に柔和さが現れて、まさに拒否していたものも肯んじ、馬鹿を利口と呼んでは、これ以上ないほどうまい具合に他人のおだてに乗ってしまう、――要するにこの手の連中は、最初の拒否する態度はきっぱり、最後は屁のつっぱりという塩梅なのだ。

――くだらんよ！――とノズドリョーフは金髪の講釈らしきものに対して言い返し、彼の頭に鍔帽を被せると、金髪は彼らのあとから付いてきたのだった。

――ウォッカのお代がまだなんですがね、旦那さま、……――こう言ったのは老婆だった。

――ああ、分かった、分かった、おっかさん。おい、義兄弟！　払っておいてくれ、頼む。俺のポッケにゃ一銭もないんだ。

――いくらだい、婆さん？――と義兄弟が言った。

――なぁに、親仁さん、たったの二十コペイカ銀貨で、――と老婆は言った。

――嘘つけ、嘘を。婆さんには五十コペイカ紙幣をやっておけ、それで足りるだろ。

――ちと足りませんがねぇ、旦那さん、――と老婆は言ったが、それでも金を有り難く受け取ると、つかつかと扉へ駆け寄って、彼らに開けてやった。老婆が損したわけではなかった、というのも、彼女の要求した代金はウォッカの値段の四分の一だったからだ[25]。

飲み屋の客たちは馬車に乗り込んだ。チーチコフのブリーチカはノズドリョーフとその義兄弟とが乗ったブリーチカと並走していたので、道中は三人とも自由に会話を交わすことが出来た。彼らの後ろからは始終遅れがちな、ノズドリョーフの小ぶりの荷馬車ががりがりの雇い馬に引かれて続いた。そこにはポルフィーリィと仔犬が乗っていた。

旅人たちのあいだで交わされた会話は読者にとってさほど興の湧くものではなかったということもあるので、あるいはここで当のノズドリョーフについて何か申し上げておいた方が良かろう、この彼がもしかするとわれらが長篇詩において全くの端役とはいえぬ役を張るやもしれぬではないか。

ノズドリョーフの顔は確かに読者もすでにいくらかはご存じのところ。こういった仁にお目にかかったことは誰しも少なからずある。彼らは小生意気な奴と呼ばれ、まだ幼年期や学校の頃から良友として名を馳せるも、こっぴどくぶん殴られるものである。その顔には常にどこかぱっと開けた、真っ直ぐで、肝の据わったところがある。彼らはすぐに他人と打ち解けてしまい、振り向く間もなくもう相手のことを〈あんた〉呼ばわりするのだ。結ばんとする友の契りとて永遠を思ってのことであろう。だが、いつもほとんど決まって、懇意となったお相手はその日の晩の水入らずの宴席で連中と摑み合いの喧嘩となる。彼らはいつもお喋りの呑んだくれ、向こう見ずにして人の目を引く連中なのだ。ノズドリョーフは三十七歳だが、十八、二十の頃と全く変わらず、遊び好きであった。結婚してからも彼は少しも変わりなく、しかも嫁さんは早々あの世へ逝ってしまい、二人の子供を残したが、彼にはこれっぽっちも用がなかった。子供のことはそれでもやはり、可愛らしい乳母が面倒を見ていた。自宅にいると彼は一日以上じっとしていられなかった。鼻の利く彼は、数十露里も離れた定期市のあらゆる人の集まりや舞踏会を嗅ぎつけると瞬く間にもうそこにいて、緑のテーブルを前に口論しては騒ぎを引き起こしているのだが、これはこの手の連中同様カード遊びに目がなかったからである。彼のカードのやり口はすでに第一章でも見た通り、全く後ろ暗くない正々堂々としたものではなくて、抜き取ったカードを差し替えたり、他にも小細工の仕方を色々と知っていたものだから、この遊びは別のお遊びで終わることも度々であった。彼をブーツで踏んづけたり、彼のふさふさとした実に立派な揉み上げを毟り取ったりするため、帰宅時の彼には揉み上げが片方しかなかったり、随分ぺとぺとしていたり。だが、健康的で丸々としたその頬だから、揉み上げはすぐまた生えてきて、前よりも一段と良くなっているではないか。それに何が一番奇妙かと言って、かかることはルーシぐらいでしか起こらぬであろうが、しばらく経てば自分をぶん殴ったその仲間たちとまた顔を合わせていたことで、しかも何事もなかったかのようにして会うわけで、彼も言うなれば何てことはなく、彼らもまた何てことはないのだ。

ノズドリョーフというのはある意味、歴史的な人物であった。彼が足を運んだどの集まりも歴史を抜きにして済んだことなど一度もない。何某かの歴史が必ず生まれたのだ。例えば、羽交い締めにされて大広間から憲兵たちに引きずり出されるとか、お仲間が仕方なしに彼を弾き出すとか。仮にそういったことが起こらぬにしても、やはり他人様には決して起こらぬような何某かが生じてしまうのだ。例えば、ビュッフェでべろんべろんになってただ笑っているとか、とんでもない大法螺を吹いてしまい、挙句には自分までもが恥ずかしくなってしまうとか。その法螺にしたって全くの不要なものなのだ。例えば、いきなり自分の昔飼っていた馬の毛色が青だったとか薔薇色だったなんて下らぬ話をするものだから、聞いている連中も仕舞いには、「いや、兄弟、そりゃもう嘘八百もいいところだぜ」と言われて誰からも相手にされなくなってしまう。人間の中には隣人を貶したい、時には一切何の謂れもなくそうしたいという欲求を持つ者がいるものである。ある例えば地位もある人物で、その出で立ちは高貴な上に、胸元には星が付いていたりするのだが、こちらの差し出した手を握ると、奥深い、思索へ誘う話題について語ったと思いきや、そのあと、掌を返したように、面と向かって貶してくるのである。その貶し方というのがこれまた普通の十四等官のやり口で、胸元に星を付け、奥深い、思索へ誘う話題について語っていた人間のやり口とはとても言えぬものだから、ただただこちらは啞然として肩を竦めるしかなくなってしまう。こういう奇妙な欲求というのがノズドリョーフにもあった。相手と気が合えば合うほど彼は誰よりもその相手に難癖をつけてくるのだ。これ以上馬鹿げたものを思いつくのも大変な与太話を吹聴するわ、結婚式や商取引は台無しにするわ、自分が相手に嫌われているなんて露ほども思わず、むしろその反対に、たまたま相手と再会するようなことにもなればまたぞろ馴れ馴れしく接し、「お前なんてとんでもない悪党だからな、何があったって俺んちに立ち寄るんじゃねぇぞ」とまで言う始末だった。

ノズドリョーフは多くの点で多面性を持った人物、

つまりは何でも屋であった。すぐさま相手に向かって、行きたいところに行こうじゃないか、この世の果てでも構わんさとか、やりたい事業を始めりゃいいとか、お好きなもんと何だって交換しようじゃないか、などと勧めてくるのだった。銃、犬、馬など、こういったものはどれも交換の対象ではあったが、決してこれで儲けようというわけではない。こういうことになってしまう原因は単に、ある種そわそわしていてせっかちで、活きのいいところにあった。もし定期市で運よく間抜けに当たって身ぐるみ剝がせたともなれば、方々の店先で目星をつけていたものを山のように買い漁るのだった。例えば、首輪、香炉、乳母用のカチーフ、種馬、干し葡萄、銀製の手洗い器、オランダ製リネン、上小麦粉、煙草、ピストル、鰊、絵画、砥ぎ道具、壺、ブーツ、ファイアンス焼きの皿——金が足りるだけごっそり。尤も、これを家まで持ち帰るというのは稀で、ほとんどその日のうちに一切合切、別の飛びっきり運のいい賭博打ちに掻っ攫われたし、時にはこれに上乗せするような形で手持ちのパイプを煙草入れと吸い口ごと丸々、あるいは四頭立ての馬を車と馭者ごと丸々持って行かれてしまうものだから、当のご主人、丈の短いフロックコートかアルハルークという恰好で誰かお仲間を見つけては、その馬車に便乗させてもらって家路につく羽目となるのだった。まさしくこれぞノズドリョーフその人！　あるいは彼の気質など陳腐だとか、今どきもうノズドリョーフなんていやしないと言われるかもしれぬ。何たることか！　さようなことを口になされるお方は公正さをお忘れだということになろう。ノズドリョーフはまだこの先もずっとこの世から消え失せることなどあるまい。彼はわれわれのあいだの至るところに存在し、ひょっとすれば、別のカフタンをまとっているだけかもしれぬではないか、だが、軽率なまで洞察力に欠けているのが人の常というもの、別のカフタンを着ただけでも人は別人に見えてしまうのだ。

そうこうしているうちに、三台の馬車はすでにノズドリョーフ邸の玄関先にまで寄せていた。屋敷では彼らを迎える準備など一切なされていなかった。食堂の真ん中には木の足場が置かれ、二人のムジークがその上に立って壁に漆喰を塗っては、何やら切りのなさそうな歌を歌い出し、床全体には漆喰の飛沫が飛び散っていた。ノズドリョーフは早速ムジークと足場を追い払うと、急いで指示を伝えに別の部屋へ出ていった。客人たちには彼が料理人に昼食を注文するのが聞こえ、すでに多少の空腹を感じ始めていたチーチコフはその声から、五時になるまで自分たちが食卓に着くことはないものだと察した。戻ってきたノズドリョーフは客人たちを連れ出して村のありとあらゆるものを見学して回ったが、二時間余りであるものすべてを見せてしまってもはや何ひとつ見せるものがなくなってしまった。先ず最初に彼らが見学した廏で目にしたのは二頭の牝馬で、一方は丸い黒斑の灰色、もう一方は淡い栗毛、そのあと見た赤茶の牡馬は貧相な見た目ではあったが、これを買うのに一万ルーブル出したとノズドリョーフは請け合うのだった。

――一万もこいつに出しちゃいないだろ、――と義兄弟は口を挟んだ。――こいつは千もしないよ。

――神に誓ってもいい、一万出したさ、――とノズドリョーフは言った。

――神さんに誓うのなら、好きなだけそうすりゃいいさ、――と義兄弟は返した。

――なら、どうだ、賭けようじゃねぇか！――とノズドリョーフは切り返した。

賭けを義兄弟がしたかったのではなかった。

そのあとノズドリョーフが見せたのは空っぽの馬房で、ここにも以前は駿馬がいたという。この同じ廏には山羊も見かけたが、古くからの言い伝えによると、馬と一緒に飼わねばならぬらしく、これがまあ実に馬たちと仲が良くて、馬の腹の下をうろうろしているところなどまるでわが家にいるかのようだった。そのあとノズドリョーフが客人を見学に連れて行ったのは紐で繋いだ狼の子供。「ほらこれが狼の子さ！――と彼は言った。――俺はこいつにわざわざ生肉をやっててね。こいつには完璧な獣になって欲しいんだよ！」池を見に行くとそこには、ノズドリョーフの言葉だが、昔それはそれは馬鹿デカい魚が泳いでいて、二人がかりで引き揚げるのも難儀だったというのだが、これにもやはりかの親戚筋はすかさず疑問を呈したのである。「あんたにさ、チーチコフ、とっておきの犬の番いを見せてやるよ。黒肉[26]の硬さなんてとにかく驚きだぜ、しゅっとした面なんて針そのものよ！」――こう言って客人を連れて行った先には実に美しく建てられた小さな家があり、周りを大きな柵で囲んだ中庭があった。中庭に入るとそこに見えたのは色んな犬で、ふさふさのもおれば、つるんとしたのもおり、ありとあらゆる毛色に毛並みがあった。例えば、海老茶に黒面、黒に赤面、白に黄斑（ぶち）、黄に黒斑、白に赤斑、黒の耳、灰色の耳……。そこにはあらゆる呼び名もあれば、あらゆる命令形の言葉もあった。ストレリャイ（撃て）、オブルガイ（怒鳴れ）、ポルハイ（飛び回れ）、ポジャール（火事だ）、スコスィリ（咬め）、チエルカイ（蹴散らせ）、ドペカイ（追え）、プリペカイ（持ってこい）、セヴエルガ（射抜き）、カサートカ（良い子だ）、ナグラーダ（ご褒美だ）、ポペチーテリニッツァ（女後見人）。ノズドリョーフが犬の中にいる姿はまるで犬一家の大黒柱さながらで、犬たちは皆、犬好きの間で舵柄（かじづか）と呼ばれる尻尾をぴんと立てると、一目散に客人たちのところへ飛んでいき、挨拶し始めたのである。そのうちの十四ほどは前足をノズドリョーフの肩に置いた。オブルガイも同様の仲睦まじさをチーチコフに示すと、後ろ足で立ち上がって舌で直接彼の唇をべろっと舐めたものだから、チーチコフはすぐさまペッと唾を吐き出した。その黒肉の硬さが驚きの犬はどれも良い犬たちだった。そのあと見学しに向かったのはクリミアの牝犬で、すでに目が見えなくなっており、ノズドリョーフの言葉によれば、そろそろくたばってもおかしくないというのだが、二年ほど前まではとても良い牝犬だったらしく、その犬も見てみたところ確かに盲だった。そのあと向かったのは水車場の見学なのだが、そこには軸の周りを高速で回転する挽き臼の上部を固定させるパタパタ棒がなかった、――〈パタパタ〉とはこれまたロシアのムジークによる実に味のある言い回しではないか。

――ここにはもうじき鍛冶場が出来るんだよ！

――とノズドリョーフは言った。

少し歩いていったところで彼らが目にしたのは確かに鍛冶場で、その鍛冶場も一通り見学して回った。

――この原っぱにはさ、――ノズドリョーフは野原を指しながら言うのだった、――野兎がそりゃもうウジャウジャいたもんだから地面なんて見えないほどでさ、俺も手ずから後ろ足を掴んで一羽ばかり捕まえてやってね。

――いや、野兎はお前さんの手では掴めんよ！

――と口を挟んだのは義兄弟。

――ちゃんとこうやって摑んださ、遊び半分で摑んでやったさ！――とノズドリョーフは答えた。――今度あんたさんに見せてやるのはよ、――とチーチコフに向かって彼は続けた、――俺の土地が終わる境目よ。

　ノズドリョーフは客人を連れて野原を歩きだしたのだが、そこは多くの箇所がでこぼこになっていた。客人たちは休閑地と馬鍬を入れた畑のあいだを突き抜けて行かねばならなかった。チーチコフは疲れを感じ始めていた。多くの箇所で泥濘に足を取られる始末で、それほどまでにそこは土地が低かったのだ。最初は足元に気をつけて慎重に跨ぎ越えたりしていたが、そんなことをしても何の足しにもならぬと分かってからは、どこの泥濘が大きいとか小さいとかなど気にもせず、そのまま真っ直ぐ歩いていった。かなりの距離を歩いてくると、確かに見えたのは木の柱と狭い溝からなる境目だった。

　――ここが境目さ！――とノズドリョーフは言った。――こっち側に見えるものはどれも全部俺のもの、で、あっち側に見えてるあの森よ、青く見えてんだろ、それと森の向こうにあるのも全部、全部俺のもんよ。

　――いつの間にあの森がお前さんのものになったのさ？――と義兄弟は訊ねた。――最近買ったのかい？　お前さんのじゃなかったろ。

　――ああ、最近買ったのよ、――とノズドリョーフは答えた。

　――いつの間にそんなさっさと買えたのさ？

　――なあに、ほんの二日前に買ったのよ、足元見られちまったけどな、チクショー。

　――だってお前さんはそん時、定期市にいたじゃねぇか。

　――へっ、お前ってのはソフロン（おめでたい奴）[27]だなぁ！　市（いち）にいながらじゃ土地も買えねぇっていうのか？　確かに俺は市にいたさ、その代わりにウチの番頭が俺抜きで買ったんだよ。

　――そうかい、けどまさか番頭とはね！――と義兄弟は言ったものの、すぐにやはり怪しいと思って首を横に振った。

　客人たちはまたもやひどい悪路を通って屋敷へ戻ってきた。ノズドリョーフが客人を通したのは彼の書斎、尤も、そこには常々彼が書斎に身を置いているといった形跡は見当たらなかった、つまり、書物も紙もなければ、壁に掛かっているものといえばサーベルと銃二挺のみ――一方の銃は三百ルーブル、もう一方は八百ルーブルの代物。義兄弟は部屋を見渡したあと、ただ首を振るばかりだった。そのあと見せられたのはトルコ製の短剣で、その一つには間違って〈名匠サヴェーリィ・シビリャコーフ〉と彫られていた。これに続いて客人たちの見せられたのが手回しオルガン。ノズドリョーフはすぐさま彼らの前で何かを回し始めた。手回しオルガンの音色は実に心地よいものではあったが、途中で何かが起こったらしく、マズルカは歌『マールボロは出陣した』[28]で終わり、その『マールボロは出陣した』は突如何か懐かしいワルツになって終了したのである。ノズドリョーフもくるくる回すのはとっくの前に止めていたが、手回しオルガンの中の笛が一本大変に威勢よく、どうにも落ち着くのは嫌だったらしく、あとからもずっと独りでぴーぴーと鳴っていた。そのあと見せられたのはパイプ――木製、粘土製、海泡石製、燻し銀のもあれば、燻し銀じゃないのもあり、セーム革を張ったのやら、張ってないのやら、琥珀の吸い口のチュブークは最近賭けで手に入れたもの、煙草入れはある伯爵夫人の刺繍したもので、どこかの郵便駅で彼にぞっこん惚れ込んだという夫人の手は、彼の談によると、最高に洗でんされた[29]スュペルフリュ(無用さ)だったらしい、――この言葉、恐らく彼においては完璧の極みとでもいったものを意味しているのであろう。バルィークを摘んだあと、彼らが食卓に着いたのは五時頃だった。午餐はどうやらノズドリョーフの生活において重要ではないもので、食事というのは大きな役割を担っていなかったようだ。何しろ、焦げているものがあるかと思えば、全く火の通っていないものもあったからだ。料理人が従っていたのはむしろその場の思いつきの方で、手当たり次第に放り込んでいるのは明らかだった。そばに胡椒があれば胡椒を振り、キャベツがあればキャベツを突っ込み、牛乳、ハム、豌豆を詰め込むのだ――要するに、仕事はやっつけ、熱けりゃよかろう、味なら何ぞ出るはずさ、といった感じ。それに引き換え、ノズドリョーフは酒となると前のめりであった。まだスープも出されぬうちから客人たちの大きなグラスにポートワインを、別のグラスにはオー・ソーテルヌ[30]を注いでいったが、これは県庁所在都市や地方都市には普通のソーテルヌが出回っていないからである。そのあとノズドリョーフはマデイラ[31]を一本持って来させたが、これに優るものは元帥も飲んだことはないと言う。そのマディラは確かに口の中でもカァッと焼けるほどのもので、これは商人たちが良質のマディラ好きである地主たちの好みを知った上で、中に容赦なくラム酒を注ぎ足したり、時には、ロシア人の胃袋ならどうにかなろうという算段で、王水まで流し込んでいたのである。そのあとノズドリョーフがさらにもう一本特別なものとして持って来させたのは、彼の談によれば、ブルゴーニュ産とシャンパーニュ産が一緒になったもの。彼は実に入念に、二つ置かれたグラスの右にも左にも、義兄弟にもチーチコフにも注ぎ足していった。ところが、チーチコフの目にちらっと留まったのだが、注いでいる当人は余り沢山自分には注ぎ足そうとしていなかったのである。これにはさすがにチーチコフも慎重にならざるを得ず、ノズドリョーフがつい話に現を抜かしていたり、義兄弟に注いでいる隙を盗んでは咄嗟にグラスの中身を皿にぶちあけたのだった。さほど時間も経たぬうちに食卓へ運ばれてきたのは七竈（ななかまど）酒、これは、ノズドリョーフの談によれば、完璧なクリームの風味がするというのだが、ただそこには何たることか、濁酒が思いっきり顔を覗かせているではないか。このあとに何かの香草酒を飲みはしたが、その名が何とも覚え辛く、当の主人も次に名前を呼んだ時には違う名前で呼んだほどだった。午餐はとっくの前に終わり、酒をあれこれ試したにもかかわらず、客人たちはいつまでも食卓に着いたままでいた。チーチコフはノズドリョーフとの肝心な用件を義兄弟のいる前ではどうしてもしたくなかった。何といってもやはり義兄弟は部外者なわけだし、その話題をするには二人だけの懇意な関係が必要だったのだ。尤も、この義兄弟がまさか危険人物だとは考えられなかった、というのも、どうやらしこたま飲んでしまったらしく、椅子に坐りながら一分ごとに船を漕いでいたからだ。彼は足元が覚束ぬ状態であることを自らも察知すると、ようやく暇乞いを始めたのだが、それが何ともだらしのない覇気のない声で、いわば、ロシア語の表現で言うところの、やっとこ鋏一丁で馬に首輪を掛けるような調子だった。

――駄目駄目！　帰さんよ！――とノズドリョーフは言った。

――いや、悪く思わんでくれ、頼むから、ほんと、帰るよ、――と義兄弟は言った、――俺だってほんと怒るからな。

――下らん、下らんねぇ！　今すぐバンクをおっ立てるんだからな。

――いや、おっ立ててもいいさ、兄弟、お前さん一人でな、俺は御免だよ、嫁さんが冠を曲げちまうから、ほんと、市の話もしなきゃならんし。不味いんだ、兄弟、ほんと、嫁を喜ばさんと不味いんだ。駄目だって、俺を引き止めんでくれ！

――そんな嫁なんかな、……っちまえ！　どうせほんとに大事だってことを一緒にするんだろ！

――違う、兄弟！　あいつはすごく立派で貞淑な女なんだ！　それはもう尽くしてくれるんだ……正味な話、涙がちょちょ切れるほどなんだから。駄目だよ、俺を引き止めんでくれ！

――行かせてやったらどうです、彼がいたところで何の得になるんです！――とチーチコフは静かな声でノズドリョーフに言った。

――それもそうだな！――とノズドリョーフは言った。――こういうだらしない奴は死ぬほど嫌いだね！――そして声に出してこう付け加えたのだった。――ま、お前なんか知ったこっちゃないよ、家に帰って嫁とお飯事でもしてりゃいいさ、このカマが！

――いや、兄弟、俺のことをカマ呼ばわりはさせないよ、――と義兄弟は言葉を返し、――俺は彼女に人生っていう借りがあるんだ。とにかく、ほんと、気のいい可愛らしい女さ、慰めてもくれるし……泣けるほど分かってくれるし、市で何を見たかだって訊いてくるさ、なんでも話さなきゃ不味いだろ、とにかく、ほんと、可愛い奴なんだ。

――そんなら帰りゃいいさ、嫁に下らん嘘でもつきにな！　ほら取れよ、お前の帽子だ。

――いや、兄弟、お前さんにあいつのことをそんな風に言う筋合いなんてないよ、そんなこと言われたら、あれさ、俺だって黙っちゃいないぜ、あいつはほんとにいい奴なんだから。

――なら、さっさと嫁のところに帰りやがれ！

――ああ、兄弟、帰るよ、残れなくって悪いな。

是非ともってところなんだが、駄目なんだ。

義兄弟はこのあともずっと詫びながら、自分がずっと前にブリーチカに乗り込んで、ずっと前に門を出て、目の前にはずっと前からがらんとした野原が開けていることにも気づかないでいた。きっと嫁は市のことを細々と訊いたりなどしなかったに違いない。

――まったく使えねぇ奴だよ！――とノズドリョーフは窓の前に立って遠ざかっていく馬車を見ながら言った。――おっ、見事な駆け出しぶりだぁ！あの副え馬はなかなかなもんでね、ずっと前から手に入れたかったんだ。ただ、あいつとはどうやったって馬が合わない。カマだよ、ただのカマ野郎さ！

このあと二人は部屋に入った。ポルフィーリィが蠟燭の支度をすると、チーチコフは主人の手にどこからともなく現れた一組のカードがあることに気づいた。

――どうする、兄弟、――と言いながらノズドリョーフはカードの両腹を指でぐっと押さえて少しばかり反らしたものだから、音を軋ませてカードが一枚ぴょんと飛び出した。――どうだい時間潰しに、俺は三百ルーブルをバンクに賭けるよ！

だが、チーチコフは何の話か聞こえていないという振りをして、突然思い出したかのようにこう言ったのである。

――ああ！　忘れないうちに言っておくけど、あんたに頼みがあってね。

――どんな？

――先ずは約束してくれ、守ってくれるって。

――だからどんな頼みだよ？

――さ、約束してくれなきゃ！

――いいぜ。

――本当かい？

――本当だ。

――頼みってのはこういうことなんだ。あんたのところにはどうかな、調査票からまだ削除してない死んだ農民って沢山いるのかい？

――まぁいるにはいるが、それが何だい？

――それを私のに、私の名義に変更して欲しいんだ。

――そんなことしてどうする？

――とにかく必要なんだ……どうするかはこっち

の問題だが、要するに、必要なんだよ。

——いやぁ、こりゃきっと何か企（たくら）んでるな。そうだろ、何なんだ？

——何を企むことなんてある？　こんなちっぽけなものじゃ企みなんて何ひとつ出来ないさ。

——じゃあ何にあんなものを使うんだ？

——おぉ、何とまぁ興味津々なことだね！　どんな下らんものも手で触った上に、その匂いも嗅がなきゃ気が済まないんだから！

——それじゃ何で言いたがらないんだ？

——どんな得があるなんてあんたが知ってどうなるんだい？　そう、大した話じゃないんだ、ふと思いついたことだからね。

——そういうことなら、あんたが口を開くまでは取引なんてしないぜ！

——ほらご覧、そうなりゃあんたの方が不誠実だってことになるよ。約束したのに、それを翻すんだから。

——ま、好きにすりゃいいさ、でも取引はしないぜ、何を考えてんのか言わねぇあいだはな。

〈一体何てこいつに言えばいいんだ？〉——とふと思ったチーチコフは束の間考えてから、死んだ魂（たま）が必要なのは社会での影響力を持つためであり、自分には大きな領地もないから、それまではとにかくどんな魂であろうと必要なんだ、と明言した。

——嘘つけ、嘘を！——ノズドリョーフはこう言うとチーチコフには最後まで言わせなかった。——嘘ついてんだろ、兄弟！

　チーチコフ自身、自分の思いつきが今ひとつ出来が良くなく、言い訳にしてもかなり説得力に欠けることには気づいていた。

——じゃあ、あんたにもっと率直に言うよ、——と彼は背筋を正してから言った、——ただ、お願いだ、誰にも言わないでくれ。実は結婚を考えていてね、でも分かって欲しいんだが、許嫁の父と母がそれはもう野心の塊っていう連中なんだ。それこそほんと、コミッション（委託業務）さ。有り難い縁とはいえなくてね、新郎になる男には何が何でも三百以上の魂がないといけないって言うんだが、私には全部で農民があと百五十足りなくって……。

——いや、嘘だ、嘘だね！——とノズドリョーフはまた叫び出した。

――いや、今回は違う、――とチーチコフは言って、――これっぽっちも嘘なんてついてない、――そして親指で小指の一番小さい部分を指したのだった。

――首を差し出したっていいぜ、そりゃ嘘だよ！

――それにしても人聞きの悪いことを言ってくれるもんだな！　この私を何だと思ってるんだ！　どうして何でもかんでも嘘をつかなきゃならんのだ？

――そりゃあんたのことを知ってるからさ。だって、あんたは大した詐欺師だからね、まあこれは友人の誼(よし)みから言わせてもらうよ！　俺があんたの上司だったら、まず最初にあんたが首だな。

チーチコフはこの指摘に侮辱を感じた。もはやどんな表現も、それが少しでも乱暴だったり体面を傷つけるようなものであれば、彼には不快だった。彼は相手が自分よりも遥かに身分が高い場合以外、如何なる場合であろうと馴れ馴れしくされることさえ良しとしなかったのだ。そういうわけだから、今回は彼もすっかり気分を損ねてしまったのである。

――神に誓ってもいい、首にするね、――とノズドリョーフはまた繰り返して、――あんたには包み隠さず言ってんだよ、怒らせるためじゃない、ただ友人として言ってるだけさ。

――何事にも限度ってものがあるだろ、――とチーチコフは自尊心を持って言った。――そういう言葉で自己顕示したいんだったら、兵舎にでも行くことさ、――そしてこのあとこう付け加えたのである――タダでくれてやるのが嫌なら、売ればいいじゃないか。

――売るだって？　あんたのことは分かってんだぜ、何せ卑怯者だからな、どうせ高くじゃ買い取らんのだろ？

――ったく、あんたもよく言えたもんだよ！　考えてもみろって！　あんたの持ってるのは何かい、ダイヤモンドだとでもいうのかい？

――ま、そういうこったな。あんたのことは分かってたよ。

――勘弁してくれよ、兄弟、そのユダヤ人みたいな衝動は何なのさ！　あんたはただ私にあいつらをくれればいいだけじゃないか。

――いいか、俺がどこぞのしみったれとは訳が違うってことをあんたに証明するためには、一銭だって取らねぇぜ。俺の種馬を買うんだ、そのおまけにあいつら付けてやるから。

――勘弁してくれって、種馬をどうしろっていうのさ？――と言ったチーチコフはこんな提案を受けて本当に驚いていた。

――どうしろってどういうことだい？　俺はあいつに一万払ったんだ、それをあんたには四千で譲るってんだよ。

――だから種馬をどうしろっていうのさ？　馬の飼育なんてやってないんだから。

――まあ聞けって、分かってないなぁ。俺があんたから今んところもらうのは三千こっきりにしよう、残りの千の支払いはあとにしたって構わんから。

――だから種馬なんて要らないんだって、知ったこっちゃないよ！

――なあ、淡い栗毛の牝馬を買ってくれよ。

――牝馬も要らないんだって。

――牝馬とあんたがウチで見た灰色の馬なら、たったの二千だよ。

――だから私に馬は必要ないんだって。

――そいつらを売りゃいいさ、初めての市だったらあの馬で三倍の値はつくから。

――自分で売ればいいじゃないか、三倍も儲かるって自信があるんなら。

――儲かることは分かってるさ、でもあんたにも儲けてもらいたいなぁと思ってね。

チーチコフはこの心遣いには感謝したものの、灰色の馬も淡い栗毛の牝馬もきっぱりと断った。

――それじゃ犬を買ってくれ。あんたにはとっておきの番いを売ってやるよ、それこそ鳥肌もんだぜ！　毛長の面で、髭を生やしててさ、毛なんて剛毛みたいにぴんとおっ立ってんだ。肋が樽みたいなところなんぞ想像を絶するもんでさ、足なんて球みたいに真ん丸してて、地面に着かねぇんだから。

――だからどうして私に犬なんて必要なんだよ？　猟師でもあるまいし。

――だからあんたに犬を飼ってもらいたいってことさ。なあ、それでも犬が欲しくないってんなら、俺の手回しオルガンを買ってくれよ、見事な手回しオルガンだ、あれを手に入れるのに、正直、千五百はかかったんだぜ。あんたには九十ルーブルで譲るよ。

――だから私にどうして手回しオルガンなんか要るのさ？　ドイツ人みたいに道端で流しでもして、皆から金をせしめようなんて気なんかさらさらないんだから。

――けど、あれはドイツ人の持ってるような手回しオルガンじゃねぇんだよ。あれはオルガンさ、試しに見てみな。丸ごとマホガニー製だ。何ならもう一遍見せてやるよ！――そう言ってノズドリョーフはチーチコフの腕を摑んで別の部屋へ連れていこうとし、チーチコフが両足で床にどう踏ん張ろうが、どんな手回しオルガンかはもう知っているからとどれだけ言おうが、マールボロがどんな風に出陣したのかをもう一度聴かぬわけにはいかなかった。――金まで出して聴きたくねぇって時なんか、こいつを聞けばいいだろ。あんたにゃ手回しオルガンも、ウチにいる死んだ魂も全部やるから、俺にはブリーチカとおまけの三百ルーブルをくれりゃいいさ。

――ほらまただ、じゃあ、私は何に乗って帰るんだよ？

――あんたには別のブリーチカをやるよ。さあ、納屋に行こう、別のを見せてやっからさ！　色さえ塗り替えりゃ、あら不思議ってな感じのブリーチカになっちまうから。〈こいつは浮き足立った悪魔に取り憑かれてやがるぞ！〉――こうチーチコフは肚の中で思うと、ブリーチカからも、手回しオルガンからも、ありとあらゆる犬からも、それが訳の分からぬ樽みたいな肋をしてたり、球みたいな足になっていようが知ったことか、何が何でも振り切ってみせるぞ、と腹を決めたのである。

――だって、ブリーチカに手回しオルガン、それに死んだ魂も丸ごと一切合切なんだぜ！

――要らないって、――とチーチコフはもう一度言った。

――何で要らないんだよ？

――単に要らないから要らないのさ、もういい加減にしてくれよ。

――ああそうかい、ほぉ、あんたはそういう人なのかい！　あんたとは、そうかい、気のいい友達とか仲間みたいにはいかないってことかい、なるほどそういうことなのかい！……やっと分かったよ、裏表のある人間ってことかい！

――私は何かい、馬鹿だとでも言うのかい？　考えてもみてくれよ。どうして自分に全く必要のないものを買わなきゃいけないのさ？

――おいおい、頼むからそんな話はもうよしてくれ。今じゃあんたのことはよーく分かってんだ。そりゃもうほんと、碌でなしじゃねぇか！　じゃあ、どうだい、ひと勝負バンクでも打つか？　死んだ奴らは全部賭けてやるから、手回しオルガンもな。

――いや、バンクで決めるってことは成り行き任せってことじゃないか、――チーチコフはこう言いながら、横目でちらっと彼の手にあるカードを見た。彼にはどうしても二組あるカードのどちらにも仕込みが入っているように思え、裏の模様からして如何にも怪しいものに見えたのである。

――何で成り行き任せなんだよ？――とノズドリョーフは言った。――成り行き任せなんてことあるかよ！　あんたのツキが良けりゃ、さんざっぱら儲けられんだぜ。さんざっぱらな！　ついてやがんな！――と彼は言いながら、相手を唆けようとしてカードを投げ始めた。――ついてやがんな！　ついてやがんな！　ほら、相も変わらず当たりがいいぜ！　ほら、こいつがあの俺が何もかも擦っちまったっていうクソったれの9よ！　こいつが俺を売っちまうって感じてよ、俺は目を細めてこう思うんだ、〈チクショーめ、売るなら売りやがれ、クソったれが！〉ってな。

ノズドリョーフがこう言っているあいだ、ポルフィーリィは酒瓶を一本運んできた。だが、チーチコフは賭けも酒も断固として拒否した。

――何で賭けない？――とノズドリョーフは言った。

――その、気が乗らないんでね。まあ、正直言って、私は全然賭けってのが好きじゃないんで。

――何で好きじゃない？

チーチコフは肩を竦めるとこう付け加えた。

――好きじゃないからさ。

――ゲスだな、あんたは！

――どうしようもないさ。そう神さまがお造りになられたんでね。

――ただのカマだな！　俺はてっきり、あんたってのは多少はマシな人間だと思ってたんだが、人付き合いってのが全く分かってねぇんだな。あんたとはどうやったって身近な人間みたいにゃ話も出来ねぇし……腹も割らなきゃ、誠実さの欠片もねぇんだな！　完璧にソバケーヴィチだよ、この卑怯もんが！

――何でそんなクソ味噌に言われなきゃならないのさ？　賭けをしないのがそんなに悪いってのかい？　魂だけ売りゃいいじゃないか、あんたがこんな下らんことでがたがた言う人間だっていうんならね。

――鬼の毛一本もやんねぇよ！　ほんとはな、タダでくれてやるつもりだったんだ、けど今となりゃ何ひとつやんねぇってんだ！　三つの国[32]をもらったってやるもんか。ひでえいかさま野郎、薄汚ねぇ煙突屋め！　金輪際あんたとは取引なんて一切したくないね。ポルフィーリィ、今から馬丁んとこへ行って、こいつの馬には燕麦なんかやらずに、秣しか食わすなって言ってこい。

　こんな結末を迎えることになるとはチーチコフもまさか予想していなかった。

――とにかく俺の目に入るようなところに姿を見せんこったな！――とノズドリョーフは言った。

　ところが、こんな諍いがあったにもかかわらず、客人と主人は午餐をともにした、ただ今回は食卓の上に凝った名前のついた酒が並ぶことは一切なかった。わずか一本だけどんと置かれていた瓶は何かキプロス産のものらしく、それはあらゆる点において酸っぱものと呼ばれていたもの。午餐ののち、ノズドリョーフはチーチコフを寝床の用意されていた隣の部屋に連れて行くとこう言ったのである。

――ここがあんたの寝床だよ！　おやすみなんてあんたには言いたかねぇや！

　チーチコフはノズドリョーフが出て行くと、これ以上ないほどの不愉快な気分のまま取り残された。内心自分に苛立ちを感じていた彼は、ノズドリョーフのところに立ち寄って時間を無駄にしてしまった自分を責めた。だが、それよりも自責の念で一杯だったのは、彼に取引の話を持ち出し、慎重さに欠けていて、ガキみたいで、馬鹿丸出しだったことだ。何しろ、この話はノズドリョーフが信用するような類いのものでは全くなかったからだ……。ノズドリョーフはゲスな男なんだ、ノズドリョーフが嘘八百並べてあることないこと尾鰭を付けて言い散らしてみろ、どんな陰口を叩かれるか分かったもんじゃない――いかん、いかん。「ほんと俺って馬鹿だよ」――と彼は独りごちた。その夜、彼の眠りは散々なものだった。どこかのちっさい威勢のいい虫たちにしたたか噛まれたものだから、彼は爪を立ててその噛まれた場所を思いっきり掻き毟りながら、「てめえら、ノズドリョーフもろともクソ食らえってんだ！」と言うのだった。彼が目覚めたのは早朝。ハラートとブーツを身に着けてから最初にしたのは、中庭を通って廏へ向かい、セリファンに今すぐブリーチカを用意しろと命じること。中庭を越えて戻ろうとする頃、同じくハラートを着てパイプを歯で咥えた恰好のノズドリョーフに遭遇したのである。

　ノズドリョーフは彼に親しげに挨拶すると、眠りはどうだったかと訊ねてきた。

――良くも悪くもないよ、――チーチコフの答えはかなり素っ気ないものだった。

――俺はよ、兄弟、――とノズドリョーフは言って、――そりゃもう一晩中、こうやって話すのもぞっとするくらいむかむかしててよ、口ん中なんか昨日のあのあとだから、まるで騎兵隊が大隊組んだみたいだったぜ。あれなんだ、夢の中で鞭打ちにあっちまってよ、本当だぜ！　で、誰だったと思う？　そりゃもう絶対分かりっこねぇや。ポツェルーエフ騎兵二等大尉とクフシンニコフさ。

〈どうせなら、――とチーチコフは肚の中で思った、――現（うつつ）でもってお仕置きされりゃ良かったのに〉

――マジな話！　そりゃもう痛いのなんのって！　目が覚めたらどうだい、ひでぇ話よ、ほんとに痒くってさ、そうなんだ、蚤の魔女がいやがったんだよ。さあさ、次は服でも着るこったな、今からあんたのところに行くからよ。ただ、番頭のゲス野郎には毒を吐かにゃならんがね。

　チーチコフは部屋に戻ると、服を着て顔を洗った。そのあと食堂に出ると食卓にはすでにお茶の道具一式とラム酒の瓶が置かれてあった。部屋には昨日の午餐と晩餐の跡が残ったままで、どうやら床磨きのブラシは一切かけられていない様子。床にはパン屑が散乱し、煙草の灰がテーブルクロスの上に目につくほどだった。当の主人は間髪入れず、早々入ってきたものの、その恰好を見るとハラートの下には開（はだ）けた胸以外には何もなく、そこには何やら鬚のようなものが生えていた。片手にチュブーク（長パイプ）を持ち、ティーカップのお茶を啜っているところなど、髪結いの看板にあるような撫でつけ髪や巻き毛、あるいは短髪の人士というものを描くのが滅法苦手な画家にとっては恰好の素材であった。

――で、どういう算段にする？――ノズドリョーフは少し黙ってから口を開いた。――魂（たま）を賭けて勝負したくないか？

――すでに言っておいた通りね、兄弟、賭けはやらないんだよ、けど、買うっていうんなら、そりゃ買わせてもらうがね。

――売るのは嫌（や）だね、そうなりゃ友の誼みってもんがなくなるじゃねぇか。俺はクソも味噌も分からんもんから上澄みを取るような真似はしねぇよ。バンクで賭けるとなりゃあ話は別だがね。ひと勝負くらいやろうじゃねぇか！

――やらないって言っただろ。

――じゃあ、取っ替えっこはしたくないか？

――したくないよ。

――なら、どうだ、チェッカーにしよう、買ったら全部あんたのもんだ。何せ、俺んとこには調査票から削除しなきゃならんもんが一杯あるからな。おーい、ポルフィーリィ、こっちにチェッカー盤を持ってきてくれ。

――無駄なことだよ、賭けはやらないってば。

――だってこいつはバンクじゃないんだぜ、こいつならどんな運にしろ、あるいは嘘だって有り得んわけだ。何もかも腕前次第だしさ、予めあんたに言っておいてもいいが、俺はこいつがからっきし駄目なんだ、何か先にもらってねぇとな。

〈そんなら、――とチーチコフはふと思った、――こいつとチェッカーしてやろうじゃないの！　チェッカーならこっちだって腕は悪かないし、いかさまだって難しいからな〉

――分かったよ、それで行こう、チェッカーならやるよ。

――魂に百ルーブルだ！

――どうして？　五十だって多いよ。

――まさか、五十のどこが大金だってんだ？　何なら、こっちの言い値に中どころの仔犬か、時計に付ける金の印章も込みにしてやるよ。

――なら、分かった！――とチーチコフは言った。

――先に何手行かせてくれる？――とノズドリョーフは言った。

――そりゃどういう意味さ？　当然、そんなものないよ。

――少なくとも、二手は先に行かせてもらわんとな。

――嫌だね、こっちだってうまくないんだから。

――分かっておりますとも、お宅に腕がないってことくらいはね！――とノズドリョーフは駒を進めながら言った。

――随分チェッカーなんて手にしてないもんでね！――とチーチコフは言いながら、同じく駒を動かした。

――分かっておりますとも、お宅に腕がないってことくらいはね！――とノズドリョーフは駒を進めながら言った。

――随分チェッカーなんて手にしてないもんでね！――とチーチコフは言いながら、同じく駒を動かした。

――分かっておりますとも、お宅に腕がないってことくらいはね！――とノズドリョーフは駒を進めながら言うと、それと同時に袖口でもって別の駒も動かした。

――随分手にしてないもんでね！……ちょ、ちょっと！　それは、兄弟、何の真似だい？　そいつを元に戻せって！――とチーチコフは言った。

――何をよ？

――そりゃ駒だよ、――とチーチコフが言った同時に、ほとんど自分の鼻先で別の駒がキングに成ろうとしているのが目に入った。こいつがどこから来たものか、神のみぞ知る。――駄目だ、――こう言ってチーチコフは食卓から立ち上がると、――あんたとはどうやったって賭けなんて出来ないね！　そんな駒の動かし方なんてないだろ、一度に三手なんて。

――何で一度に三手だよ？　こりゃ間違いさ。駒が一個勝手に動いちまったんだよ、こいつは戻すよ、悪いな。

――じゃあ、もう一個はどっから出てきたんだ？

――もう一個ってどれよ？

――ほら、この、キングに成りかけの奴？

――よく言うぜ、とぼけやがって！

――いやいや、兄弟、駒の動きは全部を見てたし、全部覚えてるよ、あんたはこいつをたった今置いたばかりだろ。元の場所はここじゃないか！

――まさか、どこだよ？――ノズドリョーフは顔を紅潮させて言った。――しかし兄弟、あんたって人はなかなかの嘘つきだね！

――違うさ、兄弟、嘘つきはあんたの方じゃないか、ただ下手クソだけどね。

――俺を何様だと思ってんだ？――とノズドリョーフは言った。――俺がまさか騙すとでも言うのかい？

――別に何様だとも思っちゃいないさ、けどね、金輪際賭けはしないよ。

――いいや、辞められんよ、――とノズドリョーフは熱くなりながら言った、――賭けは始まっちまったんだから！

――私には辞める権利がある、だって、あんたは誠実な人間に相応しい賭け方をしないんだから。

――違う、嘘だ、そんなことは言わせんぞ！

――いいや、兄弟、あんたの方こそ嘘つきさ！

――俺は騙しちゃいないし、あんたは辞めれんぞ、一局終わらすって義務があるだろ！

――それを私に強制するなんて無理だよ、――と冷淡にチーチコフは口にすると、盤に近づいて駒をぐしゃぐしゃにした。

ノズドリョーフはカッとなってチーチコフの近くへ躙り寄ったものだから、躙り寄られた方は二歩ほど後ずさりしたほどだった。

――あんたには賭けをしてもらうぜ！　駒を混ぜたのは大したことじゃねぇ、こっちは全部駒の位置を覚えてっからな。もう一遍、駒をさっきの場所に置き直そうじゃねぇか。

――いいや、兄弟、もう終わったんだよ、私はあんたと賭けはしないよ。

――ほんとに賭けはしたくないってか？

――あんたと賭けが出来ないってことくらい、自分でも分かるだろ。

――いや、はっきり言ってくれ、あんたは賭けはしたくないのか？――とノズドリョーフはどんどん近づきながら言うのだった。

――したくないね！――こうチーチコフは言ったものの、万が一に備えて両手を顔の前に近づけた、というのも、事態がいよいよ白熱しつつあったからである。

この用心は実に的を射たものであった、何しろ、ノズドリョーフが腕を振り翳したからである……そして、われらが主人公の感じのいい丸々とした頬の片方がすすぎ難き不名誉によって覆われることも十分あり得たところ、幸いにもその一撃を躱し、いきり立つノズドリョーフの両腕を掴んでぐっと抑えた。

――ポルフィーリィ、パヴルーシカ！――怒り狂いノズドリョーフはこう怒鳴りながら、懸命に身を振り払おうとした。

この言葉を聞いたチーチコフは家人たちをこの気を唆る修羅場の証人にしてはならぬと思うと同時に、ノズドリョーフを抑えたままにしておくのは無駄だと感じてその腕を放した。丁度その時ポルフィーリィがパヴルーシカと一緒に入ってきたのだが、このパヴルーシカ、関わり合いを持つのは百害あって一利なしというほどの屈強な兄ちゃんであった。

――結局、この一局を終わらせる気はねぇのか？――とノズドリョーフは言った。――はっきり答えやがれ！

――この一局を終わらせることは出来ないね、――こうチーチコフは言うと窓の外を窺った。その目に入ったのはすっかり準備の整った自分のブリーチカで、セリファンはどうやら玄関先に車を寄せる合図が来るのを待っているようだったが、この部屋から抜け出せる隙は一つもなかった。戸口に二人の屈強な百姓風情の馬鹿が仁王立ちになって立っていたからだ。

――結局、この一局終わらせる気はねぇのか？――こう繰り返すノズドリョーフの顔は火の中にいるみたいにカッカしていた。

――あんたが誠実な人間に相応しいやり方をするなら別だがね。けど、こうなったら無理だ。

――は！　結局無理ってか、この卑怯者！　不利になったらもう無理ってか！　こいつなんかやっちまえ！――と彼はポルフィーリィとパヴルーシカに向かって怒号を上げると、自分は桜のチュブークを手に掴んだ。チーチコフの顔からは血の気が引いた。何か言いたかったが、唇がただ音もなく動いているのを感じるだけだった。

――やっちまえ！――こう叫びながら桜のチュブ

ーク片手に突進してくるノズドリョーフは全身カッカし、汗でぐっしょり、まるで難攻不落の要塞へ進撃していくかのようであった。——やっちまえ！——彼の叫び声は、大規模攻撃の際に自らの小隊へ〈諸君、進め！〉と呼びかけるどこかの捨て鉢な中尉と同じで、その鬼気迫る勇ましさはすでに広く知れ渡っていたために、熱くなった時には彼を引き止めるよう緊急指令が出るほどなのだ。だがこの中尉、すでに武者震いを感じて前後不覚に陥り、眼前にスヴォーロフが浮かんで見える中を手柄に向けて邁進していく。〈諸君、進め！〉——と彼は雄叫びを上げながら突進していくばっかりに、練りに練った一斉攻撃のプランが自分のせいで台無しになることも、何百万丁もの銃口が雲の向こうに聳える難攻不落の城壁の銃眼に並んでいることも、自分の無力な小隊が鳥の羽の如く空中に飛び散ってしまうことも、そして、すでに運命の弾丸が唸りを上げて彼の耳障りな喉元を今にも塞ごうとしていることも一顧だにしない。だが、もしノズドリョーフが捨て鉢になって要塞に突進する正気を失った中尉を表現しているのだとすれば、彼が向かう先の要塞は難攻不落とは似ても似つかぬものであった。その反対に、この要塞はひどい恐怖心を覚えていたものだから、その魂は踵の下にまで隠れていたほどなのだ。彼が防御するつもりで掴んでいた椅子はすでに百姓たちによってその手から分捕られ、もはや目を瞑（つむ）ったまま生きた心地もせず、主人のチェルケス製チュブークを味わう準備をしながらも、自分がどうなってしまうかなどは神のみぞ知ること、しかし、運命の神々にとっては、われらが主人公の脇にしろ、肩にしろ、お上品な部位をすべて救済することがお望みであった。突如、まるで雲上より鳴り響くかの如き鐘の音（ね）がちりんちりんと鳴って、車寄せに近づく荷車の車輪がはっきりゴトゴトと響き渡ると、部屋の中にはその停車した三頭立ての興奮した馬たちの立てる重々しい鼻息と苦しげな喘ぎが反響してきたのである。全員思わず窓の外に目をやると、そこにはどこかの口髭を蓄えた御仁が半ば軍服といった出で立ちで荷馬車から降りてくるのが見えた。玄関の広間で照会を終えてその御仁が部屋に入ってきたのは、まさにチーチコフが未だ恐怖から醒め遣らぬまま、死すべき者がこれまで味わったことのない哀れな状況に陥っていたその時だった。

——失礼ですが、この中でノズドリョーフ氏という方はどなたでしょうか？——こう言った見知らぬ御仁は少しばかり困惑しつつも、チュブークを持って立つノズドリョーフと、ようやく不利な状況から挽回しつつあったチーチコフの方に目をやった。

——その前に、どちらの方か教えて頂けますかな？——とノズドリョーフは彼に近づきながら言った。

——郡警察署長です。

——で、ご用件は何です？

——こうして参ったのは、私のところに届いた通知を貴殿にお知らせするためでして、貴殿はご自分の事件が解決するまで裁判を受けることになります。

——何を馬鹿げたことを、何の事件です？——とノズドリョーフは言った。

——ある一件に関与されましたね、地主マクシーモフに対する個人的恨みから、泥酔状態のまま鞭で襲撃した一件です。

——嘘言っちゃいけませんや！　マクシーモフなんて地主、見たこともないんだから！

——いいですか、ご主人！　申し上げておきますが、私は将校でしてね。そのようなことはご自分の召使いにおっしゃることは出来ても、この私に向かって言うのはお門違いですぞ！

ここでチーチコフはノズドリョーフの反応を待つまでもなく、すぐさま帽子を摑んで郡警察署長の背後からするりと車寄せまで滑り出ると、ブリーチカに乗り込み、セリファンに全力で馬を走らせろと命じたのである。

第五章

　われらが主人公の腰抜けようは、しかし、格別なものであった。ブリーチカは全速力で疾駆し、ノズドリョーフの村はとっくに視界から消え失せ、野原、なだらかな斜面、さらには丘陵の向こうに隠れてしまったというのに、それでもまだ恐る恐る振り返るところなど今にも追っ手が迫ってくるとでも言わんばかり。息を継ぐのもひと苦労で、手を胸に当ててみた時など、心臓がまるで籠の中の鶉(うずら)のように打つのを感じた。〈まったくとんだ煮え湯を飲ませやがって！　どうなってんだあの男は！〉　そこに来てノズドリョーフにはあれやこれやと楽でもない強引な要求に応じると散々約束させられる上に、ひどい言葉まで投げつけられたのだ。どうしろという？　ロシアの人間で、しかも癇癪もちと来ている。そればかりか、取引もとても冗談なんてものではなかった。〈何てったたって、——と彼は独りごちた、——もしあの時郡の警察署長が来てくれなかったら、俺なんてもうお先真っ暗で、御光でも拝んでるところだったさ！　泡(あぶく)みたいに跡形もなく消えちまって、子孫も残さず、将来生まれてくる子供たちには財産も立派な氏名(うじな)も手に入れられなかったかもしれないじゃないか！〉　われらが主人公は自らの子孫について大変気を揉んでいたのである。

〈ったく、薄汚ねぇ旦那だぜ！——と肚の中で思っていたのはセリファン。——あんな旦那なんて今まで見たことねぇや。それこそあんな奴、唾でも引っかけてやりゃいいんだよ！　人なら飯なんぞ食わせなくったって構わねぇが、馬にゃきちんと餌をやるのが道理ってもんだろ、馬ってのは燕麦が好きなんだよ。それこそが馬の糧食って奴よ。言うなりゃ、俺らにとっての生計費(コスト)が馬にしてみりゃ燕麦ってことよ、それが馬の糧食よ〉

　馬たちもまたどうやらノズドリョーフのことは割に合わぬ奴だと思っていたようである。赤茶と委員ばかりか、あの斑まで不機嫌だったのだ。斑が分け前として与る燕麦はいつもちとばかりでぱっとせず、セリファンも彼の飼い葉桶に入れる前には決まって、

「おい、この卑劣野郎！」と言っていたのだ――だが、しかしである、それだって燕麦であることには変わりなく、ただの秣ではなかったわけで、彼がそれを喜んでむしゃむしゃ食っては事あるごとにそのひょろ長い面をご同輩の桶に突っ込み、こいつらはどんな糧食にありついてるのかと、とりわけセリファンが廏に居ぬ間に味見をしていたというのに、それが今度は秣ばかりじゃないか……こりゃ頂けないね、てなわけで、誰もが不満だったのである。

だが間もなく、不満を募らせていた全員の感情の高まりも突如全く思いもよらぬ形で中断されたのである。当の馭者もその例に漏れず、誰もがふと我に返って気づいた時にはすでに六頭立ての馬車が前から迫っていて、ほとんど頭越しに聞こえてきたのが馬車に乗るご婦人方の叫び声、そして、見知らぬ馭者からの「こら、このゴロツキ、さっきから〝おい、ボンクラ、右に曲がれ！　てめぇ、酔っぱらってんのか？〟って声張り上げて言ってるだろうが」という野次と脅しだった。セリファンは自分のしくじりだとは感じたものの、ロシア人というのは他人の前で自分の非を認めたがらぬ質（たち）なものだから、すぐさま横柄な態度でもって、「お前こそ何をそんなに急いでんだ？　目ん玉を飲み屋の形（かた）にでも入れてきたのかい？」と言い返す始末。このあとで彼はブリーチカを後ろに下げ、他人さまの馬具から身を引き離そうとしたものの、そうは問屋が卸さない、何もかもこんがらがっていたのだ。斑は自分の両脇に現れた新たなご同輩たちを興味津々な様子で嗅ぎ回っていた。一方、馬車に坐ってこの一部始終を見つめるご婦人方の顔には恐怖の色が浮かんでいた。一人は老婆で、もう一人はうら若き十六歳の娘さん、金色に輝くその御髪（おぐし）はちっちゃな頭に頗る上手に愛らしく撫でつけてあった。その可愛らしい楕円の顔はまるで新鮮な卵のように真ん丸として、またそれに似つかわしく、如何にも透き通るように白々とした様はさながら新鮮な産みたての卵が鍵守女の浅黒い手の中で光に翳され、燦々たる陽光を透かし込む時のようで、彼女の薄っすらとした耳もまた透けていて、あいだを通り抜けた暖かな光に耳は火照って見えた。この時の開いたままになった口元に差した驚き、目に浮かぶ涙――そのどれもが彼女の中にあってはあまりに愛らしかったものだから、われらが主人公は彼女に数分見惚れてしまい、馬と馭者のあいだで起こった騒動には目もくれなかった。「下がったらどうだ、ニージニィ・ノヴゴロドのゴロツキが！」――こう怒鳴ったのは見知らぬ馭者であった。セリファンは手綱を引くとその見知らぬ馭者も右に同じで、馬たちは少しばかり後ずさりしたものの、そのあとまたぞろ引き綱を越えてぶつかってしまった。こういった状況にある斑馬には新たな出会いがすっかり気に入ってしまったものだから、思いもよらぬ運命のお蔭で嵌った轍から抜けようなんて気にはどうしてもなれず、その面を新たな仲間の首筋に置いては何やら耳打ちしているようであったが、それとてきっととんでもなく下らん内容だったに違いない、何しろ、その新参は頻りに耳を振っていたのだから。

　こういった賑わいにはしかし、幸いにも程近いところにあった村からムジークたちがいつしか集まってきていた。かかる光景というものはムジークたちにしてみれば、ドイツ人にとっての新聞か、倶楽部遊びにも匹敵する真の恵みであったものだから、忽ち馬車の周りに黒山の人集りが出来て、村には年寄りの婆さんとちっちゃな子供しか残っていなかった。引き綱を解かれた斑馬は、何度か軽く面を引っ叩かれると後ろに下げられてしまった、要するに、馬たちは引き離され、別れを余儀なくされたわけである。だが、新参の馬たちはご同輩たちと引き離されて感じた悔しさからか、あるいは単に間抜けだったからか、どれほど馭者に鞭を打たれても微動だにせず、地面に埋もれてしまったかのように立ち尽くしていた。ここに参加するムジークたちは信じられぬほどの数に膨れ上がっていた。誰もがわれこそはと口を挟むのだった。「さあ、アンドリューシカ、お前は副え馬を引っ張れ、その右っかわの奴だ、ミチャイの小父貴（おじき）には真ん中のに跨がってもらえ！　坐れよ、ミチャイの小父貴！」　がりがりでひょろ長い、赤髭を蓄えたミチャイの小父貴が轅（ながえ）のあいだにいた馬に跨ると、村の鐘楼か、精々良くても、井戸の鉤針みたいな恰好になってしまった。馭者が馬たちに鞭を振るっても一向に動じる様子はなく、ミチャイの小父貴では何の足しにもならなかった。「待った、待った！――とムジークたちは声を上げた。――ミチャイの小父貴、今度は副え馬に坐れよ、真ん中のにはミニャイの小父貴に坐ってもらおうぜ！」　ミニャイの小父貴は肩幅のある、炭のように真っ黒な鬚のムジークで、でっぷりと出た腹はまるで冷え切った市場でズビーチェニを沸かすどでかいサモワールのようで、喜び勇んで跨がってみると、その真ん中の馬はほとんど地面に着くほど体が沈んでしまった。「これでうまく行くぞ！——とムジークたちは叫んだ。——そいつをカッカさせろ、カッカさせるんだ！　鞭を一発そいつに入れるんだ、ほらその黄色っぽいのにさ、そしたらガガンボみたいにペコペコするさ！」　だが、思ったようには行かず、カッカさせても何にもならぬと分かったミチャイの小父貴とミニャイの小父貴は、二人して真ん中の馬に跨がり、副え馬にはアンドリューシカを乗せた。仕舞いには馭者が痺れを切らし、ミチャイの小父貴もミニャイの小父貴も追っ払ってしまうとそれが功を奏したのである、というのも、馬たちからはまるで息継ぎせずに一駅分走り抜けたような湯気が立っていたからだ。彼が馬たちをしばらく休ませると、馬は勝手に歩き始めた。この空騒ぎが続いているあいだ中、チーチコフはうら若き見知らぬ娘さんをじっと注意深く見ていた。彼は何度かその子に話しかけようと試みたがどうもうまくいかなかった。そうこうしているうちにご婦人方はその場を去ってしまい、かの可愛らしい御髪は繊細な顔立ちと細っそりとした括れとともに幻か何かのように隠れてしまい、またもやそこには道、ブリーチカ、読者にお馴染みの三頭立ての馬車、セリファン、チーチコフ、隣に起伏なくがらんと広がる野原が取り残された。至るところで、人生のどこであろうとも、それが荒みを帯び、やさぐれて貧相な、不潔で黴臭い下賤のあいだであろうとも、または単調にして情薄く、退屈にして小ぎれいな貴人のあいだであろうとも、人は一度くらいはその歩みにおいてこれまで見てきた何とも似つかぬ現象に遭遇するもので、それが一度くらいはその人に人生で感じる定めとは異なる感覚を呼び覚ますものである。われらの人生を紡ぎ出す如何なる悲しみをも至るところで横切りながら楽しげに駆け抜けてゆく輝かしき歓喜というのはまるで、時折光を放つ馬車が金の馬具、絵に描いたような馬、窓硝子の煌めきとともに突如前触れもなくどこかの鄙びた寒村の前を疾駆していくようなものであり、そこでは田舎馬車以外何ひとつ目にしたことがないものだから、いつまでもムジークたちはただぽかんと口を開けたまま、帽子も被らず、目を見張る馬車が通り過ぎてすっかり視界から消えてしまってからも立ち尽くしている。こうしてブロンドの娘もまた突如として何の前触れもなくわれわれの物語に姿を現し、そのまま姿を消してしまったのである。この時、チーチコフの代わりにどこかの二十歳の若者が、それが軽騎兵であろうと、大学生であろうと、あるいは単に人生を歩み始めたばかりの者であろうと構わない、もしそこに居合わせていたとすれば、――おお、神よ！　若者の中にあって目を覚まさぬまま微動だにせず語りださずにいるものなど何があろう！　ずっと彼は茫然自失のままひとところに立ち尽くし、意味もなくその眼を彼方に釘付けにして、道のことも、この先待ち受けている遅刻へのお叱りやお説教のこともすべて忘れ、自分のことも、仕事のことも、この世のことも、この世のありとあらゆることをも忘れてしまうことだろう。

　だが、われらが主人公はすでに中年、用心深い冷めた性格であった。彼もまた物思いに沈んで考えはしたが、それはずっと前向きなもので、さほど無軌道というわけでもなく、所々など一貫してさえいた。「いいネェちゃんだ！――と彼は煙草入れを開け、煙草を嗅いでから言うのだった。――でも実際、ここが肝心なところだぞ、あのネェちゃんのどこがいいんだ？　いいのはだ、あの子が今のところはどうやらどこかの寄宿学校か女学校を出たばっかりで、いわばその、まだ何ひとつ女々しいところがないってことさ、つまりは、女たちの一番嫌なところがないってことさ。あの子はまだ子供で、その中身は至って単純、思ったことは口にするし、笑いたい時には笑う。あの子ならどうにだってなる、びっくりするような玉にもなれれば、碌でもない女になるかもしれない、碌でもない女にな！　それこそ今にお袋さんや叔母さんたちの手にかかってみろ。一年も経てば女々しさ満載になって、生みの父親にだって見分けがつかなくなってしまうさ。どこから一体あの高飛車にしろ仏頂面にしろ出てくるのかね、何度も聞かされるお説教に振り回されて、頭を悩ませ、誰とどんな風にどれくらい喋ればいいのか、誰をどんな風に見ればいいのかって胸算用しては、いつも余計なことを口にせぬかと気を揉んでいるうちに、結局は自分からこんがらがって、挙句の果ては一生嘘をつき通すことになって、とんでもない訳の分からんものが出来上がっちまうのさ！」　ここで彼はしばらく黙ってからこう付け加えた。「それにしても興味深いな、誰の娘なんだろう？　父親は何者で、どんな感じかな？　裕福で格式のある地主だろうか、それとも単に公務で得た資産を持つ良識のある御仁なのかな？　何せ、仮にもしあの娘に二十万ほどの持参金を持たせるってことにもなれば、彼女ならそれはそれは美味しいご馳走になるんじゃないか。そうとなりゃ、要は、堅気の人間だって幸せに出来るってわけさ」　この二十万がそれはもう魅力たっぷりに彼の頭の中で描かれてきたものだから、あの馬車の空騒ぎがあった際、騎乗馭者か馭者にこの通りがかりのお方は誰なのかどうして自分は訊き出さなかったのかと内心恨めしく思うほどだった。だが、間もなく見えてきたソバケーヴィチの村がこの思いを掻き消してしまうと、彼はその思念をいつもの課題へと向けたのであった。

村は彼からするとかなり大きなものに映った。二つの森、それは白樺と松で、一方は暗め、もう一方は明るめで、双翼さながらに村の右手と左手に位置しており、その真ん中に見えていた木造の屋敷はメザニン付きで、屋根は赤色、壁は暗灰色というよりかどんよりとした灰色だった——その屋敷はわが国で屯田兵やドイツ人入植者用に建設される家屋のようなものだった。これを建てるに当たっては建築家が主人の趣味と絶えず格闘してきたことが窺えた。建築家が衒学趣味から左右対称（シンメトリー）を望んだのに対して当家の主人は居心地の良さを求めたものだから、その結果はご覧の通り、対称に位置する片方の窓は悉く塞がれ、そこには暗い物置に必要だったと思しき小窓が一つ刳り抜かれていた。破風もやはり、建築家が如何に奮闘しようとも屋敷の真ん中に来ることはなかった、というのも、主人が柱を一本脇から引っこ抜けと命じたからで、お蔭で残された柱は予定していたはずの四本ではなく、三本だった。中庭を囲んでいたのは頑丈で、しかも途轍もなく分厚い垣根。地主は頑丈さについてどうやら大変気を配っていたようだ。廐、納屋、そして台所に使われていたのはずっしりとした太い丸太で、この先何世紀も持ち堪えられるよう考えられていた。村のムジーク小屋の建て方も驚きであった。何しろ、手斧で削った壁や彫刻模様、またその他諸々の工夫といったものはそこになく、何もかも隙間ひとつ出来ぬよう然るべく組まれていたからだ。井戸にさえも粉挽き場か船にしか使わぬような丈夫な楢の木が使用されていた。要するに、見るものすべてに一徹さと揺るぎなさというものがあり、ある種丈夫でありながらも、ぎこちない調子があったのだ。玄関先に近づくうちに気づいたのは、窓からほぼ同時に出てきた二つの顔。女のそれはボンネットを被り、細くて長いところは胡瓜のようで、男のそれは丸くて横に広く、まるで瓢箪と呼ばれるモルダヴィア産の南瓜みたいで、これを元にしてルーシで作られるバラライカや二弦の軽いバラライカというのが器用な二十歳の若者、目配せ男、伊達男のお飾りにしてお慰みで、静々爪弾く音色を耳にしようと集った白い胸に白い項の乙女たち相手に目配せしたり口笛を吹いたりするのだ。外を覗き見た途端、その二つの顔は引っ込んでしまった。玄関先に青い襟を立てた灰色の上着姿の召使いが出てきてチーチコフを玄関の広間へ通すと、そこに当の主人が出てきた。客人を目にした主人は素っ気なく「どうぞ！」と声をかけると、彼を家の中へと案内したのである。

チーチコフが横目でちらりとソバケーヴィチを見た時、中ぐらいの大きさの熊に頗る似ているなと思った。この似姿の極め付けは、彼の着ていた燕尾服が完全に熊の色をしていたことで、袖も長ければ、パンタロンも長く、歩き方は曲がって傾き、頻りに人の足を踏みつけてしまうのだ。その顔色は真っ赤に火照り、五コペイカ銅貨のようだった。周知のことだが、この世には自然界がその仕上げで手抜きをし、例えば鑢(やすり)や螺子錐(ねじきり)などといった小さな道具を一切使わず、ただ後先考えずにぶった切って出来た顔というのが多々存在する。斧を振りかざし——鼻一丁、さらに振りかざし——唇一丁、デカいドリルで目をほじくったとて、表面は磨かぬままにこの世に出しては、「生きとるぞ！」と言うわけである。まさにそれ同様の頑丈さと驚くべき荒削りがソバケーヴィチの顔立ちにはあった。彼はその顔を上向きより下向きにし、首を回すことも一切なく、そのぎこちなさから話し相手に目をやるということも稀で、見ているのはいつもペチカの隅っこか扉の方だった。

チーチコフは再度、二人が食堂を通り過ぎる際に彼を横目で見てみた。熊だよ！　完全に熊だよ！　これほど不思議なくらい似ている必要などあろうか、名前までミハイル・セミョーノヴィチだったのだから[33]。彼に人の足を踏みつける癖のあることが分かっていたので、チーチコフは実に慎重な足どりのまま、先に行ってもらうよう彼に道を譲った。主人もどうやら自分の罪作りなところを感じていたのであろう、すぐさま「ご迷惑になりましたかな？」と訊ねてきた。だが、チーチコフは、まだ何ひとつ迷惑なことはございません、と言って礼を述べた。

客間に入るとソバケーヴィチは肘掛け椅子を指して、また「どうぞ！」と言った。腰を下ろしながらチーチコフは壁とそこに掛かっている絵に目をやった。そこにある絵はどれも勇者ばかりで、ギリシャの将軍の全身像がすべてに刻まれていた。マウロコルダトスは赤いパンタロンにフロックコート姿で鼻に眼鏡を掛け、ミアウリスもいれば、カナリスもいた[34]。この英雄たちはいずれも太腿がやたらと太く、前代未聞の髭を蓄えていたものだから、体には怖気が走ったほどであった。この屈強なギリシャ人たちのあいだにはどういう経緯でか、また何の為なのかは分からぬが、ひょろひょろでがりがりのバグラチオン[35]がちっちゃな軍旗と大砲を下に配した一等狭い額に収まっていた。そのあとに続いたのがギリシャの女傑ボベリーナ[36]なのだが、その片足だけでも昨今の客間を一杯にする伊達男たちの上半身より大きく見えた。ご主人自身、がたいのでかい丈夫な仁ということもあったから、自分の部屋もやはり丈夫でがたいのいい連中で飾りたかったのかもしれぬ。ボベリーナのそばの窓辺には籠がぶら下がっていて、中からは黒っぽい色に白い斑の混じった鶫（つぐみ）がじっと見つめていたが、それもソバケーヴィチにそっくりだった。客人と主人が二分とも黙らぬうちに客間の扉が開くとそこに入ってきたのは奥方で、このご婦人というのがかなり上背のある方で、頭のボンネットに付いたリボンは自家製の染め粉で色を変えてあった。部屋の中へ粛々と入ってきた彼女が頭を垂直にしたままでいるところなど、まるで椰子の木のようであった。

――こちらが家内のフェオドゥーリヤ・イヴァーノヴナです！――とソバケーヴィチは言った。

チーチコフがフェオドゥーリヤ・イヴァーノヴナの手に近づくと、その手を彼女はほとんど彼の口に押し込まんばかりに押し当ててきたものだから、そのお蔭でその手がピクルスの漬け汁で洗ったものであることが分かった。

——なあお前、紹介するよ、——とソバケーヴィチは続けて、——パーヴェル・イヴァーノヴィチ・チーチコフさんだ！ 県知事と郵便局長のところで光栄にもお目にかかったんだよ。

フェオドゥーリヤ・イヴァーノヴナが腰を下ろすよう勧めた際に発した言葉はやはり同じく「どうぞ！」で、しかもその首の動きは女王様を演ずる女優のようだった。そのあとで彼女はソファーに腰を下ろし、メリノのネッカチーフを頭に掛けてしまうと、もうそれ以上目も眉も動かすことはなかった。[37]

チーチコフは再び目を上げると、太い腿と延々と伸びる口髭のカナリス、ボベリーナ、そして籠の中の鶫がまたもや目に入った。

およそ五分ものあいだ一同はずっと沈黙を保ち続け、鶫の嘴が木籠の底で穀粒を啄んではコツコツと木に当たる音だけが鳴り響いていた。チーチコフはもう一度部屋を見渡してみたが、そこにあるものはどれもこれもこれ以上ないほどがっしりしていてぎこちなく、家の主人とどこか奇妙な類似点があって、客間の片隅に置かれた腹のぼてっとした胡桃材の書き物机などは変梃な四本脚をしていて、それこそ完全に熊そのもの。机、肘掛け椅子、椅子——どれもこれも実にずっしりしているのにそわそわしていて、——ひと言で言えば、物という物がいちいち、一脚一脚がまるで「俺だってソバケーヴィチだぜ！」あるいは「俺だってソバケーヴィチそっくりだろ！」とでも言っているかのようだった。

——私ども、貴方のことを裁判院長のイヴァン・グリゴーリエヴィチのお宅で思い出していたんですよ、——誰ひとり会話を始める様子がないと見て、チーチコフがやっと口火を切った、——この前の木曜日でしたかね。大変心地よい時間をあそこでは過ごしましたよ。

——ええ、私はその時裁判院長のところにはおりませんでしたな、——とソバケーヴィチは答えた。

——素晴らしい方ですな！

——誰です？——とソバケーヴィチはペチカの隅

を見ながら言った。

――裁判院長のことですよ。

――まぁ、ひょっとしたら、貴方の気のせいかもしれませんよ。あれはメーソンになりたての男でしてね、この世がこれまで生んだことのないほどの馬鹿ですよ。

　チーチコフはこのような幾分手厳しい評価に多少困惑したが、また気を取り直してこう続けた。

――無論、如何なる人間にも弱点というものがないわけじゃありませんが、ただその代わり、県知事は実に優れた方じゃございませんか？

――県知事が優れた方？

――ええ、違いますかね？

――世の盗賊の親玉ですよ！

――まさか、県知事が盗賊ですって？――こう言ったチーチコフは、県知事がどうやって盗賊に仲間入りしたのかてんで理解出来なかった。――正直、そんな風には夢にも思えませんがね、――と彼は続けた。――しかし、お言葉ではありますが、知事の行いというのは全くもってそういったものではございませんし、その反対に、むしろ柔和なところが多いんじゃありませんかね。――ここで彼は知事が手ずから縫って作った財布までその証拠に挙げてから、その顔の持つ優しげな表情を褒め上げたのだった。

――顔だって盗賊顔でしょうに！――とソバケーヴィチは言った。――あの男にナイフを摑ませて大通りに出してごらんなさい。切ってかかりますよ、一銭ごときでも切ってかかってきますから！　あの男と、あと副知事を合わせりゃ、それこそゴグとマゴグだ！[38]

〈まずい、こいつはあの連中と仲が悪いんだな、――とチーチコフは肚の中で思った。――じゃあ今度は市警察署長の話ならどうだ。彼ならこいつと友人だろうし〉

――尤も、私について申し上げれば、――と彼は言い、――私は正直、中でも一番気に入っているのが市警察署長でしてね。何というかその、実に実直な人柄で、あけっぴろげで、顔を見てもどこか素朴なところがありますでしょ。

――詐欺師ですな！――とソバケーヴィチは非常に冷淡な口調で言い放ってから、――人を売って、嘘を吐いた上に、貴方と昼食だって取る男ですよ！

あいつらのことは全員分かってるんです。あいつらは全員詐欺師でしてね、あの町全体がそうなんです。詐欺師が詐欺師の上に跨がって、詐欺師でもって追い立てる。皆、キリストを売る奴らですよ。あそこには一人だけ筋の通った人間というのがいて、それが検事なんですがね、それにしてからが、本当のことを申せば、豚野郎ですよ。

　若干短めではあるが実に誉れ高い御歴々の話題のあと、チーチコフは他の官吏たちについては問答無用だと理解すると、ソバケーヴィチが一切人のことを良く言いたがらないことを思い出したのである。

――さて、お前さん、昼食にしましょうか、――とソバケーヴィチに夫人が言った。

――どうぞ！――とソバケーヴィチが言った。

　このあと、前菜の置かれた机に寄ると、客人と主人は然るべくウォッカを一杯ずつ飲み干し、広大なロシアの町や村で食すように前菜を、つまり、塩っぱいものやその他の刺激的な天の恵みを摘むと、一同ぞろぞろと食堂へ向かい、その先頭には水上を滑る鵞鳥の如く夫人がするりするりと進みだした。小ぶりの食卓には四人分の食器が用意されていた。四つめの席にはすぐにある女性が現れたものの、それが一体誰なのか、ご婦人なのか若女中なのか、親類筋なのか家政婦なのか、それとも単なる同居人なのか、はっきりとは言いかねるところ。何しろ、ボンネットを被るでもなく、三十路そこらで、斑なネッカチーフを羽織っていたからだ。この世には物ではなしに、物によそから付着した染みや斑点のような面々というのがいるものである。そういった連中はひとところにじっとしたまま、ずっと首は同じ位置にあるものだからほとんど家具と取り違えてしまうほどで、生まれてこの方まだその口から言葉など出ていないのではないかと思ってしまうのだが、それが女中部屋とか貯蔵庫にぽつんと居たりするのだからびっくりではないか！

――シー（キャベツスープ）だがね、なあお前、今日のはとてもいけるよ！――ソバケーヴィチはシーをひと啜りすると、シーと一緒に供される羊の胃袋に蕎麦粥と脳味噌と足を詰めた名物料理ニャーニャ（乳母）の大きな塊を皿から自分のところに滑らせてから言った。――これほどのニャーニャはね、――と彼はチーチコフの方を向きながら続けて、――町では食べられませんよ、あっちじゃどんなものを出されるか分かったもんじゃない！

——県知事のところでは、でも、なかなか悪くない食卓でしたがね、——とチーチコフは言った。

——何を調理したものかお分かりですか？　食べる気にもなりませんよ、分かってしまえば。

——どう調理してるのかまでは分かりません、それは判断しかねますが、でも豚肉のカツレツと煮魚は絶品でしたがね。

——そいつは気のせいですよ。何をあの連中が市場で買ってるか知ってますからね。それこそあの山師の料理人、フランス人のところで修行したってのが買うのは猫ですよ、猫の皮を引っぺがして、そいつを兎の代わりに出すんですから。

——やぁだ、何て嫌な話をするのかしら、——とソバケーヴィチ夫人は言った。

——仕方ないさ、お前、そういう風にあいつらのところじゃやってるんだからね、私が悪いんじゃないよ、あいつら全員のところがそうなんだから。ウチにいるアクーリカなんて、要らないものは全部、尾籠な話で恐縮ですが、ゴミ溜め行きにしてますが、あいつらはスープ行きですよ！　スープですよ！　そんなとこに入れちまうんだから！

——食事時にずっとそんな話をするつもりなのね！——とまたソバケーヴィチ夫人が異を唱えた。

——いいかい、お前、——とソバケーヴィチは言った、——もし私が自分でもそんなことをしたならね、まっすぐお前の目を見て言うさ、私はゲテモノは食べないってね。いくら蛙に砂糖をべっとり塗りたくったって口には入れないし、牡蠣だってそうさ。牡蠣が何に似てるか知ってるからね。羊の肉をどうぞお取りになって、——と彼はチーチコフに向きながら続けて、——これは粥の入った羊の脇腹ですから！　これは四日近くも市場で転がってるような羊肉で作る貴族の台所のフリカッセとは訳が違うんですから！　あんなものは皆ドイツやフランスの医者が出まかせに作ったものでしてね、私ならそんな医者なんて絞首刑にしてやりますよ！　出まかせの食餌療法ですよ、空腹で療すなんてね！　何ですか、あのドイツ人の水っぽい気質は、あの連中ってロシア人の胃袋も何とかなると思ってるんですよ！　違いますなぁ、そんなの全部的外れですなぁ、そんなの皆出まかせですよ、そんなのは皆ね……――この時ソバケーヴィチは腹立たしそうに首まで振ったのだった。――あれこれ言ってるでしょう、啓蒙だ、啓蒙だってね、でもこんな啓蒙なんておととい来やがれですな！　別の言葉をぶつけてやりたいところですがね、これまた食事中ですから憚られますな。私のところじゃ訳が違いますよ。私のところじゃね、豚なら丸ごと一頭豚を出せ、羊なら丸ごと一頭羊を持ってこい、鵞鳥なら丸々だってことになりますからな！　どうせなら食べるのは二品、それも十分なだけ、心の求めるままにね。――ソバケーヴィチはこれを実践で裏付けたのだった。羊の脇腹の半分を自分の皿によそうと丸々平らげ、齧りに齧り、最後の骨までしゃぶり尽くしたのである。

〈確かに、――とチーチコフはふと思った、――こいつの舌は馬鹿じゃないな〉

――ウチはそうじゃない、――ソバケーヴィチはこう言いながらナプキンで両手を拭いて、――ウチはどこぞのプリューシキンとかとは訳が違いましてね。何しろ、八百の魂を持っていながら、その生活にしろ食事にしろ、ウチの牧童よりひどいんですからら！

――そのプリューシキンというのはどなたなんです？――とチーチコフは訊ねた。

――詐欺師ですよ、――とソバケーヴィチは答えた。――そりゃもう想像を遥かに越えたしみったれでしてね。牢屋にいる囚人のほうがよっぽどいい暮らしをしてますよ。何てったって、あそこの連中は皆飢え死にさせられたくらいですからね。

――本当ですか！――とチーチコフは興味津々にその言葉を引き継いだ。――今おっしゃっているのはその、彼のところじゃ実際、人が大量に亡くなってるってことですか？

――蠅みたいにころんとね。

――蠅みたいにですか！　じゃあお訊ねしたいんですが、その彼というのはお宅からどれくらい離れたところに住んでるんですか？

――五露里先ですよ。

――五露里先ですか！――チーチコフはこう声を上げると、若干心臓がばくばくしているのを感じたほどだった。――そのぉ、お宅の門から出たとしたら、右ですかね、それとも左ですかね？

――あんな犬っころのとこへ行く道なんて知らない方が宜しいかと思いますよ！――とソバケーヴィチは言った。――あいつのとこへ行くくらいなら、どっかのいかがわしい所へでも行った方がまだ申し訳が立つってもんでね。

――いや、私はその、何か訳があってというわけじゃなくて、ただ色んな地所を知りたいと思っているだけなんですよ、――とチーチコフは答えた。

羊の脇腹に続いて出てきたヴァトルーシカ[39]はそれぞれの皿から大きくはみ出し、さらに出てきた七面鳥は仔牛大で、これには色んなご馳走が詰め込まれていた。卵だの、米だの、肝だの、あと何だかよく分からぬものが、何もかも一緒くたになって胃袋の中に収まっていたのだ。これで午餐はお開きと相成ったのだが、一同が食卓を立った際にチーチコフは自分の体が一プードほど重くなっているのを感じた。河岸を変えた先の客間にはすでに小皿に載ったヴァレーニエ（砂糖煮）[40]が出されていた――尤も、梨にしろ、李（すもも）にしろ、その他のベリーにしろ、これには客人も主人も手をつけることはなかった。夫人は、ヴァレーニエをもっと他の小皿にも載せましょう、ということでその場を外した。この彼女の居ぬ間を利用してチーチコフはソバケーヴィチに話しかけたわけだが、当の相手は肘掛け椅子にぐでんとなっていて、あれほどの椀飯（おうばん）振る舞いのあとである、ただふーふー唸ってはロから何かよく聞き取れぬ音を出すなり、絶えず十字を切る手で口を押さえるのであった。チーチコフはこんな彼に次のような言葉でもって話しかけたのである。

――貴方とはある用件でお話をしたかったんですよ。

――もう一つヴァレーニエをね、――と小皿を持った夫人が戻ってきながら言った、――黒大根[41]の蜂蜜煮ですよ！

――ウチらはあとで頂くよ！――とサバケーヴィチは言った。――今は自分の部屋へ行っておくれ、パーヴェル・イヴァーノヴィチとは燕尾服を脱いで、ちとばかり休憩するんでね！

夫人はすぐにでも羽毛の寝具と枕を用意させる準備があると申し出たものの、主人が「大丈夫だよ、ウチらは肘掛け椅子でひと休みするから」と言ったので夫人はその場を立ち去った。

ソバケーヴィチは軽く首を曲げ、その用件とやらが何なのかを聞こうと身構えた。

　チーチコフは最初、何とも持って回った言い方で、ロシア国家全般の話に触れながら、この国家の有する広大さを大いに褒め称え、最古たるローマの王政ですらもこれほどまでに偉大であったことはなく、異邦人たちが感嘆するのも至極当然で……と語った。ソバケーヴィチはずっと首を傾けたまま聞いていた。また、この国家の現状を見るに当たり、その栄光においては右に出るものはなく、人口調査対象者である魂はその人生行路を終えてもなお、次の調査票を出すまでのあいだ生存者と肩を並べて数に入れられているが、これはそうしておくことにより大量の詰まらぬ無用な証明書で役所に負担をかけず、そうでなくともすでに頗る複雑化した国家機構の厄介事を増大させないためなのだ……云々とも。ソバケーヴィチはずっと首を傾けたまま聞いていた。――しかしながら、このような措置が如何に正当なものであろうとも、多くの所有者たちにしてみると、生存者として納税を義務付けられることはいくらかの重荷となる場合もあるわけで、ソバケーヴィチに対して個人的に敬意を抱く自分としては、事実重荷となっているこの義務をいくらかでも引き受けることに吝かではない、と語った。一番肝心な点についてのチーチコフの言い回しは実に慎重だった。つまり、魂のことは死んだものとは絶対に口にせず、存在しないものとしか呼ばなかったのである。

　ソバケーヴィチは相変わらずずっと首を曲げたまま話を聞いていて、ほんのわずかながら表情らしきものがその顔に表れた。あたかもこの体には魂など存在していないかのようで、というか、それもあるにはあるのだが、然るべきところにはまるでなく、不死身のコシェイ[42]のように幾山も越えたどこか遠いところにあり、それはそれは分厚い卵の殻に覆われているものだから、底の方で何がごろごろ転がろうとも、どんな揺れであろうとも、一切表面に出てくることはなかった。

　――どうです？……――とチーチコフは言うと、いくらか緊張した面持ちで返事を待った。

　――死んだ魂がご入用で？――こう訊いてきたソバケーヴィチは実に淡々としていて、これっぽっちも驚いた様子など見せず、まるでパンの話でもしているかのようであった。

――ええ、――とチーチコフは答えると、また表情を和らげてこう付け加えた。――存在していないのを。

――見つかりますとも、ないわけありません……――とソバケーヴィチは言った。

――で、もし見つかったとすれば、貴方は無論その……肩の荷が下りて有難いと？

――いいですよ、売っても構いませんよ、――すでに若干首をもたげていたソバケーヴィチはこの買い手にきっと何らかの得があるのだろうと決め込んだ上でこう言ったのだった。

〈チクショーめ、――ふとチーチコフは肚の中で思った、――こいつは俺がおくびにも出さないうちに、もう売ろうってのか！〉――だが、声に出したのはこうであった。

――じゃあ、例えば、値段はどうしましょうか？　尤もその、こういう代物ですし……値段云々というのは変な話なんですが……。

――貴方に余分なお代を請求しないためにも、一個当たり百ルーブルとしましょう！――とソバケーヴィチは言った。

――百ですって？――こう叫んだチーチコフは口あんぐりで彼の目をまじまじと見つめたまま、自分の聞き間違いなのか、それともソバケーヴィチの舌がその重さでよく回らず何か別の言葉を吐き出したのか、見当がつかなかった。

――どうしました、まさか貴方にはお高いとでも？――とソバケーヴィチは言ってからさらにこう付け加えた。――ちなみに、貴方の付け値はおいくらですか？

――私の付け値？　きっとその、どこかで間違ったといいますか、誤解があるというか、何が問題になっているのかを忘れてしまってはいませんかね。私としてはですよ、誓って申し上げますが、ひと魂八十コペイカ、これが最高額です！

――そりゃ度がすぎるってもんでしょう、八十コペイカなんて！

――いいですか、私の判断では、私が思うにですが、それ以上は無理ですよ。

――私が売ろうってのは草鞋じゃないんでね。

――でも、同意して下さるでしょう、これが人じゃないってことも。

――つまり、貴方の考えでは、二十コペイカで課税対象の魂を売ってくれるような馬鹿が見つかるとでもお思いで？

――しかし、お言葉ですがね、なぜ貴方は課税対象の魂と呼ばれるんです、だって魂そのものはもうずっと前に死んでいて、残ったものといえば五感で触れることも出来ない音だけなのに。尤も、これ以上この点について長々とお話ししないためにも、一ルーブル半でどうです、それなら出しましょう、ただしそれ以上は無理です。

――みっともないですな、そんな額を口にするなんて！　商売でしょう、本当の値段をおっしゃって！

――無理です、ミハイル・セミョーノヴィチ、良心に懸けて、無理ですって。無理なものは無理なんですって、――とか言いながらチーチコフはさらに五十コペイカを追加した。

――何をそんなにケチってるんです？――とソバケーヴィチは言った。――ほんと、高くなんかありませんって！　他の詐欺師なら貴方を騙して屑を売りつけてきますよ、魂じゃなくね、でも私が持ってるのは実の詰まった胡桃のようなもんで、どれもこれも選り抜きだ。職工とかじゃない、そんなのじゃないがたいのいいムジークですよ。よくご覧なさいよ。ほら、例えば、馬車工のミヘーエフ！　確かに今じゃもう駅馬車は作っちゃいませんがね、バネ付き以外は。それもモスクワなんかで作ってるようなもんじゃありませんよ、一時間もありゃ十分、そりゃあもう頑丈で、手ずから布も張れば、ニスの上塗りだってやるんですから！

　チーチコフは口を開いて、でもそのミヘーエフはこの世からいなくなって久しいでしょう、と指摘しようとしたのだが、ソバケーヴィチのいわゆる言語能力は遂に発動するや、畳みかけて語る才を発揮したのである。

――コルクのステパンって大工はどうです？　首を賭けたっていいですよ、どこぞでこれほどのムジークが見つかるんでしたらね。そりゃもうどんな怪力だったことか！　近衛兵にでもなってりゃそりゃもうとんでもない手柄を立てたでしょうな、三アルシンに一ヴェルショークの上背[43]ですよ！

チーチコフはまたもや、そのコルクもこの世にいないでしょ、と口を挟もうとしたが、ソバケーヴィチにはそんなことなどお構いなしの様子だった。何しろ、その話しぶりは立て板に水で、兎にも角にも耳を傾けるしかなかったからだ。

――ミルーシキンっていう煉瓦屋ね！　竈ならどんな家にだって作れるってもんでね。マクシム・テリャートニコフっていう靴屋なんか、錐ひと突きで靴の出来上がり、靴が出来ればありがとさんで、一滴たりとも酒は口にしないときた。あと、エレメイ・ソロコプリョーヒンはどうです！　このムジークは一人でもって百人力だ、出稼ぎのモスクワから年貢払いに五百ルーブルも持って帰ってきたくらいでね。そりゃもう見上げた連中でしょ！　プリューシキンなんかが売るようなものとは訳が違う。

――しかし、お言葉ですが、――止むところがないかに見えた言葉の大洪水に呆気にとられていたチーチコフはようやくこう口にしたのである、――何のために連中の特徴を全部並べ立てたりするんです、だって今更そんなことしたって何の意味もないでしょう、だってそれって皆死んでる連中でしょう。骸（むくろ）なら柵の支えにもってこい、って諺にも謂うでしょう。

――ええ、勿論、死んでますとも、――ソバケーヴィチはまるで能く考えた末に、連中は確かにもう死んでいたことを思い出したかのように言うと、さらにこう付け加えた。――尤も、何をか言わんやってことですな、生存者として今登録されているこの連中がどうだっていうんです？　連中が一体何なんだってね？　蝿ですよ、人間じゃなくてね。

――確かに今も連中は存在してるんでしょうが、ただそれって空想でしょ。

――そりゃ違いますな、空想なんてことはない！　貴方の耳に入れておきますよ、ミヘーエフがどんなだったかね、普通じゃあれほどの人間は見つからない。そりゃもうデカい馬車でね、この部屋になんてとても入らないほどなんだから、間違っちゃいけない、これは空想なんかじゃない！　それにあいつの肩ときたら馬もお手上げの怪力だ、こちらがお訊きしたいもんですよ、他のどんなところでこんな空想が見つけられるのかをね！

もはや最後の言葉を言い終えると彼は壁に掛かっ

ていたバグラチオンとコロコトロニス[44]の肖像の方を向いたのだが、こういうことは会話をしている者たちのあいだでよく見られることで、時にそのうちの一人は突然どういうわけか言葉を差し向けた相手ではなく、偶々やってきた第三者の誰かに、しかも全く見ず知らずの相手に向かって語りかけるのだが、その相手から返事も意見も肯定も聞けないのが分かっているにもかかわらず、まるで仲介者を買って出てもらいたいと言わんばかりに視線を投げかけると、最初の瞬間些か困惑していたその見ず知らずの相手には、聞いてもいなかったことに答えたものか、それとも然るべくその場を取り繕い、しばし佇んだあとでそそくさと退散したものかが分からぬものである。

――駄目です、二ルーブル以上は出せません、――とチーチコフは言った。

――分かりました、私が値段を吹っかけてるとか、貴方に一切好意を示したがらないとか言われないためにも、いいでしょう、ひと魂七五ルーブルで、ただし紙幣に限りますがね、ほんと、お近づきのしるしと思って！

〈こいつは一体何様のつもりだ、――とチーチコフは肚の中で思った、――馬鹿か何かだとでも思ってんのか、俺のことを？〉――このあとで声に出して付け加えたのは以下の通り。

――おかしくありませんか、正直な話。まるでその、私たちのあいだで何かお芝居というか喜劇が演じられてるみたいな気がしましてね、そうとしか私には説明出来ませんね……。貴方はきっと実に頭の切れる方でしょうし、教養もおありだと思うのですがね。問題のものだってただのケチ臭いものでしょう。何の価値があります？ 誰に必要です？

――そう言う貴方がお買いになるんでしょう、ってことは、必要だということですよ。

ここでチーチコフは唇を噛むと、どう言葉を返せばよいか分からなかった。彼は何か家族や家庭の状況についてでも話そうと思ったが、ソバケーヴィチはあっさりとこう答えたのである。

――私には貴方がどういった親族をお持ちなのか知る必要はありませんでね、そういった家族の問題に首を突っ込んだりはしません、それは貴方の問題ということですから。貴方には魂が必要になったわけで、私の方は貴方にお売りしますが、あとで後悔なさりますよ、買わなかったことをね。

——二ルーブル、——とチーチコフは言った。

——しかしまぁ、何とかの一つ覚えと俗に言いますがね、あんまり二ばかり繰り返したもんだから、そこから動きたくないんですかな。いい加減本当の値段をおっしゃったらどうですか！

〈しっかし、強情な野郎だぜ、——ふとチーチコフは肚の中で思った、——あと五十コペイカ、この犬野郎には拳固代わりにくれてやる！〉

——いいでしょう、あと五十コペイカ上乗せしますよ。

——じゃあ、分かりました、こちらも貴方に最後の言葉を申し上げましょう。五十ルーブルでどうです！　正直言って、赤字ですよ、どこ行ったってこれより安い値でこんなに素晴らしい連中は買えませんからね！

〈何て業突く張りなんだ！〉——と肚の中で言ったチーチコフは、そのあと多少苛立ちを見せながら声に出してこう続けた。

——でも一体どういうことですかね……これじゃまるっきり真剣な取引みたいですし、他のところに行きゃ難なく手に入るものなのに。しかも皆喜んで手放してくれますよ、すぐにでも処分出来るからって。馬鹿みたいじゃないですか、こんなものをずっと持ったままその税金を払うなんてね！

——でもご存じでしたかな、この手の買い物というのはね、ここだけのお話、友達の誼みで申し上げますが、いつだって許されるとは限りませんで、もし私なり他の誰かが話してもごらんなさい、そんなことをした人間は契約だの、何か有利な約定の締結だので一切信用されなくなってしまうんですな。

〈何が狙いか分かったぞ、この卑怯者め！〉——とチーチコフは思うと、すぐさまこれまでになかった冷淡な素振りでこう口にしたのである。

——お好きなようになさればいいでしょう、私が買うのは、貴方がお考えのように何かの必要からじゃありませんでね、ただ自分の思いが傾くままにこうしているだけなんで。二ルーブル五十コペイカがお好みでなければ、失礼させて頂きます！

〈こいつはびくともしない、手強いぞ！〉

——それでは、神のご加護がありますように、じゃあ三十にしましょう、連中を持ってって下さい！

――いいえ、分かってますとも、貴方には売る気なんてないんでしょ、失礼します！

――いけません、いけませんな！――こう言ったソバケーヴィチは、彼の両腕を摑んで放さぬままに彼の足を踏みつけてしまったのである、というのも、われらが主人公はこの時迂闊にも用心を怠っていたからで、その罰にうぐぐぅと声を上げるや、片足でぴょんと跳び上がらねばならぬありさまだった。

――これは失礼！　どうやら、貴方を動揺させてしまったようですな。どうぞ、こちらにおかけになって！　ささっ！――ここに来てチーチコフを肘掛け椅子に坐らせた彼の様子にはある種の手際良さまであって、さながらそれは人の手ですでに調教されて宙返りも出来るようになった上に、〈やってみろ、ミーシャ、百姓女の蒸し風呂に入ってるところを〉とか、〈じゃあ、ミーシャ、ガキんちょが豌豆をかっぱらうとこはどうだ？〉といった色んな問いに対応出来る熊のようであった。

――ほんと、時間の無駄ですよ、急がねばなりませんので。

――ほんの少しだけお坐りになって下さいな、今からひとつ、貴方にとって嬉しいことを申し上げますから。――すぐさまソバケーヴィチは前よりも近くに腰を下ろすと、内緒ごとでも話すかのようにそっと彼の耳元でこう囁いたのである。――四半ならどうです？

――つまり、二十五ルーブルってことですか？　いやいやいや、その四分の一だって出しませんよ、一コペイカだって上乗せしませんから。

ソバケーヴィチは黙ってしまった。チーチコフも黙ってしまった。二分ほど沈黙が続いた。鷲鼻のバグラチオンが壁から殊のほか注意深い眼差しでこの取引を見つめていた。

――貴方のおっしゃる最後の値段はおいくらなんです？――遂にソバケーヴィチが口を開いた。

――二ルーブル半です。

――まったく、貴方なら人の魂だって蒸した蕪ほどの値打ちしかないでしょう。どうせならひと魂三ルーブルくらいお出しなさいな！

――無理です。

――いや、貴方はどうしようもないお方だ、お言葉ですがね！　損失にはなりますが、ただこっちもこういう犬みたいな質（たち）[45]ですから、親しいお方を満足させぬわけにはいかんのでね。それに、確か、万端整えるには登記証明の手続きをせんといかんのでしょう。

——勿論ですよ。

——そうと決まれば、町に行かんといけませんな。

　こうして売買成立と相成ったのである。双方とも早速明日にでも町へ出て、不動産登記証明を終わらせることに決まった。チーチコフは百姓たちの一覧表を作るよう依頼した。ソバケーヴィチはすぐさま喜んでこれに同意すると、書き物机に近づき、手ずから全員の名前ばかりか、その賞賛すべき特質までも添えて一人一人書きだしたのである。

　一方のチーチコフは手持ち無沙汰から、後ろに立ってその広々とした外郭をじろじろと眺め回した。その広い背中がまるでヴャートカ[46]のずっしりとした馬のようで、しかもその足が舗道に立つ鋳鉄製の柱のような様を見た時、彼は内心こう叫ばずにはいられなかった、〈しかしあんたも大変なもんを神さまから賜ったもんだな！　これこそまさしく、裁ちは不細工、縫い目は頑丈っていう奴さ！……生れた時からこんな熊みたいだったのかい、それともこんな熊にされちまったのは辺鄙なとこでの暮らしとか、種蒔きとか、ムジークとかにかまけたりしてたからなのかい、で、そんなこんなでいわゆる業突く張りって奴になっちまったのかい？　いや違うな。思うに、あんたはどのみち同じだろうな、モードに合わせて育てられてから門出を迎えて、辺鄙なとこではなしにペテルブルクで生活したとしてもな。違うのはたださ、ここにいるあんたは皿みたいにでっかいヴァトルーシカを食ったあとで羊の脇肉半分と粥を平らげてるが、あっちじゃトリュフが載った何かの骨付き肉を食べてるってことくらいさ。それに今だってあんたの配下にムジークたちは置かれてて、連中とは馬も合うし、怒らせるってこともしない、何しろ、連中はあんたのもんだし、怒らせりゃあんたが困ることになるわけだからな、けど、あっちじゃあんたが抱えるのはお役人さ、そいつらが自分の農奴じゃないってのを分かった上でしこたま爪弾きにでもするか、お国の金でも盗んじまうのさ！　いやいや！　業突く張りの拳骨野郎（クラーク）[47]が掌を広げたりなんかするものかね！　拳骨の指を一本か二本でも広げてみろ、もっとひどいことになるんだよ。この拳骨野郎は何かの学問の先っちょでも齧ってみろ、そうなりゃずっと偉い地位に就いて、その何かの学問がほんとに分かっている連中全員に見せつけにかかるのさ。しかも、恐らくだよ、そのあとで〝私がどんなものか見せてやろうかね！〟とか言うんだよ。そりゃあもうその思いつく法令なんぞひどく利口なものだったりするから、多くの連中は塩っぱい気分にさせられるのさ……ちっ、どうせならこんな拳骨野郎なんぞ皆まとめて……〉

——一覧が出来ましたよ、——ソバケーヴィチは振り返ってこう言った。

——出来ましたか？　じゃあこちらに頂きましょうか！——それにざっと目を通したところ、彼はその丁寧さと細かさに驚かされた。職業、地位、年齢、家族構成などが網羅されていたばかりか、余白にも素行や酒癖に関する特別な但し書きまで添えられていた、——要は、目に見て感じが好かったのである。

——じゃあここで前金を頂きましょうか！——とソバケーヴィチは言った。

——何の前金です？　貴方には町で一度に全額お払いしますから。

——いつだって、あれでしょ、そうするのが通例じゃありませんか、——とソバケーヴィチは食い下がった。

——どうやってお渡ししたものか、金は持参してこなかったものですからね。ああ、ここに十ルーブルならありますよ。

——十ルーブルでどうします！　少なくとも五十は頂かないと！

チーチコフは金は今ないと言ってその場を切り抜けるつもりでいたが、ソバケーヴィチが余りに頑とした調子で、金ならあるでしょ、と言うものだから、チーチコフは札入れまで取り出してこう言ったのである。

——それなら、あと十五をお渡ししますよ、これで二十五ということで。領収証だけは頂けますかね。

——何で領収証なんて要るんです？

——とにかく、いいですか、領収証を下さい。念のためです、何が起こるかわかりませんから。

——いいでしょう、じゃあこっちにお金を！

——何のお金です？　私はこうやって手に持ってますよね！　領収証をお書きになり次第、すぐにでもお渡ししますよ。

——お言葉ですがね、私に領収証を書けですって？　先ずは金を見ないといけませんな。

チーチコフの手から紙幣を受け取ったソバケーヴィチは机に寄ると、その紙幣を左手の指で覆いながら、もう片方の手で紙切れに、譲渡された魂に対する前金二十五ルーブル紙幣にて全額受領、と書き込んだ。走り書きを書き終えると彼はもう一度紙幣を見直した。

——紙がまた古いですなぁ！——と彼は紙幣の一枚を光に透かしながら言った、——ちと破れてますが、まあ知り合いのあいだじゃそんなこと気にやしませんがね。

〈業突く張りめ、拳骨野郎め！——とチーチコフは肚の中で思った、——しかもおまけに悪党ときやがった！〉

——女性などは要りませんか？

——いいえ、結構です。

——安くしておきますがね。お近づきのしるしに、ひと魂一ルーブルで。

——いいえ、女性は必要ありませんので。

——ま、要らないってことでしたら何も言うことはございません。好みに決まりなんてのはありませんからな。蓼食う虫も好き好き、と諺にも言いますし。

——あともう一つ、この取引はどうか内密にして頂きたいんですが、——とチーチコフは立ち去る準備をしながら言った。

——それはもう勿論ですとも。第三者が口を挟む余地なんてここにはありませんしな、身近な友人同士のあいだで起こることは互いの友愛のうちに留まっておくべきものでしょう。ご機嫌よう！　訪問には感謝ですが、どうか今後もお忘れなく。もしお暇な時が出来ましたら、こちらへ昼食にでもいらして下さいな、時間潰しに。ひょっとして、また何かお互いに役に立つことがあるかもしれませんし。

〈ああ、そうせん手はなかろうよ！——とチーチコフは独り思った。——ブリーチカに乗り込みながら独り思った。——ひと魂に二ルーブル半も毟り取ったんだからな、クソ拳骨野郎が！〉

彼が気に入らなかったのはソバケーヴィチの言動だった。やはり、何と言おうと知り合いであることに変わりはないわけで、県知事宅でも市警察署長宅でもこれまで会ってきたというのにその振る舞いはひどく他人行儀だし、屑みたいなものに金まで取るのだから！　ブリーチカが中庭を出たところで彼は振り向くと、そこにはソバケーヴィチがずっとまだ車寄せに立ったままでいるのが見えたが、実のところそれは、客人がどこへ向かったかを探るべく目を凝らしていたのである。

――ゲスな野郎だぜ、まだ立ってやがる！――と彼は歯の奥から絞り出すように言うとセリファンに対し、百姓小屋の方へ向かって馬車が主人宅の方角から見えないようにしろと言いつけた。彼が寄りたかったのは、ソバケーヴィチによれば人が蠅のように死んでいるというプリューシキンのところだったのだが、ソバケーヴィチにはそのことを知られたくなかったのだ。ブリーチカがもはや村の端にまで来たところで彼が最初に声をかけて呼び止めたのは、道のどこかで見つけたぶっとい丸太を肩に担いで疲れ知らずの蟻よろしく自分の小屋へと引っ張っていくムジークだった。

――おーい、そこの鬚！　ここからプリューシキンのところまで、ここの主人の屋敷の前を通らずに行くにはどうすればいい？

ムジークはどうやら、かかる問いには答えかねるといった様子だった。

――どうなんだ、知らんのか？

――いやぁ、旦那、知りませんな。

――まったく！　それでよくもまあ白髪を生やせたもんだ！　プリューシキンってケチのことは知らんのか、連中にまともに飯を食わしてないってのは？

――あ！　つぎはぎの、つぎはぎの！――とムジークは大声で叫んだのである。

「つぎはぎの」という言葉のあとに彼の付け足した言葉[48]は実に的確であったが、上品な会話では使用に堪えかねるものであるため、ここでは省略しておこう。尤も、その表現が実に的を射ていたと想像するに難くないのは、ムジークがとうの昔に視界から消え、随分先に進んでいたというのに、チーチコフはブリーチカに乗りながらずっとくすくす笑っていたからである。ロシアの民の言葉遣いのキツいことといったらどうだ！　誰かにちょっとした言葉でも授けたとすれば、それは一族、末代にまで及び、その言葉を職場にも、隠居先にも、ペテルブルクにも、この世の尽きる果てまでも引きずっていくことになるのだ。しかも、そのあと如何に己の渾名を誤魔化そうが、高貴にしようが、物書きを雇ってその名を古代貴族に由来するものに仕立て上げようが、何ひとつ役に立たない。渾名が自分から鴉の声をカァと張り上げれば、鳥のお里など知れてしまうからだ。[49] 的を射た言い回しは文字にしたものと同様に、斧であろうと無くせはしない。それにしてもまあ、ルーシの僻地から出てきたものはすべて実に的を射ており、そこにはドイツ系も、フィン系も、その他諸々の外来部族もおらず、何もかもが生え抜きで、快活にして潑剌たるロシア的機知は言葉探しに手でポケットを弄ることもなければ、雛をかえす雌鶏さながら言葉の上に坐り込みもせず、すぐさまぺたんと永久携帯のパスポートのように貼りついてしまうと、もうそのあとはお前さんの鼻や唇がどうなってるかなど何ひとつ付け加えることもない――一筆書きで爪先から頭の天辺まで描かれてしまうのだから！

　夥しい数の教会や修道院が丸屋根、円蓋、十字架を掲げて聖なる敬虔なルーシに散在するのと同じく、夥しい数の部族、世代、民族が群をなし、犇めき合い、大地の顔の上を駆けずり回っている。また、如何なる民も自らの内にその力の証たるものを抱き、魂（たましい）の創造力、自らの際立つ特徴、またその他の天賦の才に満ち溢れてはいるものの、それぞれ互いの持つ言葉においては異なっており、それを用いてあらゆるものを表しながら、その表現の内に自分たちの持つ気質の一部を映し出している。その心理の学と生の知解により名を馳せる英国人の言葉、その軽妙洒脱により一瞬の煌めきに弾け飛ぶフランス人の儚（はかな）き言葉、その難解さゆえに万人向きとはいえぬ、利口だが貧相な言葉を捻り出すドイツ人、だが、これほどまで威勢よく快活で、これほどまで心の奥底より迸り出て、これほどまで沸き立ち、飛び跳ねる言葉はないのではなかろうか、的を射たロシアの言葉を措いては。

第六章

かつて、随分昔のことである、まだ青かった頃、一瞬にして輝き失せてもはや呼び戻すこと叶わぬわが子供時代、私は初めての見知らぬ場所に近づくことを愉楽としていた。何であろうと構わなかった、それが小さな村落であろうと、県庁の置かれた貧しい都市であろうと、農村であろうと、居留地（スロボダー）[50]であろうと、――沢山の興味深いものがその中にあるのを幼い好奇心に満ちた眼は発見したものだ。如何なる建物も、どこか目につく印象的なものを帯びただけの如何なるものも、――そういったすべてに私は立ち止まり、驚愕したものだ。石造りの官営住宅ならそれは有名な様式建築で、窓の半分が模造窓、丸太に鉋がけしただけの平屋の無粋な町家が密集する中に一棟ぽつんと突っ立っているし、あるいは、真ん丸とした規則正しい円屋根ならその全体は葉っぱ形をしたブリキで覆われ、まるで雪白の新しい教会の上に聳えているし、また市場であろうと、地方の伊達者であろうと、――新鮮な目敏い視線から零れ落ちるものは一つとしてなければ、また鼻先を遠出の荷馬車から突き出して、それまで見たことのなかった裁ち方をしたフロックコートも眺めれば、木棚に置かれた釘、遠くから黄色に映えて見える硫黄、干し葡萄、それに石鹸が干涸らびたモスクワ産の菓子の瓶と一緒に八百屋の扉のあいだからちらりと顔を覗かせるところもまた眺め、そばを歩いていく、人知れぬ県から地方の倦怠に連れてこられた歩兵にも、シビールカ[51]を着て早駆けドローシキ[52]に乗って前を掠めゆく商人にも視線を注ぎ、頭の中で彼らの後ろを追ってはその貧しい生活へと攫われていくのだった。県庁所在市の役人など通りかかってみろ――私はもうこんなことを考えてしまうのだ、どこに向かってるんだろうか、夜会をやる兄弟のとこにでも行くのかな、それとも自宅に直行して半時間ほど玄関先でとっぷり日が暮れるまで腰を下ろしたあとで早めの夕食を母親、妻、妻の姉妹、家族全員と一緒にとりでもするんだろうか、また首飾りをした小間使いの娘か分厚いコートを着た小姓がもうスープも終わったので獣脂蠟燭を先祖代々の燭台に載せて運び込んでくる頃にはどんな会話が彼らのあいだで交わされるんだろうか、と。どこかの地主の村に近づいた頃、私が興味津々たる思いで見ていたのは高くて狭い木造の鐘楼、あるいは広くて暗い木造の古い教会だった。悩ましくも遠くで緑樹のあいだからその姿をちらつかせていたのは地主宅の赤い屋根と白い煙突で、今か今かと待ち構えていると、前に張り出していた庭が両脇へ退いて全貌を現した屋敷というのが何とまあ！　少しも野暮ったいところのない家構えなのだ。そこから私はひとつ当て推量でもしようと思ったのである、当の地主は如何なる御仁であろうか、太っているのか、息子でもいるのか、あるいは六人とも揃って娘御で、きゃっきゃとうら若い笑い声を立てては遊びに興じ、末娘は永遠の美女とかで黒い瞳だったりするのだろうか、当の地主はご陽気者か、それとも九月の末みたいにどんよりとして、カレンダーを眺めながら燕麦だの小麦だのと、若い身空にしてみれば退屈至極の話でもしているのだろうか、と。

　今となってはどの見知らぬ村へ行こうとも興など湧かず、その野暮ったい安普請もただぼうっと眺めるだけで、私の冷め切った目には慰みにもならず、可笑しくもなく、昔日にあっては活き活きとした顔の動きや笑い、また黙(もだ)さぬ言葉を喚起したであろうものも、今となっては素通りし、冷然たる沈黙をわが不動の唇は守り続けているのだ。ああ、わが青春よ！　ああ、わが若き日々よ！

　物思いに耽りながら、ムジークたちがプリューシキンに放った渾名のことを肚の中で笑っているあいだ、チーチコフは多くの百姓小屋と通りがある大集落の真ん中に入っていたことに気づいていなかった。だが、間もなくそのことを彼に気づかせてくれたのは丸太敷きの舗道の作り出す実に整然とした揺れで、この舗道を前にすれば市内の石畳など無に等しかった。この丸太というのはピアノの鍵盤のように上がったり下がったりしたものだから、不用心な乗り手などは後頭部にたん瘤を作るか、あるいはおでこに青丹を作るか、あるいは歯でもって舌の先っちょを思いっきり齧むかするのだった。何とも独特の古びた感じが村のどの建物にもあることに彼は気づいた。百姓小屋の丸太は薄黒くて古く、屋根の多くは篩(ふるい)みたいにスカスカ、時には屋根の馬飾りと両脇に立つ肋みたいな木の幹だけが残っている有様。どうやらそこに住む主たち、雨期は小屋では凌げぬし、乾期は雨も勝手にゃ降らぬ、こんなところでメソメソしてても埒あかねぇ、広いとこなら居酒屋にも大通りにもあるじゃねぇか——つまり、どこでもござれだろ、とあれこれ尤もな判断をしながら小屋の屋根板と板切れを引っ剥がしていったのだろう。小屋の窓には硝子はなく、場所によってはボロ切れか粗布で塞がれ、屋根下の欄干付きの小さなバルコニーがどういうわけかロシア風の百姓小屋の一部に付いてはいるが、すっかりそれも傾いて黒ずんでしまっているところなど、とても絵にならない。小屋の裏から色んなところで列をなして伸びる巨大な麦の堆など、どうやら随分前から立ちん坊のようで、色目からだと古くて焼きの悪い煉瓦にも似て、その天辺には何だかんだとちんけなものが生え出ては、その脇には灌木までくっ付いている。その麦はどうやら主人が所有するものらしい。麦の堆と古びた屋根の向こう側ですっと伸び、澄み切った空気の中でブリーチカが曲がるたびに右にちらり左にちらりと見えたのは村にある二つの教会で、互いに並び建っていた。それは廃墟となった木造の教会と黄色い壁がすっかり染みと罅だらけになった石造の教会であった。ところどころ見え始めていた地主の屋敷がようやくその全貌を現したのは、鎖状に連なる百姓小屋が途切れたあとで荒地に成り果てた菜園だかキャベツ畑の残った場所に来たところで、その周りは低い、ところどころ折れた柵が囲んでいた。どこか老いさらばえた片端みたいなその古い居城、それはもう途轍もなくひょろ長いものであった。一階建てのところがあるかと思えば、二階建てになっているところもあり、その古さをすっかり守っているとはいえぬ黒っぽい屋根には二つの望楼が向き合うように立ち、そのどちらともすでにぐらぐらで、かつてそれを覆っていたペンキは剝げ落ちていた。屋敷の壁のところどころ剝き出しになった漆喰の格子には罅が入り、恐らく何度となく襲来した雨や風、それに秋の愚図つきといったあらゆる悪天候に晒されてきたのだろう。窓は二つしか開いておらず、残りは鎧戸で閉ざされているか、板で塞がれてさえいた。この二つの窓はまたそれはそれで同じく霞み、そのうちの一つには貼りつけた青い砂糖紙の三角形が仄暗く見えていた。

古くて広大な、屋敷の背後に伸び広がる庭園は集落を越えた先の野原の彼方へ消えゆくにつれて草に覆われ荒れ果ててはいたものの、それが唯一この広大な村に生気を取り戻し、荒廃という背景描写の中にあって唯一完全なる絵画的美を示しているように思えた。翠滴る雲と不規則に葉をそよがす丸屋根となって空の地平線に横たわっていたのは、好き勝手に伸び広がって頂点の結ばれた木たちだった。白く巨大な白樺の幹はその先端を嵐か雷雨で折られて失い、この青々とした繁みから伸び上がって空中で丸みを帯びているところなどは規則正しい大理石のつやつやした円柱さながらで、先が斜めに尖ったその折れ目は柱頭代わりの突端をなし、柱の雪白に黒ずんでいるところなどはまるで帽子か黒鳥（くろどり）かのようであった。忽布（ホップ）[53]が上の方から接骨木（にわとこ）や七竈、それに榛（はしばみ）の灌木を押さえつけ、その生垣の天辺に沿ってさらにずっと伝っていくと、ようやく上へと駆け上がり、折れた白樺にその中程までぐるぐる巻きに絡みついていた。白樺の真ん中まで達すると、そこから下へ垂れ下がり、またもや他の木の天辺に引っかかるか空中でぶら下がっては、その輪をなして絡みつく細くて執拗な鉤がゆらゆらとそよ風に揺れていた。ところどころに散らばる緑の藪は陽光に照らされ、そのあいだに見せる光を受けぬ凹みはまるでぽっかりと真っ黒な口を開けているかのようにすっかり影に包まれ、ほんの少しばかりその黒い深みの奥にはちらつくものがあった。走る一本の細道、落ちた欄干、傾げた四阿、洞だらけでぼろぼろの柳の幹、老い白む藪、濃い無精髭のように柳の裏から突き出て恐るべき荒涼に干涸らび絡まり交差した葉っぱと大枝、それにあと、楓の若枝が脇から伸ばしていた緑の葉の手の一つにどう潜り込んだのかも分からぬ太陽が葉の手を突如透明な焔の手へと変容させて奇跡の輝きを放つ漆黒の闇。その脇の、庭園の一番端にあった、他の木とは背丈の違う高く伸びた山鳴（やまならし）が数本、巨大な鴉の巣をその自らの顫える頂きに掲げていた。そのうちのいくつかには引き離そうとして完全には切り離されていない枝が枯葉とともに垂れ下がっていた。要は、何事につけ自然にしても芸術にしても無理にでっち上げないところが良かったわけだが、ただそんな風になるのは自然と芸術が一体となって、やたらてんこ盛りにするだけで無粋なことの多い人間の仕事に自然がその最後の鑿を一本走らせ、鈍重な塊を軽やかにし、野暮な几帳面さと隠れていない裸のプランが垣間見える見窄らしい綻びを消し去り、程よい純粋と清潔の冷やかさの中で作られたものすべてに不可思議な温かみを与える場合に限られるのだ。

道を一度か二度曲がると、われらが主人公はようやく当の屋敷の前に辿り着いたのだが、そこは今やこれまで以上の悲愴感を漂わせていた。緑の黴がもはや菜園や門の古木をびっしりと覆い尽くしていた。群れをなす民家、穀倉、地下蔵といった建物は荒れ果てたまま中庭を一杯に満たし、そのそばには右と左に別の中庭へ通じる門が見えていた。こういったすべてはここでかつて領地経営が大規模に行われていたことを物語ってはいたものの、今となっては何もかも鬱々とした感じに見えた。何ひとつとしてこの光景に息を吹き込むものは見当たらなかった。開く扉も、どこかへ出かけようとする人影も、家での面倒事や心配事も一切なかった。唯一正門だけは開いていたが、これとてムジークが蒲布を被せた山積みの荷馬車で入ってきたからで、こうして姿を見せたのもまるでわざとこの死に絶えた地に生気を取り戻すためであるかのようだったし、それ以外の時は正門もぴったり閉ざされていた、なぜなら、鉄の輪っかには馬鹿デカい錠前がぶら下がっていたからだ。ある建物の近くですぐにチーチコフは、荷馬車で戻ってきたムジークと口喧嘩をおっ始めたある人影に気づいた。しばらく彼はこの人影の性別が女なのか男なのか分からずにいた。その服装は全くもってはっきりせず、女性の部屋着に非常に似て、頭には田舎の女中衆がするような頭巾を被っているのだが、声だけは女性にしては少しばかり掠れているように思えたのである。〈ああ、女だ！〉——と肚の中で思った途端、彼はこう付け加えたのだ、——ああ、違うか！〉——〈そりゃあ、女だよ！〉——結局彼がこう言ったのは能く能く目を凝らしてのことだった。その人影の方もまた彼の方に目を凝らしていた。どうやら、この客人はその女にすれば珍奇なものであったらしい、というのも、女は彼ばかりか、セリファンもしかり、馬たちに至っては尻尾から面までじろじろと眺めていたからだ。その女の腰にぶら下がっていた鍵と、女がムジーク相手にかなり口汚い言葉を浴びせかけているところから、チーチコフはこれはきっと女の鍵守に違いないと結論づけたのである。

——なあ、おっかさん、——と彼はブリーチカから降りながら言った——旦那は……。

——ウチにはいないよ、——と女の鍵守は質問を最後まで聞かずに遮ると、しばらくしてこう付け加えた——何のご用かね？

——用事があってね！

——部屋にいらっしゃい！——こう言ってそっぽを向いた女の鍵守の背中は粉だらけで、大きく空いた穴が下の方に見えた。

彼の入った暗くて広い玄関間からはまるで地下蔵のような冷気が吹き込んできた。玄関の広間から彼の入った部屋も同じく暗くて、少しばかり照っている光は扉の下にある広めの隙間から漏れ出ていた。その扉を開いた彼はようやく光のある場所に出たのだが、目の前に現れた散らかりようには驚嘆してしまった。まるでそこは家で床磨きが行われているためにに一時避難の家具が一切合切押し込まれているかのようだった。ある机の上には壊れた椅子まで立っていて、そばにある時計の動かなくなった振り子には蜘蛛がすでに巣を拵えていた。その同じ場所には横置きになって壁に面した食器棚があり、年季の入った銀食器や硝子瓶、さらには中国の陶磁器が入っていた。書き物机に施された螺鈿のモザイクはすでにところどころ剝げ落ち、その痕には糊詰めした黄色いちっちゃな凸凹が残っていて、とにかく机の上には何だかんだと物が置かれていた。細かな字のびっしりと書き込まれた紙の束、そこに載っているのは上に小さな卵型の摘みの付いた緑に変色した大理石の文鎮、革表紙に赤い小口の何やら古めかしい書物、すっかり干涸らびて榛実(はしばみ)大になった檸檬、肘掛け椅子のもげた腕、何かの液体と蠅三匹の入ったグラスにそれを上から塞いでいる手紙、封蠟の切れ端、どこかで拾ったボロ切れ、インクまみれで結核持ちみたくげっそりした鵞ペン二本、黄ばみ切った爪楊枝、恐らくこれで主人が自分の歯をほじくったのはフランス人のモスクワ襲来よりも前のことだったのではなかろうか。

壁には実にところ狭しと支離滅裂に数枚の絵が掛

けられていた。細長い黄ばんだ何かの会戦の版画には大きな太鼓、雄叫び上げる三角帽の兵士、溺れる馬が描かれ、硝子はなく、その版画を嵌め込んだマホガニーの額縁は薄いブロンズの帯板と同じくブロンズの円形がその四隅に付いていた。それらと並んで壁半分を占めていた大きい黒ずんだ絵は油絵で、描かれていたのは花、果物、切り分けた西瓜、猪の顔面、それに首をだらんと垂らした家鴨。天井の中央に下がっていたシャンデリアは亜麻袋を被っていて、埃のせいで幼虫が中にいる繭そっくりになっていた。部屋の片隅の床に放り出されていた塊はさらに粗末なものだったり、机に置くには値せぬものだった。何が一体その塊の中にあったかを確と言い当てることは困難、というのも、その上には埃がびっしりと溜まっていて、それに触れるとどんな手も手袋を嵌めたようになってしまうからなのだが、中でもそこで一番目に付いていたのが折れた木の鋤の切れ端と古くなったブーツの靴底だった。この部屋に生きた人間が住んでいるなどとはとても言えなかったのではなかろうか、もしその存在を告げる古いぼろぼろの縁なし帽が机の上になかったとすれば。彼がこうして奇妙な内装を隅から隅まで見て回っていたところ、横の扉が開き、中庭で見たあの女の鍵守が入ってきたのである。だが、すぐに彼はそれが女の鍵守というよりも男の鍵守であることに気づいたのである。何しろ、女の鍵守は少なくとも鬚を剃ったりしないが、そいつは反対に鬚を剃っていたし、どうやらしかも滅多に剃ることもないようであった、というのも、その顎全体と頬の下部分が廏で馬の毛を梳く鉄線で出来た馬櫛みたいだったからだ。チーチコフは問いかけるような表情をしてから、この鍵守が自分に何を言いたがっているのかを今か今かと待ち構えていた。また鍵守の方は鍵守の方で、チーチコフが自分に何を言いたがっているのかを待ち構えていた。そして遂に、後者の方がこの奇妙な困惑に驚きつつ、こう訊ねることにしたのである。

——ご主人は何、ご在宅なのかい？

——ここにおりますが、——と鍵守は言った。

——ここってどこなんだい？——とチーチコフは訊き返した。

——旦那は何です、目が見えないっていうんですか？——と鍵守は訊ねた。——やれやれ！　主人ってのはこの私ですよ！

　ここでわれらが主人公は不意に後ずさりすると、主人の方をじろじろと眺めた。彼はこれまであらゆる種類の仁を大勢、私と読者ならば恐らく決してお目にかかれぬ者まで目にしてきたのだが、こんなのはこれまで見たことがなかった。その顔には何ら特徴がなく、およそそれは大勢いる痩せぎすの老人のようで、ただ顎だけがぐっと前に突き出ていたので、唾が出ないようにと事ある毎に手拭いで覆わねばならず、ちっちゃな目玉がまだ今のところどんよりとすることもなく、高く伸びた眉毛の下からきょろきょろさせるところなど、暗い巣穴からそのとんがった面を突き出し、耳を欹て、髭をぴくつかせてはどこぞに猫だの悪ガキだのが潜んでおらぬかと警戒し、疑い深く空気を嗅ぐ鼠のようであった。ひと際さらに目を引いたのがその出で立ち。如何なる手段や努力を尽くそうとも、彼のハラートが何仕立てなのか探り当てるのは無理ではなかろうか。何しろ、その袖と上着の裾があんまり垢にまみれてテカっているものだから、ブーツに使うユフチ革[54]にそっくりだし、背中には二股の裾の代わりに四つの裾がぶら下がり、その中からは房になった綿がはみ出していた。首元に巻いているものも何かその、長靴下なのか、包帯なのか、それとも腹巻きなのか、ただネクタイでないことは確実な、正体の摑めぬもの。要するに、チーチコフがもしこんな恰好をした彼に教会の入り口かどこかで遭遇していたならば、先ず間違いなく銅銭を恵んでいたであろう。これはわれらが主人公の名誉のために申し上げておかねばならぬことだが、彼の心は憐れみを感じ、恵まれぬ者に銅銭を差し出さずには居ても立ってもいられなかったのだ。だが、彼の前にいたのは乞食ではなかった、彼の前にいたのは地主だったのである。この地主には千あまりの魂がいたわけだが、一度探してみればいい、他のどんな地主のところにこれほどの麦が穀物や粉となって実際堆く積まれているだろうか、どこの家の貯蔵庫や倉庫、また屋根裏にこれほど山盛り一杯の亜麻織りや羅紗、鞣（なめ）したのや生の羊皮、干し魚や色んな山菜、すなわち、山の幸があるだろうか。もし誰かが彼の作業場を覗いたとすれば、そこにたんまり拵えられた備蓄用のあらゆる木材や食器などは一度も使われたことのないものばかりだから、自分はいつの間にやら、日々遣り手ババアたちや姑たちが料理女を従えて家の備蓄品を買いに遥々やって来る、あらゆる木工細工が山をなして白さを放つモスクワの木工屋にでも紛れ込んだのではないかと思うのではなかろうか。そこには打ち合せたのや鉋かけのや、組んだものやら編んだものまであり、樽、半桶、釣瓶樽、小樽、注ぎ桶なら口付きもありゃ口なしもあり、木壺、笊、女どもが亜麻の糸束や屑糸を仕舞う梳き糸容れ、薄い山鳴を曲げた籠、白樺皮で編んだ三方、その他にも数々の貧富各様のルーシが必要とするものが並んでいた。何に一体プリューシキンはこんなぎょっとするほど一杯の曲げ物が必要だったのであろうか？　一生かけてもこれだけのものは彼のような領地が二つあったとしても使い切れないだろうが、しかし、彼にはこれでは物足りないと思えたのだ。これでも飽き足らぬ彼は、さらに毎日自分の村の道という道を歩き回っては、橋の下や小橋の下で目にするものなら何でも、古い靴底であろうと、女用のボロ手拭いであろうと、鉄釘であろうと、割れ器であろうと覗き込んでは、全部自宅に持ち帰り、あのチーチコフが部屋の片隅に見つけた山に仕舞うのである。「ほら、もう漁師が漁に出かけたぞ！」――とムジークたちは、彼が獲物を探しに行くのを見ると言うのだった。あと、本当の話だが、彼の歩いたあとの道を掃いて掃除する必要などなかった。ある時など、通りがかりの将校が拍車を失くしたところ、その拍車は瞬く間にしてかの有名な山へ直行したし、もし百姓女が井戸端でうっかり馬穴を忘れようもんなら、彼はその馬穴も猫ババしてしまうのだった。尤も、これに気づいたムジークにその場で取り押さえられたとしても彼は口答えもせずに盗品をそのまま返却するのだが、もしその品が山送りにでもなってしまえば、もうその時は一巻の終わり。彼はその品が自分の物で、いついつにどこどこで買ったんだとか、伯父からもらった物だとか請け合う始末であった。部屋での彼は床から目につくものなら何でも、それが封蠟だろうが、紙切れだろうが、羽毛だろうが拾い上げ、それをごっそり書き物机か窓辺に置いたのである。

　それでもやはりかつては、とにかく慎ましやかな主人だった時期もあったのだ！　嫁もいれば、家族思いで、ご近所さんも食客として立ち寄っては彼の話を聞き、その家業や賢い倹約術を学びに来たものである。すべてはてきぱきと進み、穏やかな調子で行われていた。何しろ、粉挽き機や縮絨機は回転していたし、羅紗織所、木工台、紡績所も稼働していたし、至るところすべてに主人は目を光らせ、まるで働き者の蜘蛛みたいにせかせかとはしているが俊敏に、経営の蜘蛛の巣を隅から隅まで駆けめぐっていたのである。あまり強烈な感情が彼の顔に現れることはなかったものの、その目には知性が窺え、海千山千の世故に長けたところが彼の言葉には漲っていて、客人は彼の話を喜んで聞いたものだったし、愛想のいいお喋り好きの女将さんは接待上手で有名で、出迎えてくれる二人の可愛らしい娘はいずれもブロンドで清しく、まるで薔薇の花のようであったし、家から駆け出る息子は元気一杯の男の子で、誰にでも接吻の挨拶をし、これに客人が気を良くしているかどうかなどさして気にもしていない様子だった。家の窓は全開で、中二階の部屋にはフランス人教師を住まわせ、髭の剃り方も見事なもので、しかも大した猟銃使いであった。何しろ、毎回昼食時には雌の黒雷鳥か鴨を出してきたし、時にはごっそり雀の卵まで持ってきて、これで自分に卵焼きを作ってくれと注文するのだが、これは屋敷全体で他に卵焼きを食べる者が誰もいなかったからである。中二階にはまた彼と同郷の女性も住んでいて、二人の娘の教師をしていた。当の主人は食卓につく時にはフロックコート姿で、ただそれも少しばかり草臥れてはいたが清潔で、肘のどこにも継ぎ当てはなくきちんとしていた。ところが、善良な女将さんが亡くなってしまうと、鍵の一部、またそれに伴う細かな気遣いを彼が引き受けることとなった。プリューシキンには落ち着きがなくなり、他の男鰥同様、用心深い退屈な男となってしまったのである。長女のアレクサンドラ・ステパーノヴナに何もかも任せるわけにはいかなかったし、またそうしなかったのも正解だった。というのも、アレクサンドラ・ステパーノヴナは早々にもどこぞの騎兵連隊の二等大尉と駆け落ちして、どこかの田舎の教会で早くも結婚式を挙げたのだが、これは、どうせ軍人なんてどいつもこいつも博打打ちで金遣いの荒い奴らなんだろうという奇妙な偏見から父親が将校嫌いであることを承知していたからだ。父親は出て行く娘を口汚く罵っただけで、後を追おうともしなかった。家の中はさらに虚しさを増すこととなった。一家の大黒柱にはこれまで以上のケチ臭さが目立ちだし、ごわごわの髪の中にちらつく白髪、すなわち、ケチの義理深い友がさらにケチ臭くなるのを後押しし、フランス人教師は息子が奉職に入る歳になると暇を出され、マダムの方はアレクサンドラ・ステパーノヴナの略奪の片棒を担いだことが判明して追い出され、息子は官庁にて父親の言うところの真の奉職たるものを知悉すべく県庁所在市へ配属されたのに、その代わりに入ったのが連隊で、父に手紙を書いて寄越したのはすでに入隊が決まってからのこと、その中で軍服を買う金を無心してみたものの、至極当然の話、その返事として返ってきたのが俗に言う〝おととい来やがれ〟。残るは末娘だが、一緒に家に残ってはくれたものの亡くなってしまい、老人は一人自らの財産の番をし、管理をし、所有する者となってしまったのである。独り身の人生が腹一杯の食糧を与えてしまったのは吝嗇で、こいつにはご存じの通り、狼並みの食欲があり、貪れば貪るほど物足らなさを感じてしまう質で、そうでなくとも深みのなかった彼の人間的感性は刻一刻と先細りして行くこととなり、日ごと何ものかがこの古ぼけた廃墟の中で失われていったのである。事もあろうかそんな時、さも面当てに、彼の軍人観を裏付けるかのようにして息子がカード賭博に大負けすると、彼は縁切りの呪詛を送りつけ、息子の消息については金輪際全く関心を示すこともなくなった。年ごとに彼の屋敷の窓は閉ざされてゆき、最後に残ったのはたった二つで、そのうちの一つは、すでに読者もご覧になったように、糊付けした紙が張られ、年ごとに視界からは段々と経営の主要部分が消え失せていき、彼のちっちゃな眼差しは紙切れや羽根へと向かって、それを部屋の中に集めていったのである。彼の作物を求めて買い付けにくる連中に対してはますます頑固さを増していき、その買い付け人たちは交渉に交渉を重ねても仕舞いには、こいつは悪魔だ、人間じゃねぇ、と言ってすっかり放っぽり出してしまう有様で、干し草や穀物は腐り、麦の堆や干し草の山などは堆肥になってキャベツでも育てられようものだったし、地下蔵の小麦粉は石みたく固くなって割らねばならず、羅紗や亜麻布や自家製の布地は塵芥になりかけで、触るのもぞっとするほどであった。彼はもはや自分でも何が手元にあるのか失念していたし、覚えていることといえば何かの薬酒の残りが入った水差しをしまってある棚の場所だとか、誰にも盗み飲みされないよう付けておいた目印の位置だとか、あと、羽根とか封蠟の置き場所くらいなものだった。それに対して、経営上集められていた収入はこれまで通りであった。同じだけの年貢をムジークは納めねばならなかったし、同じだけの胡桃をどの百姓女も上納せねばならなかったし、同じだけの亜麻布の反物を機織り女は織らねばならなかったわけだが、その何もかもがいい加減に貯蔵庫に放り込まれ、何もかも腐って綻んでいて、当の彼自身にしてからが詰まるところは人類におけるある種の綻びになり果てていたのである。アレクサンドラ・ステパーノヴナはかつて二度ほど幼い息子を連れて帰郷しては何かしら貰い受けられぬものかと試みたようだが、どうやら二等大尉との従軍生活が結婚前に思っていたほど魅力的ではなかったようである。プリューシキンは意外なことに彼女を赦し、ちっちゃな孫には机の上にあった何かのボタンで遊ばせてやることまでしたのだが、金はびた一文も出さなかった。次の機会にアレクサンドラ・ステパーノヴナは二人の子供と帰郷し、手土産にとお茶当てのクリーチ[55]と新しいハラートを携えてきたが、これは父の着ていた部屋着が見るも無残であったばかりか、恥ずかしかったからである。プリューシキンは孫二人を可愛がり、それぞれ自分の右膝と左膝に乗せてやると、ちょうど馬に乗っているような具合に揺らしてやり、クリーチと部屋着を受け取りはしたものの、娘アレクサンドラ・ステパーノヴナには一切何もやらず、彼女はそのまま手ぶらで退散することとなった。

　さて、まさにかような地主がチーチコフの前にはいたのである！　ひと言申し上げねばならぬが、かような現象にお目にかかることは、何事も縮むよりもむしろ膨らむことを好むルーシにおいては滅多になく、況してや、このご近所で偶さか出くわす地主というのはロシア人らしく豪放磊落、羽振りよくどんちゃん騒ぎに興じては、いわば生き急いでいるわけだから、何とも驚きなのである。初めて通りかかる者など、彼の住処を目にして驚き立ち止まっては、果たしてどんな王位継承の皇太子がこんなちんけで蒙昧な領主たちのあいだに突如出現したのかと戸惑いを見せようもの。何しろ、宮殿の如き風貌を持つ彼の白亜の邸宅は無数の煙突、望楼、風見鶏を擁し、その周りには一群の離れと来客用のありとあらゆる部屋が取り囲んでいたのだから。彼に何の不足があったであろう？　お芝居や舞踏会が催され、夜通し灯明と油皿に彩られた、楽高らかに響き渡る庭園が光り輝いているのだ。県の半分が艶な装いで愉しげに木蔭を散策していても、誰ひとりその不自然な照明に野暮ったさやおどろおどろしさも見ぬ時などは、芝居がかった感じでぬぼっと木叢から躍り出る人工の光に照らされた枝にそれ本来の鮮やかさ持つ緑葉はなく、上へ仰げばさらに暗くて厳めしく、さらにその上には二十倍の悍ましさで夜空がその姿を見せるが、遥か高みで葉をぶるぶると振るわせながら漆黒の闇の奥深くまで遠く聳え立つ樹冠たちはそのけばけばしいだけの輝きに自分の根っこが足元から照らされていることに忿懣遣る方ない。

すでに数分ものあいだプリューシキンは佇んだまままひと言も口にせず、チーチコフも未だに当の主人の姿とその部屋の全容に気を逸らされていたものだから、会話の火口を切ることが出来ずにいた。しばらく彼はどういう言葉で自らの来訪の理由を説明したものか考えあぐねていた。彼としては大体のところ、ご主人の人徳と稀に見る気質についてお噂はかねがね耳にしており、すでにこちらから表敬にお伺いするのが務めであると考えた次第、とでも言うつもりでいたのだが、ふと我に返って、それはやりすぎだと感じたのだった。横目でもう一度部屋の中のものすべてに視線を投げてから、〈人徳〉と〈稀に見る気質〉と言う代わりに〈倹約〉と〈安定〉という言葉でうまく置き換えられるとふと思ったものだから、そのように言葉を置き換え、ご主人の倹約と領地経営での稀に見る安定についてお噂はかねがね耳にしており、お近づきになった上で直々に表敬するのが務めであると考えた次第です、と述べた。無論、これ以外にもっと良い理由を挙げることも出来たであろうが、その時は他に何ひとつ頭に浮かんで来なかった。

これに対してプリューシキンは何事かを唇のあいだからもごもごと言ったのだが、これは歯がなかったからで、果たして一体何を言ったのか不明だが、恐らくその意味するところはこういうことであろう。〈表敬か何か知らんが、おととい来やがれ！〉だが、客接待をするのがわが国では至極当然であり、ケチであろうとこの掟を破るわけにはいかぬものだから、彼は多少聞き取りやすい声でこう付け足したのである、「さあどうぞお坐り下され！」

――儂は随分長いこと客人を見ておりませんでな、――と彼は言って、――まぁ正直申し上げますとな、客人というもんで大して得することなどありゃしません。互いの家を行き来するってな下衆な癖なんぞ付けちまったら、経営が疎かになっちまってね……それに連中の馬には干し草だってやらにゃならん！儂はとっくに昼飯が終わっとりますが、ウチの台所は天井が低いわ、ぞっとするとわで、しかも煙突なんぞすっかり駄目になっとりましてな、火でも炊いた日にゃ、火事まで起こしちまいますや。

〈こりゃあ不幸中の幸いって奴だよ！――とチーチコフは独り肚の中で思った。――ソバケーヴィチのところでヴァトルーシカと羊の脇腹肉をかっぱらってきたのは正解だったよ〉

――しかもひどい話でしてな、干し草なんぞ地所じゅうどこを探しても一束もありゃせんのですから！――とプリューシキンは続けた。――それに大体からして、そんなものどうやって保管出来ますかね？　土地は狭いわ、ムジークはぐうたらの仕事嫌いで、頭にあるのは飲み屋のこと……いつだってそう、歳食ってからは乞食暮らしですわ！

――でも、私がお伺いしてるところだと、――とチーチコフは控え目に言葉を挟んだ、――お宅には千以上の魂があるとか。

――誰がそんなこと言っとるんですかな？　旦那さん、そんなことをほざくような奴なんぞ、その目に唾でも引っかけてやるこってすな！　そのからかい好きは多分、旦那のことを担ぎたがったんですな。何、その千の魂とか言われてますがね、ここに来て勘定してみりゃいい、何ひとつ数えるもんなんてありゃしませんよ！　ここ三年というもの、忌まわしい熱病のせいでウチじゃばたばたムジークが死んじまったんでね。

――まさかそんな！　沢山死んだんですか？――とチーチコフは身を乗り出して声を上げた。

――ええ、一杯持ってかれちまいましてな。

――もし宜しければ、その数を教えて頂けますか？

――魂数にして八十ですよ。

――またまた。

――嘘なんてつきゃしませんよ、旦那。

――あと、これもお訊ねしていいですか。その魂っていうのは、やっぱり、最後の調査票を提出した日から数えられた数なんでしょうか？

――それなら有難いところなんですがね、――とプリューシキンは言った、――生憎ね、その日からだと百二十になりますな。

――本当に？　合わせて百二十にもなりますか？――とチーチコフは大声を上げると、驚きのあまり少しばかり口をぽかんと開いたのだった。

――儂も歳でね、旦那、嘘などつけませんや。六十路ですからね！――とプリューシキンは言った。彼はどうやら、このおよそ歓喜とも取れる叫喚にむっとしてしまったようである。チーチコフはというと、他人の悲しみに対してこんな節操のない態度を取るのは確かに不謹慎だなと気づいたので、すぐさま溜め息をついてから、お悔やみ申し上げます、と述べた。

――まあ実際、お悔やみを言われてもポケットにしまっておけるものじゃありませんがな、――とプリューシキンは言った。――例えば、ウチの近所に大尉ってのが住んでましてな、どこの馬の骨か分からんそれが親類だとかって、〈叔父貴ぃ、叔父貴ぃ！〉つって手に口づけしてきましてな、お悔やみを言い出すやそりゃもう声まで張りあげるもんだから、耳を塞がにゃならんほどでしたよ。顔なんぞ見りゃ真っ赤で、ありゃきっと、きっつい火酒が病みつきになっとるんでしょうな。如何にもね、軍務に就きながら散財したのか、女優に誑かされたかした挙句、ここに来てお悔やみ申し上げますとはねぇ！

チーチコフは、自分のお悔やみが大尉のそれとは全然違うものなのだ、自分は空々しい言葉ではなく、実務でもってお悔やみの気持ちを証明してみせるつもりだ、と努めて説明するや、取引を先延ばしせず、単刀直入にすぐさま、かの不幸な出来事で亡くなった農民全員にかかる税金の支払い義務を買って出るつもりだ、と述べたのだった。この提案にはどうやらプリューシキンも驚いたようである。彼は目を大きく見開くと、しばらくチーチコフを見つめたあとでようやくこう訊ねたのである。

――それはそうと旦那、お宅さんは軍務に就かれたことはありませんのかね？

――ありませんね、――と答えたチーチコフにはかなりの狡猾さが窺えた、――文官でしたので。

――文官ですか？――とプリューシキンは繰り返すと、まるで何かを食べているかのように口をもぐもぐさせた。――でもまたどうして？　旦那にしてみりゃ損でしょうに？

――そちらにご満足頂けるのであれば、損になることも吝かではありません。

――ああ、旦那さん！　ああ、儂の恩人だ！――プリューシキンは大声を上げたものの、歓喜のあまり、自分の鼻から実にみっともない、色の濃い珈琲風の嗅ぎ煙草が顔を覗かせていることにも、部屋着の裾がはだけて人目を憚られるような服が見えていたことにも気づいていなかった。――これぞ年寄りの慰めですな！　ああ、神さま！　ああ、旦那こそ儂の聖人さんじゃ！……――これより先はプリューシキンには言葉が出てこなかった。だが、一分も経たぬうちに、無表情な彼の顔に一瞬にして浮かび上がったこの喜びは同じく一瞬にして何事もなかったかのように消え失せると、その顔はまたもやあの心配そうな表情になった。彼はハンカチで顔まで拭くと、それをくしゃっと丸めて上唇に沿って当て始めた。

――如何なんでしょうな、ご無礼とは承知でひとつお伺いしたいのですが、毎年その税金をお支払いになるということでしょうかな？　で、金の方は儂か国庫に納付して頂くということですかな？

――こうしようと思っています。つまり、死んだ百姓たちが今も現存していて、貴方がそれを私に売却したかのように不動産登記証明を行うんです。

――ええ、不動産登記証明というのは……――とプリューシキンは言うと、また口をもぐもぐさせ始めた。――確かに、この不動産登記証明ってのは全くの金食い虫ですな。役人ってのはほんとに良心の欠片もありゃせん連中ですよ！　以前なら半ルーブル銅貨に小麦粉一袋もありゃ片が付いたところが、今じゃ荷馬車一台丸々穀物を送った上に赤紙幣（十ルーブル）まで付けなきゃならんのですからな、金の亡者ですよ！　どうなんでしょうかな、聖職者がこれに目を向けておられないというのは、何ぞ説教でもしてくれたらいいんですがな、何と言おうが、神の言葉には逆らえんのですから。

〈いやいや、あんたなら逆らえるだろうよ！〉――と肚の中で思ったチーチコフだが、すぐさま口にしたのは、自分は彼に対する敬意から登録証明での出費を負担しても構わない、というものだった。

　登録代までチーチコフが負担してくれると聞いたプリューシキンは、この客人は全くの脳足りんで、文官職だったというのもただの虚仮威しで、本当は昔軍人で、女優の尻を追い回していたに違いないと結論付けた。ただそうは言っても、その喜びはやはり隠すことが出来ず、あらゆる恩恵がチーチコフばかりか、その子供たちにももたらされんことを、彼に子供がいるかどうかも聞かぬまま願ったのだった。窓辺に近寄った彼は指で硝子をこつんこつんと叩くと、「おーい、プローシカ！」と大声で呼びかけた。しばらくしてから聞こえてきたのは、誰かが急ぎ足で玄関の広間に駆け込み、長いあいだそこでバタバタしたあとブーツをドタドタ鳴らしてくる音で、ようやく扉が開いて中に入ってきたのがそのプローシカという十三歳くらいの小姓で、履いているブーツがあまりにも大きいものだから、歩くたびにほとんど脱げそうだった。どうしてまたプローシカの靴がこんなに大きかったのか、これについてはすぐにでも分かるというもの。つまり、プリューシキンの元では使用人全員に対し、その数が何人だろうと、たった一足しかブーツがなく、それが常に控えの間に置かれることになっていたのである。主人の母屋に呼ばれた者は通常、ぴょこんぴょこんと素足の舞で中庭を駆け抜けてくるのだが、控えの間に入ってからはブーツを履いて、その状態で部屋に姿を見せた。部屋から出てしまうと、その者はブーツをまた控えの間に置き、再び自分の足で戻っていったのである。誰かがもし窓の外を秋の時期だとか、とりわけ朝方の少しばかり霜が降りだす頃に眺めたとすれば、使用人たち全員の見せてくれる跳躍たるや、芝居小屋で一番元気な踊り手にも演じ切れないものを目にすることであろう。

　――まあご覧下さいな、旦那、何て間抜け面ですかね！――とプリューシキンはプローシカの顔を指しながらチーチコフに言った。――ほんにこいつは木偶の坊でしてな、何ぞ物でも置いててみなさい、あっという間に猫ババしよる！　で、お前は何しに来たんだ、馬鹿もんが、言ってみろ、何しにだ？――こう言うと彼は少し黙ったが、これにはプローシカも同じく沈黙で返した。――サモワールの支度をしろ、聞いてんのか、それと、この鍵をマーヴラのとこへ持って行ってな、貯蔵庫に行かせるんだ。あそこの棚にアレクサンドラ・ステパーノヴナがお茶当てに持ってきたクリーチを干した乾パンがあるからな！……ちょっと待て、どこ行くんだ？　馬鹿もんが！　ほんとに馬鹿な奴だな！　お前の足は何か、悪魔でも住んでてむずむずしてんのか？……先ず最後まで話を聞けって。乾パンの上の方は多分、ちとばかり駄目になってるだろうから、そいつをナイフで刮ぎ取ってな、そのパン屑は捨てたりせずに鶏小屋へ持って行かせるんだぞ。けど、いいか、お前は入るんじゃない、貯蔵庫にはな、入ったらどうなるか分かってるな！　白樺の箒で味付けしてやるまでだ！　今のお前さんは大した食欲だから、そうすりゃさらに味が引き立つってもんだ！　出来るもんなら貯蔵庫に入ってみろ、儂はその間窓から目を光らせてるからな。こいつらのことは何ひとつ信用なりませんでね、――と彼が引き続きチーチコフに向かって言ったのはプローシカがブーツともども出て行ったあとのことだった。それに続いて彼はチーチコフの方にも疑いの目を向け始めた。普通では考えられぬこれほどの寛大さというものが彼にはとても信じられぬものに思えてきて、ふと肚の中で思ったのである、〈大体、どこの馬の骨かも分からんじゃないか、ひょっとしたら、金遣いの荒い他の連中と同じでただの自慢屋かもしれん、話を合わすのに嘘八百並べた末にお茶を散々飲んじまったら、あとはおさらばってことだろうよ！〉　こういうこともあって用心から、またついでにこいつをちとばかり試してやろうという思いから彼の放った言葉は、不動産登録を早速するってのも悪くないですな、こう言うじゃありませんか、人というのは当てにならぬもの、今日はぴんぴんしていても明日どうなるかは神のみぞ知る、というものだった。

チーチコフは今から登録を行っても構わないという意思を伝えると、農民全員の名簿だけを要求した。

これを聞いてプリューシキンは胸を撫で下ろした。彼が何かを企んでいたことは明らかで、実際、鍵を摑んで食器棚に近づき、扉を開け、グラスやコップのあいだをしばらく探していると、遂にこう口にしたのである。

――どうやら見つからんようですな、儂んとこには実に旨いリキュールがありましてな、飲まれてなかったらの話ですがね！　連中のまあ手癖の悪いこと！　それともこいつでしたかな？――チーチコフの目にした彼が手にする水差しはすっぽりと埃を被り、まるでぬくぬくの肌着でも着ているかのようだった。――まだ家内が亡くなる前に拵えたもんでしてな、――プリューシキンは続けた、――鍵守のいかさま女がこいつを捨てちまうところでね、まだ栓も抜いてないってのに、とんでもない詐欺師だ！　ちっさい虫だの色んな屑だのが中に入って一杯になるところでしたが、塵なら全部儂が取り除きましたんで、今じゃほら、きれいなもんですよ、グラスにお注ぎしましょう。

だが、チーチコフはこんなリキュールなど御免蒙りたいという一心で、自分はもう飲んでもきたし、食べてもきた、と言った。

――すでに飲まれた上に、食べてもこられたんですか！――とプリューシキンは言った。――まあ無理もありませんな、良いお仲間をお持ちの方はどこに行ってもすぐ分かるってもんで、飯は食わねど高楊枝ってねぇ、でも、それに引き換え、この辺りにいる盗人風情なんぞ、どんだけ食わそうが……さっきお話しした大尉がやって来ますとね、「叔父貴ぃ、何か食うもん出しておくれ！」とかほざきましてな。儂があいつの叔父貴ってんなら、あいつは儂の目の上のたん瘤だ。自分ちには食うもんが、ほんと、何ひとつないってんで、この辺をふらついてやがるんですよ！　しかし、ほんとにそんな穀潰し全員の名簿なんて入り用ですかね？　無論、儂に分かるだけですがね、全員の名前を特別な用紙に書き込んでおりますよ、最初の調査票の際にその全員を抹消するためにね。

プリューシキンは眼鏡を掛けると書類を探しだした。あれこれ紐を解いては客人に埃で大層なもてなしをしたものだから、された方はくしゃみを一つ返した。やっとこさ引っ張り出してきた書類は一面びっしりと書き込まれていた。農民の名前がその用紙を蚋のように所狭しと埋め尽くしていた。そこには色々あって、パラモーノフだの、ピーメノフだの、パンテレイモノフだの、さらにはイキツケルモノナラ＝イキツイテミロ・グリゴーリィというのまであって、全部で百二十強あった。チーチコフはこの数の多さを見てニタリとした。名簿をポケットにしまうと彼はプリューシキンに対し、登録には町へ行かねばならないと告げた。

――町ですか？　でもどうしろと？……家はどうしますかな？　何せ、ウチの連中は泥棒か詐欺師ときとりますからな。一日もすりゃすっかり持ってかれて、カフタンを掛けるものすらなくなっちまいますよ。

――じゃあ誰か知り合いはおりませんか？

――何の知り合いです？　儂の知り合いなんてのは皆おっちんじまったか、疎遠になったもんばっかりですよ。そうだ、旦那！　いないわけありませんや、ちゃんとおりましたよ！――と彼は声を張り上げた。――確かに、裁判院長は知り合いだ、大昔には儂んとこまで来てくれてたんだから、知らんわけがない！　同じ釜の飯を食った仲でしてな、一緒に垣の上によじ登ったんですからな！　知り合いでないわけがない！　そりゃもう知り合いですとも！　じゃあ、彼宛には書かんのですかな？

――勿論、彼宛にも書きますよ。

――そうでしょうな、そりゃもう知り合いですからな！　学校じゃ仲間でしたんでね。

すると、この無表情な顔に突如どこか温かみのある光が差したのだが、そこに現れ出たのは感情などではなく、どこかぱっとせぬ感情の照り返しのようなもので、その現象はまるで溺れていた者が水面にひょこっと顔を覗かせ、岸辺に集まっていた群衆から歓喜の叫びが湧き起こるのに似ていた。だが、それも糠喜びに終わった兄弟姉妹たちは岸から綱を投げ、背中なり、あがき疲れた腕がまた見えるのを待っているのだが、再び顔を覗かせることはもうなかった。何もかもが侘しく、しかもますます悍ましいばかりか虚しくなっていくのが自然の表面（おもてづら）というもので、このあと静まり返ってうんともすんとも言わなくなる。これと同様にプリューシキンの顔もまた束の間そこに感情を浮かべたら最後、ますます無感情、ますます無愛想なものになってしまった。

――机に新の四折り紙があったんですがね、――と彼は言った、――はて、どこに行っちまったんでしょうな。ウチの連中はほんと使えん奴らですよ！――すると、彼は机の下も上も覗きだし、あちこち引っ掻き回していたが、仕舞いにはこう大声を張り上げたのである。――マーヴラ！　マーヴラや！

この呼び声で現れたのは両手で皿を持った女性で、その皿には読者もすでにご存じの乾パンが載っていた。そして、二人のあいだで次のような会話が繰り広げられたのである。

――このコソ泥め、どこにやったんだ、紙は？

――神に誓って、旦那さま、見とりませんですよ、グラスを包んでおくようにと言われた小っさい布切れ以外は。

――その目を見りゃ分かるんだ、お前がちょろまかしたんだろ。

――そんな、何のためにちょろまかすっていうんですかい？　あたしにゃそんなものがあっても何の役にも立ちませんでしょうに、字だって知らんのですから。

――嘘を言え、どうせ鐘撞きのところにでも持ってったんだろ。あいつならちょっとは分かるからな、あいつのところに持ってってったんだろ。

――でも、鐘撞きに入り用でしたら、自分で紙なんぞ調達するでしょうに。あの人は旦那さまの紙切れなんて見ちゃいませんですよ！

――まあ、見てろ。最後の審判で悪魔たちからはその罰として、鉄の掻き棒で焼き印を押されるさ！まあ見とくんだな、押されちまうからな！

――何をしたからそんな焼き印なんて押されるんです、四折り紙なんて触れてもいないのに？　それこそ何か他の女々しいことでならまだしも、物を盗んだって人に責められたことなんてないんですから。

――まあ見とくんだな、悪魔にお前は焼き印を押されちまうさ！「さあお前には、詐欺女、旦那さまを騙した罰だ」って言われてな、あっついのをジュウってやられるんだ！

――ならあたしはこう言ってやりますよ、「何もしちゃいないよ！　神に誓ってもいいさ。何もしちゃいないんだからね！　取っちゃいないんだから、あたしは……」ってね。ほら、紙ならあそこの机の上にあるでしょうに。いつだって濡れ衣を着せてくるんだから！

プリューシキンが目にしたのは確かに四折り紙で、一瞬立ち止まって口をもぐもぐさせると、こう口にしたのである。

——で、何をそんなジタバタするようなことがあったんだ？　全く口さがない奴だ！　こいつには一つ言や、十も返事が返ってくるんだから！　いいから、手紙に封をするので灯りを持ってくるんだ。いや、待った、お前が取ってくるのはどうせ獣脂の蠟燭なんだろ、獣脂ってのはドロっとしてるからな。燃えちまったら無くなって損するだけだ、木っ端に火を付けたのを持ってこい！

マーヴラが去ってからプリューシキンは肘掛け椅子に腰を下ろして手に鵞ペンを取ると、しばらくあっちでもないこっちでもといった感じで四折り紙をくるくる回しては、この紙をさらに八折りに千切れないかと思案していたが、結局どうにもならないと観念し、鵞ペンを何やら黴の生えた液体の入った、底に大量の蠅が溜まっているインク壺に浸けて書き始めたのだが、その記入していく文字たるや音符さながらで、紙全体を夢中に駆けてゆく手の速さを事あるごとに抑えつつ、けちけちと一行一行を埋めては、物惜しみしながら、これならまだ一杯余白は残るだろうと考えるのだった。

しかしこれほど無残で詰まらぬ下劣なものに人が成り下がるとは！　ここまで変貌してしまうとは！　これが真実とでも言うのか？　何事であろうとも恐らく真実であり、何事であろうとも人には起こり得る。今は意気揚々たる若人も己の老後の姿を見せつけられれば、仰天して尻込みするに違いない。だから、持って出よ、人生行路にあって穏やかなる青年期から冷厳過酷なる壮年期へと歩みを進めるには、人としての衝動を残さず持って出よ、それを路傍に置き去りにしてはならん、あとで拾うことなど出来ぬのだ！　凄まじく恐ろしいのはその後に来るべき老年期であり、何ひとつとして後戻りさせてはくれぬのだ！　墓は老いと比べれば慈悲深く、墓であれば〈ここに人眠れり！〉と刻まれている、だが、非情なる老いの冷淡にして無感情なその相貌には何ひとつとして読み取れるものなどありはしない。

——誰かお知り合いにいらっしゃいませんか、

――とプリューシキンは手紙を畳みながら言った、――逃げて来た魂(たま)がご入用なんて方は？

――お宅には逃げて来たのもいるんですか？――はたと気づいたチーチコフは咄嗟に訊ねた。

――その、いるっていうのが問題でしてね。ウチの婿が照会したんですが、どうやら足跡もすっかり消えちまったという話なんですな、ただやはり婿は軍人で、拍車を鳴らすのは達者でも、仮に裁判沙汰ともなりゃ……。

――で、その数はどれくらいになりそうなんです？

――まあ大体七十くらいの数にはなるんじゃないですかね。

――まさか？

――いや、神に誓って、ほんとですとも！ 何しろウチにゃ毎年逃げて来るんですから。その連中ってのがまあ口卑しくて、手持ち無沙汰からのべつまくなし喰う癖が付いちまって、儂には自分で食べるもんさえない始末ですよ……。だからもう奴らを買ってくれるのならいくらだって構いませんや。そう旦那のお知り合いに勧めて下さいな。たったの十魂でも見つかりゃ、そりゃもう大した銭になりますから。何しろ、課税対象の魂は五百ルーブルしますんでね。

〈いや、そんなこと知り合いなんかに嗅がせてたまるもんか〉、――こう肚の中でチーチコフは言ったあと、そんな知り合いは全然見つかりそうにもないし、この手の取引では出費ばかりが嵩む一方で、何しろ裁判所からはカフタン(長上着)の尻尾切りをして、なるたけ遠くへ逃げなければならないが、万が一それこそ切羽詰まった状態に置かれたならば、情に流されて自分も出す準備がある……ただ、こんなことは全く無意味なことで語るにも及ばない、と説明した。

――旦那だったらいくら出されますかな？――とプリューシキンは訊ねると、ユダヤ人っぽくなった。その手が水銀のようにぷるぷる顫えだしたのだ。

――私でしたら、ひと魂二十五コペイカですかね。

――じゃあ、買取りの仕方はどうです、ゲンナマですか？

――ええ、今は現金で。

――ただ、旦那、儂の貧乏暮らしに免じて、四十コペイカは出して頂きたいところですな。

――尊敬すべきご主人殿！――とチーチコフは言った、――四十コペイカどころか、五百ルーブルだってお支払いするところですとも！　喜んでお支払いするでしょうな、何せこうやってお目にかかれた尊敬するに値する善良なご老人がご自身の善意のために苦しまれておられるのですから。

――いや、神に誓って、その通りでしてな！　ほんと、その通り！――プリューシキンは項垂れると悲愴感たっぷりに頷いたのである。――何もかも善意のせいでしてな。

――その、あれですよ、急にご主人のお心立てが分かったもので。ですから、ひと魂五百ルーブルでもお出しすればいいじゃないかと思うんですが、ただ……そこまでの財は持ち合わせておりませんで、五コペイカでしたら追加させて頂きますよ、そうすればひと魂当たり三十コペイカになりますし。

――いやぁ、旦那さん、そりゃもうご自由ですが、あと二コペイカずつ上乗せしてもらえませんかね。

――二コペイカずつですか、ちょっとお待ち下さいよ。何魂でしたかね？　確か、七十とおっしゃってましたか？

――いいえ。全部で七十八になりますな。

――七十八、七十八ということは、ひと魂三コペイカだから、そうなると……。――ここにきてわれらが主人公はほんの一瞬、ただ一瞬だけふと考えてから、突如こう言ったのである。――そうなると二百四十ルーブル九六コペイカになりますな！――彼は計算に強かったのである。その場で彼はプリューシキンに領収証を書かせてから金を渡すと、プリューシキンはそれを両の手で受け取ったのだが、書き物机へ運んでいくその慎重さたるや、まるでもうそれは液体か何かで、今にも溢すのではないかとひやひやしているかのようであった。机に寄ると、彼はその金にもう一度目を通し、やはり頗る慎重に抽斗の一つに仕舞い込んだのだが、その中で恐らくこの金はカルプ神父とポリカルプ神父という彼の村の司祭二人によって当の彼が埋葬されるまでのあいだ葬られている運命にあり、これを見た時の婿や娘、あるいは、親戚筋だと自称する大尉の喜びたるや、筆舌に尽くせぬものだったであろう。金を仕舞ったプリューシキンは肘掛け椅子に坐ると、もはや話の種を見つけることなど出来ぬといった様子だった。

——どうしました、もうお帰りの準備ですかな？——彼はチーチコフがただポケットからハンカチを取り出そうとするそのちょっとした動きに気づいて訊ねた。

この問いで彼は、確かにこれ以上油を売っていても意味がないことに気づいた。

——ええ、そろそろお暇を！——彼は帽子を取ってこう口にした。

——一杯お茶でも？

——いいえ、お茶ならまた別の機会にでも。

——いやはや、サモワールを出すよう言い付けたんですがね。まあ儂も正直言えばお茶が大好きってなわけじゃありませんで。何せ、高い飲みもんですし、砂糖の値も情け容赦ないほど上がっちまいましたからな。プローシカ！　サモワールは要らんぞ！　乾パンはマーヴラのところに返してくるんだ、聞いとるのか。あった場所に戻しとけ、いや待て、こっちに持ってこい、儂が自分で片付けるから。ご機嫌よろしゅう、旦那さん、神さまのご加護がありますように、手紙の方は裁判院長にお渡し下さいな。そうですとも！　読んでもらいましょう、何てったって儂の古い知人ですからな。いやはや！　彼とは同じ釜の飯を食った仲ですからな！

その後、この奇矯にして稀に見る人物、このくしゃっとちっちゃくなった爺さんは彼を中庭から見送ると、門を直ちに締めるよう命じてから貯蔵庫をぐるっと迂回し、辻ごとに立って鉄板の代わりに置かれた空樽を木の鋤で突っつきながら見張りをしている者たちが持ち場にいるか見に回り、そのあと覗いた台所では、皆飯は美味いか、シーと粥は鱈腹食ったか確かめるかと見せかけて、全員一人残らずその手癖と素行の悪さを散々こき下ろすと、自室へ戻っていった。独りになってからの彼は、客人から受けた他に例を見ぬ寛大さに対して自分はどう感謝すべきものかとふと思いをめぐらすほどだった。〈彼への贈り物は、——と彼は一人考えたのである、——懐中時計だな。あれはいいやつだし銀なんだ、銅と亜鉛の合金とか真鍮なんかとは訳が違う、ちとばかり駄目になってるが、それだって自分で修理するだろうし、彼はまだ若いんだから、許嫁に気に入られるためなら懐中時計の一つもなくちゃならんさ！　いや待て、——と彼は少し考えてからこう付け加え

た、――やっぱりあれは儂が死んでからの形見にしよう、遺書に書いておこう、儂の事を思い出してくれるようにな〉
　だが、われらが主人公はそんな時計などなくとも最高に愉快な気分であった。こんな思いもよらぬ手柄を得たことこそ真の贈り物だったからである。正味な話、文句の付けようがないではないか、死せる魂ばかりか逃げる魂までいて、しかも合わせて二百人余りにもなるのだから！　無論、プリューシキンの村へ向かいながら、多少の上がりはあるだろうと予感はしていたが、これほどの儲けになるとは思ってもみなかったのだ。道中はずっと底抜けに陽気で、口笛を吹いては口元に拳をラッパみたいに当てながら唇で音だけ奏でていたのが、遂には何か歌まで歌いだし、その歌がこれまた尋常ならざるものだったから、セリファンはそれを延々と聞き続けた挙句、仕舞いには首を傾げて、「おいおい、旦那が歌ってるじゃねぇか！」と口にしたほど。すでに深い黄昏に包まれていた頃、彼らは町に到着した。闇は光とすっかり混ざり合い、物という物もやはり同じく混ざり合っているかのようだった。縞々模様の遮断器はどこかはっきりとせぬ色を帯びて、そこに立つ歩哨の口髭は額の上の、目よりずっと上にあるかに見え、鼻など全くないかのようだった。轟く音と縦揺れから、ブリーチカが舗道に乗り上げたのが分かった。街灯にはまだ火は点っておらず、ところどころわずかに家の窓が照り始めているだけで、横丁や裏通りに入れば、どんな城市でもこの時刻にはつきものの口論や会話が繰り広げられ、大勢の兵士、馭者、働き手、特殊な面々がいるかと思えば、ご婦人と思しき方々は赤のショール姿で、靴には長靴下を穿かぬまま、蝙蝠さながらに四辻のあちらこちらを飛び回っていた。チーチコフにはこういった連中など目にも入らず、多くの痩せた役人たちが杖を片手に郊外散策から戻ってくるらしい姿にも気を留めなかった。時折彼の耳に届いてきたのは女性の怒鳴っているらしい「嘘言うんじゃないよ、この呑んだくれ！　あたしゃあいつにこんな荒っぽいことさせたことないんだからね！」といった声――あるいは、「ごちゃごちゃ言うんじゃねぇ、このとんちきめ、出るとこ出て白黒つけようじゃねぇか！……」といった声。要するに、いきなり熱湯を浴びせかけられるような言葉で、その出どころはどこぞの現を抜かした二十歳の若者の口で、劇場帰りのその頭にはスペインの街角が広がり、時は夜、絶世の美女がギターを手にし、その御髪は巻き毛。何でもござれとはこのことで、彼の頭に浮かばぬ幻などあろうものか？　有頂天となった彼はシラーの客人にもなろうと立ち寄るも――突如、頭上にて雷鳴の如き運命の言葉が鳴り響くや、いつの間にか再び地上に舞い戻っている自分の姿を目にし、しかもそこはセンナヤ広場、しかもそこは場末の酒場で、相変わらずの日常の日々がこれ見よがしに目の前で再開するのだった。

遂にブリーチカはかなり大きな跳ね上がりを見せ、窪地にでも嵌ったかのように旅館の門内で落ち着くと、チーチコフを出迎えたペトルーシカはパタパタ前の開くのが気に入らぬフロックコートの片裾を片手で握りながら、もう一方の手で旦那がブリーチカから出るのを手伝った。床番もまた駆け出してきて、蠟燭を手に持ち、肩にはナプキンを掛けていた。果たしてペトルーシカが旦那の帰りを喜んでいたかどうかは分からぬが、少なくともセリファンとは目配せし、いつもならぞっとしない見た目も今回は多少ぱっとしているかのようであった。

――長い散策でらっしゃいましたね、――と床番は階段を照らしながら言った。

――ああ、――とチーチコフは階段を上がる際に言った。――で、そっちはどうなんだ？

――お蔭様で、――と床番はお辞儀をしながら答えた。――昨日、中尉とかおっしゃる軍人さんがいらっしゃいまして、今は十六号室にお泊まりです。

――中尉？

――どんな方かは存じ上げませんが、リャザンからお越しで、赤茶の馬でした。

――そうか、そうか、この先もしっかりやってくれ！――とチーチコフは言うと、自分の部屋に入った。控えの間を通り過ぎる時に鼻をひくひくさせるとペトルーシカにこう言ったのである、――おい、せめて窓くらい開けたらどうなんだ！

――ちゃんと開けてましたよ、――とペトルーシカは言ったものの、そんなのは嘘だった。尤も、旦那にもそれが嘘だということはお見通しだったが、敢えて反論する気にもなれなかった。旅の疲れをどっと感じていたからだ。一番軽い夕食に仔豚だけのものを頼んでから、すぐさま服を脱いで毛布に潜り込み、ぐっすりと深い眠りに落ちたのだが、その寝付きの良さたるや不思議なくらいで、こんな具合に眠れるのは痔疾も知らなければ、蚤も知らず、あまりに強烈な知能というものも与り知らぬわずかばかりの幸せ者くらいなものである。

第七章

　幸せなる行人は、寒気、水溜まり、泥濘（ぬかるみ）、寝不足の駅逓長、からからと鳴る鐘、馬車の修繕、口喧嘩、馭者、鍛冶屋、またあらゆる類いの路傍の下衆が付きものの長たらしくも退屈な旅路の末に、ようやく馴染みの屋根と自らの元へ馳せ参じる灯りを目にすると、その目前には馴染みの部屋、出迎えに駆け出た人々の歓喜の叫び、子供たちの喧騒が現れ、すべての悲哀を記憶より消し去る威力持つ熱い接吻は心宥める穏やかな言葉を途切れさす。幸せなる者とはかかる一隅有する所帯持ちぞ、悲しい哉、独身者よ！

　幸せなる文人とは、退屈にして不愉快なる人品（じんぴん）、悲惨なるその実相により啞然たらしむ者たちなど素通りし、人の秀でた長所を顕（あらわ）にする人品に近づく者にして、日ごと往来する人像（ひとがた）の大いなる渦よりわずかな例外ばかりを選び取っては、一度たりともその崇高なる調べもつ竪琴を調弦せず、己が高みよりその貧相の卑しき同胞たちの元へ降り立たず、地に触れぬまま、遥か高みに持ち上げられた誉れ高き己の聖像の中へと身を投じていった者のことをいう。ふたえに羨ましいのは結構なるその定めよ。かの者は聖像のあいだにあって血を分けた家族の中にあるようなもの。またその一方、その誉れは遥か四方(よも)へと轟きわたる。心奪う薫香にて衆目(しゅうもく)を煙に巻き、今生の悲を隠匿し、美しき仁たるものを示して世人を幻惑させたのだ。あらゆるものが喝采を送りつ、かの者に随い、その凱旋馬車を追い駆けていく。偉大なる世界の詩人と称せられ、世の他の天才のお歴々を凌駕する高みに飛翔するところなど、まるで鷲の誰よりも高く天駆けるようなもの。その名ひとつにも涙がどの眼(まな)にも迸る……。その威力において右に出る者などなし——かの者は神なのだ！　だが、かかる定めになき異(い)なる宿運の文人もいる。その者は、常に目の前にあっても無関心な目に見えぬものすべてを——われらの生にまとわりつく、悍ましき、震駭させる些事のあらゆるヘドロ、われらが今生にあって時に苦々しくも物憂げな巷に犇めく冷淡にして打ち砕かれた日常の人品をばその深みより不敵にも外へと呼び出し、容赦せぬ彫り師の怪力によってそのすべてをくっきり鮮明に人目(じんもく)の前へと晒すのだ！　その者には衆人からの喝采を集める能なく、感涙や興奮した魂の悉く随喜するのを目にするも能わず、彼の元へ眩暈(めまい)によろめく英雄好きの十六歳の娘も駆け寄らず、彼には己の吐き出した声音の甘美な抱擁の中で放心することも叶わず、そして遂には、避け難き同時代の裁きの庭が、善を偽る無情なる同時代のこの裁きの庭が彼の手塩にかけて育んだ作品を無価値だ、劣悪だと呼んでは、人類を貶める文人連の中に卑賤の一隅を設け、彼には自身の描いた主人公たちの気質を押し付け、心も魂も天賦の焔(ほむら)もその者からは奪い去ってしまう。何となれば、同時代の裁きの庭は太陽を眺め渡すレンズと目に止まらぬ蟲の動きを伝えんとするレンズとが一様に驚嘆すべきものだとは認めず、同時代の裁きの庭は卑賤の生から取られた絵に光を当て、作品を琢磨するに魂の深みを大いに要することを認めず、同時代の裁きの庭は高らかなる狂熱の笑いが高らかなる叙情の動きに並び立つに値すること、またこの両者と見世物小屋のスコモローフ（道化方）の気取りとのあいだに雲泥の差のあることを認めようとはせぬからだ！　これを認めようとせぬ同時代の裁きの庭は一切をこの世に埋もれた文人への非難と罵詈雑言に変えてしまい、分かち合いもなく、返答もされず、情もかけられぬままに、家族をもたぬ行人の如くその文人はその道中にあってただ独り取り残される。過酷なるその人生行路、苦々しくもその者は己が孤独を感じることとなろう。

　さらにこの先もずっと私は奇妙な力に動かされたまま、わが不可思議な主人公たちと仲睦まじく歩みを進め、その巨体にて疾駆する生の全貌を打ち見渡し、その姿をこの世に見える哄笑とこの世には見えぬ、知る由もない涕涙から垣間見る定めにあるのだ！　さらにまだ遠い先のことではあるが、また別の泉となって手に負えぬ霊感の嵐が汚れなき禍と光輝をまとった一章から沸き起こり、困惑の慄（おのの）きのうちに異人の言葉の荘厳なる響（どよ）めきが感じられよう……。

　いざ行かん！　出発だ！　額に寄せる皺と顔面に浮かぶ険しき黄昏など去るがよい！　一気に、しかも唐突に、ずっと無声のままにあった駄弁と馬鈴の鳴り響く生へと身を浸し、チーチコフが何をしているのか垣間見るとしよう。

　チーチコフは目覚めると、手と足をぐんと伸ばし、ぐっすり眠れたことを感じた。二分ほど仰（あお）向けのままでいた彼は指をパチンと鳴らし、今の自分には少なくとも四百の魂があるんだと思い出したその顔は晴れ晴れとしていた。そしてそのまま寝床から飛び起き、その顔を鏡で覗き見ることすらなかったが、この顔に彼は心底惚れ込んでいて、中でも知人の誰かが来た時、とりわけ髭剃りの時にはよく自慢していたから、恐らくその顎に一番魅力を感じていたのであろう。「ほら見てみろ、――と彼は普段であれば顎を撫でながら言うのだった、――俺のこの顎なんてどうだい、丸々してるだろう！」でも今の彼は、顎にも顔にも見向きもせずに、直接そのまんまの恰好で、ロシア人気質のハラート好きのお蔭でトルジョーク市が盛んに商う色とりどりの花のアップリケあしらったモロッコ革のブーツを履くと、スコットランド風に、短いシャツ一丁のまま、自分が風格と品格のある中年だということも忘れて部屋のなかをぴょんぴょん飛び跳ねると、実に巧みに踵をコンと鳴らしたのだった。そのあと早速、仕事に取りかかることと相成った。小箱を前にして立ち、調査のための出向先で前菜を前に揉み手をする清廉潔白な地方判事さながら満足げに揉み手をすると、早々に小箱から書類を取り出したのである。後回しになどせず、一刻も早くすべて終わりにしたかったのだ。彼は不動産登記証明の作成、清書、さらに複写を自ら行い、下級役人には一切費用を支払わないことにした。書式については知り尽くしていた。てきぱきとした筆遣いの大文字で〈一八××年〉、そのあとから小文字で〈領主何某〉と記入し、その他には諸々が続いた。二時間で出来上がった。あとになってからこの書面の中にある、かつては間違いなくムジークたちとして働き、耕し、酔っ払い、馬を走らせ、飲み屋を騙し、あるいは、ただ善良なムジークだったこの連中に視線を向けた時、彼自身何とも奇妙な感覚に襲われたのである。メモの一つひとつがどこか独特な性格を備えているかのようで、それを通じてムジークたちは各人各様の性格を得たかのようだったのである。コロボーチカのところのムジークたちはほぼ全員におまけと渾名が付いていた。プリューシキンのメモは文体の簡潔さが特徴で、多くは名前と父称の頭文字だけが記入されており、その後ろには点が二つ続いていた。ソバケーヴィチの目録はその稀に見る内容の充実と細かさに舌を巻くばかりで、ムジークの気質で書き忘れたものは一つとしてなく、ある者などは〈腕利きの指物師〉と書かれ、またある者は〈業（ぎょう）の何たるかを知悉し、酒類は口にせず〉と添えられていた。さらに父は誰で、母は誰であるか、またその双方の素行が如何なるものかまで詳細に記されていた。ただ、あるフェドートフとかいう者にだけは〈父の誰かは不明なるも、生みの親は女中カピトリーナ、ただし、その者気立てよく、盗みも働かず〉と書かれていた。こういった詳細のすべては、まるでムジークたちが昨日まで生きていたかのような一種独特な新鮮さを与えていた。しばらく彼らの名前を見つめていた彼は同情の念を掻き立てられて、溜め息一つ吐くとこう口にしたのである、「おやっさんたちよ、一体あんたらはここにどんだけ詰め込まれてんだね！　愛しいあんたらは生きてるうちに何して過ごしてたんだい？　どう遣り繰りしてたんだい?」 すると、彼の目は不意にある苗字に止まったのである。それはかつて女地主コローボチカの所有していた、かの有名な桶なんか放っておけのピョートル・サヴェーリエフだった。彼はまたもやこう言わずにはおれなかった、「まったく、何て長いんだ、丸々一行分も使うとはねぇ! あんたは手練れだったのかい、それともただのムジークだったのかい、あと、どんな死に方をしたんだい? 居酒屋でか、それとも道のど真ん中でおねむのところを鈍臭い荷馬車にでも轢かれちまったのかい? コルクのステパン、大工、素面の鑑。おぉ! 彼か、コルクのステパンだ、近衛兵でもやってけそうなあの豪傑だな! 恐らく、県という県を斧の腰差しにブーツの肩懸けで歩き回って、食い物は二束三文で買ったパンと干物二つで凌いで、巾着に恐らく毎回百ルーブルほど銀貨を入れて持ち帰ってたか、あるいは千ルーブルを亜麻布のズボンに縫い込んでたか、ブーツの片方にでも突っ込んでたんだろうがね、——そんなお前さんはどこに持って行かれちまったんだ? もっと欲が出て教会の丸屋根の下にでも這い上がったのかい、それとも十字架にでも攀(よ)じ登って、横木でもって足滑らして、地面におもっきし叩きつけられたんだろぉ、ただ、そのお前さんのそばに突っ立ってたミヘイとかいう小父貴が頭の後ろをぽりぽり掻いてから、〈まったく、ヴァーニャ、おだてになんか乗っちまってよぉ!〉とか言って、そう言った本人が今度は綱で自分を縛ってお前さんの代わりに這い上がったんじゃねぇのかい。マクシーム・テリャートニコフ、靴屋。へっ、靴屋かね! 〈靴屋みたいに酔っ払う〉って諺があるがね。知ってるさ、知ってるとも、君のことならね、兄(あに)さん。もし何なら、君の話を全部話したっていいさ。修業してたのはドイツ人のところで、そいつに君らは全員まとめて飯食わせてもらって、物臭(ものぐさ)なんかでいたりすりゃベルトで背中をピシッとぶたれて、遊興に出るなんてことも許されなかったもんだから、あの頃の君は奇跡だね、靴屋なんかであるもんかい、それにそのドイツ人が嫁さんかご同輩と話す時だって、君のことを褒めちぎるなんてこともなかったさ。けど、どんな風に君の修業が終わったのかといえばこうさ、〈これからは自分で屋敷を構えることにしますよ、——って君は言ったんだろ、——でもドイツ人みたいにけちけち貯めるんじゃなしに、一気に金持ちになってみますよ〉ってね。そこでさ、旦那に相当の年貢を納めて店を出し、注文を山のように取って、仕事を始めたのさ。どこぞから三分の一の値で革の腐ったようなのを仕入れてきて、それこそどの靴も二倍の値でうまうま捌いたんだが、二週間もすりゃ君の靴はあちこち破けちまうもんだから、客からはみそっくそに言われてさ。で、そんなこんなで店には人が寄り付かなくなって、君は呑んだくれちまって、通りでぶっ倒れてはこんなことをほざいてたんだろ、〈ったく、やってらんねぇや！　ロシア人にゃ行き場なんてねぇさな、いつだってドイツの奴らに邪魔されっからな〉ってね。一体、このムジークは何なんだ、エリザヴェータ・ヴォロベイってのは。ちぃっ、やりやがったな、女じゃねぇか！　どうやってここに潜り込んだんだ？　ほんとゲスだな、ソバケーヴィチってのは、こんなとこでも騙しやがって！」　チーチコフの言う通りだった。それは確かに女だった。どうしてここに紛れ込んだのかは分からぬものの、実に巧妙に記載されていたものだから、遠目からだとそれがムジークと勘違いするのも無理はなく、しかも名前の最後が男の名に付く**ъ**(イエール)の文字で終わっていて、**Елизавета**(エリザヴェータ)ではなく**Елизаветъ**(エリザヴェート)となっていたのである。だが、こんなことなど考慮せず、即座にこの女は削除してしまった。

「イキツケルモノナラ＝イキツイテミロ・グリゴーリィか！　お前さんはどんな奴だったんだい？　運送でも商ってたのかね、三頭馬車と菰(こも)を張った荷車を買い込んで、実家のある故郷の窩(あなぐら)に今生の別れを告げて、商人どもを連れ立って市(いち)へ出発したんだろうか。道中、魂を神さまにでも委ねたのか、それともお前さんは連れたちから、どこぞの恰幅が良くてほっぺの真っ赤な兵隊の嫁のことで散々な目にでも遭わされたか、それとも森の浮浪者からお前さんの紐で結んだミトンとずんぐりだが頑丈な三頭の馬をじろじろ物欲しげな目で見られでもしたか、あるいはひょっとして、お前さん自身、天井下の寝床で横になりながらあれやこれやと考えていたのに、ひょっくら居酒屋にでも立ち寄ってはみたものの、そのあと氷の穴に真っ逆さまで、ひょいと消えちまったんだろうか。ああ、ロシアの民はどうなってんのかね！　まともに死ぬってのが嫌なのかね！　じゃあ、あんたらはどうかね、俺の兄ちゃん？――彼はその目をプリューシキンの逃亡農奴が記された紙に移しながらこう続けた、――あんたらはまだ生きてはいるが、それが何だっていうんだい！　死んだ連中とおんなじで、どこぞであんたらは今頃その早駆けの足に持ってかれてるのかね？　プリューシキンのところはひどかったのかい、それとも、単に今は気まぐれに、森をあちこち歩き回っては通りがかりの追剝ぎでもやってんのかね？　牢屋にでも入ってるか、他の旦那方に召し使えて土地でも耕してるのかね？　エレメイ・カリャーキン、ニキータ・ヴォロキータ、その息子アントン・ヴォロキータ――こいつらはその渾名から分かるさ、いい逃亡者だってな。ポポーフ[56]、召使い、こりゃきっと読み書きが出来るぞ。ナイフなんて多分持ったこともなかろうが、盗む手口も上品だったんだろうな。けど、今じゃもうパスポートのないあんたは郡警察署長に捕まっちまったんだ。あんたは対審の場で気丈に立ってんのさ。〈お前の持ち主は誰なんだ？〉――郡警察署長はここぞとばかりに何かと罵倒の言葉を挟み込んであんたに言うわけだ。〈これこれ、これこれの地主です〉――あんたははきはきと返事するんだ。〈何でお前はここにいるんだ？〉――って郡警察署長は訊ねるさ。〈年貢を納めて解放されたんです〉――ってあんたは間髪入れずに答えるのさ。〈お前のパスポートはどこだ？〉――〈主人、地主ピーメノフのところです〉――〈ピーメノフを呼べ！　お前がピーメノフか？〉――〈私がピーメノフです〉――〈こいつはお前にパスポートを渡したのか？〉――〈いいえ、パスポートなんて一切もらってません〉――〈なんで嘘をつくんだ？〉――って郡警察署長はこれに罵倒の言葉を加えて言うわけだ。〈その通りですよ、――ってあんたははきはきと答えるんだな、――渡してはいません、帰宅が遅かったものですから、でもアンチープ・プローホロフに預かってもらってます、鐘楼守に〉――〈鐘楼守を呼べ！　こいつのパスポートを預かっているのか？〉――〈いいえ、パスポートは受け取ってません〉――〈どうしてまた嘘をつくんだ！――郡警察署長はさらに何かの罵倒で語気を強めて言うのさ。――どこにお前のパスポートはあるんだ？〉――〈持っていたんですがね、――ってあんたはすぐさま答えるわけさ、

――ええ、きっとあれですよ、多分何かの拍子で道に落としちまったんでしょう〉――〈じゃあ、兵士の外套を、――って郡警察署長はまたもやあんたを罵倒する言葉を何か付け加えた上で言うわけさ、――何で盗んだんだ？ あと、司祭のところで銅貨の入った金庫も〉――〈とんでもないことです、――ってあんたはびくりともせずに言うわけだ、――盗みに手を染めたことなんてこれまで一度もありません〉――〈ならどうしてお前のところで外套が見つかったんだ？〉――〈見当もつきません。きっとあれですよ、誰か他人が持って来たんでしょう〉――〈このゴロツキ、悪党め！――郡警察署長は首を振りながら腰に両手をやってこう言うわけだ。――こいつに足枷をして牢屋に放り込め〉――〈いいですとも！ 喜んでお受けしますよ〉――ってあんたは答えるわけだ。そこでポケットから煙草入れを取り出したあんたは、自分に足枷をする二人の傷痍軍人らしき連中に愛想よく煙草をご馳走して、退役してずいぶん経つのか、どの戦いに行ってたんだ、と根掘り葉掘り訊ねるんだ。で、そこからあんたは牢屋で自分の裁判が始まるまでのあいだ暮らすことになるわけよ。で、裁判所はこう書[57]いて寄越すんだ、あんたをツァレヴォコクシャイスクから何々市の牢獄に護送するってね、で、またその裁判所[58]はこう書いてくるんだ、あんたをヴェシエゴンスクとかってところへ護送するって、で、あんたは牢屋から牢屋へと渡り歩いて、新たな住み家を見回しながらこう言うわけさ、〈いやぁ、このヴェシエゴンスクの牢屋の方がずっと清潔そうだな、あっちじゃ小骨遊びも出来たけど、こっちは場所もありゃ、仲間も多そうだ！〉ってね。アバクーム・フィーロフ！ おい兄弟よ、どうしたね？ どこを一体ほっつき歩いてるんだい？ ヴォルガにでも行って、気儘な暮らしが良くなって、舟曳きの仲間にでも入っちまったのかい？……」 ここに来てチーチコフは言い淀むや、ふと考え込んでしまった。何を考え込んだのであろうか？ アバクーム・フィーロフの運命についてであろうか、それとも年齢、官等、財産の如何にかかわらずロシア人なら誰でも気前のいい奔放な暮らしをふと思い浮かべた時に考えてしまうように、ただ自然と勝手に考え込んだだけなのだろうか？ それに実際、今フィーロフはどこにいるというのか？

喧しく愉快に穀物の舟着き場で商人たちと取引をしたあとで遊んでいるのだ。花とリボンに飾られた帽子、舟曳きの一行はみな賑やかで、背の高いすらっとした、首飾りやリボンを掛けた恋人や妻たちに最後の別れを告げている最中で、輪舞に歌に広場はどこも沸き立っている一方、人夫たちは叫んだり、怒鳴ったり、せっついたりする中で鉤棒で引っかけた九プードの重荷を背負い上げると、どさっ、ばさっ、と音立てながら豌豆や小麦を船倉に撒いて落とし、燕麦や脱穀の入った大袋を積み上げていくのだが、遥か彼方の広場一面には砲弾をピラミッド状に積み上げたような袋の山が見えていて、その巨大な兵器の山のような穀物がいつしかスラー川から来た深底の舟という舟にすべて積み移されると、鵞鳥のように春の氷もろとも果てしない船団なして出航するのだ。あっちじゃ、しこたま働かされるんだろう、舟曳きさんよ！　しかも仲睦まじく、これまでの浮かれはしゃぎと同様に、仕事と汗に身を入れては、果てなく続くルーシのごとき歌に合わせて綱を引っ張るのだ。

「ありゃまぁ！　十二時か！――時計を見たチーチコフはようやくこう言ったのだった。――何でまたこんなにのめり込んじまったのかね？　まともなことならまだしも、いきなり初っ端からつまらんことに手をつけて考え込んじまうなんてな。ほんと俺って馬鹿だよまったく！」　こう言うと彼は身に着けていたスコットランド風衣装からヨーロッパ風の衣装に着替え、バックルでその丸々とした腹をぐっと締め上げ、オーデコロンを体に振りかけ、ぬくい鍔帽を手に取り、書類を脇に挟むと、官庁へ登記証明を行うべく向かったのである。彼が急いでいたのは遅刻を危惧してのことではない――遅刻など恐れてはいなかった、何しろ、裁判院長は知り合いであったし、院長が望みさえすれば執務時間の延長や短縮などはホメロス描くいにしえのゼウスさながらに思いの儘で、必要とあらば、昼を引き延ばすなり、早駆けの夜をもたらして贔屓目の主人公たちのいがみ合うのを止めさせたり、最後まで戦わす方便を与えたりするわけだが、当のチーチコフの気分としては一刻も早くこの仕事にけりをつけたくて、未だに全く落ち着かず、心ここに在らずといった感じで、魂は本物と言い難いのではないか、そうなればそんな荷厄介などいつだって早々にでも下ろすに如くはなし、などといった考えが浮かんでくるのだった。通りに出るまでのあいだ、これだけのことをすべてあれこれ考えながら、また同時に茶色の羅紗を内張りした熊の毛皮を肩掛けにしてのそのそ歩いていたところ、横丁の丁度曲がり角のところでばったり出くわした仁というのがこれまた同じく茶色の羅紗を内張りした熊の毛皮を身にまとい、耳当て付きのぬくい鍔帽を被っていた。この仁、にわかに大声を上げたところ、それはかのマニーロフではないか。二人はその場で互いに抱擁を交わし、五分ばかり道端でその体勢のままでいた。双方とも口づけがあまりに強烈なものだったから、どちらもその日はずっと前歯にじーんと痛みが残るほどであった。あまりの喜びにマニーロフの顔に残っていたのは鼻と唇ばかりで、目は完全に消えてなくなっていた。十五分ほどのあいだ彼は両手でチーチコフの手を握りしめたものだから、その手はすっかりぽかぽかになっていた。最高に細やかで心地よい言い回しでもって彼は自分が如何にパーヴェル・イヴァーノヴィチを抱擁しに駆け寄ったかと語ったが、その話しぶりたるや、ダンスのお相手となるうら若き乙女くらいにしか通用せぬようなお世辞一辺倒であった。チーチコフは自分でもどう礼を述べればよいか分からぬままに口を開くと、にわかにマニーロフは毛皮外套から筒に丸めてピンクのリボンで結わえた紙を取り出し、実に手馴れた感じの二本指で手渡したのである。

――これは何です？

――百姓ですよ。

――あぁ！――彼は即座に紙筒を開いて目を走らせると、その筆遣いの清廉さと美しさに驚いた。

――お上手ですなぁ、――と彼は言った、――書き写す必要はありませんね。しかも周りの縁飾りなんてどうです！　どうすればこんな綺麗な縁飾りが描けるんです？

――いやぁ、お訊きにならんで下さい、――とマニーロフは言った。

――ご自分で？

――家内でしてね。

――いや、そうでしたか！　こりゃまた何とも答えづらい質問をしてしまったようで、申し訳ありません。

――パーヴェル・イヴァーノヴィチにはお答えづらいことなんてございませんよ。

チーチコフは感謝の意を込めてお辞儀をした。彼が裁判院に登録証明の手続きでやって来たことを知ったマニーロフは、お供するのも吝かではないと告げた。仲良しのご両人は手を取り合ってともに歩き出した。どんなちょっとした上りであろうと、坂道であろうと、段差であろうと、マニーロフは必ずチーチコフの手を取ってほとんど持ち上げるかのようにして支え、しかも感じのいい笑みを投げかけながら、私は何があってもパーヴェル・イヴァーノヴィチのそのお御足に怪我をさせるわけには参りませんので、と言い添えるのだった。チーチコフはどう礼を言ってよいのか分からなくて正直恥ずかしかった、というのも、自分は少しばかり重すぎるのだと感じていたからだ。互いに力を尽くしたご両人は遂にお役所のある広場にまで辿り着いた。それは大きな三階建ての石造りの建物で、まるで白亜のように真っ白なのだが、これはきっとその中に収まっていた勤め人たちの魂の純潔を表すためなのだろうが、広場にあった他の建物はこの石造りの建物の巨大さに見合うものではなかった。それは銃を持った兵隊の立つ見張り小屋、二つ三つある馬車の停車場、仕舞いには長い塀といったもので、そこには塀によくある言わずと知れた落書きや絵が炭や白墨で引っ掻いてあるのだが、それ以外にはこの物淋しいというか、わが国においては美しいと呼ばれている広場には何ひとつなかった。二階と三階の窓からはテミスの神官たちの腐敗を知らぬ頭が顔を覗かせたかと思うと、またすぐ隠れてしまった。これは恐らく、その時部屋に上司が入ってきたからであろう。仲睦まじいご両人は階段を歩かず駆けて上がっていった、というのも、チーチコフがマニーロフに腕を支えられるのを遠慮して駆け足となり、マニーロフもまたマニーロフでチーチコフを疲れさせてはならぬという思い遣りから我先にと駆けて行ったからで、そのため両人とも暗い回廊に入った時にはすっかり息が上がってハアハア言っていた。回廊においても、執務室においても、ご両人がその清潔さに目を剝くということはなかった。当時はまだ清潔さというものに気を揉むといったことはなく、不潔なものは不潔なままで、衆目を集めるほどの外観にはなっていなかった。

テミスはただありのまま、ネグリジェ（だらしない恰好）のまま部屋着で客人たちを迎え入れていたのである。われらが主人公たちの通過していった官庁の執務室を記述すべきところではあるが、作者はどんなお役所にもひどく尻込みしてしまうのである。それこそぴかぴかで気品に溢れ、ニスのかかった床や机のあるお役所を回った折も、作者は伏し目がちに視線を地面に下げて俯くや、一刻も早くそこを駆け抜けようとしたものだから、そこが如何に賑わいと繁栄を見せているものか全くもって与り知らないのである。われらが主人公たちが目にしたのは大量の書類、下書きのもあれば真っ新のもあり、屈み込んだ沢山の頭に広い項（うなじ）、燕尾服、ご当地仕立てのフロックコート、しかも単に明るい灰色の上着は一際目立ち、首を斜めにしてほとんど顔が擦りつくほど書類に近づけると、手際よい大胆な筆遣いでもって土地の接収に関する調書、ないしは余生を裁判審理の中で送りながら、授かった子供も孫も自らの庇護の下に置いていたどこかの温和な地主の占有する領地の財産目録に関する調書を作成していたのだが、そこに途切れ途切れに聞こえてきたのが掠れ声の発する次のような短い言い回しであった。「お貸しいただけますかな、フェドセイ・フェドセーエヴィチ、三六八号の訴訟事件を！」――「貴方はいつだってどこかに持って行ってしまうんですな、役所のインク壺の栓を！」時にその声はさらに威厳のある、間違いなく上司の一人のものだろう、このような命令口調で響き渡るのだった。「さあ、写すんだ！　さもなきゃその靴なんか脱がしちまって、六日六晩飯抜きでここに坐らせとくぞ」鵞ペンの軋みは大変なもので、まるで数台の荷馬車が枯れ枝を載せて十五アルシン[59]の枯葉に埋もれた森のなかを通り過ぎて行くかのようだった。

チーチコフとマニーロフが最初に立ち寄ったのは二人のまだ若い役人の坐る部局で、こう訊ねたのである。

――お訊ねしたいんですが、不動産売買証書の部署はどこでしょう？

――何のご用でしょうか？――どちらの役人も振り返ってこう言った。

――申請書を提出する必要がありまして。

――何をその、お買いになられたんです？

――先ずはお伺いしたいと思いましてね、不動産売買の部署はどこなのか、ここでしょうか、それとも別のところにあるんでしょうかね？

――だから先ずは何を買われて、値段はいくらかをおっしゃって下さい、そうしたらどこかお教えしますが、このままじゃお教え出来ませんな。

チーチコフはすぐさま、この役人たちが他の若い役人同様ただ興味津々で、自分たちとその仕事にさらなる重みと意義を加えたがっているのだと看て取った。

――宜しいですかな、お役人さん、――と彼は言った、――大変よく存じ上げておりますよ、不動産売買に関することならそれがどんな値段であっても同じ一箇所で扱ってることはね、ですからその部署をお教え頂きたいんです、でも、もしここの事情をご存じないとあれば、他の方にお訊ねするまでです。

役人たちはこれには何も答えなかったが、そのうちの一人がただ指差した部屋の隅っこの方には机を前にして老人が何かの書類に印を付けていた。チーチコフとマニーロフは机のあいだをすり抜け、直接彼の元へ向かった。老人は一心に仕事に取り組んでいた。

――お伺いしたいんですが、――とチーチコフはお辞儀をしながら言った、――ここで不動産売買を扱っているのでしょうか？

老人は目を上げると、言葉に間を置きながらこう言った。

――ここで、不動産売買は、扱って、おりません。

――ではどこでしょうか？

――それなら不動産公文書課です。

――ではその不動産公文書課はどこでしょう？

――それならイヴァン・アントーノヴィチのところですな。

――ではそのイヴァン・アントーノヴィチはどこでしょうか？

老人は部屋のまた別の隅の方を指差した。チーチコフとマニーロフはそのイヴァン・アントーノヴィチの元へ向かった。イヴァン・アントーノヴィチはすでに片目で後ろを覗き込み、横目で彼らを眺めていたが、またすぐこれまで以上に書き仕事に没頭したのだった。

――お伺いしたいんですが、――とチーチコフはお辞儀をしながら言った、――ここが不動産売買課でしょうか？

イヴァン・アントーノヴィチはまるで聞こえていないかのように書類にのめり込んだまま何ひとつ答えなかった。すぐさま分かったのは、この人物はすでに思慮分別のある年齢で、若いお喋り好きやお調子者とは訳が違うということ。イヴァン・アントーノヴィチはどうやらすでに四十を優に超えているようで、その髪は黒々として濃く、その顔全体が鼻の中心に向かって突き出ていた、――いわば、それは世間でいうところの瓶面（かめづら）であった。

――お伺いしたいんですが、ここが不動産公文書課でしょうか？――とチーチコフは言った。

――ここですが、――とイヴァン・アントーノヴィチはその瓶面を彼に向けると、顔を書類にまた押し付けた。

――私の要件はこういうものなんですな。実は、この県の地主の方々から連れ出しの農民を購入致しましてね、証書はあります、あとは発行してもらうだけです。

――売り手はここにおいでですかな？

――一部はここに、その他は証明書があります。

――申請書はお持ちですかな？

――申請書も持ってきました。出来ればなんですが……少し急いでおりましてね……無理でしょうかね、例えば、今日にでも手続きを終えるというのは？

――今日とおっしゃいますか！　今日は無理ですな、――とイヴァン・アントーノヴィチは言った。――まだ照会もしなければいけませんし、差し押さえがないかどうかも調査しますので。

――尤も、その手続きを早めることに関してですが、イヴァン・グリゴーリエヴィチ院長は私の大の親友でして……。

――イヴァン・グリゴーリエヴィチといっても一人じゃありませんでね、他にも色々とおりますので。――と厳めしい口調でイヴァン・アントーノヴィチは答えた。

チーチコフはイヴァン・アントーノヴィチの口にした仄めかしを察し、こう返したのである。

――他の方だって割を食うことなんてありませんよ、私自身勤め人でしたし、事情は分かっておりますから……。

――イヴァン・グリゴーリエヴィチのところへいらして下さい、――とイヴァン・アントーノヴィチは幾分優しげな声で言った、――彼から然るべき担当者に指示を出してもらうと宜しいでしょうな、われわれの管轄外ですので。

チーチコフはポケットから紙幣を取り出し、イヴァン・アントーノヴィチの前に置いたのだが、彼はそれには全く目もくれずにさっと本で隠してしまった。チーチコフは彼に紙幣の場所を指そうとしたが、イヴァン・アントーノヴィチは首の動きで、それは教える必要はない、と合図したのだった。

――あそこの彼が裁判院長の執務室へ案内してくれますから！――イヴァン・アントーノヴィチは頷いてこう言うと、神職に勤しむそこの連中の一人で、テミスへの生け贄の運搬に懸命すぎて両腕とも肘のところが破けて久しくそこから裏地を覗かせ、またそれを買われてかつて十四等官の位を得たある人物が、その昔ダンテの案内人となったウェルギリウスの如くわれらがお仲間に傅き、ご両人を執務室へ案内していったのだが、そこには幅のある肘掛け椅子がぽつんと一つ、机の前にはゼルツァーロと二冊の分厚い本に隠れるようにしてたった一人、太陽の如く、裁判院長が鎮座していた。このような場を目の当たりにした新ウェルギリウスはひどく畏まってしまって部屋には一歩も足を踏み入れる気になれず、尻込みして彼の見せたその擦り減った筵さながらの背中にはどこかでへばり付いた鶏の羽根がくっ付いていた。彼らは執務室の広間に入ると、裁判院長が独りっきりではなく、そのそばでゼルツァーロの蔭にすっぽりと隠れて坐っているソバケーヴィチの姿が目に入った。客人たちの来訪に感嘆の声が沸き起こるや、官庁の肘掛け椅子を背後に押しのける轟音が鳴り響いた。ソバケーヴィチも同じく椅子から腰を上げるや、長々とした袖とともにその余すところない姿を見せた。裁判院長はチーチコフを抱擁で迎えるや、執務室には接吻の音が鳴り渡り、互いに健康を訊ね合うや、お互い若干腰痛気味であることが判明、またこれも坐ってばかりの生活のせいでしょうな、ということで話は落ち着いた。裁判院長、実はすでにソバケーヴィチから売買についての報告を受けていて、それが分かったのも院長が祝辞を述べてきたからなのだが、これには当初われらが主人公も些か困惑気味で、隠密に事を進めてきた相手であるソバケーヴィチとマニーロフの両名が今や互いに揃って顔を見合わせているのを目にした時にはひどくばつが悪かった。しかしそれでも彼は裁判院長に感謝の意を表すと、すぐさまソバケーヴィチに向けてこう訊ねたのである。

――で、そちらはお元気でいらっしゃいますか？

――お蔭さまで、文句なしですな、――とソバケーヴィチは言った。

確かに、文句の付けようなどなかったし、この驚くほど屈強な地主と比べれば鉄の方こそ風邪にも罹れば、咳き込みそうなほどだった。

――確かに貴方がご健康であることは常々有名でしたからな、――と裁判院長は言った、――貴方のお父様もまた頑丈な方でしたし。

――ええ、熊を独りして追っかけてましたよ、――とソバケーヴィチは答えた。

――どうです、やはりその、――と裁判院長は言った、――貴方もまた熊を倒せるんじゃありませんか、いざとなれば。

――いやぁ、倒せやしませんよ、――とソバケーヴィチは答えた、――亡くなった父の方が私よりもずっと頑丈でしたし、――さらに溜め息ひとつしてからこう続けた。――いやぁ、今じゃ人も昔とは違いましてね、私の人生といっても、何て人生なんでしょうかね？　これといったことも別にありませんし……。

――お宅の人生のどこがそんなに冴えないんです？――と裁判院長は訊ねた。

――ぱっとしませんでしてな、ぱっとねぇ、――ソバケーヴィチは首を振りながら言った。――まあ考えてもみて下さいよ、イヴァン・グリゴーリエヴィチ。四十路にしてこの方一度も病んだことはありません、ま、喉を痛めたり、腫れ物とか出来物はありますがね……。いやぁ、ましなことになりませんよ！　いつかこの代償を払うことになりますとも。

――すると、ソバケーヴィチは憂鬱な気分になってしまった。

〈あれまぁ、――同時にチーチコフも裁判院長も思ったのである、――今度は何の愚痴を考えだそうっていうんだい！〉

——院長殿にちょっとしたお手紙がございまして、——とチーチコフはポケットからプリューシキンの手紙を取り出してから言った。

——どなたの手紙ですかな？——こう言った裁判院長は封を開けると驚きの声を上げたのだった。——あぁ！　プリューシキンの手紙とはね。彼は今だにつまらん人生を送っておるんですな。これこそ定めというもんですよ、何せ、昔はそりゃもう頭も切れて、裕福な人物だったんですから！　それが今じゃどうです……。

——犬ですな、——と言ったのはソバケーヴィチだった、——詐欺師ですよ、飢えで全員見殺しにしたんですから。

——失敬、失敬、——手紙を読み終えた裁判院長はこう言うのだった、——わたくしが代理人になるのも吝かではありませんよ。いつ登記手続きをなさりたいんですかな、早速ですかな、それともあとですかな？

——早速にも、——とチーチコフは言った、——私と致しましては、もし宜しければ今日にでもお願いしたいと、何しろ、明日にはもう町を出たいと考えておりまして、証書も申請書もお持ちしておりますので。

——それは結構ですとも、ただ、そうお望みでもね、私どもは貴方をそんなに早く帰したりは致しませんよ。証書の登記は今日行いますが、貴方には私どもともうしばらくご一緒頂きたいですな。今から指示を出しますから、——と言った彼の開いた扉の先には事務室があり、蜂の巣をお役所仕事になぞらえることが出来ればの話だが、そこにはまるで散らばった働き蜂みたいな役人たちがびっしりと詰まっていた。——イヴァン・アントーノヴィチはここにいるかね？

——こちらです、——と返事する声が中から聞こえた。

——ここに呼び給え！

すでに読者もご存じの瓶面ことイヴァン・アントーノヴィチが官庁の広間に姿を見せると、恭しくお辞儀をしたのだった。

——さあ、イヴァン・アントーノヴィチ、この登記証書を全部持って行き給え、この……。

——あと、お忘れにならないように、イヴァン・

グリゴーリエヴィチ、――こう口を継いだのはソバケーヴィチだった、――証人が必要ですよ、双方から二人ずつはね。今から検事のところに遣いをやって下さい、検事は暇人ですからきっと今頃は自宅にいるでしょうし、彼の代わりに代理人のゾロトゥーハが何もかもやってくれますよ、世界一欲深い男ですからね。医師会の査察官、彼も暇人ですからきっと家にいるでしょう、もしどこぞのカード遊びに出かけてなければですが、ただ他にもそれに近い連中は一杯いますがね、トルハチェスフキィとかベグーシキンとか、あの連中は揃いも揃って意味もなく大地の重荷になっていますから！

――如何にも、如何にもですな！――と裁判院長は言うと、早速その連中たちの元へ役人を派遣した。

――あと私からもお願いしたいのですが、――とチーチコフは言った、――同じく取引をした女地主の代理人として、キリル神父の息子さんのところにも人を遣って下さいますか、あの方ならこちらに勤務しておりますので。

――そりゃもう、その彼のところにだって人を遣りますとも！――と裁判院長は言った。――すべてやりますとも、ただし官吏の連中には何もやらんで下さいな、それだけはお願い致しますよ。私のお仲間にお金を出させるわけにはいきませんのでね。

――彼はこう言うと、すぐさまイヴァン・アントーノヴィチに何かの指示を出したのだが、どうやら彼には気に入らないもののようであった。登記証書はどうやら裁判院長に好印象を与えたようで、とりわけ取引額の総計が約十万ルーブルであるのを目にした時は格別であった。数分のあいだ彼はチーチコフの目を大満足といった表情で見据えると、遂にこう口にしたのである。

――こんな風になさいましたか！　こんな感じとはね、パーヴェル・イヴァーノヴィチ！　こうやって貴方は購入されたんですな。

――購入致しました、――とチーチコフは答えた。

――善行ですな、ほんに善き行いですとも！

――私自身、これに優る善行は先ず自分には叶わぬだろうと思っておりまして。何と言いましても、人というものは若気に発する自由思想のような鵺的（ぬえてき）なものでなく、盤石たる礎に支えを持ってこそその目指すべきものもまた相定まるものでありまして。

――ここで彼は実に頃合いよく自由主義を痛罵すると、ついでとばかりに若者すべてをこき下ろしたのだった。だが、その言葉にはやはりどこかしら頼りなさが滲み出ていて、自分に対しても〈おい、兄弟、嘘はいけねぇなぁ、しかも大嘘じゃねぇか！〉と同時に言い聞かせているかのようだった。しかも彼はソバケーヴィチとマニーロフの表情に何かを看て取るのではないかと恐れて二人の方には視線を向けなかった。だが、それは杞人の憂いであった。ソバケーヴィチの顔はぴくりともしなかったし、マニーロフの方はチーチコフの科白にすっかり魅了されていて、ご満悦とばかりにごもっともごもっともとただ首を縦に振りながら話に没頭していくところなど、女性歌手がバイオリンすらも凌駕して小鳥の喉にも出せぬか細い甲高い声を出した時の音楽愛好家さながらだった。

――しかし、またどうしてイヴァン・グリゴーリエヴィチにはお話しなさらないんです、――言葉を返してきたのはソバケーヴィチだった、――何を一体購入されたのか、それにイヴァン・グリゴーリエヴィチ殿もどうしてお訊ねにならないんです、どういったものが購入されたのかって？　そりゃもう大変な連中じゃありませんか！　それこそ金の宝ですよ。私なんて馬車工のミヘーエフを売ったんですから。

――まさか、あのミヘーエフをお売りになったのですか？――と裁判院長は言った。――馬車工のミヘーエフなら存じてますよ。腕利きの職人でね、彼にはドローシキを修理してもらいましたよ。ただ、どういうことですかな……。彼なら亡くなったと伺ったはずですが……。

――誰がです、ミヘーエフが亡くなったと？――ソバケーヴィチは少しの困惑も見せずに言った。――あれは彼の兄弟が亡くなったんですよ、彼ならぴんぴんしてますよ、前より元気なくらいです。先日など、モスクワでだって作れんようなブリーチカを仕上げましてね。彼ならほんに、ただ皇帝閣下お一人にお仕えすべきところでしょうな。

――ええ、ミヘーエフは腕利きの職人ですとも、――と裁判院長は言った、――しかも驚きですな、彼と別れることが出来たとは。

――ミヘーエフひとりの話じゃありませんでね！

コルクのステパンって大工にミルーシキンって煉瓦工、テリャートニコフのマクシームって靴屋も、とにかく全員行っちまいましたんで、皆売ってしまいましたよ！――どうして家政に欠かせない、しかも腕利きの連中が行ってしまったのかと裁判院長が訊ねた時、ソバケーヴィチは手を軽くひと振りしてこう答えた。――いや！　単純な理由でしてね、惚けちまったんですな、売ろうじゃないか、なんてことを言いましてね、でもって、馬鹿みたいに売ったまでのことですよ！――そのあと彼はまるでこの取引のことを後悔しているかのように首を項垂れると、こう付け加えたのである。――ご覧のとおり髪は白くなりましたが、未だに頭の方は賢いとは言えませんでね。

――でもどうなんです、パーヴェル・イヴァーノヴィチ、――と裁判院長は言った、――農民を土地なしでお買いになるというのはどういうことです？　まさか連れ出しですか？

――連れ出しです。

――まあ、連れ出しとなると話は別ですな。場所はどちらへ？

――場所はそのぉ……ヘルソン県の方でして。

――おぉ、あちらには格別な土地がございますな！――裁判院長はこう言ってから、かの地に繁茂する草木のことを大いに誉めたのだった。――で、土地の方は十分な広さがあるんですかな？

――十分ですね、購入した農民に必要な分だけはあります。

――川とか池は？

――川がございましてね。尤も、池もございますよ。――こう言ったチーチコフは不意にソバケーヴィチの方に目をやると、そちらは相変わらずぴくりともせぬにもかかわらず、その顔にはまるで〈また、嘘を言ってやがる！　川なんてないんだろ、池だってそうさ、土地があるってのも怪しいぞ！〉と書いてあるような気がした。

会話が続いているあいだ、ちらほらと証人たちが姿を見せ始めた。読者もご存じの目配せ検事、医師会査察官、あとトルハチェフスキィ、ベグーシキンその他はソバケーヴィチ曰く、無駄に大地の重荷になっているという面々。その多くはチーチコフには全く面識がなかった。数合わせや余分な連中がこの裁判院の役人から掻き集められてきたのだ。そこにはまた長司祭キリル神父の息子ばかりか、当の長司祭までも連れて来られていた。証人たちはそれぞれ自らの称号と官等を合わせて署名していったが、ある者は左につんのめった字体、ある者は斜め文字、またある者はとにかく上下が逆さまの、ロシア語アルファベットではお目にかかれぬような文字を書き込んでいった。例のイヴァン・アントーノヴィチの仕事ぶりは実に手際がよかった。証書を登録し、目印を付け、台帳にも然るべき場所に書き込み、半パーセントの徴収料と『モスクワ通報』の告知手数料を受け取ると、チーチコフの支払い分はほんのわずかなものとなった。裁判院長自身、彼からの徴収料は半分だけでいいと命じたものだから、残り半分はどうしたわけか、誰か他の申請者の支払いに回されたのだった。

——さあて、——すべての作業が終了すると、裁判院長はこう言った、——あとはもうぱあっとお買い物のお祝いをするだけとなりましたな。

——吝かではありませんね、——とチーチコフは言った。——とにかく時間の指定はお任せ致しますので。こちらにしてみれば罪というものですよ、こんな気持ちのいい皆さんのために瓶の二、三本シュワシュワっと抜かないともなると。

——いけませんな、分かっておられませんなぁ。そのシュワシュワってのはこちらがご用意するものじゃありませんか、——と裁判院長は言った、——それこそわれわれの為すべきこと、われわれの義務ですからな。貴方はお客さんでしょう。こちらがご馳走せぬことにはね。どうですかな、お集まりの皆さん！　今のところはひとつどうです、こう致しませんか。全員こうして集まったのですから、市警察署長のところにでも参りませんか、あの方はわれらが奇跡の人ですからな。何しろ、魚市場や酒の貯蔵庫のそばを目配せ一つでそりゃもうどうです、大した前菜にありつけるんですからな！　しかもそんな滅多にない機会にホイストまであるんですから。

こんな提案を断れる者など誰ひとりいなかった。証人たちはすでに魚市場と耳にしただけで食欲が湧き上がるのを感じ、全員一斉に鍔帽や鍔なし帽を被ると、今日の執務は終了と相成った。彼らが官庁のなかを通り過ぎていく際、瓶面ことイヴァン・アントーノヴィチは恭しくお辞儀をすると、こっそりチーチコフにこう言ったのである。

――十万もする農民を買っておいて、私の仕事にはたったの二十五ルーブル紙幣なんですね。

――いや、農民っていったところでね、――と彼にチーチコフは同じく囁き声で答えた、――空っぽも空っぽ、一銭にもならない連中ですよ、あの半分の値打ちもないんですから。

イヴァン・アントーノヴィチはこの来訪者が頑固者で、一文たりとも上乗せしないのだと悟った。

――どうしてまたプリューシキンの魂なんて買われたんです？――彼の片方の耳に囁いてきたのはソバケーヴィチだった。

――なら、ヴォロベイはどういうわけで書き足したりしたんです？――チーチコフはこれには質問で答えた。

――どこのヴォロベイです？――とソバケーヴィチは言った。

――女ですよ、エリザヴェータ・ヴォロベイって、しかも名前の最後は男みたいにしてたでしょう。

――とんでもない、ヴォロベイなんて書き足してなんかいませんよ、――こう言うとソバケーヴィチは他の客たちの方へと離れていった。

客人たちは烏合となって市警察署長邸にようやく辿り着いた。市警察署長は確かに奇跡の人であった。何の騒ぎか聞きつけるや、直ちに機敏で活きのいい、ニスでぴかぴかのボトフォルト[61]を履いた区警察署長を呼びつけると、どうやら二言ばかり耳に囁き「分かるだろ！」とだけ言い足したようである。すると、すでに別室で客人たちがホイストに熱中しているあいだ、テーブルには大蝶鮫（ベルーガ）、蝶鮫、鮭、筋子、浅漬けイクラ、鰊、星蝶鮫（セヴリューガ）、チーズ、燻製のタンとバルィーク（蝶鮫の背肉）が現れたのだ。これはすべて魚市場からのものだった。このあとさらに加えて出てきたのは屋敷からのもので、九プードもある蝶鮫の軟骨や頬肉の入ったお頭（かしら）ピローグ、乳茸入りの別のピローグ、プリャジェネーツ（揚げパン）、マスリャネーツ（バター揚げ団子）、ヴズヴァレネーツ（蜜入りコンポート）といった台所の品々であった。

市警察署長はある意味、町の父であり慈善家であった。彼は市民のあいだにあっては血を分けた家族にいるも同然で、商店やゴスチーヌィ・ドヴォール（公設市場）に出向く時なども自宅の貯蔵庫に入っていくようなものだった。そもそも彼は世に言うところのはまり役の地位にあり、自らの職務を完璧に理解していたのだ。そもそも彼が生まれたのはこのお役目のためなのか、はたまたこのお役目が彼のために生まれたのか、どちらとも決めかねるほどであった。問題の処理の仕方などは実に巧妙で、得ていた収入はどの前任者よりも二倍以上、またそれでいながら町全体からも好かれていた。筆頭の商人たちから大いに愛されていたのだが、それは他でもない、彼が偉ぶらなかったからであり、しかも実際、商人の子供たちの洗礼には代父として立ち会いもすれば、仲人役を買って出たり、時に連中たちからしこたま毟り取ることもあるにはあれど、如何にもそのやり方が頗る巧みなのだ。肩をぽんとひと叩き、呵々大笑して、茶をご馳走し、こちらから一局チェッカーに出向くからと約束しては、商いの方はどうなんだ、何はどうなった、とあれこれ訊ねる。もしちびさんが病気だと知れば薬も勧めてくるのだから、あっぱれ！のひと言。ドローシキで出かけ、指導をし、またその合間、会う人会う人に向かって[62]「どうだい、ミヘーイチ！ いつかまたあのゴールカの決着を付けんといかんな」と言えば、「ええ、アレクセイ・イヴァーノヴィチ、付けんといけませんな」と言われ、帽子を脱いで返事を返し、――「よぉ兄弟、イリヤー・パラモーヌィチ、ウチに跑馬（トロッター）でも見に来たらいい。あんたんとことならいい勝負するぞ、自分んとこの馬も繋駕の速歩に出したらどうだい、やってみようじゃないか」跑馬に跨って夢中になっていた商人がこの言葉に向けて返したのは乗り気も乗り気と言わんばかりの嬉しそうな笑みで、鬚を撫で付けながら「やってみましょう、アレクセイ・イヴァーノヴィチ！」と言うのだった。商店の連中すら、いつもこの時間ともなれば帽子を脱いで、満足そうにお互いを見て、まるで「アレクセイ・イヴァーノヴィチってのはいいお人だよ！」とでも言いたげな様子だった。要は、彼はすでに巷の至るところで人望を得ていたわけで、商人のあいだでのアレクセイ・イヴァーノヴィチに関する評判は、〈賂（まいない）は受け取るが、ただその代わりもう絶対に裏切ったりはしない〉というものであった。

　前菜の準備が整ったことに気づいた市警察署長が客人たちに向かって、ホイストなら朝食後にけりを付けませんかと提案すると、全員の向かった先はかなり前から彼らの鼻を心地よく擽っていた匂いの漂い出る部屋で、そこはすでにずっと前からソバケーヴィチがその扉の奥をちらちら覗き見ては、蝶鮫を盛りつけた大皿が脇にあるぞ、と遠目で目星を付けていたところでもあった。客人たちはルーシで印璽用に切り出すシベリア産の透明な石にしか見られぬ暗いオリーブ色のウォッカを一杯ずつ飲み干し、四方八方からフォーク片手にいざ食事へと歩み寄れば、いわば各人各様にその気質と嗜好を曝け出し、イクラに手をつける者、サーモンに手をつける者、チーズに手をつける者と様々であった。ソバケーヴィチはそういうちんけなものには目もくれず、蝶鮫に然るべく自らの居場所を得ると、皆が飲んだり喋ったり食べたりしている四半時間弱のあいだにそれを丸々平らげてしまったものだから、市警察署長が蝶鮫のことを思い出して「いかがですかな、皆さん、これなんぞ自然の芸術品ではございませんか？」と言ってフォーク片手に他の連中と蝶鮫の元へ近づいた時にそこで目にしたのは自然の芸術品からわずかに残った尻尾だけで、ソバケーヴィチはといえば、まるでわれ関せずといった素振りですっとぼけたまま一番遠くにあった皿に近づいては、干した小魚か何かをフォークで突き刺していた。蝶鮫を始末するとソバケーヴィチは肘掛け椅子に坐り込み、もはや飲み食いなどせず、ただ目を細めてはしょぼしょぼしているだけだった。市警察署長はどうやら酒のことで物惜しみするのが好きではないらしく、その乾杯の祝辞には切りがなかった。最初の祝杯は、読者諸氏も恐らくお気づきであろうが、新たなヘルソンの地主に向けてのもので、そのあとは彼の抱える農民たちの繁栄と無事なる移住、さらには彼の来るべき器量よしの細君の健康を祈って乾杯されたが、これにはさすがのわれらが主人公も口元が緩み、感じのいい笑みを溢してしまう有様。彼はぐるりと取り囲まれると、せめて二週間は町に残って欲しいと口説かれる始末だった。

――いけませんなぁ、パーヴェル・イヴァーノヴィチ！　ご自分のお好きなようになされれば宜しいですがね、でもそうなるとウチら田舎の家は凍え切ってしまいますでしょ。家に入ったかと思ったら、またすぐ出ていってはね！　いけませんなぁ、しばらくわれわれと一緒にいて下さい！　じゃあ結婚しましょう。そうでしょ、イヴァン・グリゴーリエヴィチ、結婚してもらいましょうよ。

——そうしましょう、そうしましょう！——と裁判院長は言葉を継いだ。——こうなったら両手両足でどう踏ん張られようともね、結婚させてみせますからね！　いやぁ、ご主人、ここに来られたからには、恨みっこなしですよ。われわれはおふざけってのが好きじゃありませんのでね。

——どうですかね？　両手両足で踏ん張らなくてもいいことですがね、——チーチコフはこう言ってニタっと笑い、——結婚なんてそういうものじゃありませんし、大体お嫁さんがいないことには。

——お嫁さんなら見つかりますとも、見つからないわけがない、万事整いますとも、お好きなものすべてね！……。

——まぁ、そういうことでしたら……。

——ブラヴォー、残ってもらえるぞぉ！——と全員から声が上がった。——ヴィヴァ、ウラー（万歳）、ウラー、パーヴェル・イヴァーノヴィチ！　ウラー！——こうして全員、杯を鳴らすべくグラス片手に彼の元へと歩み寄ったのである。

チーチコフは全員とグラスを合わせた。「いやいや、もう一度！」——などと迫ってくる熱っぽい連中がまたぞろグラスを合わせてから、さらに三度目の正直とまでにしつこくせがんでくれば、その三度目もまたグラスを合わせたのだった。束の間とはいえ誰もがいつになく愉快な気分になっていたのである。実に愛すべき人物である裁判院長はひと頻り愉しみに酔い痴れると、何度かチーチコフを抱きしめるや心の発露と言わんばかりにこう口にしたのである。「いいねぇ、あんたって人は！　おっかさんも魂消るよ！」——しかも、パチンと指を鳴らし、「ああ、お前さんはかの、口にするのも憚られる、カマーリンスクの奴（やつこ）さん」という有名な歌詞を口ずさみながら彼の周りを踊りだすではないか。シャンパンのあとにハンガリーもののワインを開ければさらに心は高揚し、会衆は盛り上がりを見せた。ホイストのことなどすっかり忘れ、丁々発止に叫び声、政治、軍事に至るまであらゆる話題が持ち上がり、時が違えば自分の子なら折檻するであろうような自由思想まで吐露する始末。これ以上ない多くの難題が即決となった。チーチコフはいつになく愉快な気分になって、もはや自分のことを本物のヘルソンの地主であるかのように想像しては、皮算用とまでに三圃式農業のことや運命の魂（ひと）との幸運や至福についてあれこれ語ると、ソバケーヴィチ相手にシャルロッテに宛てたウェルテルの書簡詩まで読みだしたものだから、これにはお相手さんも肘掛け椅子に坐ったままただ目をぱちくりさせるばかりだった、何しろ、蝶鮫のあとでひどい眠気に襲われていたので。チーチコフは自分でも羽目を外しすぎているなと気づいたところで馬車を頼み、検事のドローシキを拝借することとなった。検事の馭者がこれまた何と、道に出て分かったことだが、大変な手練れときていて、運転に使う手はたった一本、もう一本は後ろ手に隠し、それでもって旦那を支えるのだった。こうして彼は早々にも検事のドローシキで宿泊先の旅館に辿り着いたわけだが、ここでもまだずっと彼の舌先は、ほっぺが赤くて右頬に片えくぼのある金髪のフィアンセのことやヘルソンの村落、それに資金のことなど、あらゆる戯言（たわごと）にしばらく乾くことがなかった。セリファンなどは家政の言い付けまで受けて、改めて移住したムジークを全員集めて、その一人ひとりに渾名を付けろとまで命じられる始末。セリファンはずっと黙ったまま長々しい話を聴かされてから部屋を出ると、ペトルーシカに向かって「さあ、旦那の外着を脱がせるんだ！」と言った。ペトルーシカは旦那のブーツを脱がしにかかったが、危うくブーツを旦那もろとも床に引き下ろすところだった。だが、そのブーツもようやく脱げると、旦那は然るべく服を脱ぎ終え、しばらく寝床の上でごろごろ、ひどい軋みを立てたあと、紛れもないヘルソンの地主となって眠りに落ちたのだった。一方、ペトルーシカはその間、廊下にパンタロンと苔桃色したキララあしらいの燕尾服を運び出し、両足を広げた状態で木製のハンガーに引っ掛け、鞭とブラシでぱんぱん叩き始めると、廊下中が埃で朦々（もうもう）となった。そろそろ服を取り込もうかという頃、回廊から下を見るとセリファンが廏舎から戻ってくるのが目に入った。二人の視線が会うと、旦那は眠っちまったからどっかに繰り出しても構わねぇぜ、といったことが互いに直感で分かった。ペトルーシカはすぐさま燕尾服とパンタロンを部屋に戻して下へ降りると、二人連れ立って歩き出し、お互い行き先のことなど何ひとつ口にせぬまま、道中は全く関係のない話で冗談を飛ばすのだった。歩いて向かった先は遠くなかった。正確に言うと、道を渡った反対側にある、旅館の向かいの建物で、硝子入りの煤けた低い扉に入るとその先はほとんど地下室といった場所で、そこの木のテーブルにはすでに色んな連中が大勢坐っていた。鬚を剃ったのもいれば剃っていないのもいるし、裸皮のトゥループに身を包む者もいればシャツ一枚というのもいたり、はたまたフリーズ（毛羽立った厚手織物）の外套を身にまとう者までいた。そこでペトルーシカとセリファンが何をしていたかは神のみぞ知ることとはいえ、そこから二人が出てきたのは一時間後のこと、腕を組むと緘黙して語らず、互いをじっくり見据えては角を曲がるたびにお互いに警告を発するのだった。腕と腕を組んだまま互いを離さず、二人は丸々四半時間もかけて階段を昇り、ようやくそれも昇り終えて上階へと到達。ペトルーシカはしばし自分の低いベッドの前で立ち止まり、どうすれば行儀よく床に就けるものかと思案した挙句、横になってみるとベッドを真一文字に横切る恰好で、両足は床にべたんと付いてしまった。セリファンもまた同じベッドの上で頭をペトルーシカの腹の上に置いたまま、自分の寝るべきところは全くこんなところではなく、もし馬が近くにいる廏舎でないなら召使い部屋で寝なければならぬことも忘れて横になってしまった。二人同時にお眠となって聞いたこともないような野太い鼾を立てると、それに合わせるようにして隣の部屋からは旦那の鼻がピーと鳴って合いの手を打った。やがてすべてが鳴りを潜めると旅館は深い眠りに包まれたのだが、ただ一つ未だに灯りの点いている窓があって、リャザンから来たとかいう中尉がそこには泊まっていたのだが、どうやらブーツに目がないらしく、すでに四足も注文したというのに五足目を頻りに試着していたのである。何度か寝床に向かってはブーツを脱いで寝ようとするものの、どうしても眠りに就けなかった。何しろ、そのブーツというのがこれまた実にいい仕立てだったからで、まだこのあともずっと長いあいだ足を上げては、機敏な手付きで見事に縫製されたヒールをまじまじと眺めるのだった。

第八章

　チーチコフの買い物が話題の的となった。町では、農民を連れ出しで買うのが果たして得なのかどうかをめぐる噂が飛び交い、諸説紛々、議論百出となっていたのである。議論を聞いていると、その多くの者には事情に精通し尽くしているかのような響きがあった。「勿論、——とある者たちは言うのである、——そりゃそうでしょう、それには何の異論もありませんとも。何せ、南方の県の土地ともなればそりゃ確かに肥沃で豊かですからね、ただ、チーチコフの農民も水なしでどうするんでしょうな？　川なんて一切ないんですから」——「そんなのはまだ大したことじゃありませんな、水がないっていうのはね、そんなの大したことじゃない、ステパン・ドミートリエヴィチ、それより移住というのがこれまた危なっかしいもんでしてな。分かり切った話、ムジークでしょ、新天地だ、しかも畑仕事をするにしたって奴には何ひとつない、百姓小屋もなけりゃ、作業場もないってことにでもなりゃね、逃げちまいますよ、二かける二みたいに分かり切ったことでね、抜き足差し足忍び足で跡形もなく消えちまいますな」——「いやいや、アレクセイ・イヴァーノヴィチ、ちょっと待って下さいよ、お言葉ですがね、おっしゃっていることには承服しかねますなぁ、チーチコフのムジークが逃げるなんてことはないでしょう。ロシア人というのはどんなことだって出来る、どんな気候にだって順応致しますよ。カムチャッカにでも送ってみたら宜しい、ただし暖かいミトンは持たせるんですよ、そしたらね、両手をひと打ち、斧を握って、新しく小屋造りを始めますから」——「しかし、イヴァン・グリゴーリエヴィチ、大事なことを見落としてるよ。お前さんはまだ訊いちゃいないんだ、チーチコフのムジークがどんな者かって、そもそもいい奴さんを地主が売っ払うなんてあり得んことをお忘れだ、この首を差し出したっていい、もしチーチコフのムジークが盗っ人でもなく、どうしようもない呑んだくれでもなく、遊び人でもなく、狼藉者でもないっていうんならね」——「ほうほう、それならば私にだって分かりますよ、確かにそうでしょう、いい奴さんなら誰も売ったりなんてしませんから、となると、チーチコフのムジークたちは呑んだくれってことになるわけだ、しかし要注意ですな、そこんところにモラルってものもあるんですな、こんとところにモラルが含まれてるんですよ。つまり、今の連中は碌でなしですが、新天地に移り住んだ途端に一等優れた臣民になることだってあり得ますからな。そういう例なら少なくありませんよ。実際、世界中にあることで、歴史を見たってそうですから」――「あり得んでしょ、あり得んですな、――こう言ったのは官立工場の所長、――宜しいですかな、そんなことは絶対に起こりようがない。何しろ、チーチコフの農民にはこの先二つの強敵が現れますからな。その一つは、ご存じの通り、酒類の自由販売をやってる小ロシアの県から近いってことがある。請け合ったって構いませんよ、二週間もすりゃ連中は呑んだくれてへべれけになりますから。もう一つは、農民たちが移動中に間違いなく身につける放浪生活に慣れてしまうってこと自体が敵ですよ。連中はずっとチーチコフの目の届くところにいなきゃならんし、チーチコフはチーチコフで連中に首輪を掛けて、下らんことでも口走ったらガツンと言わなきゃならんでしょうし、他人に任せるんではなしにね、これぱっかりはしっかりと自分で顎なり後頭部なりに一発お見舞いせにゃならんでしょうな」――「どうしてチーチコフが自分で面倒見たり、頭に一発お見舞いしなきゃならんのです、管理人を見つけることだって出来るでしょうに」――「ええ、管理人なら見つけられますとも。ただ、どいつもこいつもペテン師ですがね！」――「ペテン師だというのはあれでしょ、主人たちの方が仕事をしないからでしょう」――「それはその通りですな、――と多くの者が賛同した――主人の方がほんの少しでも経営の何たるかを知っていて、人を見分ける眼力がありさえすれば、いつだっていい管理人なんて雇えますとも」だが、所長の話では、五千ルーブル以下ではいい管理人は見つからないと言う。しかし、裁判院長は、三千ルーブルでも十分探し出せると言う。しかし、所長はこう言うのだった、「どこでそんなの見つかりますか？　そんなのが身近におりますか？」だが、裁判院長もこう言うのだった、「いいえ、身近じゃなくてね、この郡にいますとも、他でもないピョートル・ペトローヴィチ・サモイロフですよ、彼こそはチーチコフのムジークたちにうってつけの管理人ですよ！」　多くの連中はチーチコフの境遇に強く思いを馳せていたため、これほど膨大な数の農民を移住させることの困難さにぞっとさせられ、チーチコフの農民のような不穏なる連中のあいだで暴動が起こらぬとも限らぬとひどく危惧し始めたのである。これに対して市警察署長は、暴動など恐れるに及ばない、それを未然に防ぐためにこそ郡警察署長がいらっしゃるのだ、この郡警察署長が直々にその場へ向かわなくとも、代わりに自らの鍔帽でも送り込みさえすれば、その鍔帽だけで農民たちなどその居住地に追い払ってしまえる、と口にしたのだった。多くの連中は、チーチコフの農民たちを焚き付けた叛逆精神の根絶について自分なりの考えを披見した。その意見は千差万別、中にはもはや軍隊的残酷と厳格を過剰なまでに匂わせる度を越したものもあるかと思えば、これとは逆に、穏やかさの漂うものまであった。郵便局長は、チーチコフの果たすべきは神聖なる義務なのであって、農民たちの中である種の父親的存在となったり、有益なる啓蒙活動の導入まで可能だと指摘し、そう言った際には相互教育のランカスター・スクール[63]を大いに褒め上げたのだった。

　こういった感じで議論と会話が町じゅうで行われると、同情心を唆られる大勢はチーチコフにこの手の忠告を直々に伝え、農民たちを安全に居住地へと先導すべく護送兵団（コンヴォイ）を組織してはどうかと進言するほどだった。こういった忠告に対してチーチコフは謝意を示しながら、必ず参考にさせてもらうとは述べたものの、護送兵団についてはきっぱりと断り、そういったものは全く必要がなく、自分の買った農民は至って穏やかな性格だし、彼ら自身移住に対しては前向きなこともあるし、暴動が彼らのあいだで起こるようなことは絶対あり得ないと語った。

　ところが、こういった風説や議論のすべてはチーチコフにとって予想外の好ましい結果を生み出すこととなった。それは他でもない、彼こそはまさに百万長者だという噂が広まったのである。すでに第一章で見たように、町の住民たちはそうでなくとも心からチーチコフのことを気に入っていたわけだが、今やかかる噂話のあととなっては心の底から好きになってしまったのである。尤も、正直な話、連中というのは善良な民にして、暮らし向きも互いに仲睦まじく、全く気兼ねなどない付き合いで、その語らいからはある種独特な純朴さと親しさが感じられるのだった。「親愛なる友、イリヤー・イリイーチ」「まあ兄弟、お聞きなさいな、アンチパートル・ザハーリエヴィチ！」「やれやれ、そんな嘘なんてばればれでしょうに、イヴァン・グリゴーリエヴィチ」　イヴァン・アンドレーエヴィチと皆から呼ばれていた郵便局長に対して常々付け加えられたのは「シュプレッヘン・ズィー・ドイチ（ドイツ語はお話しになりますかな）、イヴァン・アンドレイチ？」——要は、すべてが頗る家庭的な雰囲気だったのである。この多くの者たちには教養も欠けていなかった。裁判院長は当時まだその新鮮さも冷めやらぬジュコーフスキィの『リュドミーラ』[64]を諳んじており、巧みに朗読する多くの箇所の中でも特に「針葉の森眠りに落ち、谷間睡る」そして「聴いてごらん！」という言葉を聞けば、それこそ本当に谷間の眠る姿が目に浮かぶようであったし、さらにそれらしく見せようとしてそういう時などは両目を細めたりまでした。郵便局長はこれよりもずっと哲学に傾倒しており、夜な夜なヤングの『夜想』[65]とかエッカルツハウゼンの『自然の秘儀を解く鍵』[66]を大層入念に読んでは、そこからまた大層長めの抜き書きをしていたのだが、それとて如何なる類いのものであったかは誰ひとり知る者もなく、尤も、この仁、皮肉屋にしてその言葉は華美にすぎ、自ら語っていた通り、お話を飾り立てるのが好きときていた。また、その話のお飾りに用いる多彩な挟み言葉というのが沢山あり、〈こりゃ旦那殿、いやはや何とも、ご存じですかな、お分かりですかな、想像出来ますかな、まぁ大体そんなところでしょうな、ある意味ではね〉といったものや、その他どっさり袋詰めにしたものを撒き散らすわけで、その話をこれまたなかなかうまい具合に目配せしたり目を細めたりして飾り立てるものだから、かなり辛辣な表情を数々の皮肉まじりの仄めかしに添えていた。この他にも多かれ少なかれ蒙啓かれた人士がおり、カラムジン[67]を読む仁もおれば、ある者は『モスクワ報知』を、またこれといって何ひとつ読まぬ仁もいた。木偶と呼ばれる仁、つまりは、何をするにも足で蹴り上げてやらねばならぬ輩もおれば、単なる愚図もいて、いうなれば年がら年中ごろんと横になったままだから、そいつを起こすこと自体無駄だった。何があっても起きないのだから。外見の良さについてはすでにご存じの通り、誰も彼もが頼もしく、結核持ちのようなひょろっとした者は一人もいなかった。全員、妻と二人っきりになった時の甘い会話の中では丸ぽっちゃさん、ぽっちゃり君、ぽんぽんちゃん、黒んぼちゃん、キキ、ジュジュといった名前で呼ばれるような類いの連中であった。だが、概してこの連中というのは善良な民であったし、もてなす心も十分に備えていたものだから、彼らとご馳走をともにするか一晩ホイストにでも興じさえすれば、人は忽ち懇意になれるというもので、況してやチーチコフともなると、魅力的な性格と手管を持ち合わせている上に、人から好かれるという大いなる秘密を心得ていたわけだから、懇意になるのは尚更のこと。連中はチーチコフのことがあまりにも好きになってしまったものだから、彼には町から抜け出す手段が見つからず、ただただ「ほんの一週間でいいんですよ、あと一週間われわれと一緒にいて下さいよ、パーヴェル・イヴァーノヴィチ！」という言葉を聞いているしかなかった——要するに、連中にいうなれば担ぎ上げられたのである。しかし、これと比べものにならぬくらい目覚ましかったのは、チーチコフがご婦人方たちに与えた印象であった（全くもって驚嘆に値すべき事柄！）。これを多少なりとも説明するには、かのご婦人方ご自身なり、その集まりのことを諸々語った上に、いわば彩り豊かな絵具でもって奥方たちの心根について書き綴らねばならぬが、作者にとってそれは実に大儀なことなのだ。片や作者を引き止めるものとして、高級官吏の奥方に対して抱く限りなき敬意というものもあれば、片や……片やそのぉ——とにかく大儀なことなのである。N市のご婦人方というのはそのぉ……駄目だ、どうしたって無理は無理なのだ。まるで腰が引ける感じがしてしまうのだ。N市のご婦人方に於かれては格別目を引くことといえば、そのぉ……。おかしなくらい、すっかり筆が進まなくって、まるでこの中に鉛でも入っているかのようなのだ。まあ良しとしよう。ご婦人方の性格についてはずっと彩り豊かで、しかも多彩な絵具の載ったパレットを持ち合わせた方に語って頂くべきであり、われわれなどは見た目の、さらにはずっと表面的なことについて精々二言ほど述べるに留めておくべきであろう。N市のご婦人というのはどこに出しても恥ずかしくなく、その点では堂々と万人のお手本となっても良さそうな方々であった。身のこなしや上品な言葉遣いを実践され、エチケットなど大いに繊細さを要する礼儀作法を遵守され、とりわけモードの細部にまで目を光らせておられるところなど、ペテルブルクやモスクワのご婦人すら凌いでおられた。その着こなしには大いに見る目あり、市内を走り回るにも最新モードに適う四輪馬車を使用され、後部座席には執事が揺れて、そのお仕着せには金のモールが施されている。名刺などは、仮にクラブの2かダイヤのエースに書かれたものにせよ、それ自体は実に神聖なものであった。名刺が禍し、大の仲良しでしかも親戚同士であった二人のご婦人が絶交するということもあったのだ、その理由というのが他でもない、一方のご婦人がどうしたわけかお返しの訪問(コントル・ヴィズィット)をすっぽかしたからだという。もはやそうなると、夫と親戚筋があとになっていくら仲を執り成したところで埒が明かず、この世において不可能などないと思われていたのに、すっぽかしで仲違いした二人のご婦人を執り成すことばかりは駄目だったのである。こうしてお二方はその後も、この町の社交界の表現を借りれば、互いに気まずい関係のままであったという。一番手争いをめぐってもやはりあれこれと実に凄まじい修羅場が繰り広げられるのだが、これが男衆に対しては時として実に騎士道的で寛大なる義侠心を吹き込むのであった。決闘などは無論彼らのあいだにはなかった、何分これは全員揃いも揃って文官だったからで、ただその代わり、互いに隙を見計らっては他人の顔に泥を塗ろうとするわけで、ご存じの通り、それがまた時としてどんな決闘よりも辛かったりする。身持ちの点ではN市のご婦人方はお固く、あらゆる悪徳、如何なる誘惑に対しても義憤に満ちておられ、一切容赦なく意志の薄弱さを咎め立てた。よしんば婦人たちのあいだで何かその、〝移り気むら気〟と呼ばれるものが生じたりしたとしても、それはこっそり内緒の話で、そんなこと噯(おくび)にも出さなかった。そうすることで沽券は保たれ、夫は夫ですっかり心積もりが出来ていたものだから、もしその〝移り気むら気〟を目にしたり耳に挟んだりしたとて、ただ簡潔に抜け目なく、〈いい歳食った男と女、膝突き合わそが気にすんな〉と諺で応じるのだった。さらに述べておくべきこととしては、N市のご婦人方がペテルブルクの多くのご婦人方と同様、言葉遣いや言い回しに異常なまでに慎重で、体裁を気になさっていたこと。決してご婦人方は〈鼻をチンとした〉とか〈汗かいちゃった〉とか〈ペッと唾した〉とは口になさらず、〈鼻をすっきりさせた〉とか〈ハンカチのお世話になりました〉とおっしゃるのだ。如何なる場合であろうとも、〈このコップ、あるいはこのお皿って臭うわね〉と口にすることは許されなかった。それを仄めかすようなことすら口に出してはならず、その代わりに〈このコップはお行儀が悪いこと〉とかそれに似たことをおっしゃるのだった。かてて加えてロシア語に気品を加えようとして言葉の半分近くが会話からすっかり打ち捨てられてしまうため、往々にしてフランス語の助けを借りねばならなかったのだが、その代わり、もうフランス語ともなれば話は違う。先ほど触れた言い回しよりも遥かにどぎつい言葉だって許されるのだ。というわけで、以上が町のご婦人方に関して表面的に申し上げられることである。だが、さらに深いところを覗き見たとすれば、無論、これとはまた違う色んなことが発見されるのであろうが、ご婦人の心根深くを覗き見ることは至って危険なこと。かくして、表面的なことだけに留めた上で、先を続けることとしよう。これまでのところご婦人方は全員どういうわけかチーチコフの社交における感じの良さを十分認めながらも彼についてはあまり語られなかったのだが、彼が百万長者だという噂が広がるや、これまでとは別の気質といったものが浮かび上がってきたのである。尤も、ご婦人方が利己一点張りの奥方たちだというのでは毛頭ない、悪いのはすべて〈百万長者〉という言葉にあるのだ——百万長者本人ではなしに、まさにこの一語に尽きるのである。何しろ、この言葉の響き一つに、あらゆる銭袋を除けば、何かその、悪党にも凡人にも善人にも作用するもの——要は、万人に作用するものが含まれているからだ。百万長者には、完全に損得勘定抜きの、どんな皮算用にも基づかぬ天然無垢のさもしさというものが見て取れるという強みがある。つまり、大勢の者は、彼から頂戴出来るものなど何ひとつなく、また頂戴する権利など一切ないことを重々承知していながらも、決まって取り入ろうとして彼の前に駆け寄ってみたり、愛想笑いをしてみたり、帽子を脱いでみたり、百万長者を招待したことを人に分からせるように午餐へ来るようしつこくせがんでみたりしてしまうのだ。このわずかばかりのさもしさをご婦人方が感じとっていたとは言えないまでも、多くの客間での世間話に上り始めていたのは、チーチコフは無論一等優れた美男子ではないにせよ、その代わり男性としては然るべきお人であり、これが今より少しでも痩せていたり太っていたりすれば、もうそいつは頂けないということだった。その際、痩せぎすの男子について些か耳の痛いことも俎上に載せられた。それは、痩せぎす男子なんてただの爪楊枝みたいなもの、人だなんて言えない、というものだった。ご婦人方の玉衣(たまぎぬ)にはこれまでになかった色んなものがあれやこれやと追加されていた。ゴスチーヌィ・ドヴォールの中は押し合いへし合い、押し潰されんばかりの人混みで、祭りの賑わいほどの軽馬車が詰めかけることとなった。商人たちが驚いたのは、定期市では高値で売れずにそのまま持ち帰ってきた布切れ数枚が忽ち売れて、それも一気に完売したことだった。日曜礼拝ではあるご婦人のドレス下のルロー(鯨鬚の輪っか)でドレスが教会の半分を覆うほど膨らみ広がっていたため、その場に居合わせた区警察署長はこの貴顕なるご婦人のお召し物に皺が寄ってはならぬとまでに、会衆にその場から少し離れるよう、つまり入口の階段付近まで移動するよう命じたのだった。当のチーチコフですら時として、これほどの並々ならぬ注目を自分が受けていることに気づかぬわけにはいかなかった。ある時、自室に戻ってくると、テーブルの上にある一通の手紙が目に留まったのだが、どこの誰がこれを持ち込んだのやら皆目見当が付かず、居酒屋の給仕に訊いてみると、お持ちになった方はおられましたが、誰からのものかお伝えするようには申し付けられておりませんので、という返事が返ってきた。手紙は実に思いっ切りのいい書き出しのもので、具体的に言えば、「いいえ、私はあなたに書かなきゃならないの!」といった具合。そのあと綴られていたのは、お互いの魂のあいだには謎めいた共感が存在しておりますの、とのこと、その真相は数個の点によって繋ぎ止められて行のほぼ半分を占めていたが、さらにそのあとに続いたのが心に思ういくつかの事柄で、これがまたなるほど頗る納得のいくものであったため、ここにそれを書き出すことはおよそ避けがたいことのように思われる。「私たちの人生って何でしょう?――悲しみの住み着いた谷ですわ。社交界とは何でしょう?――感情のない人の群れですわ」このあとで書き手の女性は、すでにこの世からいなくなって二十五年が経つという優しい母の書き残した文面を自分は涙で濡らしているということに触れていた。チーチコフは、息苦しい城壁の中にあって人が空気を吸えない町など永遠に捨てて砂漠へ行きましょうと誘われ、手紙の末尾には揺るぎない絶望すら滲み出て、次のような詩をもって閉じられていた。

二羽のコキジバトが教えてくれるわ、
あなたに私の冷たい遺灰を。
ククークークと気だるげに言うわ、
あの娘(こ)が死ぬとき涙に暮れてたことを。

最後の行が破格であったとはいえ、そんなことはどうでもよい。手紙はあの時代の気分で書かれていたのだ。署名もやはりなく、名前も、苗字も、日付すらもなかった。postscriptum(追伸)にはただ、彼の心であれば送り手の正体も分かるはず、それに、明日催される県知事宅での舞踏会には当の本人も出席するとだけ書き添えられていた。
　これには彼も大変な興味を覚えたのである。匿名というところに大いに惹かれた上に好奇心を唆られてしまったものだから、彼は二度も三度も手紙を読み返し、仕舞いには「それにしたって興味深いじゃないか、一体誰がこんなものを書いて寄越したんだろう」と口走ったのだった。ひと言で言えば、事態はどうやら深刻な様相を呈していたのである。何しろ、彼は一時間以上もずっとこのことを考え続けた末、遂には両手を広げて首を傾げると、「手紙だって何ともまあ実に凝った文面じゃないか!」その後、当然ながら、手紙は元の封筒に戻され、小箱に仕舞い込まれると、何かのチラシと七年前からずっと同じ場所に同じ状態で保管されていた結婚式の招待状の隣に収まることとなった。少し経ってから彼の元には案の定、県知事宅で開かれる舞踏会への招待状が届いた——県庁の置かれている町では実によくあること、県知事に舞踏会は付きもの、さもなくば、然るべき愛情にしろ敬意にしろ、貴族方から得ることなど一向に叶わぬ相談なのである。

どうでもいいことはすべて二の次、脇へ追いやってしまうと、すべて舞踏会の準備一点に絞られた。それもそのはず、色々と気を唆らせ、焦れったく思わせる理由があったのだから。その代わりといっては何だが、この世が誕生してこの方、これほどまで身支度に時間が費やされたことなどなかったのではなかろうか。丸一時間、ただ鏡で顔を見ることだけに費やされたのだから。顔にはあれこれと色んな表情を加える試みがなされた。厳粛にして堂々たるものにしてみたり、恭しくも若干の笑みを湛えたものにしてみたり、今度は笑みなしの単に恭しいものにしてみたり。鏡に向けて数回放たれたお辞儀、これにはごにょごにょとよく分からぬ声が混じり、ところどころフランス語に似ていたのだが、フランス語なんてチーチコフはからっきし駄目だった。彼は自分でもびっくりするような思いもよらぬ感じのいい所作で、眉と唇をぴくっと動かしたり、何とまぁ舌でペロッとまでしたり。まぁ、要するに、一人っきりになり、自分もなかなか捨てたもんじゃないなどと感じつつ、しかも誰にも隙間から覗かれてるなんて露にも思わぬ時には何だってやってしまうものなのだ。最後には軽く顎を撫でて、「おお、いい面構えじゃないの！」と言ってから服を着始めた。何といっても彼が一番ご満悦だったのは服を身に着けている時のことだった。ズボン吊りとかネクタイを着けながら、すり足でもって実に軽快なお辞儀をすると、一度も踊ったことなどなかったのにぴょんと飛び跳ね、足を打ち鳴らしたのだった。このアントルシャはちょっとした罪のない結果をもたらしてしまった。衣類簞笥ががくっと揺れて、テーブルからブラシが落ちてしまったのである。

舞踏会での彼の登場は稀に見る印象を引き起こすこととなった。そこにいた全員が彼の方に振り向くや、カードを手にしていた者も会話の一番の盛り上がりのところで「下級区裁判所が出す答えは、そのぉ……」と言ってから、もはやどんな答えを区裁判所が出してくれるかなどそっちのけでわれらが主人公の元へ大急ぎで挨拶に向かったのである。「パーヴェル・イヴァーノヴィチ！　あらまぁ、どうしましょう、パーヴェル・イヴァーノヴィチ！　愛すべきパーヴェル・イヴァーノヴィチ！　敬愛すべきパーヴェル・イヴァーノヴィチ！　わが心の人よ、パーヴェル・イヴァーノヴィチ！　ここにおいでしたか、パーヴェル・イヴァーノヴィチ！　ほらここにいらっしゃる、われらがパーヴェル・イヴァーノヴィチですよ！　この胸にぎゅっとさせて下さいな、パーヴェル・イヴァーノヴィチ！　さあ、こちらにお通しして、このわたくしめが熱い口づけを致しましょうぞ、わが親愛なるパーヴェル・イヴァーノヴィチ！」　チーチコフは自分が一度にいくつもの抱擁を受けているような感じを覚えた。裁判院長のこの抱擁から抜け出すや今度はすでに市警察署長の胸に懐かれていて、その市警察署長から今度は医師会の査察官へと引き渡され、医師会査察官から徴税請負人へ、徴税請負人から建築家へ……。県知事はこの時ご婦人方の傍らに立ちながら、一方の手にお菓子の包み、もう一方にはふわふわの白い小型犬を抱えていたのだが、彼の姿を見た途端に包みも小犬も床にほっぽり出してしまったが。要するに、小犬はキャンと鳴き声を上げてしまった——ただ、チーチコフが周りに喜びと尋常ならざる陽気さを振りまいたのである。歓喜、あるいは少なくとも通常見られる歓喜の映し出されていない顔など一つとしてなかった。これなどは、役人たちが自分らの部署へ出向で来た上役に監査される時の表情に見受けられるもの。もはや最初の不安が過ぎ去って、上役が大いにご満悦であるのを見て取るや、役人たちも自分から冗談を飛ばされる、つまり、感じのいい微笑みを湛えつつ、二、三言葉を口になされるわけだ。これに合わせてさらに輪をかけて笑い声を立てるのが監査役を取り囲むようにして近づいてきた役人たちで、腹の底から笑っている者はいてもそれは監査役の口にした言葉を些か聞きそびれたような連中で、挙句は、遠く離れた出口付近の扉のそばに丁度立っていたどこぞの警察官が、生まれてこの方笑ったこともなければ、その直前まで民衆に拳を振り回してきたというのに、反照という不変の法則に従ってその顔に笑みらしきものを浮かべているのだが、ただその笑みはむしろ、匂いのきつい嗅ぎ煙草をやった後で今にもくしゃみが出そうな人の表情に似ていた。われらが主人公は全員一人ひとりに応対しながら、ある種の如才なさといったものをいつになく感じていた。右へ左へと礼をして回り、いつもの癖で些か体が斜めにはなっていたが、それでも悠々たるその貫禄により見る者すべてを魅了していった。ご婦人方は忽ちきらびやかな花輪となって彼の周りを取り巻き、ありとあらゆる薫香の雲霞を運んできた。薔薇の香りのお方もあれば、春と菫を匂わせるお方、またすっかり木犀草に薫き染められたお方もあって、チーチコフはただもう鼻を上へ向け、くんくんくんと嗅ぐのだった。ご婦人方の玉衣の好みには切りというものがなかった。モスリン、繻子、レース地はとにかく淡い色が流行りだったものだから、これに見合った名前を見つけ出すことなど無理な相談（それほどまでに趣向が繊細なものになっていたのである）。蝶結びのリボンやブーケがドレスのあちらこちらでこれ以上ないほど美しく狂ったようにひらひらと揺れていたが、この狂い加減には狂いなき頭脳が大いに知恵を絞っていたのである。軽やかな被り物はただ耳の上にちょこんと載っかっているだけで、まるでその様子は〈あーれー、飛んでいってしまうぞよ、ただこの別嬪さんを一緒に持ち上げられんのだけは無念だわい！〉とでも言わんばかり。腰はキュッと締め上げられ、最も頑丈で尚且つ目の保養ともなるフォルムをなしていた（指摘しておかねばならぬが、N市のご婦人方はその大体においていずれも幾分お太りであられたのだが、紐を使うお手並みが実に優れていた上に、立ち居振る舞いも実に感じの良いものであったから、太っていることなど少しも気にならなかったのである）。何から何までこのご婦人方におかれては並々ならぬ細心の注意によってすべて予め考え抜かれていたため、首や肩の開き具合は必要程度に抑えられ、度を超えることはまるでなく、お一人お一人が自らお持ちのものを外に晒されるにしてもそれは人を悩殺するやもしれぬとお感じになられるところでお止めになられ、それ以外のところは稀に見る着こなしによってすっぽりとお隠しになられていた。リボンで結んだ軽やかなネクタイのようなものとか、〈口づけ〉という名で知られるパイ菓子よりも軽いスカーフなどが宙に浮かぶようにふんわりと首筋を包み込んでいるかと思えば、肩の後ろとかドレスの下から突き出すのはちっちゃい縁のぎざぎざしたバチストの壁で、これなどは〈慎ましさ〉という名で知られているもの。この〈慎ましさ〉が前から後ろからとひた隠しにしていたのは、もはや人を悩殺しようはなかったが、まさにここにこそ悩殺の元凶ありと疑わせているものであった。長手袋は袖口ギリギリまで着用されることなく、肘より上の悩ましげな部分を剝き出しのままになされていたものだから、多くの腕はその羨ましいほどのふくよかさを漂わせていたし、別のご婦人たちに至っては仔山羊革(キッドスキン)の手袋が上へ上へと引っ張られてはち切れてしまっていた、——要するに、見た感じでは、どこを取ってもまるで、違いますわ、ここは田舎町なんかじゃございませんのよ、ここは首都、ここはあのパリですのよ!と書いているかのようであった。ただ、ところどころに突如顔を覗かせていたのが、この世ではお見かけせぬようなボンネットや孔雀の羽根と思しき、あらゆる流行に逆らう、自らの好みに合わせたものであった。だが、これなくしては話にならない、これこそが田舎町の持ち味というもの。どこかで必ずボロは出るのだから。

チーチコフはご婦人方の前に立ちながら、〈この中のしかしどれなんだ、手紙を書いて寄越したのは?〉と考えていた——そして、鼻を前に突き出そうと思いきや、まさにその鼻先すれすれのところを掠めていったのが、ずらっと連なる肘や長手袋の腕まわりや袖やリボンの先や馨しいシュミーズやドレス。ギャロップがまっしぐらに突進していったのである。郵便局長夫人、中尉、青い羽根の奥方、白い羽根の奥方、グルジアのチプハイヒリッゼ公、ペテルブルクの役人、モスクワの役人、フランス人ククー、ペルフノフスキィ、ベレベンドフスキィ——すべてが舞い上がり、駆け抜けていったのだ……。

——どうだい! 田舎役場の書き仕事が始まったぞ!——後ずさりしながらこう口走ったチーチコフは、ご婦人方がそれぞれの席に散らばると、またもや顔と目の表情からこの中のどの女性が手紙の差出人か分からぬものかと物色し始めたのだが、顔色からも目の表情からもどの女性が差出人なのかは一向に分からずじまいだった。どこを打ち眺めたところで、ほんのちょっぴりと表に出た摑みどころのない繊細な表情があり、うぅ! 何とまぁ繊細なことか！……〈いやはや、――チーチコフは独りごちたのだった、――女ってもんは、何ともあれだな……――そこで彼は諦めたとばかりに片手を軽く振った。――まさに言うことなしって奴だよ！　まあ試しにその顔にさっと差すもの、ちょっとした起伏、仄めかしを一切合切言葉にして語ったり伝えようもんなら、そりゃもう何ひとつとして伝えられるものなんてありゃしない。女ってのは目だけとってもそれはもう無限に広がる国土のようなもんで、そこに入り込んじまえば跡形もなく消えちまうのさ！　もうそこからは鉤で引っかけようが何しようが引っ張り出せやしない。まあ試しに、例えばだ、あの目の輝き一つを語るとすればどうだ。潤んでいるとか、天鵞絨のようだとか、砂糖の甘やかさがあるだとか。他にもどれだけあるか分かりゃしない！　つれないとか、柔和だとか、それこそまるで物憂げだとか、これと別様の物言いならば、満ち足りてるとか、不満そうだとかってことになるし、満ち足りてるっていうより勿体ぶった感じってのもあるな――要は、心の臓に引っかけて、楽器の弓みたいに魂の至る所を擦（こす）りつけるのさ。いや違うな、とにかくこれっていうい言葉が浮かんでこない。人類の半分を占めるお洒落さんたちってことだな、そんだけのことさ！〉

失敬！　どうやらわれらが主人公の口からは巷で耳にするちょっとした言葉が飛び出てしまったようである。仕方のないことではなかろうか？　これこそはルーシにおける当代作家の有様というもの！尤も、巷言葉が本の中に紛れ込んだとて悪いのは作家ではない、悪いのは読者諸氏であって、先ずもってそれは上流社会の読者諸氏なのだ。何しろ、あのお歴々からはひと言としてまともなロシア語を耳にすることはなく、フランス語、ドイツ語、それに英語をあのお方らはそれはもうこれでもかってくらい鏤（ちりば）めて、しかもあらん限りにその発音まで残そうとなさる。フランス語ならオンオンと鼻にかけたりカッカッと喉の奥を鳴らせば、英語なら鳥顔負けの発音で、そのお面まで鳥みたいにして、しかもその鳥顔の出来ぬ連中のことは鼻で笑いさえするというのに、肝心のロシア語だけは一つとして出てこない、ただ例外として、愛国心から自分の別荘地にはロシア風の小屋を建てたりするというのに。これぞ上流階級の読者諸氏、ならびにそのあとを追って上流階級のうちに自らを数え入れる者たちの実態なのだ！だがその一方、これまた何と注文の多いことか！連中は何がなんでも、すべてはこの上なく厳格にして純然たる高貴な言葉によって書き記されることを要求するわけだ、——要するに、彼らの望みはロシア語が勝手にいきなり雲の上から滑り落ち、然るべく仕上がった状態で連中の舌の上へ直に着地してくれることであって、自分たちはただあーんと口を開けたまま舌を出していればいいわけだ。無論、女性という人類の片割れが一筋縄でないことは言うまでもないが、尊敬すべき読者諸君よ、認めねばならんのだ、さらに一筋縄で行かぬことがあるということを。

その頃チーチコフはというと、一体どの奥方が手紙の差出人であるのか全く分かりかねていた。ぐっと目を凝らして見てみたところ、ご婦人方の側からも外に表立っていたのが何かその、哀れなる死すべき者の人心に希望も甘美なる苦悩もともに天降さんとするものだったため、彼はとうとう「無理だ、全然目星なんて付かんぞ！」と口にしたのだった。とはいえ、こんなことで彼の愉快な気分が目減りするなんてことは一向になかった。彼は数人のご婦人方と打ち解けながら軽妙で感じのいい言葉を交わしては、あちらこちらへと小さな歩幅で歩み寄るというか、ちょこまかしていたのだが、これなどまるで高いヒールを履いた狒々オヤジと称されるちんちくりんの伊達ジジイが奥方の周りをバタバタと先回りしようとして駆け出す時によくやることだった。頗る軽やかに右へ左へちょこまか方向転換するや、すぐさま敬意を表すべく軽く踵を短い尻尾かコンマのような恰好で擦り寄せるのだった。ご婦人方は実にご満悦といったご様子で、彼の中に愉快さや好意をどっさりと見出すに留まらず、その顔に威厳ある表情、何かそのマルス的というか、軍人のようなものまでも探しだす始末で、周知の通り、こういうことが女性は大変お好きときている。しかも彼をめぐってはすでにひと悶着始まっていた。彼がいつも通り扉のそばに立とうとしていることに気づいた数名が我先にといった具合にその扉近くで椅子を使った席取り合戦となり、そのうちの一人が運よく陣取った時には危うく不愉快千万なことが起こる寸前で、同じく席を取りたかった多くのご婦人方にとってはかような厚かましさがもはや度を超えた穢らわしいことに映っていたのである。

　チーチコフはご婦人方との会話にすっかり気を取られ、というかむしろご婦人方がすっかり彼を会話で引き止め、囲い込み、そこにはどれを取っても謎解きが必要な難解で微妙なアレゴリー（諷諭）がどっさりと振りかけられていたお蔭で、彼の額には汗まで吹き出すほどだった――そういうこともあり、礼儀を尽くすべくいの一番に女主人の元へご挨拶に参上すべきことを彼は失念していたのである。これを思い出したのは当の知事夫人の声が耳に入ってからなのだが、すでに夫人は彼の前に数分前から立っていたのである。知事夫人は幾分親しげで悪戯っぽい声で、愉快げに首を振りながら「あら、パーヴェル・イヴァーノヴィチ、あなたでらしたのね！……」と言った。ありのままに知事夫人の言葉を伝えることは叶わぬが、その言葉は大変好意に満ちており、客間を描写したり、高尚ぶった知識を鼻にかけたがるわが国の在俗作家の小説に登場する淑女紳士が話すような感じで、〈ほんに貴方様（あなた）の御心は虜にされてしまい、もはやその御心には貴方の無情にもお忘れになられたご婦人方にあてがわれる場所もなければ、極々手狭な一隅すらもございませんのよね〉とでも言わんばかりであった。われらが主人公はすぐさま知事夫人の方に向き直ると、昨今の流行小説でズヴォンスキィだの、リンスキィだの、リーヂンだの、グレーミンだの、海千山千の軍人たちが言い放つ言葉と比べても恐らくは少しもお見劣りせぬ返事を言い放つ態勢にあったのだが、ふと視線を上げた途端、まるで雷鳴に耳を聾したかのごとく立ち尽くしてしまったのである。

　彼の前にいたのは知事夫人ひとりではなかった。ご夫人が腕を組んでいたのはうら若き十六歳の令嬢、何とも初々しいブロンドの娘で、細くて端正な目鼻立ち、しゅっと先細りした顎、その艶めかしくも真ん丸い卵型の面立ちは画家ならばマドンナのモデルにでもするであろうもので、また、山にしろ、森にしろ、草原にしろ、顔にしろ、唇にしろ、足にしろ、何から何まで大ぶりのものが好まれるルーシにあっては滅多にお目にかかれぬようなものであったが、この娘というのはその実、ノズドリョーフ宅からの帰り道、馭者と馬がぽかをやらかしたせいで馬車が変な具合にぶつかって馬具がこんがらがったのをミチャイの小父貴とミニャイの小父貴が解こうとした時に道端で見かけたあのブロンドの娘だったのである。チーチコフはすっかり取り乱してしまったものだからひと言もまともに喋れず、グレーミンやズヴォンスキィやリーヂンならば絶対に口にせぬような全く訳の分からぬことを口走ってしまった。

——まだウチの娘をご存じじゃありませんこと？——と知事夫人は言った、——女学生でしてね、卒業したばかりですのよ。

彼は、すでに偶然ではありますがお目にかかる幸運に与りました、と答え、さらに何かを言い添えようと試みたものの、その何かというのが全く出てこなかった。知事夫人は二、三言葉を告げてしまうと、仕舞いには娘を連れてホールの別の端にいた他の客たちのところへ行ってしまったのだが、チーチコフの方はなおもその場に立ち尽くしたままの状態で、まるでそれはある男が陽気に家の外に出て、散歩でもしながら色々見物するぞといった目つきだったのが、何か忘れ物をしたのを思い出してふと立ち尽くした時のようで、もはやこういう場合、この手の輩ほどに間の抜けた存在などあり得ない。晴れやかだった表情は顔からさっと消え、自分が何を忘れたのか必死に思い出そうとする——ハンカチじゃないかな？　けど、ハンカチはポケットにあるしな、金じゃないか？　けど、金もポケットに入ってる、全部持ってるはずなのに、どこかの見知らぬ精霊が男に、忘れ物をしたのだよ、と耳打ちしてくる。もはやそうなると男は呆然としたままぼんやりと、目の前を往来する人の群れや疾駆する馬車、通り過ぎる連隊のシャコー帽や銃、看板を眺めるだけで、何ひとつまともに目に入ってくるものはない。かようにチーチコフも突如、自分の周りで何が起ころうとどうでもよくなってしまったのだ。この時ご婦人方の馨しき香りのする口元から彼に向かって押し寄せてきた数多の仄めかしや問いかけには、芯の芯まで軽妙さと好意とが染み込んでいた。「この世の卑しき住人たるわたくしたち、恐縮至極ではありますもののお訊ねさせて頂きとうございますの、何を夢見ていらっしゃいますのかしら？」——「どこにその、貴殿の思いがたゆたう幸せな場所というのはございますのかしら？」——「貴方を甘い物思いの谷へと沈ませた方のお名前などお教え頂けませんかしら?」だが、どの問いに返事をしたとて、どれもこれも明らかに気も漫ろ、いつもの感じのいい言い回しは跡形もなく消え失せていた。そればかりか、何とも不躾なことに、知事夫人とその娘がいなくなった先を見極めたい一心から、早々にもご婦人方のことは切り上げて別の方向へと下がってしまったのである。だが、ご婦人たちの方も彼をそう簡単に放っておく気はなかったようで、それぞれのご婦人は殿方の心にとって危険極まりないあらゆる小道具を利用して、その最善たるものを実地に用いようという心積もりでいた。一部のご婦人方には、――申し上げておくが、全員だ、と言っているわけではない、――ちょっとした弱みというものがあったことを指摘しておかねばならない。つまり、自分に額なり、口なり、手なり、これといった美点があることに気づくと、自分たちの顔の良い部分というのが先ず最初に皆の目について、それを全員が声を揃えて〈ご覧になって、ご覧になって、あの方は何てまあお美しいギリシャ風のお鼻だこと!〉とか〈何とまあ整った、魅力のある額だこと!〉と喋り出すと思い込んでしまうのだ。その日の肩が綺麗だったりすると、当のご婦人は若い殿方がすっかり有頂天となって、自分がそばを通るたびに〈ああ、何てこの方の肩は素敵なんだ〉と仕切りに繰り返すなどと早合点してしまう――だが、顔、髪、鼻、額などには目もくれず、仮に目が行ったにしてもそれは何か添え物みたいなものとしてなのだ。こういう風に考えるご婦人方は他にもいらっしゃる。どのご婦人方も、ダンスでは能う限り艶やかであること、そして、自らの持つ一番の美点という美点をその輝きにおいて存分に披露するのだと自ら心密かに誓いを立てておられた。郵便局長夫人はワルツを踊りながら、それはもう物憂げに首を傾いでいるものだから、正直な話、何かその、この世のものとは思えぬ雰囲気が漂っていた。ある大変好意的なご婦人などは、――この方がこの場にいらっしゃったのは踊るためでは毛頭ないのだが、ご自身の談によると、右足にマメが出来てちょっとしたアンコモディテ（軽い患い）のせいで襞付きのブーツまで履かざるを得なかったのだが――耐えるに耐えられなかったものの、郵便局長夫人に身の程知らずの自惚れを懐かせぬためにもその襞付きブーツでもって何度かくるくると輪を描いたのだった。

　だが、こういったことはどれもチーチコフに対して予想していた効果を全く与えなかった。彼はご婦人方の描く舞の輪に目をやることすらなく、始終爪先立ちで背伸びしては、頭を越えた先にある、気になって仕方ないブロンド娘の雲隠れしたかもしれぬ場所を眺めたり、下にしゃがみ込んでから肩や背中の隙間から覗き込んでいると、遂に探し当てた娘は母親と一緒に腰を下ろしていて、その母親の頭には何やら羽根飾りの付いた東洋風のターバンが威厳たっぷりにゆらゆら揺れていたのである。どうやらまるで彼はその二人に目がけて突撃でも仕掛けたがっているかのようで、春の陽気な気分がそうさせたのか、それとも誰かに後ろから小突かれでもしたのか、彼はただ前進あるのみと一顧だにせず人混みを掻き分けていった。徴税請負人が彼にどんと押されてよろめきはしたが、無論、将棋倒しになってはなるまいとすんでのところを片足で持ち堪え、郵便局長もまた後ずさりし、かなり微妙な皮肉混じりの驚きの一瞥を向けたものの、当の本人は彼らのことなどお構いなしだった。彼の目に映っていたのは遠くに見えるブロンド娘だけで、彼女は今や長手袋を身に着けて、これは間違いないが、寄木の床の上に進み出て飛び回りたくて仕方がないという様子だった。一方、向こうの離れたところではある四組のカップルが見事なマズルカを舞っていて、ヒールを床に激しく打ち付け、歩兵二等大尉は心に体、腕に足といった具合に動かしていくのだが、その身を躱す（かわ）パ（ステップ）たるや誰ひとり夢にも見たことのないものだった。チーチコフはマズルカの前をそのヒールすれすれに足早に滑り過ぎると、知事夫人とその娘の坐るところへ直行した。ところが、ご両人の前に歩み出た彼はすっかりもじもじしてしまい、あのちょこまか歩きもお洒落さんじみた颯爽としたところはあまりなく、話す言葉も途切れてしまい、どの動きもどこかしらぎこちなかった。

　われらが主人公に恋愛感情が芽生えたことは間違いない、などと言い切ることは出来ない——この手の御仁、つまりは太っているでもなく、かといって痩せぎすというわけでもない殿方は、恋愛が得意であるかについてさえ怪しいのである。しかし、そういったすべてをひっくるめても、ここには何ともその、不可解なことが、彼にも説明の付かぬような何かがあったのである。つまり、彼自身も後ほど認めていたが、舞踏会全体がそのすべての話し声や喧騒とともに、ほんの数分間、どこか遥か彼方に遠のいてしまい、バイオリンやラッパはどこか山の向こうでずたずたに切り刻まれ、何もかも、雑に塗りたくった野原の絵みたいな霧に薄っすら包まれてしまった感じがしたのである。そしてこの霧立った、適当に描き殴られた野原の中からくっきりはっきりと現れ出てきたのはただ一つ、魅力あふれるブロンド娘のほっそりとした輪郭だけであった。その卵のように真ん丸な面持ち、卒業後数ヶ月の女学生によくあるそのほっそりとした体つき、その白い、およそ飾り気のないドレスがふんわりゆったりと若いすらりとした四肢の至るところを包み込んでいて、それがどこかしら清らかな線となって浮かび上がってきたのである。彼にはまるで娘が象牙からきれいに彫り出されたお人形さんのようで、彼女だけがたった一人白さを放ち、淀み切って不透明な群衆の中から透き通った輝きのある姿で現れ出たのだった。

どうやらこういったことが世の中では起こるらしく、どうやらチーチコフのような連中も人生のわずか数分くらいは詩人になることがあるようで、ただ〈詩人〉というのはちょっと言いすぎかもしれない。少なくとも彼は自分のことをすっかり若者のように感じ、ほとんど軽騎兵気分になってしまったのだ。ご両人のそばに誰も坐っていない椅子があるのを目にすると、彼は早速そこに陣取ったのである。会話は当初思うようには弾まなかったものの、やがてそれも波に乗ると彼は気障な態度まで取りだし、ただ……ここにきて、実に悲しいお話ではあるが、地位のある者や重責を負った人物というのはご婦人方との会話になると多少どうやら鈍重な気味があるようで、この手の達人というのは中尉だとか、大尉の地位などには全く届かぬ人士なのだ。彼らがどんな手を使うのかについては神のみぞ知るところだが、見たところ他愛のない話だというのにお嬢さんときたら椅子に坐ったまま始終笑いで体を揺らしておられる、だが五等文官は何の話をするやら分かったものじゃない。ロシアは実に広大な国家でありましてなぁ、なんて話でもするのだろうか、それともお世辞でも言い放つのだろうか、まあそれだって機転が利いてないとは言わぬが、やはりどこかで読んできたような感じでひどく鼻につき、もし何か滑稽なことでも言えば、聞き手のご婦人と比べものにならぬほど自分で笑ったりするのだ。今こんなことを話に出したのは、われらが主人公の話の最中になぜあのブロンド娘が欠伸をしだしたのかを読者諸氏にご覧頂こうという思いからである。主人公はというと、どうしてどうして、そんなことには全く気づかず、あれこれ耳触りの良いことを話し続けたのであり、それはこれまでにも同じような機会に色んな場面で口にしてきたことであった。とりわけ、シンビルスク県のソフローン・イヴァーノヴィチ・ベスペーチヌィ（のんき屋）宅では当時娘のアデライーダ・ソフローノヴナと彼の三姉妹のマリヤ・ガヴリーロヴナ、アレクサンドラ・ガヴリーロヴナ、アデリゲイダ・ガヴリーロヴナがおられたし、フョードル・フョードロヴィチ・ペレクローエフ宅のリャザン県、フロール・ヴァシーリエヴィチ・ポベドノースヌィ（勝ち誇った者）宅のペンザ県、またその兄弟であるピョートル・ヴァシーリエヴィチ宅では妻の姉妹カテリーナ・ミハイロヴナとその又従姉妹のローザ・フョードロヴナとエミーリヤ・フョードロヴナがいらしたし、ヴャートカ県のピョートル・ヴァルソノーフィエヴィチ宅ではその許嫁の姉妹であるペラゲーヤ・エゴーロヴナに姪のソフィヤ・ロスチスラーヴナと二人の継子（ままこ）ソフィヤ・アレクサンドロヴナとマクラトゥーラ（反古紙）・アレクサンドロヴナという面々がいらっしゃった。

　ご婦人方全員に於かれては、チーチコフのかような振る舞いが全くお気に召さなかった。あるご婦人などはそれとなく気づかせようとしてわざと彼の前を素通りし、しかもかなりぶっきらぼうな感じでブロンド娘に自分のドレスの太いルローを引っかけたり、自分の肩の周りでひらひらしているスカーフの先端を娘の顔すれすれにまで持っていくかと思えば、これと同時に彼の背後からは一部のご婦人の口から菫の薫りとともにかなり刺のある毒舌が飛んできたのである。しかし、実際彼の耳には入らなかったのか、はたまた聞こえなかったふりでもしたのか分からぬが、こればかりは誉められたことではなかった、何しろ、ご婦人方の意見は大切にせねばならぬものだからだ。これには彼も後悔したが、あとの祭り、要は遅きに失したのである。

　このあらゆる点においてごもっともな憤慨は大勢のご婦人方の表情となって現れていた。社交界においてチーチコフが如何に大きな影響力を持っていようとも、彼が百万長者であったり、その表情に威厳や何かマルス的で軍人的なものが現れていようとも、ご婦人方にはそれが誰であろうと断じて許してはおけぬ事柄というものがあり、そうなるともはや一巻の終わりなのだ！　時に、女性というものは男性と比べ、性格上どれほど弱々しくて非力であろうとも、突如男性ばかりかこの世に存在するあらゆるものよりも毅然となることがある。チーチコフによる無視は、およそ不注意からのものであったにせよ、席取り合戦の際にあわや失われそうになっていた和の心さえご婦人方のあいだに再び取り戻させたのである。彼が図らずも口にしたどこか乾いたありきたりの言葉にも、ちくちくと刺す当て付けを看て取ったのだ。この禍を締めくくるに当たりある一人の若人が、踊っていた会衆をネタにした風刺詩を即興で作ったのだが、これを抜きにしては、ご存じの通り、田舎町の舞踏会といったものは普通考えられないのである。今回の詩はすぐさまチーチコフのことを歌ったものと看做された。憤りが増していくと、ご婦人方は彼のことを色んな場所でこれ以上ないほど悪しざまに言い始め、あの不憫な女学生に至っては完膚なきまで打ちのめされ、彼女への宣告文にはすでに署名がなされていたのだ。

　その一方、われらが主人公にはこれまた不愉快極まりない意想外の事が用意されていた。ブロンド娘が欠伸をする中、彼が色んな時代に起こったお話をあれこれ語り、ギリシャの哲学者ディオゲネスの話にまで触れようとしていたそんな時、一番奥の間からノズドリョーフが姿を現したのである。それが果たしてビュッフェからなのか、それとも普通のホイストよりも強めの遊びに興じていた小さな緑の客間から抜け出てきたのか、自分の意志でか、それとも勝手に押し出されたかはいざ知らず、ただ気分は上々といった感じの様子で嬉しげに検事の腕をぎゅっと摑んでいて、検事の方は恐らくすでにしばらくのあいだ引っ張り回されていたのだろう、何しろ、この不憫な検事殿、そのゲジゲジ眉毛を四方八方振り回しては、仲よく腕組む二人行脚から何とか抜け出す方法はなかろうかと試行錯誤していたからだ。

実際、その行脚たるや耐え難いものであった。ノズドリョーフは景気づけに二杯、無論ラム抜きでないお茶を啜ってから大法螺を吹いていたのだ。もはや遠目で彼の存在に気づいたチーチコフは、御身を犠牲にまでしようと決心をしたのだった、つまり、人の羨む自分の立場など捨て去り、即刻退散しようという心積もりだったのである。何しろ、彼にしてみればこの邂逅は縁起でもないことだったからだ。しかし、運悪く、この時偶然遭遇した知事が、パーヴェル・イヴァーノヴィチを見つけたぞ、とやたらと喜びを口にして彼を引き止め、自分が今ご婦人お二人と繰り広げている、女性の愛は長続きするものか否かをめぐる論争の審判役を買って出てくれないかと頼んでいたところをすっかりノズドリョーフに見つかってしまい、チーチコフの方に向かって彼は直行してきたのである。

——ほ、これはヘルソンの地主殿、ヘルソンの地主殿！——こう声を張り上げると彼はたっぷりの笑みで、その若々しい春の薔薇のように火照った頬をヒクヒクさせながら近づいてきた。——どうしたね？　ごっそりと死んだのを買い込んだんだって？　ご存じないでしょう、閣下は、——彼は知事の方を向くやがなり声を上げたのである、——この奴さんはね、死んだ魂を商売にしてるんですよ！　ほんとなんだから！　いいか、チーチコフ！　お前さんってあれだ、俺は友達だから言うんだぜ、ここにいる俺たちは皆お前さんの友達なんだ、ほら、ここにいらっしゃる閣下だってそうよ、俺だったらお前なんて吊るし首もんだな、ほんと、吊るし首もんよ！

チーチコフはとにかく自分の居場所も分からぬ思いだった。

——信じられますか、閣下、——ノズドリョーフは続けた、——こいつは俺にこう言ってきたんですよ、「死んだ魂を売ってくれ」ってね、俺なんてついつい吹き出しちまって。こっちに自分はやって来て、って言うわけですよ、三百万で連れ出しの農民を買い漁ったってね。どいつを連れ出すのかって話でしょ！　こいつが俺のところで買ったのは死んじまった連中なんだから。よく聞け、チーチコフ、お前はチクショー野郎さ、マジでな、チクショーさ、ここには閣下だっていらっしゃるんだ、そう思いませんか、検事殿？

ところが検事、またチーチコフにしろ、当の知事にしろ、あまりの困惑にどう答えれば良いものかさっぱり分からずにいたのだが、ノズドリョーフの方は一切お構いなしといった様子で素面半分の弁を揮ったのである。

——マジでお前さん、兄弟、お前だよ、お前さんに言ってんだよ……なんであんたが死んだ魂を買ってたのか分かるまではさ、俺はあんたから離れねぇぜ。よく聞くんだ、チーチコフ、大体お前さんにしたって恥ずかしいんだろ、自分だってよく分かってるくせに、俺みたいないい友人なんていねぇんだから。ここにゃ知事閣下だっていらっしゃるんだ、そうでしょ、検事？　信じられんでしょうがね、閣下、そりゃもう俺たちの絆は強いのなんのって、要はね、それこそ閣下がこう言ったとすりゃね、ほら、俺がここに立ってるでしょ、で、閣下がこう言うわけだ、「ノズドリョーフ！　正直に答えるんだぞ、お前さんはどっちの方が大切なんだ、生んでくれた父親か、それともチーチコフか？」ってね、そしたらこう答えますよ、「チーチコフです」ってね、マジな話……。頼む、いい奴よ、ひとつお前さんにベゼさせとくれ。いやはや、閣下殿、こいつに口づけをさせてもらいますよ。さあ、チーチコフ、そんな嫌がるんじゃねぇよ、一度お前さんのその雪白のほっぺにブッチュンさせとくれ！

ノズドリョーフはそのベゼともども思いっ切り突っぱねられたものだから、危うく地面に突き飛ばされるところだった。彼の元からは全員身を引き、もはや話を聴いている者などいなかったが、それでも彼は死んだ魂の売買の話を大音声で喋り散らし、そこには笑い声がどっと沸き起こったものだから、部屋の一番遠い隅っこにいた者の注意すら引いたほどだった。この新たな報せは何とも不可解に思えたため、誰もがどこか薄ぼんやりとした、間の抜けた戸惑いの表情で呆然としていた。チーチコフは気づいていたが、大勢のご婦人方は互いに目配せしながら何とも悪意剝き出しの蔑むような笑みを浮かべていて、しかもそこには何かその、他にも意味ありげな表情が浮かんでいたために、これがさらに輪をかけてこの場のバツの悪さを助長したのである。ノズドリョーフは札付きの法螺吹きだったので、てんでちんぷんかんぷんなことを彼から聞いてもちっとも不思議ではなかった。ところがである、死すべき者というのは何ともしかし、どういう作りになっているのだろうか見当もつかぬもの。新たな報せが如何に低俗なものであろうとも、それが新たな報せである限りは死すべき者ならそれを別の死すべき者に伝えるわけで、ただただ〈ほらどうです、ひどい嘘を言いふらしてるでしょ！〉と言うだけのことなのだから――でもって、その別の死すべき者がまた嬉々として耳を傾けるのだが、そのあとでまた〈こりゃまたとんでもなく品位のない嘘ですな、一顧だに値しない！〉と自ら言うことになる――その後、そのまま第三の死すべき者を探し出し、その者に語って聴かせてから一緒になってお上品な困惑を示しつつ、〈何とまた品位のない嘘でしょうな！〉などと声を上げる。そうやって確実に町をぐるっと一周してしまうと、死すべき者は悉く、その数の如何にかかわらず、必ず思う存分に喋りまくったあとで、それが一顧だに値せぬ、口にするのも憚られることだと認めるに至るわけだ。

　この見たところ馬鹿馬鹿しい事態のせいでわれらが主人公の意気阻喪していることは一目瞭然。馬鹿のいう言葉が如何に愚かなものであろうとも、それは時として利口な人間を困惑させるに十分なこともあるのだ。われらが主人公はバツの悪さ、調子の悪さを感じだした。これなどはピッカピカに磨いたブーツでいきなりドロドロの臭い泥濘(ぬかるみ)に足を突っ込むのと全く変わらぬわけで、要するに、頂けない、全くもって頂けない話なのだ！　彼は、こんなことは考えないでおこう、気晴らしでもして愉しもうと努め、ホイストの席に着いてはみたものの、結局はひん曲がった車輪みたいにしか進まなかった。というのも、対戦相手の組み札(スート)のカードを二度切ったのだが、三度目にそれが切り札として出せぬことをすっかり忘れていたものだから、手元のカードを皆かなぐり捨てて、馬鹿みたいに自分のカードを取ったのである。裁判院長には、パーヴェル・イヴァーノヴィチというあの大変な手練れの、こう言っても良かろう、駆け引きの何たるかを知悉されているお方がこんな過ちを犯した上に、裁判院長自身の言葉通りに言えば、自分が神頼みにしていたスペードのキングを峰打で済ませたことが全くもって理解出来なかった。無論、郵便局長に裁判院長、それに市警察署長すらも、いつも通りにわれらが主人公相手に冗談を飛ばし、もう意中のお方でもいらっしゃるのではないか、とか、私らは知っとりますよ、パーヴェル・イヴァーノヴィチのお心は些か足を引きずっとりますな、知っとりますよ、誰に射抜かれたのかもね、と言ってみたりしたが、こう言われたところに微笑みや冗談で切り返そうとどう試みても一向に彼の慰めとはならなかった。晩餐の席でもやはり、たとえ同席した会衆が感じが良くて、ノズドリョーフも随分前に連れ出されていたにもかかわらず、彼は一向に伸び伸びと出来る状態になかった、何しろ、ご婦人方ですら彼の振る舞いが度を超えたスキャンダラスなものになってきたことにようやく気づいたからである。コティヨン[68]の最中、彼は床に坐り込むと、踊り手たちの裾を摑みだしたのだが、これなどはもはや前代未聞のこと、というのがご婦人方の言い分であった。その晩餐は実に賑やかなもので、どの面々も三叉の燭台や花、お菓子、それにボトルの前に見え隠れしては、これ以上ないほどの寛ぎに満たされ、生き生きとした輝きを放っていた。将校、淑女、燕尾服——何もかもが礼儀に則って行われ、そこには過度の甘美さまであった。殿方はテーブルから跳んで立ち上がり、召使いの元に駆け寄って皿を奪い取ると、稀に見る器用さでそれをご婦人方に奨めるのであった。ある大佐などはご婦人にソース皿を抜き身の刀の先っちょに載せて差し出してみたり。チーチコフをあいだに挟んでおられたご高齢の殿方は大声で議論しながら、要領を得た言葉の口直しとばかりに魚か牛肉を惜しみなく辛子の中へ浸して食されると、いつもならチーチコフの参加する話題についてまた論じておられたのだが、その彼はというと、長旅に疲れたのかぐったりしてしまって何ひとつ頭に入らず、何ひとつ身の入らぬ人にそっくりだった。晩餐がお開きになるのも待たずして、彼はいつもより比べものにならぬほど早く切り上げて自室に戻ってしまったのである。

　ところ変わってかの一室、すでに読者もご存じであるところのその扉は箪笥で塞がれ、時折隅の方からゴキブリたちが顔を覗かせるその部屋に戻っても、彼の抱く思いと気分は彼の坐る肘掛け椅子同様落ち着きのないものであった。不快さとモヤモヤした感じが心中にはあり、どこか重苦しい虚しさが残っていた。「あんな舞踏会を思いついた奴らなんか全員、悪魔にでも攫われちまえ！――と彼は忌々しげに言うのだった。――大体、何をあんな馬鹿みたいにはしゃいでられんのかってんだ？　県下じゃ不作だの、物価上昇だのって言ってる時にさ、よりによってあいつら舞踏会なんかやろうってんだから！　何てざまだよ、おなご連中の着てたあの雑巾なんてさ！　ぐるぐる巻いた衣装に千ルーブルもかけたなんて聞いたことねぇや！　けど、あれだって農民たちの年貢か、もっとひどけりゃ、俺たちの兄弟の良心を形（かた）にしたもんさ。だって、袖の下を受け取って本心でもないことをぺらっぺら喋る理由なんて分かり切ってんだから。嫁にショールだの、連中が言うところのロブロン（丸ドレス）って奴をあれこれ買い与えるためさ、全くイカれてやがるぜ。でも、何でそんな風になるかって？　そりゃシードロヴナとか何とかってアバズレの口から、郵便局長夫人のドレスの方が上等でしたわね、なんて言わせないためさ、だからそういう擦れた奴らのせいでドカンと千ルーブルも積まれちまうのさ。〈舞踏会、舞踏会、あら愉し！〉とか声張り上げちまってさ、あんな舞踏会なんぞクズみたいなもんじゃねぇか、ロシア風でもなけりゃ、ロシアらしい気質もない、それにありゃどうなってんだ、いい歳した大の大人がいきなりさ、全身黒尽くめでもって、羽根毟り取られたみたいな見窄らしいぴっちぴちの恰好でぴょこんとか跳び上がるのなんぞまるで小悪魔じゃねぇか、それに、パンでも捏ねるみたいに足をバタバタし出す始末さ。しかも中にゃペアになって立ったまま他の男と大事な用件を交渉してるかと思ったら、同時に足を仔山羊みたいな千鳥足で右に左にヨタヨタと……何もかも猿真似、何もかも猿真似さ！　四十路にもなったフランス人が十五歳当時のガキ同然だっていうんなら俺たちだってそうしない手はない！ってことだろ。勘弁してくれよ全く……舞踏会のあとってのはいつだってとんでもない罪を犯したみたいな感じさ、思い出したくもねぇほどだ。頭の中は空っぽよ、社交界の人間と会話したあとみたいにさ。何でもかんでも広く浅く喋り倒すくせに、言うことっていやどれも本で齧ったようなことばっかりで、雑多なことを飾り立ててはするけど、頭の中から何だって構わんよ、奴らから聞いたことを取り出してみりゃいいさ、そしたら分かるさ、話し相手がただの商売人で自分のことしか知らなくったって、それだって揺るぎのない経験で手に入れた知識だから、あんな虚仮威しみたいな連中よりよっぽどましってことがな。それに、あんなもん、あんな舞踏会なんか何の足しになるってんだ？仮に、例えばだ、どこぞの作家があの情景を丸ごとありのまま描写する気になったとしたらどうだ？まぁ本の中だろうが、あの現場だろうが、あんな情景なんてのはあの通りまるで意味なんてありゃしないさ。あんな情景が何だってんだ、道徳的かそれとも不道徳かだって？　そんなの知ったことか！　ペッて唾でも吐いて、そんな本なんか閉じちまうさ」かかる否定的な反応をチーチコフは舞踏会全般に対して示したわけだが、しかし、ここにはどうやらまた別の憤慨の理由も影響していたようである。一番忌々しかったのは舞踏会ではなしに、彼が退散せねばならなかったこと、彼がいきなり訳の分からぬ状態で公衆の面前に晒されたこと、何とも奇妙な胡散臭い役回りを演じてしまったことだった。無論、分別のある人間の目で見た時、彼にとってはそんなことどれも愚にも付かぬことで、間の抜けた言葉なども、とりわけ肝心なことを然るべくやりおおせた今となっては、何の意味もないことは分かっていた。だが、人というものは不思議なものなのだ。彼がひどく悔しくてならなかったのは、敬意を懐いてもいない、その空騒ぎと晴れ着に難癖を付けては自分が口悪く罵ったあの連中からの反感だったのだ。況してや、この問題を振り返ってみるとその元凶の一部が彼自身にあることが分かったものだから尚更のこと癪に障った。自分自身に対してはしかし腹を立てるわけでもなく、無論、それにも一理あった。われわれには誰しもちょっとした弱みとして若干自分に甘いところがあって、どうにかして身近な存在を探し出し、例えば、使用人とか、丁度居合わせた部下の役人とか、妻とか、仕舞いには椅子とかにまで八つ当たりしようとするものだから、椅子なんか訳の分からぬところに投げつけられて、扉にでもぶつかろうものなら腕や背凭れが飛び散ってしまう。でもって、いいか覚えとけ、これが怒りっていうもんだ、なんてことを口にするわけだ。やはりこのチーチコフも同じくその身近な存在というのをすぐに探し出すと、それがありったけ膨らんだ癇癪玉を肩に背負って引きずりだしたのである。その身近な存在とはノズドリョーフその人だったわけだが、何をか言わん、それこそ取りつく島もないほどにけちょんけちょんに罵られるその様子など、ある山師の長老か逓信馬車の馭者のことをある旅慣れして世知に長けた大尉か、場合によっては将軍がボロクソに貶(けな)しているところしか想像つかぬが、その古典ともなった数多ある言い回しにはさらに輪をかけて、未知なる、彼本人の発明による言い回しが付け加わるのだった。ノズドリョーフの一族郎党は悉くぶった斬りにされ、多くの先代たちは大変な憂き目に晒されたのである。

だが、彼がごわごわの肘掛け椅子に腰を下ろして様々な思いと不眠に悩まされながら、ノズドリョーフとその親族すべてに懸命なお見舞い攻勢を仕掛けているあいだ、その目の前では弱々しい光を放つ獣脂蠟燭の燭台が随分前から燃えさしの作る黒い帽子を被って今にも消えつつあり、彼を窓越しに覗き見る盲目の暗夜は迫り来る夜明けによって青くなろうと身構えており、遥か彼方では間を置いて鶏鳴が響き渡り、すっかり寝静まった町のどこかでは、ひょっとするとフリーズの外套が身を引きずっていたかもしれず、その階級も官位も定かならぬ不憫な仁の与り知ることといえばわずか（嗚呼！）、ロシアの手に負えぬ民のお蔭ですっかり擦り切れて穴だらけになった道のことだけ、――この時、町のもう一つの外れでは、われらが主人公の状況を今後さらに不愉快なものにしようとする出来事が起こっていた。まさしく、町の遥か彼方の通りと横丁ではその用途について困惑させるところのある実に奇妙な箱馬車がガチャンガチャンと走っていた。見た目はタランタス(長距離用四輪馬車)でも、コリャースカ(バネ付き四頭幌馬車)でも、ブリーチカ(軽馬車)でもなくて、むしろそれはほっぺがぱんぱんに張ったギョロ目の西瓜が車輪に載っかっているみたいだった。この西瓜のほっぺ、つまりドアには黄色のペンキの跡が付着しており、握りと錠前の状態が悪いものだから閉まりが非常に悪く、綱でどうにかこうにか結んであった。この西瓜には煙草用の巾着、長枕、ただのクッションの形をした更紗のクッションがどっさり積まれ、パンやカラーチ、卵入りパン、スコロドゥームカ(パンとベーコンエッグ)、それに、茹で生地で作った8の字パンが詰め込まれていた。鶏肉入りピローグと塩漬け胡瓜の肉ピローグが中から上向きに顔を覗かせてさえいた。馬丁台に陣取っていたのは召使い上がりの顔で、自家製の手織りジャケットを羽織り、剃っていない鬚は軽く白髪に覆われていた、――いわゆる〈奴さん〉という名で知られる顔である。鉄の鎹(かすがい)や錆びた螺子(ねじ)の立てる音や軋みのせいで目を覚ました町のもう一つの外れの見張り番は、その持っていた槍斧を上に抱えると、眠気まなこで力の及ぶ限り〈誰だ？〉と声を張り上げた――ところが、通行人など一人もいないことに気づいた頃には、ただ遠くにガチャガチャいう音が聞こえるだけで、自分の襟元にいた虫けらか何かを引っ捕らえると、外灯に近づき、そいつをそのまま自分の爪で懲らしめた。そのあと、槍斧を横に置いてしまうと、またぞろ自らの騎士道精神に則って眠りに就いたのだった。馬たちは頻りに躓いては前膝を突いてしまうのだが、そうなったのも蹄鉄を打ち込まれていなかったからで、しかもどうやら、ひっそり静まり返った町の舗道のことを馬たちはあまり知らなかったようである。ポンコツ馬車は通りから通りへと何度か角を曲がり、ようやく暗い四つ辻に入ってネドティーチキ(うっかり)通りにあるニコラ教区教会の前を通り過ぎると、長司祭の屋敷の門前で停車した。ブリーチカから降りてきたのは娘子で、頭にはネッカチーフを巻き、綿入りの上着を羽織っていたが、両手の拳で門をぐっと鷲摑みにする力などは男子顔負けであった（手織りのジャケットを着た奴さんはそのあと両足を持って引っ張り出された、何しろ、死んだように眠っていたからだ）。犬たちが吠え出し、門がようやく口を開くと、かなりの苦労ではあったが、かの不細工な旅の土産を飲み込んだのである。馬車の乗り込んでいった狭い中庭は薪や鶏小屋、それにありとあらゆる籠で埋め尽くされていた。馬車からはある奥方が降り立った。その奥方とは女地主で十等官夫人のコローボチカその人だった。この婆さんはわれらが主人公が帰ってからというもの、彼のいかさまによって引き起こされるかもしれぬことでそれはもう不安で不安で仕方なく、眠れぬ夜が三日も続いたものだから、馬に蹄鉄も打っていないのに町に出ようと決心し、死んだ魂の相場がいくらなのか、あれを売ってしまった自分は、どうか神様、お助け下さい、貧乏くじを引いたのではあるまいか、ひょっとして、ひどく買い叩かれてしまったのではあるまいか、こういったことをしっかり確かめるつもりだったのである。如何なる結果がこの訪問によってもたらされたかについて、読者諸氏はある二人のご婦人のあいだで交わされた会話からお分かりになる。その会話とは……いや、その会話については次の章でご覧になられる方が宜しかろう。

第九章

あくる朝、N市での来客時間としてはまだ早い頃、メザニン付きで青い円柱を構えるオレンジ色の家の扉から飛び出してきたのは格子柄の洒落たマントに身を包むご婦人で、そのお付きの従僕は外套に重ね衿（えり）、金のモール付きのつやつやの丸帽子という出で立ちだった。ご婦人は早速、車寄せにあった幌馬車から跳ね出た踏み台に足をかけ、やけに急いだ様子でトントンと跳ぶように乗り込んだ。従僕はすぐさまご婦人のあとからドアをバタンと閉じ、踏み台を折り畳むと、馬車の後ろからベルトを握り締めながら馭者に向かって「出して！」と叫んだ。ご婦人は耳にしたばかりの報せを携え、一刻も早くそれを伝えたいという抑え難い興奮を感じていた。一分ごとにご婦人は窓の外を覗き込みはするも、そこに見えたのは、口にはされぬが苛立たしいことに、乗り出してまだ道半ばという風景。どの家もご婦人にするといつも以上に横幅が長いものに感じられ、細い窓のある白い石造りの救貧院などは我慢ならぬほど長ったらしく伸びていたものだから、ご婦人は仕舞いには「忌々しい建物だこと、切りがないじゃないの！」と言わずにはいられなくなった。馭者はすでに二度も「もっと速くやって、もっと速く、アンドリューシカ！　今日はひどくもたもたしてるじゃないの！」と言い付けを食らったほどだった。して、ようやく目的地に到着。幌馬車が停車したのは暗灰色の木造平屋の前で、白い薄肉彫りが窓の上に、背の高い木製の格子がその窓と狭い花壇の前にあって、その格子を越えたところにあるひょろっとした木々は一度も吹き飛ばされずに積もった町の埃に白んで見えた。窓辺にちらついて見えたのは花瓶、籠の中で輪っかに鼻を引っかけたまま揺れる鸚鵡（おうむ）、それに日向で眠る二匹の仔犬。この屋敷にはこうしてやって来られたご婦人の大の仲良しがお住まいだった。作者はこのご両人をどう名付ければまたも昔日に見られたようなご立腹を免れるであろうかと非常に難儀している。思いつきの苗字で呼ぶのは危ういことである。どんな名前を考え付こうとも、必ずわが国のどこか片隅には、何しろ広大なものだから、同名の人物が見つかり、しかも必ずかんかんに激怒してこんなことを言い出すのである、すなわち、この作者はわざわざお忍びでやって来て、私が何者であるのか、どんなトゥループ（なめし羊皮外套）で徘徊しているのか、どこのアグラフェーニャ・イヴァーノヴナのところに通い詰めているのか、食べ物は何が好みか、といったことに探りを入れているんだと。官位なんぞ口にしてみろ——それこそクワバラクワバラで、さらに危ういことになる。昨今のわが国ではどの役人にしろ階級にしろひどく気が立っているものだから、出版本に何が書かれても全部自分のことのように思えてしまう。もはやこれが今の御時世であるらしい。ある町には愚かな人間がいる、と言っただけでもう自分のことになってしまい、御大層な身なりをされた紳士殿がいきなり跳び上がってこう声を荒げるのだ、〈私だって一人の人間ですがね、そうなると、私も愚かだってことですか〉、——要するに、瞬く間に事の次第が分かってしまうというわけだ。そこで、こういったことを悉く避けるためにも、かの来客女性が訪れた先のご婦人にはN市のほぼ誰もが口を揃えて呼んでいる名称を使用することにしたい。すなわち、あらゆる点で好感の持てるご婦人。この名称をご婦人が手に入れた方法には何ら後ろ暗いところなどない、それこそ最大限の好意を抱かれるためとあらば何ひとつ惜しまなかったからであり、ただ勿論、その好意のはざまから顔覗かす女性らしい仕草のまた何と機敏なことか！　だが、時にその感じのいい言葉の一つひとつからはまた何と尖(とんが)ったピンがはみ出ていたことか！　あらゆる手段を講じてでも何とか一線級に伸(の)し上がろうとする女性に対しては、内心どれほど煮えくり返っているかなど知る由もない。しかし、こういったことのすべては、田舎町にしか見られぬごく繊細な社交界の習わしにより包み隠されていた。どんな動きを取ってもこのご婦人には気品があり、しかも詩をこよなく愛し、時にはその御髪など夢見心地に傾けることさえお出来になられたのだ、――だからこそ、彼女がまさにあらゆる点で好感の持てるご婦人であるというのは万人の認めるところであったのだ。もう一人のご婦人、つまり、来客であるご婦人はといえば、これほどの性格上の多面性は持ち合わせておられない、なので、このご婦人のことはただ好感の持てるご婦人と呼ぶことにする。客人の到着のせいで日向ぼっこ中に起こされた犬たちは、始終自分の毛に絡まってしまう毛むくじゃらの女の子アデルとほっそり脚の牡犬ポプリ。そのいずれもが吠えながら、くるんと輪を描く尻尾で控えの間に向かうと、そこでは女性の客人がお召しになられていたマントから解放されて、流行り柄と色のドレス、それに長い尻尾を首に巻いた恰好へと様変わりされたかと思いきやジャスミンの薫りが部屋中に立ち込めたのである。あらゆる点で好感の持てるご婦人がただ好感の持てるご婦人の来訪を聞きつけるや忽ち控えの間へと駆けつけた。ご婦人方が手を取り合って、互いに口づけし、歓喜の声を上げるそのお姿などはまるで、一方の父親がもう一方の父親と比べると年収も劣れば官位も低いのだという話を母親たちからまだ聞かされていない、卒業後間もなく再会した女学生のようであった。口づけは大きく響き渡る音で締めくくられた、というのも犬ころたちがまたもや吠えだしたからで、そのお仕置きにスカーフでぺしんと叩(はた)かれると二人のご婦人方が向かった先は客間、当然ながらそこは空色で、設えにはソファー、楕円形のテーブル、しかも木蔦（きづた）の巻きつく衝立まであった。このご両人のあとを唸りながら毛むくじゃらのアデルと背の高いほっそり脚のポプリが追い駆けていった。「こっちよ、こっち、ほらここの隅っこにおかけになって！——と奥方は客人をソファーの隅に坐らせながら言うのだった。——そうよ！　そうして！　ほら、どうぞクッションも！」　こう言ったご婦人が客人の背に押し込んだクッションには普段ならキャンバスに描かれているような騎士が毛糸の刺繍でもって描かれていた。鼻は段々になって、唇は四角形。「ほんと嬉しいですわ、いらしてくれて……物音がしましたでしょ、あたくし、どなたかいらしたんだわ、でもこんな早くに誰なんでしょう、って思いましてね。パラーシャ[69]が言うわけですの、〝副知事夫人ですよ〟って、で、あたくし申しましたの、〝あらやだ、またあの馬鹿女が来たのね、うんざりさせに〟って、だからあたくし、留守にしてるって申し上げるつもりでしたのよ……」

　客人はすでに要件に移って知らせを伝えるつもりでいた。だがその時、あらゆる点で好感の持てるご婦人の発した叫び声のせいで、突如会話は別の方向へと進んでいったのである。

——何て陽気な更紗ですこと！——あらゆる点で好感の持てるご婦人はただ好感の持てるご婦人のドレスを見ながら言った。

——そう、とっても陽気でしょ。プラスコーヴィヤ・フョードロヴナはでもね、格子柄がもう少し細かかったらもっといいし、斑は茶色じゃなしに空色がいいんですって。あの方の妹さんに届いた生地ですの。それってほんとに素敵なんですのよ、それこそ言葉に出来ないほどなんだけど、まあ想像してご覧になって。その縞模様なんてとっても細くてね、とっても普通の想像力では思いつかないものだし、下地なんて空色でね、縞と縞のあいだにずっとね、おめめ、おてて、おめめ、おてて、おめめ、おててって並んでますのよ……。ひと言で言うと、他に例がないものですの！　はっきりこう申し上げても宜しいでしょうね、あれほどのものはこれまで世の中にはなかったって。

——でもよくって、それだとけばけばしいですわ。

——いいえ、けばけばしいなんてことありませんわよ。

――いえいえ、けばけばしいですとも！

ここで注意しておかねばならぬが、あらゆる点で好感の持てるご婦人というのは所々実利本位なところと、ものを否定したり疑ったりする傾向がおありだったため、人生におけるかなり多くのことを拒んでいらしたのだ。

ここでただ好感の持てるご婦人は、決してけばけばしくないと説明すると、次のように声を上げたのである。

――それはそうと、おめでとうを申し上げないとね。縁にフリルはもう付けてないですものね。

――付けてないとは？

――その代わりにフェストン(花飾り)ちゃんがございましょ。

――あらやだ、イヤですわ、フェストンちゃんだなんて！

――フェストンちゃん、全部フェストンちゃんでしょ。肩掛けにフェストンちゃん、袖にフェストンちゃん、肩飾りにフェストンちゃん、下にフェストンちゃん、どこもかしこもフェストンちゃんですもの。

――イヤですわ、ソフィヤ・イヴァーノヴナ、何もかもフェストンちゃんだなんてねぇ。

――可愛らしいですわよ、アンナ・グリゴーリエヴナ、信じられないくらいにね、二つの縁(ふち)縫いですもの。広い袖ぐりとか、上にもね……。でもよくって、この話を聞かれたらびっくりされますわよ、そうなったら何ておっしゃるかしらね……。まあ、びっくりなさって。ご想像遊ばせ、コルセットなんてこれまで以上に丈が長くなるわ、岬みたいに前に突き出すわ、前骨は全く度を超してしまうわ、スカートなんて大昔の張り骨(ファージンゲール)みたいにすっかり周りを取り囲んだ感じでね、しかも後ろから少しばかり綿の詰め物なんて入れて、完璧なベル・ファム(麗人)に仕立てようっていうんですのよ。

――それじゃああまりに単純ですわよ、正直申し上げて！――とあらゆる点で好感の持てるご婦人は威厳を込めてその御髪を揺らされた。

――その通り、ほんとですわ、正直申し上げて、――とただ好感の持てるご婦人が答えた。

――そりゃもうお好きになさって下さいね、あたくしは何があってもそんな真似なんて致しませんけど。

――あたくしだってそうですわ……。ほんと、想像も出来ないくらい、時に流行ってのはとんでもないところにまで行き着いてしまうんですもの……見たこともないものにね！　あたくし、妹にわざと型紙を頼んだんですのよ、面白いと思って。ウチのメラーニヤったら、縫いだしたんですのよ。

――ということは、お宅にその型紙がおありってことですの？――と声を上げたあらゆる点で好感の持てるご婦人は明らかに動揺しているご様子だった。

――そりゃ、妹が持って来てくれたものですもの。

――後生ですわ、あらゆる聖なるもののためにもあたくしにそれをお貸し頂けないかしら。

――あらやだ、あたくしもうプラスコーヴィヤ・フョードロヴナに約束してしまいましたのよ。あの方のあとになりますわよ。

――プラスコーヴィヤ・フョードロヴナのあとになんて誰が着たりします？　貴女からすれば随分変なことになってしまいますわよ、もし身内より他人を贔屓になさったりすると。

――あの方でしたらあたくしにとっても再従姉妹（はとこ）の伯母さんですもの。

――あの方のどこが伯母なんてことがありますの。だって、夫の血筋じゃありませんか……。やめましょ、ソフィヤ・イヴァーノヴナ、聞きたくもありませんわ、これって、あたくしにひどい仕打ちをなさりたいってことですのね……。きっと、あたくし、貴女のことをすっかり退屈させてしまったのね、きっと、あたくしとは一切お付き合いをお止めになりたいんですのね。

不憫なソフィヤ・イヴァーノヴナはどうすればいいかさっぱり分からなかった。彼女自身、何たる劫火のはざまに自らを立たせてしまったのかと感じていた。まさか自慢話の見返りがこれだとは！　自分の愚かな舌に散々針でも突き刺してやりたい思いだった。

――ところで、あたくしたちの色男はどうされてて？――とこの時あらゆる点で好感の持てるご婦人が口にされたのである。

――あらま、どうしましょう！　何をあたしったら貴女の前で坐り込んじゃったのかしら！　思い出させて頂いてよかったわ！　お分かりかしら、アンナ・グリゴーリエヴナ、何の用事でお宅に伺ったか？――ここで客人の息は詰まり、言葉が鷹のごとく矢継ぎ早に出る構えに入ったところ、思い切ってその彼女を押し切るには何でもぶちまける女友達ほどの非道さを持ち合わせる他なかった。

――あの方をどう褒めちぎろうが、どう持ち上げようが、――その女友達はいつになく活き活きとした様子で語るのだった、――あたくしははっきり申し上げますわ、あの方にも面と向かって申しますけど、貴方ってつまらない方ですのねって、つまらない、つまらない、つまらない、って……。

――まあこれだけはお聞きになって、実は打ち明けたいことが……。

――噂になりましたでしょ、あの方は恰好いいとかってね、でも、ちっとも恰好よくありませんわ、これっぽっちも恰好よくないし、あの鼻なんて……不快極まりない鼻ですわ。

――お願い、お願いだからこれだけはお話させて……後生だから、アンナ・グリゴーリエヴナ、お話させて頂戴！　これこそ一大事なの、お分かりになって？　一大事なんですのよ、ス・コナペール・イストワール（一大事という奴なのよ）、――客人の顔にはほとんど諦めの表情が浮かび、懇願するような声で言うのだった。こう言ったところで邪魔にはならぬだろうが、ご婦人二人の会話にはそれは多くの外来語が、また時には、丸々長ったらしいフランス語のフレーズが紛れ込んでいたのである。ただ、作者としては、フランス語が有難くもロシアに救いをもたらしていることに如何に感服していようとも、また、本邦の上流社会の見上げた習わしとして、無論、その深い祖国愛からだが、フランス語で終日弁ずることに対して如何に敬服していようとも、そのすべてを鑑みたところでやはり、如何なる異国語のフレーズであろうとも、ロシア語によるこの物語詩（ポエム）の中へ持ち込む気にはどうしてもなれないのである。というわけで、ロシア語で先を続けるとしよう。

――どんな一大事ですの？

――ああ、わが命よ、アンナ・グリゴーリエヴナ、とにかくあたくしの置かれた状況を想像して頂けたらいいんですけど、まあ想像してみて下さいね。ウチに今日神父夫人がいらしたの――神父夫人てのはキリル神父の奥さんのことね――でね、どう思われまして？　あの虫も殺さぬ大人しい方のこと、町にいらしてる方ね、どんな方だと思われて？

――まさか、あの方、神父夫人にも言い寄ったりしたんですの？

――あら、アンナ・グリゴーリエヴナ、まだ言い寄ってる方がましですわ、そんなの序の口ですのよ、まあ神父夫人のおっしゃってたことをお聞きになって。話ではね、夫人のところにすっかり度肝を抜かれて死んだみたいに真っ青になった地主のコローボチカが見えて話したそうなの、どんな話だったかとにかくお聞きになって、まるっきり小説なんですから。突然、静まり返った真夜中のね、もう家の中じゃ何もかもが眠りに就いてた頃に、門をどんどん叩く、想像もつかないようなひどい音が鳴り響いて、こう叫ぶんですって、「開けてくれ、開けてくれ、さもなきゃ門をぶち破ることになるぞ！」って。これ、いかがお思いになられて？　こんなことを聞いたあとでこれのどこが色男かしら？

――コローボチカって何ですの、若くて別嬪さんなの？

――とんでもない、婆さんですわ。

――あらまあ、素敵！　てことは、あの方、婆さんに手を出したってことね。まあ、そんなことを聞いたあとならあたくしたちご婦人方もいい趣味をしてるってことじゃありませんこと、好きになれるお相手が見つかったわけですもの。

――だからそうじゃないんですの、アンナ・グリゴーリエヴナ、お考えになってることとは全然違いますの。とにかく想像してご覧になって、頭から足の先までリナルド・リナルディーニ[70]みたいに武装してね、「死んだ魂（たま）をあるったけ売ってもらおうか」って要求するんですって。コローボチカの答えは実に理に適っていて、「売るなんて出来ませんわ、何しろ、死んでますもの」って言いますとね、「いいや、奴らは死んじゃいないさ、死んでるのか死んでないのかはこっちの決めることでね、奴らは死んじゃいないさ、死んじゃいない、死んじゃいないとも」って叫びますの。要は、とんでもないスキャンダローズ（破廉恥）をやらかしたわけですの。村じゅうの人間が駆けつけて、赤ん坊は泣きじゃくるわ、ずっと叫びっぱなしなものだから、誰ひとりお互いのことが分からない始末でね、まあほんとにオリョール、オリョール、オリョール！……。でもね、想像お出来にならないと思いますわよ、アンナ・グリゴーリエヴナ、この話を全部聞いた時にあたくしがどれほどゾッとしたかなんて。「まあ、奥様ったら」ってマーシカが申しますの、「鏡をご覧になられて下さいな。真っ青でいらっしゃいますよ」って。「鏡どころじゃないんです、アンナ・グリゴーリエヴナのところに伺ってお話しないといけないんですから」って申したんですの。そこですぐに馬車の準備をするよう申しつけましてね。馭者のアンドリューシカがどこへ参りましょうと訊くんですが、こっちは口も利けない状態で、お馬鹿さんみたいにただ彼の目を見たまんまでしたの、あたくしのことを気が触れてるとでも思ったでしょうね。ほんとに、アンナ・グリゴーリエヴナ、あたくしがどれほど動揺したか想像して頂けないものかしら！

――それってでも、奇妙ですわね、――あらゆる点で好感の持てるご婦人はおっしゃったのだ、――一体何のことなのかしら、その死んだ魂とやらは？　あたくし、正直申しますけど、その辺のことがさっぱり分かりませんの。今ので二度目ですわ、その死んだ魂のことを耳にするのは。ウチの旦那は未だにノズドリョーフの駄法螺だって言ってますけど、まあ、それはそれで確かに一理あるとは思いますがね。

――でも、考えてもご覧になって、アンナ・グリゴーリエヴナ、その話を聞いた時のあたくしの立場なんてどんなものだったか。「今もどうすればいいのか分かりませんの」ってコローボチカが申しますのよ。「あたしに無理やり偽造文書みたいなのに署名させて、十五ルーブル紙幣を放り投げたんですがね、あたしなんて、世間知らずのどうしようもない寡婦でしょ、何のことだかさっぱり……」って言ってね。まあこういうわけですの！　ただ、どれほどあたくしが度肝を抜かれたか、貴女に少しでも想像して頂けたらいいんですがね。

――でもね、宜しいこと、そこには死んだ魂ではなしに、何か別のことが隠されてるんだと思いますわ。

――あたくしもね、正直、そう思いますの、――それとなく驚いた様子でこう口にしたただ好感の持てるご婦人は、そこに隠されているかもしれないものが一体何なのかをふと知りたくなったのだ。しかもこんな風に間を置きながら訊ねたのである――でも何なんでしょうね、どうお考えです、そこに隠されているものとやらは？

――貴女こそどうお思いになられて？

――あたくしがですか？……あたくしは、正直、てんで何が何だか。

――いや、それでもやっぱり伺いたいですわ、それについてどうお考えなのかって。

しかし、ただ好感の持てるご婦人には言葉が見つからなかった。このご婦人の才はただ不安を感じることだけで、何かこれといった冴えわたる推理を働かすとなるとどうしようもなく、そのため、他のどんなご婦人にもまして優しい友情と助言を必要としたのである。

――だからまあお聞きになって、その死んだ魂ってのが一体何なのかって、――あらゆる点で好感の持てるご婦人がこうおっしゃると、その言葉を聞いた来客のご婦人は耳に全神経を集中させたのである。その耳はぴんとひとりでに立ち、ご婦人は腰を浮かし、およそ坐るでもなくソファーで身を支えるのでもない姿勢になると、幾分重めではあったのに突如しゅっと細く、軽やかな羽毛のようになると、今にも風がそよげば空にでも飛んでいきそうな具合だった。

例えば、ロシアの旦那衆にして、犬好きの無鉄砲な狩人たる者は、勢子に追い込まれた兎が今にも跳び出してくる森へ馬で近づく際、自らの馬と狩猟用の乗馬鞭ともども、ある凍りついた瞬間に今にも点火されるのを待つ火薬へと変貌する。全身が目となった彼は霞む大気を凝視するや獲物を仕留め、もはやこれでもかと完膚なきまでにしてしまうであろう、たとえ彼に抗って立ち上がった荒れ狂う雪原が白銀の星辰をその口、髭、目、眉、海狸の帽子に吹きつけようとも。

――死せる魂って……――こう言ったのはあらゆる点で好感の持てるご婦人であった。

――何ですって、何ですって？――と来客のご婦人は全身を緊張させて言葉を継いだ。

――死せる魂、って申しましたの！……

――ああ、どうかおっしゃって、後生ですから！

――これってただ人を煙に巻くために考え出した

ものにすぎませんわ、本当はこうですの。あの方は知事の娘さんを連れ去るつもりなんですの。

　この結末は確かにあまりにも意外すぎて、あらゆる点において尋常とは言えなかった。好感の持てるご婦人はこれを耳にすると、その場で石のように固まって青ざめたが、その青ざめ方たるやまるで死人のようで、冗談では済まされぬほど慌てふためいたのだった。

――あらまあ、どうしましょう！――と彼女は両手を軽く叩いて叫んだ、――まさかそんなことだなんて思ってもおりませんでしたわ。

――あたくしはね、正直申し上げますわ、貴女がお口をお開けになられた途端に見当がつきましたのよ、何があったのかって、――とあらゆる点で好感の持てるご婦人はお答えになられた。

――でも、こんなことになってしまったからには、アンナ・グリゴーリエヴナ、女学生の躾っていかがなものなんでしょうね！　だって、純真っていうじゃありませんか！

――純真なもんですか！　あたくし聞きましたのよ、あの娘さんがそりゃもうすごい言葉を喋るのをね、あんなの正直、とても口にする気も起こりませんわ。

――そうですわね、アンナ・グリゴーリエヴナ、とにかく心を裂かれる思いですわ、こういう不道徳の成れの果てなんてものを目にしますとね。

――でも、殿方はあの娘さんに夢中なんですのよ。あたくしからすれば、正直、あの娘のどこがいいのかしらって……。あの気取ったところなんて、見るに耐えませんもの。

――ほんと、私の命さん、アンナ・グリゴーリエヴナ、あの娘なんて彫像ですわ、せめて顔に表情くらいあっても宜しいのにね。

――ほんと、あの気取りようったら！　ほんと、気取ってばっかり！　どうしようもない気取り屋なんでしょ！　誰があんなこと教えたのか存じ上げませんけどね、でも、あれほど鼻にかける女性なんて一度もお目にかかったことございませんもの。

――でっしょー！　あの娘なんて彫像ですわ、死人みたいに真っ青ですもの。

――やだわ、おっしゃらないで下さいね、ソフィヤ・イヴァーノヴナ、あの頰紅の付け方に恥も外聞もないだなんて。

——やだわ、またそんなぁ、アンナ・グリゴーリエヴナ。あの娘なんてチョーク、チョークですわ、紛れもないチョークですもの。

——ねえ宜しくて、あたくし、あの娘のそばに坐っておりましたの。頬紅なんて指一本ほどの厚みでね、落ちてましたわよ、漆喰みたいに、ぼろぼろと。母親が教えたんですわ、本人からして媚びた方ですけど、あの娘なら母上の上を行きますわ。

——いや、とんでもありませんわ、ねぇどうかご自分でもお誓いになって、何でも宜しいんですのよ、あたくし、子供も、夫も、財産も何もかも今すぐ失う覚悟がございますわ、もしあの娘がほんのわずかでも、ほんのちょっとでも、ほんのこれっぽっちでも頬紅を付けてるんでしたら！

——まあ、何をおっしゃってるのかしら、ソフィヤ・イヴァーノヴナ！——とあらゆる点で好感の持てるご婦人はおっしゃると、手をポンと打ち鳴らした。

——まあ、貴女こそどうなさったんですの、アンナ・グリゴーリエヴナ！　あたくし、貴女には驚きですわ！——とただ好感の持てるご婦人は言うと、同じく手をポンと打ち鳴らした。

読者にとっては、このご両人が同時に見たものに関して互いに意見の食い違いがあったことを不可解だとは思われないであろう。如何にも、この世には今やこう言った類いの事柄というのはごろごろしているのである。すなわち、それはあるご婦人から見ると真っ白に見え、また別のご婦人から見れば真っ赤も真っ赤、苔桃のように見えるのである。

——じゃあ、もう一つ証拠をお出ししますわ、あの娘が真っ青だというね、——と言ったのはただ好感の持てるご婦人、——今でもはっきり覚えてますわ、マニーロフの隣に坐っていた時にね、あの方にこう言いましたの。「ご覧になって、あの子、何て真っ青なんでしょう！」って。全く、どこまであたくしたちの殿方ってのは間が抜けてるのかしら、あんな娘にぼおっとなるなんて。あと、あたくしたちの色男さんね……。いやもう、そりゃ不快ったらありゃしない！　ご想像もお出来になりませんことよ、アンナ・グリゴーリエヴナ、どれほどあの方が不快だったかなんてね。

――いや、それでも、ご婦人の中にはあの方に気があるって方もいらっしゃいましたわよ。

――あたくしがですって、アンナ・グリゴーリエヴナ？　そういったことはもう二度と口になさったりは出来ませんことよ、二度とね！

――貴女のことじゃございませんわ、それじゃ貴女以外には誰もいないみたいじゃありませんこと。

――とんでもない、とんでもございませんわ、アンナ・グリゴーリエヴナ！　敢えて申し上げますがね、あたくし、自分のことはよく存じておりますのよ、まあ近寄りがたいお方って役回りをなさっておられるどこかのご婦人方からすれば別でしょうけど。

――それは聞き捨てなりませんわ、ソフィヤ・イヴァーノヴナ！　この際お言葉を返させて頂きますがね、あたくしはそういった類いのスキャンダラスなことにはこれまで一度も関わったことはございませんのよ。他の方ならいざ知らず、あたくしにはございませんわ、それだけは貴女に御指摘させて頂きませんとね。

――何をそんなご立腹なんですの？　だって、あそこには他にもご婦人方はいらしたたし、一番に椅子を持って扉のそばに陣取ってあの方の近くに坐ろうとしてた方だっていらしたじゃありませんこと。

さて、ただ好感の持てるご婦人が口にしたこの言葉の後に嵐となることはこれ避け難き仕儀であったにもかかわらず、これまた何とも驚いたことに、このご両人は突如黙り込んだだけで、全く何ひとつこのあとには起こらなかったのである。あらゆる点で好感の持てるご婦人は流行りのドレスに必要な型紙が未だ自分の手元にないことを思い出され、一方のただ好感の持てるご婦人も、何でもぶちまけるこの女友達のなされた発見の詳細についてはまだ何ひとつ訊き出せていないと分かったので、すぐに仲直りとなった。尤も、ご婦人方にその本性上相手を不快にさせたいという欲求があったということは出来ないし、そもそもこのご両人の性格には何ら意地悪なところはなく、ただそれは鈍感なだけで、会話をしているとと勝手にお互いをチクっとしたくなっただけの話で、単にそれぞれがほんのちょっとした快感から時に隙を見つけては、ほらぁざまあみろ！　さあ、これでも喰らえ！　といった威勢のいい言の葉を相手めがけて突っ込んでしまうのである。様々な種類の欲求というものが殿方ばかりか奥方の心の中にも宿っているわけである。

——でもやっぱり、あたくしには一つだけしっくりこないことがございますの、——とただ好感の持てるご婦人は言うのだった、——どうしてまたチーチコフなんてヨソから来た方にあんな突拍子もない大胆な真似が出来たのかってね。他にもつるんでいる人がいなきゃ、あんなこと考えられませんもの。

——じゃあ、貴方はいないと思われますの？

——じゃあ、誰があの方に手なんて貸すと思われます？

——まあ、ノズドリョーフとかならどうかしら。

——まさか、ノズドリョーフが？

——そうじゃなくって？　だってあの方ならやりかねませんもの。ご存じかしら、実の父親を売ろうとしたりね、まだこれはいい方ですけど、カードに負けた形（かた）にしようとしたんですから。

——あら、ひどいこと、何て興味深いことなのかしら、初耳ですわ！　あたくし、ノズドリョーフまでこの話に加担していただなんてとても想像つきませんでしたわ！

——あたくしはそうじゃないかといつも睨んでおりましたわよ。

——何が起こるか分かったものじゃありませんわ、世の中って、ほんと！　そんな想像なんて出来ましたかしら、覚えてらっしゃるでしょ、チーチコフがまだこの町に来た時のことを、あの方がまさかこんな奇妙な行進を社交界の中でするなんて？　ああほんと、アンナ・グリゴーリエヴナ、貴女がご存じでいらっしゃればねぇ、あたくしなんてどれほど動揺させられたことか！　貴女のお気遣いと友情がなかったとしたら……もうね、ほんと、破滅する寸前でしたのよ……他に何がありますかしら？　ウチのマーシカが死人みたいに真っ青なあたくしを見ましてね、「お優しい奥様」ってこう申しますのよ、「死人みたいに真っ青でらっしゃいますわよ」って。そしたら「マーシカや」ってあたくしが申しますの、「今それどころじゃないのよ」って。それがまたどうでしょう、こんなことになってしまって！　しかもノズドリョーフまで絡んでるなんて、勘弁して頂きたいものですわ！

ただ好感の持てるご婦人は略奪について更に突っ

込んだこと、つまり、それは時刻はいつなのかとあれこれ詮索したくて仕方なかったが、これはあまりに欲の張りすぎというものであった。あらゆる点で好感の持てるご婦人から返ってきたのは、分かりませんわ、という単刀直入な答えだった。このご婦人には嘘がつけなかったのだ。何か憶測でものを言うともなればこれまた話は変わってくるが、そうであってもその憶測は内なる確信を土台にしていたから、その内なる確信を感じたとなればこのご婦人も自らの意見を押し通したし、また試みに、他人様の意見をねじ伏せる才人として名を馳せる腕利き弁護士がここで彼女に太刀打ちしたとすれば、彼もその内なる確信の何たるかを思い知るのではなかろうか。

　これまで単なる憶測の一つとして考えていたことにご両人がようやく最終的な確信を得たというのは何の変哲もないことだった。われらが同胞諸君よ、抜け目なき民衆というのは、これはわれわれが自らを呼ぶ名でもあるが、その身の処し方にしても凡そこれと変わらぬものであって、その証拠となるのがわれらの学識者たちの議論である。先ず、この議論に乗って擦り寄ってくるような学者はとんでもない碌でなしで、最初は伏し目がちで控え目に、ごく普通の問いかけから始める。そこが由来ではありませんかな？　その地域から何々国の名称が付いたのではありませんかな？　とか、この文献はこれとは別の、後世に属するものではございませんかな？　とか、実はその民族というのはまさにこの民族のことではありませんかな？　といった感じで仕掛けてくる。間髪入れずにあれやこれやといにしえの文人を引っ張り出しては、そこにほんのちょっとでも仄めかしを見つけようものなら、あるいは、単に仄めかしと思えるようなものでもあろうものなら、もう舞い上がっては色めき立って、いにしえの文人たちと言葉を交わす彼に遠慮などあったものじゃない、自分で質問しておきながら自分でそれに答えてしまい、始めの伏し目がちだった憶測のことなどすっかり忘れているものだから、自分にはそれが分かり切ったこと、はっきりしたことのように思えてしまうのだ──そして結論は、〈ってことは、まさにこうだったわけですな、まさにこういう民族だと理解すべきなんですな、まさにこういう観点から対象は捉えるべきなんですな！〉といった言葉で締めくくられることとなる。そして、公衆を前にしたその演壇から新たに発見された真実が世界中を闊歩し始め、後継者や崇拝者を掻き集めていくわけだ。

　ご婦人お二人が実に首尾よく、しかも才知に富んだ方法でこの紛糾した状況を打開した頃、客間には検事が永劫不動の面相と、ゲジゲジ眉毛、そしてパチクリする片目を従えて入ってきたのである。ご婦人方は彼に向かって我先にと事の次第を伝え、死んだ魂の売買のことや、県知事の娘の略奪計画の話をするものだから、検事の方は完全に頭が混乱し、どれだけ同じ場所で突っ立ったまま左目をパチクリさせたり、ハンカチで鬚をペンペン叩(はた)いて煙草の滓を払ってみても、何のことやら全く合点がいかなかった。ここでご婦人方は検事をそのまま放ったらかしにすると、町を煽るべく各自それぞれの方角へと向かったのである。この企ての成功にかかった時間は半時間少々。町はすっかり煽り立てられ、完全に発酵した状態となったものの、誰ひとりとして何ひとつ理解出来なかった。ご婦人方はそれはもう実に巧妙な煙幕を誰の目にも張ってしまったものだから、皆が皆、その中でもとりわけ役人連中はしばらく呆然と立ち尽くしていた。彼らの状態は最初の一分間、まるで船を漕いでうたた寝していたところを先に起立した学友たちから鼻に軽騎兵を、つまり、煙草の詰まった紙筒を突っ込まれた学童さながらであった。夢うつつの彼は煙草を一本丸々眠れる者の寝息で目一杯吸い込むと、目が覚めて跳び上がって馬鹿丸出しに目をひん剝いてあちらこちらをキョロキョロするも、自分がどこにいるのかも、何が起こったのかも分からぬままで、そのあとしばらく経ってから、斜めに差し込む陽光を浴びた壁、学友が物陰に隠れて笑う声、窓を覗き込んでいる訪れたばかりの朝、そして目を覚ました森が何千という鳥の声を響かせ、また、一面に輝きを帯びた小川があちらこちらでくねくねと煌めきながら細い葦のあいだに見えては消えて、小川を素足で踏みしめながら泳ごうぜと声かける子供たちがいるのが分かってくると、そこでやっとこさ自分の鼻に軽騎兵が刺さっているのに気づく。最初の一分間、完全にこういう状態に陥っていたのが町の住人ならびに役人たちであった。誰も彼もが雄羊みたく怪訝そうな顔をして、目をひん剝いたまま微動だにしなかった。死せる魂、県知事の娘、そしてチーチコフが彼らの頭の中で組んず解れつ、とんでもない奇妙なごった混ぜになってしまって、しばらくしてようやくこの最初の茫然自失から抜け出した彼らはさながら、この三者を一つひとつ識別し、それぞればらばらに分離し、どういうことか説明してくれと求めるも、その説明が全くもって要領の得ぬものだと分かり腹を立ててしまうのだった。寝ぼけたことを言ってんじゃないよ全く、何だそりゃ、死んだ魂だって？　死んだ魂じゃ理屈が通らんだろ、死んだ魂をどう買えっていうんだよ？　どこの間抜けがそんなことするってんだ？　どんな濡れ手で粟を摑もうってんだ？　それに、何のために、どんな仕事に宛てがえるってんだ、そんな死んだ魂なんかが？　あとそれに、どうしてここに県知事の娘が絡んでくるんだ？　死んだ魂を買おうってんのに、何で県知事の娘なんぞを連れてかなきゃならんのだ？　何かい、贈り物にでもしようってのかね、娘にその死んだ魂を？　馬鹿げた話じゃねぇか全く、そんなこと町じゅうに触れて回ったりして？　こりゃまた何て風潮なのかね、時流に乗れずにいると、見てるうちにまた新しい話が出てくるが、それがさっぱり意味の分からんものときやがる……。だが、触れ回るってことはだ、それなりの理由があるってことじゃないのか？　死んだ魂にどんな理由があるっていうのさ？　そんな理由なんぞあるもんかい。ってことはだ、そりゃ単に、狐を馬の尻に乗せてるようなもんで、下らん上に、ちんぷんかんぷんで、畑に蛤ってか！　それこそいい加減にしろってんだ！……。要するに、諸説紛々入り乱れ、町じゅうで死せる魂と県知事の娘の話、チーチコフと死せる魂の話、県知事とチーチコフの話が話題となってすべてが沸騰したのである。まるで竜巻のごとく一気に吹き上がったのだ、これまで微睡んでいたかに見えたあの町が！　寝床から這い出てきた木偶や愚図などは揃いも揃って部屋着のままで数年ものあいだ家の中でごろごろしては、悪いのはきちきちのブーツを拵えた靴屋だの、悪いのは仕立屋だの、悪いのは呑んだくれの馭者だのと言って人のせいにばかりしてきた連中である。もう随分前に人付き合いを一切止めて、もっぱら地主のイネムリンとかヨコネンコフ[71]（この有名な名前は〝横寝する〟だとか〝眠る〟といった動詞から派生した、ルーシの地ではよく見られるもので、ハナイキンさん家とイビーキンさん家に立ち寄る、[72]といったフレーズと同じく、横向きだったり、仰向けだったり、とにかくあらゆる体勢で鼾(いびき)や鼻笛、その他諸々の付属品を鳴らして死んだように寝ることを意味する）といった者とばかり交際していた連中もぞろぞろ出てくるわ、五百ルーブルもするウハーと二アルシンもある小蝶鮫、それに口で溶けるクレビャーカを出汁(だし)にしても家からおびき出せなかった連中も悉く姿を現したのだった。要は、蓋を開けてみれば、この町はしっかりと人口もあって、規模も大きく、住民もいる町だったのである。スィソーイ・パフヌーチエヴィチとマクドナルド・カールロヴィチとかいうこれまた一度も聞いたことのない仁が姿を見せたかと思えば、客間という客間では何ともひょろ長く、腕を銃で撃たれた、これまで見たこともないようなノッポまで突っ立つようになった。街角に出れば、幌付きのドローシキ、どこの馬の骨とも知れぬリネイカ(横乗り馬車)、ガタゴトぐるま、輪っぱ鳴らしが出現してごった返していた。時も状況もこの今と違っていれば、この種の噂話なんてものはひょっとすると何の注目も集めなかったかもしれぬが、N市にはもうずっと長いあいだ報せという報せが入ってきていなかったのだ。三ヶ月ものあいだ一切、コメラージュ(井戸端会議)と首都で呼ばれるところのものは開かれていなかったが、これなどは周知の通り、町にしてみれば折りよく運び込まれる食糧と同じようなもの。巷の見解では期せずして、二つの真逆な意見が飛び出し、これまた期せずして二つの相対立する党派、すなわち、男性党と女性党が形成されることと相成ったのである。男性党というのはちゃらんぽらんの支離滅裂で、注目したのは死んだ魂。女性党がその取っかかりとしたのは県知事の娘の略奪。こちらの党派には、ご婦人方の名誉にかけて注記せねばならぬが、比べものにならぬほどのまとまりと思慮分別がおありだった。こういったことこそは恐らく、良き細君にして遣り繰り上手となるべき女性の負う宿命なのであろう。何もかも彼女たちの元では早くも活き活きとした輪郭が示され、目に見えて明らかな形状を帯びて、説明も尽くされ、きれいさっぱりすることとなった、ひと言で言えば、完全なる全貌が出現したのである。そこで明らかになったのは、チーチコフが以前からずっと恋心を抱き、彼女とは月影さやかな夜の庭で逢引きを重ねており、県知事としても正直なところ娘をやるのも吝かではなくて、それはチーチコフが業突く張りのユダヤ人さながらに金持ちだという理由からなのだが、ただその彼には捨てた妻がいるというのが玉に瑕だということ（チーチコフが所帯持ちであることがご婦人方にどうして分かったのか、――これについて知る者は誰ひとりいない）、またさらに、どうにもならぬ愛に苦悩する彼の妻が県知事に宛てて送った手紙というのが頗る感動的なものであったこと、そして、父母からの同意を得られる見込みがないと分かったチーチコフが彼女を連れ去る決意をしたということであった。他の家々においてはこれと幾分異なる話が繰り広げられていた。すなわち、チーチコフに妻などは一切おらぬが、世事に抜け目なく、自分の思い通りに押し通す人間であった彼は娘を手に入れるために先ず母親を懐柔し、その際この母親と親密な関係を密かに持ったということ、そのあとになって娘さんを貰いたいと告白したものの、母親は背信の罪を犯すのではなかろうかと恐れた上に、内心では良心の呵責も感じていたものだから、その申し出は断固突っぱねたということ、そして、まさにそれが理由でチーチコフは連れ去ることを決意したというのである。以上のようなことのすべてに数々の説明と修正が付け加えられながら、この噂はようやく人気のないひっそりとした路地にまで入り込んでいった。ルーシにおける下流社会というのは上流社会で飛び交う噂話を話題にするのが大の好物であって、またそういうわけだから直にこの目でチーチコフを見たこともなければ聞いたこともない連中がいるちっぽけな家であらゆることが話題ともなれば、尾ひれを付けながら、大いなる解明がさらに開始されたわけである。粗筋は見る見るうちに面白さを増し、日ごとに完成形へ近づいていくと、仕舞いには完全に仕上がった状態で県知事夫人本人の耳に届けられたのである。県知事夫人は一家の母として、町の一番の奥方として、そして最後には、このようなことなど一切疑ってもみなかったご婦人として、この手の話によって完膚なきまでの屈辱を受けて怒り心頭に発したのだが、これはあらゆる点においてごもっともなこと。哀れなブロンド娘は忌々しい限りのテ・タ・テ（面と向かっての話し合い）に耐え抜いたが、それはこれまで一度も十六歳の娘子が体験したことのないようなものだった。次から次へと詰問だの、尋問だの、苦言だの、恫喝だの、叱責だの、説教だのとまくし立てられて、娘はわっと泣き出してしまい、またそれもわぁんわぁんと泣きじゃくるものだから、何を言われてもひと言として理解出来ぬ有様で、守衛には如何なる時であろうと、如何なる場合であろうと断じてチーチコフを家に通してはならぬというお達しが出されたのだった。

県知事夫人に対して為すべきことを成し終えたご婦人方は、次は男性党に襲撃をかけようと男性たちを自分たちの陣営に引きずり込み、死せる魂などは嘘っぱちであり、これは単に一切の疑惑から目を逸らさせて旨々略奪を成し遂げるために利用されたものだと主張した。男性陣の多くまでもがこれに唆されて女性党に合流することになったものの、これには同僚たちからの強烈な非難を浴び、女々しい野郎、スカート野郎だのと、男性にとってはご存じの通り甚だ侮辱的な名でもって罵倒されることとなった。

しかし、如何に男性陣が武装したり抵抗したとて、彼らの党には女性党のようなまとまりというものがてんでなかった。彼らの元では何もかもが粗野で、がさつで、ぎこちなく、ぶざまで、不恰好で、見苦しく、頭の中はぐちゃぐちゃで、考えだってしっちゃかめっちゃかにこんがらがってだらしがない——要するに、どうしても目についたのが何かにつけ空疎な男の性（さが）で、この粗忽にして鈍重な性ではこの地で与えられた財を管理する能力もなければ、心から確信することも能わず、信仰心薄く、怠惰で、ひっきりなしの疑念と果てしない不安に充ち満ちているのである。彼らが言うには、そんなのはどれも戯言、県知事の娘の略奪とは世俗の些事というよりもむしろ軽騎兵のやらかすこと、チーチコフにそんなことなど出来やしない、女々しい奴は嘘をつく、女は袋とおんなじで中身も調べず何でも運んでしまうが、一番注目すべき肝心なことは死せる魂であり、尤もそれが何者かはからっきし分からぬにせよ、それにはやはり頗る悍ましいぞっとせぬものが含まれているのだと。どうしてまた男衆が死んだ魂に頗る悍ましいぞっとせぬものが含まれているという気がしたのかは今すぐにお分かりになるというもの。つまり、この県に新しい総督が任命されたのである——こういう事態には、お察しの通り、役人たちは慌てふためいてしまうもの。あれやこれやの点検仕分けで小言は言われるわ、お目玉喰らうわ、上司からは部下へのご馳走だと称してありとあらゆる苦汁を嘗めさせられることになるのである。〈だがどうなることかね、——と役人たちは思うのだった、——それこそ町であんな頓狂な風聞が立ってることを知られた日にゃ、もうそれだけで無情、非情の癇癪でも起こされかねんぞ〉 医師会査察官の顔からはにわかに血の気が引いてしまい、人知をもってしては計り知れぬことが頭に浮かんできた。つまり、〈死せる魂〉という言葉とは、伝染性熱病に対する然るべき処置がなされなかったことにより軍病院やその他の施設で大量死した病人のことではなかろうか、また、チーチコフは総督府から内偵のため派遣されてきた役人ではなかろうか、といったもの。査察官はこのことを裁判院長に伝えた。院長から返ってきたのは、そんなことは戯言だよ、という答えだったが、あとになってから、でももしチーチコフの購入した魂（たま）が本当に死んでいたとしたら？ 自分はその魂の証書登録を許可した上に、しかも自らプリューシキンの代理人を買って出たわけで、この話が総督の耳に届いたらどうなるのか？ と自問するや、彼もまたにわかに顔面蒼白となったのだった。院長はこの件についてある人物と別のある人物に語っただけだが、やはりそのある人物と別のある人物もまた急に顔色が悪くなってしまうのだから、この恐怖たるやペスト以上に感染力が高く、その伝染も一瞬にして生じるということなのだ。誰も彼もが突如として自分の中にこれまで犯したこともない罪まで探し始めたのである。〈死せる魂〉という言葉の響きにはあまりにも曖昧さがあったものだから、これはつい先立って発生した二つの事件の結果頓死して埋葬された遺体のことでも仄めかしているのではなかろうかと皆が勘ぐりだす始末だった。最初の事件はソリヴィチェゴーツク[73]のとある商人たちにまつわるもので、町の定期市に訪れた彼らは商いのあとでウスチ・スィソーリスク[74]の同僚たちのために宴を催したのだが、その宴とやらがオージャード（大麦シロップ）、ポンチ、バルサム（薬用酒）といったドイツ的趣向を凝らしたロシア風のものだった。この宴、いつもの常で最後は喧嘩で幕を閉じることとなった。ソリヴィチェゴーツクの連中はウスチ・

スィソーリスクの連中の息の根を止めたのだが、その相手からもわきばら、あばら、したばらにでっかい引っ掻き傷をお見舞いしたということは、死人たちの受けた拳が夥しい数に上ることを証明していた。凱旋者の一人などは鼻ポンプまでもぎ取られた、とは喧嘩の当事者たちの言葉で、鼻を丸ごとぐしゃぐしゃにされて顔に指半分の大きさも残ってないということらしい。自分のやらかした罪を認めた商人たちは少しばかりおふざけがすぎたと自供したのだが、噂によると、自首した際に商人たちはそれぞれ四ルーブルの罰金を支払ったらしく、尤も、真相はあまりに謎が多くて、調書と捜査から明らかになったのは、ウスチ・スィソーリスクの奴さんたちが死んだ原因が酸欠であること、またその酸欠死なりの弔いをしたことだった。もう一つの事件は最近起こったことで、以下の様な次第であった。フシーヴァヤ（虱の）・スペーシ（自惚れ）という小村の官有地農民がボローフカ（山鳥茸）、別名ザヂライロヴォ（喧嘩好き）という小村のこれまた同じ類いの農民らと結託してドロビャーシキンとかいう委員が代表を務める地方警察をこの地上から一掃したらしいのだが、どうやらこの地方警察、つまり、ドロビャーシキン委員は連中の村にやたら足繁く通うようになったらしく、これなどは時として伝染性の熱病にも匹敵するものだが、その理由というのが、この地方警察殿の性根にはある種の泣き所があり、百姓女や田舎娘を物欲しげに見ていたからだという。尤も、はっきりとしたことは分からぬが、供述で農民たちが率直に語ったところによると、地方警察殿というのは猫顔負けの好色で、すでに再三再四彼を保護したのだが、ある時などはこっそり入り込もうとしたある小屋から素っ裸のまま放り出したこともあったという。無論、地方警察殿がその性根の弱さのために懲らしめを受けたのは当然だとしても、フシーヴァヤ・スペーシのムジークにしろ、別名ザヂライロヴォのムジークにしろ、実際に殺害に関与したのだとすればその横暴を正当化するわけにもやはりいかなかった。だが、真相は闇の中で、地方警察殿は路上で発見されたのだが、着用していた燕尾服あるいはフロックコートはボロ切れ以下の状態で、顔ともなると見る影もなかった。この事件は裁判所を点々とし、ようやく辿り着いた控訴院では当初、内々に次のような趣旨の審理が行われたのだった。

つまり、農民のうちの一体誰が関与したのかは不明だがその数は多く、またドロビャーシキンはすでに故人であり、したがって、彼がこの裁判に勝つともなれば少しばかりその点で有利だが、ムジークたちの方は未だ存命であり、したがって、彼らにすれば自分らに有利な裁定が下されるということは極めて重要であるがゆえ、結局は次のような決定が下されたのである。すなわち、ドロビャーシキン委員自身、フシーヴァヤ・スペーシと別名ザヂライロヴォのムジークたちに対して公平さを欠いた圧制を行った張本人であり、また彼の死亡は橇で帰宅途中に襲われた脳卒中が原因であったというものだった。事件は万事解決を迎えたかのように思われたが、役人たちはどういったわけか、きっとこの死んだ魂たちのことが今問題になっているのだと考えだしたのである。図らずも、何という面当てであろうか、役人のお歴々がそうでなくとも困難な状況に立たされているそんな折に、県知事の元に二通の文書が届いたのである。そのうちの一通に書かれていた内容は、届けられた調書と通報によると、この県には現在紙幣偽造犯が複数偽名で潜伏しており、至急直ちに厳戒態勢にて捜索に当たられよ、というものだった。もう一つの文書には指名手配中の盗賊に関する隣の県知事の見解があり、万が一両県において身分証明やパスポートを提示しなかった怪しい人物がおれば即刻拘束されたし、といった内容が記されていた。この二通の文書には全員いきなり兜の上からガツンと殴られたほどの衝撃があった。これまで積み上げてきた邪推や勘ぐりがすべて台無しになったからだ。無論、ここでチーチコフに何らかの関係があると憶測を立てることは不可能だったものの、それでもやはり皆それぞれに能く能く考えて思い出したのは、まだ自分たちはチーチコフが本当のところ何者なのかを知らぬままであり、彼自身の出す自らの素性に関する返答が甚だ曖昧で、勤め先で公平無私を求めたがゆえに辛酸を嘗めたとは確かに語っていたが、ただそれとて何とも模糊としていたわけで、大勢いる敵から命を狙われているとまで言っていたことを同時に思い出すに至っては、さらにこんな考えまで浮かんできたのである。つまり、そうなると彼の命は危険に晒されているわけで、となれば、彼はお尋ね者だということ、ってことは、彼はそれなりのことをやらかしたってことになる……だがそれにしたって一体、彼は何者だっていうんだ？　勿論、彼が偽札を作っているなどとは考えられないし、況してや、盗賊なんてこともあり得ない。何てったたって見た目は実に義理堅いときている。だが、そういうこと全部ひっくるめてもやはりあいつは一体どこのどいつだっていうんだ？と。かくして役人のお歴々は最初の時点で、つまり、われらがポエムの第一章において自らにすべき問いかけを今頃になってなされたわけだ。こうしようと決まったのは、魂の購入元にさらにもう少し事情聴取することで、そうすることで少なくとも何が購入されたのか、また、死せる魂の正体が一体何であるのか、あの男が誰かに向かって、ひょっとして偶然、ぽろっとであろうと、どんな風であろうとも構わぬが、本当の狙いを明かしていないか、自分が何者なのかを誰かに語っていないかを突き止めることにしたのである。先ず最初に当たったのがコローボチカなのだが、ここには大した掘り出し物は見つからなかった。買値が十五ルーブルだったこと、鳥の羽根も購入するつもりで、あれこれ沢山買い付けに来ると約束した上に、国への納入に豚脂も扱っているということだから、これはきっと詐欺師に違いない、何しろ、これまでにも一人そういうのがいて、鳥の羽根を購入し、国に豚脂の納入をしていたが、全員一杯食わされて、長司祭などは百ルーブル以上騙し取られたという。彼女がその先何を言ったとて、どれもこれもほとんど同じことの繰り返しだったため、役人たちにしてみればコローボチカなんてのは単なる間抜けな婆さんくらいにしか見えなかった。マニーロフはというと、パーヴェル・イヴァーノヴィチのためなら自分同様いつだって請け合っても構わない、自分の領地を全部売っ払ってでもパーヴェル・イヴァーノヴィチがお持ちのような気質の一分（いちぶ）を手に入れたいものだ、と答えると、何かと彼のことを褒めちぎり、加えて友情に関するいくつかの持論を披瀝するに当たってはもはや目を細める始末。この持論は無論、嫋やかに弾む彼の心を十二分に説明してはくれたが、役人たちにとって肝心なことは解き明かしてくれなかった。ソバケーヴィチから返ってきた回答は、チーチコフは自分からすれば優れた御仁であるとのこと、一方、農民の売却の際に自分は彼の選択に任せ、しかもその農民はどこから見ても生きているというのだが、この先彼らに何が起こるかは自分には責任の持てることではないし、仮に移住するその道中で困難が生じて大量に死者が出たとしても、それは自分のせいではないし、こればかりは神にお任せするしかなく、また熱病やその他諸々の死に至る病もこの世には少なくないし、村が丸ごと全滅するといった例もある、というものだった。役人のお歴々がさらに講じたもう一つの手段は、さほど品があるとは言えないにしても、それでもやはり時には用いられるものだった、つまり、外堀を攻め、様々な召使い人脈を利用してチーチコフに仕える連中に、旦那の前歴や素性の詳細を知らぬかと、質したわけだが、これでもまた聞き取れたことは大してなかった。ペトルーシカからは住居の臭いくらいしか得られず、セリファンから得られたのは、奉職を務め上げたこと、しかも以前税関の職に就いていたこと、それ以上はなかった。この階級の連中には実に奇妙な習慣というのがある。何かを直に訊ねても、絶対に思い出せないし、言われていることが頭の中にきちんと入らぬままに、ただただ知らないと答えるばかりなのに、何か別のことを訊ねてみたら一気にそれに食いついて、こっちが知りたくもないような細かいことを話しだすのである。役人たちの実施した調査から明らかになったのは、チーチコフの正体を完全に摑むことはどうやっても無理だということ、ただそれでもチーチコフが何者かであるということは間違いない、ということだけだった。お歴々はこの事案に関する最終的な解釈にやっとけりをつけ、少なくとも自分たちが何をどうすればよいのか、如何なる手段を講ずるべきか、そして、彼が一体何者なのか、つまり、逮捕し拘束すべき危険人物なのか、それとも彼の方こそ自分たちを全員危険人物として逮捕し拘束しかねない人物なのかについて結論を出すことにしたのである。まさにそのためにわざわざ集まることになったのが市警察署長宅、すでに読者諸氏もお馴染みの、町の父にして慈善家の家であった。

第十章

市警察署長宅というすでに読者諸氏もお馴染みである町の父にして慈善家の家に集まったのを機に、役人たちは自分たちが今回の心労と動揺でげっそりしてしまったことを互いに気遣い合った。正味の話、新しい総督の任命にしろ、深刻な中身を携えてきたあの文書にしろ、人知を超えたあの噂にしろ、そのすべてが役人たちの顔にくっきりと痕跡となって刻み込まれ、大勢が着ていた燕尾服は見るからにだぼだぼになっていた。何もかもが腰砕けだった。裁判院長もげっそり、医師会査察官もげっそり、セミョーン・イヴァーノヴィチとかいうまだ一度も苗字で呼ばれたことのない、人差し指に嵌めた指輪をご婦人方のご笑覧に供していたそういう仁までもがげっそりしていた。無論、どこでもあることとだが、臆病風を吹かすことなく平常心でいられる者もいたにはいたが、そういうのはごく稀なこと。郵便局長ただ一人だ。彼だけはずっと泰然自若としたままで、こういう場合には「存じあげておりますよ、総督閣下のことはね！　閣下の三人や四人入れ替わったところで、私などはこうして三十年も、閣下、ひとところにじっとしとりますから」と口にするのが常だった。これには通常、他の役人連中が次のように言葉を添えたのである。「気楽なこったよ、シュプレッヘン・ジー・ドイチ、イヴァン・アンドレイチ、あんたの仕事は郵便だからね。荷物を受け取ってまた送る仕事だろ、一時間早く役所なんぞ閉めてさ、間に合わなかった商人から時間外受付だとか言って手紙の受取で金を取ったり、転送しなくてもいい荷物なんかを転送するようないかさま以外は、まあ勿論、どれをとっても神聖なもんさ。けど、あんたのところにいきなり悪魔が毎日のようにやって来て、袖の下に手を突っ込んでくるようにでもなってみな、そしたらどうだい、欲しくなくったってあっちは勝手に突っ込んでくるんだ。あんたにゃ当然、そんなことは平気の平左だろうけどな、息子は一人だし、でもさ、兄弟、プラスコーヴィヤ・フョードロヴナなんて神さんから大変なお恵みを頂戴したもんだからさ、プラスクーシカだ、ペトルーシャだと、一年も経たんうちに産んじまってさ、そうなると、兄弟、あんただって了見は違ってくるわな」こんな具合に役人たちは話していたわけだが、果たして実際問題、悪魔の誘惑に打ち勝てるのかどうかを判断するのは作者の務めではない。今回こうして招集された会議でやけに目についたのは、俗に筋道と呼ばれるところのどうしても欠かせぬものが欠如していたことだ。そもそもわれわれのような存在というのは、代表者の集まりのために創造されたものではないらしい。われわれの開くどの会合でも、農民たちのミール（共同体）の出会いからあらゆる学者やその他の委員会に至るまで、そこに全員を統括する長が一人もいなければ、それはもう途轍もない混乱を極めてしまうのだ。なぜそうなってしまうのかを口にすることすら難題だが、恐らくはただ単にそういった人間集団だということであり、うまく行くのはわずかにどんちゃん騒ぎの席か、午餐のために倶楽部やドイツ風のヴォクスホール（娯楽場）に集まった時くらいのものなのだ。だが、いつもすべてに対して心の準備は出来ているのではあるまいか。われわれは突如、一陣の風のごとく、慈善協会だの何だのとよく分からんものを奨励する協会を設立する。その志は見上げたものだが、如何せんそのどれ一つとしてうまく行くことがない。ひょっとして、そうなってしまうのはわれわれが端（はな）から満足してしまって、もうそれですべてが達成されたものと思い込んでしまうからかもしれない。例えば、貧乏人のための慈善協会みたいなものを立ち上げ、大金を寄付したところで、われわれは早速この立派な行いを記念し、町でも有数の高官たち全員に午餐を振る舞うのだが、当然ながらこれは寄付金のうちの半分で賄われ、その半分は忽ち委員会の暖房費ならびに守衛付きの豪華アパートの賃貸費に回されて、このあと貧乏人たちに残るのはせいぜい五ルーブル半といったところで、またこの額をどう分配するかについては協会メンバー全員のあいだで意見の一致が見られず、口々に受取人として代母を推薦する始末なのだ。尤も、今回集まった会合はこれとは全く種類が異なるものであった。こうやって集まったのも必要にかられてのことだったからだ。どこぞの貧乏人や部外者が問題なのではなく、この問題は役人一人ひとりに個人的に関わっていて、誰もが等しく直面していた禍に関係していたわけで、そうなると、否が応でもここは意見を一致させ、団結せねばならぬところ。ところが、この期に及んでも何とも訳の分からぬことが生じたのである。会議に付きものの意見のぶつかり合いなどは言うに及ばず、集まった者たちの意見の中にはこれまた何とも理解し難い優柔不断さが露呈したのだ。ある者はチーチコフが紙幣の偽造をしていると言った端から、「けど、偽造はしてないかもしれない」と自分から付け加えてみたり、またある者などはチーチコフが総督府の役人であると主張した端から、「尤も、それだって分かったもんじゃない、おでこにそう書いてあるわけでもないからね」などと言い添えるのだ。変装した盗賊ではなかろうかという憶測に対しては全員が断固抵抗し、それ自体穏健そのものである外見に加えて彼の話す会話に粗暴な人間を想像させるものは何ひとつないと認めるのだった。急に郵便局長は数分ほど考え込むと、突如訪れた閃きのためか、あるいは何か別のことだったのか、思いがけず大声でこう言ったのである。

——お分かりですかな、紳士諸君、一体誰なのか？

こう口にした彼の声にはどこか動揺させるようなものがあり、全員同時にこう叫ばずにはおれなかった。

——誰です？

——それはですな、紳士諸君に閣下殿、他でもないコペイキン大尉でありますぞ！

またすぐさま全員異口同音に「誰なんです、そのコペイキン大尉ってのは？」と訊ねると、郵便局長はこう答えたのである。

——てことは、ご存じではないのですかな、コペイキン大尉が誰か？

皆、コペイキン大尉が誰なのか全く知らぬと返した。

——コペイキン大尉というのはですな、——郵便局長は煙草入れを半分しか開かずにこう言ったのだが、これは隣にいる誰かに指でも突っ込まれるのではないかと心配だったからで、そんな指の清潔さを怪しんでいた彼は常の習いとして、「はいはい、旦那さん。そのお指なんぞどことも分からんところにお出かけしたりするんでしょうが、煙草ってのは清潔さが第一でしてね」とまで言い添えるのだった。
――コペイキン大尉というのはですな、――すでに煙草をひと嗅ぎした郵便局長は言ったのである、――これなんぞ尤もね、もしお話しするとすれば、どこぞの作家にとって実に愉しい一大ポエムとでも言えるものになりますぞ。

　臨席していた者たちは全員この物語を、あるいは郵便局長が言うところの作家にとって実に愉しい一大ポエムとも言えるものを教えてもらいたいと申し出ると、彼は次のように語りだしたのである。

コペイキン大尉物語

「十二年戦役が終わってのことでしてな、旦那殿、――郵便局長は部屋に一人ならず、全部で六人もの旦那衆がいたにもかかわらず、こう始めたのである、――十二年戦役が終わって傷痍兵とともにコペイキン大尉も送還されてきましてね。クラースヌィ近郊[75]だったか、ライプツィヒ近郊だったか、ともかくご想像頂けるでしょうが、奴さんは腕と脚を一本ずつもがれちまいましてな。まあ、その頃はまだ傷痍軍人に関しては一切ね、あれですよ、何の指令も出されておりませんで、あの軍人傷痍基金みたいなものが設立されたのは、お分かりでしょうが、いわばずっと後になってからのことでしてね。コペイキン大尉には分かっているわけです、本当なら働かなきゃならんということがね、腕が彼にはあれですよ、左しかないわけですから。実家の父のもとを訪ねたところで父からは〝お前に食わせるようなものはないよ、儂には〟――お分かりでしょう、――〝自分のパンを手に入れるのもやっとなんだ〟と言われるのが落ちだ。そこでわがコペイキン大尉はペテルブルクに上京しようと決意しましてね、旦那殿、皇帝閣下に〝ご覧の通り、カクカクシカジカ〟と直訴して、ある意味ではその、まあ何と申しましょうかね、〝命を犠牲にして、血を流しまして……云々〟とか申し上げて、君主たる何らかの恩情でも得られぬものかと考えたわけです。まあ、そこであれですな、荷馬車や輜重車と一緒にですな――要するに、旦那殿、どうにかこうにかペテルブルクに身を引きずってきたわけでありますよ。まあお分かりのように、そりゃもう何しろね、つまり、そのコペイキン大尉がいきなり身を置いた帝都というのは他に比肩するものなど、そりゃもう、この世にはないわけでありましてな！　突如奴さんの目の前に現れたのは輝ける世界と言いますか、ある種、人生の広野、お伽話のシェヘラザードですよ。突如としてね、そりゃもう何しろね、お分かりですかな、ネフスキィ大通りだとか、そのあれですな、ゴローホヴァヤ通りだとか、コンチクショー！ってな感じだし、それとか、あのリチェイナヤ通りとかって大したのもあるし、あちらじゃ尖塔がそりゃもう何しろ天を突いているかと思ったら、あちらの橋なんぞね、まあそりゃどうなってんだか、想像出来ますか、何にも、つまり、触れずにふわんと浮かんでるんですからね、――ひと言で言や、セミラミス[76]ですな、旦那殿、そりゃもう何だってある！　アパートを借りようと手当たり次第当たってみても、どこもかしこも目が飛び出るほどで、カーテンだの、ブラインドだの、そりゃもうイカれてますよ、絨毯だってね、ペルシャそのものだ、足でもって、そのね、大金を踏んづけてるようなもんですよ。で、ただ何気なくね、そのぉ、通りを歩いてなんていれば、もうとにかく千金という千金が鼻に突いてくるわけですがね、わがコペイキン大尉の持ち金といったらそれこそ青札(五ルーブル)銀行券が十枚ほどだ。でもまあ何とかそのね、レヴェリ[77]の旅籠に一泊一ルーブルで身を寄せることになって、昼飯はシーと叩いて伸ばした牛肉の塊。分かるわけですな、これ以上長居する当てなんてないってことがね。そこでどこに当たればいいかを聞きまくりましてね、話では、ある種のね、上級委員会がありましてね、お役所ですよ、お分かりでしょ、そりゃもうね、仕切っているのが何とかっていう軍司令官(ゲネラル・アンシェフ)らしい。皇帝閣下はといいますとね、この頃はまだ首都にはいらっしゃらず、軍隊もね、お分かりですかな、まだパリから帰還しておりませんで、異国の地にあったんですな。わがコペイキンはいつもより早く起きると、左手で鬚をひと擦りしましてな、何しろ床屋を雇うとなりゃこれまた、ある意味ですな、金がかかるというものでしてね、で、その身に軍服を引っかけて、木の脚でもって、ご想像つくでしょうがね、その当の委員長であるお偉方の元に向かったわけですよ。アパートを訊ね歩きましてね。〈あそこだよ〉と言って指で差された先には宮廷河岸通りに建つ家があるんですな。おんぼろ小屋ですよ、それこそ、農村風情のね。板ガラスが窓に嵌めてあるんですがね、お分かりになりますかな、一サージェン半の鏡[78]、そういうわけなんで花瓶やその部屋に何があろうと丸ごと外にあるみたいに見えてましてね、それこそ、何と言いますか、通りから手を伸ばせば取れそうな感じでしてな、壁には高価な大理石、金属製の小間物、扉には何やら把手みたいなのがあるんですが、そんなわけで、あれですな、先に露天の小物商にでも立ち寄って、二コペイカで石鹸を買ってから先ずは二時間ほど手を洗わにゃならん、そのあとにやっと把手を摑む決心がつくってなもんで、——要は、ニスがあっちこっちに引いてありまして、言うならば、はっと息を呑んだわけですよ。守衛が一人、すでに大元帥さながらに見とりましてね。金メッキの職杖に伯爵のような人相でして、まるで食わせすぎのパグか何かみたいで、バチストのカラーなんぞ付けてからに、チクショーめ！……。わがコペイキンはどうにかこうにかその木の脚を引きずって応接室に入りまして、その片隅で縮こまっておりましてな、肘でもってね、お分かりですかな、アメリカだのインドといったもののね——金張りしたあれですよ、そりゃもう大した陶磁器の花瓶なんぞを突いちまってはいかんということです。まあ、当然ながら奴さん、そこに突っ立ってさんざっぱら待つことになりましてね、何しろ、あれですよ、まだその時間には将軍がね、言うなれば、やっとベッドから起き上がって、従者が恐らくね、銀の盥を持って来て、色々とその、お分かりでしょうが、そりゃもう洗うわけですよ。わがコペイキンが四時間ほど待ったところで、そこにようやく副官もしくは当直か何かの役人が入ってきまして、〝将軍殿が今、応接室にいらっしゃる〟と言うわけですな。その頃にもなると応接室には人も一杯で、まるで皿に載せた豆みたいな感じでしてな。そこにいるのは全員、ウチら同胞みたいな小間使いとはわけが違う、どれもこれも四等官か五等官の将校といった面々で、ところどころでぶっといマカロニが肩章にきらきらしているのは将軍様、まあ、そういうお方ですよ。突然、部屋の中がその、あれですな、わずかにざわざわしだしましてな、エーテルか何かが微かに漂った感じでね。あちこちから聞こえてくるわけですよ、

〝しー、しー〟って、で、ようやく訪れた沈黙というのがまあ恐ろしいったらありゃしない。お偉方の登場ですな。まあ……ご想像つきますかな。お上のお出ましでありますよ！　その顔にはね、その何と言いましょうか……まあそのぉ、称号にというか、あれですな……高い官職に相応しいというか……それなりの表情ってのがありましてな、お分かりになられますでしょ。待合にいたすべてがね、そりゃもう当然、その瞬間にぴんと立って、ぶるぶるしながら待ち構えているわけですな、ある意味その、運命の決定が下されるのをね。大臣か高官が一人、また一人と近寄って、〝そちらのご用件は？　そちらのご用件は？　いかが致しましたかな？　どうなさいましたか？〟と訊いて回るわけですな。ようやく、旦那殿、コペイキンの番となりましてね。そのコペイキン、精神統一してからですな、〝これこれ然々(しかじか)でして、閣下。血を流しまして〟、いわゆるその、あれですよ、〝腕と脚を失い、働けぬ身となってしまいまして、恐れながらも陛下にお恵みを乞いたく存じます〟と言ったわけですな。大臣が目にしているのは木の脚の男で、右袖は空っぽで軍服にくくり付けてある。〝宜しいでしょう、数日後にまたいらして下さい〟と言うわけですな。わがコペイキンが外に出る時なんて、ほとんど有頂天の状態でしてね。一つは、面会に与ったのが、何といいますか、超一流の高官だったこと、もう一つは、やっと今度こそ、ある種ですな、恩給の問題が解決することとなったからでしてね。まああれです、そういう浮かれ気分で舗道をぴょんぴょん飛び跳ねるわけですよ。パルキンの料亭[79]に立ち寄ってウォッカを一杯呷りましてね、旦那殿、昼食はロンドン[80]で済ませたんですが、カツレツはケイパー[81]添えで注文するわ、プリャールカ(去勢雄鶏)はあれこれ詰まらんものと一緒に頼むわ、ワインは一本頼むわで、晩になったらなったで劇場に出かけるわ——ひと言で言えば、あれですな、豪遊したわけですな。舗道に歩いておったどこぞのすらっとしたイギリス女性なんぞ、まるでそれこそ白鳥みたいでしてね、ご想像頂けますかな、ほんとに。わがコペイキンなんてどうです——血の方が、あれですよ、沸き立ってしまいましてね——そのあとを木の脚でもって追いかけようとしたんですがね、ぴょこんぴょこんと後ろから——〝やめとこう〟と思ったんですな、〝あとで恩給を貰ってからにしよう、今日はどうも散財がすぎたし〟ってね。そこで、旦那殿、それこそ三日か四日してからわがコペイキンはまたもや大臣の元に現れまして、御成りになるのを待ち受けておったんですな。〝これこれ然々でやって参りましたのは〟なんてことを言いまして、〝取り憑き病と戦傷に関して閣下の出されるお達しを伺うためでありまして……〟――といったようなことを、まあ然るべき言葉で述べたのでありますな。高官はというと、ご想像頂けるでしょうがね、すぐさま奴さんのことが分かりまして、〝ああ〟って申すんですな、〝なるほど〟ってね、〝今回は何もお話することはございませんな、今しばらく陛下のご帰還をお待ちする他ありませんが、その際は間違いなく傷痍兵に関する勅令が出されますのでね、君主のご意志なくしては〟なんて申しましてね、〝わたくしなど何ひとつ出来ませんのでね〟なんて申すわけですよ。一礼すると、あれですな、失敬ってなわけです。コペイキンは、ご想像つくでしょうがね、外に出てもそうか、明日にでも金が貰えるんだってなことで、至極もやもやしておりましてね。ですから奴さん、〝ほら受け取りな、あんさん、飲んで楽しむこった〟なんてことを思ったりしてたんですが、その代わりに奴さんは待つように言われて、しかも時間の指定はないときた。そこでそれこそ梟みたいに車寄せから外に出たんですが、まるであれですよ、料理人に水をぶっかけられたプードルみたいに尻尾なんて脚のあいだにしゅんと隠れちまって、耳もだらんとなってるみたいなもんですよ。〝このままじゃ終わらんぞ〟なんて考えるわけですな、〝今度また来て、これでおまんまはお預けだって言ってやるさ、手を貸してもらえないんなら、死ぬしかない〟ってな感じで〝餓え死にだ〟って。でもって、奴さんはやって来るわけですな、旦那殿、再度宮殿河岸通りにね、で、こう言われるわけです、〝駄目です、面会はありませんから、また明日お越しください〟ってね。次の日来てもやはり同じことで、守衛なんか奴さんの方はとにかく見るのも嫌なわけですな。そんなこんなで彼の持ってた青札なんて、あれですよ、もうポケットに残ってたのは一枚こっきりでしてね。この前はシーだの、牛肉の塊だのを食べてたっていうのに、今じゃ店屋で鰊とか塩漬け胡瓜、それにパンを四コペイカで買うような始末でしてね。要は、不憫にも奴さん、腹を空かしとるんですが、ほんとは狼顔負けの食欲なんですな。それこそあるレストランの前を通り過ぎようとしていたら、そこのコックってのが、ご想像頂けますかな、外国人、フランス人の朗らかな顔したのがおりましてね、その下着なんかオランダもので、前掛けなんぞは雪白といった感じで、それでもってフィンゼルブ(香味野菜ソース)か何か、カツレツのトリュフ添えを調理しておるんですな。要は、とびっきりの珍味か何かですから、それこそあれです、腹ペコすぎて自分で自分を丸ごとペロッと食っちまったっておかしくないほどだ。ミリューチン商店[82]の前を通りかかった頃でしょうか、そこで窓越しに中を覗いてみますとね、大西洋鮭はあるわ、桜桃(さくらんぼ)なんて一粒五ルーブルだわ、西瓜なんて馬鹿デカく、ディリジョンス(駅馬車)なんてね、窓から首を覗かせて、あれですな、百ルーブル払って乗る馬鹿はおらんかと見渡してるんですな。要は、どこに行っても誘惑だらけで、涎が出てくるんですが、耳には相も変わらず〝明日〟って言葉が鳴り響いているわけですよ。こうなりゃ想像もおつきでしょうがね、奴さんの置かれた状況がどんなもんだったか。片方には、あれですよ、大西洋鮭と西瓜があり、もう片方から相も変わらず持ってこられる料理といやぁ〝明日〟ですよ。仕舞いには不憫な奴さん、いわばその、辛抱堪らずに、何があろうと突撃して中に潜り込んでやろうと決心したんですなぁ。玄関先で誰か陳情者が中に入らぬかと待ち構えておったところ、隙を突いてどこぞの将軍と一緒にですな、その木の脚を引きずって応接室にするっと潜り込んだんですな。高官はいつもながらに出てきまして、〝そちらのご用件は？　そちらのご用件は？　ああ！〟——とコペイキンを見て言いまして、——〝申し上げたじゃないですか、決定をお待ち頂かなきゃ駄目だと〟——〝後生です、閣下、パン一切れもありませんで……〟——〝そう言われましてもな。こちらには何も出来ませんのでね、しばらくは貴君なりに切り盛りなさって、食い扶持を探すことですな〟——〝しかし、閣下、ご自分でもお分かりかと存じますが〟ってなことを言いまして、〝どんな当てがありますでしょう、私には腕も脚もないというのに〟——〝しかしですな〟——と貴顕は申されるわけですな、——

〝貴君もお分かりでしょう。そちらをこちらの懐で扶養するわけにも参りませんのでね〟ってなことを申されましてね、〝私には多くの傷痍兵がいるし、彼ら全員には同等の権利があるわけだから……。ここは貴君も己を鼓舞してぐっと堪えることです。陛下がご帰還になれば、約束しますがね、君主からの恩情が貴君を放っておくことはないですから〟——〝でも、閣下、待っていられないんです〟——とコペイキンは申すわけですが、この言い方、ある意味、失礼でしてね。高官の方は、あれですな、もううんざりしておるわけですよ。また正味な話、そこには周りで将軍のお歴々が決定や指令を待っておるわけでしてね、事案というのも、いわばその、重要なもの、国家に関わるもので、今すぐにでも執行すべきところなわけです、——一分が命取りってことになるかもしれない、——それなのに、こんな横っちょからしつこい邪魔者が入ってきたわけですから。〝失礼ですが、私には時間がないんでね……貴君のよりも重要な案件が待っておるので〟とおっしゃるわけですな。その、何と申しますか、やんわりと、もうそろそろ暇乞いする頃だぞと相手にそれとなく申すわけです。すると、わがコペイキン、空腹が、あれですな、奴さんの横っ腹を蹴り上げたんですな、〝お好きにどうぞ、閣下〟なんてことを申しまして、〝私はここから一歩も動きませんよ、決定をお出しになるまではね〟いやはや……ご想像頂けますでしょ。高官にこんな口答えをするなんて、高官の言葉一つでそりゃね、もんどり打ちながら悪魔にだって見つけられないくらいぶっ飛ばされちまいますよ……。ここでもしわれらが兄弟分に一つでも階級の低い役人が同じようなことを言うようもんなら、それだけでもう生意気だってことになりますでしょ。でも、この二人の差なんてどうです、月とスッポンですよ。軍司令官とどこぞの馬の骨コペイキン大尉なんですからねぇ！　九十ルーブルと文無し(ゼロ)だ！　司令官なんてあれですよ、ただ視線を向けるだけですがね、その眼差しなんて火を噴く銃器だ。肝を冷やすどころか、その肝なんて踵の裏に隠れちまいますよ。でも、わがコペイキンはどうです、一歩もそこから動かない、根っこが生えちまったみたいでね。〝どうしたいわけだね？〟と司令官は申しますと、いわゆる貝殻骨ってのにガツンとお見舞いなさったわけですな。これだってね、正直言や、まだかなり恩情をかけられた方だ。そうでもなけりゃ脅しつけられ、三日ほど経ったって天地がひっくり返ったたまんま、頭の上で道がぐるぐる回ってたところでしょうがね、司令官はただこう申したわけですな、〝宜しい〟ってね、〝もしこの地での暮らしが高くつき、都で己の運命の定めを大人しく待てないというのであれば、国の負担でもって貴君をここから送り出してやろう。伝令を呼べ！　この者を住所まで届けるんだ！〟その伝令なんてもう、あれですよ、すぐその場に立っておりましてね。三アルシンもある男なんですが、その腕っ節なんぞ、想像出来ますかな、端っから馭者になるために出来てるようなもんで、言ってみりゃ、拳骨任せの歯医者でしてね……。でもって、奴さん、この神の下僕に引っ摑まれましてね、旦那殿、荷車に放り込まれたんですな、伝令と一緒に。〝まあ〟ってなことをコペイキンは考えるわけですよ、〝少なくとも駄賃は払わなくてもすむんだ、有り難いこった〟　そこでまあ奴さんは、貴方、伝令に連れて行かれるわけですが、その連れて行かれるあいだも、何というかその、つまり、独りであれこれ考えるわけですな。〝司令官が食い扶持は自分で何とかしろって言うんなら、いいさ〟って申すわけですよ、〝俺が〟ってな具合で、〝その食い扶持を見つけてやろうじゃねぇか！〟って。ただ、住所まで届けられて、来るところまで来た時点では、そんな当てなんてのは何ひとつ分からんわけですな。こうして、あれですよ、コペイキン大尉にまつわる噂話も忘却の川へ、あの例のレーテなんていう、詩人たちが呼ぶ川に沈んで消えていってしまったわけです。ところが、宜しいですかな、紳士諸君、まさにここから始まるんですな、言うなれば、糸口、物語のきっかけっていうのがね。さて、コペイキンがどこに姿を晦ましたのかは分からぬものの、ご想像頂けますかな、二ヶ月が過ぎた頃、リャザンの森奥深くに盗賊団が現れましてね、その賊の首領(アタマン)というのが、旦那殿、他でもないその……」

――でもいいかね、イヴァン・アンドレエヴィチ、――と突如口を挟んだのは市警察署長だった、――コペイキン大尉ってのは、君自身言ってたじゃないか、片腕と片足がないって、でもチーチコフは……。

ここで郵便局長ははっと声を上げると、手で思いっ切り自分のおでこをぴしゃんと叩き、全員のいる前で自分のことを頓珍漢と呼んだのである。話し出した時点でどうしてそういった状況が頭に浮かばなかったのかが彼には理解出来なかったものだから、〝ロシアのお人の察しの悪さ〟というのは全くもって当を得た諺ですな、と認めたのだった。ところが、その熱りの冷める間もなく彼はまた小賢しくも言い逃れをしようとして曰く、尤も英国では実に機械技術が洗練されておるようでして、新聞などからも分かりますように、ある御仁の発明した木製の脚たるや、目に見えぬバネにちょっと触れただけでその人間の脚をそれはもうどことも分からぬ場所へと連れていってしまう代物で、こうなればもうそのお人のことなどどこを探そうとも見つからない、と言うのだった。

しかし、全員、チーチコフがまさかコペイキン大尉だとはとても信じる気にはなれず、郵便局長はきっとお酒がすぎたのだろうという結論に至った。尤も、そういう彼らとてそれなりにやはりいいところは見せたわけで、郵便局長の機知に富む推察に発破をかけられた連中はこれに負けず劣らずの頑張りを発揮したのである。数多くあったそれなりに鋭い推測の中にはとうとうこんなものまで出てきたのだ——口に出すのもおかしな話、つまり、チーチコフは変装したナポレオンではなかろうか、英国人は以前よりロシアの広大なる国土を羨み、しかも何度か繰り返しロシア人と英国人とが会話をするカリカチュアが出ていて、その後ろに紐に繋いだ犬がいるのだが、その犬が表しているのがナポレオンで、〝いいか、もし変な真似でもしてみろ、そうなったらすぐこの犬を嗾けてやるからな！〟と言っているらしいのだが、今や連中はひょっとすると彼をヘレナ島から逃がしてしまっていて、その彼が今やロシアにまで入り込んでいるのかもしれない、それがチーチコフかもしれないというのだが、実際はチーチコフなわけがない。

無論、こんなことを役人のお歴々が信じるわけもなかったが、尤も、能く能く考え、この問題をそれぞれ各自で自問してみたところ、チーチコフの顔はもし横向きになって立ってみると確かにナポレオンの肖像にそっくりだということになった。市警察署長は十二年の戦役に出陣し、直にナポレオンを見たことがあって、やはり認めざるを得なかったのはその身長がチーチコフと比べても少しも大きくなく、しかもその体格もやはり太りすぎともいえず、かといって痩せぎすというほどでもなかったということだ。ひょっとすると、読者諸氏の中には、まさかそんなと、おっしゃられる方もいらっしゃるであろうし、作者もやはりその方々のご期待に応えて、まさかそんな、と言うのも吝かではないのだが、しかし、悲しい哉、すべてはここで語られる通りに起こったことで、しかも驚くべきことに、この町というのが辺鄙な田舎町ではなくして、むしろ二都からほど近いところに位置していたのである。尤も、記憶に留めておくべきこととして、この一部始終というのがかの誉れ高きフランス軍掃討から間もなくだったということ。その当時、わが国の地主、役人、商人、番頭、それに読み書きの出来るどんな者も、文盲であろうとも皆が皆、少なくともその先八年越しの不倶戴天たる政治家になっていたのだ。『モスクワ報知』と『祖国の子』に読み耽るその様子に鷹揚さなどなく、最後の読み手に回ってきた時などはもうぼろぼろで、全く使い物にもならなくなっていた。〈いくらで売れたんです、親父さん、烏麦一升は？〉とか〈昨日の初雪はどうしましたか[83]？〉といった質問の代わりに口にしていたのは、〈どう書いてるんだい新聞には、またナポレオンを島から出しちまったのかい？〉てなことだった。商人たちはこうなることをひどく恐れていた、というのも、すでに三年も牢獄にいたある預言者の言葉を丸々信じていたからで、この預言者というのがまた何処からともなく草鞋に皮剝き出しのトゥループといった出で立ちで腐った魚のひどい臭いをぷんぷんさせながらやって来て、ナポレオンとは反キリストであり、岩の鎖に繋がれ、六つの壁と七つの海の向こうにいるが、後にその鎖も引き千切り、全世界を支配すると預言していたのである。預言者はこの預言のために然るべく牢獄送りになったのだが、それでもやはり彼の言う通りになってしまったので、商人たちはすっかり慌てふためいたわけである。まだしばらくのあいだ、最も儲けになる商いが行われていた頃、商人たちは旅籠にお茶を飲みに行けば、反キリストが話題に上っていた。多くの役人や由緒正しき貴族方までもついついそのことを考えてしまい、当時大変流行していた神秘主義にかぶれた者たちは〈ナポレオン〉という言葉を作っているどの文字を目にするにつけ、何かしらそこに特別な意味を見て取るかと思えば、そこに黙示録的数字[84]すら発見する者も大勢いた。そういうわけだから、何ひとつ驚くことでもないが、役人のお歴々は不意にこの項目について考え込んだが、すぐにまた、自分たちの想像が先走りすぎているばかりか、何もかも的外れなのだと気づくと口を噤んでしまうのだった。考えに考えを重ね、あれこれ解釈を続けていった末、最後に落ち着いた結論として、もう一度しっかりとノズドリョーフにあれこれ探りを入れても悪くなかろうということになった。何しろ彼が一番最初に死せる魂の話を持ち出してきたわけだし、しかも、ある点ではチーチコフとも近い関係にあるわけで、そうなれば、きっと彼の人生を取り巻く状況についても何某かのことは知っているに違いないということで、再度ノズドリョーフの話を聴いてみようではないかということと相成ったのである。

奇妙なお方たちではないか、この役人のお歴々とその後塵を拝する他のお役所方というのは。大体からして、ノズドリョーフが嘘つきであること、その言葉はひと言たりとも信じてはならず、その無駄話自体信じてはならぬことなど百も承知だというのに、よりによって彼を頼みの綱にしてしまったのだから。やれるものならこの仁を捌いてみりゃいい！ 神さまは信じなくとも、鼻っ柱が痒くなりゃ必ずお陀仏だと信じ、詩人の創る、真昼のごとき明るさを持った、調和と単純さを示す高き知恵に貫かれた作品は素通りしても、どこぞの命知らずが自然を掻き回し、こんがらがせ、駄目にしてしまうところにはまさしく飛びつくのであり、それが気に入れば、〈まさにこれよ、これこそが心の謎をめぐる本物の知識よ！〉と声を張り上げるのだ。生涯通じて医者などにはお構いなしだから、とうとう仕舞いには、呪文を囁いて唾引っかけたりして療治する婆さんとか、これはまだましな方だが、自分で何かの煎じ薬を得体の知れぬ屑から考案するのだが、それがまたどういうわけか彼には自分の病に効くものに思えるのだ。無論、役人のお歴々のことは、その策に窮している状態からして多少大目に見られぬわけではない。溺れる者は、世に言うように、ちっさな木片をも摑むもので、そんな時にこの木片に跨がれるのは蠅くらいなものなのに、自分の体重が五プードもないとしても四プード近くはあると考える余裕もなく、ただ、そういう時には頭が回らず、木片を摑んでしまうのである。これと同じようにわれらがお歴々も結局はノズドリョーフを摑んでしまったのだ。市警察署長は早速彼宛てに今晩お越し頂きたいとの旨を書状に書くと、ボトフォルトを履いた区警察署長が人目を引く赤ら顔で早速、軍刀を手で押さえ、飛び跳ねながらノズドリョーフの屋敷へと駆け出したのであった。ノズドリョーフは大事な仕事で手一杯の状態で、すでにこの四日間というもの部屋から出て来ず、また誰ひとり入れることもなく、昼食は窓から受け取っていた、——ひと言で言えば、すっかり痩せ細り、顔面蒼白になっていた。その仕事には大変な集中力が要求された。それは数十ダースのカードから二組の、ただし最も義理堅い友として頼りに出来るような一番狙いの確かなカードの選別だった。この作業にはあと少なくとも二週間かかったのだが、ずっとその間ポルフィーリィはメデリャニン種の仔犬のお腹を特別なブラシできれいにし、日に三度は石鹼で洗ってやらなければならなかった。ノズドリョーフは独りでいるところを邪魔されたものだからひどく腹を立て、真っ先に区警察署長を追っ払ったのだが、市警察署長の書状から、夕べの集いにどこぞの新参者が来る予定なら儲けが出るかもしれないと読み取ると、即座に態度を軟化させ、そそくさと部屋に鍵をかけると、その辺にあったものを引っかけて彼らの元へと向かった。ノズドリョーフの供述、証言、そして推測は役人のお歴々たちのとは真っ向から対立するものであったため、後者の憶測も台無しになってしまった。この人物には徹頭徹尾、疑念を抱くという考えが欠落しており、役人たちの推測に不安定さと臆病さが顕著であった分、彼には毅然たる態度と自信が満ち溢れていた。彼はすべての項目を答えるに当たって口籠ることもなく、チーチコフが死んだ魂を数千で購入したこと、自分がそれを売ったのは売らずにいる理由が見当たらないからだと述べ、また、彼がスパイではないのか、何かを内偵しようとしていないか、という質問に対してノズドリョーフは、あいつはスパイだ、まだ学校に通っていた頃、あいつとは一緒に学んだ間柄だし、あいつは密告者と呼ばれていたし、また、それが理由で俺も含めた同級生たちがあいつをくしゃくしゃにしてやった、お蔭でそのあとあいつは二百四十四の蛭をこめかみにくっ付けるはめになったさ、と答えたのだが、実際にここで言おうとしていたのは四十四で、二百というのはどうも勝手に出てきたものらしい。彼は偽札作りなのか、という問いに対しては、偽札作りさ、と答え、しかもその際、チーチコフの並外れた巧妙さについてこんな逸話を語ったのである。彼の家に二百万ルーブルの偽造紙幣があることが分かると、その家は封鎖され、守衛が付けられ、扉ごとにそれぞれ二名の兵士が付いたこと、チーチコフが中身をごっそり一晩のうちに入れ替えてしまったため、次の日封印が解かれると、そこにあったのは本物の紙幣ばかりだったという。チーチコフが県知事の娘を連れ去ろうとしたのは本当なのか、自分自身この問題で手を貸し、加担したのは事実か、という問いに対してノズドリョーフは、俺は手を貸したし、もし俺がいなけりゃ何ひとつうまく行かなかっただろうさ、と答えたのだ――この時、嘘をついたことが全くの徒で、これでは舌禍を招きかねないと悟った彼は口を噤もうとするも、その口はどうしても抑えられなかった。尤も、それとて骨の折れることだった、何しろ、頭に勝手に浮かんできた細部というのがそれはもう面白くて、これを手放すなどどうして出来るかってなものだったからだ。名前まで浮かんだ村、そこには結婚式を挙げるはずの教区教会があって、その名もトルフマチェフカといって、司祭はシードル神父、婚礼代金は七十五ルーブルで、ただこれだって神父が自ら代父となって穀物商のミハイロの式を挙げたこと、自分の幌馬車まで譲って、宿場駅すべてに替え馬を用意したことを告げ口するぞと脅されなければ、神父もうんとは言わなかっただろう。この細部は行きつくところまで行って、仕舞いには馭者を名前でもって呼び始めたのだった。試しにと思ってナポレオンのことを仄めかしたものの、そう思ったことを後悔することとなった、というのも、ノズドリョーフの持ち出す出任せといったらそれはもう真実らしいものなど全くないばかりか、それこそ真実もへったくれもないものだったからで、そのため役人たちは溜め息ひとつ吐くと、全員その場から離れてしまったのだが、ただ一人、市警察署長だけはそれからもずっと話に耳を傾け、この先もう少し行けば、せめて何か出てくるのではなかろうかと思っていたのだが、仕舞いには諦めたとばかりに手を振って、「訳の分からん話をしよって！」という始末。そして全員、どれだけ雄牛相手に乳を搾ろうったってそんなのは骨折り損の草臥れ儲けだ、ということで意見が一致した。役人たちが立たされたのは以前にもまして悪い状況で、この事案は結局、チーチコフが何者であるのかがさっぱり分からなかったということで終わってしまったのである。またはっきりとしたのは、この仁が如何なる人種であるかということであった。つまり、彼に賢明さ、頭脳、分別が備わっていると言えるのは他人に関すること全般であって、彼自身についてではないということ、また、如何に細心にして確たる助言を彼が人生の苦境において与えてくれるかということだ。「それにしても回転の早い頭だな！――と人々は叫ぶのである――何てまあ毅然とした性格かね！」だが、この回転の早い頭に何某かの禍が降りかかり、彼自身その人生の苦境に立たされてみよ、あの性格はどこへ姿を晦ましたのやら、あの毅然としていた御仁は正体もなく取り乱し、そこに姿を現わしたのは見るも無残な腰抜け、歯牙にもかからぬひ弱な赤子、あるいはノズドリョーフの言うところの単なるカマ野郎であった。

かかる解釈、見解、そして噂話のすべてにどういうわけか一番感化されてしまったのが哀れな検事。その影響力の強さたるや相当のものであったようで、検事は帰宅後もあれやこれやと考え始めたところ突然いきなり、言うなれば、何の前触れもなく亡くなってしまったのだ。麻痺なのか、それとも他の何かに襲われたのだろうか、ただ院長は坐ったままの姿勢でそのまんま椅子からばったんとうつ伏せに倒れたのである。叫び声が例の通り、両手を打ち鳴らしたあとに聞こえてきた。「ああ、どうしましょう！」――医者を呼んで瀉血(しゃけつ)を施そうとしたが、目の前にいた院長はすでに魂を失った体だった。そうなって初めて惜しまれながらも気づいてもらえたのは、謙遜して一度も見せなかったとはいえ、この故人には確かに魂があったということ。ちなみに、死の訪れはそれが大物であろうと小物であろうと恐ろしいということに変わりはない。つい最近まで歩き回って、ぴんぴんで、ホイストをしたり、色んな書類に署名をしたり、役人たちのあいだにあのゲジゲジ眉毛とチカチカ目玉でもって姿を見せていたのが、今や台の上に横たわり、左目はもはや全くチカチカもせず、片方の眉だけがまだ何か訊きたそうにピンと吊り上がっているのだ。何を故人は訊ねたかったのか、なぜ自分は死んだのか、あるいはなぜ生きてきたのか、それは神のみぞ知ること。

しかし、これじゃあまりにも理不尽ではないか！　これでは全く筋が通らない！　こんなことあり得んだろう、役人たちが自分で自分の肝を潰したり、あんな戯言をでっち上げて真実から遠のいてしまうなんて、赤子にだって分かる話じゃないか！　こう多くの読者はおっしゃられるであろうし、作者は良識がないとお叱りを受けるか、哀れな役人たちは馬鹿呼ばわりされるであろう、何しろ、人というのは〈馬鹿〉という言葉に寛容で、馬鹿になって日に二十回己が隣人に仕えるのも吝かではないからだ。十あるうちの一つでも馬鹿なところがあれば、残り九つがいくら良くても馬鹿呼ばわりされてしまう。読者諸氏には容易にお分かりのことで、閑寂たる高みの一隅からは地平一面に広がる下々のすべてがお見通しであろうが、その下々の者には手近なものしか見えていない。また世界の人類年代記においても、さも不要であるかのように丸ごと削除され、抹消されてしまった世紀というのが数多存在する。この世においては、今ならば赤子でも為さぬような数々の過ちが犯されてきたのだ。蛇行し、寂として声なく、狭隘で、通り抜けることも儘ならぬ、遥か脇へと逸れるどれほどの道を人類はこれまで永遠の真理に達するものだと信じて選び取ってきたことか、その目の前には真っ直ぐに伸びる道が、皇帝の高殿となるべき荘厳なる楼閣へと通じるほどの道がすっかり開かれていたというのに！　他のどの道に比しても横広の、贅を尽くしたこの道が、太陽を浴び、夜もすがら灯りで照らされているというのに、そのそばには静寂の闇の中をぞろりぞろりと人々が流れていったのだ。またこれまで幾度繰り返されてきたことであろうか、天界より意味を授けられておきながら、彼らはそこでも見事たじろぎ、横道に逸れ、白昼またもや行き止まる僻地へと見事迷い込み、またもや互いの目に目眩ましの霧を見事吹きかけ、鬼火に誘われるがまま奈落の縁にまで見事辿り着くや、慄然としたまま互いにこう問いかけるのだ、どこが出口なんだ、道はどこなんだ?と。もはや何もかもがはっきりとした今の世代にはかかる迷いなど驚きであり、自らの先祖の愚かしさを嗤いの種にしているが、目を向けていないことがある、それは天上の炎によってこの年代記が悉く抹消されてしまったこと、その中でどの文字も喚きを上げていること、至る所から鋭い運命の指（および）が彼らにも、彼ら、今の世代にも向けられているということ、だがその今の世代の嗤いは自惚れでもあり、誇らしげにまた新たな迷いごとを始め、それをまたのちに子孫が嗤うのだ。

　チーチコフはこの一連の騒動については何ひとつ知らなかった。よりによってこんな時期に彼は軽い風邪を引いてしまったのだ——歯槽膿瘍（のうよう）、軽度の喉の炎症、これをあちこち振りまくに当たってはわが国の多くの田舎町の気候は頗る気っ風が良い。この命が子孫も残さぬまま、神のご加護がありますように、息絶えてはなるまいと、彼は三日ほど部屋で安静にしていることにしたのだ。その間、彼は無花果を入れた牛乳で始終うがいをし、そのあとでその無花果を食べ、頬には加密列（カミツレ）と樟脳を入れた詰め物を紐でくくり付けていた。何かで時間潰しをしようと思った彼は、これまで購入してきた農民全員の新たな詳細な名簿をいくつか作成し、旅行鞄の中から見つけてきたラ・ヴァリエール女公爵とかの本[85]まで読み切り、行李の中に色々とあった物やメモ書きを見直し、あるものを再度読み返してみたが、こういうことにもひどく飽きてしまった。どうしても彼には理解出来なかったのである、一体どういう了見で役人の誰ひとりとして一度も見舞いに来ないのか、それに引き換え少し前ならばひっきりなしに旅館の前に郵便局長だの、検事だの、裁判院長だののドローシキが停まっていたというのに。彼は部屋の中を歩きながらただ肩を聳やかすばかりだった。やっと気分も良くなり、新鮮な空気のある外に出られそうだと感じた時の喜びはひとしおだった。先延ばしにせず、彼は早速身支度に取りかかり、例の小箱の鍵を開け、コップにお湯を注ぎ、ブラシと石鹸を取り出してから髭剃りの準備をしたわけだが、尤もそれだっていい加減潮時だった、何しろ、手で鬚を触って鏡を覗いた時には、「こりゃまあとんでもない森を描いちまったもんだな！」と口にするほどだったからだ。ただ実際は森というほどのものではなかったものの、頬と顎には一面びっしりと種が蒔き散らされていた。髭剃りを終え、てきぱきとした身のこなしで服を着替えたものだから、パンタロンからほとんど跳び出んばかり。遂に着替えが済み、オーデコロンをひと吹き、暖かい恰好に身を包んで外へ出る際には、念の為に頬を紐でくくっておいた。全快した者と同様、彼のお出かけはまるでお祭り気分だった。彼の出会うものはすべてが笑っているように見えた。家もそうだし、通りすがりにかなり真面目腐った顔をしているムジークでもそうで、その中には兄弟分の耳にばちんと一発お見舞いしてきたばかりという輩も混じっていた。最初の訪問先は県知事にするつもりでいた。道すがら、あれこれと考えが浮かび、頭の中ではブロンド娘がくるくる回り、その空想はやや勝手な動きまで見せ始めるに至ると、もはや彼の口からはちょっとした冗談まで飛び出して、自分で自分のことを笑いだした。こんな気分のまま彼は気が付くと県知事宅の玄関前にいた。すでに玄関の広間でそそくさと外套を脱ごうとしていたところ、守衛の口にした全く思いもよらない言葉に彼は驚いてしまったのである。

――お通しするなとのお達しでございます！

――まさか、何をそんなお前さん、見覚えないってわけじゃないだろ？ よぉーく顔を見てご覧って！――と守衛にチーチコフは言った。

――覚えてないわけありません、お見かけするのは初めてじゃございませんから、――と守衛は言った。――貴方さまだけはお入れするなと言われておりまして、他の方でしたら結構なのですが。

――こりゃ魂消たね！ 何でだ？ どうしてなんだ？

――そういうお達しでございますから、それに従うのがやはり決まりでして、――こう守衛は言ってから「ええ」と付け加えた。こう言ってから彼の前ですっかり寛いでしまうと、外套を急いで脱がせる時に見せた以前の愛想の良さなど微塵もなかった。まるで彼を見ながら、〈へったく！ てめえをウチの旦那衆が門前払いするってことはだ、お前なんかあれだろ、どうせゲスだからなんだろ！〉とでも思っているかのような素振りだった。

〈どうなってんだ!〉――とチーチコフは肚の中でこう思うと、すぐさま裁判院長の元へ向かったのだが、裁判院長は彼を見るなりひどくあたふたしてしまい、しどろもどろになって、どうしようもない下らんことばかりくっちゃべったものだから、二人とも気まずい雰囲気になってしまった。院長の元から帰る道中、彼の真意は何だったのか、何の話をしようとしていたのかを解き明かして突き止めようといくら努力しても、チーチコフには何ひとつ分からなかった。その後、市警察署長宅、副知事宅、郵便局長宅といった他の連中のところにも寄ってみたが、いずれも通されないか、通されたとしても実に奇妙な感じで、ひどくぎこちなく、要領を得ない、しどろもどろな会話ばかりで、あまりの意味不明さに連中の脳味噌がどうにかなってしまったのではないかと怪しんだほどだった。試しにもう一人ある人物の元へ立ち寄って少なくともこの理由を探ろうとしたのだが、一切理由は突き止められなかった。半醒半睡のまま当て所なく町を彷徨いながら、これは自分が発狂したのか、それとも役人たちが錯乱したのか、これは夢なのか、はたまた現にありながら夢以上に混じりけのない気違い沙汰が煮え立ちでもしたのか、彼には判断出来なかった。すでに遅くなり、ほとんど夜明けといった頃である、彼はあの意気揚々と外へ出た旅館の自室に戻ると、手持ち無沙汰からお茶を出すよう注文した。物思いに沈み、自分の今置かれている状況の不可解さについてあれこれ意味もなく考えながらお茶を注ごうとしたその瞬間、突如彼の部屋の扉が開くと、そこには意外も意外、ノズドリョーフが立っていたのである。

――こう諺に言うだろう、「友を探すに七露里遠からず」ってな!――と彼は鍔帽を脱ぎながら言った。――そばを通りかかったら窓に灯りが見えたんでねぇ、何なら、寄ってってやるかって思ってさ、ほんと、寝てねぇんでやんの。ああ!こりゃいいね、テーブルに茶があるじゃねぇかい、喜んで一杯頂くよ。何しろ、今日は昼飯に腹一杯食ったもんがこりゃまたひどいもんばっかりでさ、そろそろ胃袋の中がしっちゃかめっちゃかになりそうなんだよ。パイプに煙草を詰めるように言ってくれ! お前さんのパイプはどこだい?

――パイプはやらないんだって、――チーチコフは素っ気なく答えた。

――つまんねぇなぁ、あんたがモク好きだってこっちが知らねぇとでも思ってんのかい。おーい！　おーい、なあ、何てんだい、お前さんとこのは？　おーい、ヴァフラメーイ、よく聞けええ！

――ヴァフラメイじゃない、ペトルーシカだよ。

――何でだよ？だって前にいただろが、ヴァフラメイってのが。

――そんなヴァフラメイなんてのはいないよ。

――ああ、確かに、ありゃヂェレービンとこにいるのがヴァフラメイだな。あれだぜ、ヂェレービンってのは果報もんでさ。奴んとこの叔母さんがさ、農奴の女と結婚した息子と喧嘩したってんだが、今じゃ奴のところに財産を丸ごと譲渡するって念書を書いたんだよ。俺は思ったね、こんな見上げた叔母がこの先持てりゃいいのになぁってね！　それにしてもなぁ、兄弟よ、えらく付き合いが悪くなってたけど、どこにも顔出してねぇのかい？　そりゃ、俺だって分かってるぜ、時にゃお勉強にも精出してるだろうし、本を読むのだって好きなんだろうけどよ（なぜノズドリョーフはわれらが主人公がお勉強に励み、読書好きであると思ったのだろうか、こればかりは正直われわれにも分からぬところで、チーチコフともなれば尚更のことである）。ああ、チーチコフの兄弟よ、お前さんに見せたかったな……ありゃねぇ、ほんとそれこそあんたの諧謔好きな頭にゃいい肥やしになるぜ（どうしてチーチコフの頭が諧謔好きだと言えたのか、これまた不明である）。あれだぜ、兄弟、リハチョフって商人のところでゴールカを一丁やったんだけどさ、あん時ゃまあ笑ったね！　ペレペンヂェフと一緒だったんだがね、「ここにさ」って言うわけさ、「もし今チーチコフがいたら、あいつなんか一発だぜ！……」ってな（ちなみに、チーチコフは生まれてこの方ペレペンヂェフなどという者とのあいだに面識を得たことなどない）。でも、正直に言ってくれよ、兄弟、お前さんってあれだよな、あん時は俺にひどい仕打ちをしやがったよな、覚えてるか、チェッカーやった時さ、あれは俺の勝ちだったのにさ……。そうだぜ、兄弟、お前さんはとにかく俺からちょろまかしたんだからな。けど俺ってのはさ、コンチクショー、どうしたって腹を立てられねぇんだよな。ついこの前だって、院長がさ……。おお、そうだった！お前さんに言っておかなきゃなんないことがあるんだ、町に行きゃ皆あんたの敵だぜ、お前さんは偽札造りってことになっててさ、俺にしつこく訊いてきやがったんだが、俺が盾になってやったぜ、あいつらには俺があんたの同級生だの、親っさんを知ってただのってべらべら喋っといてやったから、まあ、あれだけやりゃ言うことなしさ、なかなかの出任せを並べてやったからな。

——俺が偽札を造ってるだって？——チーチコフは椅子から立ち上がりながら叫んだ。

——けど、何でまたあんなにあいつらのことをびびらせたりしたんだよ？——ノズドリョーフは続けた。——あいつら、チクショー、おっかなくて気が狂っちまってるぜ。お前さんなんてさ、盗賊とスパイの称号を受けてんだから……。検事なんて肝潰しておっ死んじまったさ、明日埋葬があるんだがな。お前さん行かないのか？ あいつら、真面目な話、新任の総督があんたのせいで何かおっ始めるんじゃないかってビクビクしてんだがね、俺にしてみりゃその総督なんてのもさ、鼻高々に偉ぶったりしたって、貴族相手じゃ思いっきりのいいことなんて出来やしねぇさ。貴族ってのは手厚いもてなしってのを要求するからな、そうじゃねぇか？ そりゃまあ、自分の執務室にでも籠もってさ、一度も舞踏会を開かずに済ますってのもありだが、そんなことしてどうなる？ そんなことしたって何の足しにもならねぇよ。しかし、それはそうと、チーチコフよ、あんたもまたヤバいことを仕組んだもんだなぁ。

——どんなヤバいことだよ？——不安になってチーチコフは訊ねた。

——その、県知事の娘を連れ去るって奴よ。正直言や、俺はそれを待ってたんだがね、マジで、待ってたんだよ！ 初めてあんたら二人を舞踏会で見た途端にさ、そりゃもう思ったね、さすがチーチコフ、ただでは帰らんってな……。けどさ、甲斐のないもんを選んじまったもんだな、あんな娘のどこがいいってんだい。いいのが一人いるんだよ、ビクーソフの身内なんだがね、そいつの妹の娘でさ、それこそ生娘よ！ こう言ってもいいぜ、そんじょそこらじゃねぇキャラコよ！

――何の話だよ、何と勘違いしてるのさ？　県知事の娘を連れ去るって、何言ってんのさ？――とチーチコフは目を見張りながら言った。
――だからもういいって、兄弟、まったく水臭ぇ男だな！　俺もな、正直なとこ、その話で来たんだよ。よし、一丁助け舟でも出してやっか。こういうことよ。お前さんの冠は持ってやっから、幌馬車と替えの馬は俺のものってことで、ただ条件があるぜ。俺に三千貸すって話さ。入用なんだよ、兄弟、どうしても！
ノズドリョーフがこんな風にべらべらとまくし立てているあいだチーチコフは、自分は果たして夢でも見ているのではなかろうかと思い、何度か目を擦った。偽造紙幣のくだり、県知事の娘の連れ去り、検事の死、その死因がどうやら自分だということ、総督の就任――このすべてに彼はすっかり度肝を抜かれたのである。〈いや、こうなったら、――と彼は肚の中で思った、――もうぐずぐずしてられんぞ、こっから一刻も早く出て行かないと〉
彼は早々にもノズドリョーフを厄介払いしようとし、すぐセリファンを呼びつけると、夜明けには準備を整え、明日六時にはもう何がなんでも町を出られるようにすること、荷物を全部もう一度確認し、ブリーチカの油差しだの、何だかんだと言いつけた。セリファンは「承知しました、パーヴェル・イヴァーノヴィチ！」と言ったものの、しばらくのあいだ扉のそばに突っ立ったまま動こうとしなかった。旦那は今度、ペトルーシカに向かってベッドの下からすでに埃まみれになっていた旅行鞄を引っぱり出すよう命じると、彼と一緒になってこれといった見境もなく長靴下、シャツ、下着の洗濯しているのやらしてないのやら、ブーツの靴型、カレンダー等々を入れ始めた。その入れ方なんてのはどれも適当、とにかく夕方から準備を始めて、翌朝まで一刻の猶予もあってはならぬと思ったのだ。セリファンは二分ほど扉のそばに立ち尽くしたあとでようやく、実にのらりくらりと部屋を出て行った。これ以上ののらりくらりなどあるものかと思うくらいのらりくらりと階段を降り、濡れたブーツの跡を下に傾いた傷だらけの踏み段にぺたぺたと残しては、手で頭の後ろをずっとぽりぽり掻いていた。このぽりぽりは何を意味していたのか、そもそもどういうことなのか？

ぱっとせぬトゥループ姿で腰に飾り帯でも巻いた兄弟分と一緒にどこかのツァーリ居酒屋[86]にでも出かける明日の予定がおじゃんになったのを悔しがってるのか、それとも、町が黄昏に覆われ赤シャツ姿の見た目凛々しい若いのがバラライカ片手に家の使用人たちを前にポロンと爪弾くかと思えば仕事明けの雑多な連中が取り留めのない話に花を咲かせようという頃にこの新天地で惚れた腫れたの恋仲になれたというのに、もはや夕刻の門前で待ち伏せすることも真白なお手々を如才なく握ることも諦めねばならぬのが悔しいとでもいうのか？　あるいはただ単に、召使いの台所でトゥループにくるまりながらペチカと町の柔らかいピローグのそばでせっかく温かくなった場所を捨てて、雨だの泥濘だのあらゆる荒れ模様の中をまたぞろ進んでいかねばならぬのが恨めしいのか？　これぱかりは神のみぞ知ることで、察しのつきようもない。多種多様なことを意味しているのが、ロシアの民における頭の後ろのぽりぽりなのである。

第十一章

ところが、何ひとつチーチコフの予想していたようなことは起こらなかった。第一に、彼が目覚めたのは考えていたよりも遅かった――これが一つめの不愉快。起きると彼はすぐさまブリーチカに馬を繋げてあるか、準備万端かどうかを調べに行かせたのだが、ブリーチカには馬はまだ繋いでおらず、何ひとつ準備が出来ていなかったのだ。これが二つめの不愉快。すっかり腹を立ててしまった彼は、友人であるわれらがセリファンに対してお目玉でも食らわそうかと心の準備までし、あっちはどんな言い訳を繰り出すものか今か今かと待ち構えていた。間もなくセリファンが戸口に姿を見せると、旦那はそろそろ出かけねばならぬという際に召使いからいつも聞いている同じ言葉を耳にして満足したのである。

――でも、パーヴェル・イヴァーノヴィチ、馬に蹄鉄を打ちませんと。

――この豚野郎！　このボンクラが！　何でそれを先に言わないんのだ？　時間がなかったわけじゃないんだろが？

――あるにはあったんですが……。あとそれに車輪も、パーヴェル・イヴァーノヴィチ、鉄輪を締め直しませんと、今は道が凹んだところも多いですし、凸っぱりなんてあちこち出来てますし……。あとこれも報告させて頂けますか。ブリーチカの前の方がすっかりぐらついてますんで、ひょっとしたら二駅と持たないかもしれません。

――この役立たず！――とチーチコフは両手を掲げながら叫び、セリファンの方へあまりにも接近してきたものだから、彼は旦那からご褒美を食らうんじゃないかと恐れて二、三歩後ずさりして脇へ寄った。――俺を殺すつもりなのか？　あぁ？　ぶっ殺すつもりか？　大通りに出たら俺の喉でも掻っ切るつもりだったんだろ、この盗賊が、呪われた豚野郎が、お前なんて海の怪物なんだろ！　違うか？　違うか？　三週間もおんなじところにじっとしてたんだろうが、あぁ？　何とか言ったらどうだ、だらしない奴め。それが今の今になって車庫入れするってか！　もうあとは乗り込んで出発するだけっていう時によぉ、えぇ？　なのにここって時に台無しにしちまったんだぞ、分かるか？　分かるか？　お前は前から知ってたんだろ？　前からそれを知ってんだろ、そうだろ？　そうなんだろ？　答えろって。知ってたんだろって？　あぁ？

――知っとりました、――セリファンは項垂れてこう答えた。

――じゃあ何でそん時言わねぇんだよ、えぇ？

この質問にセリファンは何も答えなかったが、項垂れたあとの彼は〈そう言われたって、変なことになっちまったんだよ、知ってはいたけど、言わなかったんだよ！〉と独りごちているかのようでもあった。

――今から鍛冶屋を呼んでこい、で、二時間で仕上げるように言うんだぞ。分かったな？　絶対二時間だぞ、もし出来なかったら、そん時はお前を、お前をな……跪かせて、縛り上げてやっからな！――われらが主人公は大層ご立腹であった。

セリファンは扉の方に向きを変え、言いつけを守りに行こうとしたところ、立ち止まってこう言ったのである。

――あとそれから、旦那、斑の馬なんですが、あれはほんと売ってしまった方が、何せあいつは、パーヴェル・イヴァーノヴィチ、全くの役立たずでして、馬っていってもひどいもんですよ、ただ邪魔になるだけですから。

――ああ！　なら早速市場にでも行って売りゃあいい！

――ほんとなんですよ、パーヴェル・イヴァーノヴィチ、あいつは見た目だけ立派で、中身はほんとに狡賢い馬なんですから、あんな馬どこにも……。

――馬鹿野郎！　俺が売りたくなったら売るだけの話だろ。それがまた講釈なんぞ始めやがって！今から見てるからな。今すぐ鍛冶屋を呼ばずに、しかも二時間で全部準備出来なかったら、お前にはそりゃもう大目玉を食らわすからな……自分で自分の顔が分からんようになるさ！　さあ行け！　始めろ！

セリファンは出て行った。

チーチコフはすっかり気分を害してしまうと、道中で然るべき相手にそれ相当の畏怖の念を植えつけるべく持参していたサーベルを床に放り投げた。四半時間近くも彼は鍛冶屋たちと話をつけるのに手こずってしまった、というのも、この鍛冶屋というのがいつも通り札付きの碌でなしで、これが急ぎ仕事だと分かると六倍の駄賃を吹っかけてきたからだ。チーチコフがどれほどカッとなろうとも、連中のことを詐欺師、盗賊、馬車強盗と呼ぼうとも、最後の審判のことまで仄めかそうとも、鍛冶屋には一切効き目がなく、頑なに自分の言い分を曲げようとしないのだ――値段で譲らなかったばかりではない、仕事に二時間どころか延々五時間半も費やしたのである。これが続くあいだに彼の味わった愉快なひと時はどの旅行者にも馴染みのもので、こういう時というのは旅行鞄の荷造りがすべて終わり、部屋の中にはわずかばかりの紐や紙、それに色んなゴミが散乱していて、旅路にあるのでもなければ宿に腰を落ち着けているのでもなく、その時窓の外に見える漫ろ歩く人々は自分の持っている十コペイカ銭の話をしながら、何かのつまらぬ好奇心からか視線を上に向け、こちらの方をちらっと眺めてはまたこれまで来た道を進んでいくのだが、これが未だ不憫にも出立しておらぬその旅人の落ち込んだ気分をさらに苛立たせたりする。あるものすべて、見るものすべてがそうなのだ。部屋の窓の向かいにある商店もしかり、向かいの家のほんの短い目隠しのある窓に近づいてくる老婆の頭もしかり――こういったものが彼には忌々しい、なのに窓から離れようとはしない。突っ立ったままぼうっとしていたかと思えば、どこかぼんやりとした意識をまた目の前で動くもの、動かぬもののすべてに向けてみるかと思えば、悔し紛れに蠅か何かを押し潰そうとするとそれはブーンと唸りを上げ、彼の指で抑えられたまま硝子に当たって音を立てる。しかし、何事にも終わりはあるもの、待ちに待った時がやって来たのだ。万端整い、ブリーチカの前部分も然るべく修理され、車輪に新たな輪っかが嵌められ、馬たちが水飲み場から連れてこられると、鍛冶屋の盗賊たちは受け取ったルーブル銀貨を勘定してはなむけの言葉を言うと帰っていった。ようやくブリーチカも馬に繋がれ、買ってきたばかりのあつあつのカラーチ二個もそこに載せ、セリファンも早速何か自分用のものをポケットに突っ込んで馭者台に坐ると、われらが主人公もようやく、相変わらずの半木綿のフロックコート姿で立つ床番が鍔帽を振っては旅籠その他の給仕と馭者が退屈しのぎによその旦那のお帰りを見に集まったりその出立に伴うその他諸々の状況がある中、車に乗り込んだ――すると、独身男子たちの乗っている、ずいぶん長らく町に居座っていたのでひょっとすると読者にはもう飽々かもしれぬブリーチカが旅籠の門を出たのだった。〈ありがとよ、神さん!〉――こうチーチコフは思うと十字を切った。セリファンは鞭を一発入れると、その横に最初しばらく踏み台にぶら下がっていたペトルーシカは腰を下ろし、われらが主人公はグルジア製の敷物の上にしっかりと坐り直して背中の後ろに革のクッションを差し込み、あつあつのカラーチ二個をぎゅっと抱きしめると、馬車は再び舗道のお蔭で小躍りして横揺れを始めたのだが、この舗道に上に向かって放り上げる力があることはご存じの通り。何ともはっきりとせぬ気分のまま彼が眺め見ていた家、壁、柵、そして通りの方もやはり同じく飛び跳ねるかのように次第次第に後ろへと遠ざかって行ったが、これなどは果たして今生の続きゆく先にまたいつしか彼が目にする運命にあるものだろうか。ある通りを曲がろうとした際、ブリーチカは停車を余儀なくされた、というのも、縦一面に際限なく続く葬列が通っていたからだ。チーチコフは外に首を出し、ペトルーシカに誰の葬式なんだと訊ねたところ、検事の葬式だと分かった。不快感で一杯になった彼は忽ち隅っこに引っ込むと、革クッションで身を隠して窓掛けを閉めた。馬車がこうして立ち往生しているあいだ、セリファンとペトルーシカは慎み深く帽子を脱ぐと、誰がどんな具合でどんな乗り物で来ているのか観察し、歩きは何人、乗り物は何人などと数え、旦那の方はというと二人に向かって、見つからないようにしろよ、どんな顔見知りの給仕にも挨拶はするんじゃないぞ、と命じてから、自らも革の窓掛けに嵌め込まれた硝子越しにびくびくしながら観察を始めた。棺の後ろから帽子を脱いで歩いていたのは役人ばかり。彼は自分の馬車に気づかれないかとひやひやしていたが、役人たちはそれどころではなかった。彼らはいつもなら故人を見送りながら行われる四方山話を始めようとすらしなかった。連中の頭の中はこの時自分のことで一杯だったからだ。彼らが考えていたのは、今度の総督はどんな人物なのかとか、どんな風に仕事に着手するのだろうかとか、自分たちのことをどう受け入れてくれるだろうかということだった。歩く役人たちの後ろに続いていたのは四輪の箱馬車で、そこから顔を覗かせていたのは葬儀用のボンネットを被るご婦人方だった。その口と手の動きからは話が盛り上がっているといった様子が見て取れたのだが、ひょっとするとご婦人方のあいだでもやはり新総督の就任が話題になっていて、総督はどんな舞踏会を開かれるのかといった憶測を立てたり、相も変わらず自分の付けてるフェストンちゃんや縫い飾りちゃんのことで気を揉んでいたのかもしれぬ。そして最後に箱馬車のあとに続いたのは空っぽのドローシキ数台で、鵞鳥のように一列になって連なっていたがその後はもう何ひとつ残っていなかったので、われらが主人公は前進することが出来た。革の窓掛けを開けると彼は溜め息ひとつし、肚の底からこう言ったのである。「これが検事よ！　生きて、生きて、そのあと死んじまったとさ！　で、新聞なんかとかにはあれだ、部下たち全人類に惜しまれる中、誉れ（おっと）高き市民、類い稀なる父親にして世の模範たる良人が亡くなられたってなことが掲載されて、色々何だかんだと書き綴られて、多分それに加えてだ、未亡人と父無し子の悲哀なんかもおまけに付いてくるんだろうがね、これだって能く能く考えてみればだ、実際あんたの持っていたもんていや、ゲジゲジ眉毛だけじゃないか」　ここで彼はセリファンにもっと速度を上げろと言いつけながら、自分についてふとこう思ったのである。〈しかし、葬式に遭遇して良かったよ、幸運だって言うもんな、死人に会うと〉

一方、ブリーチカが曲がったところから先はさらに閑散とした通りばかりで、しばらくすると、延々と変わることなき、町の終わりを告げる木造の柵が続いた。ここまで来るともはや舗道も終わりを迎え、踏切、遠のいた町、何もなく、再び旅の途上。して、再び里標道路の両端にまた現れ出たのは露里の文字、駅逓長、井戸、荷馬車の列、ぱっとせぬ村、その村のサモワール、農婦、威勢よき鬚もじゃ主(あるじ)の旅人宿より烏麦を手にして走り出る姿、行人たちが擦り切れた草鞋で八百露里の距離をとぼとぼ歩く姿、安普請の田舎町、その町の木造の商店、粉樽、草鞋、カラーチにその他小物、汚れ染みにまみれた踏切、修理中の橋、見果てぬ原があちらにもこちらにも見え、地主の大型馬車、兵士たちが馬に乗って引っ張る鉛色の豌豆を載せる緑色の箱とそこに書かれた某砲兵中隊の文字、緑の、黄の、耕したばかりの黒の畝ちらつく草原、遠くから聞こえだした歌、霧より覗く松の樹冠、遥か彼方に消え失せる鐘の音、蠅のごとき鴉、そして終わりなき地平……ルーシよ！　ルーシ！　われ汝見ゆ、わが不可思議のうるわし遠(おち)よりわれ汝見ゆ。素寒貧　まばらあばらに　侘しさのこれぞ汝のうちにある、目に悦もなく驚もなき　自然の不粋な卦体(けったい)に　技藝の不粋の卦体冠し、城市には　窓また窓の高きお宮が山岨(やまそわ)に伸び　明媚なる木々と木蔦が屋(おく)に根を張り　辺りを満たすは轟きと切りなき繁吹きぞ　滝のなす業(わざ)。仰(の)け反(そ)らずして眺め見えたる　頭上に果てなく聳ゆる高岩。ちらとも見えぬをくぐりてくぐり　次から次へと畳みかけたる　暗きアーチにまとわりつくは　葡萄の枝に木蔦の数々　夥しきはよろずの野薔薇、それくぐりてもちらとも見えぬ　彼方にあるべき悠久の　輝き見せる山の端(は)の　白金(しろがね)に映ゆ天空よ。遮(さえぎ)りもなく荒れ果ての　坦々たるかな汝のすべて、ぽつりぽつりと滲(し)

みのごと　目に留まらぬはひら野に立てる　低き汝の城市の影、何ひとつとて人の目に　彩なるものなく魅せるものなし。されど如何なる底知れぬ　秘めたる力が汝へと　惹き寄せようとすることか？　何故にまた絶え間なく　耳には聞こえ鳴り響くのか汝の憂き身を縦横無尽に　海から海へと翔けるこの歌？　何があるのか、この歌に？　何が呼ぶのか、泣き喚くのか、心を摑んで放さぬのは何？　如何なる音色が痛ましく口づけ　魂の奥底を目指し　わが心に巻きついてくる？　ルーシよ！　汝はわれの何が望みぞ？　いかに計り知れぬ絆がわれらのうちにあるというのか？　何を斯様に見つめおる、何を望みに汝のすべては　頼みに満ちたその眼をわれに向けたりしたのであるか？……。して、未だ途方を失い立ち尽くすわれ、頭上に落つるは雷雲の影、その重苦しさは来たる雨ゆえ、思いはもはや言葉を失う汝の虚空を前にして。何ぞこの空漠は前知する？ここにあらずや、汝のうちにあらずや、際限のなき思想のいずれ産声上げん地というのは、汝自ら果てなきからには？　ここにあらずや　豪傑のいずれ出んという土地は、力量発揮し、漫ろ歩かん場のあるからには？　して、脅かすようにわれ搔き抱かんとするは広漠なる虚空、その恐るべき力にてわが深みに身を映し込み、常ならん権能に光照らされしはわが眼ぞ。おお！　何たる煌めき放ちたるうるわしの世に知られざる遠方であることよ！　ルーシよ！……。

――放すな、放すんじゃない、この馬鹿！――こうチーチコフはセリファンを怒鳴りつけた。

――この太刀で斬りつけてくれるわ！――こう叫んだのは真向かいから馬で走ってきた、髭がアルシン尺そっくりの伝令だった。――見えんのか、お前の魂なんぞ鬼に食われちまえってんだ、お上の馬車なんだぞ！――すると、まるで幻のごとく、轟音と砂塵を上げてトロイカは消えてしまった。

　何と奇しきものにして、人拐かし、誘い出す、驚くべき響きが道というこの言葉にはあることか！またそれ自身、何と不可思議なことか、この道とやらは。晴れた日、秋の紅葉、冷たい大気……いつも以上にしっかりと旅行外套に身を包み、帽子は耳まで下げ、いつもより間を詰めて坐り心地よく隅へとわれわれは体を押し込む！　最後の寒けが四肢を駆け抜けると、もはやそれに代わって訪れるのは心地よき暖かさ。馬たちの疾駆……忍び寄る眠気、重なり合わんとする瞼の如何に喫り多きことか、また、すでに夢の隙間からは『白雪にあらずして』[87]も、馬たちの荒い息遣いも、車輪の騒音も鳴り聞こえ、もう自分は鼾をかき、隅へと隣人を押しつけている。目覚めるや、駅を五つも遥かあとにし、月影浮かび、見知らぬ町で、教会には古めかしき木の円屋根と黒ずむ尖塔が見え、くすんだ丸太と白い石造りの家々がある。三日月の輝きはあちこちに。あたかも白い亜麻の頭巾を壁や舗道や街路の上に吊って張りめぐらしたかのようで、その上を斜に横切るのは炭のように真っ黒な影、きらきらとした金属のごとく斜めの輝き見せるは照らされた木の屋根、どこにも人気なく――すべてが眠りの中。ただ一つぽつねんと小窓にだけは仄かな灯り。町人が自分のブーツでも一足縫っているのか、はたまたパン屋が窯でもいじっているのか――連中がどうだというのか？　夜よ！　天界の諸力よ！　何たる夜がその高みにて生起しておることか！　大空よ、天の遥かに高やかに　彼方にて、近づき難き己の深みで、無辺際に　音鳴り渡り　色澄み渡り　遍(あまね)く広がりゆく姿よ！……。されどこの目に清(すが)しく吹きつける冷ややかな夜の息吹に寝かしつけられるや、忽ちお前は微睡み、己を忘れ、鼾をかくも、その身に重みを感じて腹たち紛れに寝返り打つのは、隅に追いやられた哀れな隣人。目が覚める――と、またしてもお前には野の原、草の原、どこを見ようと何もなし――至るところに荒れ野、何ひとつとして遮るものなし。数字付きの里標がお前の目に飛び込んでくる、朝の始まり、白んだ冷たき蒼穹に走る金色の仄暗い筋、清しさと鋭さ増す風。暖かい外套でしっかり身をくるむのだ！……何と見事な寒さであろうか！　何とも素敵ではないか、再びお前を抱き寄せてくれるこの眠り！　揺れひとつ――そして、再び目が覚める。天の頂きには太陽。「気をつけろ！　ゆっくりだぞ！」――聞こえてくる声、荷馬車が険しい斜面を降りているのだ。下に見える幅広の堰(せき)と広く透き通る池は太陽を前にして真鍮の底の如く煌めき、村や百姓小屋が丘の中腹に点々と見え、星辰の如く輝けるのはその脇にある村の教会の十字架、ムジークたちのお喋りと胃に感じる耐え難き空腹……。おお！　折々に汝の如何に愛しきことか、遥か彼方に続かん道ぞ！　いくたび身を滅ぼし溺れんとするわれは汝にしがみついたことか、そのたびに汝は寛大にもわれを引き上げ救ってくれたのだ！　また汝のうちにはどれほどの奇しき計らい、詩的な夢想が生み出されたことか、どれほどの驚嘆すべき感銘を得てきたことか！……　しかし、われらが友チーチコフもまたこの時感じ入っていたのは全くの散文的な夢想というわけではなかった。ならば彼が何を感じておったのか、拝見しようではないか。先ず、彼は何ひとつ感じることなく、町を出たかをしかと確かめようとただ後ろに目をやっただけであったが、その町がもう随分前に姿を消し、鍛冶場にしろ、粉挽き場にしろ、町という町の周りにあるものが何もかも見えず、しかも石造りの教会の白い天辺はとうの昔に地の向こうに消え失せたことを知ると、たった一本の道に専心し、右や左に目をやるばかりで、N市などまるで彼の記憶にはなかったかのようで、まるであの町を通り過ぎたのは遥か昔の幼年時代のことのようであった。そして遂に、道もまた彼の心を捕らえなくなると、軽く目を閉じて頭をクッションに凭せかけたのだった。作者は認めるが、むしろこうなってくれて有り難いのである、そうすれば主人公について少しは語る機会も得られるというもので、何しろこれまで、読者もご覧の通り、作者には頻りにノズドリョーフだの、舞踏会だの、ご婦人方だの、巷の陰口だの、果ては何千何百という些事が邪魔をして、それがまた本に盛り込まれた当時は単なる些事であったのが、いつしか人口に膾炙し、頗る重大事とまで看做されてしまったのだから。だが、ここしばらくは左様なことなどすべて脇に置き、早速仕事に取りかかるとしよう。

実に怪しい限りであるのは、われわれの選んだ主人公が読者諸氏のお気に召されるかということである。ご婦人方のお気に召されることはなかろう、これは断言しても宜しい、なぜならご婦人方がお求めになられる主人公とは非の打ちどころなき完全無欠なものにして、よしんば心身のいずれかにくすみでも見つかれば、その時はお気の毒様！　作者が如何に彼の魂の奥深くを覗き込もうとも、鏡以上にその紛れもない姿を映し出そうとも、彼には何の値打ちもない。チーチコフのぽっちゃりと中年というのが彼にとっては大いに玉に瑕なのだ。何しろ、ぽっちゃり体型の主人公など言語道断であるし、実に大勢のご婦人方はそっぽを向いてこう言われるのが落ちなのだ、「げっ、気持ち悪い！」　いやはや、こんなことなら作者は先刻承知、だからといってまた主人公に有徳の士を選ぶわけにもいかぬもの、だが……ひょっとして、まさにこの語りにはこれとは別の未だ爪弾かれておらぬ調べが感じられはせぬか、ルーシ的精神の計り知れぬ豊かさが顔覗かせ、本書を掠め行くこととなるのは神々しき武勇授かる丈夫（ますらお）、さもなくばうるわしのルーシの乙女で、かほどのものはこの世のどこを探そうとも見つかりはせぬし、女心の目を見張るべきあらゆる美しさをば悉く備え、鷹揚なる志と献身の心に満ちておる。また彼らを前にすれば異民族の有徳の士など死人とも映ろうものよ、生（き）の言葉を前にする書物が死んだも同然であるかのごとく！　湧き上がるルーシの衝迫……そして目にすることとなるのだ、異民族たちの本性の上を掠めていっただけのものが如何にスラヴ的本性の奥深くには植えつけられておるかを……。しかし何故に、何のためにこの先のことを語ろうというのか？　作者としてはあるまじきこと、いい歳の大人が、しかも厳格な内面生活と活力を与える独り居の健全さに養われてきたにもかかわらず、若者みたいにわれを忘れてしまうとは。何事にもそれなりの順番、時と場所というものがあるのだから！　有徳の士はちなみに主人公に採用はしていない。さらにはなぜ採用されなかったかも言える。なぜならもうそろそろあの可哀想な有徳の士とやらには暇を出してやる頃合いだし、その人口に膾炙する〈有徳の士〉という言葉が空々しいからだし、この有徳の士は馬に変身させられ、しかも今それに跨り、鞭だの何だの手当たり次第にハイシドウドウと駆り立てる作家などいないからだし、有徳の士はすっかり力尽き果て、今となっては有徳など見る影もなく、五体というより肋と皮だけになってしまったからだし、偽善から有徳の士を呼び出されるからだし、有徳の士は尊敬を受けていないからだ。もういい、そろそろいい加減あの悪党を馬に繋ぎ足さねば。さあ、悪党を繋ぎ足そうではないか！

　曖昧にして地味であるのがわれら主人公の生い立ち。両親は、貴族だとはいえ、由緒正しきものか一代限りのものか、これなどは神の知るところで、その顔は両親のどちらにも似てはいなかった。少なくとも彼の誕生に立ち会った親族の、背の低いちんちくりんな、日頃から田鳧（たげり）と呼ばれておった女性が赤ん坊を抱きかかえるとこう叫んだのである、「全然思ってたのと違うのが出てきたわ！　母方にでも似ていたらよかったのにね、生まれてきたらほんと、まるで諺にあるみたいに〝母似でもなし、父似でもなし、似たのは道行く快男児〟って感じね」と。人の生に彼が見初められた時、それは何とも塞いだ侘しげな感じのもので、雪が吹きつけて曇った小窓越しでのことだった。友人も、遊び仲間も子供の頃はいなかったのだ！　ちっちゃな部屋にあるちっちゃな窓は冬のあいだも夏のあいだも開けられることなく、父は病人で、子羊皮をあしらう長いフロックコートに、裸足で手編みのスリッパという恰好で始終溜め息を吐きながら部屋の中を行ったり来たり、部屋の隅にあった砂壺に痰を吐き、延々と長椅子に坐っては、鵞ペンを手に持ち、インクは指先ばかりか唇にまで付き、延々と続く習字の手本は〈虚言することなかれ、年長者には耳傾けよ、心に徳を持してあれ〉。すりすりぺたぺた部屋の中をスリッパで歩き回ること際限なく、お馴染みとはいえいつもながらの厳格な声で「また遊んどるな！」と返って来るのは子供が作業の単調さに嫌気が差して文字に髭だの尻尾だのをくっ付ける時のこと。また、代わり映えせぬお馴染みの、いつもながらの不快感が生ずるのは、この声のあとに続いて耳の端っこを背後から伸びてきた長い指の爪で思いっ切り痛いほど捻られる時のこと。以上が彼の過ごした幼年期の初めを示す悲しき一景であるが、これについては彼もほとんど朧げにしか覚えていない。ただ、人生においては何もかも、あっという間に、立ちどころにして変化していくもの。して、ある日のこと、初めての春らしい日が差し、雪解け水が流れる中、父は息子を連れ添って荷馬車で出かけたのだが、それを牽いていたのは黄色っぽい斑の入った鹿毛、馬の仲買人のあいだでは鵲（かささぎ）という名で知られたもので、またこれを操る馭者というのがちっさな傴僂（くぐせ）、チーチコフの父が抱える唯一の農奴一族の元祖にして、家事のほぼすべての役職を任じられておった。鵲に牽かれたのは一日半ばかりで、道端に野宿し、川を渡っては冷めたピローグと焼いた羊肉で腹を満たし、やっと三日目の朝、町への到着と相成った。目の前に突如現れたるは絢爛たる輝きを放つ市街地で、これには少年もしばし口あんぐりといった状態。その後、鵲は荷車もろとも穴にばしゃんと嵌まったのだが、そこは狭い横丁へ入る手前で、ここからは一直線の下り坂、塞いでいるのは泥濘の堰、長い時間をかけて鵲は必死の沙汰で、両脚をめり込ませながら、また、傴僂にも当の旦那にも煽られながら、ようやっと皆を牽いていった先にあったのはさほど大きくもないお屋敷で、建っていた丘の斜面には二本の盛りを迎えた林檎の木が古ぼけた家の前にあり、その奥のお庭は低くて小さく、そこにわずかにあったのは七竈、接骨木(にわとこ)、それに奥に隠れて見えなかった木の見張り小屋で、これなどは木舞(こまい)葺きで、狭いくすんだ小窓が付いていた。ここに住んでいたのは親戚筋のよぼよぼ婆さんなのだが、未だに朝になると必ず市場に向かい、帰ってくると自分の長靴下をサモワールで乾かし、少年のほっぺたをぺちんぺちんと叩いては、そのぽっちゃりなところを満足そうに眺めるのだった。ここに少年は残り、町の学校の授業に通うことになっていた。父は一晩泊まると、翌日にはもう帰路に着いた。別れ際、親の目からは一滴の涙も落ちず、半ルーブル銅貨が費用とご馳走代として渡され、そしてこれが何よりも重要なのだが、次のような賢い訓(おし)えが授けられたのだった、「いいか、パヴルーシャ、学に励むんだ、遊んでばっかりでちゃらんぽらんなことをしてちゃいかん、先ず何といっても先生と目上の人を喜ばさにゃならん。もし目上の人を喜ばせりゃだ、勉強の方が遅れていようと、天賦の才なんてなかろうと、使ってもらって全員牛蒡抜きだ。仲間とはつるむんじゃないぞ、付き合ったところでいいことなんぞないからな、もしそうなったとしても金持ちと付き合うことだ、そうすりゃ何かって時には役に立つからな。誰にもタダ飯食わしたり奢ったりするんじゃないぞ、どうせなら相手に奢ってもらえるようにするんだ、何があっても一銭だって無駄にせずに貯めるんだぞ。こいつが世間では一番当てに出来るもんだからな。仲間とか友人ってのはお前を陥れて、困った時にはお前を裏切ったりするが、銭ってのは裏切らない、お前がどんな災難にあってもな。何だって出来るし、乗り切れるんだ、銭さえあればな」こういった訓えを授けると父は息子と別れ、また鵲に乗って帰路に着き、それからは二度と二人が会うこともなかったが、ただ父の言葉と訓えは息子の心の奥深くに植えつけられたのである。

パヴルーシャはもう翌日から授業に通いだした。取り立てて何かの教科に長けていたわけでなく、際立っていたのはむしろ勤勉さと清潔さで、ただその代わりにこれとは別の方面の、実利で大いに才覚のあることが判明したのである。すぐさま事情を呑み込み理解すると、その自らの振る舞いにより仲間からは必ず奢ってもらえたし、自分からは仲間に奢ることは一度もなかったばかりか、時折ご馳走でもらったものを隠しおき、それをあとから同じ連中に売り捌くことまでしてのけたのだ。まだ小さいというのにすでに彼には食うや食わずでいることが出来たのである。父からもらった半ルーブルはびた一文も使わず、むしろその正反対のことをした——つまり、その年が明けるまでに持ち金を増やすというおよそ稀に見る機転を示したのである。蠟で鷽を作れば、それに彩色を施したものが高値で売れた。その後、しばらくは別の投機に乗り出したのだが、具体的には次のようなものであった。市場で食料品を買い込み、教室で自分より金持ちの連中のそばに坐り、ご同輩が吐き気を催したのに気づくや——これこそ迫りつつある空腹の前兆——そのご同輩へ机の下から偶然を装ってプリャーニクか白パンの先っちょを突き出すのだが、これなどは食欲をうまく利用し煽りに煽って金をせしめるという手口。二ヶ月間自室で小さな木の籠に閉じ込めた鼠を休まず世話して、挙句には命令すると後ろ足で立ったり、伏せをしたり、お坐りするところまで育て上げて、これもまた大変な高値で売れた。五ルーブルまで貯まると袋の口を縫って閉じ、また別の袋に貯め込んだ。目上の人に対した振る舞いはさらに巧妙なもの。授業中にあれほど大人しく坐っていられる者はいなかった。指摘しておかねばならぬが、担任教官は静けさと律儀な態度が大いに気に入っていたのだが、悧発で頭の切れる子供にはどうも耐えられず、きっとそういった連中は自分のことを嗤いの種にするだろうと感じていた。それこそ気の利いたことを口にして注意を引いてみたり、ほんの少し体を揺らしたり、不意に眉でも引きつかせたりすれば、もうそれだけでいきなりのお冠。教官に追い出されてこっぴどくお仕置きされるのだ。「私はね、兄弟、君からその生意気さと反抗心を追い出してやるんだよ！――と教官は言うのだった。――君のことはね、君だって知らないことだってお見通しなんだ。さあこれからずっと跪いているんだ！　君にはしばらく飢えってものを味わってもらうからね！」　すると、哀れなその子は自分でも訳の分からぬまま、膝をきれいに叩(はた)くと、おまんま食い上げの状態を数日間続けるのだった。「能力に才能？　そんなものはどれもこれも戯言だよ、――と教官は言うのだった、――私の見ているのは授業態度だけなんだ。どの教科にも満点を付けるのはね、いろはのいの字を知らなくったって態度が申し分のない者さ、性根が腐ってて世間を小馬鹿にしている者がいれば、そんなのには0点だよ、たとえソロン[88]に太刀打ち出来たとしてもね！」　かく言う教官はクルィローフのことを死ぬほど嫌っていたのだが、それは〈思うに、呑んだくれのがまだましよ、通を気取るは子供騙しよ〉[89]という発言に理由があった――そして、いつだってその顔と目に満足気な表情を浮かべながら、これまで自分の教えてきた学校ではあまりの静けさに蠅の羽音まで聞こえただとか、一年を通じて授業中に咳をしたり鼻をかむような生徒は一人もいなかったとか、チャイムがなるまで教室に人がいるのかどうかすら分からぬほどだった、などと語るのだった。少年はずっと授業のあいだ、後ろからどれだけ抓(つま)まれようが、目も眉もぴくりともさせなかったし、チャイムが鳴るや否や大急ぎで教官の元に駆け寄り、誰よりも早くトレウーフ(三耳帽)[90]を手渡した（教官はトレウーフを被っていた）。そのトレウーフを手渡して一番に教室を出ると、道端で教官に三度ばかり遭遇し、そのたびに帽子を脱ぐよう心がけた。これが完全に功を奏したのである。在学中は常に優を取り、卒業の際には全教科での栄誉賞、卒業証書、模範となる勤勉さと有望なる品行を称える金字入りのアルバムを授与された。学校を出ると、すでにかなり人目を引く青年となっていて、その顎には剃刀が必要だった。この頃に父が亡くなった。遺産として残ったのはよれよれのどうしようもない肌着四枚、子羊革を裏打ちした古いフロックコート二着、それに少額の現金。父はどうやら物知り顔で小銭を貯めろと忠告していたものの、自分は大して貯めていなかったのだ。チーチコフはすぐさまおんぼろ屋敷をあってないような土地ごと千ルーブルで売りに出し、使用人の家族は町へ転居させ、そこを根城にしながら奉職に就いた。その同じ頃、学校から愚行ないしは別のお咎めで追い出されていたのが哀れな教官、静けさと律儀な態度の愛好家である。教官は悲しみのあまり酒に手を出し、挙げ句の果ては酒代にも事欠くと、病身のままパン一切れも救いの手もなく、どこかの暖房も入っていないひっそりとした小屋にお隠れになった。かつての教え子で、その生意気さと鼻につく態度が教官には始終目障りだったあのお利口さんや口さがない連中は、彼の窮状を知ると多くの必需品を売ってまでしてすぐさまお金を集めたというのに、ただ一人パヴルーシャ・チーチコフだけは手持ちがないことを理由に断って五コペイカ銀貨か何かを渡したのだが、同級生たちは即座にそれを突っ返し、彼に向かって「このしみったれが！」と言ったのである。哀れな教官はかつての教え子たちのこういった心遣いを聞くと両手で顔を覆ったのだが、その光の消えつつある眼から涙のしとどに流れ落ちるところなどまるで無力な子供のようであった。「臨終前に神さまのお計らいで泣かせて頂いたよ」――と教官は消え入るような声で言うと、チーチコフのことを聞いてから重い溜息を吐き、すぐにこう付け加えたのだった、「パヴルーシャって奴は！　何て人の変わりようかね！　だってあれだけ品行方正で、一切反抗もしなかったあの絹みたいな奴がね！　騙されたね、ひどく騙されたもんだ……」

しかしながら、われらが主人公のそもそもの性格が辛辣かつ非情で、感覚が鈍麻していたがために哀れみも同情も知らずにいたというわけではなく、そのどちらをも感じていたし、何なら手を差し伸べたいという気持ちまであったのだが、ただそれもあくまであまり多額でなく、手を付けるべきでない金にはやはり手を付けぬこと、要するに〈一銭たりと無駄にせず、貯めるんだぞ〉という父の訓えが役立ったのだ。だが、彼の中にとりわけ金のための金への執着があったわけでもなく、ケチや出し惜しみの根性に左右されていたわけでもない。そうではない、そんなことが彼を突き動かしていたのではない。思い描いていたこの先の人生がすべて円満、すべて事足り、軽馬車、立派な構えのお屋敷、旨い午餐――こういったものが頭の中をぐるぐるめぐっていたのだ。やがてこのすべてを必ずや味わい尽くすべく、まさにそのためにこそ小銭は貯め込まれたのであり、それまでのあいだは自分にも他人にも出し惜しみしていたのだ。目の前を金持ちが恰好のいいドローシキに高価な馬具の跑馬（トロッター）で颯爽と通りすぎた時、彼は地面にめり込んでしまったかのように棒立ちとなり、ようやく長い夢から覚めたかのように口にしたのは「昔はただの事務員で、髪なんかおかっぱだったのに！」という言葉だった。そして、富と裕福さを匂わせるものなら何にでも感化されてしまったのだが、それは自分自身にも分かりかねるものだった。卒業後に小休止を入れることすら厭わしかった。とにかく今すぐにでも職に就き、お勤めに入りたくて仕方がなかった。ところがである、どこに出しても恥ずかしくない修業証書にもかかわらず、県税務院に職を得るまでは並大抵ではなかった。遠い片田舎であろうと、なくてはならぬが縁故というもの！赴任先となった辺鄙な地はどうしようもない所で、恩給は年に三十ないしは四十ルーブル程度。だが、彼は職を全うし、すべてに打ち勝って克服することを心に誓った。そして確かに、その献身ぶり、辛抱強さ、また倹約ぶりといったら前代未聞のものであった。早朝から夕刻遅くまで気力も体力も絶やさず書類作成にどっぷりのめり込み、帰宅はせずに事務室の机の上で眠り、時には守衛たちと食事を取ることもあったが、そういう中にありながらも清潔さは保ち、きちんとした服装をし、顔には朗らかな表情を、振る舞いにはある種気高さのようなものを添えるだけの技量もあった。申し上げておかねばならぬが、税務院官吏でとりわけ際立っていたのはその見窄らしさと下品さ。時にその顔など、まるで焼き損ないのパンみたいなのだ。頬は片方に膨れ上がり、顎はもう片方に歪み、上唇は水膨れみたいにめくれ上がり、しかもおまけに鋳割れしている始末で、要するに、全く目も当てられない。喋り方にしたって連中は皆どこか刺々しく、その声など今から誰ぞ打ちのめしてやろうかと言わんばかりだし、頻繁にバッカスへの奉納を行うわけだが、それがまたスラヴ的気質の中に異教的要素が未だ多く残されていることを示していて、時折などいわばべろんべろんで役所にやって来るものだから、お蔭で役所の中は居心地悪く、空気だってとても馨しいものとはいえなかった。こういった役人の中でチーチコフが目につかず、際立たずにいられるわけもない、顔が清潔だということでも、声に愛想があるということでも、一切酒をやらないということでも、もうあらゆる点で正反対だったのだ。しかしやはりそれでも道のりは険しく、配属先の上司というのがこれまた大変齢を召された登録課課長で、石のような感情のなさと揺るぎなさとを絵に描いたような人物であった。常に同じで、高慢ちきで、生まれてこの方薄笑いの一つも浮かべたことがなければ、一度たりとも人にご機嫌いかがと訊ねたこともなかった。この課長がほんの一度でもいつもと違うところを見かけた者は一人としていなかったし、外であろうと自宅であろうとそれは同じで、せめて一度でも何かに同情してみたり、酔っ払った勢いで大笑いしてみたり、酔いに浮かれた盗賊みたいに羽目を外してもよさそうなのに、そういうところは微塵もなかった。悪人じみたところもなければ、善人じみたところもまるでなく、どこかしら空恐ろしいものがこのあらゆるものの欠如にはあったのだ。その硬くて冷ややかな大理石の顔には目障りな歪さも一切なければ、誰かに似ていると思わせるものも何らなく、厳格なまでに目鼻立ちは整っていた。ただ一つ、その顔には細かいあばたと凹凹が打ち込まれていて、俗にいうところの、悪魔が夜な夜な豌豆の脱穀をしに来たような顔を持つ連中の一人だった。この手の仁に取り入って好意を引き出すことなど人間技とは思えなかったが、チーチコフはそれを試みたのである。先ず取りかかったのが、ありとあらゆる目に留まらない詰まらぬことで相手を喜ばすこと。課長の使う鵞ペンの尖り具合を念入りに調べ上げて、それを見本に何本か用意して毎回手の届く場所に置いておくとか、机の上に散らばった砂や煙草を拭いてきれいにするとか、インク壺用の布切れを新調するとか、どこからか課長の帽子を、それはもう見るも無残な、この世によくもまあこんなものが存在していたなと思わせるような帽子を探してきて、毎回それを退所する間際の課長のそばに置いてみたりとか、白亜の壁に擦って背中が汚れれば叩いて取ったり——しかし、これだけやっても依然何ひとつ目をかけられることもなく、まるでそんなことなど一切なかったかのような素振りであった。挙句には課長の自宅での家庭生活を嗅ぎつけ、年頃の娘がいることを探り出したのだが、その娘の顔もやはり夜な夜な行われる豌豆の脱穀さながらであった。こちらの方面から攻めてみてはどうかと思いついた。日曜日にはどの教会へ通っているのかを探り当て、毎回娘の真ん前に小ぎれいな身なりで、目一杯糊付けした胸当てを付けて立ったのである——すると、それが功を奏したのだ。何と、あの仏頂面の課長が軽くよろめいて、チーチコフをお茶に招いたのである！　官庁の誰にも気づかれぬうちにチーチコフは課長の家へと移り住んで無くてはならない人物となり、小麦粉や砂糖の買い出しにも出かければ、娘にはまるで許嫁のように接し、課長のことはお父様と呼び、その手に口づけもするといった塩梅になっていたのである。税務院の誰もが二月末の大斎（おおものいみ）[91]前には挙式だろうと読んでいた。仏頂面の課長はチーチコフのことを執り成してもらえるよう上役にかけ合いまで始めると、しばらくして当のチーチコフは文書管理官として一つ空いていた席に就任したのである。まさにこれが恐らく、年老いた課長と関わりを持った一番の狙いだったようで、すぐさま彼は自分の家財道具をこっそり自宅に送り返し、翌日にはもう別のアパートに引っ越していたのだ。課長のことをお父様とは呼ばなくなったし、もはやその手に口づけするようなこともなく、結婚式の話もそのまままるで何事もなかったかのように立ち消えとなった。とはいえ、課長に遭ったら遭ったで、必ずその手を優しく握りしめ、お茶にいらして下さいと招待するものだから、老課長はその永遠の揺るぎなさと冷淡な無関心さにもかかわらず、毎回首を振り振り小さくこう呟くのだった、「騙したな、騙しやがって、この悪魔の子め！」

　これが彼の越えた最大の難関であった。それ以降は楽になり、うまく転がりだした。注目に値する人物となったのである。彼の持つものはすべてこの世に必要なものであった。好感の持てる言葉遣いや素振りもそうだし、快活な仕事ぶりも同じ。これを武器に程なくして手に入れたのがいわゆるぼろ儲けの出来る職で、それを最大限に利用したのだ。知っておかねばならぬことだが、丁度この頃である、実に厳しい賄賂の一斉取り締まりが始まったのだが、彼はこの取り締まりに尻尾を巻くのでなく、これをすぐさま利用したわけで、締め付けの強くなる時にだけ現れ出るこれぞルーシ的発想力を示したのだ。その内実が如何なるものであったかは次の通りである。陳情人が訪れ、手をポケットに突っ込み、そこからわが国ルーシでの表現でホヴァンスキィ公の署名を求めるお馴染みの推薦状[92]を取り出すや、「駄目です、駄目ですよ、――と彼は笑顔で陳情者の手を押しとどめながら言うと、――貴方はその何ですか、私がまさかその……駄目です、駄目ですよ。これはわれわれの義務、責務なんですから、報酬など一切頂かずに行う義務があるんですから！　この点についてはご安心下さい。明日にはすべて出来上がっておりますから。お宅のご住所を教えて頂けますか、そちらにお手数はおかけしません、すべてご自宅へお届け致しますので」　すっかり魅了されてしまった陳情人はその帰路ほとんど天にも上らんといった気分でこう考えるのだ、〈やっと人間らしい人間が現れたもんだ、ああいうのがもっと沢山必要なんだ、あれこそまさに高級ダィヤって奴だよ！〉　しかし、陳情人が一日、二日と待っても、書類は家には届かず、三日目もやはり同じこと。役所へ行ってみるとその案件はまだ始まってもおらず、かの高級ダィヤの元へ直行。「ああ、これは申し訳ありません！――チーチコフは陳情人の両手を取ると実に丁重な言葉で語りかけるのだ、――あれこれ用事がございましたもので、でも明日には全部終わらせますので、明日には必ず、本当に、お恥ずかしい限りです！」また、このすべてに伴っていたのが人を魅了する身振りだった。もしこの時、何かの弾みで上衣の裾でも開いてしまったならば、手がすぐさま元に戻して裾を押さえようとするのだった。しかし、明日になっても、明後日になっても、明々後日になっても、書類が家に届くことはない。陳情人は能く能く考える。まさか、足らんもんでも？　人に聞き込みをしてみると、代書官に渡さねばならぬものがあると言われる。「渡したって構わんさ。二十五コペイカ出してもいいよ、もう一枚上乗せしてもいい」――「違う、二十五コペイカじゃなくって、一人あたま白札（二十五ルーブル）だよ」――「一人あたま白札だって？」――陳情人は大声を上げる。「何をそんなに熱くなってるんだい？――という答えが返ってきて、――結果的にはそうなるんだよ、代書官の連中に二十五コペイカずつ、残りは上役の方に行くのさ」飲み込みの悪い陳情人、額をぺしんと叩くと、新しい方式、賄賂の取り締まり、そして役人たちの懇切丁寧な対応をけちょんけちょんに罵倒することとなる。今までならば少なくともどうすりゃいいかくらい分かったんだ。課長殿に赤札（ナルーブル）でも持ってけばそれで丸く収まってたのに、今じゃ一人あたま白札で、しかも一週間も無駄にした末にやっと合点がいくってんだから。無欲だの、お役人さまの気高さなんぞ、そんなものクソっ喰らえってんだ！　無論、陳情人の言うことにも一理ある、ただその代わり、今や賄賂など存在しないのだ。どの課長殿もこの上なく誠意溢れる高潔なお方であり、書記官と代書官だけが詐欺師ペテン師というわけだ。程なくしてチーチコフの前に姿を現した地平というのはこれまでになく茫洋たるものであった。つまり、ある役所の実に大がかりな庁舎建設のための委員会が設置されたのだ。この委員会に彼も職を得て、主要な委員の一人となったのである。委員会は早速作業に取りかかることになった。六年間、建物をめぐって手間取ったのだが、これには天候が邪魔していたのか、はたまた資材がいまいちであったのか、とにかく一向に庁舎の建設は基礎工事から先へは進まなかったのである。そうかと思うと、町の外れには委員それぞれに民間建築のきれいな屋敷が一軒ずつ建っているではないか。さぞかしそこの地盤の方が優れていたのであろう。委員たちはすでに悠々自適の生活を始め、家族まで持つようになる始末。ここに来てやっと、今になってやっとである、チーチコフは自制心と揺るぎなき献身という自らの鉄則から少しばかり抜け出し始めたのである。ここに来て初めて、長年にわたる精進の日々もようやくの落ち着きを見せると、実は彼とても、誰ひとり自制心など利かぬ血気盛んな若い時期に我慢出来た享楽の数々に自分もこれまでずっと無縁でなかったことを思い知ったのである。多少目に余るところもあるにはあった。随分腕利きの料理人を雇い入れたり、繊細なオランダ製のシャツを新調してみたり。すでにこの頃には県のどこを探しても見かけぬような羅紗を購入しており、それ以来ずっと茶色と赤っぽい色とキラキラにこだわるようになっていたかと思えば、すでにこの頃にはピカイチの二頭立てを購入し、自分で手綱を握っては副え馬にその周りで輪を描かせたり、この頃になるともうオーデコロン入りの水を吸わせた海綿で体を拭く習慣を覚えていたし、すでにこの頃にはかなり奮発して肌をすべすべにする石鹸を買ってみたり、すでにこの頃には……。

　ところが突然のことであった、尻拭い役の前任者に代わって着任した新しい上司というのがやかまし屋の武官で、収賄者ならびに悪事と呼ばれるものすべてを目の敵にしていたのである。就任翌日から一人残らず全員を縮み上がらせ、収支明細の提出を要求したところ、見落としや不足額を至るところに発見すると、忽ちあのきれいな民間建築のお屋敷が目に留まり、点検仕分けと相成ったのである。役人たちは解任され、民間建築のお屋敷は国庫に接収されて各種救貧院やカントニスト[93]のための学校へと様変わりし、何もかもが水泡に帰すと、チーチコフが誰よりも割を食うことになった。彼の顔が突如、その感じの良さにもかかわらず、上司のお気に召さなくなったのである。そのはっきりとした理由が何なのか、こればかりは神のみぞ知ること、――それこそ時にこんなことには理由などないのである、――そして、上司から死ぬほど嫌われることになったのだ。また、この頑固一徹の上司は誰にとってもひどくおっかなかった。だが、そこはやはり軍人さん、となれば、文官の弄する手練手管の細やかさにすべて通じているわけでもなかったわけで、間もなくするとそれらしい上っ面と何にでもご機嫌を取れるという手腕を用いて他の役人たちが彼に取り入るや、この将軍殿、早くもさらに上を行く詐欺師たちの術中に嵌ってしまったのだが、まさかそんな連中だとは知る由もなく、しかも自分はようやく然るべき人材を選び出せたとご満悦とばかりに、自分には能力を見抜く繊細な才能があるのだと冗談抜きで鼻にまでかけるのだった。役人たちには忽ちにして上司の気性と性格の如何なるかが分かった。彼の下にある者なら誰もが悪事を取り締まる恐るべき追放者となり、至るところ、あらゆる事案でその悪事とやらを追跡する様子たるや、まるで漁師が簎（やす）でもって肉付きのいいベルーガか何かを追っていくようなもので、しかもその悪事の追跡で収めた成果はかなりのもので、程なくして一人につき数千という大金が転がり込んできたのである。この頃にもなると、この真理の道には以前の役人たちの多くが宗旨変えをし、再び職場復帰を果たしたのだった。だが、チーチコフにはもはやどんな手を使おうが取り入ることが出来ず、ホヴァンスキィ公の書状で靡(なび)いてきた、将軍の鼻面を引き回す方法を熟知する将軍第一書記がどう頑張ろうとも、どうチーチコフの肩を持とうとも、全くもって手の打ちようがなかった。将軍がどういう種類の人間かというと、鼻面を(尤も、自分でも知らず知らずのうちに)引き回されてしまう人間で、ただその代わり、もし何かある考えが頭の奥に食い込んでしまうと鉄釘同様、もう何を使ってもそこから引き抜くことは出来なかった。頭のいい書記官でも唯一出来ることといえば、垢にまみれた履歴書を廃棄することくらいで、そうするよう上役を仕向けるにはもはや同情心以外なく、チーチコフの不幸な家族の哀れを誘う運命を活写してみせたが、幸いにもそんな家族など彼にはなかった。

「まあ、仕方がないさ!――とチーチコフは言うのだった、――釣り針に掛かったのを引っ張ってみりゃ逃げちまったってことで、それがどうだなんて訊きっこなしさ。めそめそしたって楽にはならない、仕事をやらなきゃ始まらないさ」というわけで、彼はまた一からキャリアを開始し、かつては如何に気楽に、如何に順調に事が回っていたにせよ、新たに忍耐を武器とし、新たに何事においても節制することを決意したのである。他の町に移り住み、そこでさらに自分を売り込まねばならなかった。何をやってもなぜか長続きしなかった。職を二つ、三つごく短期間のうちに転々とする羽目になった。その就いた職というのは何とも汚らわしい、卑しいもの。知っておかねばならぬのは、チーチコフがこの世にこれまで存在した中でも最も慇懃な人物であったということだ。最初のうちはその汚らわしい社会に潜り込まねばならなかったとはいえ、心の底では常に清廉さを保ち、役所にはニス塗りした木の机があること、すべてが上品であることを好んだ。決して自らに対して非礼な言葉遣いを許すことはなかったし、他人の言葉に官等や称号への然るべき敬意の欠如が目についた時にはいつも腹を立てた。読者にとっては恐らく興味深いことだと思うが、彼は二日に一回は必ず下着を取り換え、夏の茹だるような暑さならそれは毎日のこと。どんなちょっとした不快な臭いにも腹を立てた。そのため、ペトルーシカが彼の服と靴を脱がしに来る時は必ず鼻にカーネーションを差すといった塩梅で、しかも多くの場合、その神経の細やかさたるやまるで娘子さながら、またそのため、何かにつけきつい火酒だとか無作法の臭いを漂わせる人種の集まりに身を置くというのは苦痛であった。いくら気力で持ち堪えようにも、如何せん、そういった難にあっては体重も落ち、顔も青褪めてしまうのだった。はや彼も太りだして、読者が最初の対面でご覧になったあの真ん丸とした体裁宜しい形を取り始めるや、すでに一度ならず、鏡を覗き込みながら、あれこれ愉しげなことを想像していたのである。快活な女性のこと、子供部屋のこと、そして、笑みがこういった想像のあとに続いたかと思いきや、ふとした弾みで自分の顔を鏡の中に認めた途端こう叫ばずにはおれなかった、「わが清らなる聖なる母よ！　何てまあ俺って醜くなっちまったんだ！」　すると、そのあとしばらくは自分を見る気が起こらなかった。だが、われらが主人公は何事にも辛抱し、必死に堪え、根気よく耐えに耐え、そして遂に税関職へと転任することとなったのである。申し上げておかねばならぬが、ここでのお勤めは随分以前から彼の密かに思いめぐらすものであった。彼はこれまで、どんな小洒落た舶来品を税関官吏が仕入れてくるのか、どんな陶磁器やバチストを代母、義母、それに姉妹に送って寄越すのかを目にしてきた。何度となくずっとこれまで彼は溜め息混じりにこう言い続けてきたのだ、「鞍替えするならああいう所がいいんだがな。国境も近いし、蒙の啓けた連中だっている、それにあんなに繊細なオランダ製のシャツが手に入るんだからな！」　言い添えておかねばならぬが、この時の彼はさらに、肌に稀に見る白さと、頬に瑞々しさとを与えてくれるある特別なフランス製石鹸のことが念頭にあり、それがどういう名前であったかは神さまがご存じだが、ただ彼の予想では必ずや国境の地にそれはあるはずだった。かくして、以前より税関への奉職を志望していたとはいえ、その頃は建設委員会をめぐって図られる便宜に後ろ髪を引かれていたことから、正当なる判断により、税関が如何なるものであろうとも、やはりそれは先の雁にすぎぬもの、委員会ともなればもはや手前の雀、ということになったのである。だが今となっては何がなんでも税関にまで辿り着いてみせると決意し、それを果たしたのである。その勤めに注ぐ彼の熱意たるや尋常ではなかった。まるで税関官吏になるのが運命であったかのようだった。彼ほどの機敏さ、鋭さ、ものを見抜く眼力はこれまで見たこともなければ、聞いたこともない。三、四週間ほどの税関業務ですっかり腕を上げると、すべて完璧に習得していたのだ。目方も長さも測らずとも、手触りから何反入りの羅紗ないしは他の生地が何アルシンあるかを察知するかと思えば、片手で包みを持てば何フント[94]かをすぐさま言い当てることが出来た。所持品検査に関して言えば、これは同僚たち自身の言葉だが、それこそ犬の嗅覚があった。ボタンを一個一個触って調べ上げていくその忍耐強さを見れば驚かずにはいられぬし、その所作にはどれも殺人的な無情さがありながらも信じられぬほど丁寧なのだ。また、検査されている方が腹を立ててカッとなり、彼の感じの良い外面を爪で散々パチンと弾いてやりたいという質の悪い衝動に駆られるような時でも、彼は顔色一つ変えず、相変わらずの丁寧な応対でただこう言葉を添えるのだった、「少しばかりご面倒をおかけ致しますが、お立ち頂けませんでしょうか？」あるいは「ご面倒をおかけ致しますが、ご婦人、別室にお越し頂けませんでしょうか？ あちらでわたくしどものある役人がご説明差し上げますので」あるいは「宜しければ、小刀でほんの少しそちらの外套の裏地を裂かせて頂けますか」——と、こう言いながらその奥からショールやカチーフを無情にも、まるで自宅の長持にでもあるかのように引っ張り出していくのだった。上役の感想によれば、あれは鬼だ、人間じゃない、とのこと。何しろ、彼が虱潰しに探したのは車輪の中、轅の中、馬の耳の中、どことも知れぬ中で、そこなどは如何なる作者も忍び込もうとも思わぬ、ただ税関吏だけが忍び込むことの許された場所だったからだ。それゆえ、不憫な旅人は国境を越えた先で、またさらに数分ほど茫然自失のまま、玉のように吹き出てきた全身の汗を拭いながら、ただ十字を切っては「ありゃ、ありゃぁ！」と言い添えるだけなのだ。旅人の置かれたこの状態は、学童が主任教官に呼び出された秘密の部屋から、何かお説教を受けるはずなのに全く予想外のお仕置きを食らって走り去るところに実によく似ていた。束の間、チーチコフによっておまんまが食い上げとなってしまったのが密輸業者たち。この事態はポーランドのユダヤ商人全体にとっての脅威であり、絶望であった。彼の誠実さと清廉潔白さは揺るぎなく、凡そ不自然とも言えるものだった。彼は押収した様々な商品や、没収はしたものの余分な目録作成を避けて国庫に入れなかった物品を元手にちょっとした資金を得るということすらしなかったのだ。これほどの熱意と無心の勤務態度が皆の驚きの的になることもなく最終的に上役たちの耳に届かぬはずもなかった。彼はさらに上の官等を受けて昇級すると、そのあとで密輸業者を一網打尽にする計画を打ち出し、ただその実施に必要な資金だけは自分に用立てしてくれるよう申し入れた。すると彼はすぐさま捜査全体での指令と無制限の指揮権を手にすることとなった。これこそが彼の望んでいたものだったのだ。当時存在していた有力な密輸団は周到かつ入念に組織されたもので、何百万という利益を約束する大胆な計画を進行中だった。彼はすでに以前からその情報を摑んでおり、密かに送り込まれてくる者からの買収を拒絶し、ただ素っ気なく「機が熟していない」と言っていたのだ。すべてが自分の指揮下に入った途端、すぐさま密輸団に対して「機が熟した」と伝えた。その計算はあまりにも正確なものであった。一年で彼は、二十年間どれほど勤勉に勤め上げても得られぬような利益を手にしたのである。以前ならば、如何なる繫がりも連中と持ちたいとは思わなかった、なぜなら、彼は単なる一介の歩にすぎず、そうなれば受け取るものも大して多くはなかったからで、だが今となっては……今となっては全然話が違うのだ。彼にはどんな条件でも提示することが可能だった。仕事に支障が出てはならぬと、同僚である他の役人も味方につけていたのだが、誘惑に打ち克つことが出来なかったのである、髪なんてもう真っ白だというのに。互いに条件の一致を見ると、密輸団も行動に移った。その行動の始め方は目覚ましいものだった。読者もきっとこれまで耳にしたことがおありだと思うが、よく繰り返されるスペインの羊たちの才知溢れる旅のお話があって、二枚重ねにした羊革のコートで越境した際、羊たちはコートの下に百万ルーブル相当のブラバント製レースを隠して運び込んだという。この事件が起こったのは丁度チーチコフが税関に勤めていた頃のことだ。もし彼自身この企てに加わっていなければ、世界中の如何なるユダヤ人でもこれに類した仕業を首尾よく実行に移すことは叶わなかったであろう。三度か四度にわたる羊による国境越えの遠征で、双方の役人たちが手にした金は一人当たり四十万ルーブル。チーチコフが手にしたのは、話では、五十万を越えたということらしいが、これは他の連中より少しばかり機敏であったからだ。もしどこぞの生き物に魔が差して道を横切らなかったならば、天からの授かりものはどれほど膨大な額に上っていたであろうか。この魔が差したことでどちらの役人たちも面食らってしまった。この役人たち、簡単に言ってしまえば、何の意味もなく腹を立て、いがみ合ったのである。白熱したやり取りが行われていたある時、ひょっとしたら少しばかり酒を飲んでいたのかもしれぬが、チーチコフはもう一人の役人のことを坊主の倅と呼び、また実際その役人は坊主の倅だったのだが、どういうわけかそれがひどく気に障ったらしく、すぐさまチーチコフに向かって強い、しかも稀に見るきつい口調でまさにこう言い返したのである。「違う、嘘こいてんじゃねぇ、俺は五等官で、坊主の倅なんかじゃねぇぞ、お前こそ坊主の倅じゃねぇか！」そしてこのあとさらにチーチコフへの面当てに「どうだ、分かったか！」と言い添えたのだった。自分に向けられた呼び名をこんな風につっけんどんな答えで返し、また「どうだ、分かったか！」という言い草自体、強い口調だったにもかかわらず、彼はこれだけでは満足せず、さらにチーチコフのことを密告したのである。尤も、人の話では、そうでなくともこの二人はある活きのいい、税関官吏の表現では、食べ頃の蕪みたいに丈夫なおネェちゃんのことで揉めていて、夕暮れの暗い横丁でわれらが主人公を散々痛めつけるために人まで雇ったのだが、二人とも引いたのはババで、そのネェちゃんはシャムシャリョーフというどこぞの二等大尉がまんまとせしめたということらしい。この一件が実際どうであったかは神のみぞ知ることで、その結末がどうなったかは数奇者の読者に勝手に考えてもらえば宜しい。肝心なのは、密輸人たちと密かに通じていたことがバレてしまったことだ。五等官は自らも身を滅ぼしたとはいえ、それでも自分の同僚を窮地に追いやったのだ。役人たちは裁判にかけられ、所持品は悉く没収され、差し押さえにあい、突如頭上に落下した雷のごとくすべてが決着を見たのである。酩酊から醒めたかのようにふと我に返った彼らは、自分たちの仕出かしたことに気づいてぞっとした。五等官はルーシの習わし通り、悲しみのあまり酒に溺れたが、六等官は持ちこたえた。捜査に殺到した上役たちの鼻が如何に利こうとも、裏金の一部を隠しおおせたのである。その巧妙な手練手管はいずれもすでに海千山千、人心を知り尽くしたしたたか者のそれであった。巧言を弄すかと思えば、心情に訴え、すべてが台無しとはならぬお世辞で煙に巻くかと思えば、賂を摑ませる——要するに、少なくともお仲間ほどの面汚しに見舞われることなく出し抜いて、うまく刑事裁判を免れたのである。しかしもはや大金も諸々の舶来品も彼の手元には残らず、こういったものには別の好事家たちが寄って集(たか)ることとなった。何とか手元に留まったのは万が一にと隠してあった一万ルーブル、二ダースほどのオランダ製シャツ、独身方が乗るさほど大きくないブリーチカ、それに馭者のセリファンと召使いのペトルーシカという二人の農奴、またさらに税関官吏たちの優しい心遣いから肌の潤いを保つ石鹸が五、六個——これでおしまい。というわけで、これまた何という状況にまたもやわれらが主人公は立たされたことか！　これまた何という大難がその頭上に降りかかってきたことか！　これこそが彼の言っていた、勤め先で公平無私を求めたがために嘗めさせられた辛酸の真相である。ここまで来ればこう結論づけてもよかろうか、要はかかる波瀾万丈、千辛万苦、一栄一落、この世の悲哀を経て後、心血注いで得た残金一万とともに隠居した先というのがある県庁所在の辺鄙な片田舎であり、そこで終生萎んでいきながら、更紗のハラート姿でこぢんまりした家の窓辺から日曜になるとおっ始めるムジークたちの喧嘩の仲裁でもするか、はたまた気分転換に鶏小屋へ行って手ずからスープ用の鶏を弄ったりして、騒がしくはないにせよそれなりにまた無駄とも言えぬ余生を過ごすつもりでいたのだ。しかし、そういう風には行かなかった。彼の気質にある不屈の力については公平に評価せねばなるまい。こういった、人ひとり殺すとまではいかなくとも、頭を冷やし、金輪際大人しくなるのに充分なことがあってもなお、この仁の中ではその計り知れぬ熱情が消え失せることはなかった。悲しみ、悔しみの中、この世を相手に不平を鳴らし、運命の不公平さに腹を立て、他人からの不当な扱いに憤ってはみたが、やはりそれでも新たな試みを断念するまでには至らなかったのだ。要するに、彼の示した忍耐を前にすれば、ドイツ人の気の抜けた忍耐などもはやのろのろとめぐりの悪い血に囚われて無いにも等しいものなのだ。チーチコフの血はそれとは逆に流れに勢いがあったものだから、今にも外へ飛び出して気儘に遊びたがるものすべてに馬勒を掛けて抑え込むためには理性的な意志が大いに必要であった。彼はあれこれと考えてみたが、その考えの中にもなるほど一理あると思わせるものがあった。〈どうして選りに選ってこの俺が？　なんで俺が貧乏くじを引かにゃならんのだ？　今頃どこのどいつが職場で胡座かいてやがるんだ？――どいつもこいつもいい思いしやがって。俺なんて誰ひとり不幸にしちゃいねぇんだぞ。寡婦（やもめ）の金を騙しとったわけでもないし、誰ひとり路頭に迷わせたわけでもない、俺の受けた便宜なんてのは余ってたからさ、誰だって受け取るものを受け取ったまでの話で、もし受け取ってなけりゃ他の奴らが受け取ってたまでさ。何をしたから他の奴らはのほほんと暮らせるんだ、何でこの俺は虫けらみたいにくたばらなきゃならんのだ？　何者なんだ、今の俺は？　何の役に立つ？　どんな目で俺はこの先、立派な家庭の主たちの目を見ればいいってんだ？　ただ自分が虚しくこの大地の重荷になってることを知りながら、良心の呵責を感じずになんていられるもんか、それに、後々俺の子供たちが何て言う？　どうせこうだろう、親父なんぞ豚野郎さ、俺たちに何の遺産も残せなかったんだから、ってな！〉

　すでにご承知の通り、チーチコフは自分の子孫について随分と気を揉んでいた。何と身と心に応えるお題目！　他のことならひょっとするとこれほど突っ込んで考えたりなどしなかったかもしれない、つまり、子供はどう言うだろうかなどといったなぜか勝手に浮かんでくる疑問でもなければ。そして遂にこの未来の元祖、まるで用心深い猫のような片目でもって、どこぞから主人に見られていないか横見しながら、大慌てで近くにあったものを全部引っ掴むのだ。そばにあった石鹸であろうと蠟燭であろうと、前脚にかかった獣脂であろうと金糸雀（カナリア）であろうと――要するに、何ひとつ見落としはしない。これほど悲嘆に暮れて涙していたわれらが主人公でありながら、その活動は頭の中では一向に息絶えておらず、そこでは未だに何かが練り上げられることを求めていて、ただただ計画を待っていたのである。またもや彼は縮こまり、苦難の人生を再開し、またもやすべてを我慢して、再び清潔さと立派な身分から汚辱と惨めな生活へと落ちていった。そしてこの先好転していくことを待ち望みながら止むなく得たのが法定代理人という肩書で、未だわが国では市民権を得ていないこの職は四方八方から突き上げられては、下衆な木っ端役人や当の委託人たちからも軽んじられるし、控室を這いまわるのは頂けないとか、作法がなってないだとか、その他諸々のことで責められはしたが、それでも背に腹は代えられなかった。舞い込んできた委託の一つに次のようなものがあった。つまり、後見人会議[95]に数百人の農民たちを抵当入れする斡旋である。問題の領地は破産寸前にあった。破産原因は家畜の疫病死、番頭の詐欺行為、不作、最良の働き手を襲った伝染病、そして最後に、モスクワにあった屋敷を最新の趣向で飾り立て、それに一銭残らず私財を投じて食い扶持を失った地主の愚かさにあった。まさにこれが原因で、挙げ句の果ては最後に残っていた領地までも抵当に入れざるを得なくなったのである。国庫に抵当を入れることは当時は未だ新規の事業で、これに踏み切るには不安がないわけでもなかった。チーチコフは代理人として、先ず手始めに全員のご機嫌取りにかかった（予めこのご機嫌取りをしなければ、ご承知の通り、ありきたりな情報ないしは証明書すら入手出来ず、やはりマデイラの一本くらいは各人の喉に流し込まねばならない）――然るべき人物にこのご機嫌取りをしてから、ついでの話ということで、斯く斯く然々の状況で農民の半分が死んじまいまして、後々因縁を付けられても困りますので……云々という風に説明したのである。

――けど、その連中って人口調査名簿に載ってるんでしょ？――と言ったのは書記官である。

——載っております、——と答えたのはチーチコフ。

——それじゃあ、何をそんなびびってるんです？　——と書記官は言った、——一人死んだら別のが生まれる、そうしてみんな丸く収まる。

書記官はどうやら見たところ、韻を踏んでも話が出来るようであった。だがこの時、われらが主人公にはこれまで人類の頭に浮かんだことのない霊感に満ちた考えが閃いたのだった。〈何て俺っておめでたい奴なんだ、——と彼は独りごちた、——手袋はどこだって探してたら、二つとも腰に掛けてたじゃねぇか！　死んじまった奴らを全部、新しい人口調査名簿を出す前に俺が買い受けてだ、大体千人、そうだ、それくらいを自分のものにしちまったら、後見人会議は一人魂二百ルーブルは出す。そうなりゃ二十万の大金になるぞ！　そんでもって今は持って来いの時期さ、この前なんか伝染病があったから、死んじまった数だって、神のご加護って奴だ、少なかないぞ。地主の連中なんぞカード遊びでオケラになって豪遊して、案の定、落ちぶれちまって、大挙してペテルブルクで職探しでもしてるから、領地は放ったらかしだし、管理なんてのも適当で、賦税の払いも年々苦しくなってきてるし、すんなり喜んで奴らなんか誰だって譲るってことになるさ、そりゃもう理由はただ一つ、奴らの人頭税を払わなくて済むからさ。ひょっとしたら、これと違って人によっては、これでもって小金をせしめることだって出来るかもしれんぞ。勿論、楽じゃないし、面倒だし、おっかないさ、何かの弾みでひどい目にあったり、これが大事にでもなっちまったらな。それでもやっぱり、人間にはいざとなりゃ何なりと考える頭ってのがあるもんさ。一番いいのはだ、この話ってのが誰の目から見たってあり得ないこと、誰も信じやしないってところさ。確かに、土地がなけりゃ買うことも担保にすることも出来ないさ。でも大体俺は連れ出しで買うわけさ、連れ出しでな。今、タヴリーダ県とヘルソン県の土地はタダも同然で手に入る、あとは植民するだけよ。あっちに俺が奴らを全員移住させてやろうじゃねぇの！　ヘルソン県に奴らをな！　あっちで住んでりゃいいさ！　この移住ってのは合法的に出来るんだ、きちんと裁判所を上がっていけばな。農民の証明が欲しいってことになったらどうする。お好きなように、俺は別に構わんさ、それの何が悪い？　証明書だったら郡警察署長直筆の署名が入った証明書を提出するまでよ。村の名前はチーチコフ自由村とか、洗礼名でパヴロフスコエ地主村にしたっていいな〉かくしてわれらが主人公の頭の中ではこのような奇妙な筋書きが出来上がったわけだが、だからといって読者諸氏が彼に感謝されるかどうかは定かでないにしろ、作者がどれほど感謝しているかは容易に言い表し得ない。なぜなら、何と言おうと、チーチコフの頭にこの考えが浮かばなければ、世にこのポエムもまた現れてはいなかったであろうから。

　彼はルーシの習わし通り十字を切ると、実行に移った。居住地を探している振りをしつつ、他にも何だかんだと口実を作りながら、わが国の津々浦々のとりわけ不運な出来事、不作、人の死、その他のことでどこよりも苦汁を飲んだ地域を見て回った——要するにそれは、必要な民をなるたけ都合よく、お手軽な価格で大量購入出来る所であった。手当たり次第どんな地主にも当たるというのではなく、なるたけ自分の好みか、極力骨を折らずにこの手の取引が出来るような人選をしながら、先ずは顔見知りになってご機嫌を取り、可能であれば、購入という形ではなく友誼によってムジークたちを手に入れる算段だった。ところで、読者諸氏はこれまで登場してきた人物が彼の好みでなかったからといって作者に腹を立ててもらっては困る。こればかりはチーチコフの責任、この点では彼があらゆる権限を持つ主人であり、彼の気の赴くままにわれわれもまた引きずられていかねばならぬのだ。われわれとしては、もし人物やその性格が精彩を欠き、見窄らしいといって咎められるのならば、これだけは申し上げておこう、そもそもの始まりにおいて全体の大きな流れと規模を見渡せるようなことなど決してあり得ないのだ。如何なる都市、それが首都であろうとも、そこへ入る時はいつだってどこか精彩を欠いているものだし、最初は何だってどんよりとして単調なものだ。果てしなく続く大小の工場が煙に煤けているかと思えば、そのあとにもう見えてくるのが六階建ての建物の角、商店、看板、街路の巨大な眺望、どれも鐘楼、円柱、彫像、塔に飾られ、都会の輝き、喧噪に轟音、そして人の手と思想が驚くばかりに仕立て上げたすべてがそこにはある。最初の購入の一部始終は読者もすでにご存じの通りだが、それが後々どうなるのか、如何なる運不運が待っているのか、さらに難題ともなる障碍を如何に解決し克服するのか、大物たちは如何にして立ちはだかってくるのか、広大なる物語を支配する秘められた梃子は如何にして動き出し、この先に広がる地平は如何なるものか、如何にそのすべては悠然たる叙情の流れを見せるのか、ご覧頂くのはまた後ほど。この先もなお長い道のりが中年の紳士、独身男子の乗るブリーチカ、召使いのペトルーシカ、馭者のセリファン、そして、すでにご存じの〝委員〟という渾名持つ馬から役立たずの斑馬にまで至る馬のトロイカ（三頭立て）よりなる旅の一行には待ち受けている。かくして、以上ご覧に入れたのがわれらが主人公の全貌、その何たるかである！　しかし、極めつけにひと言必要であろう。つまり、道義的な資質において彼は如何なる人物であるのか？　完璧さと徳に充ち満ちた主人公ではない、これは明らかである。ならば一体何者なのか？　さては、卑劣漢ということか？　どうしてまた卑劣漢などと、なぜそこまで他人にきつく当たる必要がある？　当世わが国において卑劣漢などいやしない、いるのは善良にして好感持てる者たちばかり、皆の面汚しとして衆人環視の中、その横っ面にびんたをお見舞いしてもよさそうな者が見つかろうとて、それも二人か三人くらいのもので、その連中にしてからが今や善行について語るほどなのだ。われらが主人公の呼び方として一等公平なのは、主人、儲け人。儲けること——ここにすべての罪があり、この儲け仕事を世間さまは**さほど清廉潔白とはいえぬもの**などと名付く。確かに、この手の人品には何か人を撥ねつけるものがあるし、今後の人生行路においてかかる仁と懇意となり、交流深め、愉しき時を過ごすこともあろう当の読者も、その仁がドラマやポエムの主人公であると知るや不信の目で見始めるものだ。されど、賢明なる者は、如何なる人品も毛嫌いせぬとはいえ、その人となりを穿った目で見ては、そもそもの原因まで知り尽くすものである。忽ちにしてあらゆることが人間の中では変容し、あっという間にその内側に恐ろしき蟲が成長を遂げ、独裁者然として活力となる液をば悉く吸い寄せ、自分のものにしてしまっている。またこれまで一度ならず、大いなる熱狂ばかりか、ちっぽけなものに対する詰まらぬ情熱までもが、本来偉業のために生を享けたものの中で幅を利かせ、偉大にして神聖なる義務を忘却させ、詰まらぬ子供騙しのうちに偉大にして神聖なるものを見せてきた。浜の真砂のごとく無数にあるのが人の情熱というもの、一つとして他に似通ったものなく、そのいずれもが、卑賤なるものも崇高なるものも、当初は人に付き従ってきたのに、やがてはその恐るべき支配者となる。幸いなるはあらゆる情熱の中でも崇高なるものを自らに選びとった者、一時間ごと一分ごとに計り知れぬその至福は成長し、何倍増もし、果てしなき自らの魂の天国の奥へ奥へと深く入り込んでいく。だが、人の手に依って選び取れぬ情熱というものがある。すでにしてかかる情熱は人がこの世に生を享ける瞬間に誕生しており、そこから免れることは許されない。天上の素案にかような情熱は導かれ、その中には何か絶えず呼びかけ、生涯通じて鳴り止まぬものがある。地上の大いなる舞台の定めはこれをもって全うすること。それが陰鬱なる姿であるか、この世を歓喜さす輝かしき現れとなって過ぎ去りゆくかに相違などなし——それぞれ同じくかかる情熱は人知の及ばぬ幸いのために召喚される。またひょっとすると、まさしくこのチーチコフ自身の情熱も彼を誘(いざな)いながらもすでに彼に依らぬもので、またその冷たき存在はやがて天界の智慧の前に人を屈服させ、跪かせるものを含み持っているのやもしれぬ。そして今もって謎なのは、何故にこの人物像がここに日の目を見んとするポエムに現れ出たかということだ。

だが、辛いのは主人公に対して不満を持たれることではない、辛いのは、まさしくこの主人公、まさしくこのチーチコフに読者諸氏も定めしご満悦であろうという抗い難き確信が魂の奥深くで息づいていることなのだ。作者が主人公の魂の奥底をさらに深く覗き見ず、その底にあって光を擦り抜け、身を潜めるものを覚醒させず、如何なる人にも打ち明けぬ秘めに秘めたる思いを暴露せぬまま、彼を町全体、マニーロフ、その他の人間たちに映ったままにご供覧すれば、皆、喜色満面に溢れ、彼を興を覚える人物だとも看做そう。別に、彼の顔もその全貌も生きているように目の前を駆けずり回る必要などない、ただその代わり、読後は魂も何ら不安に掻き立てられることなく、またぞろロシア全土を慰むカード遊びのテーブルに足を向けられるのだ。如何にも、わが善良なる読者諸君よ、暴露された人品の貧しさなど見たいとも思われないはずだ。どうして、と読者諸氏はおっしゃられるわけだ、何のために？ と。われわれ自身、軽蔑すべきことや愚劣なことが人生に一杯あるのを知らないとでもいうのか？ またそうでなくとも度々目にするのは全く心の慰めにもならんものばかりじゃないか。どうせなら、素晴らしい、魅力あるものを見せて欲しいんだ。どうせなら、束の間でも自分のことを忘れさせてくれ！と。「何でまた兄弟、お前さんは儂にだよ、経営が散々だとかって話をするんだい？――と地主は番頭に言うわけである。――儂はな、兄弟、そんなことお前さんに言われなくったって百も承知だし、それに大体お前さんには他に話題ってのがないのかね？ 頼むからそいつはちょっとの間忘れさせてくれ、そいつは知らないってことにしてくれ、そうなりゃ儂は幸せなんだから」して、ここに来て多少なりとも状況を改善してくれよう金銭は自己忘却に向けた様々な手段に投じられることとなる。眠りを貪るこの頭もあるいは巨大な金脈を掘り当てたかもしれぬのに、やがて領地はバンと一撃競売で叩き売られ、地主が己を忘れる物乞いの旅に出た時の心根たるや、かつては怖気を感じたであろう卑しき行いも、窮すれば吝かならずといったものなのだ。

　さらに作者に対して非難が寄せられてくるのはいわゆる愛国者の側からで、それぞれ隅っこでのほほんと腰を落ち着け、全くもって無関係な仕事に就かれながら、他人を出汁にして己の身を固めては小金を貯めておられる方々なのだが、しかし、何か、この御仁らの意見では、祖国を貶めるようなこと、時として苦々しい真実の述べられた書物などが世に出るや否や隅々から蜘蛛さながらに走り出てきて、蜘蛛の巣に絡め取られた蠅を目にするやにわかに大声を上げる。〈こんなもの世に出して、こんなことを高らかに知らしめていいとでも思っておるのか？ 大体、ここに書かれておるものはどれもこれも全部われわれのことなのだぞ――こんなことが罷り通るとでもいうのか？ 外国人が何と言うと思う？ 自分たちのことを悪く言われて愉しいとでもいうのか？ 痛々しいと思われているのではないか？ われわれは愛国者ではないと思われているのではないか?〉かかる賢明な、とりわけ外国人の意見に関する所見に対しては何ひとつ適当な返答が浮かばぬのが正直なところ。次のような例外くらいなものだ。昔、ロシアのとある辺鄙な一角に二人の住人が住んでおった。片や一家の長、その名もキーファ・モキエーヴィチ、人となりは温厚なものの、その生活たるや投げやりなものであった。家族のことなど顧みず、その眼目はむしろ思弁的なものに向けられ、彼が哲学的問題と呼んでいた次のような問いに忙しかった。「そう、例えば獣、――と彼は部屋の中を歩きながら言うのだ、――獣というのは裸で産まれてくる。でもどうして裸なのか? どうして鳥みたいじゃないのか、どうして卵を破って出てこないのか? 何とも、そのぉ、あれだな。自然っていうのはその奥に入っていくほど分からんものよな!」こんな風に考えるのが住人キーファ・モキエーヴィチであった。だが、これが肝心なのではまだない。もう一人の住人にモーキィ・キフォーヴィチという彼の実の息子がいた。この息子はルーシではボガティーリ（豪傑）と呼ばれる存在で、父が獣の誕生のことで大忙しという時、二十歳の肩幅広い彼の本性はとどまることなき開花を示していた。何事にも容赦するということを知らなかったのだ。いつだって誰かの腕をへし折ったり、たん瘤を誰かの鼻の上に作ったりするのだから。家や近所にいれば、屋敷の下女から屋敷の犬に至るまで、皆、彼を見るなり逃げるわ、寝室にある自分の寝床すらバキバキに壊してしまうのだった。こういうモーキィ・キフォーヴィチではあったものの、実は優しい心の持ち主であった。だが、これが肝心なのではまだない。肝心なのはまさしく次の点にある。「頼むよ、親父さん、旦那さま、キーファ・モキエーヴィチ、――と家長に対して身内も屋敷の使用人たちも言うのだった、――一体どうなってんだい、あんたんとこのモーキィ・キフォーヴィチは? あれじゃ誰ひとり落ち着いてはいられないよ、いい加減うんざりだよ!」――「いやぁ、ありゃ浮かれとるんじゃ、浮かれとるんじゃよ、――とこれに対して家長はいつもの調子で答えた、――それに今更どうしろっていうんだ。あいつと喧嘩するなんぞ手遅れだし、そうしたところで残酷だとかいって皆、儂を責めるんだろうがな、けど、野心のある男だからな、あいつを人前で二、三度咎めてなんかみろ、しょんぼりしちまうし、しかもそいつがバレてみろ、そうなりゃ最悪だ！　町じゅうに知れ渡って、あいつは犬呼ばわりされちまう。何を思われるか分かったもんじゃないよ、見ていて痛々しくないか？　ってな。これでも儂は親父か？　ってな。哲学をやってて時たま時間がないからって、儂が親父じゃないってことになるか？　いやいや、とんでもない話だよ、親父さ！　親父に決まってるだろう、親父だよ！　儂のモーキィ・キフォーヴィチはここにいるさ、この心ん中にな！――この時キーファ・モキエーヴィチはかなり強く拳で胸を叩くと、すっかり興奮してしまったのである。――もしあいつが犬のままってことになってもだ、それが知れ渡るのも儂のせいじゃじゃないぞ、あいつを裏切ったのは儂じゃないからな」して、このような父としての心情を吐露してからというもの、モーキィ・キフォーヴィチにはその後も豪傑らしい偉業を続けさせ、自らは再びお気に入りの問題に取り組み始めると、突如何か次のような問いかけを自らにしたのである。「でも、もし象が卵なんかで産まれたりしたら、そんな殻なんてきっとやたらに分厚いものになるし、大砲でもぶち破れないから、何か新しい銃器を考え出さなきゃならんぞ」こんな風な暮らしをのどかな片隅で送っていた二人の住人、ふと窓から外を覗くみたいにしてわれらがポエムの最後にひょこんと顔を出したわけだが、こうして顔を出したのは、ささやかながらもお答えしようと思う非難を向ける一部の熱狂的な愛国者たちというのが、今まではじっと黙って何かの哲学に取り組むか、好きで好きでたまらぬ祖国の出費で利子を増やすかして、考えていることといえば、間違ったことはよそう、ではなく、自分たちが間違ったことをしているのはとにかく口にしないでおこう、ということばかりの連中だからだ。だが、誤解してはいけない、愛国主義だの、一番大事な気持ちだのといったものがこの非難の原因などではない、これとは違うものがそこには隠されているのだ。なぜその言葉を隠すことなどあろう？　誰が一体、作者を措いて、穢れなき真実を述べねばならぬのか？　貴方がたは深く突き刺してくる視線を恐れておられる、貴方がたご自身が何かに対して深い視線を向けるのを恐れておられる、貴方がたはすべての上を無思慮の目で滑ることを好んでおられるのだ。貴方がたは心の底からチーチコフのことをお嗤いになられるであろうし、もしかすると、作者へのお褒めとしてこうおっしゃるのではなかろうか、「それにしてもよくもまあ目敏いことだ、きっと愉快な御仁に違いない！」と。して、こういった言葉のあとに倍増した自尊心でもって自らと向き合い、独り善がりの笑みが貴方がたのお顔に浮かぶと、こう付け加えられるのだ、「だってそうじゃないか、ほんとに変わってる滑稽な連中が一部の田舎町にはいるんだから、しかもその卑劣な奴らにしたって大したもんだよ！」 貴方がたの中でも、キリスト教的な謙遜(へりくだり)の心に満ちた者ならば、口に出さぬとも沈静のうちに独り、孤絶の中で自らと向き合う時、己の魂の奥深くへとこのような重い問いかけをするのではなかろうか、〈自分の中にもチーチコフ的なものはないだろうか？〉と。勿論、そうしないわけがない！ だが丁度その時、目の前にどこその顔見知りで、官位もさほど高からず、さほど低からずの仁が通り過ぎてみろ、そのそばから自分のすぐ隣にいた者を肘で小突いて、嗤いで鼻を鳴らしそうになりながらこう言うのだ、「見ろ見ろ、ほらチーチコフだぜ、チーチコフのお出ましだぜ！」と。そして、まるでガキみたいに、称号と年齢に相応しい行儀作法のことなどすっかり忘れて追いかけて行き、後ろから茶化しながらこんな冷やかしを浴びせるのだ、「チーチコフ！ チーチコフ！ チーチコフ！」

しかし、われわれはあまりに大仰な話をしだしたものだから、われらが主人公の物語を語っているあいだ眠りに就いていた彼がすでに目を覚ましており、頻繁に繰り返される自分の苗字が彼の耳に簡単に入ってしまうことなどすっかり失念しておった。彼という人物は怒りっぽく、自分の話に敬意が感じられないと臍を曲げてしまうのだ。読者にしてみると、チーチコフから腹を立てられようが立てられまいが平気の平左であろうが、作者にしてみると、如何なることがあろうとも自らの主人公と仲違いしてはならぬものなのだ。何しろ、まだこの先には二人手を取り合って進んでいかねばならぬ道が沢山あるわけで、二つの大部がこの先には待っているのだから――これは些細な事ではない。

――おいおい！何やってんだ？――とチーチコフはセリファンに向かって言った、――聞いてんのか？

――何ざんしょう？――とセリファンはだらだらした声で返事した。

――何ざんしょうってどういうつもりだ？　鵞鳥じゃねえか！　何て走り方してるんだ？　さっさと走らせるんだよ！

確かに、セリファンはかなり前から目をしょぼつかせては、時折ただ眠気まなこで同じようにうつらうつらしていた馬たちの脇腹に手綱をぺしんぺしんと打ち当てていて、ペトルーシカは被っていた鍔帽をどこかで吹き飛ばされていて、本人さんは後ろにそっくり返った頭をチーチコフの膝に突っ込んでいたものだから、チーチコフの方はデコピンをお見舞いせねばならなかった。セリファンは気を取り戻すと、何度か斑馬の背中に鞭を入れ、か細い歌うような声で「怖がらんでいいぞぉ！」と言ってやった。馬たちは目を覚まし、羽毛のように軽いブリーチカを引っ張りだした。セリファンは鞭をただ振り回しながら「はい！　はい！　はい！」と叫んでは馭者台の上でふわんふわんと跳び上がり、そのたびにトロイカは坂を駆け上がったり一気に駆け下りたりするのだが、こういった坂を至るところに鏤めた里標道路はほとんど見た目には気づかぬ勾配で下に向かって伸びていた。チーチコフはただ笑みを浮かべながら革のクッションの上で軽くぴょこんぴょこん跳ねていた、というのも早駆けが好きだったからである。どこのロシア人で早駆け好きでない者などいようか？　きりきり舞いにどんちゃん騒ぎをしきりに願うあの魂が時に「くたばりやがれ、何もかも！」などと言うとでも――あの魂は早駆けが好きではないとでも？　我を忘れさす不思議な何かを感じさせるこの早駆けを愛さずにおれようか？　あたかも、未知なる力の翼に掠め取られたかのごとく、汝は自ら飛翔し、すべては飛んでいくのだ。里標は飛び去り、前方からの幌橇の馭者台に坐る商人は飛び去り、両脇の森は暗い列なす唐檜（とうひ）と松の林、鳴り響く斧の音と鴉の叫びとともに飛び去り、道はどこへ消え失せるとも知れぬ彼方へ飛び去り、また何か恐るべきものがこの瞬く間に現れては消えゆくものの閃きのうちにはある、――頭上にあるのはわずかに空のみ、そして軽やかな雨雲、そして雲間裂く三日月、こればかりが不動であるかのごとく。嗚呼、トロイカよ！ トロイカ鳥よ、誰が汝を考え出した？ 思うに、わずか威勢ある民においてのみ汝は生まれ得たのだ、その地はおふざけを好まず、滑らかに斑なくこの世の半分まで広がりおおせたのだ、さあ行って里標を数えるがよい、汝の眼がちらつきだすまで。また、手が込んでるとは思えぬ旅の装備を締め上げたのは鉄の螺子にあらずして、急なやっつけの斧一本に鑿だけで、装備を揃えて組み立てたのはヤロスラーヴリの機敏なムジーク。ドイツ製のボトフォルトを履かぬ馭者見れば、顎鬚にミトン、何に坐っているのやら分かったものか、立ち上がるや腕振り回し、声引き伸ばして歌吟じだす――馬たちは疾風のごと、車輪の輻たちは混ざりに混ざって一つの滑らな円となり、微かに道は揺れ、驚きの声上げたのは足止めた往来――して、彼方へと駆けて、駆けて、駆けていく！……して、すでに遥か彼方に見えるのは何ものかが砂塵を巻き上げ、錐揉みを大気に穿つところ。

　汝もまた、ルーシよ、威勢ある追い越し難きトロイカの如く駆け行くのではあるまいか？ 汝の下で道は煙を巻き上げ、橋は轟きを上げ、すべては遠ざかり、後尾に取り残されゆく。神の業に茫然として立ち止まる観照者はこう思念しよう、あれは空より振り落とされた雷槌ではなかろうか？ 恐怖呼び起こすこの躍動は何を意味する？ また、世に知られざるこの馬たちの持つ未知なる力とは一体何ぞや？ と。嗚呼、馬よ、馬たちよ、何たる駿馬であることか！ 竜巻でもお前らの鬣の中にはあるというのか？ 何ひとつ聞き逃さんとでもいうのか、その青筋立てる火照った耳は？ 聞こえ始めた高みからの馴染みの歌に、睦まじく赤銅の胸板を同時に張り詰め、蹄は大地におよそ触れることなく、伸びた一つの線となって宙に浮かび上がって、神からの霊感を総身に受けて疾駆するのだ！……ルーシよ、汝はされど何処へ向かう？ 答えておくれ。答えてくれぬ。妙なる鐘の音に辺りは満たされ、唸りを上げて千々引き裂かれた大気は風と化し、万象の前を走り過ぎんとする時、ちらと横目に身を躱すのはルーシに道譲らんとする異境の民と外つ国の姿なり。

第二巻

第一章

　どうしてまたこれ見よがしに、われらが生の貧困と悲しき未熟を曝け出そうとして、僻地なり辺境の路地にいる連中を穿(ほじく)り出したりするのか？　どうしようもないではないか、書き手はそもそもそういう手合いなのだし、すっかり自らの未熟に病んでしまって、その才能にしたところでわれらが生の貧困とその悲しき未熟を僻地なり辺境の路地の連中を穿り出して描くことにあるのだから！　して、またぞろわれらが入り込んだのは僻地、またぞろ突き当たったのは路地であるのだ。

　その代わり、また何たる僻地、何たる路地であることか！

　千露里余り続く曲がりくねった丘陵。果てしなき城塞の巨大な土塁さながらに平原の上を盛り上がるその丘陵は時に黄ばんだ落ち窪となれば、その姿は壁となって雨裂と轍の筋を走らせ、時に緑の丸い出っ張りとなればそれを子羊の鞣し革のように覆うのは伐り取られた木から伸びる若い灌木、また仕舞いに暗い森となれば斧を免れて今もって健在の姿を見せていた。川は時に、己の高い岸に従順なままに、その岸とともにあらゆる場所でうねりくねりを見せ、時に岸から牧場へと遠ざかり、さらにその先で幾度か湾曲し、太陽を前に火焔のごとく煌めいたかと見れば、白樺、山鳴(やまならし)、榛の林に身を隠し、そこから意気揚々と走り出てくる時に連れ添う橋、風車、堤は、まるで角を曲がるごとに川のあとを追いかけているかのようであった。

　ある場所になると急勾配の丘陵の横腹が他のどこよりも切り立ち、すっぽりと下から上まで密生する緑樹に身を飾っていた。ここでは何もかもが一緒くたで、楓も、梨も、小柄な金雀枝(えにしだ)も、群雀(むれすずめ)も、白樺も、唐檜[96]も、忽布(ホップ)に巻き付かれた七竈も、それにここで……ちらついていたのは主(あるじ)の館の赤い屋根、後ろに隠れていた百姓小屋の馬飾りと棟櫛(むねぐし)、それに主の館の建て増した上階、またこういった次々と重なる木々と屋根の上には古めかしい教会が自らの五つの閃く天頂を掲げていた。すべての天頂にある金色の刻目入りの十字架は同じく金色の刻目入りの鎖で円屋根に固定されていて、遠くから見るとまるで宙ぶらりんのまま何にも固定されぬ黄金が輝いているかのようだった。そしてこの重なり合う木々や屋根が教会とともに上下真っ逆さまにして映しだされている川、そこには絵に描いたような醜い老柳があり、岸辺に立っているものがあるかと思えば、すっかり水の中に入ってしまって枝も葉っぱも水に浸かっていたものもあり、それはまるでそこに映る姿を長い生涯ずっと見飽きることなく見入ってでもいるかのようであった。

その眺めは実に良い目の保養だったが、上から下への眺め、館の上階から平原と遠方への眺めはさらに素晴らしいものであった。無関心のままバルコンで立ち続ける来客や訪問者などは一人もいなかった。客人は胸をぐっと摑まれると、ただもう「神よ、何とここは広々してるんだ！」と口走るしかなかった。空間は無限の広がりを見せていた。木立や水車の点々とする牧場を越えたところで緑や青に萌える森たちはまるで数多ある海か、遥か一面に広がり漂う霧のようであった。その森たちの向こう、霞む大気を突き抜けたところに黄色く見えたのは砂地。その砂地を越え、櫛状となって遥か彼方の蒼穹に横たわっていた白亜の丘陵、その白の輝きは悪天ですらも目が眩むほどで、まるでその丘陵を永遠の太陽が遍く照らしてでもいるかのようであった。ここかしこで丘陵の表面には煙を上げる軽やかな霧がかった鳩羽色の斑点があった。それは彼方にある村々だったのだが、もはや人の目で確と見分けることの出来ぬものだった。ただ、火花のごとく閃きを見せた金色の教会の天頂が教えてくれたのは、そこが人口の多い大きな村落だということだった。そのすべてを包み込む静寂は搔き乱すことの叶わぬもので、耳元まで届いてくるほど大気を満たしていた大空の歌い手たちの木霊ですら目覚めさせることはなかった。要するに、無関心のままバルコンで立ち続ける来客や訪問者など一人もおらず、二時間ほど観照してからもやはり客人は最初の瞬間と同じ感嘆の声を上げたのである、「天界の諸力よ、何とここは広大なのだ！」と。

誰であったのか、難攻不落の城塞さながらにここからは近寄ることも出来ず、別の方向から平原、畑、そして遂には、絵に描いたように緑の上に疎らに点在して広がる樫林を通ることで百姓小屋と主の館まで肉薄せねばならなかったこの村の住人とは？　誰であったのか、この村の住人、主人、そして領主とは？　如何なる果報者がこの辺境の路地を所有していたのか？

それはトレマラハンスク郡の地主アンドレイ・イヴァーノヴィチ・テンテートニコフ、弱冠三十三歳の旦那にして十等文官、独身者の所有するところであった。

果たして如何なる人物であったのか、如何なる気性、如何なる持ち前、また如何なる性格をばこの地主アンドレイ・イヴァーノヴィチ・テンテートニコフは持ち合わせていたのであろうか？

無論、ご近所さんにあれこれ訊いてみる必要がある。そのご近所さん、焼き討ち船のようにすぐカッとなる退役佐官を歴代の家系に持つのだが、彼については「超天然のチクショーさ！」と実に簡潔に表現してくれた。十露里先の将軍殿は、「あの若いのは、お馬鹿さんではないがね、かなり頭が固いときてるな。私なら彼の役に立つんじゃないかな、何しろ、私にはペテルブルクにもね、あとそれに……」将軍殿は言葉を最後まで言い切ることはなかった。郡警察署長の発言は次の通り。「だって、あいつの位なんぞクズみたいなもんだろ、それはそうと、明日にはあいつのところに未納金を取りに行くことになってってね！」地主の村のあるムジークは、旦那がどんなお方かという問いには何ひとつ答えなかった。要するに、彼をめぐる世間の評判はこれ芳しいというより、芳しくないと言ったほうがよさそうである。

一方、その中身からするとアンドレイ・イヴァーノヴィチは善くもなければ、邪でもなく、ただ天に向いて煤を吐いてるだけののらくら者であった。すでにこの地上では天に煤吐く者も大勢いるのであれば、テンテートニコフだって同じように煤を吐いても構わぬではないか？というわけだ。尤も、以下のように若干の言葉でもって彼の日課を全部表したものがあるので、それをご覧になって読者ご自身、彼が如何なる性格の持ち主であるか判断して頂きたい。

朝、目が覚めるのは非常に遅く、体を起こしてもまだしばらくはじっと寝台に坐ったまま目を擦っていた。その目は生憎随分ちっちゃく、そのため、擦るとなると途轍もない時間がかかった。そのあいだじゅうずっと扉口にはミハイロという男が手洗い器とタオルを持って立っていた。この不憫なミハイロ、そこに一時間、二時間と立ち続け、そのあと台所に向かってからまた戻ってくるのだが――旦那は未だに目を擦ったまま寝台に坐っているではないか。ようやく寝台から立ち上がると、顔を洗って、ハラート羽織り、客間に出て来てお茶、珈琲、カカオ、搾りたての牛乳まで飲むのだが、どれもこれもチビチビ啜り、パンは惜しげもなくぼろぼろ砕き、至るところをパイプの灰で汚してしまう恥知らず。二時間ものあいだお茶を前に坐り続けるも、それでは飽き足らぬといった様子。もう一杯冷たいコップを手にし、それを持って向かった先は中庭の見える窓。窓辺で毎度繰り広げられたのは次のような光景であった。

先ず怒鳴り声を上げたのは無精ひげ姿の軽食堂屋のグリゴーリィで、ペルフィーリエヴナという鍵守女に向かってこんな言葉を浴びせかけるのである。

――肝っ玉のちっちぇえ小地主だぜ、この役立たずが！　お前みたいに腐った女は黙ってりゃいいんだよ。

――あんたの言う通りになんてするもんかい、この口卑しい奴め！――と声を張り上げたのは役立たず、あるいはペルフィーリエヴナ。

――大体、お前とは誰ひとり馬が合わねぇんだよ、まあ、番頭とはお似合いだがな、このぉ納屋のガラクタが！――と怒鳴ったのはグリゴーリィ。

――番頭なんてさ、あんたとおんなじ盗っ人じゃないか！――役立たずは村じゅうに響き渡るほどの声を張り上げた。――あんたら二人とも呑んだくれで、主人の身上潰すつもりなんだろ、この底なしの樽腹が！　旦那がご存じないとでも思ってるのかい？　旦那ならここにいらっしゃるんだよ、あんたらのことなら聞こえてんだから。

――どこに旦那が？

――ほら、窓辺に坐ってなさるよ、全部お見通しさ。

如何にも、旦那は窓辺に坐って一部始終を見ていたのである。

この締めくくりに当たって、馬鹿デカい声を上げていた使用人の子は母親からバチンと一発お目玉食らい、ボルゾイの雄は地面に尻着けキャイーンと鳴いていたが、これは台所から顔覗かせた料理人に熱湯を浴びせかけられたからだ。要するに、あらゆるものが声を上げ、きんきんきゃんきゃんと耐えられぬほど泣き叫んでいたのである。旦那は未だにずっと外の様子をぼんやり見たり聞いたりしていた。そしてようやく、この状態が旦那の無為を邪魔するほど耐えられなくなった頃、外に遣いをやって、騒ぐのならもう少し静かにやってくれと頼むのであった。

昼食の二時間前、アンドレイ・イヴァーノヴィチは自分の書斎に下がると、真剣かつ実際的な仕事に取り掛かった。その仕事は確かに真剣そのものだった。それはすでにずっと前から練りに練られてきた著作をさらに熟考することだった。この著作というのはロシア全土をあらゆる観点から包括するはずのもの――民生、政治、宗教、哲学といった観点から、時代がロシアに突きつける困難な課題や問題を解決し、その大いなる未来を明確に見定めようというもの――要するに、大著となるべきものだった。しかし、これまでのところは熟考するだけに終わり、鵞ペンは先が齧られて駄目になり、紙の上に現れるのは落書きばかり、そしてしばらく経つとこの書き仕事も全部そっちのけ、その代わり手に取るのは書物で、そうなるともう昼食の時間まで手放すことがなかった。この本を読む時はスープ、ソース、熱い肉料理、さらにはケーキと一緒なので、他の料理はお蔭で冷めてしまって、ものによれば全く手も付けられないままだった。そのあとに続いたのが珈琲を啜りながらのパイプ吹かしで、そのあとは独りでやるチェス遊び。そのあと夕食までのあいだ何が行われていたのやら――これればかりはしかし、もはや言葉に窮するところ。多分、ただ単に何ひとつ行われていなかったのではなかろうか。

まあこんな感じで時を過ごしていたのが独りぼっちをこの世に託つ弱冠三十二歳の御仁、出不精の引き篭もり、ハラートのまま、ネクタイもなし。外で遊ぶ気になれず、歩いて回る気になれず、いざ立ち上がり、遥か彼方の景色を打ち眺める気にもなれず、窓全開にして新鮮な空気を部屋へ入れようなどという気にもなれず、また、無関心のまま眺める客人などあり得ぬ村の明媚なる風光も当家の主人にとってはまるで存在せぬも同然だった。

　この日誌から読者は、アンドレイ・イヴァーノヴィチ・テンテートニコフがルーシに多いぐず、ものぐさ、ぐうたら等々の名で呼ばれる連中の一党に属していたことはお分かりになるはず。

　こういった類いの人品はもはや勝手に生まれてくるのやら、はたまた後々作られていくのやら、これにはどう答えるべきであろうか。思うに、どうせなら答えを出す代わりにアンドレイ・イヴァーノヴィチの幼年時代とその育ちをお話した方が良かろう。

　幼い頃の彼は悧発で才気に溢れる少年で、快活かと思えば、物思いに耽るところもあった。幸か不幸か、彼の入った学校の校長というのが、その奇抜さにもかかわらず、ある種並外れた人物であった。アレクサンドル・ペトローヴィチにはロシア人の本質を感じ取る才覚があり、その語るべき言葉というものを熟知していた。しょぼんと肩を落として彼の元を去るような子供は一人もいなかったばかりか、むしろ逆に、こっぴどくお咎めを受けたあとでもどこか力が漲るのを感じ、自分の仕出かした悪さや不正を贖いたいと思うのだった。彼の教え子たちが群れているところなど、見た目にはひどく腕白、奔放、快活だったものだから、他人からすれば締りのない、抑制の利かぬ駄々っ子に見えたかもしれない。だが、そうなると欺かれていることになろう。何しろ、一人の人物の権能がこの駄々っ子には犇々（ひしひし）と感じられたからだ。悪ふざけや悪戯をした上で、自分から校長の元へ来て自らのおふざけを包み隠さず話さぬ子供など一人もいなかった。子供たちのちょっとした心の動きも彼にはお見通しだった。すべてにおいて彼の行動は並外れていた。常々口にしていたのは、何よりも先ず人に野心というものを呼び覚まさねばならぬということ――この野心を彼は人を前へ突き動かす力と呼んでいた――これなしには人をして事に当たらせることは出来ないというのだ。多くのおふざけや悪戯を彼は全く抑えることがなかった。最初のおふざけに心の発達するきっかけを見出していたからだ。これが彼に必要であったのは、果たして何が一体子供に秘められているのかを目にするためだったのだ。こんな具合に頭のいい医者というのは時に生じる発作や体に表れ出る発疹を静観したまま、根絶するのではなく、じっくり注視してその人間の内部にあるものが一体何なのかを見極めようとするのである。

彼の元にいた教師の数は多くなかった。教科の大半を校長自身が担当していたからだ。また、本当のところを述べておかねばならぬが、学者ぶった用語なり、大袈裟な意見や見解なり、若手教官が好んで使うところの気取りの道具などなしに、彼は言葉少なに学びの心とは何たるかを伝えることが出来たものだから、まだ幼い子供でもまさしくそれが、学ぶことが必要だということがはっきり分かるのだった。校長の考えは、人に一番必要なのは生きることを学ぶことであり、それが分かった者はその時、何から自分は率先してやらねばならぬかが自ずと分かる、というものであった。

この人生の学びを校長は個別に教程の一科目として設け、それを受講出来たのは優等生だけであった。能力で落ちる子供たちは最初の教程で切り上げて奉公に出したが、これは彼らを苦しめるべきではないという考えからだった。尊大さやその他諸々を身につけることもなく、忍耐強くなり、勤勉に職務を遂行出来る人物になったのであれば、それで彼らには充分だ、というわけだ。「しかし、頭のいい子たち、才能豊かな連中たちはね、長いあいだ構ってあげる必要があるんですよ」——と常々彼は言うのであった。そして、この教程でのアレクサンドル・ペトローヴィチ校長は全くの別人となり、開口一番声高らかに、これまで私は君たちに尋常な頭脳というものを求めてきたが、これからは高等な頭脳を求めることになる、と宣言するのだった。それは馬鹿を冷やかしてみたり、嗤ったり出来るような頭脳などではない、あらゆる屈辱にも耐え、馬鹿など袖にすることも出来、しかも苛立たずにいられる頭脳というわけだ。ここで校長が求めたのは、他の連中が子供たちに求めているようなことだった。これこそは彼が呼ぶところの頭脳の高等な段階であった。どんな悔しい境遇にあろうとも、ここ一番の冷静沈着を保ち、その状態で人は泰然自若としていなければならない、——これこそが校長の頭脳と呼んだものであった！この教程でアレクサンドル・ペトローヴィチは、まさしく人生の学びを知悉していることを示した。教科として選ばれたのは一介の人間から故国の一市民を形成するに能うものだけであった。講義の大半は、国務と私的な務めのあらゆる分野や段階でこの先何が待ち構えているかについての話だった。この先の道に立ち塞がるあり得る限りの不愉快と障碍、その先に控えているあらゆる誘惑や甘い囁きを校長は子供たちの前で赤裸々に、隠し立てすることなくまとめて披瀝した。校長はすべてに精通し、まるで彼自身あらゆる官職なり役職に就いていたかのような話しぶりだった。要するに、こうして彼の子供たちに披瀝したものは決して薔薇色の未来などではなかったのだ。何とも奇妙な話ではないか！ 野心がもはや強烈なまでに子供たちのなかで掻き立てられてでもいたからだろうか、それとも、この並外れた教師のその目には若人に向かって〝前進！〟とでも言うような何かがあったからなのか――この言葉はちなみにロシア人に対してはとにかく奇跡をもたらすのだ、――その理由はいざ知らず、若人たちは最初の最初から困難ばかりを追い求め、とにかく辛い、普段以上の精神力を示さねばならぬところでばかり好んで力を発揮しようとするのだった。どうやら生真面目なところが連中の生活にはあった。アレクサンドル・ペトローヴィチは彼ら相手にあらゆる実験、試験を施しては、自らその気分を逆撫でしてみたり、若人同士にそうさせてみたりするのだが、これにもすっかり馴染んだ彼らはさらに慎重になるのだった。この教程を修了した者は多くなかったが、この少数というのが強者で、百戦錬磨の連中だった。公務に就いた彼らは最も不安定な立場にあっても耐え抜いたのに対し、彼らよりもずっと出来のいい多くの者たちは根気がもたず、下らない個人的な厄介事を理由に職を辞めたり金輪際奉職から離れるか、知らぬ間に収賄者やペテン師たちの手に落ちてしまうのだった。だが、アレクサンドル・ペトローヴィチの教え子たちは少しも足元が揺るがなかったばかりか、人心の何たるかを熟知していたものだから、収賄者や下衆な連中にまで道徳的に強い感化を与えたのである。

ところが、この教えを試みるも、アンドレイ・イヴァーノヴィチには叶わなかった。この高等な教程へと優秀者の一員として移籍することが言い渡された矢先の話、突如不幸にあってしまったのだ。つまり、好意あるひと言のみで彼を歓喜に打ち顫わせたあの稀に見る指導者が急死してしまったのである。

学園内のすべては一変してしまった。アレクサンドル・ペトローヴィチの後釜となったフョードル・イヴァーノヴィチは、好人物で努力家ではあったものの、全く物事に対する見方が違っていた。一年生の子供たちが見せる勝手気儘な態度が彼にはどうも手に負えぬものと映ったのだ。子供たちを外から列に分け、小さな子供たちには無言のまま静かにしていることや、如何なる場合であろうと二人組でしか歩かぬよう指示したのである。しかも自ら一組一組のあいだを尺で測ることまでしだしたのだ。席順にしても見栄えよくしようと全員を成績順ではなく身長順に並べたため、アホには美味しいところが回り、出来のいい連中には食いさしが回ってしまうのだった。こういったことでぶつぶつと不満の声が漏れ始めたのはまさしく、新任校長が前校長とまるで真逆に、私には頭脳だとか学業優秀といったことは何の意味もないことで、見ているのは態度だけです、もし勉強が出来なくても素行がよければ、そういう人のことを出来る人よりも好みます、と公言した時のことであった。しかし、まさにこのフョードル・イヴァーノヴィチが自ら目指していたものを手にすることはなかった。悪戯が密かに開始されたわけだが、これはご存じの通り、あけっぴろげなものよりも質が悪い。すべてが直立不動の昼間に対し、夜はどんちゃん騒ぎとなったのである。

教え方の点で彼は何もかもひっくり返してしまった。これこそ良かれという思いで彼はあらゆる改革を断行したのだが、どれもこれも的外れなものばかり。呼び寄せた新たな教師が携えてきたのは新たな視点や新たな見解であった。授業は小難しく、聞き手に対しては新たな用語や言葉がこれでもかと浴びせかけられた。論理の流れも明快で、新たな発見にも気配りしてはいたものの、しかし如何せん！　ただ教えること自体に命が欠けていたわけだ。こういったすべてが、ようやく物事の分かり始めた聴講者たちの目の前では死んだもののように映りだしたのだ。何もかも裏と表が反対になってしまったのだ。だが、何よりもひどかったのは、目上の者や権威というものに対する敬意が失われてしまったこと。指導者のことも、教師のことも嘲笑の的となり、校長のことをフェーチカだの、白パンだの、その他様々な名前で呼び始め、挙句には大勢の除籍者、退学者が出ることとなってしまったのである。

　アンドレイ・イヴァーノヴィチの気性は大人しかった。同輩たちが厳しい監視を掻いくぐって情婦を侍らせた乱交（オルギア）――情婦一名に対して八名――にも参加しなければ、校長が教会へ足繁く通うよう促したところ、ひどい聖職者に当たったばっかりに、神を冒瀆し、宗教そのものを嘲笑うといったその他のおふざけにもやはり加わらなかった。だが、彼はすっかり肩を落としてしょげかえっていた。野心は大いに掻き立てられていたのに、活躍する場が彼にはなかったからだ。そもそも野心なんて掻き立てなければよかったのに！　彼は教壇で熱く息巻く教授陣の話を聞きながらも、決して熱くならずに分かりやすく話の出来た前任の指導者のことを思い出していた。化学も、法哲学も、教授たちが細部までのめり込んで語る政治科学も、人類史全般も聴講したが、これなどはあまりに広大な範囲に及んでいたため、教授が三年間で講義出来たのはわずかに導入部とドイツ諸都市の共同体発展だけ。だが、そういったものはどれも頭の中で何とも無残で取り留めのないものとして残った。天性の頭脳のお蔭で、彼は教え方というのはこういうものではないことだけは感じ取っていたが、ではどうであるべきかまでは分からなかった。それに、よくアレクサンドル・ペトローヴィチのことを思い出しては、この塞いだ気分からどう抜け出せばよいのか分からず、胸の詰まる思いをした。

　だが、若さには未来がある。卒業の時期が近づくにつれ、彼の心は昂ぶっていった。自分にこう言い聞かせるのだった、「だって、こんなのはまだ人生なんかじゃない、こんなのはまだ人生の下準備にすぎないじゃないか。本当の人生ってのはお勤めに出てからさ。そこでこそ偉業ってのがあるんだ」そして、どの来客にもはっと息を呑ませる別天地など一顧だにせず、両親の眠る墓への別れの挨拶もなく、あらゆる野心家の常として彼の馳せ参じたる先はペテルブルク、ご存じの通り、ロシアの津々浦々から情熱溢れるわが国の若人たちが目指すところであった――そこで奉職し、才気煥発して昇進するか、あるいは単に味気もない氷のように冷たい見かけ倒しの社会構造の上層へと伸し上がろうというのだ。ところが、アンドレイ・イヴァーノヴィチの野望をその当初から押し留めたのが彼の叔父貴で、現役五等文官のオヌーフリィ・イヴァーノヴィチであった。叔父貴が明言したのは、肝心なのはきれいな筆跡なんだ、他の何でもないんだぞ、それなしでは大臣にもなれなければ、参議にだってなれやしない、ということだったが、そのテンテートニコフの書く文字というのがまさに世に言う〈人ならぬ鵲が脚で引っ掻いたような文字〉だったのである。

大変な苦労の上に叔父貴の後ろ盾も借り、二ヶ月ものあいだ美文字（カリグラフィー）教室に通い詰めた彼は、ようやくある部局で筆耕の職を得ることとなった。初入庁で明るい広間へ上がると、至るところでニスのかかった机を前にした紳士諸氏が鵞ペンを軋ませ、首傾げては物書きに勤しんでいたが、自分も席を充てがわれ、早速ある書類の筆耕を依頼された時のことだった——稀に見る奇妙な感覚に襲われたのだ。彼は一瞬、自分がどこかの幼年学校へまた一からイロハをやり直しにでも来たか、素行の悪さで上級クラスから下級クラスに格下げされたかのような感覚を覚えたのである。周りに坐っている紳士諸氏諸君がそれほど彼には学童そっくりに見えたのだ。中には小説を大きな書類用紙のあいだに挟み込んで、さも仕事の最中ですよとでも言わんばかりに読んでいる者もいるが、そのくせ上司が姿を見せるたびにビクついている始末。ふと永遠に失われた楽園のように思えたのがかつての学園時代であった。このみみっちい書き仕事を前にして突如あの頃の学園生活が高遠なものと化したのだ。奉職のために行ってきた勉強が今や彼にはこの奉職以上のものに思えた。そして突然、彼の頭の中には、まるで生きているかのように、あの誰とも比肩しがたい素晴らしい教育者、誰にも代わりなど出来ぬアレクサンドル・ペトローヴィチの姿が蘇った——そして突如、しとどとその目からは涙が流れ落ちたのだ。部屋はぐるぐる回りだし、机はぐんぐん駆けめぐり、お役人たちはしっちゃかめっちゃか入り乱れ、一瞬の眩暈にほとんど卒倒しそうになった。〈いかん、——ふと我に返ると、彼は心の中でこう言ったのである、——仕事をするんだ、どれほど最初はみみっちいものに見えたとしてもな！〉彼は身も心も入れ直すと、他の連中に倣って仕事に勤しむことにしたのである。

どこに慰め寛ぎがないという？　連中の暮らすのはペテルブルク、その見た目は厳めしく、陰々滅々たろうとも。通りは氷点下三十度の極寒が荒れ狂い、身も世もあらぬ悪霊さながらに金切り声で喚く吹雪の魔女が人の首筋を毛皮や外套の襟で覆わせ、髭や畜生の面に白粉を吹きかけてゆくも、ふと見上げればどこかの窓ではお愛想とばかりに灯りが一つ、しかもそれは四階、心地よいその部屋はこぢんまりとしたステアリンキャンドルに照らされ、シュウシュウとサモワールの音立てる中、心魂温まる会話が交わされ、神が己が愛しきロシアに授けた霊感溢れるロシア詩人の輝かしき一節が詠じられるが、これほどまでに青年たちのその若き心が顫え立つことは他のどの地へ赴こうとも、南洋の絢爛たる蒼穹の下であろうとも、どこにもありはしないのだ。

まもなくテンテートニコフは職場にも慣れたが、ただそれも当初考えていたような一番の関心事、目標ではなくなり、二の次になっていた。職場での仕事は彼に一日の時間配分をする助けとなり、残りのわずかな時間を彼はこれまで以上に大事にした。叔父貴である五等文官はすでにこの頃、甥っ子が少しばかりへまでもすればいい薬になるだろうと考え始めていた。ここで申し上げておかねばならぬが、アンドレイ・イヴァーノヴィチの友人となった二名というのがいわゆる苦虫を噛まされた人士。その苛立ち隠せぬ奇妙な人品たるや、不公平ばかりか、その目に不公平と映るものなら何であろうと等閑視してやり過ごすことが出来ない。最初は善良であるのに、いざ行動に移せば破茶目茶といったご両人で、他人に対する不寛容に充ち満ちておられる。この彼らの熱弁と気高き義憤の姿が彼に強烈な影響を与えたのである。彼の中に神経と短気を目醒めさせると、このご両人は彼のこれまで気にもかけなかったあらゆる些事に目を向けるよう強いたのだ。フョードル・フョードロヴィチ・レニーツィンという彼の所属する部署の上司で、実にまた感じの良い風貌の方がおられたのだが、突如この上司のことが気に入らなくなったのである。上司の短所を五万と探り出して、その顔の表情が上役と話をする時は砂糖並みに甘ったるいのに、部下相手だとお酢並みに酸っぱくなるといった理由で嫌いになってしまったのだ。「許してやってもいいさ、——とテンテートニコフは言うのだった、——もし表情があんなに露骨に変わらなければね、けど、僕の目の前でだよ、砂糖もお酢も同時に一緒くたなんだから！」それ以来、一挙手一投足に目を向けるようになった。彼にはフョードル・フョードロヴィチの横柄な態度が目に余り、ますますケチ臭い上司の態度を取るように見えたのだが、例を挙げれば、自分の元へ祝賀の挨拶に来なかった部下たちを記憶に留めた上、守衛の控えていた表敬者リストに載っていない連中には全員仕返しまでする有様で、まあとにかく、善人であろうと悪人であろうと避けては通れぬ罪深いところが色々沢山あったわけだ。彼はこの上司に対して神経を逆撫でする嫌悪感を感じた。邪霊のようなものに唆けられた彼は、フョードル・フョードロヴィチに何か不愉快なことをしてやろうという気になった。この不愉快なことを虱潰しに探すことにはこれまた何とも言えぬ格別の快感があり、それもうまく見つけ出すことが出来たのである。ある時、その上司との会話がそれはもうひどい口論に発展し、彼が許しを乞うか辞職するしかないと上役から言い渡されたのである。彼が選んだのは辞職だった。五等官の叔父貴は仰天した様子で彼のところにやってくると、こう説得したのである。

——頼むよ、後生だから！　ここは神に免じてな、アンドレイ・イヴァーノヴィチ、お前さんはけど何やってるんだい！　あんなにうまく始められたキャリアを、当たった上司がいまいちだからってだけで捨てちまうなんて……。どういうつもりなんだい？　そんなこと言ってたら、それこそ職場になんて人っ子ひとりいなくなっちまうぞ。よーく、よーく考えるんだ。時間はまだある！　誇りとか自尊心なんてのはかなぐり捨てて、今から謝りに行ってくるんだよ！

——問題はそこじゃないんだよ、おじさん、——と甥っ子は言うのだった。——許しを乞うのなんて苦じゃないさ、そもそも僕が悪いのははっきりしてるからね。あの人は僕の上司なわけで、どんなことがあろうとあんな口の利き方はするべきじゃなかったさ。でも、問題はこういうことなんだ。僕には別のお勤めがあるってことを忘れてる、ウチには三百魂(たま)の百姓がいるし、領地は立ち行かなくなってるし、番頭は馬鹿ときてる。国にとっての損失なんて大したことないさ、僕の代わりに誰か別のが筆耕職に就けばいいんだから、でも三百人が年貢を納められないってことにもなりゃ大変な損害さ。僕は地主なんだよ。このお役目だって暇なわけじゃない。仮にも僕が維持管理や貯蓄、僕を信用してくれてる連中の生活改善に気を配ってだよ、国には三百人の勤勉で真面目によく働く臣民を差し出すことになればさ、僕のお勤めのどこがレニーツィンとかいう課長のお勤めより劣るっていうんだい？

現役五等文官は驚きで口あんぐりだった。これほど滔々と言葉が流れ出てくるものだとは思ってもいなかったからだ。少しばかり考えて、彼はこう口を切ったのである。

——でも、そうは言うがね……でも、どういうことなんだい……どうしてまた田舎に引っ込んじまうんだい？　どんな人付き合いがムジーク連中のあいだにあるっていうんだい？　ここにいりゃ道端でばったり将軍だの公爵だのに出会うことだってあるんだぞ。気が向いた時にゃ、あれだぞ、独りしてどこぞのきれいな公共の建物のそばを歩いてみたりだな、ネヴァ川を眺めに行ったり出来るが、あっちに引っ込んでもみろ、何にぶつかるかって、どうせムジークか百姓女じゃないか。何でそんな無知な連中を一生ずっと背負わなきゃならんのだ？

以上が叔父貴、五等文官の言葉であった。叔父貴本人にしてからが、これまでずっと職場へ続く通り以外は歩いたこともなければ、そこにしたってきれいな公共の建物など一切なければ、前から歩いてくる人物が将軍なのか、はたまた公爵なのかなど、誰ひとり気にかけたこともなく、帝都にあって自由奔放な人士を悩ます気紛れな欲望などついぞ目にしたこともなければ、生まれてこの方劇場に行ったことすらなかったのだ。こういうことを彼が口にしたのは、ただただ若者の野心を犇り集めて想像力を刺激するためだった。これはしかし、うまく行かなかった。テンテートニコフは頑として一歩も引かなかったからだ。役所と帝都にはもううんざりしていたのだ。田舎は制約のない養育院のようなもの、心に思うことや考えを育んでくれる養母、有益なことを行う唯一の活動の場なのだという気がし始めていたのだ。この会話から二週間ほど経った頃、もう彼は幼年期が一瞬にして過ぎ去った場所の周辺にいた。如何にすべての記憶が蘇ったことか、どれほど心が昂ぶったことか、すぐ近くに父の村があると感じた時などは！　彼はすでに多くの場所をすっかり忘れていたものだから、まるで新参者のように興味津々にその美しい風景を打ち眺めるのだった。折しも道が狭い谷間につられて静まり返る巨大な森の茂みの中へ突入すると、上に下に、頭上にも足元にも目にしたのは樹齢三百年の、三人がかりでやっと抱きかかえられる楢で、またそこに代わる代わる樅(もみ)、楡(にれ)、ポプラの天辺より伸びた西洋箱柳が姿を見せ、時に「誰の森なんだ？」という彼の問いには「テンテートニコフ家のものです」という返事がし、また時に、森を抜け出た道が牧場につれられ疾走し、山鳴の木立、柳や蔦の若いのやら年寄りのやらを横目にしながら見えるのは遠くで長く伸びる高台、橋はあちらこちらで同じ一本の川の上をひょいひょいと飛び越え、その川を右へ左へと置き去りにし、また時に「牧場と冠水地は誰のところのだ？」という問いには「テンテートニコフ家のものです」という返事がし、そのあと道が丘を登り切って平坦な高台を駆け出すと、道の片側には刈り入れされていない小麦、燕麦、大麦の穀草、もう片側にはこれまで通り過ぎてきた場所全体が突如絵に描いたような遥か彼方に一望出来て、またしばらくすると次第次第に暗さを増しながら差し掛かったかと思えばやがてすっぽり入り込んでしまったのが枝ぶり良い林の蔭で、それが点々としながら緑の絨毯の上を村まで続いていくと、ちらほらと見えだしたのがムジークたちの鉋がけした小屋、赤い屋根を葺いた主の屋敷なのだが、この時、問わずとも熱く顫える心にはどこに辿り着いたのかは分かっていた——ここまで絶えず溜め込まれてきた感覚が遂に吹き出した時には、ほとんどこんな言葉になっていた、「ったく、馬鹿だったんじゃないか、俺は今まで？　運命は俺に地上の楽園の主になれ、王子様になれって指名してくれてたってのに、自分からへいこら役所の書記なんかに成り下がっちまったんだから！　教育を受けて、躾もされて、学も付いてだ、しこたま蓄えてきたその情報だって人の管理だの、地域全体の改善だの、色々とある地主の義務を果たすために必要なもので、その地主だって裁き手にして責任者、しかも秩序の監視役だっていうのに、こんな場所を無能な番頭に任せるなんて！　なのにそうせずに何を選んだ？——書類の清書だよ、こんなものなら何の学もないカントニストにやらせた方がよっぽどましさ！」そしてもう一度、自分のことをアンドレイ・テンテートニコフは馬鹿呼ばわりしたのであった。
　またこれと同時に、彼には別の光景が待ち構えていた。旦那さまの到着を聞きつけた村じゅうの住民たちが車寄せに集まっていたのである。種々雑多なスカーフ、鉢巻、既婚女性の頭巾、粗羅紗の上っ張り、鬚などはあらゆる種類あり、踏み鍬型、鋤型、楔型、赤毛に栗色、まるで銀のように白い鬚が広場を埋め尽くしていた。ムジークたちは「大黒柱じゃありませんか、ようやくのお帰りで！」とざわめき、女たちは「あたしらの黄金（こがね）、白銀（しろがね）さんよぉ！」と声を上げるのだった。少し離れて立っていた連中は人を掻き分けんとするばかりに喧嘩までおっ始める始末。干した梨みたいなよぼよぼの婆さんはこそっと股のあいだをくぐって出てくると、旦那の元につかつかと寄って、手を打ってから金切り声で言うには、「儂らの洟垂れ小僧や、何とまあひょろひょろじゃないかい！　お前さんはほとほとこき使われたんだね、罰当たりなドイツ野郎に！」――「引っ込んでろ、このババア！――とすぐさま怒鳴りつけたのは踏み鍬、鋤、楔の鬚面だった。――何にでも首突っ込みやがって、この厄介もんが！」誰かがいきなりこれに、ロシアのムジークだけは笑わずにいられるちょっとした言葉を言い添えたのだった。旦那は我慢出来ずについ吹き出してしまったが、それでも内心ではいたく感動していたのである。〈こんだけの情があるとはな！　でも、どうしてだ？――彼は心の中で思った。――それは俺が一度もこいつらに会わず、一度も世話をしてこなかったからさ！　これからはしっかりお前さんらの仕事と面倒を分かち合うって約束するよ！　あらゆる手を尽くして、お前さんらがそのあるべき姿、お前さんらが本来内側に含み持ってる善良な本性の命ずるところのものになれるよう手助けして、俺へのその情も無駄にせず、本当の意味でお前さんらの大黒柱になってやるさ！〉
　そして実際、テンテートニコフは冗談抜きで経営と管理に取り組んだのである。現場で目にしたのは、番頭が女の腐ったような、生臭番頭たるあらゆる資質を兼ね備えた馬鹿野郎だということだった。つまり、鶏と卵、女たちが持ってくる織糸と織布の数をいちいち几帳面に計算はしても、穀物の収穫や種蒔きのことは頓と知らず、かてて加えて、ムジークたちから自分は命を狙われているのではないかと疑心を抱いていたのである。この馬鹿番頭を厄介払いすると、旦那はその代わりに別の威勢のいいのを選んだ。些細なことは後回しにして、肝心なところに傾注し、賦役は少なめ、奉仕労働日は減らし、ムジークたちには自分の仕事に勤しめる時間を増やしてやると、これで何もかも文句なしにうまく行くだろうと思った。彼自身、何事にも加わり、畑、穀物小屋、乾燥場、粉挽き場、桟橋、艀や平底船の積み荷や送り出しにも姿を見せるようになった。

「しかしありゃどうだい、忙しないこった！」――とムジークたちのあいだでは話題となり、困ったもんだと頭の後ろまで掻き始める始末で、何しろ、長く続いた女々しい管理のせいで連中はからっきしものぐさになっていたからだ。だが、これも長続きはしなかった。ロシアのムジークというのは察しもよければ頭もいいので、すぐに合点が行ったのである。つまり、旦那はきびきびしているし、あれこれ手を付けたいと気は逸るが、じゃあどうやって手を付ければいいのかそれが一向に分からぬまま、話すこととといえばどこかあまりに理屈っぽくて小難しく、ムジークにどんだけ叩き込んでもちんぷんかんぷんで分かりゃしない。結果、旦那とムジークが全くお互い分かり合えないというのではなしに、単に声と声が噛み合わず、同じ一つの音を調子よく出せないでいたのだ。テンテートニコフは主人の土地がムジークの土地に比べてどことなく段々悪くなっていることに気づき始めた。種蒔きは前よりも早いのに、芽が出るのはこれまでより遅かったのだ。ただ、皆の仕事ぶりは見たところ良かった。彼自身立ち会ってもいたし、勤勉な仕事ぶりにはウォッカを一口献じるとまで言っていたのだ。ムジークたちのところではもうだいぶ前からライ麦が穂を実らせ、燕麦も溢れんばかりで、黍も生い茂っているというのに、彼のところではようやく小麦の茎が伸びだしたかどうかといったところで、穂の根元などまだ実も結んでいなかった。要するに、旦那はムジークがあれこれ仕事を放免されたにもかかわらず、ただズルをしているだけなのだと気づいたのである。叱りつけようとしてみたが、返ってきた返事は、「まさかそんな、旦那、儂らがですよ、ご主人のその、儲けに気を配らんなんてことありますかい？　ご自分でもご覧になったでしょう、儂らが一生懸命畑を耕して種蒔くところは。ウォッカを一口お出し下さるっておっしゃいましたからね」　これにどんな反論があり得たであろうか？「じゃあ何で今こんなひどい有様なんだ？」――と旦那は問い詰めた。「そんなこと分かるもんですか！　きっと、虫に下の方を食われちまって、あとほら、この夏なんてどうです、全然雨もなかったですからね」しかし、旦那はムジークたちのところでは虫に下の方を食われていないのを目にしていたし、しかも雨が何とも奇妙なことに時折降っているのだ。ムジークのことは喜ばしておいて、旦那の畑には一滴たりとも落とさないわけだ。あと、これより手を焼いたのは女たちとの折り合い。何かと連中は賦役がきついだのと不平を並べ、作業を辞めさせてくれと言うのだった。おかしな話ではないか！　旦那が亜麻布、漿果（しょうか）、茸、木の実の運搬をすべて廃止し、他の仕事だってその半分に減らしてやったのも、そうすればその時間を家事に回して、縫い物でもして彼女らの夫に着せてやれるし、菜園だって増やせると思ったからなのに。お門違いも甚だしい！　怠惰、喧嘩、蔭口、そしてありとあらゆる諍いがこの可憐なる性のあいだで始まったのだが、これまたあまりの凄まじさに夫たちも事あるごとに旦那の元へやって来ては、「旦那、あの取り憑かれちまった女、落ち着かせてやって下さいな！　あれじゃまるで悪魔か何かでさ！　生きた心地もしない！」何度か心を鬼にして厳しく接しようとは思った。だが、どうやって厳しくなれという？　そのやって来た女というのがそりゃもうすごい女で、とんでもなく喚き散らすわ、ひどく窶れて気が触れてる上に、それこそ穢らわしいぞっとするようなボロで体をぐるぐる巻きにしてるじゃないか――一体全体、どこであんなものを集めてきたのやら、神のみぞ知るとはこのこと。「さあさあ、俺の目の前から消えてくれ、勝手にそっちで何とかするんだな！」――こう言った不憫なテンテートニコフ、そのあとお目にかかったのは気の触れた女が門を出たところで隣人の女と蕪か何かのことで摑み合いになり、屈強なムジークでも及ばぬほどぼこぼこに殴りつける光景であった。彼は連中のあいだに何か学校でも作ろうと思い立ったが、その結果はどうしようもない散々なもので、彼は項垂れるしかなかった——そんなこと考えなくてもよかったのに！　こういったことが原因で、領地経営に対しても、審理裁判問題に対しても、また活動全般に対しても彼の意気込みはすっかり冷め切ってしまったのである。作業に立ち会うにしてももはやほとんど気など懸けることもなかった。心ここにあらず、その目の探し求めていたものは関係のないものばかり。草刈りの時だってその視線の向かう先は、六十回素早く振り上げられる大鎌やその下にかささと音を立てながら列をなして落ちていく背の高い草ではない、その代わりに彼が見ていたのはどこか外れたところに見える川のうねりで、その岸には赤鼻で赤足のマルティン[97]が歩いていた——無論、鳥である、人なんかじゃないのだが、彼はそのマルティンが魚を仕留め、嘴で一文字に咥えながら、まるで呑み込むか呑み込むまいかと思案しているのを眺めながら、それと同時にじいっと見つめている川沿いには、遠くの方で別のまだ魚を仕留めていないマルティンがいて、これがまたじいっと魚をすでに仕留めたマルティンを見つめていた。小麦の収穫の際には麦束を藁塚にしたり、十字にしたり、時にはただのとんがり帽にしたりするのを眺めることもなかった。彼にしてみれば、干し草の山を放り上げたり、荷物を積み込む様子が怠惰だろうが機敏だろうが知ったこっちゃなかった。彼が目を細め、首を少しばかり上げてから天空遥かな空間を見上げ、嗅覚に原っぱの匂いを嗅がせ、聴覚に宙に漂う住人たちの歌声を聴かせて驚かせようとしたのは、その住人たちが至るところから、天空からも、また地上からも、互いを遮ることなく音色の調和した一つのコーラスとして一致した瞬間のことだった。ぴゅーぴゅーと啼くのは鶉（うずら）、くひくひと草叢で啼くのは水鶏（くいな）、びゅるるるちりりりと啼くのは胸赤鶸（むねあかひわ）、目に見えぬ空気の階段の上に振り撒かれていくのは雲雀のトリル、そして、離れたところで列をなして過ぎゆく白鳥のくるりーくぅくるりーくぅという啼き声が——銀ラッパさながらの音で——わななき響く空の荒地の虚空に聞こえる。程近くで作業が行われていれば、そこから彼は遠くにあり、遠くで作業が行われていれば、彼の目はもっと近くにあるものを探すのだった。その姿はまるでぼんやりと本を見つめながらも、同級生から突き出されるフィグ[98]のことも目に見えている生徒のようだった。仕舞いには全く農作業にも来なくなり、裁きにかけることも、制裁を下すことも完全に放棄してしまい、部屋に籠もったまま、報告に訪れる番頭すらも受け付けなくなってしまったのである。

　時折、近所から彼の元には退役騎兵中尉という全身煙まみれのパイプ好きや、焼き討ち船のようにすぐカッとなる将軍で、四方山話には目がないお喋り好きがひょいと立ち寄ることもあるにはあった。しかし、それとて彼はうんざりし始めていた。連中の会話が彼にはどこか上っ面なものと映るようになっていたからで、快活で軽妙なやり取りや膝の打ち合い、その他諸々の気さくな関係というのが彼にはもうあまりに打ち解けすぎて、あからさまなものに思えてきたのだ。彼はこういった連中と縁を切ろうと決意し、しかもそのやり方というのはかなり露骨なものだった。それは他でもない、焼き討ち船のごとくすぐカッとなる将軍殿の代表にして、上っ面な四方山話においては頗る感じのいいヴァールヴァル・ニコラーイチ・ヴィシネポクローモフが彼の元へまさしく政治、哲学、文学、道徳、さらにはイギリスにおける財政状況まで目一杯喋り倒す目的でやって来たところを、自分は外出中だと家の者に伝言させておきながら、彼は不用心にも窓の前に姿を見せてしまったのである。来客と主人は目がぱっと合ってしまった。片方が奥歯から「チクショーめ！」と声を絞り出したのは当然のこと、またもう片方もやはり相手に向かって豚だの何だのと罵ったのだ。かくして、知人の関係は終焉を迎えることとなった。それ以来、彼の元へ立ち寄る者はいなくなった。完全なる隠居生活が家の中を支配するようになったのである。主人はハラートを羽織ったまま外に出ることもなく、無為に身を預けたまま、頭の中でロシアに関する大著の構想を練るばかり。その著作が如何に練られていたかは読者もすでにご覧になった通り。一日が訪れても、単調に、しかも何ら彩りもなく過ぎていった。ただそうは言っても、彼がこの無気力状態から覚醒する瞬間がなかったというわけではない。郵便で新聞、新刊本、それに雑誌が届けられ、その消印に、すでに国務の晴れやかな舞台で活躍していたり、科学や世界的教養に対して分相応の貢献を果たしているかつての同僚たちの名がある時などはうちにひっそり秘めていた悲しみに心が疼き、痛ましくも声にならぬ、無為への静やかな哀訴が思わず噴き出してくるのだった。こういった時、彼には自分の人生が不快で忌々しいものに思えた。途轍もない力をもって彼の前に蘇ってくるのは過ぎ去りし学生時代、突如目の前にはまるで生前通りのアレクサンドル・ペトローヴィチが姿を見せ……。ぼろぼろと大粒の涙が彼の目から流れ落ち、その嗚咽はほぼ丸一日続くのだった。

　この嗚咽は何を意味していたのか？　この嗚咽により、病める魂は己が病の痛々しい秘密を見出せたのであろうか、つまり、彼の中で体をなし始めていた気高き内なる人間が形成されて盤石となるには及ばなかったということを、若年より挫折を味わわぬままにきた彼が高き地位にまで登り詰め、障壁や障碍により身を堅固にするまでには至らなかったということを、赤熱する金属のごとく溶かされたあと、豊かに蓄えられた大いなる感覚は最後の焼き入れを受け入れることも能わず、今や靭やかさもないままにその意志は非力であることを、あまりにも彼にはかの稀に見る指導者の死は早すぎ、今やこの世に誰ひとりその絶え間なき躊躇に揺れ動く気力と靭やかさを奪われた非力なる意志を立ち直らせ、引っ張り上げられる者はいないということを――そういう者は張りのある、目の覚めるような声で叫ぶのだ、――魂を覚醒させてくれるその言葉とは〝進め！〟――これにあらゆる官等、あらゆる階級、役職、生業にあるロシア人が至るところで餓えているのだということを？

　どこにしかしその、われらがロシアの魂の母なる言葉でわれわれに向けてこの万能なる言葉〝進め〟を口に出来、われらが本性にあるあらゆる気力、気質、心の奥底すべてを知り尽くした上で、魔法の一振りにより高貴な生へ向けてロシア人を駆り立てられる者がいるだろうか？　如何なる言葉が、如何なる情愛がその者に対して感謝に満ちたロシア人より贈られることであろう。だが、年々歳々、五十万人の出不精、ぐず、それにぐうたらといった連中がその微睡みから覚醒することはなく、ルーシにあってはめったにこの万能の言葉を口に出来る者は生まれてこないのである。

ところが、ある状況により、テンテートニコフはすんでのところで覚醒し、その性格に一大転機が生じる寸前にまで至ったのである。その出来事とはいわばある種の恋のようなものだったのだが、それもすぐにまたある理由で無に帰してしまったのである。彼の村から十露里離れた近隣には、すでに見てきたように、テンテートニコフに対してさしたる好意も持たぬ将軍がお住まいであった。将軍は将軍らしい暮らしぶりで、客もてなしも良く、近隣住民から表敬訪問されるのがお好きでいらしたが、ご自分からは無論、その訪問費用を負担するようなことはなさらず、お喋りになる声は掠れ、書物をお読みになり、令嬢がお一人いらしたのだが、それがまた見たこともないような変わった存在で、何かその、女性というよりもむしろ浮世離れした幻といってもおかしくない方だった。時に人は夢の中でそれと似たようなものを目にすると、その後の一生涯その夢に見た幻を追い続け、現実など金輪際消え失せてしまい、全くの役立たずになってしまうことがある。その名はウーリンカとおっしゃった。その育てられ方は何とも奇妙なものであった。令嬢の養育を引き受けていたのはひと言もロシア語を知らぬイギリス人家庭教師。母上はすでに幼い頃に失くされていた。父上にはかまってやる暇がなかった。尤も、娘を溺愛する彼に出来たことといえば甘やかすことだけ。彼女の肖像を描き出すのは並大抵のことではない。それは何か生命そのものといった感じの活気に満ち溢れた存在だったからだ。美人を超えた美麗、賢明さを遥か凌ぎ、古典主義に見られる女性よりも均整がとれていて、軽やかさがあった。如何なる国が彼女にその刻印を留めているのか言い当てることは決して出来ぬ相談であろう、何しろ、あのような横顔や輪郭ともなると、古代のカメオくらいにしか他には見出すことが出来ぬからだ。自由奔放に育てられた子供同様、彼女は何事においても頑固一徹であった。もし、思わぬ剣幕に突如その美しい額が険しい皺を寄せたり、父親と激しい口論をしているところを見た者があれば、彼女のことをこれ以上ない我儘だと思うに違いない。ところが、もし怒りをぶちまけられた当の相手が不遇にあったりすれば、すっとその怒りも消え失せ、にわかにその相手へ自分の財布を考えもなしに投げつけてみたり、これが利口か愚かかは別にして、相手が怪我をしていれば着ているドレスを破って包帯にしてしまうのだから！　彼女には何か一心不乱になるところがあった。話をしていると、彼女のすべては一心不乱に思いのあとを追っていくのだ。顔の表情、会話の表現、手の動き、ドレスの襞それ自体がまるで同じ方向へと突進しては、彼女自身それこそ自分の言葉のあとを追って飛び去っていくかのようだった。何ひとつ彼女には心に秘することがなかった。誰を前にしようと、自分の思いを披瀝することを恐れず、如何なる力をもってしても、話したいと思う時には彼女を黙らせることなど出来なかった。その魅力溢れる、彼女ひとりにしかない独特な歩き方のあまりの大胆さと奔放さから、誰しも彼女には思わず道を譲ってしまうほどであった。彼女の前に出ると、善良ではない人間はなぜか気まずくなって口籠るのだが、善良で、しかも頗る恥ずかしがり屋な人間は、これまでの人生で誰ともなかったほどに会話が弾み、そして――これぞ奇異なるまやかし！――会話の始まった瞬間からもう、この女性とはどこかで昔出会っているような気がしてきて、あれは記憶にもない少年時代、実家かどこかでの賑やかな夕べ、子供たちの群れに混じって愉しげに遊ぶ時のことだったように思えてきて、そのあと長きにわたり、人間の分別のある年齢というのが退屈なものになってしまうのだった。

アンドレイ・イヴァーノヴィチ・テンテートニコフには恐らく、初めて逢ったその日からどうやって彼女と古くからの知り合いのように話し始めたのか、どうやっても言葉では言い表わせなかったであろう。説明のつかぬ新たな感情が彼の魂の中に入り込んできたのだ。彼の退屈だった人生は一瞬にして輝きを取り戻したのだ。ハラートはしばらく放り出された。あまり長いあいだ寝床でごろごろするようなこともなくなれば、あまり長いあいだミハイロが手洗い器を両手に持って立ち尽くすようなこともなくなった。部屋という部屋の窓は開け放たれると、事あるごとに絵に描いたような領地の主人は暗く湾曲した庭園を長いあいだ散歩しながら、何時間ものあいだ、人を虜にする遥か彼方の風景を前にして佇むのだった。

将軍のテンテートニコフに対する当初のもてなしはかなり良好で手厚いものであったが、完全にお互いが打ち解けるまでにはいかなかった。ご両人の会話はいつも口論で終わり、どこか後味の悪さを双方に残してしまうのだった。将軍は反駁されたり口答えされるのが嫌いで、ただその一方で自分の全く知りもしないことまで口出しするのが好きであった。テンテートニコフはまたテンテートニコフで、細かいことに煩い性格の人物であった。尤も、娘に免じて父親も大目に見てはもらえたが、このご両人の平和な関係が維持されたのは、将軍宅に親類筋のボルディリョーヴァ伯爵夫人とユジャーキナ公爵妃が来客としていらっしゃるまでのことであった。片や未亡人にして、片や行かず後家、いずれも昔日の女官にして、いずれもお喋りで、いずれも口性（くちさが）なく、その好意をもって人を魅惑することはない、ただ、そうとは言え、かなりの縁故がペテルブルクにあったものだから、それを前にすると将軍も些か卑屈になるのだった。テンテートニコフにはこの両ご婦人がいらしてからというもの、将軍が自分に対してどことなく冷淡になり、ほとんど自分のことなど眼中になくて、まるで口の利けない者か、はたまた筆耕で雇われている一番下っ端の役人にでも接するかのように思えたのだ。これまでテンテートニコフのことを〝兄弟〟だとか、〝親愛なるお方〟と呼んでいたのに、ある時など彼に向かって〝お前〟呼ばわりしたのである。アンドレイ・イヴァーノヴィチはぶち切れて血が一気に頭に上ってしまった。ぐっと堪えて歯を食い縛りながらも、平常心のあった彼は稀に見る恭しい柔和な声で次のように言ったのだが、その顔は斑に紅潮し、腹の中は煮えくり返っていた。

――将軍には実によくして頂き、感謝の意を述べるべきでしょう。〝お前〟という言葉でもってこの上なき友愛へとお招き頂き、お呼び出し頂いたわけですから、これはわたくしも貴方のことをお前さんと呼ぶ義務がございますな。ただ、お言葉ではございますが、われわれのあいだには年齢の差というのもございましたでしょう、これは二人のあいだで慣れ合った呼び合いをする上では全くもって障碍ではありますまいか。

将軍はまごついてしまった。言葉と考えをまとめながら些かしどろもどろに話しだしたところによれば、〝お前〟という言葉を自分が口にしたのは、老人ならば時には若者に〝お前〟と言っても許されるという意味ではないということだった（自らの階級については一と言も触れなかった）。

　当然ながら、これを境にご両人の縁は切れ、恋もその緒を開いた途端に終わってしまった。目の前に一瞬閃いた灯りは立ち消え、そのあとに続いた薄闇は一層の暗さを抱え込むこととなった。ぐうたらがまたぞろ着慣れたハラートに腕を通した。すべてがまたぞろ横臥、無為へと一転したのだ。家の中は不潔になって散らかりだした。床ブラシは一日中部屋の真ん中にゴミと一緒に置きっぱなしにされていた。パンタロンが客間で顔を覗かせることもあった。ソファーの前の小粋なテーブルの上には脂染みの付いたズボン吊りがまるで客に出すご馳走のように置かれていたりと、彼の生活はあまりにどうしようもない、寝惚けたものとなってしまったため、使用人たちから尊敬されなくなったばかりか、家の鶏たちからもほとんど嘴で突っつかれるほどだった。だらんとした恰好で彼は紙の上に何時間も菱型、お家、小屋、荷車、トロイカを落書きしてみたり、「貴下！」という感嘆符を付けた呼びかけをあらゆる書体と形で書いたりしていた。また時に、全く呆然となってしまうと、筆が勝手に持ち主の知らぬうちに描いていったのは細く尖った何本もの線を伴う小っちゃな頭で、そこには櫛の下から長く細い巻き毛となって垂れる髪の房を軽く掻き上げる若い素肌の二つの手も添えられていて、まるでそれは飛翔しているかのようだった——すると、画家でも描けぬような肖像が出来上がっているのを目にして筆の主はぎょっとするのだった。そして、それまで以上に彼は悲嘆に暮れて、きっとこの世に幸せなんてないんだと強く心に思いながら、ずっとその日は鬱々としたまま、呼びかけにも何ひとつ答えなかった。

　以上がアンドレイ・イヴァーノヴィチ・テンテートニコフをめぐる状況であった。突然ある日、いつものお決まりで窓辺へパイプを咥えながら、両手にカップを持って近づいて行こうとしたところ、中庭で人が立ち歩き、少しばかりざわついているのに気づいた。料理見習いの小僧と床拭き女が走って門を開けに行くと、その門から姿を見せた馬というのがそれこそ凱旋門に彫られているか描かれている馬にまるでそっくりで、馬面が右に一つ、左に一つ、真ん中に一つといった塩梅。その上の馭者台にいたのは馭者と、腰にハンカチを巻き付けた大きめのフロックコートを着た召使い。その二人の背後には鍔帽と外套という出で立ちの御仁が虹色の頭巾を被っておられる。馬車が車寄せの前で曲がったところで、それが実は他でもない、バネ付きの軽のブリーチカであることが分かった。稀に見るきちんとした身なりの御仁が車寄せの上へ素早く機敏にぴょんと跳び乗ったところなど、如何にも軍人さん然としていたのである。

アンドレイ・イヴァーノヴィチは怖気づいてしまった。彼はてっきりこの御仁のことを政府から派遣された役人だと思ったのだ。申し上げておかねばならぬが、彼はまだ若い頃、ある頓珍漢な事件に加担したことがあったのである。軽騎兵上がりの哲学者とかいう連中だの、中退した大学生だの、身上潰した博徒だのがある種の慈善協会の設立を企てたのだが、その総責任者というのが古狸の詐欺師、メーソンにしてカード賭博師、呑んだくれにして口達者という男であった。その協会の設立目的はテムズ河岸からカムチャッカにまで至る全人類に揺るぎなき幸福を与えようというものであった。必要とされた資金は莫大なもので、その懐深く寛大なる会員たちから集められていた義捐金は想像を絶するものであった。それが全部どこへ行ってしまったのか——それを知っていたのは総責任者ただ一人。この協会に彼を引き込んだのは苦虫を嚙まされた人士の階級に属する二人の仲間で、いずれも善良なのだが、如何せん、科学、啓蒙、そして進歩の名において度々掲げる祝杯のせいで、有名無実のへべれけとなる始末。テンテートニコフは間もなく、はたと気づいてこの会から手を引いた。ところが、協会はいつしかすでにこれとは別の、貴族にとっては多少世間を憚る活動に巻き込まれて、それがために警察沙汰にまでなってしまったのだ……。またそういうわけだから、手を引いて人類慈善家とのあらゆる縁を切ったとて、テンテートニコフがそれでも心穏やかでいられなかったのも無理はない。彼の良心もさほど安穏とはしていなかった。不安を隠し切れぬ視線で彼は今や開かれつつある扉を見つめていたのである。

だが、この不安もぱっと消え失せたのは、客人が首を若干傾げて恭しい姿勢を取りながら途轍もなくきびきびとお辞儀をした時だった。簡潔ながらもはっきりとした言葉で弁ずるところ、すでに以前より客人はロシアを旅しているが、これも必要と好奇心に駆られてのこと、われらが国家は素晴らしいものに満ち溢れ、その景観の美しさ、業種の豊かさ、さらには土壌の多様さは言うに及ばず、ここの立地の風光明媚なところに目を奪われたこと、ただ、風光明媚とはいえ、自分のブリーチカが鍛冶屋と職人たちの助けを必要としなければ、敢えてこのように時宜も得ずお宅へ寄せて頂くこともなかったが、ただ、このブリーチカに何も起こらなかったとて、直々に主人へ敬意を表するという喜びを自ら拒むようなことは出来なかったでしょう、とのこと。

こう弁じ終えると、人を魅惑する感じの良さ持つこの客人は、軽く足ずりして敬意を表し、太った体軀にもかかわらず、そのままぴょんと跳び退いたところにはゴム鞠ほどの軽やかさがあった。

アンドレイ・イヴァーノヴィチは、これはきっと探究心旺盛な学者先生に違いないぞ、ロシアじゅうを旅しているのも何かの植物か鉱物でも採集するためなのだろう、と思ったのである。彼はこの先生に、何なりとお手伝いさせて頂きますよ、と買って出て、お抱えの職工たちや車輪工、鍛冶屋をブリーチカの修理に提供し、どうか自宅にいるような感じで寛いでもらいたいと頼み、その愛想の良い客人を大きなヴォルテール椅子に坐らせると、無論、彼の学術的な事柄や自然科学についての話を拝聴しようと身構えたのだった。

ところが、客人が触れたのは内面世界のことの方が多かった。話し始めたのは運命の紆余曲折についてであり、自らの人生を海上にあって至るところより追い風に煽られる船に喩え、自分はこれまで多くの職場で職業を転々とせざるを得なかったこと、真実を求めたがゆえに多くの辛酸を嘗めたこと、命すら一度ならずも敵の危険に晒されたと言うに及んでは、これ以外にもあれこれ話してくれたことから、テンテートニコフはこの客人がむしろ実務的な人物であると看て取った。最後の最後、客人が白いバチストのハンカチで鼻を擤んだ時の大音声たるや、アンドレイ・イヴァーノヴィチのこれまで聞いたこともないようなものであった。時にオーケストラで古狸のラッパ吹きなどを見かけるが、一斉に賑やかに演奏しだす時などにガァーとがなり立てたのがオーケストラの中ではなしに、こちらの耳の中であるかのような気がするものである。まさにそれと同じような音が微睡みにあった屋敷の目を覚ました部屋という部屋に鳴り響き、すぐそのあとに続いたのがオーデコロンの馨しい香りで、目には見えぬとも辺り一面に広がり渡ったのはバチストのハンカチを器用に振ったからである。

読者はすでに察しがつかれているのではないかと思うが、この客人というのは他でもない、われらの敬愛して止まぬ、長らく置き去りにされてきたパーヴェル・イヴァーノヴィチ・チーチコフその人であった。彼は些かではあるが老けていた。見たところ、無風安泰というわけにいかなかったのがこの時期の彼のご様子。一見しただけだと、彼の羽織る燕尾服も些か時代遅れになった感あり、ブリーチカも馭者も召使いも馬も馬具もすっかり摩滅し、消耗してしまっているかのよう。一見しただけだと、財政そのものも芳しいとはいえぬ状況のようではないか。だが、その顔の表情、礼儀作法、応対の仕方は相変わらずのもの。しかも、その感じよい立ち居振る舞いと言葉回しにはこれまで以上に磨きがかかり、肘掛け椅子に腰を落ち着ける時に足を組むさまなどこれまで以上に妙味が加わっているようで、語調には一層柔和さ、言葉や言い回しにはこれまで以上の用心した控えめさ、さらなる自制力とすべてにおける如才なさが増していたのだ。雪よりも白く清潔だったのが彼の襟と胸当てで、しかも旅の途中だというのに、綿毛の一つたりともその燕尾服には付いていないのだ、——名の日を祝うお呼ばれにだって行けるほどなのだ！ 頬と顎の剃り方はこれまた実にきれいなものだったから、盲人ならばいざしらず、その感じの良い凹凸と真ん丸なところなど誰しも見惚れてしまうほどであった。

屋敷の中では改革が始まった。家の半分はこれまで盲(めくら)状態で、釘を打った雨戸で塞がれていたのだが、それが突如として視力を回復し、光に照らしだされたのである。ブリーチカの中から積荷が運び出されることとなった。荷物は全部、光を受けた部屋という部屋に配置され、間もなくそこは次のような姿を取ることとなった。寝室に充てられた部屋には夜支度に必要なものが置かれ、書斎に充てられた部屋には……。だがその前に先ずお見知り置き頂かねばならぬのは、この部屋にはテーブルが三つあったということである。一つは書き物用――これはソファーの前にあり、もう一つはカード用――これは壁際の窓と窓のあいだにあり、さらにもう一つは隅置きテーブル――これは部屋の隅の、寝室に入る扉と壊れた家具を入れてある誰もいないホールのあいだにあった。この隅置きテーブルのうえに置かれたのは旅行鞄から引っ張りだした衣装で、具体的には燕尾服用パンタロン、フロックコート用パンタロン、鼠色のパンタロン、天鵞絨のジレ二着と繻子のジレ二着、フロックコートに燕尾服二着（白の畝織りのピケのジレと夏用のズボンは下着のある簞笥でしばしお休み）。このすべてが一つまた一つとピラミッド状に積み上げられると、その上には絹のハンカチが載せられた。別の隅の、扉と窓のあいだにはさほど新しくないブーツ、真っさらなブーツ、新しい飾り革のブーツとエナメルの踝丈ブーツが一列に並べられた。これにもまた恥ずかしげに絹のハンカチで覆いが掛けられていた――その様子はまるで、そんなブーツなどここにはないのだよ、と言わんばかり。二枚の窓の前にあるテーブルの上に置かれていたのは小箱。ソファー前の書き物机には肖像画、オーデコロンの缶、封蠟、歯ブラシ、新しい暦、そして何かの小説二冊で、これはどちらも二巻本。きれいな下着はすでに寝室に置かれていた簞笥の中に収まっていて、洗濯に出す下着は束にして括られて寝台の下に突っ込まれていた。旅行鞄は空にしたあと、やはり同じく寝台の下に突っ込まれた。サーベルが置かれていたのも同じく寝室で、釘に引っ掛けた状態で寝台の程近くにあった。いずれの部屋もそのきれいに整頓された様子は尋常ではなかった。どこを見ても紙屑一つ、綿毛一つ、ゴミ一つないのだ。空気自体もどこか品のあるものになっていた。そこでは下着を着っぱなしにすることなく、毎週日曜になれば風呂に入り、濡れた海綿でゴシゴシ体を洗う壮健にして爽やかな男子の心地よい香りがしっかり根を張っていた。玄関そばの部屋では召使いのペトルーシカの臭いがしばし占領を企てていたものの、そのペトルーシカも間もなく、当然の事、台所へと配置転換となった。

当初アンドレイ・イヴァーノヴィチは、ややもすれば客人に自分は束縛されてしまうのではないか、生活様式における何らかの変化で肩身の狭い思いをするのではないか、これまで順調だった自分の日程が台無しになり、自らの自由が脅かされるのではないかと危惧していた――だが、それは取り越し苦労だった。われらがパーヴェル・イヴァーノヴィチはあらゆるものに順応するというその稀有な柔軟さを発揮したのである。主人の哲学者然とした鷹揚さを是認するに当たっては、これぞ百歳の長寿を約束するものと口にした。孤独について語るその様子などは実に幸せといったもので、つまり、孤独こそが偉大なる思念を人間のうちに育むものですよ、と言うのだった。図書室を目にし、そこにあった書物という書物を褒めちぎれば、こういうものが人を無為から救ってくれるんですな、と指摘するのだった。要するに、口から零れる言葉は多くないとはいえ、意味深長であったのだ。また、その立ち居振る舞いともなるとさらに時宜を得たものであった。ここ一番で姿を見せ、ここ一番で姿を消し、主人が言葉少なげな時にはあれこれ詮索して困らせることもなく、喜んで主人とチェスにも興じるし、喜んで黙ってもいた。片やくるくる捻れた煙雲を作ってパイプをくゆらすかと思えば、片やパイプを吸わぬかわりにその場に相応しい手慰みを思いつくのだった。例えば、ポケットから黒金入りの銀の煙草入れを取り出し、これを左手の二本の指で摘んで固定し、それを地球が自転するみたいに右手の指で勢いよく回転させたり、あるいはただ煙草入れの腹を指で叩きながら、何とも得体の知れぬものを口笛で吹くのだった。要するに、彼が主人の邪魔になるようなことは全くなかったわけである。〈初めてだ、一緒に暮らせる人を見るなんて――とテンテートニコフは独りごちた。――そもそもこういう技量ってのがわが国じゃ不足してるんだ。中には随分と頭の切れる連中もいるし、教養人も、善人もいるにはいるが、いつも感じが良くて、性格に波のない連中、ずっと一緒に暮らしていても喧嘩ひとつしないでいられる人間となるとどうだ――わが国にそんな連中なんて大勢見つかるだろうかって話さ！ これこそ最初にして唯一のお人さ、これまで俺が見てきた中ではな！〉これがテンテートニコフの客人に対する反応であった。

チーチコフはチーチコフで、これほど温厚で大人しい主人のところにしばらく逗留出来るのが非常に嬉しかった。流浪の日々にうんざりしていたのだ。少しばかり、一ヶ月でも構わないから、美しい村で野原と芽生えだした春を目の前にして休息が取れるというのは痔瘻の面からいっても有り難いものだった。憩いを得るのに最適の一角を見つけるというのはひと苦労であったのだ。春はすっかりその一角を言葉に尽くせぬ美しさで飾り立てていた。緑に映える何たる鮮やかさ！　大気に香る何たる清しさ！　庭に鳴り響く鳥の何たる啼き声！　楽園、愉悦、歓喜が至るところにあるではないか！　村はまるで新たに生を享けたかのごとく音と歌に溢れていたのだ。

　チーチコフは歩きに歩いた。散策の道を丘陵の平らな高台へ取れば、そこから見下ろした先には谷間が広がり、その至るところに溢れ出た水によりさらに大きな湖水が残っているし、あるいは谷間に足を踏み込めば、ようやく葉で身を飾り始めたばかりの木々が鳥たちの巣で重くなり――耳を劈く鴉のカァカァ、西黒丸鴉（にしくろまるがらす）の話し声、飛び交いながら空を真っ黒に埋め尽くす深山鴉（みやまがらす）のグァグァ、あるいはまた冠水地と決壊した堰のある下へ降りて行けば――目にするのは耳を聾する轟音を立てて水が水車へと流れ落ちていく様で、あるいはさらに分け入って桟橋へと向かうと、そこからは水の流れとともに最初の船が豌豆、燕麦、大麦、それに小麦を一杯積み込んで出航していき、あるいは向かった先の畑ではこの春最初の農作業が行われていて、そこの新鮮な耕地が黒い筋を緑の上に走らせ、あるいは腕のいい種蒔きが拳から種を均等に、一粒たりとも的を外さず蒔いていくのが見えた。番頭とも、ムジークとも、水車係ともあれこれ言葉を交わし、意見を訊くのだった――これは何だの、これはどうだの、どれほど収穫が見込めるのか、どんな風に連中のあいだでは鋤を入れているのか、いくらで穀物は売れるのか、春と秋には穀粉に何を選ぶのか、それぞれムジークは何という名前なのか、誰と誰が親戚同士なのか、どこで乳牛を買ったのか、豚の餌は何なのか等々――要は、洗いざらい。ムジークたちが何人亡くなったのかまで分かった。訊いてみると、多くないという。察しの良い仁であった彼は、突如アンドレイ・イヴァーノヴィチの経営が芳しくないことを悟ったのである。至るところで手抜き仕事、怠慢、窃盗、泥酔も少なくない。そこで彼は頭の中でこう考えたのである。〈それにしたって、何て卑劣な野郎なんだ、テンテートニコフってのは！　少なくとも年に五万ルーブルも収入が見込めるようなこんな領地を荒れさせるなんて！〉さらに、このもっともな憤りを抑え切れぬまま、彼は〈全く卑劣な野郎だよ！〉と繰り返した。何度となしにこういった散策のあいだ、彼の頭にはいつか自分でもこうなってやるぞ、――つまりその、勿論のこと今すぐではなしに、いずれ肝心な仕事が終わり、資金が手に入ってからのことだが、――自分もこういう風な地所を所有する穏やかな地主になってやるぞという考えが浮かんでくるのだった。そういう時に決まって頭に浮かんだのが若い女将さんで、その溌溂とした色白の女というのはもしかすると商家出身かもしれないが、やはりそれでも教養があり、貴族の娘のように躾もされているのだ――音楽のことも分かる、ただ勿論、音楽なんてのは二の次だ、でも、そういうのが来るのなら、何でもまたわざわざ世間一般の意見に歯向かう必要などある？ 彼の頭にはチーチコフという苗字を今後受け継ぐべき若い世代たちのことも浮かぶのだった。はしゃぎ回る息子と別嬪さんの娘、あるいはガキんちょ二人に、二人よりもいっそ三人の女の子たちだ。この全員には自分が実際に生きていたこと、存在していたこと、どこぞの地を影か幻のように通り過ぎていっただけではないということを知ってもらいたい――祖国の前でも恥ずかしい思いをして欲しくなかったのだ。さらに頭に浮かんだのは、官等が少しばかり上になっても悪くなかろうというもの。例えば、五等文官なんて官等は名誉なことだし、人からも敬われるではないか……。そしてまあ色々と彼の頭では、しばしば人を今という実に退屈な瞬間から連れ去っては、引っぱり、焦らし、揺すぶり、決して実現などしないとは分かっていても心地よい思いにさせてくれるものが浮かんでくるのだった。

パーヴェル・イヴァーノヴィチのお付きの連中もまた村のことが気に入った。連中は彼と同様、村での生活にすっかり馴染んでいた。ペトルーシカが早々にも意気投合したのは軽食屋のグリゴーリィで、ただ当初はどちらも気取ったまま、お互いに見せるその態度は鼻に付く横柄なものだった。ペトルーシカはグリゴーリィ相手に、俺はコストロマー、ヤロスラーヴリ、ニージニィ、果てはモスクワにまで行ったことがあるんだぞ、とはったりをかまし、グリゴーリィの方はすぐさま、ペトルーシカの行ったことのないペテルブルクで反撃を加えるのだった。そう言われた方は態勢を整え、これまで行ったことのある遠方の場所で逃げを打とうとしたものの、グリゴーリィが名を上げたのはどんな地図を探そうとも見つかりっこない場所で、しかもその距離たるや三万露里あまりもあったものだからペトルーシカはすっかり呆然となり、ぽかんと口を開いたまま、忽ち使用人たちから笑いものにされてしまった。尤も、この一件も両人のあいだではこれ以上ないほどの固い友情でもって幕を閉じることとなった。叔父貴で禿頭のピーメンが村の一番の外れに有名な酒場を経営しており、その名も「アクーリカ」というのだが、この店に行けば昼のどの時間でも二人の姿があった。そこで二人は親友に、あるいは民衆のあいだで言うところの酒場の常連になったわけである。

　セリファンにはこれとは別に彼を囮にする餌があった。村では夜毎歌が奏でられ、春の輪舞で踊り手たちは縒りを合わしたり、縒りを戻したりしていたのである。他の地では見つかりそうもないような気品のあるすらりとした娘たちに彼は数時間カラス役として立たされたのだった。[99] どの娘が一番かと言うのは難題だった。どの娘も白い胸元に白い項、どの目も燕のようで、どの目も霞がかって物憂げで、歩き方は孔雀のようで、お下げは腰のところまである。両手でその白い手を取り、ゆっくりとその手を連れ添って輪舞の中を動き回ったり、その手に向かって他の青年たちと壁を作って前に出る頃には、灼熱の紅に染まりゆく夕べは消え、ひっそりと周辺は煌めきだし、川の彼方には相変わらず悲しげな歌声に忠実な谺が鳴り響いていた――彼自身もその時、一体自分に何が起こっているのかが分からなかった。それから長いあいだ、寝ても覚めても、朝でも黄昏時でも、ずっと彼にはその両手に白い手が見え、それとともに輪舞の中を動き回っている姿が幻となって現れるのだった。彼は諦め気味に軽く手を一振りすると、「忌々しい娘たちだぜ！」と口にするのだった。

　チーチコフの馬たちもまた新たな住処が気に入ったのだった。主たる馬にしても、栗毛で〝委員〟と呼ばれる副え馬にしても、それにセリファンが「馬の悪党」と呼んでいたかの斑にしても、テンテートニコフ宅での滞在が全く退屈せぬもので、燕麦は極上、廏の間取りなど稀に見るほど居心地の良いものであることを認めたのだった。それぞれ充てがわれた馬房も仕切られてはいたが、間仕切り越しには他の馬も見えたので、もしそのうちの一番遠いところにいる誰かが気紛れにいきなりヒヒーンと鳴いたとて、すぐさま同じようにヒヒーンと合いの手を打つことが出来た。

　要は、全員が自分の家にでもいるかのようにすっかり住み慣れていたのである。読者はひょっとして、チーチコフがこれまで例の魂について噫(おくび)にも出していないことに驚かれるかもしれない。いやいや滅相もないこと！　パーヴェル・イヴァーノヴィチはこの件については大変慎重になっていたのである。いざ取引相手が丸っきりのあんぽんたんであったとて、今の彼がすぐさま話を持ち出すことはなかったであろう。テンテートニコフはと言えば、いずれにしても、本を読み、理屈を並べ立て、なぜなんだ、どうしてなんだ、と何事においてもその理由を納得しようと躍起で……〈しかし冗談じゃないよ！　また始めっからやり口を変えろってのかい？〉——とチーチコフは思うのだった。事あるごとに使用人たちと無駄話に現を抜かしていた彼もある時連中から、ここの旦那が以前はかなり足繁く近所の将軍宅へ通っていたこと、その将軍には令嬢がいらっしゃること、旦那はその令嬢に気があり、また令嬢も同じく旦那に気があった……なのに、突然何かの原因で仲が捩れて別れたという話を訊き出したのである。チーチコフ自身も気づいていたが、アンドレイ・イヴァーノヴィチは鉛筆と鵞ペンでずっと何か頭みたいなものを描いていて、それがどれこれもそっくり同じものだったのだ。昼食後のある時など、チーチコフはいつもながらに指で銀の煙草入れをくるくる回しながらこんなことを口にしたことがあった。

　——お宅には何でもありますな、アンドレイ・イヴァーノヴィチ、ただ一つ足りないものがおありですよ。

　——何でしょう？——とくるくる捻れた煙を吐き出しながら相手は訊ねた。

　——人生の伴侶ですよ、——とチーチコフは言った。

　アンドレイ・イヴァーノヴィチは何も答えなかった。ここで会話は立ち消えとなった。

チーチコフは怯むことなく別の機会を見計らって、すでに夕食にもなろうという頃、四方山話をしている最中に突如こう切り出したのである。

――でも、ほんとの話、アンドレイ・イヴァーノヴィチ、結婚なさったとしても大してお困りにはならんでしょう。

ひと言くらいこれならテンテートニコフも答えてよさそうなものを、まるでこういった話が出ること自体彼には不快であるかのようだった。

チーチコフはへこたれなかった。三度目に彼が選んだ機会は夕食もすでに終わったあとのことで、こう言ったのである。

――でもやはり、ご自身の状況をどう引っ繰り返そうがですよ、ご結婚なさるべきだとお見受けしますがね。さもないと、ヒポコンデリー（心気症）になってしまいますよ。

チーチコフの言葉がこの時それほど説得力があったのか、はたまたアンドレイ・イヴァーノヴィチの精神状態が何かとりわけ打ち明けたいという気分になっていたのか、彼は溜め息ひとつつし、パイプの煙を上に向けて吐き出すとこう言ったのである。「何につけても生まれつき果報者でなけりゃ駄目なんですよ、パーヴェル・イヴァーノヴィチ」――そして、これまでにあった話、将軍と知り合った話、喧嘩別れした話を洗いざらい語ったのである。

チーチコフはその一部始終を一字一句耳にして、〝お前〟というたったひと言でこんな話になったかと分かると唖然としてしまった。数分ほどテンテートニコフの目をじっと見つめると、〈こりゃ全く手の付けられんド阿呆だな！〉と結論づけた。

――アンドレイ・イヴァーノヴィチ、何おっしゃってるんです！――彼の両手を摑んでこう言った。――どこが侮辱だっていうんです？　〝お前〟って言葉のどこにそんな人を見下げるところがあるっていうんです？

――言葉そのものには何も侮辱的なものはありませんよ、――とテンテートニコフは言った、――でも、この言葉の意味にね、それを言葉にして出した声にはね、侮辱してるところがあるんですよ。〝お前〟ってのが意味してるのはこういうことですよ、〈自分が役立たずだってことを覚えとけ、こっちが相手にしてやってるのは単にまともな奴が他にはおらんからさ、だがユジャーキナ公爵妃とかってのがやって来たからにはな、自分の居場所を弁えることだ、敷居にでも立ってるんだな〉意味してるのはまさにこういうことなんですよ！

大人しくて温厚なアンドレイ・イヴァーノヴィチはこう言いながら目を潤ませると、その声からは辱めを受けた感情の苛立ちが伝わってきた。

――たとえそういう意味だったとしてもですよ、それが何だっていうんです？――とチーチコフは言った。

――そんなまさか？――テンテートニコフはチーチコフの目をじっと見つめながら言った。――貴方はその、私がこんな仕打ちまでされながらまだ彼のところに居続けろっておっしゃりたいわけですか？

――それのどこが仕打ちだっていうんです？　そんなの仕打ちなんてもんじゃありませんよ！――とチーチコフは言葉を返した。

〈何て妙な男なんだ、このチーチコフってのは！〉――と肚の中で思ったのはテンテートニコフ。

〈何て妙な男なんだ、このテンテートニコフってのは！〉――と肚の中で思ったのはチーチコフ。

――そんなのは仕打ちなんてもんじゃありませんよ、アンドレイ・イヴァーノヴィチ。それは単に将軍たちの癖ですよ。連中は誰にだって〝お前〟って言いますからね。それにそもそもですよ、功労者にして敬うべき人物にそれくらい許されたってよくありませんか？

――それとこれとは話が別ですよ、――とテンテートニコフは言った。――もし彼が年寄りで、不憫で、傲慢さもなく、威張り散らしもせず、将軍でもなけりゃ、その時は私だって〝お前〟って言わせてあげても構わないし、それにだって敬意を払うところですがね。

〈こりゃ手に負えん馬鹿だな！――と肚の中でチーチコフは思った。――乞食風情なら許してやるが、将軍なら許せんとはね！〉こんなことをあれこれ考えたあと、彼に向かって声に出してこう反論したのである。

――分かりました、彼に侮辱されたのだとしましょう、でもその代わり将軍との関係は清算したわけですよね。彼は貴方と、貴方は彼とそれぞれきっぱりと。でも、下らぬことでいつまでも物別れのままというのはどうです、――お言葉ですが、いかがなもんでしょうかね？　始まったばかりの事業をそのままにしてしまうんですか？　すでに目標が定まっているのであれば、そこはもう思い切って突き進むべきでしょう。他人が侮辱するところを眺めてたって何になります！　他人はいつだって人に唾を吐いて馬鹿にするもんですよ、それに貴方だって今の世の中どこを探そうとしても、唾を吐かない連中なんて見つかりませんよ。

テンテートニコフはこの言葉にすっかり当惑し、呆気にとられ、パーヴェル・イヴァーノヴィチの目を見つめながら肚の中でこう考えていたのである、〈こりゃしかし、ますます妙な男だぞ、このチーチコフってのは！〉

〈こりゃしかし、なんて変人なんだ、このテンテートニコフってのは！〉――こう考えていたのは一方のチーチコフ。

――出来ればわたくしにこの一件、何とか丸く収めさせて頂けませんか、――と彼は声に出して言った。――将軍閣下の元へ出向いた上で、今回のことは貴方側からの誤解、若気の至り、人と世間を知らぬゆえに生じたことだとご説明しても構いませんよ。

――彼の前で卑屈になる気なんて私にはありませんから！――とテンテートニコフは語気を強めた。

――卑屈になるなんて滅相もない！――チーチコフはこう言うと十字を切った。――分別ある仲介者として忠告の言葉で事に当たることはあっても、卑屈になるなんてことは……面目ない、アンドレイ・イヴァーノヴィチ、私も好かれと思って義理立てしようとしたまでのことで、まさか自分の言葉がそれほど癪に障るものだとは思ってもおりませんでした！

――すみません、パーヴェル・イヴァーノヴィチ、こっちが悪いんです！――感極まったテンテートニコフは有難げに彼の両手を掴むとこう言ったのである。――善意からそう言って下さることは有り難いことです、本当ですよ！　でもこの話は措いておきましょう、今後一切この件については話さないということにして。

――そういうことでしたら、ただ何の理由もなしに将軍のところへ参ることにします、――とチーチコフは言った。

――またどうして？――とテンテートニコフは怪訝そうにチーチコフを見ながら訊ねた。

――表敬訪問ですよ、――とチーチコフは答えた。

〈何て妙な男なんだ、このチーチコフってのは！〉――とテンテートニコフは思った。

〈何て妙な男なんだ、このテンテートニコフってのは！〉――とチーチコフは思った。

――ウチのブリーチカは、――とチーチコフは言うのだった、――まだ然るべき状態になっておりませんので、お宅のコリャースカをお貸し頂けますかね。明日にでも、そのまあ十時頃にはあちらに向かいたいんですが。

――何をそんな水臭いことをおっしゃってるんです！　貴方は歴とした紳士、お好きな乗り物をお選び下さって結構ですよ。何でもご自由にお使い下さい。

ご両人はお休みの挨拶をしてからそれぞれ寝室に向かったものの、互いの奇妙なところをあれこれ考えずには済まなかった。

それにしても奇妙なことがあるものである。翌日、チーチコフに馬が出され、彼がコリャースカにまるで軍人さながらの軽やかさで、真っさらの燕尾服、白いネクタイ、そしてジレという出で立ちで飛び乗って将軍への表敬訪問に出発した際、テンテートニコフは長らく経験していなかった精神の動揺を感じたのだ。すっかり錆びついて微睡んでいた彼の思考の歩みが丸ごと活気に満ちた落ち着きのないものへと変貌したのだ。神経を昂ぶらせる憤慨がこれまで呑気なものぐさにどっぷり浸っていた愚図男の一切の感覚を突如包み込んでしまったのだ。ソファーに腰を下ろしてみたり、窓辺に寄ってみたり、本を手にしてみたり、考え事をしてみたくなったり、――そんな望みなど甲斐のないこと！――考えなど一向に浮かんできやしない。何も考えないでおこうと努めても、――そんな努力など甲斐のないこと！――何か考えらしきものの断片や、思考の端くれと尻尾が至るところから彼の頭の中へ入り込んできては出し抜けに浮かび上がってくるのだ。〈おかしな状態だなぁ！〉――こう言った彼が窓辺に寄って眺めた先には、道が楢の木立を突っ切り、その末端に立ち去ったコリャースカの巻き上げる砂埃が未だ収まる様子もなく宙に舞っていた。だが、テンテートニコフはここに置き去りにしたまま、チーチコフの後を追うことにしよう。

第二章

半時間余りが経過して馬たちがチーチコフを運んできたのは十露里の隔たりを通過したところ——最初は楢の木立を抜け、そのあと、耕したばかりの畝のあいだに青みを帯び始めた作物を越え、そのあと、丘陵の外れまで来るとそれとともに刻一刻と彼方の景色は開けていった——そして、枝ぶりの良い菩提樹の広い並木道を通って彼は将軍の村の中へと運ばれていった。この菩提樹の並木は根元に枝編みの箱で囲んだ山鳴の並木へと一変すると、その突き当たりには向こうの透けた鉄製の門があり、奥から見える破風はごてごてとした立派な彫刻入りの将軍宅のそれで、コリント式柱頭を戴く八つの柱に支えられていた。至るところに臭い漂っていたのはペンキで、これのお蔭で何ひとつ古びることもなく、絶えずすべてが更新されているのだった。中庭はその清潔さが寄木の床を思わせた。玄関前に到着すると、チーチコフは恭しく車寄せの上に跳び乗り、ご挨拶を申し上げたいと言い付けると、直接将軍の書斎へと招じ上げられたのだった。

　将軍がチーチコフを驚かせたのはその堂々たる押し出し。将軍がその時羽織っていたのはサテン地で木苺色のハラート。隠し隔てのない眼差し、雄々しい面立ち、揉み上げと大きな口髭には白いものが混じり、髪は短く刈り込まれ、後頭部ともなると五分刈り、首は太くて広く、いわゆる三段顎ないしは三枚襞には横一文字の筋が刻まれ、声は低音で少しばかり掠れ、身のこなしは将軍然としている。ベトリーシェフ将軍は他の罪深きわれわれ同様、多くの美点と多くの欠点を天から授かっておられた。そのいずれもが、ロシア人によくあるように、彼においてはどこか絵に描いたような乱雑さでもって素描されていた。自己犠牲、決定的な瞬間における寛大さ、勇敢さ、知性――そしてこのすべてに加えて――自己愛、野心、自尊心、些細なことで気に障るところや、常人ならばもはや避けて通れぬそれはもう沢山のことが混ざり合っていた。自分よりも先に昇進していった者のことが彼には全員いけ好かず、連中のことは嘲笑的で辛辣なエピグラムの中で痛烈に表現していた。中でも一番彼が嗤いものにしていた以前の同僚は、知性でも能力でも自分より劣ると見下していたにもかかわらず、彼を追い越し、すでに二つの県の知事になり、しかも何という面当てであろう、その県のどちらにも将軍の在所があったものだから、彼は元同僚に服属する形になったわけである。仕返しまでにと事あるごとに元同僚を貶し、如何なる訓令であろうが非難し、どんな措置や対処がなされてもそこに愚鈍の極みを看て取るのだった。お人好しであるにもかかわらず、将軍には人を嘲笑うところがあった。概して、彼は一番であることが好きで、お香が好きで、自分の知性をひけらかし自慢するのが好きで、他人の知らないことを知っているのが好きで、何か自分の知らないことを知っている連中のことが嫌いだった。半ば外国的な教育を受けてきた彼だが、同時にロシア的な旦那の役割を果たしたいとも思っていた。性格にこれほどムラがあり、美点と欠点がこれほど大きく目立ったものだから、職場で山ほど不快なことに遭遇せねばならなかったのはこれ必然で、その結果、退官するに当たっては、悪いのはすべてと或る反対勢力だと非難するばかりで、自分に何らかの落ち度があったと言えるほどの寛大さは持ち合わせていなかった。退官後も彼はこれまでの絵に描いたような威厳ある態度を保ち続けた。フロックコートであろうと、燕尾服であろうと、ハラート姿であろうと——彼は常に同じだった。声からほんのちょっとした身振りまで彼の中のすべては権力者然とした、人に指図するようなところがあり、階級の低い者からすれば畏敬の念でなければ、少なくとも気後れを感じさせるところがあった。

　チーチコフはそのどちらも、つまり、畏敬も気後れも感じ取った。恭しく頭を横に傾けながら彼はこう始めたのである。

——閣下への表敬に伺うことと義務かと存じました。戦の原での救国の勇者たちが示した武勲に畏敬を抱きつつ、閣下の前へ直々のご挨拶に上がること、これ義務と存じ上げておった次第でございます。

　将軍にはどうやらこのような前口上がお気に召さなかったようである。首を実に慇懃に動かすと、こうおっしゃったのである。

——お会い出来て実に光栄ですな。どうぞお坐りになって下さい。どこにお勤めでいらしたのですかな？

——わたくしの活動は、——チーチコフは肘掛け椅子の真ん中にではなく、少し斜めに腰掛け、手で肘掛けの手すりを掴みながらこう言ったのだった、——税務院をもって最初と致しまして、閣下、その後の流れは各方面にて続けて参りました。地方貴族裁判所にも、建築委員会にも、税関にもおりました。わたくしの人生は波間に漂う小舟に喩えられますでしょうか、閣下。忍耐の上で大きくなったとでも申し上げましょうか、忍耐という乳に育まれ、忍耐という襁褓（むつき）を当てられ、わたくし自身、言うならば、忍耐そのものという他ございません。今やわが人生の夕刻とも言うべき時にありまして、余生を過ごすべき一隅を探しております。しばらくの間、閣下のお隣にお住まいの方のところに逗留しておりまして……。

——それはどちらですかな？

——テンテートニコフのところです、閣下。

将軍は顔を歪ませた。

——彼は、閣下、実に後悔されておりました、然るべき敬意を払えなかったことを……。

――何に対してですかな?

――閣下の功績に対してでございます。申し開きが出来ないんです。こう申しております、〈自分にせめて何とかすることが出来ればいいのですが……救国の勇者たちにどう感謝すべきであるかは確かに存じ上げているのですから〉――と申しております。

――お待ち下され、どうしてまた彼は?……。そもそもこちらは腹など立ててはおらんのですからな!――態度を和らげた将軍はこう言った。――心底こちらは彼のことが好きになりましてな、いずれそれはもう立派な人物になられるものと確信しておるんですから。

――恐縮ながら、まさしくおっしゃる通りかと存じます、閣下、それはもう立派な人物ですとも、言葉の才あり、健筆を振るわれる方ですから。

――しかし、書くものといっても下らんもの、詩か何かじゃないのですかな?

――いいえ、閣下、下らぬものではございません……。

――では何を?

――彼が執筆しているのは……歴史であります、閣下。

――歴史とは! 何の歴史ですかな?

――歴史といいますのは……――ここでチーチコフは言い淀むと、目の前に将軍が坐っていたからなのか、それともただ単に話題にさらなる重みを持たせようとしたためなのか、こう付け加えたのである。

――将軍たちに関する歴史でございます、閣下。

――将軍に関するものですと! どの将軍ですかな?

――将軍全般に関するものでございます、閣下、全般的に……つまり、敢えて申し上げれば、わが国の歴代将軍に関するものでございますよ、――とチーチコフは答えたものの、肚の中では〈何をまた俺はとち狂ったことを言ってんだ?〉とふと思った。

――失礼ですが、今ひとつ分かりかねますな……それは何ですかな、ある時代の歴史なんですかな、それとも将軍の伝記ですかな、あと、歴代全員のものなのか、それとも十二年の戦役に出た者だけなんですかな?

――如何にも、閣下、十二年の戦役に参戦された方々であります！――こう言ってしまうと彼は〈あとは野となれだ、知るもんか〉と独り思ったのである。

――そんなことならどうしてまた彼はウチに来ないんですかな？　私なら彼のためにそれはもう実に興味深い素材を集めることも出来るというのに。

――それが出来ないのであります、閣下。

――何を呆けたことを！　大して中身のない言葉ひとつのために……。大体私はそのような人間じゃありませんでな。何なら、彼のところに自分から出向いて行っても構わんのだが。

――それは彼が自らに許すところではございません、彼の方から参じるところでありましょう、――とチーチコフは言うと、同時に肚の中ではこう思ったのだった、〈将軍たちの歴史なんてしかしうまく言ったもんだ、あんなの全く口から出任せだったのに〉と。

　書斎の中でゴソゴソという音がした。彫刻入りの戸棚の胡桃の扉が勝手に開いたのである。開いた扉の裏半分から嫋やかな手で把手を掴んで姿を見せたのは生きた人影だった。もし暗い部屋の中で透かし絵が後ろからランプで照らされていきなりぱっと輝いたとて、この生命に輝く人影ほどの驚きは与えられなかったであろう、それはまるで部屋全体を照らし出すべく姿を現したかのようだった。まるでその人影とともに陽光が部屋に差し込んできたかのようで、突如として天井、カーテンレール、暗い部屋の隅がぱっと明るくなったのである。その人影は燦々と輝ける身丈のように思えるものだった。それは人を惑わすものにして、その魅惑は稀に見る均整のとれた体つきと、頭から指先に至るまで体の部位すべての調和した比率のもたらすものだった。一色（いっしき）のドレスがその人影の上には掛けられていたが、その掛け方にしても、首都のお針子たちが頭を突き合わせ、どう飾ればよいものかと相談し合ったような趣きがあるかに思えた。それはまやかしだった。その着こなしは無造作、ひとりでにこうなっただけのことで、二、三ヶ所裁断前の布地を折り合わせれば体にぴったりとまとわりつき、その人影にしっとり落ち着いた時に出来た襞などは彫刻師がすぐさま大理石の上に転写してもおかしくないもので、モードに合わせて着飾る令嬢たちなどこの人影を前にすればどなたさんも手織りのジャケットか何かに思えてしまう。チーチコフはその顔をアンドレイ・イヴァーノヴィチの絵でおよそ馴染みがあったはずなのだが、彼女を見る彼は当惑していて、やがてわれに返って気づいたのは彼女に大きな欠点があることだった。それは他でもない——太っているという欠点であった。

——ウチのお転婆さんをご紹介致しましょう！——と将軍はチーチコフに向かって言った。——それはそうと、お宅のお名前と父称をまだお聞きしておりませんでしたな。

——尤も、勇敢さをもって名を馳せておらぬ者がその名と父称を名乗る必要などございますでしょうか？——とチーチコフは答えた。

——そうは言っても、やはり、お訊きせねわけには……。

——パーヴェル・イヴァーノヴィチと申します、閣下、——チーチコフはこう受け答えすると、首を軽く斜めに傾げた。

——ウーリンカ！　パーヴェル・イヴァーノヴィチが先ほど実に興味深いことを知らせて下さってね。ウチのご近所のテンテートニコフは儂らが思っておったほど馬鹿な者ではなかったようだよ。彼はかなり重要な仕事をやっておってな、十二年に従軍した将軍たちの歴史を書いておるんだそうな。

ウーリンカは突然ぱっと明るくなったようで、活気を取り戻したかに見えた。

——あの方が馬鹿だなんて誰が思ってまして？——彼女はこう早口で言った。——そんなこと考えられるのは、パパが信用してるヴィシネポクローモフっていう中身も何にもないゲスな人くらいですわよ！

——どうしてゲスだなんて？　あの男の中身が多少足りんところは事実だがな、——と将軍は言った。

——あの人って卑劣だし、嫌らしくってよ、中身が足りないだけじゃありませんもの、——と威勢よくウーリンカは言葉を継いだ。——どこにあんなに実の兄弟を怒らせて、しかも血を分けた姉妹を家から追い出せるような人なんていいます、あの嫌らしい人はね……。

——しかし、それは他人がそう言ってるだけじゃないか。

——何にもないのにそんな話、出てこなくってよ。

お父様には善良な魂と稀有な心がおありですけど、なさることといったら、人からまるで勘違いされるようなことなんですもの。家にお通しになる人だって、馬鹿なことくらいご存じなのに、そうなさるのはその人がただのおべんちゃらがうまくて、下心から擦り寄るのが達者だからなんですわ。

――可愛い娘よ！ そうはいっても追い出すわけにはいかんじゃないか、――と将軍は言葉を返した。

――追い出す理由をお訊ねですけど、じゃあ愛する理由なんてあるかしら?!

――そこは違いますよ、お嬢様、――とチーチコフはウーリンカの方に首を少しばかり傾け、感じのいい笑みを浮かべながら言葉を添えた。――キリスト教ではまさにそういった者こそわれわれは愛さねばなりません。

そしてすぐさま将軍の方に向き直り、笑みを浮かべながら、もはや少しばかり狡そうな口調でこう言ったのである。

――いかがでしょう、閣下、これまでにお聞きになったことはおありでしょうか――〈儂らの黒いところを愛しとくれ、白い儂らなんぞ誰だって愛してくれるから〉[100]というのは？

――いいや、聞いたことないですな。

――これがまた実に中身の込み入ったアネクドートでありましてね、――とチーチコフは狡そうな笑みを浮かべて言った。――ある領地でのことでして、閣下、グクソーフスキィ公爵宅であります、無論この方は、閣下、ご存じでいらっしゃるかと……。

――存じませんな。

――そこの番頭というのがですね、閣下、ドイツ系の若者でありまして。新兵の調達その他の用事で町に出なければならなかったのですが、当然ながら、裁判所員に賂をする必要もあったわけです。――ここでチーチコフはぐっと目を細めると、その顔に裁判所員がその賂を受け取る時のような表情を作って見せた。――尤も、彼らもまたその若者のことが気に入りまして、ご馳走をしたわけです。そこである時、連中が昼食をとっておりますと、その若者がこう言うわけでございます。「いかがです、皆さん、またいつかウチへ、公爵邸にまで足をお運び下さい」 すると連中は「参りますとも」と言うわけです。その後まもなくしますと、裁判所が調査のため出向することに相成りまして、トレフメーチエフ伯爵の領地内で起こった事件なのですが、この方のことは、閣下、無論ご存じでございましょう。

——存じませんな。

——調査なんてのは連中行いませんで、裁判所員は皆でもって経理場で伯爵家の経理係をしている爺さんのところに立ち寄りまして、三日三晩ぶっ通しでカート遊びに興じたわけです。サモワールとパンチは当然、テーブルから下げられるなんてことはございません。経理の爺さんもいい加減連中にはうんざり致しましてね。何とかこの連中を厄介払い出来ぬものかと思い、こう言うわけです。「どうですか、皆さん、領主の番頭をやっておるドイツ人のところへお立ち寄りになってはいかがですかな。ここからさほど遠くないところで皆さん方をお待ちしておりますんで」——「それもそうだな」——と申しますと、まだ酔いも半ば抜けず、無精鬚で眠気まなこのまま荷馬車に乗り込み、そのドイツ人の元へ向かったわけです……。一方、そのドイツ人というのが、閣下、実はその頃結婚ほやほやでして。そのお相手というのが女学生、若くてか弱い娘さん（チーチコフは顔の表情でそのか弱さを作って見せた）。二人してお茶を飲みながらほっこりとしておりましたところに、いきなり扉が開きまして、どっと大挙して押しかけてきたわけです。

——分かりますな、連中もなかなかなもんだ！——と将軍は笑いながら言った。

——番頭はあまりのことに唖然とした状態で、「何の御用でしょう？」と言うわけです——「ああ！　話には聞いてたが、これがお前さんの正体だったとはな！」するとこの言葉とともに連中の顔も面構えもがらりと一変致しまして……「取りかかれ！　どんだけの酒を領地内で醸造しているんだね？　帳簿を見せ給え！」言われた方は右往左往するばかり。「さあ、証人を連行しろ！」御用となってお縄にかかり、町へ連れて行かれてから一年半のあいだ、そのドイツ人は牢屋でお勤めすることになったわけです。

——こりゃまた！——と言ったのは将軍。ウーリンカは両手を打ち鳴らした。

——妻の懇願がありましてね！——とチーチコフは続けた。——まあ、経験なんてない若い奥方に何が出来ましょう？　有り難いことに、たまたま善良な方々がおりまして、和解するよう勧めたわけです。管理人の彼は二千ルーブルと昼食をご馳走することでけりをつけたわけです。そして、全員がすっかり盛り上がっている昼食の際、彼もその例には漏れませんでしたがね、連中が彼にこう言うわけです、「儂らにあんな仕打ちをするなんぞ恥ずかしく思わんかね？　お前さんは儂らのことがいつも身だしなみ良く、髭も剃りあげ、燕尾服を着てるところを見たいんだろうがね。そうじゃないんだ、儂らの黒いところを愛しとくれ、白い儂らなんぞ誰だって愛してくれるからな」

　将軍は大笑いしたが、物憂げにも唸り声を上げたのがウーリンカだった。

――どういうこと、パパ、よく笑えるものだわ！――彼女は早口で言った。怒りでその美しい額は暗くなってしまった……。――その連中のしたことなんて、全員どこに追っ払えばいいか分からないくらい不埒な行いなのに……。

――いいかい、儂は少しも連中のことを庇(かば)ったりする気はないんだよ、――と将軍は言った、――だが、滑稽なんだから仕方なかろう？　その何だ、〈儂らの白いところを愛しとくれ〉だったかな？……。

――黒いところであります、閣下、――とチーチコフは言葉を継いだ。

――儂らの黒いところを愛しとくれ、白い儂らなんぞ誰だって愛してくれるから、か。ハ、ハ、ハ、ハ！

　すると、将軍の上半身はこの笑いでわさわさと揺れ始めた。両肩は房がかつてたっぷりぶら下がっていた肩章を付けて顫えていたが、その様子はまるで今なお肩章にそのお房が一杯ぶら下がっているかのようだった。

　チーチコフもまた同じくこの笑いの感嘆詞を自らに許したのだが、将軍への敬意からハをヘに替えて、ヘ、ヘ、ヘ、ヘ、ヘ！と笑った。すると、彼の上半身もまたその笑いでわさわさ揺れだしたが、肩が顫えるまでには至らなかった、何しろ、房をたっぷりぶら下げた肩章は付けてなかったからだ。

――分かりますな、なかなかなものだったでしょう、無精髭の裁判所ともなると！――と将軍はなおも笑いながら言うのだった。

――そうなんですよ、閣下、いずれに致しましても……一睡もせずにね……三日間ぶっ通しですから、寝ずの番と同じようなものですよ。そりゃあもう連中だってくったくたになったでしょうなぁ、――とチーチコフはなおも笑いながら言うのだった。

ウーリンカは肘掛け椅子に腰を下ろすと、片手でその美しい目を覆い、まるで自らの憤りを誰とも分かち合えぬことに腹を立てているかのようにこう言ったのである。

――どうなのかしら、あたしはとにかく腹立たしいだけだわ。

正味な話、実に奇妙だったのは、こうして会話する者の胸中に生じた感情がそれぞれ三者三様だったことである。一人はドイツ人の機転のなさを面白がった。もう一人は滑稽な立ち回りでペテン師どもが難を逃れたのを面白がった。さらにもう一人は何お咎めもなく不公平な行いがなされたことを悲しがったのだ。ただここには、同時に笑いと悲しみを引き起こすことになった当の言葉をじっくり考えるような四番目だけがいなかった。しかしそれにしても、淪落しつつもその救いようのない汚れた人間が自分を愛せと要求するとは、これ一体如何なることであろう？　これぞ動物的本能というものか、はたまた卑しき情欲に押しひしがれた魂の発せる弱々しき叫喚で、醜悪卑劣を重ねて凝り固まりつつある面の皮からなおも漏れ出ては、〈兄弟よ、助けておくれ！〉とでも訴えかけているのであろうか。何にもまして辛いのが兄弟の破滅せんとしている魂であると感じ入るような四番目はいなかった。

――どうなのかしら、――とウーリンカは顔に当てていた手を外しながら言うのだった、――あたしは腹立たしいだけだわ。

――ただね、お願いだから、儂らのことは怒らんでくれよ、――と将軍は言った。――この話には何の関係もありゃせんのでな。儂にキスしたあと部屋に戻りなさい、儂は今から昼食があって着替えをせねばならんのでね。だってあんたは、――と突然、将軍はチーチコフの方に向きながら言ったのである、――ウチで昼食をとっていくんだろう？

――もっぱらその、閣下が……。

――堅苦しいことは抜きにしよう。シーがあるんだよ！

チーチコフは感じよく首を下げ、そのあと少しばかり擡げた時にはもうウーリンカの姿はなかった。彼女は消えていたのだ。彼女の居た場所には髭と揉み上げがぼうぼうの馬鹿デカい従者が銀の盥と手洗器を両手に持って立っていた。

――あんた、ここで着替えさせてもらっても構わんかい？――と将軍はハラートを脱いで、シャツの袖にその豪傑の腕を通しながら言った。

――どうぞお気遣いなく、お着替えどころか、閣下のお気に召されることなら何でもわたくしのいる前でなさって下さって結構ですので、――とチーチコフは答えた。

将軍が顔を洗い出すと、バシャバシャ、ブーブーいうその姿はまるで鴨のようであった。石鹸で泡だった水が方々に飛び散った。

――何だったかな？――と将軍はゴシゴシと太い首筋のあちこちを洗いながら言った、――儂らの白いところを愛しとくれだったかな？……。

――黒いところです、閣下。

――儂らの黒いところを愛しとくれ、白い儂らなんぞ誰だって愛してくれるから、か。実に、実にいい！

チーチコフの気分はいつになくご機嫌なもので、ある種の高揚感すら感じていた。

――閣下！――と彼は語りかけた。

――何かね？――と将軍は答えた。

――もう一つお話がありましてね。

――どんな？

――これもやはり滑稽なものなんですが、わたくしからすれば滑稽ではありませんで。それでもいかがでしょう、もし閣下が……。

――そりゃまたどうして？

――それがですね、閣下、こういうことでしてね！……――ここでチーチコフは周りを見渡し、従者が盥を持って出て行くのを見るとこう始めたのである――わたくしには叔父貴がおりまして、耄碌した爺さんです。ウチは三百の魂を抱えているのですが、わたくし以外には跡継ぎが一人もおりません。自分で領地を管理するとなっても耄碌ゆえに能わぬこと、なのにわたくしには渡そうとも致しません。そこで持ち出す理由というのがまた何とも奇妙なものでして、「わしゃ甥のことなんぞ知らんぞ、ひょっとしてそいつは金遣いが荒いかもしれんしな。何ならそいつに自分が信頼出来る人間だってことを証明させればいい、先ずは自分の力で三百の魂を購入してみるこった、そうすりゃ儂の三百の魂だってそいつにくれてやるよ」とこう言うわけです。

――何たる馬鹿者！

――そうおっしゃるのもごもっともです、閣下。ただし、今度はわたくしの置かれている立場をご想像下さい……――ここでチーチコフは声を落とすと、まるで秘密でも明かすみたいに話しだしたのである。――叔父貴の家には、閣下、鍵守の女がおりまして、その鍵守にまた子供がありまして。今にも全部、連中の手に渡ってしまうかもしれないんです。

――馬鹿な爺さん、焼きが回ってしまったんだな、でもそれだけのことだよ、――と将軍は言った。――ただ分からんな、この儂に何が出来るというのかね。

――そこでわたくし、こういうことを考えてみたんです。次の人口調査名簿が提出されるまでのあいだ、大きな所領を持つ地主では少なからず、生きた魂と並んで、どこかへ行ってしまったのやら、死んだのやらが溜まってくると思うのですが……。そこで仮にです、例えば、閣下からそういった連中をいわば生きている者として不動産登記証明も行った上でお譲り頂けたとすれば、このわたくしもその登記証明を爺さんに突き付けてやれますし、叔父貴だって否が応でも遺産をわたくしに引き渡すのではなかろうかと。

するとこの時、将軍はついぞ誰ひとり笑ったことのないような声で呵々大笑したのである。つまり、腹を抱えて肘掛け椅子に崩れ落ち、首はぐっと後ろに反らして、ほとんど息も詰まらんばかりだったのだ。家中に一気に緊張が走った。目の前に現れたのは従者。娘はびっくりして駆け寄ってきた。

――パパ、一体どうしたの？

――大丈夫だ、わが友よ。ハ、ハ、ハ！　部屋に戻ってなさい、儂らは今から昼食をとるんだよ。ハ、ハ、ハ！

それから何度か息切れして後、またもや新たな力とともに将軍の呵々大笑が噴き出ると、その声は玄関の間から天井の高いよく響く将軍の居室の一番奥の部屋まで鳴り響いたのだった。

チーチコフは不安を感じながらも、この並々ならぬ笑い声が止むのを待った。

――いやぁ、兄弟、失敬だった。お前さんのその話は悪魔からの直伝だろうな。ハ、ハ、ハ！ 爺さんに一杯食わせて、死人を掴ますとはね！ ハ、ハ、ハ、ハ！ 叔父貴な、叔父貴！ 何てまあ馬鹿な叔父貴かね！ ハ、ハ、ハ、ハ！

チーチコフは厄介な状況に立たされていた。その場には従者が口あんぐりで、目が点のまま立ち尽くしていたからだ。

――閣下、そもそもこの笑いを思いついたのは涙でありまして、――と彼は言った。

――失敬したな、兄弟！ けど、死ぬほど笑わせてもらったよ。五万ルーブル払ってもいいね、お前さんの叔父貴を一目見るためなら、で、お前さんはといや、その叔父貴に死んだ魂の登記証明を持って行くわけか。それにしても、よっぽど老い耄れなのかい？ 歳はいくつだね？

――八十になります、閣下。ただ、これは内密なことなのですが、わたくしはその……出来れば……。

――チーチコフは意味ありげに将軍の顔を見ると、同時に横目で従者の方を見た。

――下がっててくれ、兄弟。あとで来てくれ、――と将軍は従者に言った。髭男は下がっていった。

――無論、儂だってよーく分かるとも。そりゃもう馬鹿爺だからね！ 八十ともなればそれほど耄碌もするわけだ！ 何、見た目はどうなんだい？ 元気なのか？まだ歩けるのか？

――歩いておりますが、それもやっとといったところで。

――とんだ馬鹿だな！ 歯もあるのか？

――歯は二本だけございます、閣下。

――とんだ驢馬だな！ 兄弟、怒らんでくれな……だって、それじゃ驢馬じゃないか……。

――如何にも、閣下。わたくしにとっては身内でございますし、こんなことを認めるのは辛ろうございますが、でも確かに、驢馬ございます。

尤も、読者自身もお分かりのように、チーチコフにとってこんなことを認めるのは辛くなかったし、況してや、彼にこれまでそんな叔父貴がいたとも先ず考えられない。

――つきましては、閣下、もし宜しければそのぉ……。

――お前さんに死んだ魂を譲るって話かね？　そんな拵えごとなら、土地と住まいも一緒に付けてやるさ！　墓地ごとごっそり持って行くんだな！　ハ、ハ、ハ、ハ！　爺さんな、爺さん！　ハ、ハ、ハ、ハ！　何て馬鹿だろうね！　ハ、ハ、ハ、ハ、ハ！

　すると、将軍の笑い声がまたもや将軍の居室に鳴り響いたのだった。[101]

第三章

〈いや、そうじゃない、――かく言うチーチコフが再び身を置いていたのは、遮るものの一つない野原と空白地帯のど真ん中だった、――違うんだ、俺の切り盛りの仕方はそうじゃない。神さまのご加護により万事滞りなく終わらせてもらって、本当の意味での成功者になって何ひとつ困らない生活が出来るようになりさえすれば、その時は身の振り方も全く変わるさ。何しろ、料理人も裕福な家も手に入るんだからな、けど、経営の方だって万端整うってもんさ。うまく遣り繰りして、毎年少しずつ跡継ぎのために貯蓄をするんだ、神さまが嫁さんに子宝を授けてくれたらの話だが……〉――おいこらぁ、馬鹿ちん！

　セリファンとペトルーシカは二人とも馭者台から振り向いた。

　――どこに向かってるんだ？

――言いつけの通りですよ、パーヴェル・イヴァーノヴィチ、コシカリョーフ大佐のところです、――とセリファンは答えた。

――道は訊いたのか？

――あっしはその、パーヴェル・イヴァーノヴィチ、ご覧の通りずっとコリャースカの周りでばたばたしてたもんで、ですんでそのぉ……将軍んちの馬丁は見やしましたが……。でも、ペトルーシカが馭者に訊ねてまして。

――何やってんだ馬鹿！　ペトルーシカなんかに任すなって言ってあるだろ。ペトルーシカは木偶の坊だってな。

――でも、これといって難しいことなんてありゃしませんよ、――とペトルーシカは横目で見ながら言った、――山を下ってまっすぐ道を取る以外、あとは何もありゃしませんや。

――でもお前、どぶろく以外にはどうなんだ、何も口にしちゃいないだろうな？　ひょっとして、今もへべれけなんじゃないのか？

話が思わぬところに展開したのに気づくと、ペトルーシカはただ顔を背けた。口にしようとも思わなかったと言いたかったが、どうしたわけか自分でも恥ずかしくなったのだ。

――コリャースカは乗り心地が宜しいですな、――とセリファンは振り返りざまに言った。

――何だって？

――あの方のコリャースカは、パーヴェル・イヴァーノヴィチ、乗り心地が宜しいですな、と申し上げたんです、ブリーチカよりもずっといい、揺れませんので。

――さあ行った、行った！　お前にゃそんなこと訊いちゃおらんよ。

セリファンは馬たちの出っ張った脇腹に軽く鞭を打つと、ペトルーシカに話を向けた。

――なあ、コシカリョーフって旦那はムジークにドイツ人みたいな恰好をさせてるらしいぜ。遠くからだと見分けがつかなくってさ、白鳥みたいにひょこっ、ひょこって出てくるところなんてドイツ人みたいなんだってよ。百姓女が被ってる頭巾はよくあるピローグみたいな奴でもなけりゃ、ココーシニク（頭飾り）を被ってるんでもなくてさ、ドイツのカーポル（ポークボンネット）さ、ドイツ女が被ってるみたいなあれだ、カーポルなんだよ、カーポルってんだ、分かるか、カーポルってな。ドイツのその、カーポルってな。

――じゃあお前さんもそのドイツ人みたいにカーポルでおめかしすりゃいいじゃねぇか！――とペトルーシカはセリファンに毒づくと、嘲るように笑ったのである。しかしまたその嘲り笑いで何て面になったことか！　嘲り笑ってるようなところなどどこにもなく、それはまるで鼻炎になった男がくしゃみをしたいのにくしゃみが出来ず、今度こそくしゃみをするぞといった状態で固まってしまったような面をしていた。

チーチコフは上で何が起こってるのか知りたいと思って下から彼の面を覗き見ると、「いかすじゃないか！　しかも、自分じゃ男前だと思ってるんだからな！」と言った。申し上げておかねばならぬが、パーヴェル・イヴァーノヴィチの深く確信するところでは、ペトルーシカは自分の美しさに惚れ惚れしてはいるが、時として自分が不細工かどうかすら完全に忘れてしまう有様なのだ。

――全くうっかりしておりましたよ、パーヴェル・イヴァーノヴィチ、――とセリファンは馭者台から振り向きざまに言うのだった、――アンドレイ・イヴァーノヴィチのところで別の馬を斑の代わりに借りればよかったですよ、あの方なら旦那にも友人のように接していらっしゃるから断ったりはしなかったでしょ、けど、この馬ときたら、ほんと、馬の悪党で邪魔もんでさぁ。

――さあ行った、行った、無駄口叩いてんじゃない！――とチーチコフは言ったものの、肚の中では〈確かに言う通り、うっかりしてたもんだ〉と思った。

軽やかな足取りでその間進んでいった軽車両のコリャースカ。時に道が平らでなくとも軽やかに駆け上がり、村道の下り坂が穏やかならぬ場所でも軽やかに駆け降りていった。山を降り切った。道は牧場に沿いながらくねる川を越え、水車のそばを通りすぎた。遠方には砂地がちらつき、絵に描いたような山鳴の木立が一つ、また一つと姿を現し、一気に彼らの前を飛びすぎていく蔓草の藪、細い榛木（はんのき）、そして銀色のポプラがその枝で馭者台に坐っていたセリファンとペトルーシカをぺしぺしと叩（はた）いていった。ペトルーシカはお蔭でひっきりなしに鍔帽を弾き落とされる始末だった。腹立ち紛れの召使いは馭者台を飛び降りると、とんまな木とそれを植えつけた主人のことを悪しざまに言うには言うが、鍔帽を紐で留めるだの、手で抑えるだのといったことまでは考えが至らず、この先はもう弾かれたりはせぬだろうと高をくくってしまうのだった。だが木立はますます鬱蒼となり、山鳴と榛木に加えて白樺が加勢し、忽ち周辺は森の茂みといった様相を呈したのである。太陽の光は隠れてしまった。松と唐檜の林は暗さを増した。延々と続く森の漆黒の闇は濃さを増し、まるで夜へと変貌するのを待ち構えているかのようだった。すると突如木立のあいだ、そこかしこにある枝や切り株のあいだから光が差し込む様子は水銀か鏡さながらだった。森は照らし出され、木は疎らになってゆくと、叫び声が聞こえだした――すると突然、彼らの前に湖が現れたのである。水の平原は横幅が四露里ほどで、その周囲には木立、その後ろには小屋が見えた。人が二十人ほど腰や、肩や、それに首まで浸かりながら、対岸へと地引きの網を引っ張っていた。その彼らの真ん中には素早い泳ぎを見せては叫び声を上げ、皆の音頭取りをする男が一人、その丈といい、幅といい、ほぼ同じ寸法で、円のように真ん丸く、まさに西瓜そのもの。幅があったため、彼はもはや何があろうと沈むことが出来ず、潜りたい一心にどんだけもんどりを打ったとて水は恐らくその男の体を上に突き返したであろうし、その背中に人が二人乗ったとてしつこい泡沫みたいにその二人と一緒に水面に留まり、少しばかりその下でぼこぼこ言いながら鼻と口から泡を出したのではなかろうか。

――あれは、パーヴェル・イヴァーノヴィチ、――とセリファンは馭者台から振り向いてこう言ったのである、――きっと旦那のコシカリョーフ大佐ですよ。

――何で分かる？

――何でかと申しますと、お体をご覧になれば分かりますが、他の連中より白いですし、恰幅だって堂々としていて、旦那さんらしいですしね。

そうこうしているうちに叫び声がますますはっきりと耳に届いてきた。早口のデカい声で叫んでいたのは西瓜の旦那だった。

――渡せ、渡すんだ、デニースからコジマーに！

コジマーはデニースの尻尾を摑むんだ！　大フォマーは小フォマーの方に体を寄せろ！　入るんだよ右から、右から入れって！　待った、待った、お前ら二人何やってんだ！　この俺を地曳きに絡み取ってどうするつもりだ！　引っ掛かっちまったじゃねぇか、クソったれ、臍に引っ掛かっちまったじゃねぇか。

右翼の引き手たちは立ち止まると、確かにこれまでお目にかかったことのない珍妙な光景が目に入った。旦那が網に絡み取られていたのである。

――見てみなよ、――セリファンはペトルーシカに向かって言った、――旦那さんがお魚みたいに引っ張られちまったぜ。

旦那はジタバタしていると、網の絡まりから逃れようとして背中向きにひっくり返って太鼓腹を仰向けると、さらに網に絡み取られてしまった。網を破ってはいかんと思った彼は捕まえた魚と一緒に泳ぎ、俺を捕まえる時は必ず縄を横に張り渡すんだ、と指示した。旦那が縄で縛り上げられると、縄の先端が岸に向かって放り投げられた。岸に立っていた二十人近い漁師たちがその先端を摑むと、慎重に引っ張り始めた。浅瀬に辿り着くと旦那は立ち上がったが、全身が網の格子目だらけで、それなどはまるで夏場にご婦人がその御手にお召しになられる透け透けの手袋さながらだった――上の方を打ち眺めると、コリャースカに乗って堰に上がろうとしている客人が目に入った。客人を認めると彼は頷いて見せた。チーチコフは鍔帽を脱ぎ、恭しくコリャースカから一礼した。

――昼食は？――と声を張り上げた旦那は、捕まえた魚と一緒に岸に上がりながら片手を両目の上に翳し、もう片方の手は下の方を押さえていて、その恰好は沐浴から上がるメディチのヴィーナス[102]さながらだった。

――いいえ、――とチーチコフは答えた。

――なら、とにかく神さまに感謝するこってすな。

――そりゃまたどうして？――チーチコフは頭の上の鍔帽を押さえながら興味ありげに訊ねた。

――そのどうしてがこれですよ！――こう言った旦那とともに岸へ上がっていたのは鯉と鮒で、彼の足元でピチピチと跳ね、地面から一アルシンも跳び上がっていた。――こんなのは大したことなくてね、気にせんで下さいよ、これぞってのがありますから、ほらあそこに！……。お見せするんだ、大フォマー、蝶鮫だ。――図体のデカいムジークが二人がかりで桶から引っぱり上げたのは怪魚か何かだった。――すごい主（ぬし）でしょう？　川から入って来たんですよ！

――そりゃ確かに主ですな！――とチーチコフは応じた。

――これぞって奴ですよ。先に行ってて下さい、私はあとから参りますんで。馭者の兄ちゃん、この道を降りていくだろ、で、菜園を抜けて行けばいい。おい、ぶきっちょの小フォマーは走って仕切りを外すんだ。私はあとから参りますんで――あっという間です、こっちを振り返る間もありませんから。

〈この大佐はちと変わってるぞ〉――こう思ったチーチコフは延々と続く堰をようやく走り抜け、近づいていった先には百姓小屋があったのだが、そこには鴫の群れみたいに丘の中腹に散らばった小屋があるかと思えば、杭を脚にして立つ鷺みたいな小屋もあった。網、地曳き網、浅瀬用の曳網が至るところにぶら下げられていた。小フォマーが仕切りを外すと、コリャースカは菜園を通り抜け、古ぼけた木造の教会がそばに建つ広場へと入っていった。教会をさらに越えたところには主人宅の屋根が見えていた。

――私ならここにおりますですよ！――声が脇から聞こえてきた。チーチコフは振り返ってみた。あの旦那はすでに彼のそばまで来ていて、服を着た恰好でドローシキに乗っていたのだ――草緑色の南京木綿のフロックコート、黄色のズボン、首にネクタイはなく、まるでキューピッド[103]ではあるまいか！　斜め坐りになっていた彼はドローシキを独り占めしていた。チーチコフは彼に何か言いたかったのだが、その太っちょはすでに姿を晦ましていた。ドローシキは反対方向に姿を現すと、ただこんな声が聞こえてきただけだった、「川魳（かわかます）一尾と鮒七尾はぶきっちょ料理人のところへ持って行ってくれ、あと蝶鮫はこっちに寄越すんだ。俺が直々にドローシキで運んでくから」再びこんな声が鳴り響いてきた、「大フォマーと小フォマー！　コジマーとデニース！」

チーチコフが家の車寄せに馬車を付けると、何とも魂消たことに、ふとっちょの旦那はすでに車寄せにまで来ていて、彼を抱きしめたのである。いつの間にここまで飛んで来られたのか想像も付かなかった。

ご両人は体を三度交差させながらキスをした。

――閣下から宜しくお伝えするようおおせつかって参りました、――とチーチコフは言った。

――どの閣下ですかな？

――ご親類筋に当たられる、アレクサンドル・ドミートリエフ将軍でございます。

――アレクサンドル・ドミートリエフというのは誰ですかな？

――ベトリーシェフ将軍です、――チーチコフは少しばかり驚きながら答えた。

――知らんですなぁ、存じ上げませんなぁ。

チーチコフはこれまたさらに驚いてしまった。

――これまたどうしたことでしょう？……。せめてものこと、こうして今わたくしがお話させて頂いているお相手がコシカリョーフ大佐であればよいのですが？

――ピョートル・ペトローヴィチ・ペトゥーフ、[104]ペトゥーフ・ピョートル・ペトローヴィチですが！

――と主人は言葉を継いだ。

――やれやれ！　よくもやってくれたな、この馬鹿もんが、――と彼はセリファンとペトルーシカの方に向かって言ったところ、二人とも口はあんぐり、目はひん剝いた状態で、片や馭者台に坐り、片やコリャースカのドアのそばに立っていた、――よくもやってくれたな、この馬鹿もんが。ちゃんと言っておいただろ、行き先はコシカリョーフ大佐のところだって……。それがよりにもよってピョートル・ペトローヴィチ・ペトゥーフさんのところだとは……。

――皆ちゃんとお仕事なされてますよ！――とピョートル・ペトローヴィチは口を挟んだ。――ご褒美にあんたら二人にはそれぞれウォッカ一杯とおまけにクレビャーカを出さんとね。馬を外して、今すぐ召使い部屋にお行きなさい！

――お恥ずかしい、――と言いながらチーチコフはお辞儀をした、――とんだ間違いを致しまして……。

――間違ってなんておりませんよ、――とピョートル・ペトローヴィチ・ペトゥーフは快活に答えた、――間違いじゃありませんから。先ずそれよりも昼食がどんなものかお試し頂いて、まあそのあとで、間違いかどうかおっしゃれば宜しいでしょう。ささ、どうぞお上がりになって、――と彼はチーチコフと腕を組むと居間へ招き入れたのである。

チーチコフは随分恐縮しつつ、主人も一緒に通れるようにと戸口で横向きになったのだが、それは無駄な気遣いだった。この主人では一緒に通れなかっただろうし、そもそも彼の姿はすでになかったからだ。聞こえてきたのは、中庭じゅうに響き渡る主人の話し声だけだった。「大フォマーは何やってる？ 何で今だにここへ来てないんだ？ 間抜けのエメリヤン、今すぐぶきっちょ料理人のところに行って、さっさと蝶鮫の腸（わた）を抜くよう言ってこい。白子、腹子、腸、鯉はウハーに入れてな、鮒はソースに入れるんだぞ。あと、ザリガニだ、ザリガニ！ 間抜けの小フォマー、ザリガニはどこにやった？ ザリガニだって言ってんだ、ザリガニは?!」 そして、このあともずっと響き渡っていたのは――〝ザリガニだ、ザリガニ〟。

――いやぁ、主人はとんだどたばたで疲れちまったんだな、――とチーチコフは肘掛け椅子に腰を下ろし、部屋の隅や壁を眺めながら言った。

――私ならここにおりますですよ、――こう言って部屋に入ってきた主人が後ろに引き連れていたのは二人の若者で、夏用のフロックコートを身にまとっていた。ひょろ長いところなどはまるで柳の鞭のようで、そのにょきにょきっと伸び上がったところからしてピョートル・ペトローヴィチより一段と利口そうに見えた。

――ウチの倅です、ギムナジウムに通っております。休日で帰省しておりましてね。ニコラーシャ、お前はお客さんのお相手をして、アレクサーシャ、お前は儂に付いて来なさい。

そしてまたピョートル・ペトローヴィチ・ペトゥーフはいなくなってしまった。

チーチコフはニコラーシャの相手をした。ニコラーシャはお喋りだった。その話によれば、彼らの通うギムナジウムの教育水準はあまり高くなく、おっかさんから送られる贈り物が豪華な奴ほど人気があり、町にはインゲルマンランド軽騎兵連隊が駐屯していて、ヴェトヴィツキィ大尉は連隊長本人よりいい馬を持ってるが、ヴズエムツェフ中尉の方が乗馬は優雅なのだそうだ。

――ところで、どんな状態なのかな、親っさんの領地ってのは？――とチーチコフは訊ねた。

――抵当に入ってますよ、――これに答えたのは再び客間に姿を現した親っさん本人だった、――抵当にね。

チーチコフにはもはや取引が破談となって取り付く島もなくなった者がするのと同じ口の動きをするしかなかった。

――でもどうして抵当なんかにお入れになったんです？――と彼は訊ねた。

――何となくですな。皆が皆抵当に入れだしたでしょ、ならば、連中に遅れを取るわけにいきますか？ 話では、そうする方が得らしいですな。しかも、ずっとここに住んでおりますでしょ、ならいっそのこと、モスクワにでも住もうかって話ですよ。

〈馬鹿だよ、馬鹿！――とチーチコフは思った、――何もかも使い果たしちまうぞ、それに子供たちだって金遣いが荒くなってしまうのに。この村で大人しくしてりゃいいのに、クレビャーカの旦那は〉

――分かってますよ、何をお考えかはね、――とペトゥーフは言った。

――何でしょう？――まごついたチーチコフは訊ねた。

――こうお考えなんでしょ、〈馬鹿だな、馬鹿だよ、このペトゥーフってのは！ 昼食に呼んどきながらその昼食は未だに出てこんじゃないか〉って。今ご用意しますから、何卒お待ちを。髪の短い娘子がお下げをするよりも早く、ウチの料理人が準備しますから。

――親っさん、プラトン・ミハールィチがお帰りですよ！――とアレクサーシャが窓の外を見ながら言った。

――跨ってるのは赤茶の馬だ！――窓の方に身を屈めながらニコラーシャが言葉を継いだ。――どうかな、アレクサーシャ、ウチの暗い灰色の方が下かな？

――上も下もあるもんか、歩きっぷりが違うんだから。

二人のあいだでは赤茶色と暗い灰色をめぐる口論が始まった。そのうちに部屋に入ってきたのは美男子――すらっとした背丈、明るい亜麻色のきらきらする巻き毛、そして黒い瞳。銅で出来た首輪をがちゃがちゃ鳴らす鼻面の犬っころ、お化け犬が彼のあとから入ってきた。

――昼食はお済みで？――とピョートル・ペトローヴィチ・ペトゥーフは訊ねた。

――済ませてます、――とその客人は答えた。

――何ですかまた、私を笑い者にでもしにいらしたわけですか？――とペトゥーフは腹立ち紛れに言った。――昼食のあとの貴方に何の用があるっていうんです？

――尤もね、ピョートル・ペトローヴィチ、――ほくそ笑みながら客人は答えた、――お慰めに申し上げれば、昼食では何も食べませんでしてね。何しろ、全く食欲がありませんで。

――こっちじゃ何が釣れたと思います、お見せしたかったですな！　そりゃもうでっかい蝶鮫を授かりましてな！　鮒なんて数でもありませんでしたよ。

――お話を聞いていると羨ましいくらいですな、――と客人は言った。――私にも貴方みたいに明るくなれるように仕込んで下さいよ。

――何がそんなに退屈なんです？　止しましょうよ！――と主人は言った。

――何が退屈かって、そりゃ退屈だからですよ。

――しっかりお食べになっていない、それだけですよ。まあ試しにちゃんと昼食をお取りになればいいんです。大体からしてここ最近のことですよ、退屈なんてことを言い出したのは。昔は退屈なんて誰もしてませんでしたからね。

――自慢話は結構ですよ！　さもご自分はこれまで退屈したことがないみたいな言いようじゃありませんか？

――一度もありませんな！　見当もつかん話だし、そんな退屈しているような時間だってありませんからな。朝起きるでしょ、そうなりゃお茶を飲まにゃならんし、番頭だっていれば、魚釣りにも行かにゃならんし、見てる間に昼食だ。昼食のあとなんて鼾をかいている暇もなくって、そしたら夕食、でもって、そのあと料理人がやって来て、明日の昼食を注文せんといきませんからな。これでいつ退屈するっていうんです？

この会話のあいだ、チーチコフは客人のことをじろじろ見ていた。

プラトン・ミハールィチ・プラトーノフはアキレスとパリスとが一つになったような人物だった。すらっとした体格、絵に描いたような背丈、爽やかさ

――このすべてを彼は併せ持っていたのだ。感じの良いほくそ笑みには軽くアイロニーが漂っていて、それが何とも彼の美しさをさらに引き立たせていた。だが、それにもかかわらず、彼にはどこかさっぱりとせぬ、夢心地なところがあった。情熱、悲しみ、驚きにより、その無垢にして爽やかな彼の顔に皺が寄ることはなかったが、また同時に活気を与えることも出来なかった。

――正直申し上げますと、わたくしも、――こう口を開いたのはチーチコフだった、――お言葉ではございますが、合点が参りませんですな、貴方ほどの風貌を持ちながら退屈するなどとは理解致しかねますよ。無論、他にもあれこれ理由はございましょうがね。お金にお困りだとか、どこかの悪人どもに追い詰められているとか、それも時によっては命まで狙われているとか。

――まさに問題というのは、そういうことが何ひとつないってことですよ、――とプラトーノフは言葉を返した、――信じて頂けるか分かりませんが、時に私なんてそんなことがあってくれないか、何か動揺したり不安になったりするようなことが起こらないものかと思ったりするんです。そのぉ、単に誰かが私を怒らせるとかでも構わない。でも、そうはならないんですよ！　退屈、とにかくこのひと言でしてね。

――分かりませんな。でも、ひょっとして、お宅の領地が充分でないとか、魂が少ないとかってことじゃありませんか？

――ぜーんぜん、ウチは兄弟で合わせて土地は一万デシャチーナ[105]ありますし、そこに千魂（せんたま）の農民がおりますからね。

――それでも退屈だとはね。分かりませんな！　では、ひょっとして、領地が荒れているとか？　不作続きで、多くの人が亡くなったとか？

――むしろ逆ですよ、何もかも至って順調でしてね、ウチの兄はそれはもう遣り手の主人ですので。

――分かりませんな！――チーチコフはこう言って肩を窄めた。

――なら、私らがその退屈とやらを今から追い出してみせますとも、――と主人は言った。――アレクサーシャ、今すぐ台所までひとっ走りしてな、料理人に言ってさっさと儂らんところにラステガイを届けさせろ。それにしてもあの間抜けのエメリヤンと盗人のアントーシカはどこ行ったんだ？　何で前菜が出てこんのだ？

　すると扉が開いたのである。間抜けのエメリヤンと盗人のアントーシカがナプキンを持って姿を現し、食卓の準備をすると、そこに置いたお盆の上には六本の水差しの中に色とりどりの浸酒が入っていた。間もなくしてそのお盆と水差しの周りを取り囲んだのがお皿の首飾り――腹子、チーズ、塩漬けの原茸（はらたけ）、オピョンキ（木株に生える茸類）、また新たに台所からは蓋をした皿で何かが運ばれてきたが、その隙間からはぶつぶつ言う脂の音が聞こえた。間抜けのエメリヤンと盗人のアントーシカは気のいい、気転の利く奴らだった。こういう名前を主人が付けた理由は唯ひとつ、渾名がないと何とも味気なかったからで、主人はこの味気なさというのが嫌いで、彼自身お人好しだったが、口にする言葉は辛辣なものがお好みだった。尤も、連中もそんな言葉で腹を立てるようなことはなかった。

　前菜のあとに続いたのが昼食。ここに来てお人好しの主人は全くの賊と化したのだった。誰かの皿に一切れしか残っていないのが目に留まるやすぐさまもう一切れよそって、「番（つが）いにならねば人であろうと鳥であろうとこの世ではやっていけませんぞ」と言うのだった。客人がその二切れめを食べ終わるや、そこに三切れめを盛りつけて、「二なんて数じゃどうしようもないでしょ？　神は三位一体を愛される」と言うのだった。客人がこの三切れめも食べ終わると、今度は「三輪の荷車なんてどこにありますかな？　三隅の小屋を建てる奴なんてどこにおりますかな？」と言うのだった。四つめでも再び俚諺が飛び出し、五つめでもやはり同じこと。チーチコフなどはそれこそあるものを十二切れ近くも食べさせられたものだから、〈さあ、これ以上主人だってよそったりはせんだろう〉と思っていた。ところがどっこい、主人が何も言わぬまま彼の皿に載せたのは炙り串に刺した仔牛の背肉、中でもそれは極上の部位で、しかも腎臓付き、これまた何たる仔牛であろうか！

　――二年間乳で育てましてな、――と主人は言うのだった、――まるで息子のように可愛がってきたんですから！

――もう無理です！――とチーチコフは言った。

――まあ一度お試しになって、そのあとでおっしゃればいい、もう無理だ！って。

――もう入りません。場所がありませんもの。

――教会でだって場所がなかったんですがね。市長が入ってきますと、場所が見つかったわけですよ。けどそん時はひどい人混みで、立錐の余地もなかったんですから。とにかくお試しになって。この一切れだってその市長と同じことですから。

チーチコフは試しに食べてみた――確かに、その一切れは市長のようなものだった。場所が見つかったのだ、もう何も入る余地などない気がしていたのに。

酒にまつわる話もやはりあった。質屋から金を受け取ったピョートル・ペトローヴィチは、この先十年分の食糧を備蓄していた。彼は止めどなく酒また酒と注いでいったのだが、どうしたわけか客人たちは飲み干そうとせぬものだから、アレクサーシャとニコラーシャに残りを飲ませてみると、この二人、ほいほいと盃を次々空にするとテーブルからすっくと立ち上がったのだった――何事もなかったかのように、まるでコップの水でも飲んだかのように。客人たちはそうはいかなかった。よっこらせ、どっこいせ、とバルコンまで引っ張られてくると、やっとの思いで肘掛け椅子に坐らされたのである。主人はいつも坐る四人掛けに腰を下ろすや忽ちご就寝。でっぷりとしたその御身（おんみ）は鍛冶屋[106]のふいごに姿を変えてしまった。ぽかんと開いた口と鼻の穴から出し始めたその音というのがこれまた最新音楽でも耳にせぬようなもの。そこにはすべてが揃っていた――太鼓あり、フルートあり、何やら途切れ途切れの音まであって、これなどまるで犬の吠え声ではないか。

――何とまあ口笛のうまいこと！――とプラトーノフは言った。

チーチコフは大声で笑った。

――そりゃ、あんだけ食べればね、――とプラトーノフが口を挟んだ、――退屈になったりするもんですか！　眠くなるでしょうよ。

――えぇ、――と答えたチーチコフは怠惰な様子だった。その目はいつになくちっちゃくなっていた。

――まぁそれはそれとして、失礼ですがね、どうすれば退屈したりするのか分かりませんね。退屈さを紛らわすにはそりゃ色々と手段だってございますでしょ。

――どういったものが？

――少なくはないでしょ、お若いんですから！　踊りだってあるし、何かの楽器を弾くだとか……それが駄目なら、結婚するとか。

――誰ならいいんです？　教えて下さいよ。

――この周辺にはあれですか、適当なお金持ちの結婚相手がいないとでも？

――ええ、いませんね。

――なら、別のところで探せばいいんです、少しばかり出かけてみるんですよ。――この時、溢れんばかりの考えがチーチコフの頭の中で閃き、その目はさっきよりも大きくなった。――これこそ素晴らしい手段ですよ！――と彼はプラトーノフの目を見つめながら言った。

――どんな？

――旅ですよ。

――でも、どこへ行くんです？

――体が空いているんでしたら、わたくしと一緒に行きましょう、――こうチーチコフは言うと、プラトーノフを見ながらふとこんなことを思ったのである。〈いい考えじゃないか。そうなりゃ旅費だって折半出来るし、コリャースカの修理なんて全部あっち持ちになるぞ〉

――で、お宅はどちらへいらっしゃるんです？

――どうお答えすれば宜しいですかね、どちらと言われましても。今のところは手前どもの用件というよりは、よそ様の用件で参っておりましてね。ベトリーシェフ将軍という懇意にさせて頂いている知り合いがおりまして、慈善家と申し上げても宜しいですが、その方から親類筋への訪問を依頼されましてね……。無論、親類筋は親類筋なんですが、ただその、一部は自分のためでもあるんです、何しろ、世間なり、めまぐるしい人の流れを見聞するというのは、人が何と言おうとも、生きた書物のようなものですし、第二の学びというもんですから。

プラトーノフは考え込んだ。

チーチコフはそのあいだにふとこんなことを思ったのだった。〈ほんと、こりゃいいぞ！　もしかしたら旅費は全部彼に負担させたって構わんさ。しかも、彼の馬で出て、俺の馬は彼の村で飼ってもらうことだって出来るかもしれん。節約するならコリャースカも村に置いておくのもいいな、旅には彼のコリャースカを借りればいいんだから〉

——〈どうする？　走り回るのだって悪くないんじゃないか？——とこの時プラトーノフは考えていた。——ひょっとしたら面白いことだってあるかもしれないし。家にいてもすることなんて何もないし、経営なんてそうでなくても兄貴が仕切ってるんだから、そうなると、困ったことには一切ならないってことだ。いやほんと、走り回るのだって悪くないんじゃないか？〉

——構いませんか、——と彼は声に出して言った、——兄のところに二日ほど逗留して頂くというのは？　そうしないと、兄がウンと言わないので。

——そりゃもう喜んで！　三日になったって構いませんよ。

——じゃあ、そういうことなら決まりですね！　行きましょう！——とプラトーノフは元気を取り戻しながら言った。

——ブラヴォー！——とチーチコフは彼の腕をポンと叩いて答えた。——参りましょう！

——どこへ？　どこへです？——目を覚まして二人の方をぎょっとした目で見ながら主人は叫んだ。——駄目ですよ、ご両人、車輪はお宅のコリャースカから外すように言ってあるし、貴方の牡馬だってね、プラトン・ミハールィチ、ここからじゃ十五露里もかかる。駄目ですよ、どうか今日のところはウチにお泊まりになって、明日早めの昼食をとってからお帰りになればいい。

〈やれやれ！〉——とチーチコフは思った。プラトーノフは、ペトゥーフが自分の習慣を固く守っていることを知っていたのでこれには何も言わなかった。居残るしかなかった。

その代わり、彼らは素晴らしい春の夕べに恵まれることとなった。主人が川遊びを催したのである。十二人の漕ぎ手が二十四本の櫂で歌を口ずさみながら、彼らを鏡のような湖のなだらかな背に沿って運んでいった。湖から彼らが入っていった川には果てがなく、ゆるい勾配のある岸がその両側にはあった。ほんのちょっとした水の流れにも川面は揺れた。船上で彼らはカラーチと一緒にお茶を飲んでは、川を横切るように張りめぐらしてある漁猟用の網へと絶えず近づいていくのだった。お茶の時間よりも前から早速主人は服を脱ぎ捨てて川に飛び込むと、そこでばしゃんばしゃんと半時間近く漁師たちと戯れては、大フォマーとコジマーに向かって声を張り上げ、叫び疲れて、散々動き、すっかり水の中で凍えてしまって船に上がった時には食欲が出て、またお茶を飲んでいるところなどを見ると何とも羨ましい限りだった。そうこうしているうちに日は落ちてしまった。そこに残されていたのは澄み切った天蓋。叫ぶ声の響きがさらに強さを増していた。漁師に代わって姿を見せたのは岸辺の至るところにいる泳ぎに来た子供たちの集団だった。水のぱしゃぱしゃいう音や笑い声がさらに遠くへ響き渡っていた。漕ぎ手たちは息を合わせて二十四本の櫂を掴み、にわかにそのすべての櫂をぐいっと持ち上げると、船は勝手に、軽やかな鳥のようにして、微動だにせぬ鏡の水面を勢いよく滑り始めた。舵から三番目に坐る体格のいいピチピチしたネェちゃんみたいなある兄ちゃんが一人よく通る透明な声で朗々と歌い出すと、五人が声を合わせ、六人となって先を続けた――そして、ルーシの如く果てしなきその歌声は四方(よも)へと流れていったのだが、歌い手が耳を手で塞いでいる素振りを見ると、まるで彼ら自身この歌の果てしなさの中に自分を見失っているかのようだった。どこかしら解き放たれた気分になってきたチーチコフはこう思ったのである。〈いやぁ、マジで、俺もいつかきっと自分の村を持ってやるぞ!〉――〈ちっ、これのどこがいいってんだかね、――と思っていたのはプラトーノフ、――こんなの陰気な歌じゃないか? こんなの聞かされた日にゃ、もっとでっかい鬱ぎの虫にやられちまうよ〉

家路につく頃にはすでに黄昏れていた。櫂が闇の中で打つ水面にもはや空は映っていなかった。ほんの仄かだが、湖の岸に沿って明かりが見えた。月が昇らんという頃、彼らは岸に着いた。至るところに組まれた三脚の上で漁師たちはウハー(魚スープ)を煮ていて、その中にはラッフやまだピチピチ活きのいい魚を放り込んでいた。何もかもすでに家へ戻っていた。鵞鳥、乳牛、山羊はもうずっと前に家に追い返され、その巻き上げた砂埃もすっかり落ち着き、家畜を家に戻した牧夫たちは門前に立って、牛乳の瓶が来るのとウハーのご相伴に与るのを待っていた。あちらこちらから聞こえていたのは人の話し声やどよめきで、煩く吠える犬の声はこの村と遠くにある他の村から聞こえるものだった。月が昇り、暗闇に光が差しだすと、やがて何もかもが光に照らされたのだった――湖も、百姓小屋も。窓の灯りは青白さを増し、煙突から見えだした煙は月の光を受けて白銀(しろがね)色に輝いていた。ニコラーシャとアレクサーシャがこの時、彼らの前に二頭の元気な牡馬に跨がって互いに競走しながらやって来ると、その後ろにはまるで羊の群れでも来たのかというような砂埃が立ち昇ったのだった。〈いやぁ、マジで、俺もいつかきっと自分の村を持ってやるんだ！〉――とチーチコフは思った。若いネェちゃんとちっちゃなコチーチコをまたも空想し始めたのである。果たしてこれほどの夕べにあって、心に温もりを感じぬ者などいるであろうか？

　夕食もまた食べすぎてしまった。パーヴェル・イヴァーノヴィチが寝室に設えられた部屋に入り、ベッドに横になってお腹を擦った時のこと。「太鼓になっちまったよ！――と言うのだった、――どんな市長だってもう入らんよ！」いや、それにしてもこれまた何という偶然であろうか。壁を隔てた隣には主人の書斎があったのである。壁は薄っぺらで、何を話しても全部筒抜けだったのだ。主人は料理人に早めの朝食という形で翌日に出すこと一番の昼食を注文していたのである。またその注文のすごいことといったら！　死んだ者でも食欲が湧いてきそうなものなのだ。唇でしゃぶりつきもすれば、ちゅぱちゅぱ音が立ちそうなものなのだ。わずかに響き渡ってきたのは「焦げ目を付けてな、よーく蒸らすんだぞ！」という言葉。これに対して料理人はか細いファルセットでもって、「承知致しました。出来ますです。そういうのも出来ますです」と答えるのだった。

――クレビャーカは角四つで作ってくれ。そのうちの一つには蝶鮫の頬肉とヴャジーガ(背骨の干物)を入れて、別の角には蕎麦の実の粥だろ、茸と玉葱だろ、甘い白子だろ、脳味噌だろ、それにあととにかく何か分からんが入れといてくれ……。

――承知致しましたです。そういうのも出来ますです。

――それに片面はな、あれだよ、赤く焼けた感じにしてな、もう片面はほんのりと焼いてくれ。それに下っ側もな、下っ側もあれだぞ、しっかり中までな、ぽろぽろになるくらいまで焼いて、全体にあれだ、汁がじゅ〜んと染み込んで、口に入れた瞬間、雪みたいにぱっと溶けてなくなってしまう感じがいいな。

〈勘弁してくれよ！――とチーチコフは寝返りを打ちながら思った。――寝かしちゃくれねぇや！〉[107]

――あと、豚のギアラも頼むよ。その中に氷の塊を入れてな、ぱんぱんに膨れた感じになるようにしてくれ。あと蝶鮫の周りには縁取りな、付け合せだ、付け合せもいつもより豪華に頼むぞ！　縁にはザリガニだろ、小魚の揚げたのだろ、あと鰙のすり身を敷き詰めて、細かい挽き割りに山葵大根も添えてな、原茸だろ、蕪だろ、人参だろ、豆だろ、あと、他にどんな根菜があったかな？

――蕪葉牡丹とか、星形に刻んだビートを添えても宜しいかと、――と料理人は答えた。

――蕪葉牡丹もビートも添えてくれ。あと、焼いた肉料理にはこういう縁取りをしてくれるか……。

――眠気なんかすっかり失せちまったじゃねぇか！――チーチコフは今度は反対側に寝返りを打ちながらこう言うと、枕に頭を突っ込んで毛布を引っ被り、何も聞こえないようにした。だが、毛布越しに延々と「揚げてくれ、焼いてくれ、しっかり蒸らしておいてくれ」と聞こえてきた。ようやく眠りに落ちたのは七面鳥か何かの話になった頃だった。

　翌日、客人たちはあまりに食べすぎてしまったものだから、プラトーノフなどはもはや馬にも乗れぬ状態で、牡馬はペトゥーフの馬丁を引き連れての出発となった。連中はコリャースカに乗り込んだ。鼻面の犬ころが気怠げにコリャースカの後ろから付いてきた。

――いや、あれはいくら何でもやりすぎですよ、――と中庭を出たところでチーチコフは口にしたのである。――あれじゃほとんど豚と変わりませんもの。乗り心地悪くありませんか、プラトン・ミハールィチ？　あれほどゆったりしていたコリャースカがですよ、いきなり乗り心地が悪くなったんですから。ペトルーシカ、お前まさか、馬鹿みたいに載せすぎたんじゃないだろうな？　あちこちから何か箱が飛び出てるじゃないか！

　プラトンはほくそ笑んだ。

――それでしたらね、私がご説明しますよ、――と彼は言った、――ピョートル・ペトローヴィチが旅用に色々と突っ込ませたものでしてね。

――おっしゃる通りで、――とペトルーシカは馭者台から振り向いて答えた、――全部コリャースカに積み込めと言いつけられまして――パテとピローグですが。

――そうでござんすよ、パーヴェル・イヴァーノヴィチ、――とセリファンは馭者台から振り返って陽気に言うのだった、――実に見上げた旦那ですな。ご馳走好きの地主さんですよ！　シャンペンを一杯ずつ届けられましてね。そうでござんすよ、しかも食卓の皿を持ってけと言われたんですが、それがまた偉（えれ）え上等な料理でして、お上品な口当たりでしてね。あれほど見上げた旦那なんぞこれまでおりませんでしたよ。

――どうです？　あの方は全員を満足させたってわけですな、――とプラトーノフは言った。――それはそうと、これだけお聞かせ願えませんかね、ある村に立ち寄る時間はございますか、ここから十露里ほどなんですが？　姉と義理の兄にお別れを言いたいんです。

――そりゃもう喜んで、――とチーチコフは答えた。

――お出でになったところで損は致しませんよ。義理の兄ってのがこれまた実に素晴らしい人物でしてね。

――それはまたどの辺が？――とチーチコフは訊ねた。

――これまでルーシにいた中でも一番の主人ですよ。彼は収益が二万あるかないかだった荒れた領地を買い取ってから十年少々で立て直して、今では二十万になってるんですからね。

――そりゃ、立派な方ですな！　まさにそういった方の生き方こそが他人の見習うべきところとなるべきですな！　それはもう実に、実に楽しみですな、お会い出来るのが。で、苗字は何と？[108]

――スクドロンジョーグロです。

――お名前と父称は？

――コンスタンチン・フョードロヴィチです。

――コンスタンチン・フョードロヴィチ・スクドロンジョーグロですか。お目にかかれるのが実に楽しみですな。そういった方のことを伺えるのは勉強になりますからね。――こうしてチーチコフはスクドロンジョーグロのことを根掘り葉掘り訊き出したところ、彼についてプラトーノフから知ったことはまさに驚くべきものであった。

――ほら御覧になって、ここからもう彼の土地ですから、――とプラトーノフは原っぱを指しながら言うのだった。――すぐにヨソの野原との違いが分かりますよ。おい馭者、ここの道を左に行ってくれ。見えますか、あの若い森？　ここは種を蒔いて出来たところでしてね。ヨソだと十五年かけてもここまでは育ちませんがね、彼のところでは八年で成長したんです。ほら、ここで森が終わりますよ。次はもう麦ですよ、五十デシャチーナ過ぎるとまた森で、それもやはり種を蒔いたところでしてね、その先も同じですよ。麦を見て下さいよ、ヨソと違って何倍もびっしり生えてるんですから。

――分かりますとも。でも、どうやってこれほどまでに？

――まあ、それは本人に訊いて下さればお分かりになりますよ……[109]。あれは物知りでしてね、あんな物知りはどこにもいませんよ。それだけじゃありませんでね、どんな土地が好きなのかも分かってますし、誰にどんな隣人が必要なのか、どういう森の近くにどんな穀物を蒔けばいいのかも分かってるんですから。ウチの土地はどこも旱魃で罅が入ってますが、彼のところはそうじゃない。彼はどれだけの水分が必要なのかを計算しましてね、その分の木も配置していますし、彼のところではどんなものにも役割が二つ三つあるんですよ。森なら森で、野原にとっては葉っぱと蔭が肥やしにもなりますしね。またこういったことがすべてにおいてそうなんですよ。

――驚くべき方ですな！――とチーチコフは言うと、興味津々といった様子で野原を眺め始めた。

すべては稀に見るほど整っていた。森には柵がめぐらされ、至るところで目に入る畜舎もやはりその建て方に理由がないわけでなく、その中身は羨ましい限りの充実ぶりで、麦の堆の高さは巨人大。潤沢と金蔓が至るところにあった。ひと目見ればすぐさま、ここに一流のご主人がお住まいであることが分かった。小ぶりの高台に上がると、真向かいには大きな村が山の三つの高みに点在しているのが見えた。

そこは何もかもが豊かだった。通りは平らに均され、百姓小屋は頑丈だった。停まっている荷車があればどれも頑丈な上に真っさらだし、馬に出会えばどれもよく肥えていて気立てよく、角の生えた家畜となれば選り取りみどり。牡豚すら貴族のような風貌なのだ。見るからにここに住むムジークというのは、まさしく歌にあるように、銀を鋤で掻き集めるような者たち。ここには英国風の公園も四阿もなかったし、趣向を凝らした橋も各種目抜き通りも屋敷の前にはなかった。百姓小屋から主人の邸宅に至るまで長々と作業場が続いていた。屋根の上にある大きな外灯は見てくれを飾るものでなく、どこのどういう場所で如何に作業が行われているかを確認するためのものだった。

彼らは屋敷の方へ近づいていった。主人は不在だったが、迎えてくれたのはその妻で、プラトーノフの実の姉、金髪で色白の、見るからにロシア的な表情を湛えた、彼と同じくきれいどころだったが、やはり同じく半ば夢見がちなところがあった。どこかしら彼女には他人の不安におよそ不安を感じていないような気味があって、これなどは何もかも呑み込んでしまう夫の活動が彼女にその分け前を一切残さなかったからなのか、それとも彼女がその気質からして哲人の部類に属する人物だったからなのか分からぬが、こういう連中は感情も、思考も、知性も併せ持っているのにその生き方にはどこか半端なところがあって、人生を見るその目も半開きで、言語道断の騒擾や諍いを目にしても、「馬鹿な奴らは勝手に怒らしておけばいいさ！　碌なことにはならんのだから」と口にするのだ。

——元気かい、姉さん！——とプラトーノフは声をかけた。——どこだい、コンスタンチンは？

——どこかしらね。もうずっと前に戻ってこなきゃならないのに。きっと、仕事が多すぎて手が回らないんでしょう。

チーチコフは夫人の方には目もくれなかった。彼の関心はこの稀に見る人物の住まいをじっくり見回すことにあった。彼はこの住まいに主人自らの人となりが見出せるものだと思っていたのだ、——貝殻を見ればその中にどんな種類の牡蠣や蝸牛が居るのかが分かるんだ、とでも言わんばかりに。だが、そういったものは少しもなかった。部屋には全く表情というものがなく、だだっ広いだけで、他には何もなかった。壁にはフレスコ画も油絵もなければ、テーブルにはブロンズ像もなく、陶磁器や茶碗の飾り棚もなければ、花瓶も花も立像もなかった——要は、何とも剝き出しのままだったのである。質素でありきたりの家具とグランドピアノが隅っこにあるだけで、それだって埃を被っていた。見たところ、夫人は滅多にピアノの前には坐らないようだ。客間の奥では主人の書斎の扉が[110]開いていたが、そこもまたやはり質素で剝き出しだった。どうやら主人が屋敷にやって来るのはひと休みするためだけで、そこで生活するためではなく、プランや考えを練るのにスプリング入りの肘掛け椅子や何だかんだと部屋の調度品は必要なくて、彼の生活は燃える暖炉のそばで見る麗しの夢幻ではなく、まさに商売することにあるのだと分かった。考えというのは諸般の状況から突如浮かび上がってくるもので、その思いついた途端にすぐさま商売へと転化されていたから、メモに書き留める必要などなかったのだ。

——あっ！　あれです！　来ました、来ましたよ！——とプラトーノフが言った。

チーチコフも窓辺に駆け寄った。車寄せに向かって歩いていたのは四十がらみの仁で快活、見た目は浅黒い。被っていたのはベロアの鍔帽。彼の両脇には帽子を取って歩いていた身分の低い者が二名おり、歩きながら会話を交わしては何やら主人と話し込んでいた。一人は普通のムジークらしく、もう一人は青のシビールカを身につけるどこかヨソから来た富農の古狸だった。

——ですから、親っさん、どうか何卒お引き受け下さいましな！——こう言いながらぺこぺこお辞儀をするのはムジークだった。

——だから駄目なんだって、兄弟、もう二十ぺんはお前さんらに言っただろ、ウチにはもう持ってこんでくれって。ウチじゃひどく資材が溜まっちまって、置くところなんてないんだから。

——いや、コンスタンチン・フョードロヴィチの親っさん宅なら全部売り物になりますよ。そりゃもうこんな頭の切れるお方なんて世間じゃ見つかりませんもの。旦那さんならどんなもんだってきちんと場所に収まりますって。ですから、お引き受け下さいましな。

――俺はな、兄弟、人手が要るんだよ、働き手を連れてきてくれ、資材は要らんから。

――その働き手が足りなくなるなんてこともございませんよ。ウチの村がこぞって仕事に上がりますとも。これほどの不作、思い出せんくらいですからな。ただ生憎、儂らのことは全然仕事に使いたがらんでしょう、旦那なら忠信をもってお仕えするんですがね、忠信をもってね。その頭の良さはすべて見習わしてもらいますよ、コンスタンチン・フョードロヴィチ。これが最後だと思って引き受けて下さいましな。

――けど、あん時だって言ったじゃないか、これが最後だ、って。でもまたこうやって持ってきたじゃないか。

――ほんに最後ですから、コンスタンチン・フョードロヴィチ。もし旦那に引き受けて頂けなかったら、儂からは誰も受けちゃくれませんや。ですから、親っさん、引き受けて下さいましな。

――なあ、おい、今回は受けるがな、これだってただ同情しているからにすぎんのだぞ、持ってきたのが無駄になるからな。だが、今度また持ってきて三週間せがみ倒したって受けんからな。

――承知しました、コンスタンチン・フョードロヴィチ、その辺はご心配ありませんよ、次はもう何があろうと持ってきたり致しませんので。ほんにほんに感謝致しますです。――ムジークは満足気にその場を立ち去った。だが、嘘八百なのである、またぞろ持ってくるのだ。〝ひょっとしたら〟という偉大なる言葉があるのだから。

――ですから、あれですな、コンスタンチン・フョードロヴィチ、何卒お願い致します……少しばかり増やしてやって下さいな、――こう言ったのはもう一人、脇に付いてきていた青いシビールカを着たヨソの富農だった。

――だからお前さんには最初から言っておいたはずだぞ。値踏みするのは好きじゃないって。もう一度言うが、俺はな、質屋の支払い期限ぎりぎりを見計らってお前さんが取り入ってるようなそこらの地主とはわけが違うんだ。お前さんらのことは全員知ってるんだからな。お前さんらには誰がいつ返済するかっていう全員の名簿だってあるんだろ。それのどこが難しいんだ？　そいつは尻に火がついてるんだ、お前さんになら半値で寄越すさ。けど、お前さんの金を俺にどうしろってんだ？　俺の物は三年だって寝かせておいても構わんのだから！　俺は質屋に返済なんてしなくったっていいんだから……。

　——正真正銘の取引ということでしてね、コンスタンチン・フョードロヴィチ。何しろあれですよ……今後も旦那とお付き合いをさせて頂くためだけのことでして、別にこれで儲けようということではありませんで。手付金を三千受け取って頂きたいんですよ。

　富農は懐から脂まみれの札束を取り出した。スクドロンジョーグロは冷め切った表情でそれを受け取ると、勘定することもなくフロックコートの後ろポケットに突っ込んだのだった。

〈ふむ、——チーチコフはふと思った、——あれじゃまるでハンカチ同然だな！〉

　一分後、スクドロンジョーグロは客間の戸口に姿を見せた。

　——おっ、義弟、来てたのかい！——と彼はプラトーノフを目にするとこう言った。二人は抱き合い、口づけを交わした。プラトーノフはチーチコフを紹介した。チーチコフは恭しく主人の前に出て、その頬に口づけすると、彼からも口づけをされたような印象を受けた。

　スクドロンジョーグロの顔は実に目を引くものだった。その顔からははっきりと南方系であることが分かった。頭髪と眉毛は黒々として濃く、目は口ほどに物を言い、その輝きは力強かった。知性の煌めきがどんな顔の表情にも見られ、一切そこには眠たそうなところはなかった。だが、それでもどこか気が短そうなところと憤りを感じているようなところが綯い交ぜになっているのが分かった。果たして彼はどんな民族に属していたのだろうか？　ルーシには非ロシア系ロシア人が多くいるわけだが、それでも心の中はロシア人である。スクドロンジョーグロは自分の出自のことなどどうでもよく、経営においては余計なことだと思って頓着していなかった。しかも、ロシア語以外の言葉も知らなかった。

　——なあ、コンスタンチン、何を思いついたと思う？——とプラトーノフは言った。

　——何だい？

　——色んな県を回ってみようと思うんだ、そうすりゃひょっとして鬱いだ気分も晴れるかなってね。

――なるほど、それはひょっとしたらひょっとするかもな。

――このパーヴェル・イヴァーノヴィチと一緒にね。

――そりゃいいねぇ！　どういったところへ――スクドロンジョーグロは愛想よくチーチコフに言葉をかけて訊ねた、――これからいらっしゃるおつもりですか？

――正直な話、――チーチコフは首を傾げ、肘掛け椅子の腕を摑むとこう続けた、――これまでのところはまだ手前の用件というより、よそ様の用件で各地回っておりまして。ベトリーシェフ将軍という懇意にさせて頂いている知り合いがおりまして、慈善家と申し上げても宜しいですが、その方から親類筋への訪問を依頼されましてね。無論、親類筋は親類筋なんですが、ただその、一部は自分のためでもありまして、何しろ、正味な話、痔瘻の面からいっても有り難いことは言うに及ばず、世間なり、めまぐるしい人の流れを見聞するということ一つ取りましても……人が何と言おうとも、生きた書物のようなものですし、第二の学びというもんですから。

――ええ、各地を覗いて回るというのも無駄にはなりませんな。

――よくぞおっしゃって下さいました、――とチーチコフはこの言葉に反応した、――まさしくその通り、無駄にはならんのですよ。目にすることのないようなものも目にすれば、会うこともないような人にも会えるわけでしてね。そういうよそ様と会話すること自体、千金に値することでして。どうかお教え下さい、敬愛すべきコンスタンチン・フョードロヴィチ、お教え下さい、貴方には是非ともお伺いせねば。待ち構えているんです、マナ（天の恵み）のように、その貴方の甘美なる言葉を。

スクドロンジョーグロは困惑してしまった。

――でも一体何をです？……何を教えろと？　私自身、碌に教育も受けてないんですよ。

――智慧ですよ、先生、智慧を授けて頂きたいんです！　貴方みたいに経営する智慧をです、貴方みたいに確実に収入を引き出し、夢に耽ることなく貴方みたいに堅実に資産を得ながらも一国民の義務を果たし、同胞からの尊敬を勝ち得るための智慧をお教え願いたいんです。

――ならどうです？――とスクドロンジョーグロは答えた、――もう一日ほどウチにお泊りになれば宜しい。経営全体をご覧に入れて、洗いざらいお話しましょう。智慧なんてのはね、ご覧になれば分りますが、一切ございませんよ。

――あなたも、今日は泊りなさいよ、――と夫人はプラトーノフに向かって言った。

――まあ、私はどちらでも構いませんがね、――こう答えた彼は関心なさ気だった、――パーヴェル・イヴァーノヴィチはどうします？

――右に同じく、わたくしも大いに喜んで……。だが、事情が事情でして、ベトリーシェフ将軍のご親類を訪問しなければなりませんので。コシカリョーフ大佐という方がおりまして……。

――でもそいつって……ご存じじゃないんですか？ あいつは馬鹿な上にイカれた野郎なんですよ。

――そのことならもうお話には伺っております。あの方には用事なんてございませんで。ただ、ベトリーシェフ将軍は懇意にさせて頂いている知り合いですし、慈善家と申し上げても宜しい方ですので……やはり些か心苦しいところですな。

――そういうことでしたら、こういうのはどうです、――こう言ったのはスクドロンジョーグロだった、――今すぐ彼のところにお出かけになられればいい。ウチに準備の出来ている馬車がありますから。そこなら十露里もありませんのでひと息で着けますよ。夕食前にだって戻って来られますから。

チーチコフはこの提案に喜んで甘えさせてもらった。馬車が出されると彼はすぐさま大佐の元へ向かったのだが、そこで彼はこれまで一度もないほど仰天させられたのだった。大佐のところでは何もかもが尋常ではなかったのである。村全体がてんでんばらばらだったのだ。新築中や改築中の建物、山のように積まれた漆喰、煉瓦、それに丸太が通りという通りに置かれていた。建ち並んでいたある建物などはまるでお役所のような趣きがあった。ある建物には金の文字で〈農機具保管庫〉、別の建物には〈主計局〉、さらに別の建物には〈農務委員会〉とか〈村民尋常学校〉と書かれており、要するに、そこにはすべてが揃っていたのだ！ 彼は自分が県庁所在の町にでも来たのではなかろうかと思ったほどだった。当の大佐は何とも厳めしい人物だった。顔にはどこかしら端正なところがあり、形は三角。揉み上げは頬に沿って真っ直ぐ伸びて、毛髪、髪型、鼻、唇、顎――これらすべてはまるで今の今まで重しに敷かれていたかのようだった。話し始めた彼はまるで敏腕家といった感じだった。口を開いた瞬間から彼は、周りを取り巻く地主たちの教養のなさや、この先自分には大変な苦労が待ち構えているんだと言って零し始めた。チーチコフへのもてなしはこれまた実に心のこもった手厚いもので、彼のことを信頼し切った上で自分に酔いながら語るところでは、領地を今の繁栄にまで至らしめるのに自分はどれほどの苦労を重ねてきたか、文化的豊かさ、芸術、技工が人にもたらす高尚なる衝迫があるということを普通のムジークに分からせるのにどれだけ苦労したか、ドイツ製のズボンを穿かせ、ほんの少しでもいい、人間としての最高の尊厳を感じさせるためにどれだけロシアのムジークの蒙昧と闘わねばならなかったか、百姓女はあらゆる努力にもかかわらず、未だにコルセットを着けさせられずにいるが、それに引き換え、彼が連隊任務で十四年に滞在していたドイツでは粉挽き屋の娘ですらピアノを嗜み、フランス語を話し、ちょこんと膝を屈めてのお辞儀（クニックス）が出来たという。同情をもって彼が語ったところによると、近隣の地主たちは甚だ無教養で、およそ使用人たちに対して無頓着で、領地経営に帳場や委託事務所、さらには委員会を設ければどんな盗みも防止出来るし、商品管理も出来るし、書記、管理人、会計士はいい加減な学歴ではなく、大学教養を修めているべきだと弁じ立てたところ地主たちからは鼻で笑われたらしく、すべてにおいて確信があったにもかかわらず、もし農民一人ひとりが鋤で畑を耕すと同時に避雷針に関する書物を読めるほどの教育を受けなければ、地主たちの領地に何の利があるのかということを連中に説き伏せることは出来なかったのだという。

　これを聞いてチーチコフはふとこう考えたのだった。〈まあ、先ずそんな時代は来そうもないさ。この俺だって読み書きは学んだが、『ラ・ヴァリエール女公爵』だって未だに読み切れてないんだからな〉

　――ひどい無知でしてね！――締めくくりにコシカリョーフ大佐は語った。――中世の闇ですよ、手の施しようがない……。正直な話、ないんですから！　こっちは何だって手を差し伸べようってところなんですよ、一つ方法があるんですよ、極めつけの方法が。

――どういったものでしょう？

――ひとり残らずドイツ人みたいな服を着せるんですよ。それだけのことです、他には何も要りませんよ、請け合いますがね、あとは万事順当に行きますから。学問も高まりを見せて、商業も盛り上がって、ロシアに黄金時代が到来するんですよ。

チーチコフは彼のことをじっと見つめながら、〈じゃあ、こいつには遠慮は要らなさそうだな〉と思っていた。用件を遠回しにすることなく、彼はその場で大佐に対し、こんな魂が入用で、それにはこれこれの不動産証書の作成が必要だ、とあれこれ説明したのである。

――貴方のお言葉から察するところでは、――と大佐は少しも動揺した様子も見せずに言うのだった、――それはお願い、ということですよね？

――さようでございます。

――そういうことでしたら、文書にして頂けますか。それが全申請代行委員会の方へ回されましてね。全申請代行委員会が点検すると、私のところに送付してくるんです。私のところからそれが農務委員会へ行きまして、そこでこの案件に関する一切の証明書や抄本の作成を行います。管理主任が管理事務所とともに最短の時期に決定を下しまして、これで一件落着となります。

チーチコフはまごついてしまった。

――お言葉ですが、――と彼は言った、――そんなに長引いてしまうんですか。

――いやぁ！――と大佐は笑みを浮かべて答えたのである、――まさにそこのところが書類作成の利点なんですなぁ！　これでは確かに多少長引いてはしまいますがね、ただその代わりもう見落としというのがなくなりましてね。ほんの些細なことでも手に取るように分かりますので。

――いや、そうは言いましても……。どうやってまたこの取引について文書化したものでしょう？　何せ、取引が取引ですし……。魂にしても、ある種その……死んでおるわけですし。

――大変結構。こうお書き下さい、魂はある種……死んでいるものと。

――でもまずくありませんか、死んでるってのは？　だって、そんなこと書いたり出来ませんもの。確かに死んではいますが、さも生きているかのように見せる必要がありますし。

――いいでしょう。こうお書き下さい、〈ただし、さも生きているかのように見せる必要あり、あるいはそのように求められるところなり〉と。

この大佐相手にどう立ち向かえばよかったのであろう？　チーチコフはその代行委員会と農務委員会が一体どういうものなのかをこの目で見に行くことにしたのだが、彼がそこで目にしたものは驚くべきものであったばかりか、全く想像を絶していた。全申請委員会の存在は看板上のものにすぎなかったのである。そこの委員長というのは侍僕上がりの男で、新たに創設された農業設備委員会へ異動していた。彼の代理を務めていたのは事務のチーモシカで、番頭が村長、詐欺師、ペテン師と酒盛りしているのを調査するため出向中だった。役人などどこにもいなかったのである。

――しかしまたこんなところで？……要領を得たようなことなんて出来ますかね？――チーチコフが話しかけたのは付添い人をしていた特別委託担当の役人で、大佐から案内役に指名された者だった。

――何の要領も得ませんよ、――と案内役は答えた、――ウチは何だって筋が通ってませんでしてね。ご覧の通り、何もかも建設委員会が指揮を執っておるんですが、皆の仕事の邪魔をしては、好きなところに派遣してしまいましてね。ウチで唯一利益が上がってるのは建設委員会だけですよ。――付添人はどうやら建設委員会に不満があるようだった。――ウチじゃ皆、旦那をまんまと騙すってのが常でしてね。旦那は万事順調だと思ってるようですが、そんなの名ばかりですよ。

〈これは、しかし、彼に言ってやらんとな〉――チーチコフはこう思うと、大佐の元へ戻り、お宅の経営は無茶苦茶で、これでは何の要領も得られたもんじゃない、それに、建設委員会が無謀な盗みを働いている、とはっきり伝えてやった。

大佐は気高さに満ちた憤りに熱(いき)り立った。すぐさま紙と鵞ペンを手に取るや、実に綿密な照会状を八通書き上げたのである。それは、如何なる根拠において建設委員会は独断で所轄外の役人に指示を出したのか？　何故に管理主任は委員長が自らの役職を委譲せず調査へ赴くようなことを許可してしまったのか？　また、何故に農務委員会は申請委員会が存在すらしないことをただ静観してしまったのか？といった内容だった。

〈こりゃ、えらい騒ぎになるぞ〉――とチーチコフは思うと、お暇すべく挨拶を始めた。

――駄目ですよ、このままお帰しするわけにはいきませんから。二時間だけ、それ以上はお手間をとらせませんから、すべてご満足頂けますんで。お宅のご用件なら今からね、大学の課程を終えたばかりの特別な人物に任せますので。少しばかり図書室でお待ち頂けますか。必要なものでしたら何だってございますよ、本も、紙も、ペンも、鉛筆も――何もかもね。お使いください、全部使って頂いて結構ですから、お宅が主人ということで。

こう言ったコシカリョーフは彼を連れて書庫に入った。そこはだだっ広いホールで、下から上まで本が積み上げられていた。そこには動物の剝製まで置かれていた。書物はあらゆる分野に及んでいた――林業、畜産、養豚、造園といった各種分野、何千冊という雑誌、便覧、また、数々の雑誌には養馬や自然科学に関するものや最新の進歩と改良などの記事が掲載されていた。『科学としての養豚』という題名のものもあった。ここにあるものでは心地よい暇つぶしは出来ないと悟った彼は別の書棚へ向かった。一難去ってまた一難とはこのこと。そこにあったのはどれもこれも哲学書ばかりだったのである。ある書物にあった題名は『科学としての哲学』、また同じ列に並んでいた六巻本は『社会的生産の相互分岐の有機的原理の一般性、一体性、本質ならびにその理解への応用における思考論への予備的序論』と銘打たれていた。チーチコフがどう本をひっくり返そうが、どのページにも示現、開展、抽象性、閉鎖性、そして完結性などとあり、まあとにかく訳の分からぬものが何だかんだと並んでいた。[111]「駄目だ、こいつは丸っきり俺には合わんな」――こう言ってチーチコフは三つ目の書棚に向かうと、そこにあった本はどれも芸術関連のものだった。そこで彼が引っ張りだしたのはある馬鹿デカい本で、そこに入っていた開けっぴろげな神話の挿絵を物色し始めた。これは彼の好みに合った。この手の挿絵は中年の独身男には喜ばれるものなのだ。話では、ここ最近この手の絵がバレエを見て趣味をお磨きになられたご老体にも喜ばれるようになってきたとのこと。どうしようもないことである、われらが世紀の人類というのは香辛料の根っこの部分が好みなのだから。この本の物色を終えたチーチコフがもう一冊この手の本を引っ張り出そうとしたところ、突如コシカリョーフ大佐が晴々とした様子で紙を手にしながら姿を現したのである。

――すべて片付きました、しかも文句なしですよ。かの人物というのは一人で全員分のことが完璧に分かっておりましてね。そこのところを買って彼を筆頭に命じようと思うんですよ。特別の高級管理局を設けましてね、彼をその局長にするんです。ほら、これが彼の書いてるものなんですがね……。

〈神さんもやってくれるよ〉――とチーチコフは思うと話に耳を傾けた。大佐は次のように読み始めたのである。

――「五等官殿よりおおせつかった委託の件を深慮熟考するに当たりまして、上記案件に関して以下の通りご報告の程つかまつります。（一）六等官パーヴェル・イヴァーノヴィチ・チーチコフ氏からのご依頼にはすでに些かの誤解が見受けられます。不測の諸事情に遭遇した納税義務者をお求めになられているとの弁明には、死んだ者との記述が挿入されておりました。これをもって氏が恐らく意味されたところは死に近き者であり、すでに死せる者ではないと想像致しますところで、と申しますのも、死せる者は購入せぬものであるからでございます。何を購入するというのでありましょう、何もないというのに？　これに関しましては論理そのものが語るところでもございます。また言葉の諸学に於きましても氏は、こちらの拝見するところ、さほど成果をお上げにならなかったようで……」――ここでしばしコシカリョーフは止まるとこう言ったのである。

――ここのところは、あの詐欺師……少しばかりお宅への当て擦りですな。でもどうです、そうは言っても何とも威勢のいい筆運びじゃありませんか、それこそ内大臣の文体ですよ、しかもたった三年しか大学には通っていない上に、課程だって修了してないんですから。――コシカリョーフはさらに続けた。

――「……言葉の諸学に於きましても、こちらの拝見するところ、さほど……何となれば、魂に関して死せる者と表現されておりますが、人間知性の課程を学んだことのある者でありますれば誰しも魂が不滅であることは無論承知しているからでございます。(二)上記納税義務者である外来の魂、あるいは新生の魂、あるいは氏の不正確な表現にある死せる魂で抵当に入っていないようなものはここにはございません、と申しますのも、すべてまとめて例外なく抵当になっているばかりか、ひと魂当たり百五十ルーブル追加で抵当を更新しているからでありまして、この例外は小規模のグルマイロフカ村で、ここは地主プレチーシェフとの訴訟で係争中であるため、売却対象にも抵当対象にもなり得ません」

――どうしてそのことを先に言ってくれなかったんです？　どうして今までどうでもいい話で時間稼ぎなんてしたんです？――チーチコフは腹立ち紛れに言った。

――そもそもこんなことになってると私に分かったと思いますか？　これこそ書類作成のいいところでしてね、もう今じゃ何もかも手のひらに載せたように明らかになったじゃありませんか。

〈アホかあんたは。馬鹿のゲス野郎が！――本を読み漁っときながら、何を学んでんだ？〉敬意だの、世間体だのは放ったらかして、彼は帽子を手に取ると屋敷から出ていった。駅者は突っ立っていて、馬車は準備万端、馬は外していなかった。というのも、餌のことでまた申請書が行って、その決定は――馬に燕麦をやるという決定である――次の日にならないと出ないかもしれなかったからだ。チーチコフが如何に不粋で不敬であろうとも、コシカリョーフの方はどんなことがあろうと彼に対して並々ならぬ敬意とデリケートさを示したのだった。彼はチーチコフの手を強くぎゅっと握ってからそれを胸元に押し当てると、書類作成の様子を見て頂く機会を与えられたこと、何事であろうとも微睡みに陥るものであり、村を管理するバネは錆びつきもすれば弱くもなるため、大目玉と叱責は加えねばならぬということ、また今回の事件の結果、幸運にも自分には建設委員会監視委員会という名の新たな委員会を設置する考えが浮かび、これによりもはや誰ひとり盗みを働こうとは思わない、と言って感謝したのだった。〈たわけだよ！馬鹿だよ！〉——チーチコフはずっと道中ムカムカしながら不満気だった。彼が帰路に着く頃にはすでに星が出ていた。そこにあったのは夜空。どの村にも灯りが点っていた。車寄せに近づいていくと、窓の向こうに見える食卓にはすでに夕飯の支度が整っていた。

——どうしてまたこんなに遅くなったんです？——チーチコフが玄関に現れた時にスクドロンジョーグロはこう訊ねた。

——何の話をまたこんな長いあいだ彼としてたんです？——と訊ねたのはプラトーノフだった。

——散々でしたよ！——とチーチコフは答えた。——あんなあんぽんたん、生まれてこの方見たことありませんよ。

——あんなのはまだ序の口でしてね！——とスクドロンジョーグロは言った。——コシカリョーフなんてお慰めみたいなもんですよ。あいつが必要だというのはね、あれが利口な連中の間抜けさのカリカチュアになっていて、その間抜けさがよりはっきりと分かるからなんですよ。事務所に役所、管理局、マニュファクチュア、工場、学校、委員会、とにかく訳の分からんものを何だかんだと始めてるじゃないですか。あんなのまるでどこかの国か何かでしょ！ これのどこがいいんだ？って訊きたいところですよ。耕地にしたって耕す農民が足りない地主がですよ、蠟燭工場なんて始めてロンドンから蠟燭職人まで呼んだ上に、商売人になっちまうんですから！ まだほら、別の馬鹿の方がましですよ。絹織物の工場を始めたわけですからね！

——とか言って、自分だって工場がいくつもあるじゃないか、——とプラトーノフは口を挟んだ。

——誰が始めたかって？ あれは勝手にそうなったまでさ。羊毛が溜まった、売り捌く場所なんてない、なので羅紗を織り始めたわけで、しかもその羅紗だって厚地の簡単なものでさ、安値だからすぐに市場で売れちまってね。魚の皮なんて例えば、ウチの岸に六年も連続で打ち上がってるんだがね、そんなものどこへやりゃいい？ そいつを煮て、糊にし始めたんだが、それで四万の儲けよ。大体ウチなんか、何だってこんな感じなんだから。

〈何て野郎だ！——チーチコフは彼の両目を見なが

ら思った、――業突く張りな手を持ってやがるぜ、まったく！〉

――ウチはそんなことのために施設なんて造ったりしないよ、柱だの破風だのが付いた建物なんてウチにはないんでね。職人を外国から呼んだりすることもないし。それに、農民にだって農作業を止めさせることなんて絶対にないよ。ウチの工場が稼働しているのは食い物がない年だけでね、それだってヨソから来た連中が飢えを凌ぐためさ。その手の工場なんてのはごろごろあるさ。とにかく自分とこの経営状態を目を皿にして見てみりゃ、どんなボロだって仕事になるし、どんな屑だって儲けになるって分かるもんさ、だから、あとになれば突っぱねてこんなのは要らんって言うだけのことよ。

――そりゃすごい！　何よりもすごいのは、どんな屑でも儲けになるってところですよ！――チーチコフは言った。

――ふむ！　それだけじゃありませんでね！……――スクドロンジョーグロの話はこれで留まらなかった。彼の中で眠っていた怒りが目を覚ますと、近隣の地主たちのことをこき下ろしたくて仕方がなかったのだ。――ほら、あそこにもまたお利口なのが一人いますよ、何を始めたと思います？　慈善施設ですよ、石造りの施設が村に建ってますよ！　キリストの教えに則した事業って奴ですよ！……。人助けをしたいってんなら、誰でもその義務が果たせるよう手助けすればよろしい、けど、キリスト教徒としての義務を果たす邪魔はしちゃいけない。息子が自分んちで病気の親父の面倒を見られるように助けてやればいい、けど、その息子にその親父を厄介払いさせる機会なんて与えちゃ駄目でしょう。どうせならその息子に自宅で身内や兄弟を住まわせるだけの資金をやれって話ですよ、そのための金をやってね、目一杯助けてやればいい、引き離しちゃいかん。そんなことしたらキリスト教徒としての義務をすっかり疎かにすることになっちまう。これじゃまるっきりドン・キホーテだ！……。二百ルーブルが年に一人あたまかかるんですよ、慈善施設じゃね！……そんだけの金があれば、ウチの村なら十人は養えるんだから！――スクドロンジョーグロはカッとなってぺっと唾を吐いたのだった。

チーチコフは慈善施設に興味はなかった。彼がしたかったのは、どうすればどんな屑でも収入になるのかという話だったからだ。だが、スクドロンジョーグロはカッとなり、怒りが沸々と煮え滾り、言葉が溢れ出たのである。

――これとは別のね、啓蒙のドン・キホーテってのがおりますよ。学校をおっ始めた奴がね！ まあ、例えば、人にとって読み書き以上の役に立つものがありますかってね？ でも実際、どんな管理だったと思います？ ウチにそいつの村のムジークたちがやって来ましてね。「一体どうなっちまったもんですかね、親っさん？」って言うわけですよ、「儂らの息子たちはすっかり言うことを聞かなくなっちまいましてね、仕事なんて手伝いたがらないわ、皆揃いも揃って書記になりたがる、けど、書記なんてのは一人いりゃ充分なわけでしょ」ってね。挙句の果てがこんなことですからな！

チーチコフにはやはり学校の話も必要なかったのだが、プラトーノフはこの話題を引き取ってこう続けたのである。

――ただ、そうは言っても、今や書記なしでは済まされないんじゃないかな。いずれは必要になるわけだし。後継ぎのためにだって働かなきゃならないわけだし。

――じゃあ書記になりゃいいさ、義弟、そんなに利口っていうのならな！ けど、じゃあその後継ぎってのはどんな奴らだ？ どいつもこいつも自分のことをピョートル大帝か何かだと思ってやがんだぞ。ちゃんと自分の足元を見ろってな、後継ぎのことなんて眼中にないんだよ、ムジークを裕福で金持ちにしてやって、自分の好きなことを学べる時間が出来るよう面倒見てやらんといかんのさ、手に棒握りしめて「勉強しろ！」なんて言うのとは訳が違うんだから。ったく、あんなのは本末転倒って奴じゃねぇか！……。まあ、聞いて下さいよ。じゃあ貴方に白黒はっきりさせてもらいましょうか……――こう言ってスクドロンジョーグロはチーチコフの方に躙り寄ると、問題点をより理解してもらうべく、彼の脇に体をぴたりとくっつけた、というか、別の言葉で言えば、指をチーチコフの燕尾服のボタン穴に突っ込んだのである。――そのぉ、どう言えば分かりやすいですかね？ 自分ちに農民がいるってのは、その彼らを農民らしい生活で守ってやるためでしょう。

じゃあ、その生活ってのは何でしょう？　農民の営みってのは何でしょう？　畑を耕すことですか？　なら頑張って、その農民をいい農夫にさせればいい。そうでしょ？　ところがね、お利口さんが出てきてこう言うわけですよ、「そういう状態から農民を解放しなきゃならないんだ。この農民が今送ってる生活はあまりに粗野で味気がないんだから。贅沢な品々ってもんを分からせなきゃ」ってね。自分がこの贅沢のお蔭でまともな人間じゃなくって、ボロ同然になったってこととか、訳の分からん病気に散々罹ってきたってことも、十八にもならんうちにこれでもかってくらい経験してきて、今じゃ歯もなけりゃ、頭なんてずるむけになっているっていうのに、それでも未だにそんなものを人に伝染させたがってるわけですよ。まあそれでも幸いなことに、ウチらにもまだそういう欲を知らない健全な階級ってのがいましてね！　これだけでもとにかく神さまには感謝しないとね。まさにね、農夫ってのが私には誰よりも敬うべき連中なんですよ。神さまにお願いして、誰もが農夫になってくれりゃいいんですがね！

——ということはあれですか、農夫になって耕作するというのが何より一番儲けがあるってことですか？——とチーチコフが訊ねた。

——理には適ってますがね、儲けがあるってことじゃありません。顔に汗水垂らして土地を耕してご覧なさいな。そうすりゃ何だって儂らに教えてくれますよ。何世紀にもわたる経験がすでに教えてくれてますがね、畑仕事をしている人間っていうのは道徳の面じゃずっと清らかですから。畑仕事が社会生活の基本になっている場所は満ち足りていて豊かだし、貧しさもなければ、贅沢なんてのもない、あるのは豊かさなんですよ。土地を耕せ、って人は言われているわけです、働けっ、てね……何をそんな頭を捻ることなんてあります！　私はムジークに言ってやるんですよ、「誰のためにお前さんが働くにしてもだ、俺のためだろうが、自分自身のためだろうが、お隣さんのためだろうが、とにかく働け。活動の点ではお前さんを一番に応援してやるよ。家畜がなけりゃ馬もやろう、乳牛もやろう、荷馬車だってやるさ……。入用のものなら何だって揃えてやってもいい、でも働いてくれ。俺にしてみりゃ、お前さんとこの農場が軌道に乗らず、荒れ果てて、貧乏しているところを目にするってのは死ぬのも同然さ。ぐうたらってのに我慢がならんのでな。俺がお前さんの上に立ってるってのは、お前さんに働いてもらうためなんだからな」ってね。ふん！　収入を施設だの工場だので増やそうって魂胆とはね！　なら先ずは自分ちにいるムジークが皆、裕福になるよう考えろって話で、そうなりゃお前さんのところだって工場を大小揃えたり、馬鹿みたいなことを思いついたりしなくても裕福になるって話でね。

——敬愛すべきコンスタンチン・フョードロヴィチ、貴方の話を聴けば聴くほど、——とチーチコフは言うのだった、——ますますその先を聴きたいって気持ちになりますよ。何卒教えて頂きたいんですが、もし仮にわたくしが地主になりたいという気になったとしましょう、例えば、この県でですが、そのためには先ず第一に気を付けるべきことは何でしょうか？　どうあるべきか、どういう身の振り方をすれば短期間で金持ちになれるのか、謂わばその、市民としての一番の義務を果たすことが出来るのでしょうか？

——どういう身の振り方をすれば金持ちになれるかですって？　そういうことですか……——とスクドロンジョーグロは答えた。

——夕食に致しましょう！——ソファーから立ち上がった夫人はこう言うと、寒さに顫えるその若い両腕をショールで覆いながら部屋の真ん中へと歩み出た。

チーチコフは坐っていた椅子から軍官さながらの軽やかさで跳び上がると、デリケートな文官の柔和な笑みを浮かべてそそくさと夫人の方へ駆け寄り、天秤棒みたいにした腕を差し出すと、夫人をパレードでもするように感じよく首を傾げたまま部屋を二つ抜けて食堂までエスコートしていった。使用人がスープのお椀の蓋を取り、全員椅子を引いてテーブルに着くと、スープ啜りが開始された。

スープを済ませ、お口直しの果実酒を一杯飲むと（その果実酒は絶品だった）、チーチコフはスクドロンジョーグロにこう言ったのである。

——失礼ですが、ご主人、先ほど立ち消えになってしまったお話についてまたお伺いしたいのですが。お伺いしていたのはその、どうあるべきか、どういう身の振り方をすればよいか、どのように事に当た

ればよいのかということなのですが……[112]

…………………………………………………………

――その領地は、もし掛け値で四万だって言われりゃ、私なら即決で彼に勘定を払いますがね。

――ふむ！――チーチコフは考え込んだ。――ならどうしてご自分が、――と続けた彼は若干気後れしていた、――お買いにならないんですか？

――もういい加減、限度ってのを知らんといけませんからね。ウチじゃあそうでなくても自分ちの領地のことで色々手を焼いてますんで。しかも、貴族の連中がまたそうでなくても私に怒鳴り散らすようになりましてね、さも私が極端な手を使ったり、連中の破産状態を利用して土地を二束三文で買い占めてるとかって言うんですから。これには私だっていい加減うんざりしてるんですよ。

――貴族でも悪口を吐けるんですな！――とチーチコフは言った。

――もうこちらではね、ウチの県なんて……。想像なんて出来んでしょうな、連中から私が何て言われてるか。私のことなんて、最高級のどケチ、しみったれとしか呼ばないんですから。自分のことは何にしたって言い逃ればかりでね、〈私は勿論、零落貴族ではあるが、しかしそれだって生の高尚なる需要によって生きてきたわけだ。私には書物が必要であり、産業を振興させるには贅沢な生活をせざるを得んわけだが、そりゃ破産せずにあんな風に生きることだって出来るだろうさ、もしスクドロンジョーグロごときの豚のような生活を送るのなら〉なんてね。こんなことを言われるんですから！

――出来ればそういう豚みたいになりたいもんですがね！――とチーチコフは言った。

――これだってそもそもは私が昼食をご馳走しなかったり、連中にお金を貸したりしないからなんですよ。昼食を出さないのはね、重荷になるからで、そういうことには慣れてないんですよ。ウチに来て、私が食べてるものを食べるっていうんなら、どうぞいらっしゃい！　私が金を貸さないだなんて下らん言いがかりですよ。本当に必要ならウチに来ればいいんですよ、自分がどんな風に私の金を使うつもりなのか、その内訳を話せばいい。もしその相手の話から、賢い使い方をしてるな、これは確実に収益が上がるな、って分かれば、断りゃしませんし、利子だって取りませんよ。でも、お金を溝に捨てるような真似はしませんよ。そこんところは勘弁してもらわんと。どうせ無心に来るような連中はね、自分の情人を昼食に誘うつもりだったり、狂ったように家具で屋敷を飾り立ててるんだから、そんな奴に金なんて貸してご覧なさいよ！……。

ここでスクドロンジョーグロはペッと唾を吐くと、夫人のいる前だというのに危うく二言三言不謹慎な悪態を吐きそうになった。人を寄せつけぬ暗鬱の蔭にその活き活きとしていた顔はすっかり曇ってしまった。額の横と縦に寄ったその皺は、苛立ちを掻き立てられた怒れる胸の内を曝し出していた。

チーチコフは苺酒を一杯飲み干すとこう言ったのである。

――失礼ですが、尊敬すべきご主人、また先ほど中断したお話についてお伺いしたいのですが。仮にその、わたくしが先ほどおっしゃられていた領地を購入するとして、どれくらいの期間、どれくらいの速さがあればこれほどまでに金持ちになれるものでしょう……。

――もし貴方が、――スクドロンジョーグロは未だ心ここにあらずといった状態で、厳しい無愛想な口調でこう言葉を引き取った、――すぐに金持ちになりたいのでしたら、決して金持ちになんてなれませんよ、もしどれくらいの期間かなんて訊かずに金持ちになりたいと思うのでしたら、すぐに金持ちになれますよ。

――それは本当ですか！――とチーチコフは言った。

――ええ、――とスクドロンジョーグロはまるで当のチーチコフに腹を立てているかのように無愛想に答えた。――労働に対して愛情を持たねばなりません、それがなければ何をやっても無駄です。農場を愛さねばならない、これですよ！　あと、本当の話、これがまた少しも退屈にならんのですよ。村は気分が滅入ってしまうなんてのはでっち上げですよ……私なんか一日でも連中みたいに町で暮らすってなったら、憂鬱で死んじゃいますよ！　村の主人に退屈する余裕なんてないんです。この人生に虚しさなんてのはない、すべてが充ち満ちているんですよ。一年を通じてやる仕事全般をとにかくよく見てみれば分かりますよ――そりゃあ素晴らしい仕事なんですから！　本当の意味で精神が高揚する仕事でしてね、その多様性は言うに及びませんが。ここにいれば人は自然、四季とともに歩むわけで、その創造においてなされるあらゆることに参加し、対話するんですよ。春の訪れはまだですが、すでに仕事は始まっていますよ。薪にしろ、雪解けあとの悪路の時期に必要なものは全部搬入していますし、種の準備、穀物の仕分け、穀倉の測り直しや乾かし直し、新しい賦役用耕地の取り決めとかね。雪解けあとの洪水も去ってしまえば、作業はそりゃもう急に活気に満ちてきましてね。船の荷造りをやってるところもあれば、森の木を片付けたり、木を庭に移植したり、至るところで土の掘り起こしが始まるんですよ。菜園に行けば踏み鍬が精を出し、畑に出れば犂と馬鍬が耕している。で、種蒔きが始まるんですよ。暇なんてありませんよ！　そのあとは刈り取りに次ぐ刈り取りで、ライ麦の次には小麦、大麦の次には燕麦、あとここでは大麻も摘むんですよ。干し草の山を放り上げたり、荷物を積み込んだりね。ここまでくると八月も半分過ぎていて、穀物小屋に何から何まで搬入する作業が始まるんですよ。秋になりますとね、鋤起こしをして秋蒔きをして、穀倉、乾燥納屋、家畜小屋を修繕し、試し刈り、それに最初の脱穀をするんです。冬が来ましても農作業に微睡みなんてありませんよ。町への最初の搬出だってありますし、穀物小屋はどこも脱穀作業が行われていて、脱穀の終わった穀物は乾燥納屋から穀倉へ移動させ、森での伐採に薪割り、春に建設用の煉瓦や資材の搬入を行いましてね。こう言う私だって何もかも把握し切ってるわけじゃありません。そりゃもう色んな作業がありますんでね！　あちこち覗きに行くんですよ。粉挽き小屋も、作業場も、工場も、穀物小屋もね！　ムジークのとこへも行ってどんな仕事ぶりかを見るんですよ。暇なんてありますか！　私にしてみりゃお祭りみたいなもんですよ、大工の斧の腕前がよければね、二時間だってその前に突っ立っていられますよ。とにかく作業を見てると楽しいんでね。あとさらに、何の目的でこういうことが行われてるのか、如何にして自分の周りであらゆるものがどんどん増えて、実りや収入をもたらしてくれてるのかを見ればどうです。どんだけ嬉しいものか、貴方に語り尽くすことも出来ませんよ。これだって金が増えていくからじゃない、金は金ですよ、けどそうじゃなくて、これが全部自分の手仕事で、自分がすべての原因、何もかも創り出している張本人で、どこかの魔術師みたいにしてこの自分からあらゆるものに向けて豊饒と善が溢れ出すところが見えるからですよ。これに並ぶような喜びなんてどこにありますか?——とスクドロンジョーグロは言うと、その顔は天を仰ぎ、皺はすっかり消え去っていた。まるで自らの晴れがましい戴冠式の日を迎えたツァーリのように彼は輝きに満ちていた。——世界のどこを探したってこれほどの喜びなんてありませんから! こういったところ、まさにこういったところで神さまの真似をするのが人間でしてね。神さまは創造という仕事を最高の喜びとして自らにお与えになられたわけで、人間に対してもまた幸ある暮らしと淀みない仕事を作り出す創造者になるよう求められているんですよ。なのにこれを退屈だなんて言うんだから!

まるで楽園の小鳥の歌声でも聴くかのように、チーチコフは甘美な響き持つ主人の話に聴き入ってしまった。垂涎を抑えるその口。目はぬらりとてかって甘やかさを湛え、いつまででも聴いていられると言わんばかりだった。

——コンスタンチーン! そろそろ時間よ、——夫人は椅子から立ち上がりながら言った。プラトーノフが立ち上がり、スクドロンジョーグロが立ち上がり、チーチコフも立ち上がりはしたが彼はこのままずっと坐って聴いていたかった。彼は腕を天秤棒のようにして差し出すと、夫人をもと来た方向へと連れ添って行った。だが、彼の首は愛想よく斜めに傾いてもいなければ、その言葉遣いにも巧みさが欠けていた、というのも、頭の中は肝心要の金遣いと思惑のことで一杯になっていたからだ。

——何を話そうがね、やっぱり退屈なものは退屈なんだよ、——こう言ったのは二人の後ろから付いてきていたプラトーノフだった。

〈この客人、実に話の分かる人物のようだぞ、——てなことを考えていたのは当家の主人、——言葉には品だってあるし、筆耕なんかでもないからな〉

ふとそう思った主人はさらにご機嫌になったのだが、それはまるで自分で自分の会話に熱くなり、賢明な忠告を聴くこと吝かではない人物を見つけたことを祝っているかのようだった。

このあとに全員が入ったこぢんまりとした落ち着きのある部屋は蠟燭に照らされ、向かい側には窓の代わりにバルコニーに出る硝子扉が付いていたのだが、この時チーチコフは長らく味わっていなかった寛ぎを感じたのだった。それはまるで長い遍歴の末、すでに自分がわが家の屋根の下に迎え入れられ、何もかもやり遂げた上に、望みのものをすべて手に入れ、「もう十分だ！」と口走って放浪の杖を投げ捨てたかのようだった。そういったうっとりする気分にさせてくれたのは、主人のしてくれたためになる会話のお蔭だった。どんな人間にだって、他のどんな言葉よりも自分にとって身近で馴染み深い言葉というものがあるもの。しかも往々にして予想だにせぬ奥深い見放された辺鄙な土地、人影一つ見かけぬ無人の地で出会う人物というのは、その心温まる会話で自分のことや道なき道のことも、宿の居心地の悪さも、現代という世が人間の愚かさや人を欺く虚偽に満ち溢れているということも一時(いっとき)忘れさせてくれる。そしてそのあと生涯ずっと永遠にそうして過ごした夜のことが鮮明に残り、その時に起こったこと、あったことはすべて、誰がその場に居合わせたのかも、誰がどこに立っていたのかも、その彼が何を手にしていたのかも——部屋の壁、部屋の隅、どんな下らぬものですら、正確な記憶として留まり続けるのだ。

　こんな風にチーチコフの頭の中にはこの晩のことがすべて刻み込まれたのだった。このこぢんまりとしていて装飾も控えめな小部屋のことも、主人の顔を覆い尽くす人の善さそうな表情も、プラトーノフに手渡された琥珀の吸口のパイプも、イアルバース[113]の太った面に彼が吹き付けた煙も、イアルバースの立てる鼻息も、見目麗しい夫人の笑い声が「いい加減止しなさいよ、可哀想じゃないの」という言葉に途切れるのも、それに、陽気な蠟燭たちのことも、部屋の隅にいた蟋蟀(こおろぎ)のことも、硝子の扉のことも、春の夜がその扉の向こうから林の天辺に肘を突いて彼らを眺め、木の茂みから春の小夜啼鳥の歌声が聞こえてきたことも。

　——わたくしにとってみれば貴方のお話というのは甘美そのものですよ、親愛なるコンスタンチン・フョードロヴィチ、——とチーチコフは口にした。——ロシア広しといえど、貴方ほどの知性をお持ちの方にはお会いしたことがないと言っても宜しいでしょうね。

彼は笑みを浮かべた。

――いやいや、パーヴェル・イヴァーノヴィチ、――と彼は言った、――それこそ利口な方を知りたいとおっしゃるのでしたら、ウチに実際一人おりますよ、〈利口なお方〉と言っても間違いない、私なんて足元にも及びませんよ。

――それはどなたなんです？――驚いた表情でチーチコフは訊ねた。

――ウチの徴税請負人をしているムラーゾフです。

――その方のことを聞くのは二度目です！――とチーチコフは声を上げた。

――彼は地主の領地どころか、国だって丸ごと管理出来てしまう人物でしてね。私に国があったなら、彼をすぐさま財務大臣に任命するところでしょうな。

――伺いましたよ。話だと、その方、大方の予想を上回って、一千万も貯め込んだっていうじゃないですか。

――一千万なんてわけありますか！　四千万は優に超えてますよ。見てる間にロシアの半分が彼のものになりますよ。

――まさか！――唖然となったチーチコフは声を上げた。

――間違いないですよ。今じゃ利子が信じられない速さで増えていっているはずですからね。これははっきりしてますよ。ゆっくりとしか金が増えていかないのは何十万単位しか手元にない連中でしてね、百万単位ともなるとその広がる範囲が大きい。何を掴むにしたって、元手の二倍とか三倍になりますからね。領域がね、活動の範囲があまりにも大きいんですよ。右に出る者なんて誰ひとりいませんよ。何にどんな値を付けたとしても、値はそのままになってしまってね。太刀打ち出来る者なんていませんよ。

目が飛び出て、口あんぐりのまま、まるで釘付けにされたかのようにチーチコフはスクドロンジョーグロの目を見つめていた。すっかり魂消てしまったのである。

――信じられませんよ！――多少気を取り直して彼は言った。――おっかなさで頭が石みたいに固まってしまって。人は天道虫（てんとうむし）を眺め見て、神の御心の示す思慮深さに驚嘆するものですが、わたくしにとってそれより驚きなのは、死すべき人間の手でこれほど大金が回せるってことですよ！　宜しければ、ある状況についてご質問させて頂きたいんですが、これだってやはり手に入れるには、始めは罪作りなこともなしには済まされなかったんでしょうね？

——全くの欲得抜きで、しかも公明正大な手段によってですよ。

——信じられませんよ、ご主人、失礼ですが、それればかりは信じられない。それが千の単位とかだったならまだしも、単位が百万ともなると……失礼ではありますが、信じられません。

——むしろ逆に、何千という方が罪作りなこともなしでは大変でしょう、百万単位は楽に貯まるもんですよ。百万長者が曲がった道を取る必要なんてありませんから。とにかく真っ直ぐな道を取って進んで、目の前に転がっているものは全部摑み取れ！ってことですよ。他の奴らには持ち上げられんですからな。

——全く信じられませんよ！　何より信じられないのは、それがそもそも一からの叩き上げだってことですよ！

——いやぁ、それ以外にはあり得ませんよ。それが摂理ってもんでしてね、——とスクドロンジョーグロは言った。——何千の財産を持って生を享け、何千の財産で育った者には、もうこれ以上手に入れることなんて出来ないんですよ。そういう奴となると、むら気に気紛れってのが癖になってましてね、どうなるか分かったもんじゃない！　一から始めなきゃならんのですよ、途中からじゃなくてね。下からですよ、下から始めなきゃならんのです。そこでしか人なり日々の営みというものは分かりようがないわけで、その中でいずれうまく立ち回らなきゃならない。自分の身をもってあれやこれやと耐え抜いては、一コペイカ惜しさにその一コペイカを三コペイカの釘で打ち付けてるような渋ちんの何たるかを思い知りましてね、あらゆる修羅場をくぐり抜けて海千山千に鍛え上げられた末には、もうどんな事業に手を出したところで、へまもなければ、失敗することもない。信じて頂きたいですな、これこそ本当なんですから。一から始めなきゃならない、途中からでは駄目なんですよ。〈私に十万貸して下さい、今に金持ちになってみせますから〉なんて言う奴のこと、私は信じませんな。運任せの当てずっぽうで、下手を打つに決まってますから。コペイカから始めなきゃ駄目なんですよ！

――それならわたくしも金持ちになるってことですね、――とチーチコフは言った、――何しろ、ほとんどその、何もないところから始めるところですので。

彼の念頭にあったのは死せる魂のことだった。

――コンスタンチン、いい加減パーヴェル・イヴァーノヴィチにはお休みして頂かないと、――あなた、ずっと喋りっぱなしじゃないの。

――そりゃもう必ずお金持ちになられますとも、――スクドロンジョーグロは夫人の言葉には耳も貸さずにこう言うのだった。――お宅の方に向かってあちこちから川が流れてきますとも、黄金の川がね。置き場もないくらいの儲けになりますよ。

魔法でもかけられたかのようにパーヴェル・イヴァーノヴィチは坐った状態のまま、弥増すばかりの夢と幻の黄金郷に想いを馳せたのだった。

――ほんと、コンスタンチン、パーヴェル・イヴァーノヴィチに休んで頂かないと。

――何だっていうんだい？　自分こそ行けばいいじゃないか、そんなに眠いんだったら！――と主人は言ってから言い淀んでしまった。部屋では響き渡る大音声の鼾をプラトーノフがかきだし、それに続いてイアルバースがさらに大音声の鼾をおっ始めたからだった。もうずっと前から鉄板を叩く音が遠くから聞こえていた。話は夜半過ぎにまで及んでいたのである。スクドロンジョーグロは、確かにもう休む時間だなと気づいた。皆互いにゆっくりお休み下さいと挨拶してから別れると、早速その言葉通り、床に就いたのだった。

独りチーチコフだけは眠れなかった。彼の頭は冴え切っていた。どうすればスクドロンジョーグロのような地主になれるのだろうかと思いをめぐらせていたのだ。主人との会話のあと、何もかもが実にくっきりしてきて、金持ちになる可能性も実にはっきりしているような気がしていた。農場経営という大変な事業が今やとても気楽な上に分かり易いものとなって、自分の気質に実に合っているものと感じたものだから、想像上のではなく実在の地所の購入を真剣に考え始め、架空の魂を質草にして手に入るであろう額をすぐさま皮算用したが、その購入する地所はもはや架空のものではなかった。もはや彼の目に浮かんでいた自分の姿は、スクドロンジョーグロから教わった通りの実務で腕を振るう管理者で、機転が利いて目が行き届き、古手のものを知り尽くすまでは何ひとつ新手のものは取り入れず、何でも自分の目で確かめ、ムジークのことは悉く理解し、あらゆる無用のものは撥ねのけ、専ら労働と経営に身を捧げていた。気の早い彼は、調和ある規律がもたらされて農場経営の歯車がすべて嚙み合って勢いよく回転を始めてから感じるはずの満足感を味わっていた。仕事に熱が入り、軽快に回る挽き臼が忽ちにして穀粒を粉にしてしまうように、どんなゴミやがらくたもぼんぼんとゲンナマに変えていくのだ。奇跡の主人はそれを前にして片時も離れることがない。彼こそはロシア広しといえど、チーチコフが初めて個人的に敬意を抱いた人物であった。これまで彼が人を尊敬したのは、良い官職に就いているからとか、財産家だったからなのだ！　とりわけ知性を理由に人を敬うようなことはこれまで一度もなかった。スクドロンジョーグロが初めてだった。チーチコフには、こういう仁を相手に死んだ魂のことを持ち出しても仕方がないこと、そんなことを話すこと自体不謹慎だということが分かったのである。今の彼を捉えていたのは別のプロジェクト――つまり、フロブーエフの領地を買うことだった。一万ルーブルが彼の手元にはあった。あともう一万をチーチコフはスクドロンジョーグロに無心出来ることを当てにしていた、というのも、この彼自身すでに、金持ちになりたい、経営に取り組みたいという者なら誰にでも手を貸す準備があると公言していたからだ。あと残りの一万の借り受けは魂を抵当に入れてからでないと無理だった。買い込んできた魂を全部抵当に入れることはまだ出来なかった、というのも、その魂を移住させるのに必要な土地がまだなかったからである。ヘルソン県に自分の土地があると人に請け合ってはいたものの、むしろ予定の上での話だったのだ。予定の上ではこのあとさらにその土地をヘルソン県で買い漁ることになっていた、というのも、その土地の売値は二束三文、タダ同然で売りに出されていて、あとはそこに人が住むだけの話だったからだ。さらに、誰のところのどんな逃亡農民や死せる魂を至急買い上げねばならぬのかを考えていたのだが、これは、地主たちが互いに競い合って領地を担保にしていて、もはやロシア全土で抵当入りしていない土地がなくなってしまうかもしれなかったからだ。そういった思いが代わる代わる彼の頭を一杯にしては、眠りを妨げていた。すでに丸四時間ものあいだ屋敷全体はいわば眠りに抱かれていたが、ようやくチーチコフもこの眠りに抱かれることとなった。彼は深い眠りに就いたのだった。

第四章

翌日は何もかも申し分のない出来栄えだった。スクドロンジョーグロが喜んで一万ルーブルを利息なし、担保なしで貸し付けてくれたのだ——たった一筆の署名だけで。それほど彼としては、領地を購入したがっている者への援助に吝かでなかったのである。それだけではない。彼は自らチーチコフに付き添ってフロブーエフの元へ赴き、ともに領地を見て回ることにしたのだ。腹一杯の朝食のあと、三人全員でパーヴェル・イヴァーノヴィチのコリャースカに乗り込んで出発し、その後ろからは主人宅の軽馬車が空っぽのままついてきた。イアルバースは前を駆けながら、道にいた鳥を追い払っていった。一時間半あまりで十八露里まで来たところ、二軒の家がある村が見えてきた。うちの一軒は大きくて新しく、あらかた出来上がってはいるが未完成のまま数年経っていて、もう一軒は小さくて古かった。姿を見せたそこの主人は髪はぼさぼさ、眠気まなこの起き抜けで、羽織るフロックコートには継ぎ接ぎが当たり、ブーツには穴が開いていた。

客人の来訪に対する主人の喜びようといったら如何ばかりのものであったことか。それこそ長らく離ればなれになっていた兄弟にでも再会したかのようであった。

——コンスタンチン・フョードロヴィチ！ プラトン・ミハイロヴィチ！——と主人は大声を上げた。——親っさんたちじゃありませんか！ わざわざ来て頂いて恩に着ますよ！ 目を擦らせて下さいな！ あたしはてっきり誰もウチには寄ってくれんもんだと思ってましたんでねぇ。誰からも疫病神みたいに避けられてましてな、あたしが無心するともで思っとるんですよ。そりゃあ、キツい、キツいですなぁ、コンスタンチン・フョードロヴィチ！ 自分が皆に迷惑をかけてるなんて分かった日にゃねぇ！ どうしようもありませんよ、豚同然の暮らしになっちまってはね。どうかこんな恰好でお招きすることになったのをお許し下さいな、ブーツもご覧の通り穴だらけでね。しかしどう皆さんをおもてなししたもんでしょうかな？

——どうかここは単刀直入に。こちらに伺ったのはある用件があってのことでしてね、——こう言ったのはスクドロンジョーグロ。——こちらにいらっしゃるのは買い手のパーヴェル・イヴァーノヴィチ・チーチコフさん。

——お目にかかれて光栄です。ここはひとつ握手させて頂けますか。

チーチコフは彼に両手を差し出した。

——それはもう、親愛なるパーヴェル・イヴァーノヴィチ、注目に値する領地を喜んでご覧に入れたいところですが……。それはそうと、皆さん、お昼の方はもうお済みですかな？

——済んでます、済んでますよ、——面倒なことを避けたかったスクドロンジョーグロはこう言った。——ここはぐずぐずせず、早速参りましょう。

——そういうことでしたら、参りましょうか。

フロブーエフは鍔帽を手に取った。客人たちは鍔帽を被ると、全員歩いて村の見学へと向かった。

——ウチが如何に乱れに乱れておるか、放蕩三昧のほどを見に行くとしましょう、——とフロブーエフは言った。——無論、お昼をもうお済ませになっているというのはよかった。信じて頂けるかどうか、コンスタンチン・フョードロヴィチ、家に鶏がいなくなってしまいましてね、そこまで落ちぶれちまって。豚同然の生活です、これこそ豚ですよ！

彼は深い溜息を吐くと、コンスタンチン・フョードロヴィチから大して同情をかけられず、淡白にあしらわれているのをまるで感じ取っているかのようにプラトーノフの腕を取ると、自分の胸に彼をぎゅっと押し付けながら一緒に前へ出た。スクドロンジョーグロとチーチコフは後ろに残され、互いに腕を組むと、距離をおいて前の二人のあとを付いて行った。

——キツいですな、プラトン・ミハイロヴィチ、キツいですよ！——とフロブーエフはプラトーノフに言うのだった。——どれほどキツいか想像出来んでしょうな！ 金なし、パンなし、ブーツなし！ これがもし若くて独り者でありゃどこ吹く風ってな感じでいいんですがね。けど、こんな災難に老年近くになって見舞われて、しかもすぐそばに妻もおれば子供だって五人もおりますでしょ、そうしたら辛いですな、ついつい辛い気分になっちまってね……。

プラトーノフは不憫に思った。

——じゃあ、もし村をお売りになられれば、楽になったりするんですか？——と彼は訊ねた。

——楽になんてなるもんですか！——とフロブーエフは手を一振りして答えた。——そんなの全部借金の形に持って行かれちまって、結局自分には千も残りませんよ。

——ならどうなさるおつもりなんです？

——神のみぞ知るって奴ですよ、——とフロブーエフは肩を竦めて言うのだった。

プラトーノフには驚きだった。

——でも、どうして何も手を打たないんです、この状況から抜け出すための？

——なら、どんな手を打てばいいんでしょうかね？

——もう資金が底をついてるような話しぶりじゃないですか。

——一文無しですよ。

——なら、役職でもお探しになればいい、どこかの職に就けばいいんですよ。

――あたしなんて十二等官ですよ。こんな者にどんな実入りのいい仕事なんてくれますか？　恩給だってあってないようなもの、それに大体からしてあたしには妻も五人の子供もおりますんでね。

――なら、どこか民間の職なんてのはどうです。管理人になられたらいいじゃないですか。

――そんな、誰があたしみたいなのに領地を任せたりなんてしますか！　自分のところだってふいにしてしまったんですから。

――けど、飢えなり死が襲ってくるとなれば、何なりと手を打たなきゃまずいでしょう。義兄に聞いてみますよ、誰かの仲介で職の斡旋を町でしてもらえないかって。

――駄目ですよ、プラトン・ミハイロヴィチ、――とフロブーエフは言うと、溜め息ひとつ吐いてから彼の腕をぎゅっと握った、――あたしはもう役立たずですから。老い耄れるよりも先にすっかり焼きが回っちまって、これまでの罰が当たって腰痛になるわ、肩はリウマチになるわでね。こんなのが何の役に立ちます！　国庫の無駄遣いなんかしてどうします！　そうでなくったって今じゃ実入りのいい役職には多くの勤め人が雇われてるじゃないですか。あたしなんかのせいで、あたしが恩給をもらうせいで、貧しい連中の年貢が増えるなんてことになったらたまったもんじゃない。そうでなくったって連中は搾り取られてて大変なんですから。駄目ですよ、プラトン・ミハイロヴィチ、その話はなかったことに。

〈こりゃ随分往生してるぞ！――とプラトーノフは思った。――俺の患ってる無気力状態よりひどそうだ〉

一方、スクドロンジョーグロとチーチコフは彼らの後ろからかなり距離をおいて歩きながら、互いにこんなことを話し合っていた。

――あそこなんてすっかり荒れ果ててますよ！――スクドロンジョーグロは指差しながらこう言うのだった。――ムジークにここまで貧乏させるとはね！　家畜が疫病で死んだ時にはね、そりゃもう自分の財産のことなんて構ってる場合じゃないんですよ。すぐに持ってるものを全部売っ払って、ムジークに家畜を与えて、一日たりとも仕事の出来ないような状況にしないことですよ。でも、もうこれじゃ何年かけても直りませんよ。ムジークもすっかり怠けて、遊びを覚えて、呑んだくれになってしまったからにはね。

——つまり、ということはあれですか、今こんな領地を購入するってのもあまり実入りがないと？——とチーチコフは訊ねた。

すると、スクドロンジョーグロはまるで〈あんたはそんなことも分からんのかい！　イロハのイから教えなきゃならんのかい？〉とでも言いたげな様子で彼の方を見つめた。

——実入りがないとはね！　三年もすればね、私ならこの領地で年収を二万ルーブルにしてやりますよ。これのどこが実入りが良くないもんですか！　十五露里の距離ですよ。暇なんてありますか！　それに土地なんてどうです？　まあよくこの土地をご覧なさいよ！　どこも水に浸かってるでしょ。亜麻を作ったら亜麻だけでも五千ほどの売り上げになるでしょうし、蕪を作れば作ったで、売り上げは四千ほどでしょうな。ほらあそこをご覧なさいよ、丘の中腹にライ麦が生えてますがね、あれなんて落ち穂が勝手に芽を出したものばかりですよ。ここじゃ麦は蒔いてませんでしたからね、それなら私も覚えてますよ。まあこの領地なら十五万ですな、四万なんてことはない。

チーチコフはフロブーエフに聞かれてはまずいと思い、これまでより歩を弛めて距離を取った。

——あそこの土地なんてどれほど閑散としてることか！——スクドロンジョーグロは腹を立てながらこう言うのだった。——前もって通知でも出しておけば、好き者が皆集まって来るんですよ。まあ、耕す道具がないのなら、菜園でも作ればいい。菜園でだって結果は出せるでしょう。ムジークに四年間も仕事をさせずにいたんですからね。暇なんてありますか！　大体たったこれだけのことで奴さんたちを堕落させて、一生を棒に振らせたんですからね。もうすっかりボロと放浪の生活が板についちまってるんですよ！　それが奴さんたちの人生になっちまったんですから。——スクドロンジョーグロはこう言って唾を吐くと、憤懣遣る方ない陰鬱な気分に彼の額は曇ってしまった……。

——これ以上ここに留まってなんていられません。私にしてみりゃ、この規律のなさと荒廃を目にするなんて死ぬのも同然ですからな！　あとは私抜きで始末をつけて下さい。あの馬鹿野郎から早くこの宝物を奪い取ってやるんです。あんな奴、神の恵みを踏み躙っているだけですからな！

　こう言ってスクドロンジョーグロはチーチコフと別れると、そこの主人に追いついてから同じく別れの挨拶を始めた。

――後生ですから、コンスタンチン・フョードロヴィチ、――と驚いた主人は言うのだった、――お出でになったばかりなのに、もうお帰りだなんて！

――駄目なんです。どうしても家にいなければならないので、――スクドロンジョーグロはこう言って別れを告げると、自分の軽馬車に乗り込んで走り去った。

　どうやらフロブーエフにはスクドロンジョーグロが帰ってしまった理由が分かったようであった。

――コンスタンチン・フョードロヴィチには耐えられなかったんですよ、――と彼は言った。――あのお方のような農場主にしてみれば、こんなちゃらんぽらんな経営を見るのは愉快じゃないんでしょうな。信じて頂けるか分かりませんがね、私には駄目でしてね、駄目なんですよ、パーヴェル・イヴァーノヴィチ……今年は麦の種蒔きをほとんどしなかったんです！　正直にお話しますよ。種はなかったし、耕す道具のことなんて言わずもがなでね。プラトン・ミハイルィチ、貴方のご義兄弟は並外れた農場主と人から言われてますがね、コンスタンチン・フョードロヴィチはそりゃもう勿論、ある種ナポレオンなんですよ。よく、ほんと、自分でもこう思うんですよ、〈それにしたってどれほどの知性が一つの頭の中に詰まっているんだろうか？　せめて一滴、俺の馬鹿な頭に注がれんものか、せめて自分の家を維持する分だけでいいから！　俺には能がない、何も出来んのだから〉ってね。ああ、パーヴェル・イヴァーノヴィチ、お好きになさって下さいな！　何よりも貧しいムジークたちのことが不憫でなりませんのでね。[114]……てな風にはなれない気がしましてね、何をやれと言われても、要求を押し通したり出来ないし、厳格にはなれないんですよ。それに自分がこんな滅茶苦茶なのに、人に規律を守れなんてどうやって言えますか！　連中なら今すぐにでも自由にしてやるところですが、何ともロシア人というのはその、せっつかれないと何にも出来ん質（たち）というか……。放っときゃウトウト始めて、そのまま黴が生えてくるんですな。

——でもそれはほんと、変な話ですよ、——とプラトーノフは言った、——どうしてウチらはそうなんでしょうか、普通の奴らってちょっとでも目を離すと呑んだくれるわ、役に立たないわでね？

——啓蒙が足らんのですよ、——こう指摘したのはチーチコフだった。

——でも、何が原因だなんて分かったもんじゃありませんよ。このわれわれだって啓蒙教育なんてものを受けてはきましたが、実際の生活なんてどうです？ 私なんて大学にも行きましたし、ありとあらゆる分野の講義を受講しましたが、生きる上での技術と規律を身に付けることが出来なかったばかりか、それこそあれですよ、また新たに贅沢品だの、便利なものがあれこれ要るとかいって、これまで以上に出費する技を覚えたようなもの、これまで以上に金のかかる物にお目にかかることになったようなものですよ。まともに勉強しなかったからこうなってしまったんでしょうかね？ いや、そんなことはない。何しろ、そうじゃない仲間だっていますから。ひょっとして二、三人くらいは自分のためになることを得たのかもしれませんが、それだって元々頭が良かったからかもしれませんし、それ以外の連中なんてのは、健康は害しても金蔓になることだけはしっかり知りたがろうとするものなんですよ。ほんとの話！ 何せ、大学に通うなんて、ただ教授たちに拍手して褒美をばら撒くだけで、自分たちは教授からそんなもの受け取りゃしないんですから。こんな風に教育を受けたところで、われわれが結局選び取るのは中でも一番汚れたところで、教育の外っ面は捉えますが、中身そのものは手に取らないんですよ。いや、パーヴェル・イヴァーノヴィチ、われわれがまともに生きていけないのは何か他に理由があるんです、でもそれが何なのか、正直、私には分からんのですがね。

——原因はあるはずですよ、——とチーチコフは答えた。

深く溜め息を吐くとフロブーエフはこう語った。

——時々、本当にこう思うことがあるんです、ロシア人っていうのは何かその、救いようのない人間だってね。意志薄弱で、肝が据わっていない。何でもやってみたいのに、何ひとつ出来ない。ずっとこう考えているわけですよ、〝明日から新しい人生を送るんだ、明日から何事にも然るべく取り組むんだ、明日からダイエットに励むんだ〟ってね。でも、とんでもない、その日の夕方にはもう鱈腹食ってしまって、ただ目をぱちくりさせるだけで舌も回らず、梟みたいにじっと坐って皆の顔をじっと見てるだけなんですよ、何するにしたってこのざまなんですから。

――思慮分別を残しておかないといけませんよ、――とチーチコフは言った、――いつ何時だって思慮分別と手を携えながら腹を割った話をすべきなんですよ。

――またまたぁ！――とフロブーエフは言った。――ほんとの話、われわれってのは全然思慮分別のために生まれてきたんじゃないって気がするんですよ。われわれの中にそんな思慮分別のある者がいるなんてとても思えませんね。中には規則正しい生活を送っていて、お金も無駄遣いせずにしっかり貯めているようなのを見かけますが、そんな奴なんて信じられませんね！　年を取ってから魔が差して、何もかも一気に使い果たしちまうんですから！　われわれのところじゃ皆そうですよ。高貴なお方も、ムジークたちも、教育のある者もない者もね。昔ある頭の切れるムジークがおりましてね。無一文から十万を貯め込みまして、十万を貯め込んだ途端にシャンパン風呂を作ろうってな馬鹿な考えが浮かんで、で、そのシャンパン風呂に入ったんですよ。ところで、この当たりで見るものは全部見て回った感じですな。もう何もございませんよ。粉挽き場なんてご覧になられます？　尤も、車輪なんてありませんし、建物だって全く使い物になりませんでね。

――そんなもの眺めたって仕方ありませんよ！――とチーチコフは答えた。

――そういうことでしたら、家に戻りましょう。

――こうして二人とも帰路に着いた。

その帰り道も目にした光景は同じだった。その不潔にも散乱した状態は至るところにその悪しき外面（そとづら）を晒すばかりだった。すべては荒れ果て、放置されたままだった。わずかばかりに増えていたのは道の真ん中に新たに出来た泥濘だけ。怒った百姓女が、脂ぎった粗布という恰好で、不憫な女の子を半殺しにしそうなくらい殴りつけては怒鳴り散らしていた。少し離れたところから二人のムジークがストア派的な無感動でこの酔っ払いの女の怒りを眺めていた。一方は背中の下の辺りを掻き、もう一方は欠伸をしていた。欠伸は建物にも見えた。屋根もまた欠伸をしていた。プラトーノフはそれを見て欠伸を一つした。〈俺の未来の財産となるムジークたちか、――チーチコフはふと思ったのだった、――穴だらけ、継ぎ接ぎだらけか！〉また、ある百姓小屋などは屋根の代わりに門が丸々載っかっているような感じで、壊れた窓を支えている棒切れは主人宅の穀倉から掻っ払ってきたものであった。要は、ここの経営に導入されていたのはどうやらトリーシカのカフタン[115]方式らしいのだ。つまり、袖の折り返しや裾の部分を切っては、それを肘の継ぎ当てにしていたのである。

　彼らは部屋に入った。チーチコフが少々驚かされたのは、貧しさとけばけばしい最新の贅沢小物数点とが混じり合っていたことだった。破けっぱなしの調度と家具のあいだには新品のブロンズ像。シェイクスピアか何かがインク壺の上に鎮座し、机には象牙製の洒落た孫の手が置いてあった。フロブーエフは客人たちに女将さんである妻を紹介した。彼女はどこに出してもおかしくなかった。モスクワでだって恥をかくようなことはなかったであろう。ドレスは洒落ていたし、モードにも適っていた。好きな話は都会のこと、その都会に出来た劇場のことだった。見る限り、彼女は旦那以上に村のことが気に入らないらしく、独りでいる時などはプラトーノフ以上に退屈しているようだった。間もなくしてその部屋は子供たち、女の子と男の子たちで一杯になった。子供は全員で五人。皆が皆素晴らしいのだ。男の子にしても女の子にしても、いつまでも見ていられた。その着ているものは愛らしくて趣味が良く、子供たち自身も快活で陽気だった。そのため却ってこの子たちを見ていると忍びないものがあった。どうせなら素っ気ない麻織りのスカートとシャツといったひどいものでも身に着けて、中庭を駆け回り、どこにでもいる農民の子供と何ら変わりがなければ良かったのに！　夫人の元には女性客がやって来た。ご婦人方は自分たちの居間へ移動した。子供たちはそのあとに続いて駆けていった。残ったのは男たちだけ。

チーチコフは買収に取りかかった。買い手なら誰もがやる倣いに従って、先ずは買う対象である領地について貶した。そして、あらゆる側面を貶し終えるとこう言ったのである。

――そちらの値段はおいくらになりますかね？

――宜しいですか？――とフロブーエフは言った。――貴方に値段を吹っ掛けるような真似は致しませんし、そういうのは苦手でしてね。そんなことすれば、恥知らずもいいところでしょう。あと、これも隠し立ては致しませんが、ウチの村は百魂が納税名簿に入っておりますが、五十魂は今ここにはおりません。この残りの連中ってのは流行り病で亡くなった者とか、パスポートなしで在所を離れてしまった者でしてね、ですから、この連中は亡くなった者とで、こちらとしてはたったの三万しか値はつけられません。

――こりゃまた、三万とおっしゃいますか！　領地は放ったらかしで、人は死んだも同然、それで三万ですか！　二万五千なら頂きましょう。

――パーヴェル・イヴァーノヴィチ！　質に入れて借りられる値段が二万五千なんですよ、お分かりですか？　その場合は二万五千が手に入って、領地は手元に残るでしょ。私が売りに出そうと思うのはただ、すぐにでも金が入用だからでしてね、でも抵当に入れるとなれば引き延ばしにあうわ、役人には金を出さなきゃならんわ、けど、先立つものが何もないんですよ。

――いや、それでもやはり二万五千で手を打ちましょうよ。

プラトーノフはチーチコフを見ながら気が咎めてしまった。

――いいから買って下さいよ、パーヴェル・イヴァーノヴィチ、――と彼は言った。――領地ならばいつだってその値でいけますよ。もしこれに三万出さないっていうのであれば、私と義兄との共同出資で買ってしまいますよ。

チーチコフはびっくりしてしまった……。

――いいでしょう！――と彼は言ったのである。

――三万出しましょう。この二千は手付けとして今お渡しして、八千は一週間後、残りの二万は一ヶ月後ということで。

――いいえ、パーヴェル・イヴァーノヴィチ、お金は出来るだけ早くという条件でないと困ります。今すぐ少なくとも一万五千はお出し頂いて、残りは最低でも二週間後には頂かないと困ります。

――そんな一万五千なんてありませんよ！　手元に一万しかないんですから。今度掻き集めてきますよ。

とか言いながらも、チーチコフは嘘をついていた。手元には二万ルーブルあったからだ。

――ほんと、困るんです、パーヴェル・イヴァーノヴィチ！　何が何でも一万五千必要だって言ってるじゃありませんか。

――でも、ほんと、五千足りないんですよ。自分でもどこで借りればいいのか分からないんですから。

――私がお貸ししますよ、――こう言葉を継いだのはプラトーノフだった。

――そう言って頂けるのでしたら！――とチーチコフは言うと肚の中でこう思ったのだった。〈けど、彼から借りるってのは丁度いいかもしれんな。そうなりゃ、明日にでも持って来れるし〉　コリャースカから小箱が運び込まれると、すぐさまその中から一万がフロブーエフのために取り出され、残りの五千は明日届けるとの約束が交わされた。つまり、約束はしたが、届けるつもりだったのは三千、他は後ほど、二日か三日してからで、出来ればもう少し遅らせるつもりだった。パーヴェル・イヴァーノヴィチはどうやら金を手放すことが格別嫌いだったようである。如何とも避けられぬことではあったものの、どうせなら今日でなくて、明日金を渡した方が良いような気がしていたのだ。要するに、彼はわれわれ同様に振る舞ったわけである！　何しろ、頼みごとをしにきた者を待たせるってのは気分がいいものなのだ。そいつの背中なんぞ、控えの間で散々擦(こす)れちまって、まめでも作ってりゃいい！　もう待てないって音を上げさせときゃいい！　そいつが一分だって惜しいとか、待ち惚けで仕事が台無しになるとかって、こっちの知ったことか！〈兄弟、明日来てくれんか、今日はどうも時間が取れそうにないんでね〉

――このあとはでも、どこに住まわれるんです？――とプラトーノフはフロブーエフに訊ねた。――

他に村でもお持ちなんですか？

——村なんてございませんよ、町の方に移るんです。どのみちそうする必要があったんですよ、自分のためでなく、子供のために。子供たちには神学、音楽、踊りの教師が必要になりますでしょ。村になんていても見つかりませんしね。

〈パン一切れもないってのに、子供には踊りを習わせたいってか！〉——とふと思ったのはチーチコフ。

〈おかしな話だよ！〉——とふと思ったのはプラトーノフ。

——どうです、ここは取引を祝って何か飲まんといけませんな、——とフロブーエフは言った。——おーい、キリューシカ、持って来てくれんか、兄弟よ、シャンパン一本だ。

〈パン一切れもないってのに、シャンパンはあるってか！〉——ふと思ったのはチーチコフ。

プラトーノフは何を考えればいいのかすら分からなかった。

シャンパンが運び込まれた。三人はグラスを三杯ずつ飲み干すと、すっかりご機嫌になった。フロブーエフは喋り出すと、知的かつ愛嬌たっぷりの人物になったのである。舌鋒鋭い言葉や小咄が彼の口からは止めどなく溢れ出てくるのだった。その話からは人や世間の何たるかを如何に知り尽くしているかが窺い知れるではないか！　多くの事柄を実に見事に正確に捉え、近隣の地主たちのことについては実に的確で絶妙な言い回しで簡潔に素描し、その全員の欠点や過ちを実にはっきりと見抜いていて、破綻した旦那衆の話についてもその原因、経緯、理由などに実に詳しく、また旦那衆のちょっとした癖についても実に独創的に、しかも的確に伝える腕があったものだから、仕舞いにはそれを聴いていたご両人もすっかりその話術の虜となって、彼を珍しく頭の切れる仁と認めるのも吝かでないといったそんな気分になっていたのである。

——ちょっと宜しいですか、——プラトーノフは彼の腕を取ってこう言ったのである、——これほど頭が切れて、世知に長けた貴方みたいなお方が、どうして今の苦境を抜け出す方法を見出せないんでしょうかね？

——方法ならあるんですよ、——フロブーエフはこう言ってから、二人に山とあるプロジェクトの数々を披瀝した。そのどれもがあまりに頓珍漢で卦体（けったい）なもので、世知に長じていることからはあまりに程遠いものだったから、ただ肩を竦めてこう口にする他なかった、「やれやれ！〝世間に関する知識〟とその知識を使いこなすこととのあいだに、何とまあ雲泥の差のあることか！」　そのプロジェクトのほとんどは、いきなりどこぞから十万ないしは二十万を調達せねば成り立たぬものだったのだ。それが出来れば、万端相整い、経営も軌道に乗り、綻びもすべて継ぎ当てられて、収入も四倍になり、耳を揃えて借金も返せるのではないかと彼は思っていたのだ。そして、彼がその熱弁を締めくくるに当たって口にしたのが〝それにしても、何をしたらいいと思われますか？〟という言葉。いやいや、そんないきなり二十万とか、十万そこらを貸してやってもいいなんて言って施しをしてくれるような人なんていないんだから！　きっと、神さまだって嫌なこった。〈そりゃあそうよ、――ふとチーチコフは思ったのだった、――こういう馬鹿には神さんが二十万を送ってくれるさ！〉

――私には、多分三百万ほど持ってる叔母がいるんですが、――とフロブーエフは言った、――信心深い婆さんでしてね。教会とか修道院には喜捨するんですが、身内に対しては財布の口が固いんですよ。婆さん自体はとっても素晴らしい人なんですよ。昔気質の叔母でね、一見の価値ありって奴ですよ。叔母のところには金糸雀（カナリア）だけでも四百羽はいましてね。パグもいれば、女の居候とか召使いといった今のご時世じゃ見かけないのもおりますしね。召使いの中でも一番年下が六十歳近くなるんですが、叔母はそんな彼のことを「ほれ、小僧や！」なんて呼ぶんですよ。もし客人の行儀がなってなかったりしますとね、食事の時はその客の分を配膳しないように言いつけましてね。で、ほんとにすっぽかしちゃうんですよ。

プラトーノフは薄笑いを浮かべた。

――その叔母さんは何ておっしゃるんですか、あと、どこにお住まいで？――とチーチコフが訊ねた。

――住んでいるのはわれわれの町で、名前はアレクサンドラ・イヴァーノヴナ・ハナサーロヴァと申します。

――どうしてまたその叔母さんに当たってみない

んです？――とプラトーノフは同情を寄せながら訊ねたのだった。――もし叔母さんがお宅の御一家が置かれている状況をほんの少しでも身近にお分かりになれば、どれほど財布の口が固くったって貴方のお願いを断るようなことなんて出来ないと思うんですがね。

――ところがどっこい、それが出来てしまうんですな！　叔母って人はなかなか頑固なところがありましてね。あの婆さんはそれこそ火打ち石って奴ですよ、プラトン・ミハイロヴィチ！　しかもその、私でなくったって、あの人の周りにはぶら下がっているご機嫌取りがおりますからね。そのうちの一人に県知事を目指してるのがいるんですが、それがようやく彼女の親類縁者ってとこまで漕ぎ着けたんですがね……まあ勝手にやってくれって話ですよ！　ひょっとしたら県知事だって夢じゃないかもしれませんがね！　まあそんな奴ら、どうぞご勝手にですよ！　私なんて昔も近づけませんでしたが、今となっては尚更のことです。腰なんて今更ぺこぺこ屈められませんもの。

〈馬っ鹿だねぇ！――とチーチコフは思った。――俺ならそんな叔母さんなんて乳母が赤ん坊の面倒見るみたいに相手してやるってぇのに！〉

――何て言うんでしょう、会話を交わすにしても淡白なものですしね、――とフロブーエフは言った。――おーい、キリューシカ！　もう一本シャンパンを持って来てくれ。

――いやいや、私はもうこれ以上頂きませんので、――とプラトーノフは言った。

――わたくしも、――と言ったのはチーチコフ。こうして二人ともきっぱりと断ったのだった。

――まあ、それなら、せめて町にある私どもの家にお越し下さるよう約束して下さいよ。六月八日に町の高官を招いて午餐を振る舞う予定ですので。

――お言葉ですがね！――とプラトーノフが声を張り上げた。――こんな完全に破綻した状態でまだ午餐を催すんですか？

――仕方ありませんでしょう？　それなしには参りませんよ。これは義務ですのでねぇ、――とフロブーエフは言った。――私の方もこれまでご馳走になってきましたんで。

〈こいつはどうすりゃいいんだ？〉とプラトーノフ

はふと思った。彼はまだ、ルーシ、モスクワ、そしてその他の都市においてその人生が説明不能な謎であるところの賢人がうろちょろしているということを知らなかったのだ。何もかも使い果たし、至るところに借金をし、どこからも金を引き出せないといった感じで、しかもこのもてなしの午餐も今度で最後になりそうで、会食する連中からは、明日にはこの主人も牢屋へ連れて行かれるんだろうな、と思われる。それから十年が経過してもこの賢人はなお も娑婆にあって健在で、至るところでこれまで以上の借金を作り、相も変わらず午餐会を催しては、皆から、今度は最後になるぞ、きっと明日にはここの主人も牢屋へ連れて行かれるぞ、と思われるのだ。この手の賢人であったのがフロブーエフその人だった。わずかルーシの国くらいでしかこんな生き方は許されなかった。何ひとつ持たぬままこの賢人は客をもてなしては馳走を供し、しかも、町に来るあらゆる芸人たちを庇護、激励し、彼らには自宅に憩いの場と住居を提供さえするのだった。その町に建つ彼の家を覗き見た者ならば、誰がそこの主人か決して見当もつかぬであろう。今日は僧服姿の司祭がそこで短い祈りを捧げていたかと思えば、明日になればフランスの役者たちが芝居の稽古をしているのだから。ある時などは、ほとんどの家人に馴染みのない人物が書類を持ち込んで応接室を陣取り、そこを仕事場にしてしまうのだが、それだって日常茶飯事だと言わんばかりに家の誰ひとりとして困惑する者もいなければ、目障りに思う者もいなかった。時には一日中これっぽっちも食糧がない日があるかと思えば、時には一流の舌を持つ美食家を唸らせるほどの食事が出てくることもあった。姿を見せる主人は晴れがましくてご陽気で、裕福な旦那衆の威容まであり、その歩きっぷりは順風満帆の人生を歩む御仁のそれなのだ。ただその一方、時として、彼でなければとっくの昔に首でもくくるか銃で頭をぶち抜かしているような辛い瞬間があったのだ。だが、そんな時に救ってくれたのが、彼の中で放蕩生活と奇妙に混ざり合っていた宗教的な気概であった。その艱難辛苦にある時、彼は書物を紐解いては苦難と不運を乗り越える気合を鼓舞してくれる殉教者や精勤の先人たちの伝記を読むのだった。そういう時の彼の魂はすっかり寛ぎ、心は和らぎ、その目は涙で一杯になった。そして――何とまあ不思議なことか！――ほとんどいつもそんな時に限って、どこかから思いがけぬ助けの手が彼に差し伸べられるのだった。竹馬の友である誰かが彼のことを思い出して金を送って寄越したり、通りすがりの見知らぬ女性が偶さか彼の話を耳にしたところ、矢も盾もたまらぬ女心の寛大さでもって多額の施しを送り届けてきたり、一度も聞いたことのない何かの訴訟事件で勝訴したり。恭しくも感謝の気持ちで一杯の彼はそういう時、神意の計り知れぬ恩寵を認めて感謝の祈りを捧げるのだが、またぞろこれまでの放蕩生活を始めるのだった。

――彼のことが不憫でなりませんよ、ほんと、不憫ですよ！――とプラトーノフがチーチコフに言ったのはこのご両人が彼に別れを告げて馬車で走りだした時のことだった。

――放蕩息子ですよ！――とチーチコフは言った。

――ああいう連中にね、情けをかけることなんて一つもないんですから。

そして間もなくすると、二人とも彼のことは考えなくなっていた。プラトーノフには人の置かれている状況を見るのがこの世のすべてを見るのと同様、大儀で億劫だったからだ。彼の心は他人の苦しみを見ると同じく苦しくなって痛みを覚えたが、その印象はなぜか深いところにまで刻みつけられることはなかった。彼がどうしてフロブーエフのことを考えなかったかといえば、自分自身についても考えていなかったからだ。チーチコフがなぜフロブーエフのことを考えていなかったかというと、手に入れた買い物のことで頭が一杯だったからだ。彼は購入した領地から得られる儲け全体を計算し、勘定し、あれこれ算段していた。そして、どう見積もろうとも、どう転がそうとも、いずれにしてもいい買い物だということは明らかだった。領地を質草にするという方法もあり。死人と逃亡魂だけを質草にするというのもあり。上質の土地は全部予め切り売りしてから、そのあとで質に入れるというのもあり。自分で農場経営に手を染めて地主になり、ポポンジョーグロ[116]に倣いつつ、隣人にして恩人である彼の助言を活かすというのもあり。さらには、個人に領地を転売し（無論、これは自分で経営する気がなくなった場合のことだが）、手元に逃亡魂と死人を残しておくというのもありだった。そうなるとまた別の儲けというのも考えられた。つまり、この土地からこっそりトンズラを決め、スクドロンジョーグロから借りた金も返さずに済ますというのもありだった。要するに、この一件をどう転がそうが、いずれにしてもいい買い物だということは明らかだったのだ。彼は満足感を覚えた――それは今や自分は地主になったのだという満足感であり、その地主というのも絵に描いた餅でなくて本当の地主であり、土地もあれば、収益もたらす郷もあり、人もいる、その人にしたって夢に描いていたようなのでもなければ、想像の中で出てくるのでもなく、実在する人間だった。すると、少しずつだが彼の体はぴょんぴょんと上下しだし、揉み手をしては鼻歌歌い、合いの手を入れ、拳を作って口に寄せると、ラッパさながら何かのマーチを吹き始め、しかも景気づけの言葉やモルダーシカ（鼻面くん）とかカプルンチク（去勢鶏くん）といった名前を声にまで出したのだった。だがそのあと、自分が一人でなかったことを思い出した彼は急に黙り込み、度を越した有頂天な気分を何とか押えようと頑張ったのだが、プラトーノフはその時にしていた何かの音が自分に向けられたものだと思い、「何ですって？」と訊ねたところ、彼は「別に」と答えたのだった。

　丁度その時、周りを見回してみたところ、彼は自分たちが美しい木立の中を走っているのに気づいた。見目麗しき白樺の生け垣が彼らの左右を流れていた。木々のあいだからは白い石造の教会がちらりちらりと顔を覗かせていた。通りの端には鍔帽姿で節だらけの棒を手に持つ紳士が彼らの方に向かって歩いてくる姿が見えた。すっかり自分の体を舐め回して綺麗になった脚の長い英国犬がその紳士の前を駆けていた。

　――停めてくれ！――プラトーノフは馭者にこう言ってコリャースカから飛び降りた。

　チーチコフも彼のあとを追ってコリャースカを降りた。二人は歩いてその紳士の方へ向かった。イアルバースはもうすでに英国犬と口づけを交わしていたのだが、どうやらこの犬とは随分以前から知り合いだったようで、そうと分かったのも、イアルバースがその太った面にアゾール（こう英国犬は呼ばれていた）から熱い口づけを受けても平気だったからだ。アゾールという名の俊敏な犬はイアルバースとのロづけのあと、プラトーノフの方へ駆け寄ってからその俊敏な舌で彼の手をぺろぺろと舐め、チーチコフの胸元に跳びかかって彼の唇を舐めようとしたが届かず、チーチコフに撥ねのけられると、またもやプラトーノフの方へ耳でもいいから舐めるつもりで駆けて行った。

　プラトンと、前から歩いてきていた紳士はこの時対面すると抱擁を交わした。

——勘弁してくれよ、プラトン！　俺をどうするつもりなんだよ？——と覇気のある声でその紳士は訊ねた。

——どういう意味さ？——関心なさ気にプラトーノフは返事した。

——どういう意味ってさ、三日もお前音沙汰無しじゃないか！　ペトゥーフんところの馬丁がお前の馬を連れて来てさ。「どこかの旦那さんとお出かけになりました」って言うじゃないか。それならそうと、せめてどこに何しにどれくらい出かけるのかくらい前もって言ってくれりゃいいのに。勘弁だぜ、兄弟、こんな仕打ちってどうかね？　俺なんてそのあいだ、あることないこと色々考えちまったんだから！

——いや、仕方ないだろ？　忘れてたんだから、——とプラトーノフは答えた。——コンスタンチン・フョードロヴィチのところに寄っていたんだよ……。宜しく言っといてくれって、あと、姉さんからも。パーヴェル・イヴァーノヴィチ・チーチコフを紹介するよ。パーヴェル・イヴァーノヴィチ、兄のヴァシーリィです。私同様、彼のことも何卒ご贔屓下さい。

　兄のヴァシーリィとチーチコフは鍔帽をそれぞれ脱ぐと、挨拶の口づけを交わした。

〈このチーチコフってのは一体何者なんだ？——と兄のヴァシーリィは思った。——兄弟のプラトンってのは人付き合いに疎い奴だから、きっと、この男が何者かってことも分かっちゃいないんだろうな〉

そして彼はチーチコフのことを礼を失せぬ程度に睨め回したころ、チーチコフが首を幾分傾げて、顔に浮かべた感じのいい表情を崩さぬまま立っているのが目に留まった。

　チーチコフはチーチコフの方で同じく礼を失せぬ程度に兄ヴァシーリィのことを睨め回した。彼の背丈はプラトンよりも低く、髪の毛はずっと黒めで、顔は男前というには程遠かったが、顔つきは活気と覇気に満ちていた。見たところ、彼には眠気とか無気力といったものはないようだった。

——なあ、ヴァシーリィ、いいこと思いついたんだ。——と弟プラトンが言った。

——何さ？——とヴァシーリィが訊ねた。

——聖なるルーシを回ってみようと思ってね、ほらこのパーヴェル・イヴァーノヴィチと一緒にさ。ひょっとしたら、これで俺の塞ぎの虫もきれいさっぱり、ごっそり洗い落とせるんじゃないかってね。

——何でまたいきなりそんなことを思い立ったんだ？……——こう話しかけたヴァシーリィはこの決心は只事じゃないぞという気がして、このあとさらに、〈それでもってしかも、初めて会っただけでどこの馬の骨かも分からん奴と行くっていうのかい！〉と言いそうになった。そして、怪しいものだと言わんばかりに彼はチーチコフのことを横目で観察していたのだが、その見た目は稀に見るほどお行儀が良く、今もなお感じよく首をちょこっと傾けて、その顔には恭しくも愛想の良い表情を湛えたままの状態だったものだから、チーチコフの正体が何なのか一向に分からなかった。

黙ったままこのお三方が歩き始めた道、その左手には木と木のあいだにちらちらと見えていた白い石造りの教会があり、右手にはこれまた木と木のあいだから主の館の中庭の建物が見え始めていた。ようやく門も姿を現した。お三方の入っていった中庭、そこにあった年代を感じさせる主の館は高い屋根が覆っていた。二本ある巨大な菩提樹が中庭の真ん中に植わっていて、その中庭の半分ほどがその蔭に包み込まれていた。下へと垂れた枝振りのいい木のあいだから透けて見えたのは木の向こう側に建つ館の壁。菩提樹の下には数脚の長いベンチがあった。兄ヴァシーリィはチーチコフに腰掛けるよう声をかけた。チーチコフが腰を下ろすと、プラトーノフも坐った。中庭全体には花を咲かせたライラックと蝦夷の上溝桜の甘い香りが漂っていて、この二つが庭園の至るところから中庭の中へその周りを囲む美しい白樺の生け垣越しに垂れ下がり、その垣はまるで中庭に王冠を授けた花輪か数珠玉の首飾りのようであった。

きびきびしゃきしゃきとした[117]十七歳くらいの大柄の若者が薔薇色のクサンドレイカ生地のきれいなシャツを着て彼らの前に運んできた水差しには水や、炭酸入りのレモネードのようにしゅわしゅわと泡立つあらゆる種類のクワスが入っていた。彼らの前に水差しを置いてから、その若者は木へと近づき、そこに凭せかけていた踏み鍬を取ると庭の方へ向かった。プラトーノフ兄弟の使用人たちは全員庭で作業をしている最中で、召使いは全員庭師だったとでも言おうか、あるいはこう言うべきだろうか、召使いなどおらず、庭師が時に召使いのような役回りをしていたのである。兄のヴァシーリィがいつも言っていたのは、召使いなどなくてもやっていけるという考えだった。食卓に何か物を出すことなんて誰にだって出来ることで、わざわざそんなことのための階級なんて設ける必要はないし、いわばその、ロシアの人間がきれいで、機敏で、美しくて、打ち解けていて、よく働けるのは、シャツだとか粗羅紗の上っ張りを着ているあいだだけの話であって、ドイツ風のフロックコートなんてものに袖を通してしまえば忽ちぎこちなくなって、醜くなって、機敏さもなくなって、怠け者になってしまうというのだ。彼の意見ではさらに、清廉潔白でいられるのもシャツや粗羅紗を着ているあいだのことで、ドイツ風のフロックコートに袖を通すやシャツも着替えず、風呂にも入らず、そのフロックコートのまま寝てしまい、しかもその着ているフロックには南京虫だの蚤だの、とにかく訳の分からぬものまで住み着いてしまうというのだ。この点に関しては、あるいは彼の言っていることは正しいかもしれない。彼らの村の連中の着ているものは何ともとびっきり洒落た感じのある清潔なもので、こんなきれいなシャツや粗羅紗を見つけるともなれば、遠くまで探しに行く必要があった。

——ここは一つ涼んではいかがです?——と兄のヴァシーリィは水差しを指差しながらチーチコフに言った。——ウチの工場(こうば)で作ってるクワスでしてね、これのお蔭で随分前からわが家は有名なんですよ。

チーチコフがコップに最初の水差しから注ぎ入れたのは、彼がかつてポーランドで飲んだことのある菩提樹水にそっくりだった。それはシャンパンのように泡立っていて、またその炭酸がつーんと爽快に口から鼻に抜けていった。

――ネクタルだ！――とチーチコフは言った。もう一杯別の水差しのものを飲み干し、更にもう一杯。

――一体どういった方面へ、特にどんな場所へ行かれるおつもりなんですか？――と兄のヴァシーリィが訊ねた。

――私が参りますのはですね、――手で肘の辺りまで拭いながらこう言ったチーチコフは同時に上半身全体を少しばかり揺らし、首を傾けていた、――手前の用件というよりも、よそ様の用件のためでして。ベトリーシェフ将軍という懇意にさせて頂いている知り合いがおりまして、慈善家と申し上げても宜しいですが、その方から親類筋への訪問を依頼されましてね。無論、親類筋は親類筋なんですが、ただその、一部は自分のためでもあるんです、何しろ、痔瘻の面からいっても有り難いことは言うに及ばず、世間なり、めまぐるしい人の流れを見聞するということそれ自体がすでに、何と言いましょうか、生きた書物のようなものですし、第二の学びというものですから。

兄ヴァシーリィは考え込んだ。〈この人の言い方はちとばかり大袈裟だが、言ってること自体は間違っちゃいない、――と彼は思った。――ウチの弟プラトンは人にしろ、世間にしろ、人生に関する知識が足りんからな〉少し黙ったあとで彼は声に出してこう言ったのだった。

――俺はこう思い始めているんだよ、プラトン、旅にでも出たらきっとお前も目が覚めるぞ。お前は無気力だろ。とにかく眠り込んじまったんだよ、それだって食べすぎとか疲労とかのせいじゃなくて、活気に満ちた印象だとか体感ってのが足りないからなんだ。俺なんて正反対さ。出来ることなら、周りの何にでもこんなに反応せず、真に受けずにいられたらどれだけ有り難いかって思うくらいさ。

――それって勝手に自分で真に受けてるだけじゃないか！――とプラトンが言った。――兄さんは不安の種を探して出して、勝手に警戒心を掻き立ててるんだろ。

――掻き立てるなんてことあるもんか、そうでなくったって至るところに嫌なことが転がってるじゃないか？――とヴァシーリィは答えた。――お前のいないあいだだって、レニーツィンが俺たちに何をしでかしてくれたと思う？　俺たちがいつもクラースナヤ・ゴールカ[118]を祝ってる荒地をぶんどっちまったんだぜ。

――事情を知らないのさ、だからぶんどったんだろ、――とプラトンは言った、――新参者だからさ、ペテルブルクから移ってきたばかりだろ。彼には説明してきちんと分からせなきゃ駄目だよ。

――知ってるさ、よーく知ってるさ。あいつんところへ遣いをやったんだが、剣もほろろの応対さ。

――それは自分から行って相手に分からせなきゃ駄目なんだって。自分で話をつけなきゃ。

――御免だよ。あいつ、すっかり勿体ぶりやがって。俺は行かないよ。行けばいいじゃないか、行きたいんなら、お前こそ。

――別に行ったって構わないけど、でも首を突っ込むつもりはないからね。奴さんの口車に乗せられて騙されるとも限らないし。

――もし差支えなければ、わたくしが参りますが、――と言ったのはチーチコフだった。

ヴァシーリィは彼の方を見るとこう思った、〈何てまた乗り物好きなのかね！〉

――ただし予め教えて頂けますか、その人物がどういった方なのか、――とチーチコフは言った、――あと、どういった用件なのかを。

――貴方にこんな面倒な注文を押し付けるなんて忍びありませんよ、だって、あの手の人間相手と話をつけるなんて、私にしてみればもうそれだけで面倒な注文ですしね。申し上げておかないといけませんが、彼はウチの県にいる普通の小地主貴族でして、ペテルブルクで勤め上げて、どうにかこうにか社交界に入って、あちらで誰かの分家の娘と結婚してから勿体ぶり出しましてね。ここで音頭取りでもやろうってわけですよ。ただ幸い、ウチの県に住む連中ってのも馬鹿じゃありませんでね。モードなんてウチらにしてみりゃ勅令でもなけりゃ、ペテルブルクだって教会じゃあるまいし。

――勿論ですとも、――とチーチコフは言った、――で、用件は何でしょう？

――いや、用件なんてのも本当のところは下らないものでしてね。奴さんのところには充分な土地がありませんで、まあその、他人の荒地を占領してしまって、つまり、その土地が不用で、すっかり地主が忘れてしまったものだとばかりと思い込んでいましてね、ただ、ウチらのところでは、奴さんへの当て付けとでも言うんでしょうかね、すでに先祖代々から農民がそこに集ってクラースナヤ・ゴールカの祭りをしてましてね。その件に関しては私もね、明け渡すくらいなら他の土地を犠牲にしたって構わないと思ってるんですよ。習慣は私にとっては神聖なものですので。

——要は、彼に他の土地を譲ることも吝かではないと？

——つまりその、もし奴さんがこんな仕打ちをしなければの話なんですが、ただ、私の見るところ、あっちは裁判に打って出るつもりのようでしてね。まあ、どっちが勝つか見てみましょう。まだ予定の話ではっきりとはしてないんですが、証人もおりますんで、爺さんたちもまだ生きてるし、記憶にあることですからね。

〈ふむ！——とチーチコフは思った。——こりゃどちらもなかなか胡散臭い連中だ〉そして声に出していったのは次の通り。

——わたくしの感想では、この一件は穏便に丸く収めることが出来るんじゃありませんかね。何事も仲立ち次第ですし。書面で……。[119]

…………………………………………………………

……それに、貴方ご自身にとっても大変お得だと思いますよ、例えば、最後に出された納税調査票に入っている亡くなった魂を全部私の名義に変更しましてね、そうすればその分の年貢はこの私がお支払いするわけですから。怪しまれるようなことが一切ないように、その名義変更は登記証明書を使ってなさるんです、その魂を生きているかのように扱いましてね。

〈こりゃ魂消たな！——とレニーツィンは思った。——こいつはかなり怪しいぞ〉すると少しばかり椅子ともども尻込みしてしまった、何しろ、すっかりまごついてしまったからだ。

——この取引に関しては先ず間違いなく同意して頂けるものと確信しております、——とチーチコフは言った、——何せ、この一件は全く今お話した通りのものですので。完全にこれは信頼のおける者同士での隠密と致しますので、怪しまれるようなことはございません。

どうしたものか？　レニーツィンは困った状況に陥っていた。彼は自分がつい今しがた表明した意見のためにこんな早々にも取引するはめになるとは全く予想していなかったのだ。この提案は極端なまでに度肝を抜くものだった。無論、この提案を受け入れたところで誰にとっても何ひとつ害になるようなこともあり得なかった。地主ならばどのみちこの魂を生きてる魂と同じく質に入れるであろうし、ということは、国庫に損害が及ぶといったことも考えられなかったし、違いがあるとすれば、その魂が一人の手のうちに収まっているか、複数の手のうちに収まっているかということ。しかし、それでも彼は困った状況にあった。彼は法律を遵守する手練れであって、しかも良い意味での手練れだったからだ。法に背いて、袖の下まで渡して取引する気にはなれなかったのだ。だがここで彼は、この行為をどう呼べばよいものか、これは合法なのか、それとも非合法なのかが分からず途方に暮れてしまったのだ。仮に誰か別人が同じような提案をしてきたのだとすれば、〈戯言だね！　下らんよ！　お人形遊びをしたり、馬鹿な真似なんて御免被るよ〉と言っていたかもしれない。だが、客人のことが気に入ってしまった今、啓蒙と科学に関する多くの点で意見の一致を見ている以上、どう断ればよいのか？　レニーツィンは実に困った状況に陥っていたのである。

しかしこの時、まるでこの苦悩に手を差し伸べんとでも言わんばかりに部屋に入ってきたのが若くて鼻が上を向いた妻、レニーツィン夫人で、顔は青白く、痩せぎすで、背は低く、その粋な着こなしはペテルブルクのご婦人方とも変わらぬご様子。夫人の後ろから乳母に抱かれて出てきた初子は、最近結婚したばかりの夫妻の育んだ愛の実りであった。チーチコフは当然のことながら、すぐさまご婦人の方へ近づき、礼を尽くした挨拶は言うまでもなく、感じよく傾けた首ひとつでもってすっかりご婦人のご機嫌を取った。そのあとで駆け寄った先は赤ん坊。赤ん坊はわーわーと泣き出したものの、それでもチーチコフは「ばぶぅ、ばぶぅ、かわいいねぇ！」とあやしては、指をぱちんと鳴らしたり、時計に付いている紅瑪瑙の印章を使って自分の方へ誘い出すことに成功した。赤ん坊を抱きかかえてから、たかいたかーいをしだしたところ、赤ん坊は嬉しそうな笑みを浮かべ、これがまた両親を大変喜ばせたのだった。

　ところが、満足感からなのか、それとも何か別の事情でもあったのか、赤ん坊はいきなり粗相をしてしまったのである。レニーツィンの妻は大声を上げた。

　――あらまぁ、どうしましょう！　燕尾服を汚してしまいましたわ！

　チーチコフは見てみた。すると、真っさらだった燕尾服の袖はすっかり汚れていた。〈悪党にでも攫われやがれ、この小悪魔が！〉――と彼が呟いたのは肚の中。

　主人も、奥様も、乳母も――全員でオーデコロンを取りに走ると、四方八方からごしごしと拭きにかかった。

　――大丈夫、大丈夫ですよ、全然平気ですから、――とチーチコフは言うのだった。――悪気のない赤ん坊に何が出来ます？――と言いながらも肚の中では、〈ばっちり命中させやがって、この悪ガキが！〉――黄金の時代ですよ！――こう彼が口にした時にはすでに完全に拭き取られ、感じのいい表情が彼の顔には戻っていた。

　――確かにおっしゃる通りですよ、――と主人はチーチコフの方に向かって、やはり感じのいい笑みを浮かべながら言った、――赤ん坊の頃以上に羨ましいものなんてありませんもの。何の気を揉むこともなければ、将来のことだって考えなくていいわけで……。

　――今すぐ替わってもらいたいほどのご身分ですよ、――とチーチコフは言った。

　――全くですな、――とレニーツィンは答えた。

　しかし、どうやら双方とも嘘をついていたようである。というのも、身分を替えようなどと言えばすぐさま二人とも前言を翻すだろうからだ。それに大体からして、乳母に抱かれたり燕尾服を汚したりして何が嬉しい！

　若奥様と初子が乳母と一緒にその場を離れた、というのも、赤ん坊にも何かと手を施してやらねばならなかったからだ。チーチコフにご褒美を上げたあと、自分にもご褒美を上げるのを忘れていなかったのだ。

　どうやら、この些細ともいえる周りの状況のお蔭で、すっかり主人はチーチコフのことを喜ばせたいという気持ちに傾いたのだった。実際の話、愛しい赤ん坊をこれほどあやしつけ、寛大にもその代償として自分の燕尾服を台無しにしたほどの客人の申し出を無碍に断ることなど出来るだろうか？　レニーツィンが考えていたのは、〈実際の話、彼の望みがそういうことなのなら、その申し出を叶えてやっても悪くないじゃないか[120]？〉……………………………………

〈残りのとある一章[121]〉

まさにチーチコフがペルシャ産の金色を帯びたテルマラマ[122]の新しいハラートに身を包んでソファーにごろりとなりながら、よそから来たユダヤ系でドイツ訛りの密輸業者と値段交渉をし、二人の前に買い付けた最新オランダ産のシャツ用布地と二つの紙の小箱に入った最高級品質の石鹸（この石鹸は他でもない、彼がかつてラヂヴィーロフ[123]税関で手に入れたものであった）がすでに置かれ、彼が目利きとしてこの教養人御用達の必需品を買おうとしていたまさにその時、近づいてくる箱馬車の轟音が鳴り響き、その軽い揺れが部屋の窓や壁を伝って反響すると、部屋の中にアレクセイ・イヴァーノヴィチ・レニーツィン閣下が姿を現したのである。

――閣下のお眼鏡に適えばよいのですが。布地にしても、石鹸にしても、昨日購入致しました小物にしても、なかなかのものでございましょう！――こう言いながらチーチコフは頭に金糸とビーズで刺繍したヤルモルケ[124]を被ると、その姿はまるで威風堂々たるペルシャのシャー（王様）のように見えた。

だが、閣下は問いかけに答えぬまま、心配そうな様子でこうおっしゃったのである。

——貴方と取引のことでお話があるんだが。

その顔には取り乱している様子がはっきりと見て取れた。ドイツ訛りの尊敬すべき商人は直ちにその場からほっぽり出されると、二人きりになった。

——ご存じですかな、どんな厄介なことになっているか？　もう一つ婆さんの遺書が見つかったんですよ、五年前に書いたっていうね。領地の半分は修道院に渡って、もう半分は養女二人で折半して、他には誰にも渡さんというんですよ。

チーチコフは茫然となってしまった。

——でもそんな遺書なんて戯言ですよ。そんなものに意味なんてありません、二つ目の遺書によって破棄されているんですから。

——しかしそうは言っても、その最後の遺書には最初の遺書を破棄するとは書かれていないんですよ。

——そうするのが当然なんです、あとの遺書が最初の遺書を破棄するというのが。最初の遺書なんて何の役にも立ちませんよ。わたくしは亡くなられたご婦人の意向をよく存じておりますよ。あの方の目の前にいたんですから。誰が署名したんです？　誰が証人だったんですか？

——遺書の証明は然るべく裁判所で行われましてね。証人になったのはブルミーロフ裁判官とハヴァーノフ裁判官です。

〈まずいな、——とチーチコフは思った、——ハヴァーノフは実直だって話だし、ブルミーロフは猫かぶりで、祝日には教会に行って〝使徒[125]〟を読んでるらしいから〉

——でも戯言ですよ、戯言、——彼はこう声に出して言うと、あらゆる手を講じる意を決せねばならぬと咄嗟に感じたのである。——それならわたくしの方がよく存じ上げておりますので。ご婦人が亡くなられる時には立ち会っておりますしね。わたくしの方が誰よりもよく分かっておりますよ。直々に宣誓を立てるもこれ吝かではございません。

この言葉と決意のお蔭で、一瞬ではあったがレニーツィンの気分は落ち着いたのだった。彼はひどく不安なばかりに、仕舞いにはチーチコフの方で遺書の改竄でもしたのではなかろうかと疑い始めていたのだ。今や疑心暗鬼になっていたそんな自分を責めた。宣誓を立てるもこれ吝かではないという言葉も、チーチコフが潔白であることをはっきりと証明していた。果たしてパーヴェル・イヴァーノヴィチに聖なるものへ誓いを立てるほどの肝が据わっているのかどうかはわれわれも知る由はないが、それを口にするだけの肝は据わっていた。

――ご安心下さい、この件については何人か法律顧問と相談してみます。そちらからのお力添えは一切必要ありませんし、これには一切関与しない立場でおられるべきですしね。私の方はもう町にだって好きなだけいられますので。

チーチコフはすぐさま馬車を出すよう言いつけると、法律顧問の元へと向かった。その顧問というのはずば抜けた海千山千だった。すでに十五年ものあいだ裁判沙汰になっていたが、あまりの立ち回りの巧みさにどうやっても彼を免職させることが出来ずにいた。彼のことは誰もが知るところで、その成し遂げてきた偉業はすでに六度の流刑にも値するものであった。周囲の至るところから彼は嫌疑をかけられていたにもかかわらず、何ひとつ確たる罪証を提示することが出来なかったのだ。この点については実際、どこかしら謎めいたところがあり、仮にもわれわれの述べるこの話が無知蒙昧の時代に属するものであったならば、彼のことを堂々と魔術師だと認めることも出来るのではなかろうか。

法律顧問に会って驚かされたのはその見た目の冷やかさと脂ぎったハラートで、それはマホガニー製の立派な家具、硝子の蓋の付いた金時計、レース生地の保護カバーから透けて見えるシャンデリア、それに、周囲にあるきらびやかなヨーロッパ的啓蒙を鮮やかに刻み込むものすべてと完全に真逆のものであった。

にもかかわらず、法律顧問の懐疑主義者的外見には気も留めずにチーチコフは取引での難題を説明すると、見通しが悩ましいなかで、有り難い助言と協力に対しては然るべくお礼をさせて頂く、と述べた。

法律顧問はこれへの返答として、地上にあるものは移り気なものであることを述べた上で、しかもそれとなく巧みに、先の雁より手前の雀、ということを思い出させてくれたのである。

　仕方がない、手前の雀をやるしかなかった。すると、哲人の懐疑主義者的冷やかさはにわかに消え失せたのである。実はこの人物、それはそれは善良な心の持ち主で、それはそれはお話好きときていて、その会話にしても頗る感じが良く、言い回しの巧みさにおいては当のチーチコフに負けず劣らずの好漢だったのである。

　――この一件を長引かせないためにも申し上げますがね、貴方はきっとその遺書を確とご覧になられてないのではありませんかな。その中にはきっと何らかの追加条項があるはずですよ。しばらくお持ち帰りになられれば宜しい。勿論、そういった類いのものを自宅に持ち帰るのは禁止されておりますが、一部の役人に懇ろにお願いすれば……。私は私でこちらの利害関係を駆使してみますので。

〈なるほどね〉――とチーチコフは思うとこう言ったのである。

　――実際のところ、おっしゃる通り、はっきりとは覚えていませんね、あの中に追加条項があったのかなかったのか、丸っきりこれじゃあの遺書を自分で書かなかったみたいですよ。

　――一番いいのはご自分でご覧になることですよ。尤も、いずれにしましてもね、――彼は実に物腰柔らかに続けた、――常に冷静沈着でおられることですよ、気になさることなんて何もありませんから、これ以上状況が悪くなったとしてもね。私をご覧下さいよ、いつだって穏やかなもんです。どんな事件で訴えられようとも、私の平常心なんてびくともしませんから。

　哲人法律顧問の顔は確かに稀に見る落ち着きを見せていて、そういうこともあってチーチコフは大いに……。[126]

　――勿論、それが一番に肝心なことです、――とチーチコフは言った。――でもそうは言っても、あれでしょう、そりゃあもう色んな事例や訴訟があるわけですし、あれこれ訴訟があったり、敵からの誹謗中傷だのがあったりするでしょうし、そりゃもう厳しい状況とかになれば、どんな落ち着きもぶっ飛んでしまうことだってあるんじゃないですか。

　――本当の話、それが小心っていうものなんですよ、――実に穏やかな物腰柔らかい様子で哲人法律家は答えた。――とにかく肝に銘じておいて下さい、訴訟というものは何もかも紙の上に成り立っているのであって、言葉の上では何ひとつあり得ないんです。この件が大詰めを迎えて、そろそろ解決する塩梅になったなとご覧になったら直ちに、宜しいですか、自分の弁解だとか弁護はなさらないことです、そうではなくて、とにかく法律の新しい序文とか関係のない条項を持ちだして混乱させるんですよ。

――つまり何ですか、その……。

――混乱ですよ、混乱させるんです、あとは何も要りません、――と哲人は答えるのだった、――この訴訟の中に関係のない、他の連中も巻き込んでしまうような別の状況を持ち込めばこんがらがってくるでしょ、それ以外のことは何も要らないんです。そのあとは出向してきたペテルブルクの役人に調べさせればいいんです。勝手にやらせておけばいい、勝手にそいつを調べさせればいいんですよ！――並々ならぬご満悦の様子でチーチコフの目を見つめながら繰り返し語った彼は、まるでロシア語文法の悩ましい箇所を生徒に説明している時の教師のような表情をしていた。

――そりゃまあ、煙に巻けるような状況が揃えられればいいんでしょうが、――こう言ったチーチコフが同じく哲人の目を満足げに見つめる様子は、教師に説明を受けていた悩ましい箇所が理解出来た生徒さながらだった。

――揃いますよ、状況なんて、揃いますとも！本当ですよ、よく出てくる練習問題で頭の切れも良くなるもんですから。先ずはね、貴方には後ろ盾があるってことを覚えておいて下さい。訴訟が複雑だと大勢の連中にとっては得になるんです。何しろ、役人も普段より多く必要になるし、そうなりゃ連中への恩給だっていつもより多くなるのでね……。要するに、より多くの人間を訴訟に引きずり込むんです。人によっては無駄に紛れ込ませる必要はありません。つまり、簡単に言い逃れの出来る連中だとか、書類の責任者だったり、身請けに金が要るような連中ね……。これぞ食い扶持ってことでしてね……。本当の話、情勢が危うくなってきたら、先ずは混乱させるんです。とにかく混乱させて、しっちゃかめっちゃかにして、誰が見たって何ひとつ分からないものにしてしまうんです。私がどうしてこんなに落ち着いていられると思います？　それはね、訴訟でこっちの雲行きが怪しくなったところで、どのみち全員を自分の方に引きずり込むってのが分かってるからなんですよ――知事なり、副知事なり、警察署長なり、出納官なりね、――丸ごと巻き添えにするんです。連中を取り巻いてる状況は全部分かってますしね。誰が誰に腹を立ててるとか、誰が誰に不満だとか、誰が誰を左遷したがってるとかね。あちらさんでまあ勝手に逃げを打てばいいんです、で、連中が逃げを打ってるあいだに他の連中は大儲けする。そもそも濁った水でしかザリガニなんて釣れませんからね。皆ただ待ってるんですよ、巻き添えにしてやろうと思ってね。――ここで哲人法律家はチーチコフの目をまたもや、ロシア語文法のさらに悩ましい箇所を生徒に教えている時に教師が示すご満悦の表情で見つめたのだった。

〈いや、この男は本物の賢人だ〉――とチーチコフは肚の中で思うと、最高に愉快で痛快な気分のまま法律顧問に別れを告げた。

すっかり気分も落ち着き、気力も取り戻すと、彼は何の気兼ねもなくコリャースカのふんわりとしたクッションにひょいと身を預け、セリファンに幌を後ろに下げるよう命じると（法律顧問のところに向かった時は幌が上がって、革紐まで留めてあったのだ）、席を陣取るその恰好は退役軽騎兵将校かヴィシネポクローモフそのものだった――ひょいと足を組んでから愉快げに対向車に向けたその顔は、耳に少しばかり掛かった絹製の新しい帽子の下できらきらしていた。セリファンが行き先として指示されたのはゴスチーヌィ・ドヴォール。商人は行商人も地元商人も、商店の入り口に立って恭しく帽子を脱ぐと、チーチコフもまた威厳がないわけでもない様子でこれに応え、自分の帽子をひょいと持ち上げるのだった。商人の多くはすでにチーチコフの顔見知りで、それ以外は行商人であったものの、身の処し方をご存じである紳士の軽やかさに魅了され、さも知り合いであるかのように彼に挨拶をした。ゲロスラーヴリ[127]市の定期市に終わりはなかった。馬と農産の市が終わると、高い教育を受けた紳士たちがお相手のきらびやかな品を揃えた市が始まっていた。馬車で来ていた商人たちは、帰る頃は橇以外じゃ無理だな、と考えていた。

――さあどうぞ、いらっしゃい、いらっしゃい！
――こう声を上げていたのは服地屋のそばで慇懃な素振りを繕っていたモスクワ仕立てのドイツ風フロックコートで、頭に何も被らず、伸ばした手には帽子を持っていたが、指をわずか二本、髭を剃った丸い顎にちょこっと添えて、顔に啓蒙の妙を出そうとしていた。

チーチコフは商店に入った。

――見せてもらえますかね、大将、羅紗なんかを。

幸先の良い商人はすぐさま露台の跳ね上げ板を持ち上げて通路を作ると、店の中で商品を背にし、客に顔を向けて立った。

商品を背にして客に顔を向けて立った商人は何も被っていない頭で、伸ばした手に帽子を持ちながらもう一度チーチコフに挨拶をした。そして帽子を被り、嬉しげに前屈みになって両の手を露台に突いてこう言った。

――どういった羅紗でございますか？　イギリスものでしょうか、それとも国産ものが宜しいでしょうか？

――国産ものを、――とチーチコフは言った、――ただ、英国風と呼ばれている一番上等な品を。

――色目は如何なさいますか？――商人はなおも両手を台に突いて体を揺らしながら訊いてきた。

――色は黒めで、オリーブ色か、ボトルグリーンにキララをあしらったもので、いわゆるその、苔桃に近い色目のものを、――とチーチコフは言った。

――最高級品ですよ、これより良いものは二都に行ったって手に入らないと言ってもようござんす、――商人は上から反物を引っ張り出してこう言うと、それを手際よく台の上に放り出し、もう一方の端を持ってひっくり返し、灯りに近づけてみた。――何ちゅう色合いでしょうな！　一番の流行り、最新の色味ですよ！

その羅紗には絹のような輝きがあった。商人はその直感から、自分の目の前にいるのは服地通だなと嗅ぎとると、十ルーブルからの値段交渉はしたくなくなった。

――なかなかなもんですね、――とチーチコフは軽く撫でてから言った。――でも、どうですか、大将？　見せるのはこれが最後っていうような品をすぐに出して頂けませんかね、色はもっとその……もっとキラっとした感じで、キララのあるものがいいですね。

――分かりますよ。旦那さんがご用命なのは今ペテルブルクで流行りの色ですね。ウチに最高級品質の羅紗がござんすよ。先に申し上げておきますが、値段は張りますが、そりゃもう立派なもんですから。

――拝見しましょう。

値段についてはひと言もなし。

反物は上から落ちてきた。商人がそれを広げる様は前より器用で、もう一方の端を摑んでまるで絹の生地のように広げ、チーチコフには眺められるだけでなく、匂いも嗅げるように近づけると、口にしたのはこれだけだった。

――これぞ羅紗でござんす！　ナヴァリノの火煙色[128]ね。

値段が決まった。魔術師の杖のような鉄の定規がすぐさまチーチコフの燕尾服とパンタロンの寸法を測った。鋏で切れ目を入れると、商人は両手で羅紗を目一杯巧みな手つきでびりびりっと引き裂き、それが終わってチーチコフに向かってしたお辞儀には人をうっとりさせるような心地よさがあった。羅紗はその場で畳まれ、手際よく紙に包装されると、その包みは軽い紐の下でくるくる回りだした。チーチコフがポケットに手を突っ込もうとしたところ、ふと誰かのとてもデリケートで心地よい手が腰に回ってくるのを感じ、耳にはこんな声が聞こえてきたのである。

――ここで何のお買い物ですかな、親愛なる友人殿？

――これは実に嬉しい奇遇ですね！――とチーチコフは言った。

――嬉しいめぐり合わせですな、――と言ったのは彼の腰に手を回していた当の人物の声だった。それはヴィシネポクローモフだった。――店の前を素通りするつもりだったんですが、急に馴染みのあるお顔があるじゃありませんか、こんなにも嬉しいことを拒むわけには参りませんもの！　言うことなしですな、今年の服地は比べ物にならんくらい出来がいいでしょう。情けない話、遺憾ですな！　どうしたって見つからんのですから……。こっちは三十ルーブル、四十ルーブルだって出したって構わん……何なら五十くれてやる、その代わりいいものをくれってね。思うに、どうせ手に入れるなら、ほんとにもう、一級品でなけりゃね、さもなきゃ何も買わん方がましですよ。そうじゃありませんか？

——全くおっしゃる通りです！——とチーチコフは答えた。——仕事なんてする意味ありませんよ、いいものを手に入れないのならね。

——中くらいの値の服地を見せてもらえますか、——後ろから響いてきた声はチーチコフに聞き覚えがあった。振り返って見ると、それはフロブーエフだった。見るからに、彼が服地を買おうというのは衝動からではないようであった、何しろ、そのフロックコートは痛ましいほどに擦り切れていたからだ。

——おお、パーヴェル・イヴァーノヴィチじゃありませんか！　これでやっとお話させて頂けますな。どこに行ってもお会い出来ませんでね。何度か伺ったんですが、いつもいらっしゃらないでしょ。

——いやあ、とにかく忙しくしておりまして、ほんとの話、時間がございませんで。——彼はこっそり逃げ出す口実はないかと言わんばかりに周りを見渡したところ、店にムラーゾフが入ってくるのが見えた。——アファナーシィ・ヴァシーリエヴィチじゃありませんか！　おお、これはこれは！——とチーチコフは言った。——これまた嬉しいめぐり合わせですね！

するとが、彼のあとからヴィシネポクローモフが繰り返して、

——アファナーシィ・ヴァシーリエヴィチ！

フロブーエフが繰り返して、

——アファナーシィ・ヴァシーリエヴィチ！

そして遂に、礼儀を知った商人が帽子を脱いで、伸びる限り手を頭から離して全身前のめりになって口にしたのは、

——アファナーシィ・ヴァシーリエヴィチ、伏して敬意申し上げます！

面々の表情には犬同然の人間たちが億万長者に対して示す犬のような媚び諂いが浮かんでいた。

老人は全員にお辞儀をすると、フロブーエフに直接こう話しかけたのである。

——失敬ながら、遠くから店に入られるところをお見かけしたものですから、少しお邪魔しようと思いましてね。このあとお暇で、わが家の前をお通りになるようでしたら、どうかほんの少し立ち寄って

頂けませんか。大事なお話がございますので。

フロブーエフが答えたのは、

――承知しました、アファナーシィ・ヴァシーリエヴィチ。

――今日は素晴らしいお天気ですね、アファナーシィ・ヴァシーリエヴィチ、――と言ったのはチーチコフ。

――ですよね、アファナーシィ・ヴァシーリエヴィチ、――と言葉を継いだのはヴィシネポクローモフだった、――稀に見るほどですよ。

――そうですな、神さまのお蔭で悪くありませんな。ただ、少しお湿りが種蒔きには必要ですがね。

――ほんにほんに、必要ですね、――と言ったのはヴィシネポクローモフ、――狩りをするにも宜しいでしょうね。

――ええ、お湿りがあっても宜しいでしょうね、――お湿りなんて要らないチーチコフはこう言ったものの、億万長者と意見が一致するというのはそりゃもう気持ちの良いものなのだ。

すると、老人は再び全員にお辞儀をすると出て行った。

――ただただ頭がくらくらしてしまうんですよ、――とチーチコフは言った、――あの方が億万というお金を持ってると思うと。とても信じられないことですからね。

――ただし、法に反したものですがね、――と言ったのはヴィシネポクローモフだった、――資本というものは一人の手にあるべきものじゃないんです。これなんて今やヨーロッパ中で話題になっている問題ですよ。お金を持っていれば、そのぉ、他人に与えないと。ご馳走するとか、舞踏会を開くとか、職人、職工といった連中の糧になるような施しの贅沢をしないと。

――それは私には分かりかねますなぁ、――とチーチコフは言った。――一億もあって、しかも普通のムジークみたいな生活をするなんて！　そんな一億もあったらですよ、そりゃもう何が出来るかも分かったもんじゃないでしょ。将軍と公爵以外はいないような仲間の集まりだって出来るんですよ。

――さようでございますよ、――こう付け加えたのは商人だった、――アファナーシィ・ヴァシーリエヴィチは敬うべき資質がすべて揃っておられながららも野暮ったいところが些かございましてね。商人でも尊敬すべき方であり、まああの方は商人ではございませんが、ある意味もはやネゴシアン（卸売商）といったところでございましょうね。私がそこまでなれたとすれば、劇場ではボックス席にしますし、娘ならただの将校の嫁には、駄目ですな、やれませんな。将軍なら構いませんがね、それ以外に娘はやれませんよ。私に将校が何だっていうんです？　昼食を出すのだって菓子職人でなきゃ駄目ですね、料理女などとは違って……。

――何をか言わんやってことですよ！　そうでしょう、――とヴィシネポクローモフは言った、――一億で出来ないことなんてありますか？　私が一億もらったらね、まあ見てて下さいよ、どんなことが出来るかね！

〈いやいや、――とチーチコフは思った、――あんたに一億あったとて大して碌なことは出来んよ。でもこの俺に一億ありゃ、間違いなく凄いことをやってやるさ〉

〈いやいや、あんなひどい経験をしてきた今の俺に一億あったら！――とフロブーエフは思った。――ふん、これからの俺は違うさ。経験からどんなちっぽけな金の価値だって分かるってもんだからな〉

またこのあとしばらく考え込むと、彼は肚の中でこう自問したのである、〈ほんとにこの先、前より賢く経営していけるんだろうか？〉そして、まあいいかと言わんばかりに軽く手を振ってこう付け加えたのだった、〈知ったこっちゃねぇや！　どうせこれまで通りに無駄遣いするさ〉――そして、ムラーゾフから何を明かされるのか興味津々といった様子で店を出た。

――お待ちしておりましたよ、ピョートル・ペトローヴィチ！――と、フロブーエフが入ってくるのが見えたムラーゾフは声をかけた。――私の部屋へお上がり下さい。

そして、彼がフロブーエフを上げた部屋というのはすでに読者もお馴染みのもので、年給七百ルーブルをもらう役人でこれほどむら気のない部屋を探し出すことなど至難の業であった。

――如何です、今やお宅の状況も改善されたのではないかと思うのですが？　叔母さまの件のあとでやはり何某かのものを手になされましたか？

――はて、何と申し上げればよいのでしょう、アファナーシィ・ヴァシーリエヴィチ。分からないんですよ、ウチの状況が良くなったかどうか。私の物になったのはわずかに農奴が五十人と金銭が三十万で、この金で借金の一部を返済しなければなりませんでしたから、またもや全くのオケラでして。ただ、一番の問題は、あの遺書をめぐる訴訟がとにかく公明正大なものじゃないってことなんです。あの時は、アファナーシィ・ヴァシーリエヴィチ、とんでもない詐欺にかけられたんですよ！　今からお話しますよ、そうしたらびっくりなさいますよ、何てことが行われてるのかって。例のチーチコフというのは……。

――失礼ですが、ピョートル・ペトローヴィチ、例のチーチコフについてお話になる前に、先ずは貴方ご自身のことについてお話しして頂いても宜しいですかな。どうなんですか、貴方の結論からすると、どれくくれいあればご自分にとって完全にこの状況から抜け出すのに十分且つ満足と言えるんでしょうかね？

――こちらの状況は厳しいものですからね、――とフロブーエフは言った。――この状況から抜け出して、借金も完済して、まあまあそこそこの生活が出来るようになるには、少なくとも十万は必要ですかね、それ以上でなければの話ですが。要するに、私には無理だってことですよ。

――でも、もしそれだけあるとしたら、その時はどんな生活を始められます？

――まぁ、その時はアパートを借りて、子供を養育しますね、何しろ、私自身勤めに出るわけにもいきませんし、もはやどうにもならない役立たずですから。

――どうにもならない役立たずとは、またどうして？

――私なんてどうなります、考えてもみて下さいよ！　役所の筆耕から始めるわけにもいきませんしね。私が所帯持ちだということをお忘れなんですよ。四十路で、もうすでに腰痛持ちときてるし、丸っきり無精者になってしまいましたし、役職だって大したものは充てがわれないでしょうし、それに大体からして私の評判は芳しくありませんからね。正直申し上げますがね、金回りのいい役職なんてこちらから願い下げですよ。私は確かにどうしようもない男だし、博打好きだし、その他何と呼ばれたって構いませんが、賄賂はもらうつもりはありませんでね。私にはクラスノーソフ(赤鼻氏)やサモスヴィーストフ(自惚氏)と折り合いがつけられないんですよ。

――それでもやはり、お言葉ですが、理解出来ませんね、辿るべき道もなしにどうなさるおつもりなんです、道のないところを行くわけですよ、足元に地面がないところをどうやって通っていくんです、丸木舟が水の上にないところをどうやって渡っていくんです？　だって、人生というのは旅じゃありませんか。お言葉ですが、ピョートル・ペトローヴィチ、貴方がお話になっているその方々にしてもやはり何らかの道の途上にあるわけでしょう、やはり精を出されているわけでしょう。まぁ、例えば、あることで道を外れたとしましょう、罪深き者なら誰にでも起こることですがね、それだってまたどこかの道にぶつかるという望みがあるわけですよ。歩いて行く者がどこかに辿り着かないなんてことはあり得ないことで、いずれまた道にぶつかるという望みがあるんですよ。でも、無為のままであり続ける者がどうやって何かの道にぶつかるなんてことがありますか？　そもそも道の方からこちらにはやって来てくれないものですからね。

――正味な話、アファナーシィ・ヴァシーリエヴィチ、貴方のお話は全くごもっともだと感じておりますが、ただ申し上げますとね、私の中ではやる気というものが完全に死に絶えているものですから、自分がこの世で誰かの役に立てるなんて思えないんです。自分が使いものにならない丸太同然だという感覚ですよ。以前、まだずっと若かった頃は何事もお金次第で、自分に十万が手に入れば色んな人を幸せに出来るような気がしていましたよ。貧乏画家を助けたり、あちこち図書館だとか有益な施設を建てたり、美術コレクションを収集したりね。私自身、趣味も悪くない方ですし、訳も分からずただあれこれ手を出す金持ち連中よりは自分の方が色んなことでうまくやれるということも分かってはいるんです。でも、今となってはこれだって虚しいことで、大して意味もないと思うわけです。駄目なんですよ、アファナーシィ・ヴァシーリエヴィチ、私なんて何の役にも立たないんですよ、全く何にも使えないんです、これだけは申し上げておきますよ。ほんの些細なことだって使い物にならないんですから。

——まあお聞き下さいな、ピョートル・ペトローヴィチ！　そう言われながらも貴方はお祈りをなされている、教会にだって通われてるし、欠かしたことがないのは存じておりますよ、朝のお勤めも、晩のお勤めも。早起きはしたくなくても、それだってちゃんと起きて通われているじゃないですか、朝の四時なんていうまだ誰も起きてない時間に行かれてるじゃありませんか。

——それはまた別問題でしてね、アファナーシィ・ヴァシーリエヴィチ。私がそうしているのは魂の救済のためなんです、と言いますのも、そうすることでほんの少しでも無為な人生は穏やかなものになるし、私が如何に邪(よこしま)であろうと、祈りを捧げることはやはり神においては何某かの意味があるのだと確信しているからなんですよ。申し上げておきますがね、私は祈りを捧げていますよ、信じる気持ちがなくてもね、でもそれだって祈りに変わりはないでしょう。これだけは感じるんですよ、ご主人様がいて、何もかもそのご主人様次第だってことが、畑を耕すのにわれわれの使う馬や家畜みたいに感覚で分かるんですよ、自分に道具を縛り付けている存在がいるってことがね。

——ということは、貴方がお祈りを捧げておられるのは、その祈りを捧げている相手を喜ばせて、自分の魂を救うためであって、そうすることが貴方に気力を与えてくれて、朝早く寝床から起こしてくれるということなんですね。本当にね、もしご自分のお仕事に取り組まれる際に、祈りによる勤行ほどの確信がおありなのであればやる気だって出てくるでしょうし、貴方に冷水を浴びせられるような者は誰ひとりいませんよ。

——アファナーシィ・ヴァシーリエヴィチ！　改めて申し上げますがね、それはまた別問題なんですよ。勤行の場合なら、自分が何をしているかはやはり分かっているんです。言ってしまえば、修道院に入ってどんな辛いことを受けたって構わないんです、そこでは労働なり献身なりを実践するでしょう。これは確信していますがね、私にそうさせた者たちにどんなお咎めがあるかなんて議論するのは私の仕事じゃありませんし、あそこに入れば静かに従いますよ、分かってるんです、自分が神に仕えるってことは。

――しかし、どうしてまた俗世のことについて議論なさらないんです？　俗世にあってもやはり神に仕えねばならないでしょう、他の誰でもなく。もし他の誰かに仕えているとしても、そうするのはただそれが神の命ずるところだとわれわれが確信しているからであって、そうでなければわれわれだって神以外の者に仕えるなんてこともないでしょう。人それぞれの授かっている能力や天賦といった他のものはどうなんです？　これだってわれわれが祈りを捧げる上での道具じゃありませんか、あちらは言葉によって、こちらは行いによって祈りを捧げるわけですよ。それに大体、貴方は修道院になんて入ってはいけないでしょう、この世に縛られているじゃありませんか、家族がいらっしゃるんだから。

ここに来てムラーゾフは黙り込んだ。フロブーエフもまた黙った。

――つまり、こうお考えというわけですか、もし二十万あったとしたら人生を堅実なものにして、今後はもっと倹約していけると？

――まぁ、少なくとも可能なことはやるつもりではいますよ、子供の教育とかはそうですし、子供らにいい教師をつけてやれるでしょうしね。

――それにはこうお答えした方が宜しいでしょうかね、ピョートル・ペトローヴィチ、二年もすればまた借金で首が回らなくなるんじゃありませんか？

フロブーエフは少し黙ってから素っ気ない調子でこう口にしたのである。

――そんなことはないですよ、これだけの経験をしてきたわけですし……。

――何の経験だとおっしゃるんです、――とムラーゾフは言った。――貴方のことなら分かってるんですから。貴方は心の優しいお方でしょ。知り合いが無心に来たら来たでお出しになられる、貧乏人を見たら見たで助けたくなる、愉快な客人が来たら来たらで出来るだけご馳走をしたくなる、とにかく最初に感じた優しい心の動きに参ってしまって、倹約なんてことはお忘れになるじゃありませんか。あと、最後に正直申し上げさせて頂きますが、貴方はご自分のお子さんを養育出来るような状態じゃありませんよ。自分の子供を育てることが出来る父親というのはね、その手ですでに自分の義務を果たし終えた父親だけなんですから。それにお宅の奥方にしたって……心の優しい方ですが……子供の養育がお出来になるような柄では全然ありませんもの。こんなことまで思うんですよ、失礼は承知ですがね、ピョートル・ペトローヴィチ、子供にとっては害にすらなりませんか、貴方がたと一緒にいるというのは？

　フロブーエフは少し考え込み、頭の中で自分自身をあらゆる角度から見つめ直すと、ムラーゾフの言っていることが部分的に正しいことをようやく感じたのである。

――如何です、ピョートル・ペトローヴィチ？　この件は私にお任せ頂けませんか、子供にしろ、お仕事にしろ。ご家族も、お子さんも、今のままになさったら宜しい。私が面倒を見ますから。何しろ、今のお宅の状況は私の手のうちにあるわけですし、このままだと飢え死にしちゃいますよ。ここは思いっ切り腹を決めないと。イヴァン・ポタープィチはご存じですか？

――そりゃもう尊敬する方ですよ、シビールカで歩き回っていてもね。

――イヴァン・ポタープィチは昔、億万長者だった方で、娘さんをお役人に嫁がせて、ツァーリのような暮らしぶりだったんですが、破産した後、どうしようもありませんな、番頭になりましてね。銀の皿からただの器に鞍替えするというのはまあ面白くなかったでしょうな。きっと、何ひとつ手も付ける気にならなかったんじゃないですかね。でも今となってはイヴァン・ポタープィチも、銀の皿に口を付けることだって出来ようものですが、そんな気にもならんのですよ。金だってまた貯まっていてもよさそうですが、彼はこう言うんですよ、「いや、アファナーシィ・イヴァーノヴィチ[129]、私が仕事をしているのはもはや自分の都合だとか自分のためではなくて、神がそうお裁きになられたからなんです。自分の意志では何もしたいとは思いません。貴方のお話をお聞きしていますが、これは人にではなく神に従いたいからなんですよ、何しろ、神は最良な人間たちの口を借りてしか語られないのでね。貴方は私よりも賢いお方でしょ、ですから、お答えするのは私の方ではなくて、貴方の方ですよ」てなことをイヴァン・ポタープィチは言うわけですがね、でも本当のことを言えば、あの人の方こそ私よりも何倍も賢いんですよ。

――アファナーシィ・ヴァシーリエヴィチ！　貴方に従うのでしたら私も構わないと思っておりますよ、召使いでも何でもお好きなようにこの身を委ねますよ。ただ、身の程に合わぬ仕事は勘弁して下さい。私はポタープィチじゃありませんし、申し上げておきますが、立派なことには全く不向きですので。

――私じゃないんですよ、ピョートル・ペトローヴィチ、貴方に負担させるのはね、ご自分のおっしゃる通りにお勤めなさりたいというのであれば、丁度神の意思に適うお仕事があるんですよ。あるところで教会が敬虔な方々の手で自発的に建てられておりましてね。資金不足で募金が必要なんです。服は普通のシビールカを着て下さいね……何しろ、今や貴方も普通のお方、破産した貴族なわけで、同じく貧乏人なわけですから。今さら気取ってどうなります？　あと帳簿を持って、普通の荷馬車で、町や村へとお回り下さい。主教からは祝福と紐で綴じた帳簿をもらい受けることになりますから、あとは神のご加護がありますように。

ピョートル・ペトローヴィチはこの全くもって新しいお勤めにびっくりしていた。彼とてもやはりかつては古来の貴族である、そんな彼が帳簿を持って教会のための募金集めに、しかも荷馬車に揺られていくというわけだ！　かといって、今さら前言を翻して断るわけにもいくまい。神のご意思に適う仕事なのだから。

――考え込んでしまわれましたかな？――とムラーゾフは訊いてきた。――これで二つのお勤めをなされるわけです。一つは神への勤め、もう一つは私への。

――貴方にはどんなお勤めを？

――それはこういうお勤めですよ。私のまだ行ったことのない場所へ向かわれて、何もかも見聞なさるんです。そちらのムジークたちがどんな暮らしぶりか、どこが豊かで、どこで物が足りずにいて、どんな状況なのか。申し上げておきますが、ムジークたちのことを私が好きなのは、ひょっとしたら私自身元々そのムジークだからかもしれません。しかし実は連中のあいだであれこれ忌まわしいことが持ち上がっておりましてね。分離派だの、色んな浮浪者の連中だのが彼らを困らせておりまして、彼らのお上にね、権力と秩序に盾突かせるわけですよ、人は世間から追いやられると簡単に牙を剝くもんですからね。何ともね、本当に辛い思いをしている人間を焚き付けるのはひと苦労だと言わんばかりにね。それに実際、制裁というのは下から始めるものじゃありませんでね。鉄拳に任せるなんてことになったらもうお仕舞いですよ。そんなことになったら何の意味もありません、それじゃただ泥棒を儲けさせるだけの話ですからね。貴方は賢いお方ですから、能く能くご覧になって、どこの人間が本当に他人から苦しめられていて、どこの人間が自分の穏やかでない気性に苦しんでいるのかを調べて頂いて、あとでその一切合財を教えて下さい。念の為に少額お渡ししておきますので、それこそ本当に何の罪もなく苦しんでいる人たちに分けてあげて下さい。貴方からは彼らに慰めの言葉でもかけてあげて、不平を零さず忍従し、不幸にある時は祈るべきであり、自分から横暴を働いたり、制裁を加えてはならないと神は命ぜられているのだとしっかり言い聞かせて下さると助かります。要するに、誰ひとり興奮させず、敵対もさせず、皆を宥めるように言ってあげて下さい。誰であろうと誰かに憎しみを抱いているのをご覧になったならば、出来る限り力を尽くして下さい。

──アファナーシィ・ヴァシーリエヴィチ！ 貴方が私に託して下さる仕事というのは、──とフロブーエフは言った、──神聖なお仕事ですが、思い出して下さい、誰にその仕事をお任せなのかをね。この仕事を任せられるのはほとんど聖なる身命を持った、もはや自分から他人を許すことの出来る人間ですよ。

──別に貴方に仕事を丸々果たして下さいとは言ってないんです、可能な限り、出来ることをして頂ければいいんですよ。肝心なのは、貴方がこう言いながらも各地の報せを持って帰られて、その地域がどういう状態なのかをお分かりになることでしてね。役人なんてのは現地の人間と膝を交えることもありませんし、ムジークだって役人相手では腹を割ることなんてありません。でも、教会建設の募金集めの話をしながら地主とか商人といった色んな連中と渡りをつければ、あれこれ話を訊き出すことだって出来るでしょ。貴方にこういうお話をするのは、総督が特に今そういう人材を必要としているからでしてね、貴方だってお役所での栄達以外に、ご自分の人生が役に立たないなんておっしゃることのない地位が得られますよ。

——やってみましょう、努力してみますよ、力の続く限り、——とフロブーエフは言った。その背中はぴんと伸び、首が持ち上がったところなどはまるで希望の声に活気がはっきり感じられて、その背中はぴんと伸び、首が持ち上がったところなどはまるで希望の光に照らされた人間のようであった。——どうやら、貴方は神から弁えの心を授けられているようですね、それに時に、私たちみたいな近眼の連中よりも物事をよくご存知のようだ。

——では質問させて頂いて宜しいですか、——とムラーゾフは言った、——チーチコフがどうしたんです、どういった一件があったんですか？

——チーチコフについては前代未聞のことをお話ししますよ。彼のしていることはそりゃとんでもないことでしてね……。実は、アファナーシィ・ヴァシーリエヴィチ、あの遺書は偽物だったんですよ。本物が出てきましてね、そこには領地がすべて養女のものになると書いてあったんです。

——まさか？　その偽物の遺書は誰がでっち上げたんですか？

——まさにその点が下劣極まりないところでしてね！　話だと、チーチコフの仕業で、遺書の署名も亡くなってからされたということらしいんです。どこぞの百姓女に亡くなった叔母の衣装を着せてから、その女が署名したっていうじゃないですか。要は、この一件は如何にも怪しいってことですよ。話だと、何千という申請書が方々から舞い込んで来ているらしいんです。マーリヤ・エレメーエヴナのところには今じゃ求婚者たちがやって来て、二人の役人なんて彼女のことで喧嘩になっているんだとか。まあそういった一件ですよ、アファナーシィ・ヴァシーリエヴィチ！

——その件については初耳ですが、只事でないことは間違いありませんね。パーヴェル・イヴァーノヴィチ・チーチコフというのは正直、私にとって実に謎めいたところがありますね、——とムラーゾフは言った。

——私の方からも申請書を出したんです、直近の相続人がいることを知らせるために……。

〈皆勝手に取っ組み合いでも何でもすればいいんだよ、――〉とフロブーエフは外に出ながら思った、――アファナーシィ・ヴァシーリエヴィチは馬鹿じゃない。俺にあんなお役目を任せたのだって能く能く考えてのことだろうな。お役目を終えりゃ、それでお仕舞いさ〉彼が旅のことを考え始めていた頃、ムラーゾフの方は未だに頭の中でこんなことを繰り返していた。〈私にしてみりゃ実に謎めいた人物だ、パーヴェル・イヴァーノヴィチ・チーチコフは！もしあれだけの意志と執念で善行に当たったならば！〉

そうしているうちにも実際、裁判所へは申請書が続々と届いていた。親族だという者たちが姿を現わしたが、そんな連中のことは誰も聞いたことがなかった。鳥が死骸に群がり飛んでくるように、あらゆるものが老婆の残していった莫大な財産の上へと飛来してきたのだ。チーチコフや最後の遺書の偽造に関する密告があるかと思えば、最初の遺書の偽造に関する密告まであったり、巨額の窃盗や隠匿の証拠があったり。チーチコフが死んだ魂を購入したこと、まだ税関時代に行った密輸に関する証拠が出てきたり。あらゆることが掘り返され、彼のこれまでの経歴が調べ上げられてしまったのである。それにしてもどこで一体このすべてを嗅ぎつけ、知ることが出来たのであろうか。しかも、これは後にチーチコフが思ったことだが、自分と壁の耳以外には誰ひとり知る由のないことまで証拠が出てきたのである。この時点においてはこういったことはどれもまだ法廷審理上の機密事項であり、彼の耳には入っていなかったものの、法律顧問から間もなくして届いた信頼の置ける書付けからは、ごった煮状態が生じつつあることがある程度分かった。この書付けの内容は簡潔なもので、「取り急ぎ、当案件に関して一悶着のあることをお伝えします。ただし、心配するには及ばぬことをお忘れなく。肝心なのは冷静さです。すべてうまく処理致しましょう」とあった。この書付けのお蔭で彼はすっかり気が楽になった。「この人はまさに天才だな」と彼は言った。

幸先の良さの締めくくりとして、仕立屋がこの時服を届けにやって来た。チーチコフはナヴァリノの火煙色の真っさらな燕尾服を着ている自分の姿をどうしても見たい気分に駆られたのである。両足を通したズボンは体のどの部分も完璧なまでにぴったりしていて、それこそ絵に描いてもおかしくないほどだった。太腿は見事な張りを見せ、腓（こむら）もまた右に同じで、羅紗の張りのあるどんなちょっとした部分もこれまで以上の弾力を伝えていたのである。後ろの方へバックルをぐいっと引き締めるや、お腹は太鼓そっくりになった。彼はそこでお腹をブラシでポンと叩き、「とんでもない間抜けだっていうのに、全体でみりゃこの間抜けもなかなかの絵になるじゃないか」と言い添えたのだった。燕尾服の仕立てはズボンよりもさらに良さそうだった。皺一つなく、両脇をぴんと伸ばし、くびれの部分で体をぺこりと曲げてその折り目全体を見せてみた。右の腋の下に少しばかり突っ張りはあったものの、そのお蔭でむしろ腰の部分がきゅっと締まって良かった。晴れ晴れとした様子で立っていた仕立屋が口にしたのはただひと言、「ご安心下さい、ペテルブルク以外でこんな風に仕立てられるところなんてございませんので」この仕立屋、ペテルブルクの出であったにもかかわらず、看板には〈ロンドンならびにパリ出身外国人〉と出していたのである。冗談好きだったわけではなく、この二都市でもって一気に他の仕立屋全員の口封じをし、今後誰ひとりとしてこの都市名を使えなくして、使うのならどこぞの〈カールスルー〉や〈コペンハー〉とかにさせようというのが彼の魂胆であった。

　チーチコフは羽振りよく仕立屋への支払いを済ませて独りになると、寛げる自身の姿を鏡で眺め始めたわけだが、その様子は美的感覚のあるコン・アモーレ（愛情たっぷり）な演奏家さながらであった。全体が何とも前にも増して感じが良かったのである。ほっぺはこれまでより好感が持てたし、顎には唆るところあり、白い襟はほっぺに色を添え、繻子の紺ネクタイは襟に色を添え、胸当てにある最新モードの襞はネクタイに色を添え、豪華な天鵞絨のジレは胸当てに色を添え、ナヴァリノ火煙色の燕尾服は絹のような艶によってすべてに色を添えていた。右に振り返れば――いいじゃないの！　左に振り返れば――もっといいじゃないの！　腰のくびれなど、まるで侍従か、はたまたフランス語でまくし立てるところなど当のフランス人も脱帽といったところの、しかも腹を立てたとてお行儀の悪いロシア語で恥をかくようなこともなければ、まともにロシア語で罵倒も出来ずにフランス訛りで怒鳴り散らすしかない御仁といった感じ。繊細ったらありゃしない！　彼は首を少しばかり傾け、年増盛りの最新教養を身につけたご婦人に向き合った時のような品(しな)を作ってみた。その出来たるや絵に描いたも同然。画家諸君、筆を手にして描くがよい！　満足のあまり彼がその場で軽くぴょんと跳び上がったところなどはいわばアントルシャ。がたんと小簞笥が揺れて、床にはオーデコロンの小瓶がごとんと落っこちてしまったが、そんなことと一切気に障らなかった。彼は当然のことのように間抜けな小瓶を馬鹿野郎と呼ぶとこう思ったのである。〈今から真っ先に顔を出すとしたら誰のところかな？　一番いいのは……〉

　すると突然、控えの間には拍車付きブーツらしきがちゃがちゃという音が鳴り響き、現れた憲兵は完全武装で、まるで一部隊丸ごと引っ提げてきたかのような形相だった。「命令により、直ちに総督の元へ出頭願いたい！」　チーチコフはただただ度肝を抜かれてしまった。彼の前に突っ立っていたのは髭の化け物で、頭には馬の尻尾、肩には肩帯、もう一方の肩にも肩帯、馬鹿デカい両刃の刀が脇差しに懸かっているではないか。さらに片方の脇には銃だの何だのと訳の分からんものがぶら下がっているように思えた。たった一人で部隊一個分もあるじゃないか！　彼が言葉を返そうとしたところ、この化け物は口吻荒々しく「直ちにとの言いつけだ！」と吐き捨てた。控えの間の扉の向こうを見ると、外にはちらちらとまた別の化け物が目に入り、窓を覗くと馬車があるではないか。どうすればいい？　この時着ていたナヴァリノ火煙色の燕尾服という恰好のまま乗り込まざるを得なかった彼は、全身がたがた顫わせながら総督の元へ向かうことになったのだが、これには憲兵も付き添うこととなった。

　控室に入った彼は正気を取り戻すことすら許されなかった。「さあ入りなさい！　公爵がすっかりお待ちですから」――こう言ったのは当直の役人だった。まるで霧の中にでもいるかのように彼の前にちらっと浮かんできた控室には封書を受け取るクーリエたちがいるかと思えば、そのあと浮かんできたホールをくぐって行きながら彼はただこんなことを考えていた。「こんな風にひっ捕らえられて、裁判も何にもなしにシベリアへ直行か！」彼の心臓は一等嫉妬深い情夫ですらないほど強く早鐘を打ちだした。そしてようやく彼の前の扉が開かれると、そこに現れたのは書斎机、書類鞄、書棚に書籍、そして、怒れる公爵はまさしく怒りそのものといったご様子だった。

——お終いだ、何もかもお終いだ！——とチーチコフは言った。——こいつに俺の魂は滅ぼされちまう、殺されちまうんだ、狼の手にかかった仔羊みたいに！

——君には温情もかけた、町での逗留も許可してきた、本当ならば今頃牢屋送りになっているところをね、なのに、またしても破廉恥な詐欺行為で、これまで人が経験したことのないほど自分の顔に泥を塗る羽目になったわけだ。

公爵の唇は怒りに顫えていた。

——しかし、閣下、如何なる破廉恥なことや詐欺行為があったとおっしゃるんですか？——チーチコフは全身をがたがた顫わせながら訊ねた。

——女だよ、——公爵はチーチコフの方へ少しばかり近づき、真っ直ぐ目を見ながら言ったのである、——君の口述で遺書に署名をした女が捕まって、君と一緒に対審の口頭弁論をしてもらうことになったのだ。

チーチコフの顔は帆布のように真っ青になった。

——閣下！　洗いざらい真実をお話します。私が悪かったんです、悪かったのは確かですが、そこまで悪いことはしておりません。これは敵が私に仕掛けた中傷なんです。

——君のことを中傷出来るような奴がいるとは考えられんよ、何しろ、君にはどうしようもない嘘つきでも考えつかん不快極まりないところが何倍もあるからな。生まれてこの方、破廉恥でないことなどしたことがないんだろう。君のせしめてきた金はどれもこれも破廉恥にせしめたものだ、盗みと破廉恥極まりないその所業、笞打ちとシベリア送りに値するものだ！　いや、もう我慢ならん！　直ちに牢屋送りにして、そこでどうしようもないゴロツキや山賊どもと並んで自分の運命が決まるのを待つまでさ。これだってまだ情けをかけてやってる方だ、君は他の連中より何倍も悪だからな。あいつらはアルミャークやトゥループを着てるってのに、それに引き換え君って奴は……。

彼はナヴァリノ火煙色の燕尾服に目をやると、呼び鈴の紐を摑んで鳴らした。

――閣下、――とチーチコフは叫んだ、――なにとぞ後生です！　一家の父であればお分かりのはずです。私のことなどどうでもいいんです、どうか年老いた母に温情を！

――嘘を言え！――公爵は怒号を上げた。――そうやってお前はあの時、子供だの家庭だのと一度だってありもしなかったものを引き合いに出して懇願してきたが、今度は母親まで持ち出すとは！

――閣下、私は卑劣な男で碌でなしです、――とチーチコフは言ったが、その声は……[130]、――私は確かに嘘をついておりました、自分には子供も家族もおりません、ですが、神こそが証人でいらっしゃいます、いつだって妻を娶りたい、人としての、国民としての義務を果たしたい、そうすることでいずれは本当に国民とお上からの尊敬に与りたいと思っていたのです……。ところが、何という不幸なめぐり合わせでしょう！　血をもって、閣下、この血をもって日々の生きる糧を得てこなければならなかったんです。行くところはどこも誘惑と甘い言葉……敵などは、私を破滅させてやろう、暗殺してやろうと企む連中ばかり。人生はずっとまるで荒れ狂う嵐、はたまた波間に浮かびながら風に翻弄される船のようなものだったんです。私はひとりの人間なんです、閣下殿！

涙が突然、彼の目から幾筋もの流れとなって溢れ出た。彼は公爵の足元に倒れ込んだが、その時の恰好は例の通りで、ナヴァリノ火煙色の燕尾服、天鵞絨のチョッキと繻子のネクタイ、真っさらのズボン、そして、梳かした髪はオーデコロンの清涼な香りを漂わせていた。

――放せ！　兵士、こいつを連行するよう人を呼べ！――と立ち上がって公爵は言った。

――閣下殿！――とチーチコフは叫ぶと両手で公爵のブーツに縋りついた。

ぞっとするような感覚が公爵の体じゅうを駆けめぐった。

――放せと言っとるだろうが！――と彼はチーチコフに摑まれている足を引き離そうと躍起になりながら言った。

――閣下！　お目こぼしを頂くまではここから離れません！――こう言ったチーチコフは公爵のブーツにしがみついたまま、その足とともに床の上をナヴァリノ火煙色の燕尾服に乗って滑っていった。

――どけと言っておるだろうが！――こう言いながら彼は、足で踏み潰すのもぞっとするような醜い虫を見た時に感じる何とも言えぬ嫌悪感を覚えていた。振り払おうとするのだが、チーチコフの方は鼻や唇や真ん丸の顎にブーツが直撃するのを感じながらもブーツを放さず、これまでよりも力強くその足を抱きしめるのだった。二人の屈強な憲兵に力任せで引き離されると、両脇を掴まれた状態で部屋から部屋へと引きずられていった。彼は顔を真っ青にして打ちひしがれていて、不吉にして避けようのないわれらの本性に反する死というかの怪物を前にした者が陥るであろう感覚の麻痺した悍ましい状態にあった……。

丁度階段に通じる扉のところでばったり出くわしたのはムラーゾフだった。希望の光が突如差し込んできたわけである。忽ち途轍もない力で二人の憲兵の腕を振り解くと、呆気に取られたご老輩の足元へ身を投じたのである。

――旦那、パーヴェル・イヴァーノヴィチ、どうなさったんです？

――助けて下さい！　牢屋送りだよ、死刑にされるよ……。

憲兵が彼を引っ掴んで連行していったものだから、最後まで聞き取ることは出来なかった。

ひんやりじめっとした物置部屋と駐屯兵のブーツと脚絆の匂い、無塗装の机、薄汚い椅子二脚、鉄格子の窓、おんぼろの暖炉、その隙間から煙は出ていても暖はなかった――この住処こそ、かの洗練された真っさらのナヴァリノ火煙の燕尾服でこれから人生の甘美を味わっては同胞たちの関心を惹きつけるはずであったわれらが主人公の収監された場所だった。彼には金銭を入れた小箱といった必需品を持ち込むことすら許されなかった。書類、死せる魂の登記証明書――これらすべては今や役人の手に渡ってしまったのだ！　彼は地面に倒れ伏したままで、痛ましき絶望的悲哀という肉を貪る塞ぎの虫がその心の周りには絡みついていた。速度を増しながらこの塞ぎの虫は彼の無防備な心の臓を蝕み始めていた。

さらにこんな一日が、こんな悲哀の日が続いていたとすれば、チーチコフはこの世からすっかり姿を消していたかもしれぬ。だが、こんなチーチコフの上にも微睡み知らぬ何者かの救いの手があった。一時間ほどした頃、牢獄の扉が開いたのである。入ってきたのはムラーゾフ老人だった。

たとえひりつく渇きに悶絶する者のからからの喉に泉の水を流し込んだとて、不憫なチーチコフほどに生き返るようなことはなかったのではあるまいか。

――わが救い主よ！――チーチコフはこう言うとにわかに彼の手を摑み取り、咄嗟に口づけし、ぐっと胸に抱き寄せたのである。――この不幸者のお見舞いに来て下さった貴方に神さまからご褒美がありますように！

彼は涙に暮れた。

老人は不憫で仕方がないといった目で彼を見ると、ただこう言ったのである。

――嗚呼、パーヴェル、パーヴェル・イヴァーノヴィチ！　パーヴェル・イヴァーノヴィチ、何をなされたっていうんです？

――私は卑劣な男なんです……。私が悪いんです……。過ちを犯してしまったんです……。でも、考えてみて下さい、考えてもみて下さい、こんな仕打ちってありますか？　私は貴族なんですよ。裁判もせず、捜査もなしに、牢屋にぶち込んで、私から何もかも取り上げてしまうんですよ。私物にしろ、小箱にしろ……あそこには金が入ってるんです、あそこには全財産が、あそこには私の全財産が入ってるんですよ、アファナーシィ・ヴァシーリエヴィチ、血の滲むような努力をしてようやく手に入れた財産が……。

すると、またもや胸に突き上げてきた悲しみに耐えかねた彼は、牢屋の壁を貫いて遠くまで響く大声で号泣すると、更紗のネクタイを毟り取り、襟の辺りをぐっと摑んでから、ナヴァリノ火煙色の燕尾服を引き裂いたのである。

――パーヴェル・イヴァーノヴィチ、いずれにしても同じことですよ。財産にしろ、この世のあらゆるものにしろ、貴方はお別れを言わねばなりません。情け容赦のない法にかかったわけで、どこぞの人間の手にかかったわけではないんですよ。

――自滅ってことですよ、それは自分でも分かってます、潮時を見極められなかったんです。けど、何をしたからこんなひどい罰を受けなきゃならないんですか、アファナーシィ・ヴァシーリエヴィチ？　私が強盗だとでもいうんですか？　私のせいで誰か損害を被った人なんていますか？　誰かを不幸にしたとでもいうんですか？　汗水垂らして努力して、それも血の滲むような汗を流して小銭を稼いできたんですよ。何のために小銭を稼いできたと思います？　余生を悠々自適に暮らし、何某かのものを子供たちに残してやるためで、子供を持とうと思ったのだっていずれは国の繁栄のために奉公してもらうためだったんですよ。道は踏み外した、それに異論はありません、踏み外しましたよ……どうしようもないじゃありませんか？　でも、こうして道を踏み外したのだって、真っ当な道を取れないと分かって、曲がった道のほうがずっと近道だったからですよ。けど、そんな私だって頑張ったんです、努力したんです。しかし、裁判ごとに国庫から何千もの金をもらっているあの悪党どもなんて、金のない連中から巻き上げると思えば、最後の小銭まで文無しから毟り取っていくんですよ！……アファナーシィ・ヴァシーリエヴィチ！　私は放蕩したわけでもない、呑んだくれたわけでもありません。だって、どれだけ骨を折ったことか、どれだけ鉄の忍耐が必要だったことか！　あいつらの誰でもいい、私と同じ苦しみを味わってみればいいんですよ！　私の人生なんてあれですよ、猛烈な闘い、波間に浮かぶ船なんですから。で、失われたわけですよ、アファナーシィ・ヴァシーリエヴィチ、そういう闘いによって手にしてきたものが……。

彼は最後まで言い切れぬまま、胸の痛みに耐え切れずに号泣しながら椅子に崩れ落ちると、だらんと垂れていた燕尾服の破れた裾を引き千切って遠くに投げ捨て、固めるのに苦労したはずの髪の毛に両手を突っ込んで容赦なく掻き毟ってはその痛みから快感を得たが、これはどうしても消せぬ心痛をその痛みによって抑えたかったのだ。

——嗚呼、パーヴェル・イヴァーノヴィチ、パーヴェル・イヴァーノヴィチ！——とムラーゾフは言いながら、彼を悲しげに見つめ、首を横に振った。——ずっと思っておったんですよ、もし貴方がこれまで通りに尽力されて、辛抱もなさって立派なお仕事に就かれて、もっと素晴らしい目的のために邁進されれば、どんな方になられるかとね。善行を愛している者の誰でも構いませんよ、その善行のために貴方が小銭稼ぎのためになされたのと同じくらい努力したならね！……それに、その善行のために自尊心も野心もかなぐり捨てて、貴方が小銭稼ぎのためになされたのと同じくらい自分のことを顧みなかったならね！……。

――アファナーシィ・ヴァシーリエヴィチ！――と不憫なチーチコフは言うと両手で彼の手を摑んだ。――おお、もし自由の身になって財産を取り戻すことが出来たなら！　誓ってもいいです、そうなったら全然違う人生を送りますよ！　助けて下さい、恩に着りますよ、助けて下さい！

――私に何が出来ましょう？　法と一戦交えねばなりませんよ。仮に私がその気になったとしても、公爵は公平な立場ですから、何があっても引き下がることはありませんよ。

――恩に着りますので！　貴方なら何でもお出来になりますよ。法が怖いんじゃないんです、法が相手なら手段は探せますが、何の罪もなく牢獄に放り込まれたりして、こうやって犬みたいにくたばるってことになれば、私の財産、書類、小箱はどうなるっていうんです……どうかお助けを！

彼は老人の両足に抱きつくと、その足を涙で濡らした。

――嗚呼、パーヴェル・イヴァーノヴィチ、パーヴェル・イヴァーノヴィチ！――とムラーゾフ老人は首を振りながら言うのだった。――貴方はすっかりその財産とやらに目が眩んでしまったようですな！　そのせいでご自分の哀れな魂のことなど見向きもなされない！

――魂のことも考えるようにしますから、どうかお助けを！

――パーヴェル・イヴァーノヴィチ！――ムラーゾフ老人はこう言うと口ごもった。――貴方をお救いするというのは私の力の及ぶところではございませんよ、それはご自身でもお分かりでしょう。でも、出来る限り貴方の背負われている宿命を軽くして、解放するよう努力してみましょう。うまく行くかどうかは分かりませんが、頑張ってみます。もし思いの外うまく行ったとしたら、パーヴェル・イヴァーノヴィチ、その頑張りに対してご褒美を頂戴願いたいのです。つまり、ご自分の所有されているものを甲斐もなく取り返そうと努力するのはお止めになって下さい。腹蔵なく申し上げますが、私なら自分の財産を残らず奪われたとしても、――私の方が貴方よりも沢山ありますがね、――泣いたりなど致しません。ほんに、没収されるかもしれない財産なんて重要じゃないんです、それより、誰にも盗んだり奪い取ったり出来ないものこそ大切なんですよ！　貴方はすでに人生経験も充分おありです。ご自分でも人生を波間に浮かぶ船だとおっしゃるわけです。貴方はすでに余生を送る上での糧をお持ちでいらっしゃる。ひっそりとした一隅にでも腰を落ち着けてはいかがですか、すぐ近くに教会があって、普通の気のいい人間たちがいるようなところに、それか、もしどうしても子孫を残したいという強い気持ちがおありなのでしたら、さほど裕福でもなくて、気立てのいい、身の程も分かっている、簡素な生活に慣れた娘とご結婚なされたら良いでしょう。あの喧騒の世界も、あの心惑わす気紛れなども忘れてしまうことです、あの世界にも貴方のことは忘れてもらえば宜しい。あの世界では心静まることはありませんからね。ご覧の通り、あそこでは誰もが敵で、人を拐かすか裏切ることしかしないんですから。

チーチコフは考え込んでしまった。何とも奇妙な、これまで感じたこともなければ、自分でも説明のしようがない未知の感覚に襲われたのだ。まるで自分の中で何かが目覚めようとしているかのようで、その何かを幼少期からずっと抑えつけてきたものとは、厳格なばかりで血の通っていない教え、退屈な幼年期の陰鬱さ、人影のない実家、家族がいないという孤独、原体験から得た印象の乏しさと貧しさ、冬の吹雪の吹きつける曇った窓越しに退屈そうに彼を眺め見ていた運命の峻厳な眼差しだった。

――とにかく助けて下さい、アファナーシィ・ヴァシーリエヴィチ！――と彼は声を上げた、――これまでと違った人生を送りますから、貴方の助言に従いますから！　お約束しますから！

――いいんですね、パーヴェル・イヴァーノヴィチ、二言はございませんよ、――ムラーゾフはこう言って彼の手を握った。

――二言だってひょっとしたらあったかもしれま

せんよ、これほどひどい罰を受けていなかったとすれば、――深く溜め息を吐くと不憫なチーチコフはこう付け加えたのだった。――でも、この罰だけは辛い、本当に、本当に辛い罰です、アファナーシィ・ヴァシーリエヴィチ！

――辛くてよかったんですよ。これには神に感謝なさることです、祈ることですよ。今から行って何とか話をつけてみますので。

こう言うと、老人は出て行った。

チーチコフはすでに泣いてもいなければ、燕尾服を引き裂いたり髪の毛を掻き毟ったりすることもなかった。安堵していたのである。

――もう懲り懲りだ！――遂に彼はこう口にしたのだった、――やり直しだ、人生をやり直すんだ。いい加減真っ当な人間になる時なんだ。おお、ここから何とか抜け出して、ほんの少しでもいいから資金を持ち出せれば、遠くの離れたところに落ち着いて……。でも、登記証明書は？……。――彼はふとこう思った。〈何言ってんだ？ 何でこれまで投げ出す必要がある、こんだけ骨折って手に入れたもんなんだぞ？……。もう買うのは止めるさ、でも担保には入れないと。こいつを手に入れるのにどんだけ苦労したと思う！ こいつは担保に入れるさ、入れるとも、でもってその金で領地を買うんだ。地主になるのさ、そうすりゃ色々いいことだって出来るんだから〉そして彼の考えの中には、スクドロンジョーグロのところにいた頃に彼を捕らえた感情、そして、領地経営が如何に実り多く人の役に立つものであるかという、あの懐かしい暖かな夕べの光の中で主人と交わした蘊蓄豊かな会話が目を覚ましたのだった。村が突如として彼には実に美しいものに映り、それはまるで自分には村の魅力をすべて感じ取ることが出来るとでも言わんばかりであった。

――俺たちってのは愚かだよ、虚しいもんを追いかけ回してんだから！――遂にこう口にしたのである。――ほんと、何もしないからこういうことになるのさ！ 何だってすぐ近くに、手の届くところにあるってのに、この世の果てまで王国を探しに出かけてんのさ。辺鄙な場所で仕事したからってそれのどこが人生じゃないっていうんだ？ 喜びってのは実際、労働するってことにあるんだから。それに、自分の労働が生んだ果実より甘いものなんて何ひとつないんだから……。いや、俺は働くぞ、村に住んでやるんだ、で、真面目に働くさ、他の連中もいい意味で感化されるようにな。どうなんだ、ほんとに俺ってどうしようもない役立たずなのか？　俺には経営の才覚だってあるし、気質からすりゃ倹約だって出来るし、機転も利くし、思慮分別だってあるし、移り気なんてこともないさ。とにかく腹をくくらなきゃ、そういう気質だってある感じがするぞ。今になってやっと本当にはっきりと感じるんだ、人間には自分の置かれた場所や一隅を離れずにこの世で果たすべき何らかの義務があるってことをな。

　町の喧騒から遠く離れ、人が労働をひと時忘れて無為からでっち上げた数々の誘惑から遠く離れたところで労働に勤しむ生活の様子もまた彼の目の前に鮮烈に浮かび上がってきたものだから、もはや自分の置かれている立場が不愉快であることも大方すべて忘れてしまい、もしや、釈放されて財産の一部でも返却されればこの重罰を与えて下さった神意に感謝することだって吝かではなかったかもしれぬ。だが……彼の身を置く不潔な物置部屋の一枚扉が開かれ、入ってきたのはお役所の御仁——その名もサモスヴィーストフ、エピキュリアンにして勇み肌の男子、文句なしのご同輩、道楽者で食わせ者とは彼をめぐる同輩方の評するところであった。有事にあればこの仁も色々奇跡を起こしたことであろう。どこその未踏の危険地帯へと派遣され、仇(かたき)の目の前で大砲の一つでも盗み出せば、これぞ彼の手柄となっていたはず。ところが、ひょっとして実直な人間でいられたかもしれぬ戦場のない時には汚い手を使う下劣な男であった。何とも理解し難いことではないか！　ご同輩には誠実で、人を売るようなこともなく、約束すれば堅持する、しかし、上官については何かその、あらゆる弱点、裂け目、手落ちを利用して、そのあいだを突破すべき敵軍の砲兵中隊のように見ていたのである……。

——貴方の立場なら何でも存じてますよ、全部伺いましたから！——彼は扉が背後でしっかりと閉まったのを見計らってこう言った。——平気、平気！　尻込みすることなんてありませんって。全部元通りになりますよ。全部貴方のためにやってくれますからね、貴方の小間使いって奴です！　全員当たり三万、たったこれっぽっちですよ。

――本当ですか？――と言ってチーチコフは声を上げた。――それで私は完全に罪が晴れるってことですか？

――すっかりね！　さらには損失分に対する賠償だってね。

――で、手数料は？……。

――三万です。全部込みこみですよ、われわれの分も、総督側の分も、書記の分も入ってます。

――ちょっと待って下さい、今の私にどうやって払えっていうんです？　私物だって全部……小箱にしたって……全部没収されているし、監視の目が……。

――一時間後に全部戻ってきますから。手打ちということで宜しいですか？

チーチコフはこれで手を打った。彼の鼓動は高鳴っていたが、こんなことが可能だとは信じられなかった……。

――しばしのお別れを！　共通の友人から頼まれた言付けです、肝心なのは冷静さと平常心だと。

〈ふむ！――チーチコフは思った、――なるほど、法律顧問か！〉

サモスヴィーストフは姿を消した。チーチコフは独りになってからも、この会話から一時間経って書類とお金の入った小箱がすべて完璧な状態で運び込まれるまでは彼の言葉が信じられなかった。サモスヴィーストフは管財人として姿を現すと、配置されていた歩哨たちに向かって監視がなっていないと怒鳴りつけ、さらに監視強化のための兵士を寄越すよう命令し、小箱を手に入れたばかりか、チーチコフの信用を失墜させかねぬ書類まで全部取り上げて、そのすべてを一つにまとめて封印すると、先ほどの兵士に対して今すぐチーチコフのところへ就寝前の必需品として持っていくよう命じたことで、チーチコフは書類とともに、その脆くも朽ちゆく体を包むのに必要だった暖かい物も全部手にしたのである。こうして早々にも届けてもらった彼の喜びたるや筆舌に尽くせぬものだった。彼は強い希望を心に抱くなり、すぐにまた夕べに通う劇場や、彼の追っかけていた踊り子といった囮が幻となって現れだしたのである。村や静寂は色褪せて、町と喧騒が再び煌々として明るさを増したのだった……。おお、人生哉！

そうこうしているうちに、途轍もない規模の訴訟が法廷と裁判院では始まっていた。走り続けていたのは筆耕たちの鵞ペンで、タバコを嗅ぎながら仕事に打ち込む難物を抱えた頭という頭が画家さながらに、鉤のようにくねくね曲がった字面を眺めてはうっとりしていた。法律顧問は影の魔術師のごとく、目に見えぬところでからくり全体を回し、気づかれるよりも前に全員を悉く混乱させていた。絡まりはその大きさを増していた。サモスヴィーストフは予想以上の大胆さと前代未聞の傍若無人さを示した。囚われの身となった女性がどこに監禁されているのかを知るやすぐさま直行し、それはもう勇猛果敢な上官となって中へ入っていったものだから、歩哨も彼に敬礼してぴんと背筋を伸ばしたのだった。

――見張りをして長いのか？

――朝からであります、上官殿！

――交代まで長いのか？

――三時間であります、上官殿！

――お前にはこのあとやってもらうことがある。将官に代わりを派遣させるよう言っておく。

――了解しました、上官殿！

そして、すぐさま家に引き返すと、誰とも鉢合わせすることなく、形跡も全部揉み消すべく憲兵の恰好に着替え、口髭と揉み上げを付けて変装したのだった――悪魔であろうと彼だとは気づくまい。チーチコフのいる建物に現われると、そこで最初に目にした女をひっ捕まえ、勇み肌の役人であると同時にその筋の達人二名に引き渡すと、自分はそのまま然るべく口髭姿で銃を持ったまま歩哨たちの元へ現れた。

――行けよ、司令官の命令でお前の代わりに俺が立ってろってさ、交代だとよ。――歩哨と入れ替わると、彼は自ら銃を持って立った。

これこそまさに必要なことであった。この時、前の女の代わりに姿を見せていたのは別の女で、何ひとつ事情も知らなければ、理解もしていなかった。前の女はどこかに雲隠れしてしまい、あとになってからもどこへ消えたのかさえ不明だった。サモスヴィーストフが軍人の顔をぶら下げて事に当たっていた頃、法律顧問は民事の舞台で奇跡ともいうべき次のような活躍を見せていた。県知事には検事が彼の告発文を書こうとしていると遠回しに知らせ、憲兵隊の役人には機密任務に就く役人が彼の告発文を書こうとしていると知らせ、機密任務の役人には彼を密告しようとしているさらに隠密な機密任務に就く役人がいると信じ込ませたのである、――そしてものの見事に全員、彼に助言を求めねばならぬような状況に陥れたのだ。持ち上がった訳の分からぬことは以下の通り。告発の上に告発が重なり、お天道さまでも見たことのないようなこと、さらには、実際にはありもしなかったことの解明が始まったのだ。私生児は誰だの、誰の愛人がどんな家系でどんな爵位だの、誰の妻が誰に熱を上げてるだのと、ありとあらゆることが問題解明と訴訟に利用されることとなった。スキャンダル、誘惑、そういったことが皆チーチコフの一件、死せる魂とあまりに綯い交ぜになってこんがらがってしまったものだから、このうちのどれが一等下らぬものなのかはどうにも判別しようがなかった。何しろ、どれも等しく同じ重みのあるものに思えたからだ。ようやく書類が総督の元に届くようになっても、哀れな公爵にはちんぷんかんぷんだった。非常に頭の切れる有能な役人が書類をまとめるよう任じられたが、ほとんど発狂寸前だった。何しろ、どうやっても話の糸口が摑めなかったからだ。公爵はこの頃、次々に振りかかってくる多くの他の厄介事で気を揉んでいた。県のある地域では飢饉が発生していたのだ。役人たちは穀物の配給のために派遣されていたが、どういうわけか然るべく指揮が行えなかった。また別の地域では分離派の活動が活発化していた。ある者が分離派のあいだで、死せる魂を買い占めて死者にすら安らぎを与えぬ反キリストが出現したと触れ回っていたのである。悔悛を誓い、罪を犯し、反キリストを捕らえるという名目で、反キリストならざる者たちを殺めることになった。別の場所ではムジークたちが地主と郡警察署長を相手に暴動を起こしていた。どこかの流れ者たちがムジークたちのあいだに、今やムジークが地主となって燕尾服に身を包み、地主はアルミャークを着てムジークになる時が訪れたなどと噂を流したお蔭で、このままだとあまりに沢山の地主と郡警察署長が生まれてしまうということも考えず、郷（ヴォーロスチ）全体は年貢の支払いを拒否したのである。力に物を言わせざるを得ぬ状況にあった。哀れな公爵はすっかり意気消沈していた。そんな時、彼のところに徴税請負人が来たという知らせが届いたのである。

——入ってもらえ、——と公爵は言った。

ご老人が入ってくるや……

——チーチコフならここにおりますぞ！　貴殿が彼の後ろ盾になって庇っておったんですな。でも今や、極悪な盗人だって腹を決めかねる事件に巻き込まれたわけだ。

——お言葉ですが、閣下、その事件とやらがいまいち理解出来ないのですが。

——遺書の偽造だよ、他に何があるかね！……。これほどの事件に対しては公衆の面前に引きずり出して鞭打ちの刑だ！

——閣下、チーチコフを庇うつもりで申し上げるのではございません。しかし、この事件は証明されていないのではございませんか、調査もまだなされておりませんし。

——証拠ならありますぞ。死んだ女性に変装した女が捕まりましてな。敢えて貴殿の前で尋問したいと思ってね。——公爵は呼び鈴を鳴らすとその女を連れて来るよう命じた。

ムラーゾフは黙りこんだ。

——破廉恥極まりない事件だ！　それに、恥ずかしいではないか、町筆頭の官僚たちがしかも、県知事まで関与しているというんだから。県知事というのは盗人や怠け者がおるようなところにおるべきじゃなかろうに！——と公爵は熱弁を振るった。

——そういう県知事も遺産継承者でありますし、あの方にも主張する権利はございますでしょう、ただ、他の連中があちこちから因縁をつけてきたともなりますと、これはその、閣下、人の性というものでございますな。金持ち女が亡くなった、ただ遺志として筋の通った公平なものを残さなかったわけでして、あちこちから他人の褌で儲けようとする連中が群がってきたのも、人の性というわけでございますよ……。

——だが、こんな穢らわしいことをする理由などどこにある？……。卑劣ではないか！——公爵は憤りを感じながら言った。——私のところにはまともな役人が誰ひとりおらんってことですよ。どいつもこいつも穢らわしい！

——閣下！　そんな、私たちのなかに然るべき形のまともな者などおりますでしょうか？　わが町の役人だって皆人間です、美点もお持ちですし、多くの方々は実に仕事に精通されておりますが、罪となると誰しも逃れがたいものです。

――ならば、アファナーシィ・ヴァシーリエヴィチ、教えて頂きたい、貴殿は儂が唯一知っておる誠実な人間だが、どんな穢らわしい奴らも庇おうっていうのはどういう了見なんだね？

――閣下、――とムラーゾフは言った、――穢らわしい奴とおっしゃる人間が誰であろうとも、やはり人間であることには変わりありません。その人間の犯す悪事の半分が粗暴さと素行の悪さが理由だと分かっているのに、庇ってやらずにおれますでしょうか？　私たちだって至るところで正しくないことをしてしまいますし、絶えず他人の不幸の原因になってしまいます、邪な意図がなかったとしてもです。閣下にしてからがやはり大変な不公平なことをなさったではございませんか。

――何だと！――思いもかけぬ話の展開に完全に動揺してしまった公爵は驚きの声を上げた。

ムラーゾフは言い淀み、何か考えをめぐらすかのようにしばらく黙ると、ようやく口を開いた。

――少なくともデルペンニコフ[131]の一件ではそうでしょ。

――アファナーシィ・ヴァシーリエヴィチ！　国家の根幹に関わる法律を相手取った犯罪、大逆罪にも等しいものなのだぞ！

――彼のことを正当化するつもりなんてありません。ただ、右も左も分からぬまま、周りに唆された上に手引された若者をですよ、その首謀者の一人だった者と同じように裁くというのは公平なことだと言えるでしょうか？　同じ刑になったじゃありませんか、デルペンニコフにせよ、ヴォロノイ（鴉羽黒光り）＝ドリャンノイ（クズ野郎）にしろ、しかし、この二人の犯した罪は同じではありません。

――勘弁してもらいたいね……、――こう言った公爵は明らかに動揺している様子だった、――その件で何かご存じのことがあるんですかな？　それならおっしゃればいい。儂もつい先だって、しかも直接ペテルブルクにその彼の刑を軽減する旨を打診したばかりでね。

――違うんです、閣下、公爵のご存じでいらっしゃらない何かを私が握っていると申し上げるためではないんです。まあ確かに、彼に有利に働くかもしれないある状況はございますが、それとて彼自身うんとは言わないでしょう、何しろ、それのせいで別の人間が苦しむことになりますからね。私が思っておりますのはただ、公爵はあの時あまり性急に事をお運びになられたのではないかということでして。お許し下さい、閣下、事を判断するにしましても何ぶん弱い頭なものですから。閣下からも正直に話すよう何度かお命じ頂いたものですし。私ごときの話ですが、以前上に立つ立場だった頃、まあ色んな部下がおりました、出来の悪いのもいれば、出来のいいのも……。やはり他人の過去についても目をかけてやるべきではないでしょうか、何しろ、何事も平然たる態度で見つめずに、頭ごなしに怒鳴りつけてばかりでは相手を萎縮させるだけで、本当の意味での信頼は勝ち取れないわけでして。相手の意を汲みながら、兄弟同士のように訊ねてやれば、何でも勝手に口を開いてくれるでしょうし、罪を軽減してくれだなんて口にもしないでしょう、それに、誰かの罪を重くするなんてこともありません、罰するのはこちらではなく、法だってことは相手もはっきり分かっているんですから。

　公爵は考え込んでしまった。この時、若い役人が入って来ると、恭しく書類鞄を手にして立ち止まった。心労と疲れがその若くてまだ初々しい顔には出ていた。見たところ、甲斐もなく特殊任務に当たってきたようだった。この彼はコン・アモーレ（愛情たっぷり）に事務に徹した数少ない連中の一人であった。野心に燃えるわけでなし、利益を望んだわけでなし、他人に倣ったわけでなし、彼が任務に当たったのはただ自分がここ以外の場所にいてはならず、この任務のためにこそ自分の人生があるのだという確信があったからにすぎない。個々ばらばらになっているものを跡づけては精査し、混乱を極める事件の糸口をすべて摑んで説明することが彼の任務だった。苦労も努力も不眠の夜も大いに報われたのは、事件がようやく目の前で明らかとなって、隠されていた原因の数々が表に出始め、この事件の全容を簡潔な言葉で明瞭明白に伝えることが出来るぞ、そうなれば誰が見ても明らかなもの、分かり切ったものとなるんだ、と感じるような時だった。こう言っても良かろう、何か至極難解なフレーズが出てきて大作家の思考の本当の意味が明らかになっていくのを目にした学生が感じる喜びとは比較にならぬほど、彼はこのこんがらがった事件が解きほぐされていくのを見た時に歓喜したのだ。その代わり……[132]

――[133]……飢饉の起こっている場所での穀物配給ですが、その地域のことなら役人よりは多少よく存じておりますので、誰に何が必要なのかは直に確認することに致します。あと、もし宜しければ、閣下、分離派の連中とも話をさせて頂きたいのですが。あの連中も私たちの同胞となら、普通の人間となら喜んで話に乗ってくれますよ。そうなれば、神の御心次第ですが、ひょっとしたら連中と友好的に和解するお手伝いが出来るかもしれません。費用に関してはそちらから頂くことは致しません、何しろほんと、こんな人が飢えで亡くなっているような時に自分の儲けを考えるなんて恥ずべきことですからね。ウチには備蓄用の穀物がございますし、今回すでにシベリアの方にも送っておりますが、次の夏にもまた改めて輸送することになっております。

――貴殿のそのようなお勧めに褒美を与えられるのは神をおいて他にありませんな、アファナーシィ・ヴァシーリエヴィチ。儂などが申し上げられる言葉など何ひとつない、何せ、自分でもお感じのことだろうが、ここで何を言ったにしても無力ですからな。ただ、一つだけそのお願いとやらについてお訊ねしたい。貴方にお訊きしたい、儂にはこの事件に目をつむる権利はあるんですかな、儂の方からあの穢らわしい奴らを赦してしまうのは公平なことですかな、誠実なことですかな。

――閣下殿、正味な話、連中をそんな風に呼ぶことなんて出来ませんよ、況してやあの中にだって実に立派な者たちも沢山おりますのでね。大変なものでありますよ、人間の立場というのは、閣下、実に、実に大変なものでありますよ。時として全くの罪人みたいな者もおりますが、それとて中身を見てみると、悪いのは本人じゃないってこともあるものです。

――しかし、連中の方は何と言うんだろうね、目をつむるともなれば？　中にはいるだろう、あとになってから鼻高々になった上に、自分らが脅しつけたんだとか言い出す連中もね。連中の方から先ず最初にこちらを舐めてくるのでは……。

――閣下、恐縮ではありますがご進言させて頂きます。連中を全員お集めになられて、公爵には何もかもお見通しであることをお伝えなさるわけです、そして、閣下ご自身の立場というものを今この私めにお話し下さった通りのままにお示しになられてから、彼らに助言をお求めになられたらどうでしょう、連中のそれぞれが公爵の立場ならばどうするのかと。

——悪だくみとぼろ儲け以外に気高い胸のうちというものが奴らに分かるとでもお思いですかな？　いやいや、こちらが嗤いの種にされるだけだ。

——かようには思っておりません、閣下。人間というものは、それがいくら劣った人間であってもです、やはり正義感というものはございますよ。ロシア人ではなくて、どこぞのユダヤ風情なら別ですが。いや、閣下、何も隠すことなどないのです。私めにおっしゃられたままをお話し下さい。連中は公爵のことを野心に満ちて高邁で、何ひとつ耳を傾けようとせぬ自尊心の塊のような人間として悪しざまに申しておりますが、ならば、実際にありのままのお姿をお見せになられれば宜しいのです。何てことはございませんでしょう？　公爵のお仕事は法に関わるものです。連中に対してではなく、神ご自身を目の前にして告解なさるようにお話になれば宜しいんです。

——アファナーシィ・ヴァシーリエヴィチ、——公爵は躊躇いながら言うのだった、——それについては少し考えさせてもらうが、これまでの貴殿の助言については大いに感謝してるよ。

——では、チーチコフについては、閣下、釈放するよう指令を出して頂くということで。

——あのチーチコフには貴殿から言ってもらえますかな、ここからとっとと出て行くように、遠ければ遠いほどいいとね。あの男のことは儂なら絶対赦さんのだが。

ムラーゾフは一礼すると公爵の元からそのままチーチコフのところへ向かった。彼が目にしたチーチコフはすでに正気を取り戻し、実に落ち着いた様子でかなりしっかりとした昼食をとっている最中で、ファイアンス焼きの器に盛られた何かのかなり上品な料理が彼に運び込まれていたのである。会話の最初で切り出した口ぶりから老人は、チーチコフがすでに訴訟担当官の誰かと話を交わしたことが分かった。しかも、ここには法律顧問という達人も見えざる形で関与していたことも理解した。

――聞いて下さい、パーヴェル・イヴァーノヴィチ、――と彼は言った、――自由をお持ち致しましたよ、今すぐこの町からいなくなるという条件でね。身の回りの物を全部まとめて下さい、とにかく神のご加護がありますように、一刻の猶予もありませんよ、何しろ、状況は思っていたより芳しくありませんので。分かっておりますとも、この件で貴方にある方から力添えがあるのはね、まあ一応内密のこととして申し上げますが、さらにもう一つとんでもないある事件が公になるんですが、そうなるともうどんな力を使ってもその方を救うことなんて出来ませんよ。あの方ならば無論、退屈しのぎに喜んで人を水の中に突き落とすのでしょうが、清算する時が近づいているんです。私が貴方の元を去った時はいい気分でした、――今よりもずっといい気分でしたがね。こうやって助言するのは軽い気持ちからじゃないんです。お願いです、肝心なのはここにある財産なんかじゃない、そのために皆はいがみ合ったり、傷つけ合ったりしてるじゃないですか、まるでこの世での安寧を手に入れられるとでも言わんばかりに、別の生き方のことなど考えようともしない。嘘は申しません、パーヴェル・イヴァーノヴィチ、この地上で互いに噛みついて共食いをしている原因のものをすべて捨て去った上で、魂という財産の安寧について考えない限りは、地上での財産の安寧など得られないのですから。いずれ飢饉と貧窮の時代がやって来ますよ、民全体にも、人間一人ひとりにも……。これははっきりしておりますよ。何とおっしゃられようとも、そもそも体なんて魂次第なんですから。そこにきてすべて思い通りになってくれと思うのはいかがでしょうか。貴方が考えるべきなのは死んだ魂ではなく、ご自分の生きた魂なんです、どうか神を頼って別の道にお進み下さい！　私も明日ここを発つつもりです。急いで下さいね！　さもないと、私抜きでは厄介なことになりますから。

こう言うと、老人は出て行った。チーチコフは思いに耽った。人生の意味とやらがまたもや重要事に思え始めたのだ。「ムラーゾフの言ってることは正しい、――と彼は言った、――そろそろ別の道に進む頃だよ！」　こう言うと、彼は牢屋を出た。歩哨は彼の後ろから小箱を持ち、別の歩哨はリンネル類の入った旅行鞄を携えて続いた。セリファンとペトルーシカは、その喜び神のみぞ知ると言わんばかりに、旦那の釈放を喜んだ。

――さて、お仲間よ、――とチーチコフは彼らに親しげな口調で話しかけた、――荷物をまとめて出発しないとな。

――いっちょ走るとしましょう、パーヴェル・イヴァーノヴィチ、――とセリファンが言った。――道は落ち着いてるはずですよ。雪がかなり降りましたから。そろそろ確かに町を出る頃合いでさ。いい加減うんざりしちまって、見るのも嫌なくらいでさ。

――馬車工のところへ行ってコリャースカに橇を付けさせるんだ、――チーチコフはこう言いながらも自分は町の方へ向かったのだが、誰のところにも別れの挨拶をしに立ち寄る気はなかった。今回の騒動のあとで気後れもあったし、況してや彼をめぐっては不愉快極まりない逸話が町じゅうに飛び交っていたからだ。彼はあらゆる邂逅を避けながら、ナヴァリノ火煙色の羅紗を買った商人のところにだけそっと立ち寄ると、改めて四アルシン分を燕尾服とズボン用に購入し、自分の足で前と同じ仕立屋のところへ向かった。通常の倍の値段に職人はよし分かったと熱意を倍増し、夜を徹して蠟燭の灯りの中、針、火熨斗、歯といった仕立屋の住人たちを無理やり働かせると、燕尾服は翌日に出来上がってきたものの、少しばかり遅かった。繋駕はすべて終わっていた。なのに、チーチコフがしたのは燕尾服の試着。男前の仕上がりで、そっくりそのまま以前と同じ。しかし、何たることか！ 頭の中の何かぺたんとしたところが白く透けているのに気づくと、彼は「何であんなにひどく悲嘆に暮れちまったんだ？ 況んや髪なんて掻き毟らなくてもよかったのに」と悲しげに言い足した。仕立屋への支払いを済ませ、ようやく町を発った時の彼は何とも変な気分だった。それはかつてのチーチコフではなかった。それはかつてのチーチコフの残骸のようなものだった。その魂の内なる状態は、解体後の残骸から新たなものを建てるために取り壊された建物にも擬えられようものであったが、その新たな建設はまだ始まっているわけではなかった、何しろ、建築家から明確な設計図が届いておらず、作業員たちは困惑していたからだ。彼の一時間前にはムラーゾフ老人が幌橇でポタープィチとともに出発し、チーチコフの出発から一時間後には、公爵がペテルブルクに発つに当たって一人残らず全員の役人と面会したいという旨の指令が出されたのである。

総督邸の大広間には県知事から九等文官に至るまで、町の官僚階級が一堂に会した。各部局の長、参事官、補佐、キスロエードフ、クラスノノーソフ、サモスヴィーストフ、袖の下を受け取った者、受け取らなかった者、事実を曲げた者、半分曲げた者、全然曲げなかった者――誰も彼もが総督の登壇するのを些か穏やかならぬ気持ちで待ち構えていた。出てきた公爵の様子は陰鬱ともしていなければ、晴れ晴れともしていなかった。その眼差しには足取り同様の確たるものがあった……。役人の全会衆は一礼し、その多くは深々としたお辞儀。軽い一礼で応えた公爵はこう始めたのである。

――ペテルブルクへ発つに先立ち、諸君全員との面会の機会を設け、一部その理由を説明するのも妥当ではないかと考えた次第である。われわれのあいだに持ち上がっておる問題は実に人を惑わすところのものである。思うに、臨席者の多くがどの問題についで私が申しておるかはご存じであろう。この一件をきっかけにして、またこれに劣らぬ別の破廉恥な問題が次々に露呈したわけであるが、中にはこれまで誠実だと看做しておった人物までもが関与しておる有様である。私の知るところではさらに、すべてを混乱させることによって形式的な手続きによる解決を全く不可能にしようという密かな狙いもある。そればかりか、誰が黒幕であるのか、誰の密かな……、[134]ただその人物は実に巧妙な手口で自らの関与を隠しておる。だが実は、私としてはこの問題を形式的な書類調査によってではなく、有事におけるような速やかな軍事法廷によって処理したい意向であり、この一件について皇帝閣下へご説明申し上げる際に、そのような権限が拝領されることを期待しておるところである。この問題が民事的手段によって審理不能であったり、書類棚が燃やされたり、挙げ句の果ては、部外者による余計な偽証や虚偽の告発によって、そうでなくともかなり不透明なこの事件をうやむやにしようとする者がいる場合には、軍事法廷こそ唯一の手段であると考えるところなのだが、諸君の考えを聴かせてもらいたい。

公爵は返事を待つかのように黙った。全員、ぼうっと足元を見つめたまま立ち尽くしていた。多くの者たちは顔面蒼白だった。

――さらにもう一つ分かっている事案がある、ただ、これをしでかした連中は誰にも分かるはずはないと自信満々だったようだ。この事案の審理はもはや書類に依らず行うことになる、これは原告並びに申し立て人に私自身がなり、明白な証拠を提示するからだ。

役人会衆の中で顫え上がった者がいたと思えば、最も戦々恐々としていた者たちも一部狼狽の色を見せた。

――言うまでもないことだが、首謀者たちは官位剝奪と財産没収の処分、その他の者は懲戒免職の処分を受けてもらうことになる。無論、中には無実だというのにとばっちりを受ける者も大勢出てこよう。だが、どうしようもなかろう？　あまりの破廉恥さに、これでは正義も黙っておらん。ただ、こう言う私も承知はしておる、そんなことをしたところで何の見せしめにもならんということ、追放された者の代わりにまた別の者が現れては、これまで誠実だったその連中が破廉恥な者に成り下がり、この先信任を得るはずの者たちが騙され、売り飛ばされるのであってみれば、――ただ、たとえそうであったとしても、私としては厳正に対処せねばならん、正義が黙ってはおらんからだ。血も涙もないひどい仕打ちだと私が非難されることは承知しておるが、そうやって非難する者どもはさらに……[135]私のことをその同じ連中は非難し……[136]。もはやそうなるとただ一つ、法による裁きという非情な手段、首に振り下ろすべき斧に訴える他あるまい。

顔という顔に思わず戦慄が走った。

公爵は冷静だった。怒りも憤懣もその顔には表れていなかった。

――今やこうやって大勢の行く末を一手にしている当の本人が、如何なる懇願をもってしても動じなかった本人が、こうやって諸君の足元に縋ろうとしている当の本人が諸君すべてにお願いする。何もかも忘れ、なかったことにし、赦すというのだ。私自身、もしこの願いを叶えてくれるのであれば諸君の代弁人となろう。以上が私からの願いだ。如何なる手段、如何なる恐怖、如何なる刑罰をもってしても不正を根絶することが叶わぬことは承知しておる。不正の根があまりにも深いからだ。賄賂を受けるという恥知らずな行為が本来破廉恥とは縁のない者にとっても同じく致し方ない事情や必要に迫られて行われたということは承知しておる。もはや多くの者にとって世間の風潮に逆らうことがおよそ不可能だということも承知しておる。しかし、私には今や義務があるのだ、この救国を必要とし、国民の一人ひとりがすべてを担いすべてを犠牲にしようという決定的な崇高なる瞬間において、未だその胸にロシアの心を抱き、〈気高さ〉という言葉の意味を少しでも理解する者たちにはせめて声を大にして呼びかける義務があるのだ。この期に及んで、われわれの中で誰に一番責任があるかなどと語ったところで何になる？　この私がもしかすると一番の責任者かもしれない、この私がもしかすると諸君を指揮下に置くに当たって厳格すぎたのかもしれない、ひょっとすると要らぬ猜疑心のために、諸君の中で心から私の役に立ちたいと思ってくれた者を、こちらとしてはやはり叱責出来たにもかかわらず、退けてしまったのかもしれない。もしそういった彼らが実際に正義と祖国の利益を慈しんでくれるのならば、私がこうして呼びかける傲慢さに気を悪くすることもなく、自らの抱く野心を抑えて、自らの個というものを犠牲にすべきではなかろうか。彼らが身を粉にして働き、国益を第一に考えていることに気づいていないわけでもなければ、役に立つ有り難い助言を受け入れなかったわけでもない。しかしながら、部下こそが上司の仕来りに合わせるのであって、上司が部下に合わせるのではない。そうする方が少なくとも道理に合っていて容易なのだ、何しろ、部下にとって上司は一人しかおらぬが、上司には何百という部下がおるからだ。しかし今のところは誰が誰より悪いのかという話は措いておく。実は、われわれは祖国救済の時に直面しており、もはやわが国は二十の異邦民[137]の襲来によってではなく、われわれ自身によって滅びつつあり、もはや法の統治とは別に、あらゆる法制よりも遥かに強力な統治体制が出来上がっておるのだ。その環境は整い、あらゆるものに値が付けられ、その値は誰もが知るところのものとなっておる。如何なる統治者であろうとも、たとえその知恵がすべての立法者や統治者より勝っていたとしても、悪を正す力はない、悪徳役人を他の役人に見張らせてその行動を監督下に置いてどれほど制限しようとしてもだ。われわれ一人ひとりがその襲いかかる敵を相手に、民衆が武器を持って立ち上がった時代のように自分たちも同じく不正に対して立ち上がらねばならぬと感じるまでは、すべては失敗に終わるであろう。ロシア人として、諸君と同じ屋根の下に住まう者として、同じ血を分かつ者として、私は今こうして諸君に呼びかける。諸君の中にいる、様々に思考をめぐらすことの尊さの何たるかが少しでも分かる者たちに呼びかける。至るところで人が直面する義務を思い出そうではないか。自らの義務、そして自らの役職に課されたこの世での責務にもっと目を凝らそうではないか、なぜなら、もはやそういったものがわれわれ全員にとって朧げにしか分からぬからだ、それにわれわれにはおよそ……[138]

注

1 『死せる魂』のプロット上、魂とは〝農奴〟のことを指していることは言うまでもないことだが、形而上学・哲学的意味合いをもってすれば、主なる神との結びつきを欠いた魂とは文字通り「死んだ魂」ということになる。そういった理由から、本訳においては〝農奴〟という言葉を極力避け、人頭を意味する魂という語に「たま」という読みを与えた。なお、今後文中に「ルーシ」という言葉が出てくるが、これは元々キエフ大公国を起点として歴史的に形成されていった東スラヴ系民族の国家のことで、特に「ロシア」を指していると思って頂いてよいだろう。例えば、日本のことを「ヤマト」と呼ぶのと同じく、「ルーシ」もロシアにとっての風雅な呼び方である。

2 ライ麦と麦芽の発酵飲料。

3 十字型をした聖アンナ二等勲章のこと。

4 聖スタニスラフ一等勲章のこと。

5 ここでは市の商人の中から選出された代表のこと。

6 ハイデソウ（学名はCalluna vulgaris）の別名。ツツジ科の常緑小低木で、花は淡い紫色で壺の型をしている。

7 軽めの梳毛の綾織。

8 ここは「主人の命じたことを遂行する者」というほどの意味を持つприказчик（prikazchik）という役職名の訳。領主の屋敷に住み込みながら領地経営全般を切り盛りする「領地管理人」、また、商家の「番頭」などを指す。前者は社会史における訳語として定着しているようだが、あまりに官僚的で、ここでは使い物にならぬと判断し、採用しなかったことを断っておく。

9 グラティアとは、ギリシャ神話においてゼウスとエウリュノメーとのあいだに出来た娘アグライア（光輝）、エウプロシュネー（歓喜）、タレイア（花盛り）を総称したカリテス（カリスの複数形）に相当するローマ神話での名前で、優雅さと魅力を司る女神の三柱とされる。

10 デカブリストらと親交の深かったニコライ・グレーチ［一七八七～一八六七年］によって一八一二年にペテルブルクで創刊された政治・軍事問題を扱った週刊誌。

11 紀元前四八〇年サラミスの海戦でペルシャ艦隊を撃破した古代アテネの政治家テミストクレス［前五二八年頃～前四六二年頃（諸説あり）］の名を取っている。ロシア風の読みであれば通常〝フェミストークル〟となるところを敢えてギリシャ風にしているのだが、語尾を本来の“es”ではなく“yus”に変えているところが怪訝。ちなみに、ロシア語では〝フェミストクリュス〟と読むべきところだが、ギリシャ風であることに鑑みて本訳ではテミストクリュスとした。

12 ギリシア神話でヘラクレスがアポロン神殿の巫女ピティアに出会う前の名前。

13 軽騎兵（フサール、ユサール）はその華美において一際戦場でも目立つ存在で、有名なものとなればその親玉とも言えるポーランドの有翼騎兵（フサーリヤ）といった翼を生やしたものまであって多様だが、幼児の手にかかればこれまた毟り取りやすいものばかりを装備していたのである。

14　プードはロシアの古い重量単位で、キログラム換算だと十六・三八キロ。

15　ラステガイは〈ホック外し〉という名の通り、具材を包み込まず開いた状態で焼き上げるロシア・ウクライナの伝統的なパンの一つ。クレビャーカは複数の具材を入れた口の閉じた焼きパンのこと。これら焼きパンは汁物の種類に合わせて具材を変えて一緒に供される。

16　ヴェンゲルカという名はフサール騎兵がハンガリーを発祥とするところから付けられたもので、本作においては玩具の軽騎兵に続いて二度目の登場となる。作中では触れられていない一目で分かるこの軍服の特徴としては、上衣前面をモールで飾った肋骨飾りが挙げられる。

17　アルハルーク（チュルク諸語で〝上衣〟）は十九世紀初頭のロシアで定着した前開きで袖広、絹か綿生地を使った複数色の縦縞が入った上衣。ただ、刊行当時のアレクサンドル・アーギンによる挿絵から推測するに、かつての東洋式の仕立ては世紀半ば頃にもなると、身頃に袖を縫い付ける〝袖付け〟が肩の位置に合わせるヨーロッパ式に代わっていて、丈も膝辺りまでと短くなっていることが分かる。

18　帝政ロシアにおける官等表によれば十等武官で、文官では前出のコローボチカがこれと同じランクに相当する。ちなみに、ポツェルーエフは〝口づけ〟から作った苗字。

19　クリコはシャンパンの銘柄。

20　ガーリビクとは手持ちカードの最高点数が十一・五になるカード賭博で、ドイツ語の halbzwölf（11と半分）から出来た言葉。

21　ルーレットのこと。

22　原文でのこの箇所は Оподельдок［Opodeldok オポデルドーク］Иванович となっており、オポデルドークという語に関して歴代の訳本では、チーチコフの名パーヴェルを揶揄ったものとして解説されることがほとんどだが、これは元々テオフラストゥス・ボンバストゥス・フォン・ホーヘンハイム（いわゆるパラケルスス）［一四九三〜一五四一年］にまで遡ると言われる薬用軟膏の名称（oppodeltoch）である。「塗り薬」を意味するロシア語 мазь［maz'］からは容易に отмазка［otmazka 言い逃れ、口実］という言葉が連想されるので、ノズドリョーフは当てつけでこのような名前に変えて言ったのではないかと思われる。ちなみに、訳文では言葉遊びを重視した。

23　一八二〇年代ロシアで有名だった曲芸師・魔術師。

24　モルダーシとは成犬で百キロ近くにもなったロシア古来の犬種〝メデリャニン〟の別名。体格はがっしりとし、大きく発達した頭蓋の額は横広、後頭は象のようになだらかで、胸板厚く、脚は蟹股、尻尾は長く、体毛は短いが、首筋と尻尾の毛は長め。この別名が〝面（つら）〟を意味するロシア語「モルダ」から来ているのは、この犬種の額と頬が広かったからであろう。一般に帝政ロシア期の猟犬種の多くは革命後に飼育が困難となって消滅したと言われており、この犬種もその一つである。最近この一度消滅したとされる犬種がモスクワで復活しているという話があるが、国際畜犬連盟からの承認は得られていないという。

25　ロシアで最初の紙幣が発行された一七六九年当初、紙幣と硬貨との換算レートは一対一であったが、紙幣の増刷によって紙幣価値が下がり、実質上の一対一換算は本位貨幣の銀貨とではなく、その価値が四分の一の銅貨とのあいだで行われた。そのため、同じ商品でも当時は紙幣と硬貨による二通りの支払い方が可能であった。ここで老婆が要求する二十コペイカ銀貨（本当は二十コペイカ銅貨）は額面より多い八十コペイカに相当し、これを不服としたノズドリョーフが五十コペイカ紙幣で足りるだろうと言い出す。だが結果として、老婆には三十コペイカ分をねこばばされるのである。

26　ボルゾイ犬の健脚は周知の通りだが、この黒は筋線維の中で酸素を貯蔵する色素タンパク質ミオグロビンの色のようである。ここは今のロシア語からしても不明な部分のようなので、文中では敢えて意味を明確にせずに〝黒肉〟という言い回しを残した。

27　文字通りには〝賢明な者〟〝分別ある者〟を意味するギリシャ語由来の男性名だが、ゴーゴリの創作メモには〝たわけ、まぬけ〟という説明が見える。

28　マールボロ公爵［一六五〇〜一七五二年］はスペイン継承戦争［一七〇一〜一七一四年］におけるマルプラケの戦い［一七〇九年］でフランス軍を相手にイギリス軍を指揮した人物で、この歌はフランス軍兵士たちが彼を揶揄したもの。メロディは現在For he's a jolly good fellowという誕生日に歌われる曲に移植されている。

29　ここではノズドリョーフがフランス語のsubtil（繊細な、洗練された）という語を不完全にロシア語化していることから、敢えてこのような表記にしてある。

30　フランスのジロンド県ガロンヌ川左岸の村ソーテルヌの名を持つ甘口の白ワイン。

31　ポルトガルのマデイラ島を原産とする酒精強化ワイン。

32　イヴァンばなしの中でイヴァンが人探し（嫁、王妃などのヴァリアントがある）のために渡り歩く金・銀・銅の三つの国のこと。

33　熊の愛称はミーシャで、ミハイルの愛称と同じだから。

34　いずれもギリシャ独立戦争で活躍した国民的英雄。アレクサンドロス・マウロコルダトス［一七九一〜一八六五年］は政治家、アンドレアス・ミアウリス＝ヴォコス［一七六八（？）〜一八三五年］とコンスタンティノス・カナリス［一七九〇〜一八七七年］はギリシャ海軍提督。

35　ピョートル・イヴァーノヴィチ・バグラチオン［一七六五〜一八一二年］は対ナポレオン戦争で活躍し、ボロジノの戦いで戦死したグルジア出身のロシア帝国軍将軍。

36　一八二一年のギリシャ独立戦争において戦艦を自費で用意したラスカリーナ・ブブリーナ［一七七一〜一八二五年］のこと。

37　スペイン原産の羊の一品種で、毛色は白く、良質の梳毛糸が取れる。その毛皮はムートン。

38　聖書においてはエゼキエル書とヨハネの黙示録にその記述が見られるが、黙示録二〇章によれば〝ゴグとマゴグ〟とは、最後の審判が行われる前の最終戦争に際し、解放されたサタンの陣営に引き込まれる「地上の四方にいる諸国の民」のことを指す。

39　真ん中にカッテージチーズやジャムなどを載せて焼いたパン。

40　ヴァレーニエは煮込みの際にジャムのように果実を潰さない。

41　腹一杯なところにさらに出されるヴァレーニエということもあり、ここで敢えてゴーゴリは「苦い黒大根よりうんざりさせる」というロシアの俚諺を透かして見させている。

42　カシェイとも呼ばれ、美女を連れ去る東スラヴ神話の魔人。その死は「大海に浮かぶ島の樒の木の下に埋められた箱にいる兎の中の鴨の産む卵にある」とされる。

43　アルシンとヴェルショークはロシアでかつて使われていた長さの尺度で、それぞれ約七十一センチメートル、約四・四センチメートル。したがって、ステパンの身長は約二メートル十七センチ。

44　テオドロス・コロコトロニス［一七七〇～一八四三年］はギリシャ独立戦争で活躍したクレフテス（山岳党）出身の軍人。

45　ソバケーヴィチ［Sobakevich］とは犬［sobaka］から付けられた苗字。

46　ヴャートカはロシア連邦内のウドムルト共和国、キーロフ州、タタルスタン共和国を流れるヴォルガ水系の川（全長一三一四キロメートル）。その沿岸にある町キーロフ（旧名ヴャートカ）はモスクワの北東約九百キロメートルに位置する。

47　kulak クラークは「拳、富農、業突く張り」という多くの意味を持つ言葉。

48　〝つぎはぎの〟の後に続く言葉は男性器であることは想像に難くない。

49　イヴァン・クルィローフ［一七八六～一八四三年］によるイソップ寓話『鴉と狐』の翻案にある表現。

50　農奴制のあった時代であれば、一般に非農奴民からなる村のことを指す。

51　シビールカとは、商人階層や都市の中流階級が好んで着用したコート。襟は折り返し、裾は長く、黒ないしは紺のフロックコート用の厚手生地で仕立てたコートで、縫い付けたボタンはただの飾り。季節に関係なく着用されていたこともあり、階級シンボル的な役割も果たしていた。

52　ドローシキとは、屋根なしのバネ付き四輪軽馬車。ちなみに、早駆けドローシキは二人乗り。

53　アサ科の蔓性多年草。和名は西洋唐花草（セイヨウカラハナソウ）。

54　家畜の皮をタールで特殊加工した柔らかい革のこと。

55　クリーチとは円筒形の甘いパン菓子のことで、復活祭や結婚式などの祝い事で出される伝統食品。

56　それぞれの苗字については、カリャーキンが〝強情者〟、ヴォロキータが〝のらくらした仕事、あるいは女たらし〟、ポポーフが〝聖職者、あるいはその使用人〟といった語源的背景を持つ。

57　ロシア連邦マリ・エル共和国にある首都ヨシュカル・オラ市の旧名。

58　ロシア共和国トヴェーリ州に位置する。

59　一アルシンは約〇・七一一メートル。

60　ゼルツァーロ（正義標）とは、小さな角柱の三面にピョートル一世の勅令を掲示する帝国正義の象徴として各官庁の執務机に置かれていたもの。

61　文字通りには〝大きいブーツ bottes fortes〟という膝上まである長靴。騎兵ジャックブーツ、あるいはヘシアンブーツとも呼ばれる。

62　ゴールカとは、プレーヤーが二人から六人までのカードゲーム。

63　ジョセフ・ランカスター［一七七八～一八三八年］はイギリスの教育学者、フリーメーソン会員。二十歳の時に貧しい子供たちを相手に無償教育を始め、学習過程において最初に教師から教授を受けた少人数の上級生が下級生をそのあとモニターするという教育システムを開発。このシステムは後に軍隊でも採用された他、ロシア国内のメーソン・ロッジでも取り入れられたもの。

64　ヴァシーリィ・ジュコーフスキィ［一七八三～一八五二年］が〝ロシア風〟バラードを模索する中、ドイツ語版『ほら吹き男爵』で有名な詩人ゴットフリート・ビュルガーの物語詩『レノーレ』（一八〇八年）の翻案として一八〇八年に発表された四脚強弱格詩。戦で亡くなった許婚者の霊の馬に乗せられた主人公リュドミーラが最後に彼とともに墓場に入っていく。ナポレオン戦争時代の世相も影響したことで、この作品は大きな反響を呼んだ。

65　イギリスの詩人エドワード・ヤング［一六八三～一七六五年］による約一万行にも及ぶ長篇詩『嘆き、あるいは生、死、そして不死をめぐる夜想』（一七四二～一七四五年）のこと。ほぼ同時期に発表されたスコットランド詩人ロバート・ブレア［一六九九～一七四六年］の『墓場』やトーマス・グレイ［一七一六～一七七一年］の『田舎墓地にて詠まれた挽歌』（一七五一年）とともに、産業革命直前のイングランドの荒廃していく自然風景を廃墟あるいは墓場として捉えた〝墓場派〟の先駆的作品とされる。ちなみに、グレイの『挽歌』は発表から約五十年後の一八〇二年、前述のジュコーフスキィによってロシア語訳され、これによりジュコーフスキィ自身も詩人として一躍注目され、ロシア文壇においてはこの前ロマン主義的傾向に道が開かれていくことになる。

66　カール・フォン・エッカルツハウゼン［一七五二～一八〇三年］はドイツのカトリック系作家。『自然の秘儀を解く鍵』の正式名は『秘められた哲学的学問と自然の隠秘に関して確証された体験に基づく魔術を解く鍵 *Ausschlüsse zur Magie aus geprüften Erfahrungen über verborgene philosophische Wissenschaften und verdeckte Geheimnisse der Natur*』一七八八年に発表された（ロシア語訳は一八〇四年）神秘主義的著作。

67　ニコライ・カラムジン［一七六六～一八二六年］はロシア貴族。小説家としてはロシア・センチメンタリズムの代表作『哀れなリーザ』が有名。歴史家としての彼には全十二巻に及ぶ『ロシア国家史』がある。

68　コティヨンとは十八世紀フランスを起源とするダンスのことで、これには舞踏会の最後に全員が参加した。ここでのチーチコフの〝振る舞い〟は明らかに破廉恥であるばかりか狂気の沙汰にも思われるのだが、このダンスの名称はそもそも踊っている際に見える女性の重ね穿くスカート下の名前から取られている。

69　プラスコーヴィヤの愛称。

70　ドイツ人作家クリスティアン・アウグスト・ウルピウス［一七六二〜一八二七年］による同名作品の主人公。

71　原文ではそれぞれサヴァリーシン（ねむり氏）、ポレジャーエフ（よこね氏）となっている。勿論、偶然に存在するのでない限り、ここに訳出した苗字は訳者の創作である。

72　ここでは正確には〝заехать к Сопикову и Храповицкому [zajekhat' k Sopikovu i Khrapovitskomu]〟と表現されており、人名であるソーピコフ Sopikov とフラポヴィツキィ Khrapovitskij はそれぞれ「鼻息を鳴らす」と「鼾をかく」という動詞から派生したもの。

73　現在のロシア連邦アルハンゲリスク州にある都市。

74　現在のロシア連邦コミ共和国のスィーソラ川左岸上流に位置する。

75　一八一二年十一月、クラースヌィ村近郊（現在のスモレンスク市の南西四十五キロに位置）でクトゥーゾフ将軍率いるロシア軍とロシアから撤退しつつあったナポレオン軍とのあいだで繰り広げられた戦い、いわゆる〝クラースヌィ近郊の戦い〟のことを指しているのであろう。この戦いは四日間続き、ナポレオン軍は甚大な被害を被った。

76　アッシリアの伝説上の王妃。世界七不思議の一つとされる「バビロンの空中庭園」を造らせたと言われる。

77　レヴェリはエストニアの首都タリンの旧名。エストニア系住民が経営していたことからこの名が付けられた。

78　メートル法に置き換えると、約三・二〇メートル。サージェンとはロシアでメートル法が導入以前に使われていた長さの単位で、起源としては両手を横に広げた際の中指の両端の幅を指していた。ニコライ一世治世の一八三五年になると、一サージェン＝英国の七フィート相当（二メートル一三センチ三六ミリ）として公式に規定される。

79　ヤロスラーヴリ出身のアニシム・パルキンがペテルブルクに創業したロシア料理店で、恐らくここではその孫であるヴャチェスラフ・パルキン［一七九二〜一八五七年］の時代のことを念頭に置いているのであろう。

80　当時ペテルブルクにあったレストラン兼ホテルの名前。

81　酢漬けにした西洋風蝶木（セイヨウフウチョウボク）の花の芽。

82　ペテルブルクのネフスキィ大通り二十七番地にある建物で、名の由来はアレクセイ・イヴァーノヴィチ・ミリューチンに遡る。ピョートル大帝の釜炊きからキャリアを積み上げたミリューチンは、ネフスキィ大通りに軍発注の組み紐を製造する工場の建設許可を得る。後にその場で酒屋、果物商に鞍替えし、十九世紀半ばまでミリューチン市場として有名であった。現在ではこの名称も忘れられてきている。

83 原文では、夜から降り始めて明け方に止み、夜間に獲物を探しに出た動物の足跡が残された雪（пороша［porosha］）のこととして記されている。人間はこの雪の観察を狩猟に活用するわけである。

84 いわゆる666。

85 ルイ十四世の公妾ルイーズ・ド・ラ・ヴァリエールを題材にしたフランス人女流作家ジャンリス［一七四六～一八三〇年］の小説。ロシア語に何度も翻訳され、ラ・ヴァリエールはロシアで非常に人気があった。

86 十五世紀半ばからモスクワ大公国では飲酒が禁止（イヴァン三世が始まり）されていた時期があり、イヴァン雷帝（四世）によるカザン陥落以降も彼の親衛隊であるオプリーチニキを除く全市民に対しては酒類販売は禁止した。オプリーチニキの宴会用に建てたカバーク（居酒屋）で雷帝は以前から存在したコルムチャーと呼ばれる飲み屋の出店を禁止し、ツァーリ居酒屋と専売システムが導入された。

87 ロシア民謡の一つ。

88 ソロン［紀元前六三八（?）～五五九（?）年］は古代アテナイの立法家。いわゆる「ソロンの改革」で有名である他、古代ギリシャの七賢人の一人としても名が知られる。

89 クルィローフの寓話『楽士たち』（一八〇八年）の中に出てくる表現。音楽好きのある家の主人が隣人を食事に招き、若い使用人たちにコーラスをさせるのだが、揃わぬ声をがなり立てるだけ。主人の狙いとしては、こうやって歌わせておいて連中が呑んだくれないようにすることらしいのだが、客人はそれに対し、どうせ通を気取って生半可なことしか出来ないのなら歌わない方がいい、普段からやっている酒でも飲んでくれた方がよっぽどました、という意味でこの言葉を最後に口にする。

90 トレウーフ（треух, treukh）とは、防寒のために両耳と後頭部に垂れる覆いの付いた帽子のことをいう。文字通り〝三つの耳〟ということなので、ここでは三耳帽とルビを振った。

91 キリスト教における復活祭までの約四十日前の準備期間を指す四旬節（四旬斎、大斎節）のこと。

92 金銭ないしは賄賂を意味する。当時、帝国保証付紙幣（アシニア）銀行を統括していたアレクサンドル・ニコラーエヴィチ・ホヴァンスキィ［一七七一～一八五七年］の苗字から取られた言葉。

93 カントニストとは生まれた時から軍務に奉仕することが定められていた兵士子息のことを指す。この徴兵制度はカントン制と呼ばれ、名称としては一八〇五年から一八五六年まで用いられた。ちなみに、カントンとはそもそもプロイセン軍特殊連隊区を指す名称。

94 帝政ロシアの旧度量衡単位の一つで、四〇九・五グラムに相当。

95 十八世紀後半にモスクワとペテルブルクに開設した養育院とともに創設された孤児と棄児の収容管理、抵当にした領地への貸付を行っていた組織。

96 第二巻は未完に終わっており、各所でこのような抜け落ちた部分が数多く見られる。この箇所では二語消去されている。

97　〝マルティン〟とはどういったものを指す言葉か注記しておく。本文にもあるように、「人ではない」というのはかつて流浪する後ろ暗い雑役夫たちからの連想であろうか（「ちょっと変わったへんてこりんな奴」を意味する〝バラライカを持ったマルティン〟という表現もある）。また「鳥」に関しては、現行の露和辞典を見ると分かるように、その多くがアジサシ（крачка）という名称をこの語に充てがっている（場合によってはオオカモメ）。しかしながら、描写にある形態的特徴については、脚の赤いのはよいとして、嘴全体が赤いのではなく、先端部が黒いところから、アジサシには合致しない（ゴーゴリならばそこまで描写しているはずだ）。ロシアにおける〝マルティン〟という鳥の呼び名については地方差が大きいが、本文に限ってはユリカモメ（学名 Larus ridibundus）と見るのが妥当であるように思われる。ちなみに、この推測については鳥類学者アレクセイ・ルゴヴォーイのエッセイ『動物学者の目でゴーゴリを読む』が裏付けてくれる。

98　親指を人差指と中指のあいだから出して相手に向けて突き出し、軽蔑・愚弄・拒絶を表現するジェスチャー。例えば、本心を隠したまま、対話相手などに軽蔑心を抱くことを「ポケットの中のフィグ」と言ったりする。

99　これは〝カラス〟という名で知られる、「カゴメカゴメ」と「ハンカチ落とし」をかけ合わせたような子供の遊び。輪の中心に〝カラス（あるいはワタリガラス）〟を立たせ、囃子歌を歌いながらその輪を縮めたり広げたりし、その中でカラスは羽ばたく真似をしながら飛び回る。最後に周りの全員が目を閉じると、カラスが輪に沿って歩き、その中から自分を追いかける子供を選び出すが、この時カラスが捕まるかどうかに関係なく、この選ばれた子供が今度は輪の中心に立ち、次のカラス役となる。

100　ロシア人俳優ミハイル・セミョーノヴィチ・シェープキン［一七八八～一八六三年］の言葉とされる。本作により有名になった慣用句で、〝どうかわれわれをありのまま、あらゆる欠点も問題も不安も含めてそのまま愛しておくれ。そうすれば、われわれに対する貴方の態度は真の善良さ、真の定めを体現したものとなろう〟といったほどの意味で使われる。

101　第二章の続きは現存していない。第一版として一八五五年に出された第二巻の註釈には、「ここで省略されているのはベトリーシェフ将軍とテンテートニコフとの和解、将軍宅での昼食と十二年戦役に関する対話、ウーリンカとテンテートニコフの婚約、彼女の母親の墓石での祈りと悲嘆の言葉、庭で交わされる許婚同士の対話である。チーチコフはベトリーシェフ将軍の頼みで親類筋の元へ娘の婚約を知らせるために出発し、そのうちの一人であるコシカリョーフ大佐のところへ向かう途中にある」と記されている。

102　ウフィッツィ美術館に収蔵されている紀元前一世紀の彫像のレプリカ。ご存じの通り、右手は目の上ではなく胸元に当てている。

103　コシカリョーフの変貌に注意しておこう。彼は〝沐浴から上がったヴィーナス（ウェヌス）〟から今やその子キューピッド（クピド）に姿を変えている。

104　ペトゥーフ［Petukh］は文字通りには〝雄鶏〟の意味。

105　ロシアの土地面積の単位で、一デシャチーナは約一・〇九ヘクタールに相当。

106　くどいことを承知で註釈すると、ヴィーナス（アフロディーテ）の夫であった鍛冶の神ウルカーヌス（ヘパイストス）は、軍神アレスと浮気していたヴィーナスへの復讐として、二人が寝床にいるところを動けば動くほど身動きの取れなくなる見えざる網で捕らえてしまう。ペトゥーフが登場する場面で自分から漁網に絡まってしまうのはこのエピソードを換骨奪胎したものだと言えなくもない。

107　反芻動物の四つの胃のうちで四番目のもの（第四胃）。

108　今回翻訳に使用している初稿版では〝スクドロンジョーグロ〟という苗字が、第二版では〝コスタンジョーグロ〟に変更されている。第二巻に第一版を使用している出版本でもこの苗字だけはコスタンジョーグロに変更しているものもあるが、本訳文では第一版にある苗字をそのまま採用した。

109　草稿でのこの箇所にある四語は不明。

110　〈主人の書斎の扉が〉というフレーズは草稿には書かれておらず、一八五七年に出版された『N.V.ゴーゴリ　作品と書簡』で加筆されたものである。

111　言語学者のヴィノグラードフ（『言葉の歴史』五八二ページ、一九九九年）によると一八二〇年代から四〇年代にかけてロシア（特に「愛智会」と呼ばれるモスクワの哲学サークル）ではドイツ観念論の哲学・批評用語の借用翻訳が問題化され、高い抽象性を含み持つ言葉の創出が試みられた。例えば、同サークルのシェリング主義者ミハイル・パヴロフが使い始めた〝示現〟という借用語をめぐり、ベリンスキーの言では、当のパヴロフは〝示現教授〟とまで揶揄されていたという。

112　以下、草稿では二ページ分が欠落している。一八五五年に出た初版の『死せる魂』第二巻には次のような註釈が付されている――「このスクドロンジョーグロとチーチコフの会話には脱落箇所あり。ここでスクドロンジョーグロはチーチコフに対し、近隣の地主フロブーエフの領地購入を勧めたと推測するのが妥当」

113　ユピテルの息子で、カルタゴを建設したディドーに片恋慕し続けるイアルバースの名を付けられた犬のことか。

114　草稿ではここの一語が解読不能。

115　クルィローフの寓話『トリーシカのカフタン』から。カフタン（長上衣）の肘に穴を開けてしまったトリーシカが袖口を切って継ぎ当てにしたものの、袖が短くなったのを皆に笑われて、今度は長い裾を切り取って袖に縫い付けて体裁を整えた。問題を解決しているかのように見えて、実はドツボに嵌まってしまうことを寓話の最後でクルィローフは「トリーシカのカフタン風のおめかし」と揶揄している。

116　つまり、スクドロンジョーグロ。

117　クサンドレイカとは明赤色の木綿生地のことを指し、別名アレクサンドレイカ、アレクサンドリィカ、アレクサンドロフカ、カサンドロフカとも呼ばれる。研究者キルサーノヴァによれば、〝薔薇色〟とはいっても赤焼けしたものか、洗濯のしすぎで赤くなった色を指している可能性があり、〝きれい〟とはいってもここには皮肉が込められているとも考えられるとしている。

118 特に東スラヴ民族のキリスト教と習合した民間信仰においては、春分後の満月から数えて最初の日曜日に祝われる復活祭（パスハ）の後、その一週間（フォマー、つまりトマスの週）は死者が墓から出てくるとされ、招霊祭（ラードゥニツァ）として墓前で死者の霊を追善する。そもそもは春の最初の訪れを祝うこのお祭りを〝クラースナヤ・ゴールカ（美し小丘とでも訳すべきか）〟と呼ばれた場所で行い、出会いの機会でもあったため、若い男女は必ずこれに参加した。地域によって異なるが、この週の火曜日あるいは日曜日のこともまた〝クラースナヤ・ゴールカ〟と呼ばれる。

119 草稿では二ページ分の欠落が見られる。第二巻の初版（一八五五年）には次のような註釈がある――「この欠落部分には恐らく、チーチコフが地主レニーツィンの元へ向かう様子が語られていたと思われる」

120 この章の結末は草稿では欠落している。

121 第二巻の他章よりも早い時期に編集された版からのもの。

122 テルマラマ（あるいはタルマラマ）とは、生糸などを用いた厚手の生地のことで、表面は金色の光沢を持つ。そもそも礼式用の豪華衣装を作るのに用いられていたが、後には主にゆったりとした男性のハラート用に使われるようになった。生地が丈夫であったため、代々受け継がれるものでもあった。原産国イランは十九世紀の末まで大量に輸出していたが、重厚なオリエンタル風の生地が時代遅れとなった現在では製造されていない。

123 ラヂヴィーロフとはロシア帝国時代、オーストリア＝ハンガリー帝国のオーストリアと国境を接していた都市で、現在のウクライナに位置する。十九世紀後半から二十世紀初頭に刊行された『ポーランド王国ならびにスラヴ諸国地理辞典』第九巻四七六ページによると、例えば一八七〇年の時点で、町の人口の七割をユダヤ系が占めていたことが記されている。

124 ユダヤ教徒が敬神の証として天頂に被る円型の帽子のこと。東方ユダヤ人の言語であるイディッシュではヤルモルケと呼ばれる。

125 ここでの〝使徒〟とは「使徒行伝」と「福音書」のことを指していると思われる。

126 草稿ではこの箇所は最後まで書かれていない。

127 原文では不快感や怒りなどを表す時に唾を吐く音を模した擬音тьфу［t'fu］を用いてТьфуславль［T'fuslavl'］という架空の都市名になっている。

128 ギリシャ独立戦争の際、英露仏三国連合艦隊がオスマン帝国艦隊と衝突したナヴァリノの海戦［一八二七年］のことを暗に示しているようである。

129 正しくはヴァシーリエヴィチ。

130 草稿では最後まで書かれていない。

131 元はテンテートニコフ。

132　このあと草稿の一部は欠落している。

133　テクストは新しいページから始まっており、フレーズの冒頭は欠落している。

134　この部分は未完。

135　原稿のこの部分は切り取られている。

136　原稿のこの部分も同じく切り取られている。

137　〝二十の異邦民〟とは一八一二年のナポレオン戦争の際にフランス帝国軍側を指して呼んだ言葉。

138　草稿はここで中断している。

訳者あとがき

東海晃久

We are the dead
David Bowie

　さて、遅ればせの祝宴を開こうではないか。今日の幹事は訳者ということでご了承願おう。

　祝い方にも色々ある。『死せる魂』第一巻刊行からだとすれば祝百七十四年、生誕ならば祝二百七年、没後ならば百六十四回忌。まあ、どれもこれも区切れは悪い。されど、慶賀、慶賀と訳者は申し上げたいのだ。何しろ、ほぼ完成していた第二巻がゴーゴリの手によって火に焚べられたのは二月十一日、奇しくも死者をめぐる文学的存在論を作品として残していったクルジジャノフスキィと、かく申す訳者の誕生日とが同じなのだから。いや、それだけではない、『死せる魂』続編を完成させていたユーリィ・アヴァキャンが埋葬されたのも二〇〇八年の丁度この日で、数秘学を信じなくとも人はこのような言いがかりでもってこの世の出来事を祝えるのだ、酒に与る口実を見出すためには！

　それにしても何と愉快なことであろう。ご笑覧頂こうではないか、世界文学という浮足立った合い言葉が闊歩しているのとは裏腹に、如何にも日本ロシア文学界は出版界ともども七年前の慶賀すべきゴーゴリ祝年大祭を失念していたのだ。さらにもっと言うべきだ、われわれは寝惚けていたのであると。その理由は諸々あれど、忌憚なく言わせて頂くならば、これなどロシア文学者の不甲斐なさにあることおよそ論を俟たないではないか。まあ、かく申す訳者も未だにこの口元から襟口にかけて涎の跡がべっとりと残っていることを隠そうなどとは思わぬ。現を抜かすとはまさにこのこと、ロシア語ならば「鴉を数えていた」と言うべきところだが、しかし「頬白鴨（ゴーゴリ）を数えていた」とは口が裂けても言うまい。

思うに、ゴーゴリをめぐってもやはり何の変哲もない不幸があるのではなかろうか。名作と呼ばれるものを人から読むよう勧められると、試しに手を伸ばすのは往々にして同一作家の短篇もしくは中篇。仮に勧められたその名作が長篇だとなおさらで、われら儚き存在ゆえのエントロピックな理由からいきなりそれに手を出そうとしなかったりする。ゴーゴリ作品もご多分に漏れず、たとえ『死せる魂』が名作だと承知していようとも、やはり〝ペテルブルクもの〟と呼ばれる都市幻想譚の短篇・中篇に手が伸びてしまう。お気軽、ご奇譚、ということで済まそうとでもいうのかしら。何しろ、重い全集を紐解かなくとも短篇集ならば二百ページ前後の文庫で読めてしまうわけだし、多少黴臭くなった訳でも古典作品を「読んだ」という口実を作れるならば、ウディ・アレンの『ゼリグ』よろしく、読んだこともない長篇小説を読んだなどと嘯かなくてもよいのだから（ゼリグの場合はゴーゴリではなくメルヴィルだったが）。ところが、ここ何年もの間ゴーゴリの新訳として書店に並んできたのはやはりどれも〝ペテルブルクもの〟ばかり。このところのゴーゴリ・マーケットの〝市場〟命題はまるで彼を、ペテルブルクの薄暗い路地で小脇に肖像画を抱える外套をまとった狂人の鼻男（！）が軽馬車に揺られているといったイメージに押し込むことに実はあり、読者幻想共同体内部において定番の諷刺レアリズムないしは幻想作家として流通・消費させることにあったのではないかとすら勘ぐりたくなるのだ。生誕二百年を迎えた二〇〇九年、ヨーロッパ各国では『死せる魂』の新訳が相次いで出版されていたわけだが、日本ではそのようなリノベーションがなかったのは冒頭で記した通り。これこそは読者が作家像を作り上げる最たる例の一つ、また同時に読者共同体の自己再生産過程なのだとすれば、少なくともゴーゴリ作品に関してわれわれ読者は〝近視〟になりつつあったと言っても過言ではない。あるいは、考えにくいことだとはいえ、未完の作品を作品と看做さないというこれまた狭隘な了見が密かに幅を利かせているのだとすれば、視力どころか視野狭窄まで進行しているということであろうか。いつしか読者は同一作家の作品群の持つ色調の違いが分からぬ色盲になってしまうばかりか、極端な話、読者がいつも奇妙にも目にするインクという闇の光すら失う危険がある。この不幸を擬似文盲と呼ぶことを憚りなどするものか！（追記。このあとがきを書いている段階、つまり、この本訳が刊行される直前、岩波文庫が重い腰を上げた。これこそ〝重〟版）

あとがきと書きながら、例の如く脱線気味に始まってしまった。軌道修正して、先ずは作家ゴーゴリについて少し詳しくおさらいしておこう。すでにご存じの方は読み飛ばして頂いて結構である。ただ、飛んだ先には大して読むべきものなど残っていないので、早速本書の最初のページに移られることをお勧めする。

一八〇九年、ゴーゴリはロシア帝国ポルタワ県ミルゴロドのソローチンツィに生まれる（グレゴリオ暦で四月一日）。十七世紀まで遡るウクライナ系貴族ヤノフスキィ家に生まれた当時の名はニコライ・ヴァシーリエヴィチ・ヤノフスキィ。では、ゴーゴリという名がどこから来たのかといえば、十七世紀に右岸ウクライナ軍司令官だったオスタプ・ホーホリ（ゴーゴリのウクライナ語発音）の血統も引いていることを強調したかった祖父アファナーシィが付け加えたもので、これはニコライがギムナジウムに進学した一八二一年のことであった。こうしてニコライはただのヤノフスキィからゴーゴリ＝ヤノフスキィへと衣替えし、さらにペテルブルクでは彼自らヤノフスキィを捨て、ただならぬただのゴーゴリへと変身する。では果たして、われわれの知るゴーゴリはどうやって培われていったのであろうか。

一八二一年、当時創設されたばかりだったネージン高等科学ギムナジウム（現在はゴーゴリ記念ネージン国立大学）に進学。在学中、ニコライは絵画とロシア文学が得意であったが、文学担当教師の理想として崇める十八世紀文学への反発からロマン主義文学（ジュコーフスキィやプーシキン）に傾倒し、友人たちと手書きの雑誌を作る中で、各種ジャンルの創作を試みる。作家としての才能がすでにこの頃から開花していたというわけではなく、役者としての好評は博していたものの（実家では父ヴァシーリィの書く芝居を上演していた）、小説については大成しないと看做されていたようで、そのためか、ある時などは酷評された作品を燃やしたこともあった（本作第二巻などは二度も焼き捨てられていることから、これは発作的な衝動ではなしに、ある種徹底した行為だったとでも言うべきか）。十五歳の時に父を失くしたニコライは一家の大黒柱となるべきところ、残り少ない遺産をすべて妹たちに譲り渡し、自らの才能を信じて職に就きながら作家になることを夢見る。

一八二九年、二十歳のニコライはペテルブルクに上京。ネージン時代に書いた田園詩『ガンツ・キューヘリガルテン』をV・アーロフというペンネームで発表するも酷評を受け、書店の在庫を掻き集めてまたもや火祭にしてしまう。また、どうやらこの頃から旅人ゴーゴリの遍歴は始まっていたようで、痛手を癒そうとでもするかのようにハンザ同盟の盟主としてかつて名を馳せたドイツ北東のリューベックへと向かう。現実逃避の先はアメリカだったと言われているが、一ヶ月経ってから職を得た先は内務省第三局であった。ここはデカブリストの乱以降、秘密警察として機能し始めたばかりの役所なのだが、無論、ここでの職が彼に長続きするはずもなく、瞬く間に辞めてしまう。

翌三〇年、この年に得た知己によって作家志望のニコライにとっての最初の転機が訪れる。皇室領管理局に入局した彼は上京後初めてペテルブルクの大物文士たちと邂逅することとなる。中でもアントン・デリヴィクとオレスト・ソーモフとの出会いにより、当時二人が発行人だった年鑑『北方の花』や、丁度この年に刊行の始まった『文学新聞』への寄稿を開始するのである。

翌三一年にも『死せる魂』へと至る様々な出会いが訪れることとなる。デリヴィクを介して紹介されて後に懇意となった詩人ジュコーフスキィの尽力により、今度は女子愛国校の文学教授ピョートル・プレトニョーフから職の斡旋を受け、役所仕事に嫌気が差していたニコライは晴れて同女子校の教師となる。この他にも家庭教師を斡旋するなど生活面で世話をしてくれたのはこのプレトニョーフだと言っても過言ではなく、しかもこのプレトニョーフのサークルを通じてまもなく、本作にとっての運命の人プーシキンと膝を相交えることとなり、半年余りを経た九月頃に『死せる魂』のプロットを貰い受ける（ただ実作へと漕ぎ着くことになるのは四年後の一八三五年のこと）。この頃、アーロフ名で書いた田園詩での失敗を繰り返さぬため見出したものは今までとは別のものであった。実は上京当時、帝都ペテルブルクではロマン主義の流行りも手伝ってか、彼の故郷であるウクライナがロシア人の知っているようで知らない鮮烈なスラヴ世界、一種のエキゾチズムとして再発見されていて、そこに着想を得た彼はフォークロア調査さながらにウクライナ関連の資料を送って寄越すよう実家の母に懇願し、いわゆる〝ウクライナもの〟を書きためていたのである。それが形となったのが『ディカーニカ近郷夜話』（第一部は一八三一年、第二部は一八三二年）。これがブレイクスルーとなってニコライは初のヒット作を生んだのである。作家ゴーゴリの誕生である。

翌三二年、ゴーゴリはギムナジウム卒業後初の帰郷を果たすが、その道すがらモスクワを訪問し、西欧派の牙城ペテルブルクとは思想的対極に位置するスラヴ派知識人たちと初めて交流を持つこととなる。その際ゴーゴリはアクサーコフ家、ステパン・シェヴィリョーフといった後に『死せる魂』の完成と出版に関わる重要な人物たちと出会うことになる。

一八三四年、サンクトペテルブルク大学の歴史学科で助教の職を得るが、その前年から雑誌などへ寄稿していた評論や書き下ろしを二部編成の著作集『アラベスキ』として一つにし、これを一八三五年に発表する。この中にはいわゆる〝ペテルブルクもの〟と呼ばれる中・短篇「ネフスキィ大通り」「肖像画」「狂人日記」が盛り込まれる。そして同年、「タラス・ブーリバ」や「ヴィイ」などを含む、『ディカーニカ』

の続篇とも言うべき『ミルゴロド』も刊行。この年には『死せる魂』同様に、『検察官』のプロットをプーシキンから貰い受けたとされ、逡巡を繰り返しながらも自らの作品として完成させていく。

一八三六年、当初は検閲で上演禁止とされていた『検察官』がペテルブルクの帝立劇場で初上演される。ニコライ一世も観覧する中で大成功を収めたものの、芝居をめぐる賛否と役者の演技力に不満を持ったゴーゴリはモスクワでのプレミア上演に参加することを拒否。芝居はその後も上演を重ねられていくことになるが、自らの演劇によってロシア社会を精神的に再生させるという高邁な目標が達成させられなかったという失望感が強く、同年には国外へと脱出することに。その一方で、一八三五年から開始していた『死せる魂』の創作がここに来て本格化していく。

パレスチナ経由でロシアへ最終的に帰国する一八四八年までの十二年間、ゴーゴリはドイツ、スイス、フランス、そしてイタリアと旅の拠点を移しながらも創作活動を継続していく。精神的な支柱でもあり、アイデアの生みの親でもあったプーシキンの訃報に触れたのはパリ滞在中の一八三六年のことで、これには相当の打撃を受けたゴーゴリではあったが、その後も本作第一巻を第二の故郷とまで彼に言わしめたローマで一八三七年から一八三九年まで執筆を続ける。ちなみに、出国前からもゴーゴリは一応の完成を見ていた幾つかの章を友人たちの前で朗読してはその反応を確かめること怠らず、またこれまで発表してきた作品（例えば、『肖像画』や『タラス・ブーリバ』など）を改作する作業も同時進行で行う旺盛さを見せた。こうして国外で書き上げた作品を出版するためにゴーゴリは一八三九年と一八四一年の二度にわたってロシアへ短期帰国し、そのうち『外套』『ローマ』『死せる魂第一巻』は二度目の帰国の際の手土産となった。

一八四一年の帰国の際、モスクワのアクサーコフ家で朗読会を開き、出版に向けた形で『死せる魂第一巻』を書き終える。当初、出版の見込みが薄いと感じていたゴーゴリも、モスクワ検閲委員会で出版許可が下りない可能性があると知らされると、批評家ベリンスキィを介して原稿をペテルブルクに送付し、地元の知人たちに根回しを依頼する。題名の変更（『チーチコフの遍歴、あるいは死せる魂』）とコペイキン大尉物語の削除（後に修正追加）を条件に、一八四二年晴れて出版が許可されることとなる。実際の出版に当たっては表紙をゴーゴリ自身が描き、題名も〝死せる魂〟を大文字にし、〝チーチコフの遍歴〟は小文字でデザインされている。

チーチコフの精神的変容を三段階で描く構成プランから第二巻の執筆がすでに一八四〇年辺りから始められていたらしく、一八四三年には第二巻初稿（今回の翻訳では初稿版を使用している）を脱稿する。だが、執筆当初からすでに精神的に不安定で筆が思うように進まず、しかも作品の完成にまでは至らぬのではないかと懐疑的だったゴーゴリは、一八四五年に遺書をしたためた上で第二巻第二稿を燃やしてしまう（これが第二巻の最初の焼却）。幻覚症状も伴った一種の鬱状態から躁状態へ転じた彼は宗教的な覚醒を体験した後、エルサレム行きに必要なだけの資金を稼ぐことも念頭に置きながら、これまでとは全く違った、社会にとって精神的に〝まっとうな道〟を模索する書簡体の作品構想に入る。これがゴーゴリ生前最後の作品となった『友人たちとの往復書簡抜粋』である。だが、今度は『死せる魂第一巻』の時と打って変わって、当時施行されていた宗教問題をめぐる出版検閲に引っかかり、「ロシア教会と宗教界をめぐる観念には人心を惑わすものがある」という理由から削除・修正が加えられてしまう。この措置に対しては出版を依頼されていたプレトニョーフが即日反応を示し、管轄省庁の宗務院に働きかけて出版許可を勝ち取る。翌年の一八四七年に日の目を見ることとなるが、この作品への反応、特にゴーゴリをレアリズムの領袖と看做すベリンスキィからのそれは、失望であった。

一八四八年、エルサレム経由でロシアへ帰国。近親者や知人の家を転々としたあと、一八五一年に晩年の地となるモスクワへ再び戻り、ニキーツキィ並木道七番地にある友人アレクサンドル・トルストイ伯爵の邸宅で居候をしながら最後の時を過ごす。伯爵家の主治医だったタラセンコフは『ゴーゴリ最後の日々』

という回想録を残しているが、その中でおよそ次のような経緯を述べている。一八五二年一月二十六日、友人の死を境にして（丁度、大斎［四旬斎］を前にしたマースレニッツァという冬送りの祭りの時期だった）食事を一切拒否し、見るからに消耗していく彼のために主治医イノゼムツェフが呼び出される。腸カタルの疑いがあるという診断を受けるが、ゴーゴリ自身は治療を無視してしまう。その同じ週の二月十一日の晩、小姓を呼んで暖炉の煙突を開けるよう指示し、自ら取り出した紙の束を火に焚べてしまう。ところが、この時燃やそうと思っていたのは別のもので、何もかも焼いてしまうつもりはなかったらしい。ほぼ燃え尽きた原稿を前に呆然として坐り込んだゴーゴリは突然泣き崩れ、そこに伯爵を呼んでから「これは私の仕事の集大成だったんだ」と語ったことからも分かるように、作品への不満から、あるいは半狂乱の状態で第二巻を焼却したのではなかった。ただ、これが予め計画していたことなのか、それとも発作的な行動だったのかまでは謎である。この決定的な出来事の後、主治医は今度チフスの疑いがあるとの診断を下す。食事も治療も全く受け付けなくなったゴーゴリはあっという間に痩せ細って体力も消耗してしまう。この肝心な時に主治医自身が発病し、病状の判断は数名の医師に任されることになる。ほとんど体を動かせない状態にまで病状が悪化したところで髄膜炎という診断が下され、弱々しく抵抗するゴーゴリを風呂に入れ、羽交い締めの状態で脳への血流促進のため鼻に八匹の蛭を吸着させるなど、その病人への扱いはほとんど狂人に対するようなものであったとタラセンコフは述懐している。その後、意識が朦朧とし始め、遂には「梯子だ、早く梯子をくれ！」という有名な譫言を言い始める。これはきっと起き上がりたいのだと察してベッドから椅子に坐らせたものの、首の全く坐らない状態で、しかもその場で失神。再びベッドに寝かせてからはひと言も口にしなくなる。そして、その日の晩には再び治療が続けられたようだが、その時の抵抗で完全に消耗してしまったのであろう、二月二十一日の朝八時、呼吸停止。享年四十二にして、二十二年間の作家生活に幕を閉じることとなった。

その後、モスクワ大学付属殉教女タチヤーナ教会で告別式が行われ、三月七日、ダニーロフ修道院に埋葬される。墓碑には「われ自らの語る苦き辛辣な言葉により嘲弄となるなり」（エレミヤ記第二〇章八節にある言葉で、日本聖書教会文語訳では「われ語り呼はるごとに暴逆残虐の事をいふエホバの言日々にわが身の恥辱となり嘲弄となるなり」）と刻まれている。現在はその修道院も閉鎖（一九三〇年）されて存在せず、墓はノヴォデーヴィチィ墓地に移されている。そして同年四月、発見された第二巻四章分の草稿について友人シェヴィリョーフが清書と出版の労を取り、一八五五年に刊行されたゴーゴリ全集に初めて収録される。現在出版されている第二巻にはこの四章とそれよりも古い版の残りの一章が入っている。

以上、作家ゴーゴリの足跡を駆け足で辿ってみたが、本作『死せる魂』についても少しだけ付け加えておきたい。

未完に終わった本作の三部構成の全体を知るために引き合いに出されるダンテの『神曲』をモデルにすれば、われわれに残されたのは「地獄篇」そして「煉獄篇」の一部ということであり、しかも悪人正機の浄土たる「天国篇」は描かれることがなかったわけだ。だが、こんな答え合わせのような解釈をあとがきに付け加えてみたところで何の足しになろうか。文学解釈は一種頼りのない〝定理〟探しのようなもので、これまでにもゴーゴリをめぐっては先に述べた諷刺リアリズムという〝定理〟が一応存在するのだから、それが好きな人はそのように読めばよい。だが、この作品には骨組みとなるプロットを遥かに凌駕する途轍もない叙情的逸脱という肉付けがあり、それはある種異常という他ない動きを見せるのだ。その逸脱は特に第一巻における地の文においては地雷のようにして隠されていて、何かのスイッチでも入ったのかと思うほどに本筋から逸れていき、その逸脱そのものが大小の違いはあるとはいえ地雷花火とでも言わんばかりに至るところで炸裂する。それは時に眠りのアレゴリーでもあり、覚醒のアレゴリーでもある。確かに、諷刺するには恰好の人材が各章に配置され、これもまた教訓的なアレゴリーを示してはいるだろう。

しかし、そこを支配しているのはいつまでも終わりなく流れ続ける日常的時間であり、その日常に文字となって埋没している〝死せる魂〟をチーチコフは掬い上げようとする。現実にその意図するところが詐欺まがいの行為であったとしても、多分そんなことは重要ではない。終わりなく続くクロノス的悪循環に対峙させた時、肥大するばかりの叙情的逸脱は数々の脱出の試みとして姿を現し、作家と読者は最もその距離をゼロに近づけるのだ。その時、この世を満たす歴史的時間という悪循環を断ち切らんとする叙情の作者は本を求めて渡り歩く行人たる読者の目の前で、もう一人の行人チーチコフが恭しいお辞儀をするような素振りでカイロスの長い前髪を垂らし、これを摑めと言って何度も差し向けるのだ、魂を嗜眠させる日常の流れを断ち切れとでも言わんばかりに。読者はこの流れの絶たれる瞬間を何度も目撃するはずである。そして、この眠りにも似た目覚めの瞬間を感じ取るためにゴーゴリは恐らくそれまで誰も知らなかった筆の動き、何度も寝返りを打つ嗜眠の筆を見せるのだ。それは自らの言葉によって自己を削って消し去ろうとする静寂主義的祈りにも似ていて、だからであろうか、良くも悪くも御大層な〝ロシア的理念〟といった思想史的な大問題を前にしても怯むことはない。彼がいつの時代も研究者たちの取り合いの的になるのは党派性が明確でないことにあるのは明らかだが、読者は少なくとも面白がってゴーゴリの長い鼻を摘んだりなどしてはいけない。彼が寝返りを打つたびに垂らす長い前髪を摑むこと、またそのたびに放電される嗜眠の火花を感じ取ることにより、読者はペトルーシカの如く瞬き続ける文字という死せる魂を蘇らせることとなるであろう。そして徒党とは縁のない読者こそが今度は同時にセリファン、チーチコフ、ブリーチカ、トロイカそのものとなって、道の両側に広がる現代の荒地を駆け抜けていけばよい、たとえそれがゴーゴリの遺志に反していたとしても……。

　最後に。今回も河出書房新社の阿部晴政氏には色々とご心配をかけたにもかかわらず、多くの励ましを頂きました。ここに感謝の意を表します。

Николай Васильевич Гоголь "Мёртвые души"

〔訳者〕
東海晃久（とうかい・あきひさ）1971年生まれ。ロシア文学者。訳書、ソコロフ『馬鹿たちの学校』『犬と狼のはざまで』、ペレーヴィン『ジェネレーション〈P〉』『汝はTなり』、クルジジャノフスキィ『神童のための童話集』、ヴァーギノフ『山羊の歌』他。

死せる魂

2016年9月20日　初版印刷
2016年9月30日　初版発行

著　者　ニコライ・ゴーゴリ
訳　者　東海晃久
発行者　小野寺優
発行所　株式会社河出書房新社
〒151-0051　東京都渋谷区千駄ヶ谷2-32-2
電話　(03)3404-1201（営業）　(03)3404-8611（編集）
http://www.kawade.co.jp/
装　幀　ミルキィ・イソベ
組版　KAWADE DTP WORKS
印刷　モリモト印刷株式会社
製本　小泉製本株式会社
Printed in Japan
ISBN978-4-309-20715-5